L’év

La force d’un rêve

NORA ROBERTS

L'éveil d'une passion

HARLEQUIN

Titre original : REFLECTIONS

Traduction française de JEANNE DESCHAMP

Ce roman a déjà été publié en mai 2006 et novembre 2013

HARLEQUIN

83-85, boulevard Vincent Auriol, 75646 PARIS CEDEX 13.

Service Lectrices — Tél. : 01 45 82 47 47

www.harlequin.fr

ISBN 978-2-2803-5334-2

1

La température avait chuté et le vent frais de septembre poussait devant lui d'inquiétants nuages noirs. Sur le bord de la route, les arbres avaient jauni et des touches d'or et de rouge embrasaient les frondaisons. Quelques rayons de soleil perçaient entre les nuées, irisant le paysage.

L'air sentait la pluie et Lindsay Dunne marchait d'un pas vif, consciente que le temps risquait de tourner à tout moment. Elle repoussa avec impatience les fines mèches de cheveux blonds que le vent s'obstinait à ramener devant ses yeux.

Si elle n'avait pas été aussi pressée, elle aurait apprécié la promenade. En temps normal, elle aimait la marche à pied, le chatoiement de l'automne, la course majestueuse des nuages. Mais après la sale journée qu'elle venait de passer, Lindsay n'avait qu'une hâte : rentrer chez elle avant qu'un nouveau problème ne vienne s'ajouter à la liste déjà longue de ses mésaventures.

Depuis trois ans qu'elle était revenue dans le Connecticut pour enseigner la danse, elle avait connu quelques moments épiques. Mais la succession de contretemps accumulés ce jour-là arrivait en tête du hit-parade des « journées marquées par la poisse ». Non seulement elle avait eu des problèmes de plomberie dans le studio, mais une mère d'élève avait réussi à la coincer plus d'une heure dans un couloir pour lui rebattre les oreilles avec les prouesses de sa fille ; puis deux costumes s'étaient déchirés coup sur coup. Une de ses meilleures danseuses était tombée malade et avait passé l'après-midi à vomir dans les toilettes.

Et, cerise sur le gâteau : sa voiture avait fait la sourde oreille lorsqu'elle avait tourné la clé de contact.

Après avoir multiplié les tentatives, puis soulevé le capot pour scruter le moteur d'un regard d'impuissance, Lindsay avait fini par se faire une raison. Serrant les dents, elle avait jeté son sac de danse sur une épaule et s'était lancée résolument sur les routes pour parcourir à pied les cinq kilomètres qui séparaient le studio de la maison familiale.

« Je suis idiote, j'aurais dû appeler Andy pour me dépanner », finit-elle par admettre en voyant les nuages s'amonceler à une vitesse effrayante. Mais sous le coup de l'énervement, elle n'avait écouté que sa mauvaise humeur. Calmée par dix minutes de marche rapide, Lindsay soupira en glissant les mains dans ses poches. Sans doute aurait-elle réagi de façon moins épidermique si elle n'avait pas été aussi tendue à la perspective du spectacle de ce soir.

Enfin… pas à la perspective du spectacle proprement dit, en fait. Ses danseuses étaient au point et la dernière répétition avait été plus que satisfaisante. Quant à ses recrues les plus jeunes, elles étaient tellement adorables que les spectateurs leur pardonneraient volontiers quelques petites maladresses.

En vérité, c'était les « avant » et les « après-spectacle » qui angoissaient Lindsay. Et tout particulièrement les mères possessives qui venaient l'assaillir, sitôt la représentation terminée. Inévitablement, il y aurait des plaintes au sujet des rôles attribués à leurs filles chéries. D'autres parents encore tenteraient de la persuader d'accélérer la cadence. « Pourquoi notre future Anna Pavlova ne danse-t-elle pas encore sur pointes ? » « Et comment se fait-il que notre fille apparaisse moins longtemps sur scène que la petite Mary Jones ? » « Et quand notre petite Sue passera-t-elle *enfin* au cours intermédiaire ? »

Lindsay avait beau expliquer qu'il fallait laisser du temps au temps et que ce serait une grave erreur de brusquer des organismes en pleine croissance, certaines familles ne voulaient rien entendre. Pour venir à bout des récriminations des plus obstinées, elle avait généralement recours à un subtil mélange de flatterie et d'intimidation. Et dans l'ensemble, elle ne s'en tirait pas si mal pour calmer les récalcitrants. Sans doute parce qu'elle avait une longue expérience personnelle en matière de parents obsédés par le talent de leur progéniture.

N'avait-elle pas eu affaire toute sa vie à une mère dévorée par l'ambition pour sa fille ?

A partir du moment où Lindsay était née, Mae Dunne n'avait jamais eu qu'une seule obsession : voir son enfant devenir ballerine. Mae elle-même avait eu la vocation d'emblée. Bien que petite et compacte, avec des jambes légèrement trop courtes pour sa taille, elle avait réussi, à force de travail et de volonté, à se hisser à une place honorable dans le corps de ballet d'une petite compagnie de ballet new-yorkaise.

Mariée à presque trente ans, Mae avait fini par accepter qu'elle ne serait jamais elle-même danseuse étoile. Pendant quelques années, elle avait exercé comme professeur de danse. Mais son propre sentiment d'échec avait fait d'elle une piètre enseignante.

La naissance de Lindsay avait été pour elle comme une illumination, en revanche. Mae s'était juré qu'elle ferait de sa fille ce qu'elle n'avait jamais réussi à être elle-même : une « *prima ballerina* », une étoile parmi les étoiles. Dès cinq ans, Lindsay avait franchi la porte de sa première école de danse. Et sa vie depuis n'avait été qu'une longue succession de cours, de représentations, de musique classique et de pointes. Son alimentation avait toujours été surveillée de près ; sa taille mesurée presque quotidiennement — jusqu'au moment où il avait été établi avec certitude qu'elle ne dépasserait pas un mètre soixante.

Mais Mae s'était déclarée satisfaite du petit gabarit de sa fille. Les pointes, après tout, grandissaient les ballerines. Et une danseuse trop élancée avait toujours plus de difficultés à trouver un partenaire.

Si Lindsay avait hérité de la petite taille de sa mère, la nature l'avait pourvue d'une silhouette idéalement fine et déliée, en revanche. Après une brève période un peu ingrate, elle avait émergé des limbes de l'adolescence, parée d'une beauté gracile de faon, avec une chevelure aérienne, une peau ivoire et de grands yeux bleus à l'expression intense. Son ossature était fine, masquant la force musculaire acquise au fil des années. Et elle avait une grâce naturelle que la pratique intensive de la danse n'avait fait qu'accentuer.

Mae, comblée, avait vu en sa fille la réponse à toutes ses prières.

Car Lindsay n'avait pas seulement un physique de ballerine. Elle avait également le talent, la ténacité et la passion requises. Mae n'avait pas eu besoin de professeurs pour le lui confirmer. Son œil exercé de danseuse avait discerné chez sa fille la coordination et la technique, l'endurance et les capacités.

A dix-huit ans, Lindsay était entrée dans une compagnie new-yorkaise de renom. Et, à la différence de sa mère, elle n'avait pas stagné au sein du corps de ballet. Deux ans plus tard à peine, elle avait été promue première danseuse. Si bien que deux années durant, Mae avait vécu sur un nuage, persuadée que ses plus beaux rêves devenaient réalités.

Puis le drame était survenu qui avait contraint Lindsay à quitter New York du jour au lendemain pour retourner s'établir dans le Connecticut.

Pour gagner sa vie, elle avait ouvert sa propre école de danse à Cliffside. Et il n'avait plus jamais été question depuis de se produire en public. Si Mae en concevait une immense amertume, Lindsay, elle, se montrait beaucoup plus philosophe. La danse occupait toujours une place majeure dans sa vie, après tout. Et elle adorait enseigner.

Lindsay leva les yeux vers le ciel à présent entièrement couvert et songea avec nostalgie à la veste qu'elle avait bêtement laissée sur le siège avant de sa voiture. Elle frissonnait dans son justaucorps bleu clair sans manches sur lequel elle s'était contentée d'enfiler un jean. Pour se réchauffer, elle accéléra l'allure et se mit à courir. Accoutumés à être sollicités, ses muscles réagirent sans effort et elle trouva même dans cet exercice un plaisir inattendu.

Jusqu'au moment où le déluge se déclencha. D'emblée, la pluie tomba à seaux, torrentielle. Découragée, Lindsay s'immobilisa pour scruter les nuages d'un noir d'encre qui tourbillonnaient furieusement.

— Et maintenant ? Quelle nouvelle tuile pourrait encore me tomber sur la tête ? lança-t-elle, comme en défi aux éléments.

La réponse ne tarda pas à se faire entendre : un puissant coup de tonnerre lui explosa aux oreilles. Riant toute seule sous la pluie battante, Lindsay décida que l'heure était venue de se montrer raisonnable. La maison des Moorefield était juste de l'autre côté de la rue. Et Andy se ferait un plaisir de la raccompagner chez elle.

Trempée jusqu'aux os, elle fit volte-face et s'élança pour traverser la chaussée.

Un violent coup de Klaxon lui fit tourner la tête en sursaut. En voyant la voiture émerger de l'épais rideau de pluie, elle fit un bond en arrière, glissa sur l'asphalte mouillé et tomba de tout son long dans une flaque.

Lindsay ferma un instant les yeux lorsqu'elle entendit un crissement suraigu de pneus, un hurlement de freins. Dans dix ans, sans doute, elle serait capable de rire de l'incident. Mais là, c'était la goutte d'eau qui faisait déborder le vase.

Trop c'était trop.

— Vous êtes complètement folle ou quoi ?

Lindsay entendit la voix ulcérée rugir à travers le fracas de la pluie et souleva les paupières. Debout au-dessus d'elle se tenait un géant furieux. Ou un démon, peut-être ? se demanda-t-elle en dévisageant la créature avec inquiétude. Noir de cheveux comme de vêtements, il avait quelque chose de machiavélique. Peut-être à cause de ses sourcils épais et légèrement relevés aux extrémités. A moins que ce ne soit dû au contraste entre ses yeux d'un vert très pâle et le hâle de son visage ?

L'homme avait un nez assez long, accentuant encore l'aspect anguleux de ses traits. Ses vêtements trempés dessinaient un corps parfaitement charpenté que Lindsay aurait sans doute admiré d'un œil professionnel si elle n'avait pas été focalisée à ce point sur l'expression courroucée du personnage.

— Vous ne dites rien ? Vous êtes blessée ?

Le ton du géant exprimait la colère plus que la sollicitude. Lindsay secoua la tête et continua à le dévisager en silence. Avec une exclamation d'impatience, il la saisit par le bras et la releva, la soulevant de quelques centimètres avant de la reposer sur ses pieds.

— On ne vous a jamais appris à regarder avant de traverser ? lança-t-il sèchement.

Finalement, l'homme n'était pas aussi immense que Lindsay l'avait cru au premier abord. Il était grand, certes, mais n'avait rien de démesuré. Elle commença à se sentir plus ridicule que terrifiée.

Consciente que les torts étaient de son côté, elle se résigna à lui présenter ses excuses.

— Je suis vraiment désolée. J'ai regardé, mais je ne vous ai pas…

— *Regardé,* dites-vous ? Dans ce cas, vous feriez mieux de mettre vos lunettes au lieu de les garder planquées au fond de votre sac de cours. Je suis sûr que vos parents seraient furieux d'apprendre que vous vous promenez dans la rue sans vos bésicles.

Ulcérée par son ton paternaliste, Lindsay rétorqua sèchement.

— Je ne porte pas de lunettes.

— Dans ce cas, il faudra peut-être songer à vous en faire prescrire.

— J'ai une vue excellente.

— Alors que faisiez-vous au milieu de la chaussée ?

Décidément, ce type était insupportable.

— Je me suis excusée, protesta-t-elle, les mains sur les hanches. Ou du moins, je l'aurais fait si vous aviez eu la correction de me laisser terminer ma phrase. Qu'est-ce que vous voudriez au juste ? Que je me jette à vos pieds pour implorer votre pardon ? D'ailleurs, si vous n'aviez pas eu la main aussi lourde sur le Kaxon, je ne serais pas tombée dans cette flaque. Or je ne crois pas vous avoir entendu exprimer le moindre regret à ce sujet.

Il la dévisagea, impassible.

— Ce n'est pas ma faute si vous êtes gauche et empotée, ma pauvre fille.

— *Gauche et empotée*... Moi ?

Cette fois, Lindsay vit rouge. Qu'il l'envoie chuter dans une flaque, elle pouvait l'admettre à la rigueur. Qu'il se montre cassant, désagréable et grossier, passe encore. Mais qu'il ose l'affubler de qualificatifs pareils ? Ça, non, jamais !

— Dites, vous êtes caractériel ou quoi ! Vous avez failli m'écraser, vous me faites une peur bleue, vous m'envoyez rouler dans une flaque pour venir me hurler dessus ensuite comme si vous aviez affaire à une gamine frappée de myopie aggravée. Et maintenant, vous avez le culot de me dire que je suis *empotée ?*

L'homme la dévisagea un instant en silence, manifestement décontenancé par la virulence de sa réaction.

— Eh bien... Vous avez du mal à reconnaître vos torts, on dirait.

A la profonde stupéfaction de Lindsay, il lui saisit le poignet et l'entraîna d'autorité avec lui. Elle laissa échapper un léger cri de frayeur.

— Mais qu'est-ce que vous faites ?

— Je nous mets à l'abri de cette fichue averse.

Il ouvrit la portière côté conducteur et la poussa sans ménagement à l'intérieur. Par automatisme, Lindsay se glissa sur le siège passager pour lui faire de la place.

— Je peux difficilement vous planter là sous ce déluge, maugréa-t-il en s'installant au volant.

Il passa les doigts dans la masse de cheveux épais que la pluie avait plaqués sur son front. L'attention de Lindsay se porta sur sa main et elle en oublia un instant l'antipathie qu'il lui inspirait. « Il a des mains sensibles... des mains de pianiste », songea-t-elle rêveusement.

Mais lorsqu'il tourna de nouveau les yeux vers elle, sa fascination retomba immédiatement.

— Où comptiez-vous aller, comme ça ? s'enquit-il d'un ton abrupt, comme s'il s'adressait à une adolescente en fugue.

Lindsay redressa la taille et rejeta ses cheveux trempés dans son dos.

— Je rentrais chez moi. A environ deux kilomètres d'ici…

Seth haussa les sourcils en scrutant son visage. Avec ses cheveux mouillés et son absence de maquillage, elle avait l'air incroyablement menue et juvénile. Pas étonnant qu'il l'ait prise d'abord pour une adolescente. Mais les yeux d'un bleu profond frangés de cils noirs naturellement recourbés avaient une expression tout à fait adulte. Et la bouche sensuelle, à seconde vue, était celle d'une femme, pas d'une jeune fille.

De ces traits purs, dépourvus de tout artifice, émanait une aura troublante qui se situait au-delà de la simple beauté. Mais avant que Seth ait pu définir ce que cette fille avait de si particulier, il la vit frissonner violemment.

— Puisque vous n'avez rien de mieux à faire, apparemment, que de sortir marcher sous la pluie, prévoyez au moins de vous habiller en conséquence, lui conseilla-t-il d'un ton suave en lui jetant une veste en daim fauve sur les genoux.

Lindsay ouvrait la bouche pour rétorquer qu'elle n'avait besoin de rien lorsqu'elle fut interrompue par deux éternuements successifs. Les mâchoires crispées, elle se résigna à enfiler le vêtement sans rien dire.

L'inconnu démarra et ils roulèrent dans un profond silence, souligné par le fracas de la pluie martelant le pare-brise. En examinant le profil buté, la bouche sévère, le regard sombre, Lindsay réalisa avec un léger pincement d'angoisse qu'elle n'avait encore jamais croisé cet homme à Cliffside. Dans la petite ville de bord de mer où elle avait passé toute son enfance, elle connaissait tout le monde, au moins de vue. Et nul doute qu'elle aurait mémorisé les traits de cet individu si elle avait déjà eu l'occasion de le rencontrer, ne serait-ce qu'une seule fois.

L'atmosphère à Cliffside était si paisible que les gens, dans l'ensemble, se montraient peu méfiants, même avec les étrangers. Mais Lindsay avait vécu suffisamment longtemps à New York pour mesurer les dangers très réels liés à sa situation. D'un mouvement à peine perceptible, elle se rapprocha de sa portière.

— Il est un peu tard pour vous inquiéter de ça maintenant, vous ne croyez pas ? dit-il d'un ton lourd d'ironie.

Lindsay tourna la tête brusquement et crut voir l'ombre d'un sourire sur ses lèvres. Sur le qui-vive, elle se redressa.

— Tenez, c'est la maison en cèdre, juste là, lui indiqua-t-elle sèchement, décidée à prendre ses sarcasmes de haut.

Silencieuse et puissante, la voiture s'immobilisa devant la barrière de bois blanc. Rassemblant toute sa dignité, Lindsay se tourna vers l'inconnu pour le remercier. Avec la ferme intention de se montrer glaciale.

— Changez-vous sans tarder, conseilla-t-il avant qu'elle ait pu ouvrir la bouche. Et la prochaine fois, regardez des deux côtés avant de traverser.

Trop suffoquée par la colère pour formuler une réponse cohérente, Lindsay émit un son inarticulé. Elle poussa sa portière et le gratifia d'un ultime regard furibond.

— Merci. Vous avez été trop aimable, lança-t-elle juste avant de claquer sa portière avec force.

Contournant la voiture au pas de course, elle se précipita à l'intérieur de la maison, oubliant qu'elle portait toujours sur elle la veste en daim d'un inconnu.

Elle s'immobilisa dans le vestibule, ferma les yeux et s'obligea à respirer calmement. L'incident l'avait mise hors d'elle et à juste titre. Mais elle n'avait aucune envie de relater ce malencontreux épisode à sa mère.

Or le malheur voulait qu'elle ait des traits trop expressifs, un regard trop révélateur. En tant que ballerine, cette transparence émotionnelle avait joué en sa faveur. Lorsqu'elle dansait Giselle, elle devenait Giselle. Et son public pouvait suivre sur son visage le déroulement de la tragédie que vivait son personnage.

Sur scène, elle se confondait avec son rôle ; elle faisait corps avec la musique. Et c'était un formidable atout. Mais dans la vie de tous les jours, elle aurait préféré pouvoir endosser une personnalité plus impassible. Si sa mère surprenait son énervement, elle exigerait des explications ainsi qu'un récit détaillé. Puis, immanquablement, viendraient les conseils et les critiques.

Or un sermon en règle de la part de Mae était la dernière chose à laquelle Lindsay aspirait en cet instant. Trempée, fatiguée et bien décidée à se faire discrète, elle posa le pied sur la première marche de l'escalier.

Trop tard, hélas.

Déjà, une porte s'ouvrait dans son dos et elle entendit le pas traînant, irrégulier qui ne cessait de lui rappeler l'accident qui avait coûté la vie à son père.

— C'est toi, maman ? Je m'apprêtais juste à monter me changer.

Repoussant les cheveux mouillés qui lui tombaient sur le front, Lindsay se retourna pour sourire à sa mère. Toujours soucieuse de son allure, Mae était coiffée et maquillée à la perfection. Mais le perpétuel mécontentement qui marquait ses traits gâchait l'effet de jeunesse qui aurait pu résulter des soins attentifs qu'elle accordait à son physique.

— Qu'est-ce qui t'est arrivé, Lindsay ? Tu as l'air d'un rat mouillé, ma pauvre fille.

— Je suis tombée en panne de voiture. Et je me suis fait surprendre par la pluie juste avant de me faire raccompagner... Il faudra que je demande à Andy de me ramener au studio ce soir, d'ailleurs, précisa-t-elle, sourcils froncés.

— Tu as oublié de lui rendre sa veste, commenta Mae en prenant lourdement appui sur la rampe.

Par temps humide, elle souffrait de sa hanche plus violemment encore qu'à l'ordinaire.

— Sa veste ?

Lindsay baissa les yeux et découvrit les manches en daim trop longues qui lui arrivaient à mi-cuisses.

— Oh non, mais quelle idiote ! Je n'ai vraiment aucune tête !

— Il n'y a quand même pas de quoi en faire un drame, observa Mae d'un air agacé. Puisque tu revois Andy ce soir, tu la lui rendras tout à l'heure.

— Andy ? Euh... oui, bien sûr, acquiesça Lindsay,

consciente que ce malentendu providentiel lui évitait de fournir des explications.

Elle redescendit d'un pas et posa la main sur l'épaule de sa mère.

— Tu as l'air fatiguée, maman. Tu as fait ta sieste, au moins ?

— Lindsay, pour l'amour du ciel, arrête de me traiter comme si j'étais une enfant !

Blessée, Lindsay retira sa main.

— Je suis désolée. Je vais monter me changer.

Elle se détournait déjà lorsque Mae la rattrapa par le bras.

— Chérie… Je regrette. Tu sais que la pluie me met toujours dans un sale état. Et ça agit sur mon humeur.

— Oui… oui, je sais.

La voix de Lindsay se radoucit. Une averse torrentielle ainsi que des pneus lisses avaient été à l'origine de l'accident qui avait bouleversé leurs deux vies et mis fin à celle de son père.

— Et puis ça me rend folle que tu sois là, à gâcher ta jeunesse pour prendre soin de moi, alors que tu devrais être à New York en train de te produire sur scène.

— Maman !

— Cela fait des mois que je te le répète, Lindsay. Ta place n'est plus ici. Je suis parfaitement capable de me débrouiller seule. Et je n'en peux plus de te voir gâcher une magnifique carrière.

Sans attendre sa réponse, Mae se détourna et se dirigea vers le séjour de sa démarche laborieuse. Lindsay suivit sa mère des yeux jusqu'à ce qu'elle disparaisse de sa vue. Puis, poussant un profond soupir, elle gravit l'escalier à pas lents. Si sa place n'était pas ici, où était-elle ? Une fois dans sa chambre, elle se renversa contre le battant clos et examina son petit univers. La pièce était spacieuse et claire, avec ses deux grandes fenêtres. La commode en noyer lui venait de sa grand-mère. Les livres qu'elle avait lus enfants étaient alignés sur des étagères. Et elle avait gardé la collection de coquillages qu'elle avait constituée au fil des années en se promenant au bord de l'océan tout proche. Le tapis d'Orient élimé, lui, remontait à sa période new-yorkaise. C'était un des rares objets qu'elle avait emportés avec elle lorsqu'il avait fallu quitter le studio qu'elle louait à Manhattan. Le rocking-chair près de la fenêtre venait du marché aux puces de Cliffside. Quant à la toile originale d'un jeune peintre contemporain en vogue, elle l'avait acheté dans une galerie new-yorkaise sur un coup de tête. Sa chambre, au fond, reflétait assez bien les deux univers qui avaient été les siens.

Au-dessus de son lit, étaient accrochés les chaussons en satin roses qu'elle avait portés pour danser son premier grand rôle. Lindsay s'approcha pour en effleurer les rubans. Elle se souvenait de l'émotion ressentie en les enfilant — de la peur et de l'excitation. Elle revoyait le visage radieux de sa mère ; la fierté et le respect qui avaient illuminé les traits de son père.

Six années seulement la séparaient de cette soirée mémorable où, pour la première fois, elle avait incarné Juliette sur scène. Et pourtant, elle avait l'impression que sa carrière de ballerine remontait à une autre existence. A l'époque, pourtant, elle avait cru à un avenir éblouissant. Tout paraissait encore possible, en ce temps-là.

Avec un léger sourire, Lindsay se remémora sa vie de danseuse, avec ses souffrances et ses triomphes. Il y avait eu des moments magiques sur scène où elle s'était mue, fluide et libre, comme en état de grâce.

Mais il y avait eu également la torture des pieds en sang, des muscles tétanisés par les crampes. Comment avait-elle réussi à s'astreindre, jour après jour, à discipliner son corps pour lui faire adopter les positions contre-nature qui étaient celles du ballet classique ?

A cette ascèse, elle s'était tenue pourtant, luttant sans relâche pour repousser ses propres limites. Avec une détermination qui n'avait jamais faibli, elle était allée chaque fois au bout de ses possibilités et même au-delà. En sacrifiant sa vie, son corps à la danse.

Il n'y avait eu rien d'autre pendant des années que cette lutte passionnée, acharnée qu'il avait fallu livrer pour assouvir sa vocation. Rien d'autre que la danse, la compagnie, les représentations, les rôles avec lesquels elle finissait par se confondre.

Secouant la tête, Lindsay revint au présent. Elle avait aimé chaque instant de sa vie new-yorkaise mais aujourd'hui d'autres priorités s'imposaient. Comme le spectacle de ce soir, par exemple. Retirant la veste en daim mouillée, elle fronça les sourcils en se demandant ce qu'il convenait d'en faire.

La politesse aurait voulu qu'elle s'arrange pour la restituer à son propriétaire. Mais il ne lui avait donné ni nom ni adresse. Cet individu mal dégrossi n'avait même pas pris la peine de se présenter.

Lui savait où elle habitait, en revanche. S'il voulait récupérer son bien, il n'aurait qu'à faire l'effort de se déplacer.

Lindsay fit la grimace lorsque son regard tomba sur l'étiquette. Il avait dû la payer une fortune, sa fichue veste en daim. C'était stupide de sa part d'avoir oublié de lui rendre un vêtement d'une pareille valeur. Mais était-ce sa faute à elle si cet ours mal léché l'avait mise en rage ? Elle ne se serait sûrement pas précipitée hors de la voiture en claquant sa portière s'il s'était comporté de façon plus civilisée.

Jetant la veste sur un cintre, Lindsay l'enfouit au fond de son armoire et ferma résolument la porte.

Le plus simple serait d'oublier à la fois le vêtement et l'homme qui le lui avait prêté. Ni l'un ni l'autre, après tout, ne la concernaient de près ni de loin.

2

Deux heures plus tard, ce fut une tout autre Lindsay Dunne qui accueillit le public de parents venus assister au récital de danse de son école. Vêtue d'une robe fluide en jersey de laine écru, les cheveux relevés, le visage calme, elle ne présentait plus aucune ressemblance avec la créature trempée et échevelée qu'un inconnu vêtu de noir avait ramassée dans une flaque.

L'incident sous la pluie, d'ailleurs, s'était effacé de ses pensées. Elle était bien trop préoccupée par la représentation qui se préparait pour se soucier encore de son chauffard de l'après-midi. La salle commençait à se remplir et le bourdonnement des conversations rappelait à Lindsay les innombrables récitals de son propre passé. Elle s'efforça de prendre son temps pour serrer les mains, sourire, jouer son rôle d'hôtesse. Mais en pensée, elle avait déjà rejoint le vestiaire adjacent où deux douzaines de filles se débattaient avec leurs tutus, leurs chaussons et leurs angoisses.

Lindsay avait le trac.

Sous le sourire et le calme de façade, elle tremblait avant chaque spectacle, comme elle avait tremblé à dix ans, à quinze ans, puis à vingt. Des récitals, elle en avait fait pour ainsi dire toute sa vie. Et pourtant, elle continuait à avoir les jambes tremblantes avant chacune de ses représentations.

Et si elle avait mis une lumineuse sonate de Beethoven en musique de fond, ce n'était pas seulement pour créer une ambiance, mais avant tout pour tenter d'apaiser ses nerfs malmenés.

Lindsay n'ignorait pas que ses craintes étaient ridicules : il s'agissait d'un modeste récital destiné à un public peu averti.

Mais c'était plus fort qu'elle. Son école et ses élèves avaient pris une importance considérable pour elle. Et la réussite de la soirée lui tenait à cœur.

Un père d'élève arborant une expression morose entra à la suite de son épouse. Lindsay lui souhaita la bienvenue et ils échangèrent une poignée de main. « Encore un qui a dû se faire violence pour s'arracher de son match de foot à la télévision ! » songea-t-elle, amusée. Notant qu'il passait et repassait le doigt entre son cou et le col de sa chemise, Lindsay faillit éclater de rire et lui souffler à l'oreille qu'il n'était pas obligé de porter une cravate.

Depuis qu'elle avait commencé à organiser des spectacles, il y avait maintenant plus de deux ans, Lindsay avait toujours eu pour objectif de mettre les parents à l'aise. Elle estimait qu'un public détendu réagissait avec plus de chaleur et d'enthousiasme. Or des spectateurs satisfaits étaient susceptibles de générer de nouveaux élèves pour son école de danse.

Elle avait monté son studio en comptant uniquement sur le bouche à oreille pour se faire connaître. C'était la recommandation d'un voisin, la publicité faite par un parent content des prestations de son enfant qui, peu à peu, lui avaient permis d'étoffer sa clientèle. Le studio de danse était à la fois sa source de revenus et sa passion. Et elle estimait que c'était une chance inestimable de pouvoir gagner sa vie en exerçant une activité qu'elle adorait.

Consciente que la grosse majorité de son public assistait au spectacle uniquement par devoir, Lindsay était déterminée à les surprendre agréablement. Pour chaque récital, elle veillait à varier les programmes et soignait ses chorégraphies de façon à ce que chacune de ses jeunes danseuses voie ses talents particuliers mis en valeur. Elle savait que toutes les mères n'étaient pas motivées comme Mae l'avait été pour elle ; que tous les pères n'offraient pas à leur fille le soutien dont elle avait elle-même bénéficié.

« Mais la plupart des parents font tout de même l'effort de se déplacer pour les récitals », constata Lindsay avec satisfaction en regardant les petits groupes qui s'étaient formés dans la salle. Ils étaient sortis par cette soirée froide et pluvieuse, renonçant, qui à son émission préférée, qui à une soirée entre amis au coin du feu. Lindsay sourit, touchée une fois de plus par le désintéressement dont les parents faisaient preuve dès qu'il s'agissait de leur progéniture.

En allant et venant parmi ces gens, elle ressentit une joie profonde, inattendue. Et réalisa qu'elle était heureuse ici, dans le Connecticut où elle avait ses racines. Non pas qu'elle ait détesté New York. Au contraire. Elle avait adoré les deux années qu'elle avait passées là-bas. La vie, le mouvement, le foisonnement des nationalités et des cultures l'avaient fascinée. Mais la simplicité qu'elle avait retrouvée à Cliffside, le calme de ses rues et la présence de l'océan lui apportaient une satisfaction élémentaire et profonde, un contentement qu'elle n'aurait pas imaginé pouvoir éprouver.

Tout le monde dans cette pièce se connaissait — de vue ou de nom. La mère d'une de ses danseuses les plus âgées avait été sa baby-sitter vingt ans plus tôt. Lindsay sourit en songeant à la frêle jeune fille à queue-de-cheval qu'elle avait connue à cinq ans. Le lien, même ténu, qui l'unissait à ces gens lui réchauffait le cœur. « Tous les jeunes devraient partir de chez eux à dix-huit ans, puis revenir à l'âge adulte dans la ville qui les a vu naître », songea Lindsay. Pas forcément pour la vie, mais en tout cas pour le plaisir de l'expérience. Quoi de plus instructif que de revoir à travers un regard mature, les gens et les choses que l'on avait connus enfants ?

— Lindsay ?

Elle se tourna pour saluer l'une de ses anciennes camarades de lycée.

— Bonsoir, Jackie. Comment vas-tu ? Tu sais que tu es très en beauté, ce soir.

Jackie, une jeune femme brune toujours tirée à quatre épingles, la serra affectueusement dans ses bras.

— Nous sommes morts de trac tous les trois, admit-elle en riant. David et moi peut-être plus encore que Caroline !

Suivant le regard de Jackie, Lindsay vit David, ancien champion de football du lycée, devenu agent d'assurance, escorter ses parents déjà âgés jusqu'à leurs places au premier rang.

— Ainsi les grands-parents se sont déplacés aussi, commenta-t-elle, ravie. Ne te fais pas de souci pour Caroline, en tout cas. Elle a tellement répété qu'elle dansera son rôle sans une hésitation. Tu verras qu'elle s'est beaucoup assouplie depuis l'année dernière... D'ailleurs, les filles vont toutes être superbes grâce à l'aide que tu as apportée pour la réalisation des costumes. Je n'ai même pas encore eu le temps de te remercier pour tout ce que tu as fait, Jackie.

Jackie balaya ses remerciements d'un haussement d'épaules.

— Oh, c'était un plaisir... J'espère que les parents de mon mari vont être contents du spectacle, ajouta-t-elle dans un murmure. Ils peuvent être terrifiants par moments.

— Caroline est leur unique petite-fille, je crois ? s'enquit Lindsay, amusée.

— Oui. Et ils voudraient qu'elle soit la huitième merveille du monde, vingt-quatre heures sur vingt-quatre. Cela fait beaucoup pour ses seules épaules. Et je te jure que ça m'épuise autant que ma fille.

Lindsay ne put s'empêcher de rire.

— Tu trouves ça drôle ? protesta Jackie d'un air sombre. Ça se voit que tu n'as jamais eu de beaux-parents, toi. Tiens à ce propos, tu te souviens de mon cousin Tod ?

Aussitôt sur la défensive, Lindsay hocha la tête.

— Oui, oui, je me souviens.

— Il doit venir passer quelques jours ici en octobre. Et il m'a encore demandé des nouvelles de toi la dernière fois que je l'ai eu au téléphone, précisa Jackie avec un sourire innocent.

— Ecoute, Jackie, je ne...

Mais son amie ne la laissa pas terminer sa phrase.

— Pourquoi n'irais-tu pas dîner avec lui un de ces soirs ? La dernière fois qu'il t'a vue, Tod est tombé sous le charme. Ce n'est pas souvent qu'il a l'occasion de passer ici. Et il a une excellente situation dans le New Hampshire. Je crois que je t'ai déjà parlé de la quincaillerie qu'il a ouverte il y a cinq ans ?

Lindsay étouffa un soupir.

— Je suis au courant, oui.

C'était un des grands inconvénients de la vie dans les petites villes, en revanche : un célibataire y était constamment menacé par les projets matrimoniaux que tout le monde s'acharnait à ourdir à son endroit.

Et depuis que Mae commençait à récupérer de son accident, les allusions et les suggestions se faisaient de jour en jour plus insistantes. Pour éviter la surenchère, Lindsay décida de se montrer ouvertement dissuasive.

— Jackie, tu sais à quel point je suis occupée ici. Et…

— Tu fais un travail merveilleux avec nos enfants, l'interrompit Jackie. Et toutes les filles t'adorent. Mais tu diriges une école de danse, pas un couvent. Et je ne vois pas ce qui t'empêcherait de te distraire de temps en temps. Il n'y a rien de sérieux entre Andy et toi, si ?

— Non, non. Bien sûr que non. Mais…

— Alors rien ne t'oblige à vivre en ermite.

— Ma mère…

— Mae avait l'air en pleine forme lorsque je suis passée l'autre jour poser les costumes, la coupa impitoyablement Jackie. Ça m'a fait plaisir de la voir se déplacer sans déambulateur et sans canne. Elle a même repris un peu de poids, heureusement.

— C'est vrai. Mais…

— O.K., c'est convenu, alors ? Je dirai à Tod de te passer un coup de fil, conclut Jackie d'un ton léger avant de la planter là pour aller rejoindre sa famille.

Lindsay la suivit des yeux avec un mélange d'irritation et d'amusement. Cette conversation frustrante lui aurait au moins appris une chose : il était inutile d'espérer faire entendre raison à un interlocuteur qui ne vous laissait jamais finir une seule de vos phrases.

Avec un léger haussement d'épaules, Lindsay abandonna la foule des parents pour aller rejoindre ses jeunes danseuses. Le pire qui pourrait lui arriver, après tout, serait d'avoir à endurer une soirée au restaurant avec un cousin Tod intimidé aux paumes moites et à l'élocution difficile. Rien d'insurmontable a priori. Les hommes, après tout, ne se pressaient pas à sa porte. Et cela lui ferait peut-être du bien de changer d'air pour un soir.

Une fois dans le vestiaire, Lindsay poussa un soupir de soulagement en se renversant contre le battant clos. Un chaos total régnait dans la pièce transformée en une vaste volière. Mais c'était le genre de capharnaüm qui lui avait toujours été familier. Les filles bavardaient, surexcitées, tout en s'aidant mutuellement à enfiler leurs costumes. Quelques-unes s'exerçaient une dernière fois à exécuter une combinaison de pas difficile. D'autres s'échauffaient calmement à la barre pendant que deux de ses plus jeunes éléments, à peine âgés de cinq ans, tiraient chacune sur le ruban d'un chausson, en poussant des hurlements stridents.

Lindsay se redressa et éleva la voix.

— Puis-je avoir votre attention, mesdemoiselles, s'il vous plaît ?

Tous les regards se tournèrent dans sa direction.

— Vous entrez en scène dans dix minutes… Beth ? Josey ? Vous voulez m'aider à habiller les petites ?

Lindsay consulta sa montre et constata que Monica, la pianiste, était en retard une fois de plus. Mais ce n'était pas le moment de paniquer. Au pire, il lui restait toujours le lecteur de CD.

Elle s'accroupit pour rajuster le collant d'une des fillettes tout en s'efforçant de répondre dans l'ordre aux questions et aux remarques qui fusaient autour d'elle.

— Mademoiselle… Vous n'avez pas donné une place au premier rang à mon petit frère, au moins ? Quand je danse, il n'arrête pas de faire des grimaces horribles et ça me déconcentre.

— Deuxième rangée, tout à fait sur la droite, rétorqua Lindsay, la bouche pleine d'épingles à cheveux, en s'employant à recoiffer un chignon.

— Lindsay, je n'arriverai jamais à faire le grand jeté de la seconde partie !

— Mais si, tu y arriveras. A la répétition, tu as été parfaite.

— Mademoiselle Dunne, y a Kate qui a mis du vernis à ongles rouge !

— Mmm…, marmonna Lindsay en jetant un second coup d'œil à sa montre.

— Mademoiselle, pour les fouettés…

— Pas plus de cinq.

— Et pour le maquillage de scène, mademoiselle Dunne ?

Lindsay secoua la tête en réprimant un sourire.

— *Jamais* de maquillage pour mes spectacles… Ah Monica ! Te voilà enfin ! s'exclama Lindsay avec un sourire de soulagement. Je commençais à désespérer de te voir arriver.

Monica salua joyeusement à la ronde.

— Bonjour, tout le monde. Désolée d'être en retard !

Monica Anderson avait tout juste vingt printemps et rayonnait d'une beauté saine et vigoureuse. Ses cheveux blonds aux boucles joyeuses encadraient un visage criblé de taches de rousseur où se détachaient de grands yeux bruns pétillants. Grande et athlétique, elle avait le cœur le plus pur que l'on puisse imaginer. Monica recueillait les chats perdus, écoutait toujours les deux parties en cas de conflit, et portait sur les êtres et les choses un regard d'une générosité sans faille.

Lindsay l'adorait pour sa simplicité et son authentique gentillesse. Monica avait également un vrai talent pour l'accompagnement au piano. Elle respectait le tempo et jouait la musique classique sans les ornementations qui auraient distrait ses danseuses. La ponctualité, en revanche, ne préoccupait pas Monica outre mesure.

Lindsay réprima un soupir.

— Il nous reste à peine cinq minutes avant le début du spectacle.

Avec un large sourire, Monica mut ses courbes généreuses en direction de la salle.

— Aucun problème, j'y vais… Je te présente Ruth, au fait, précisa-t-elle en désignant une jeune fille qui se tenait en retrait, juste devant la porte. C'est une ballerine.

L'attention de Lindsay se reporta sur la nouvelle venue. C'était une fille délicate d'aspect, à l'ossature fine. Ses yeux en amande avaient une beauté presque orientale et sa bouche aux lèvres pleines indiquait une nature secrète et passionnée.

Séparés par une raie médiane, les cheveux noirs de Ruth tombaient jusque sur ses épaules, encadrant un petit visage triangulaire. Sans être réguliers, ses traits formaient un ensemble saisissant. C'était une jeune fille encore, hésitant au seuil de la vie adulte.

Si son attitude détendue donnait une impression d'assurance, le regard de ses yeux sombres trahissait une indéniable nervosité.

Sensible à la détresse qui semblait émaner d'elle, Lindsay lui sourit avec chaleur.

— Bonsoir, Ruth.

— Je vais jouer un morceau pour calmer un peu la salle, annonça Monica.

D'un air paniqué, Ruth la retint par la manche.

— Mais Monica, tu m'avais promis…

— Ah oui, c'est vrai. Ruth a quelque chose à te demander, Lindsay.

La pianiste les gratifia l'une et l'autre d'un large sourire.

— Ne sois pas intimidée, Ruth. Je t'ai déjà dit que Lindsay était très sympa. Ruth est un peu angoissée, précisa-t-elle avant de disparaître dans la pièce voisine.

Amusée par l'attitude insouciante de Monica, Lindsay secoua la tête. Mais lorsqu'elle vit les joues empourprées de Ruth, elle se hâta de la rassurer en lui posant la main sur le bras.

— Notre Monica est d'une décontraction déconcertante, par moments, observa-t-elle en riant. Maintenant, si tu veux bien m'aider à placer les danseuses du premier rang, nous pourrons bavarder entre-temps.

— Je ne voudrais pas être dans vos jambes, mademoiselle Dunne, balbutia Ruth.

D'un geste large, Lindsay engloba le chaos qui régnait dans le vestiaire.

— Dans mes jambes ? Tu veux rire. Ça m'arrange plutôt que tu me donnes un coup de main.

En vérité, Lindsay était parfaitement capable de discipliner son petit monde toute seule. Mais elle sentait Ruth tellement intimidée qu'elle avait choisi ce moyen simple pour la mettre à l'aise. Observant les gestes de la jeune fille, elle fut frappée par la grâce qui émanait d'elle. Quelque chose lui disait qu'elle avait affaire à une danseuse de talent.

Ouvrant la porte, Lindsay fit signe à Monica que le spectacle allait commencer. Sur les premières mesures d'introduction, une dizaine de petites filles en tutu entrèrent en scène.

Tout en surveillant leurs évolutions d'un œil, elle fit signe à Ruth de se rapprocher.

— Tu as débuté la danse à quel âge ?

— Cinq ans.

Lindsay hocha la tête, murmura quelques encouragements à ses petites danseuses, puis tourna de nouveau son attention vers Ruth.

— Et maintenant, tu as… ?

— Dix-sept ans depuis le mois dernier, proclama Ruth, avec une telle vigueur que Lindsay réprima un sourire.

— J'ai commencé à cinq ans, moi aussi. Ma mère n'a jamais pu se résoudre à jeter mes premiers chaussons.

— Je vous ai vue danser dans *Don Quichotte*, annonça Ruth dans un souffle.

Tournant la tête, Lindsay vit le regard fasciné de la jeune fille rivé sur elle.

— Tu as assisté à une de mes représentations ? Quand ?

— Il y a cinq ans, à New York. Vous étiez magnifique. Je n'avais encore jamais rien vu d'aussi beau.

Un tel émerveillement transparaissait dans les yeux noirs de la jeune fille que Lindsay, touchée, lui effleura la joue. A l'évidence gênée par ce contact physique, Ruth esquissa un léger mouvement de recul. Mais Lindsay lui sourit sans en prendre ombrage.

— Merci. *Don Quichotte* a toujours été un de mes ballets préférés. J'adore cette ambiance espagnole, avec cette fougue, cette flamboyance, ces castagnettes.

— Un jour, moi aussi, je danserai Kitri dans *Don Quichotte*, annonça Ruth.

La détermination dans le regard de la jeune fille avait momentanément chassé les incertitudes et la timidité. Lindsay songea en la regardant qu'elle n'avait encore jamais vu un physique mieux adapté au rôle.

— Tu as l'intention de poursuivre dans la danse, alors ?

Ruth s'humecta les lèvres.

— Oui. Je veux en faire mon métier.

— Et tu aimerais que je te prenne comme élève ?

— Oui, admit la jeune fille à voix basse.

Lindsay leva la main pour indiquer à son second groupe de danseuses d'entrer en scène.

— Demain, c'est samedi. J'ai mon premier cours à 10 heures. Tu serais d'accord pour venir une heure avant ? demanda-t-elle tout en suivant des yeux ses petites recrues de maternelle qui regagnaient le vestiaire sous les applaudissements nourris du public. J'ai besoin de te voir danser pour me faire une idée de ton niveau. Ça m'aidera à te placer par la suite. Pense à apporter tes pointes.

Les yeux de Ruth brillèrent d'excitation.

— D'accord. A demain 9 heures, alors.

— J'aimerais également m'entretenir avec tes parents, Ruth. Serait-il possible que l'un des deux, au moins, t'accompagne ?

Un silence tomba. Au même moment, la musique changea de tempo et le groupe suivant se prépara à entrer en scène.

— Mes parents sont morts il y a trois mois dans un accident, finit par déclarer Ruth d'une voix sans timbre.

Oubliant ses élèves sur scène, Lindsay se tourna en sursaut vers la jeune fille.

— Oh, Ruth… Je suis désolée. Ç'a dû être terrible.

Elle se sentait d'autant plus touchée qu'elle avait elle-même vécu un drame similaire. L'accident qui avait emporté son père et handicapé sa mère avait bouleversé irrémédiablement sa vie.

Mais Ruth ne voulait aucune compassion, de toute évidence. Elle secoua la tête et évita soigneusement son regard. Sans chercher à la brusquer, Lindsay attendit en silence qu'elle se recompose une attitude. Elle percevait en Ruth un jeune être blessé, refermé sur son chagrin, pour qui il était encore impensable de partager ses émotions.

— J'habite chez mon oncle, à présent, poursuivit Ruth d'une voix de nouveau calme et maîtrisée. Nous venons juste d'emménager ici, lui et moi.

— Vous êtes nouveaux à Cliffside, alors ?

La jeune fille hocha la tête.

— Mon oncle a acheté la grande maison qui est tout au bout de la ville, au-dessus de l'océan.

— Les Hauts de la Falaise ! s'exclama Lindsay. J'avais entendu dire que le manoir avait enfin trouvé un acquéreur. Tu sais que j'ai toujours adoré cette vieille propriété ?

Ruth ne réagit pas, se contentant de regarder droit devant elle. « Elle la déteste, sa nouvelle maison », comprit Lindsay, la mort dans l'âme. Mais comment aurait-elle pu ne pas haïr son nouvel environnement alors que la mort brutale de ses parents l'avait arrachée à tous ses repères ?

Lindsay reprit d'un ton plus neutre.

— Tu pourrais demander à ton oncle de venir demain matin pour que nous parlions de l'organisation de tes cours ? Si cela lui pose un problème de se déplacer, il n'aura qu'à me joindre par téléphone. Je suis dans l'annuaire.

Un soudain sourire illumina les traits de Ruth.

— C'est entendu, je lui en parlerai. Je vous remercie, mademoiselle Dunne. Je me réjouis de travailler avec vous.

Lindsay dut intervenir pour séparer deux de ses petites élèves qui se chamaillaient. Lorsqu'elle releva de nouveau la tête, Ruth avait disparu.

« Quelle fille étrange, songea-t-elle en calant distraitement sur sa hanche une des fillettes en tutu qui lui tendait les bras. Non… pas étrange. *Solitaire*, plutôt. » Lindsay embrassa l'enfant sur sa joue rebondie. La solitude, elle ne l'avait pas souvent expérimentée elle-même. Sa vie avait été trop remplie pour cela. Mais elle était capable d'en discerner les ravages chez d'autres. Et cela l'attristait de la voir reflétée chez un être aussi jeune.

Tout en regardant ses élèves de la classe intermédiaire

interpréter un court extrait de *La Belle au Bois Dormant*, Lindsay s'interrogea sur l'oncle de Ruth. Cet homme avait-il la patience, la générosité, nécessaires pour mener à bien la tâche délicate dont la vie l'avait soudain investi ? Ce n'était sans doute pas si simple, pour un célibataire de se voir confier la charge d'une nièce orpheline. A fortiori s'il s'agissait d'un vieux garçon, prisonnier de son traintrain.

« Pauvre Ruth. »

Lindsay soupira en songeant à la tristesse qui émanait de la jeune fille. Monica, qui recueillait tous les chats et chiens égarés de la création, avait manifestement trouvé en Ruth une protégée de plus. Elle-même, d'ailleurs, se sentait déjà concernée plus que de raison par le sort de cette jeune fille.

Restait à présent à déterminer si Ruth avait un avenir dans la danse ou non…

Lindsay en arrivait à se demander si la pluie finirait un jour par s'arrêter. Cela faisait des heures, maintenant, qu'elle l'entendait tomber sans relâche. Et elle avait beau être confortablement lovée dans la tiédeur des draps, elle ne parvenait toujours pas à fermer l'œil. *Bizarre.* En temps normal, le crépitement léger de la pluie favorisait le sommeil, pourtant.

A moins que son insomnie ne soit due aux derniers restes de tension suscités par le spectacle ?

Un spectacle qui s'était déroulé à la perfection, cela dit. Les filles avaient toutes donné le meilleur d'elles-mêmes et le public s'était montré enthousiaste. Plusieurs personnes à la fin étaient venues la féliciter pour la qualité de son récital.

L'idéal, bien sûr, aurait été que ses élèves masculins acceptent d'y participer. Mais Lindsay avait cessé une fois pour toutes de se bercer d'illusions à ce sujet. Les rares garçons qui venaient à ses cours refusaient de se montrer sur scène.

D'elles-mêmes, les pensées de Lindsay dérivèrent sur la jeune Ruth. Que la belle adolescente brune ait de l'ambition ne faisait aucun doute. Mais avait-elle également du talent ? Lindsay revit le regard noir, brillant de détermination, et pria pour que ce soit le cas. Ruth était une fille fragile, compliquée, ébranlée par la tragédie qu'elle venait de subir.

La danse — s'il s'agissait d'une vraie passion — pourrait canaliser ses énergies et l'aider à surmonter sa peine. « Elle s'est mise en tête de danser Kitri », se remémora Lindsay. Elle ressentit une pointe d'anxiété pour l'adolescente. Au cours de ses années d'apprentissage, elle avait vu tant d'espoirs brisés, tant de vocations affirmées détruites par la froide réalité d'un univers qui n'acceptait que les meilleurs !

Elle espérait ardemment que Ruth avait les atouts nécessaires pour se hisser jusqu'au sommet. Pourquoi elle se sentait aussi concernée, elle n'aurait su le dire. Peut-être parce que Ruth lui rappelait la fille qu'elle avait été à dix-sept ans ? En ce temps-là, l'espoir de danser un jour dans *Don Quichotte* figurait encore pour elle parmi ces rêves éblouissants que l'on n'ose caresser qu'en grand secret.

Avec un léger soupir, Lindsay bascula sur le ventre, enfouit la tête sous l'oreiller et tenta de trouver le sommeil dans cette nouvelle position. Mais ce fut peine perdue. Son esprit restait trop agité, ses pensées trop vivaces.

Seule, elle serait descendue dans la cuisine pour se faire une tisane. Mais sa mère avait le sommeil léger et elle craignait de la réveiller. Mae dormait mal, depuis l'accident. Surtout par temps de pluie.

Sa mère avait tant de mal à surmonter l'épreuve que la vie lui avait fait infligée ! Même si le mariage n'avait pas toujours été une source d'épanouissement pour Mae, elle avait trouvé en son mari une bouée de sauvetage, un soutien discret et sûr, et un admirateur plein de tendresse.

Le perdre avait été terrifiant pour elle. Il avait suffi d'une chaussée glissante et d'un moment d'inattention pour que tout l'univers de Mae s'effondre. Elle était sortie de son coma pour se réveiller en plein cauchemar. Brusquement, elle se retrouvait veuve et handicapée. Et sa ballerine de fille avait été condamnée à quitter la scène pour venir prendre soin d'elle.

A présent qu'elle retrouvait petit à petit son autonomie,

Mae n'avait plus qu'une idée : voir sa fille revenir à la danse professionnelle.

Lindsay roula sur le côté droit et scruta la nuit d'un noir d'encre, la pluie qui fouettait les vitres. Pourquoi sa mère ne se résignait-elle pas à accepter l'inévitable ? Et à être heureuse, tout simplement, en acceptant la vie telle qu'elle se présentait ? Elle revit l'expression amère de Mae, cet après-midi-là, lorsqu'elles avaient échangé quelques mots, au pied de l'escalier. En même temps que l'image maternelle, surgirent les remords familiers, la sensation habituelle de découragement et de culpabilité.

Avec un gémissement bref, Lindsay se laissa tomber sur le dos et scruta le plafond. A quoi bon se torturer avec cela maintenant ? Ces pensées sombres ne la mèneraient nulle part, hélas.

« C'est juste la pluie qui me donne le blues, songea-t-elle. Rien de plus. » Ainsi que les contrariétés de l'après-midi, sans doute. Avec le recul, pourtant, la série d'incidents qui l'avait tant exaspérée amena un sourire à ses lèvres. Finalement, la journée s'était bien terminée. Et ses petits soucis du jour étaient déjà presque oubliés. A l'exception de sa fichue voiture, toujours immobilisée sur le parking devant l'école de danse.

Penser à la panne et à la marche à pied échevelée qui s'en était suivie raviva le souvenir de sa chute et de l'homme vêtu de noir qui l'avait précipitée dans une flaque.

Tournant la tête vers le placard invisible dans le noir, Lindsay se demanda si l'inconnu se présenterait un beau jour à sa porte pour récupérer sa veste. Il avait été tellement grossier, tellement condescendant ! Une vague d'indignation la submergea, chassant momentanément sa tristesse.

— « Puisque vous n'avez rien de mieux à faire, apparemment, que de sortir marcher sous la pluie, prévoyez au moins de vous habiller en conséquence », dit-elle en l'imitant et en faisant une horrible grimace.

Il avait une très belle voix, cela dit. Et un physique plutôt attrayant, dans l'ensemble. Dommage que tout le reste soit odieux à ce point chez lui.

— Gauche et empotée ! fulmina-t-elle. Je veux bien être traitée de n'importe quoi, mais s'il y a une chose que j'ai apprise dans la vie, c'est la grâce ! Ce n'est pas possible d'être aveugle à ce point, bon sang !

Furieuse, elle assena un vigoureux coup de poing à son oreiller qui n'y était pour rien.

— Finalement, j'espère qu'il reviendra la chercher, sa veste, marmonna-t-elle. Et je lui en mettrai plein la vue, cette fois.

Laissant vagabonder son imagination, elle élabora toute une série de scénarios où elle recevrait l'inconnu avec un mélange de hauteur, de superbe et de commisération dédaigneuse. Inutile de préciser qu'elle aurait très nettement le dessus et qu'il repartirait l'air piteux et sa veste sous le bras.

La prochaine fois qu'ils se verraient, elle ne serait pas dégoulinante de pluie. Ni en situation d'infériorité, couchée dans une flaque, frissonnant dans ses vêtements mouillés.

La prochaine fois, elle serait à son avantage. Drôle, un rien sarcastique, sûre d'elle-même et séduisante.

Le visage enfin détendu par un sourire, Lindsay finit par glisser lentement dans un profond sommeil réparateur.

3

Le déluge de la nuit avait laissé de grandes flaques où le soleil radieux du matin venait jeter ses reflets. D'innombrables gouttelettes de pluie scintillaient comme des pierres précieuses dans l'herbe des talus. Seules quelques discrètes écharpes de brume oubliées ça et là glissaient encore sur la chaussée, ajoutant encore à la splendeur de cette matinée automnale.

Andy Moorefield monta le chauffage de la voiture lorsque Lindsay sortit de chez elle. Fasciné, il la regarda avancer vers lui de sa démarche souple et élastique. A ses yeux, Lindsay était et resterait toujours la plus belle. Il la considérait comme une créature à part — proche et néanmoins totalement inaccessible. Elle était trop délicate, trop gracieuse et éthérée pour entrer dans la catégorie des filles ordinaires.

Et sa beauté était si pure, si fragile. A son approche, Andy sentit une boule se former dans son estomac. Un phénomène qui se reproduisait avec une régularité décourageante depuis qu'ils se connaissaient.

Lindsay sourit et lui adressa un signe joyeux de la main en accélérant le pas sur le trottoir. Dans son sourire, Andy vit de l'affection et une amitié sincère. Il descendit de voiture et la salua gaiement à son tour. Il ne s'était jamais bercé d'illusions sur ce que Lindsay avait à lui offrir. Il savait que son amitié lui était acquise. Mais qu'il n'avait rien à attendre de plus. Depuis quinze ans qu'ils étaient amis, elle n'avait jamais eu le moindre geste ambigu, ne lui avait jamais prodigué ne serait-ce que le plus petit encouragement.

« Elle n'est pas pour moi, c'est clair », conclut-il une fois de plus en reprenant sa place au volant. Lorsque Lindsay se laissa tomber sur le siège passager, il n'en ressentit pas moins avec acuité l'habituel mélange de trouble et de plaisir. Il aimait son odeur : fraîche et légère, avec à peine une touche de mystère. De son côté, il se sentait toujours beaucoup trop grand et trop massif lorsqu'il se trouvait en présence de Lindsay.

Elle se pencha pour lui effleurer la joue d'un baiser rapide.

— Andy, je ne sais pas comment te remercier. Tu me sauves la vie une fois de plus.

Lindsay contempla son ami avec affection. Tout était fiable et rassurant dans ce visage large à l'ossature solide : le regard confiant, les traits bien dessinés, les cheveux bruns, toujours un peu en bataille.

Avec lui, elle se sentait elle-même. Et se surprenait même à se montrer maternelle par moments.

— Tu es vraiment adorable de faire ce détour pour moi, Andy.

Il haussa ses larges épaules.

— Tu sais bien que ça ne me dérange pas.

— Oui, je sais, admit-elle en riant. Et le service est d'autant plus appréciable que tu le rends volontiers !

Toujours très physique dans ses contacts avec autrui, Lindsay se rapprocha d'Andy pour lui poser la main sur le bras.

— Je crois que ta mère a l'intention de venir tenir compagnie à la mienne aujourd'hui ?

Andy démarra et prit la direction du studio.

— Oui, ça a l'air d'être prévu comme ça, en effet. Maman va essayer de convaincre Mae de faire un petit voyage en Californie avec elle, cet hiver.

Lindsay songea à l'humeur éternellement morose de sa mère et étouffa un soupir.

— Cela lui ferait un bien fou de changer d'air. J'espère que ta mère réussira à la convaincre. Cela dit, j'ai bien peur qu'elle ne refuse, une fois de plus.

— Pourquoi tant de pessimisme ? Mae se déplace bien mieux depuis quelque temps, non ?

Lindsay sentit comme une ombre tomber sur le matin clair de septembre. Mais elle ne chercha pas pour autant à éluder la question. Avec Andy, son ami d'enfance, elle pouvait aborder tous les sujets, même les plus douloureux.

— Il est vrai que, physiquement, elle a fait d'énormes progrès. Ces trois derniers mois, surtout, il y a eu une nette amélioration au niveau de la mobilité, de l'équilibre. Mais sur le plan moral…

Croisant les mains sur les genoux, Lindsay finit par laisser échapper le soupir qu'elle avait tenté de retenir.

— Elle est irritable, agitée, en colère. Le fait que je vive ici, à Cliffside au lieu de danser sur scène à New York lui est de plus en plus insupportable. Et il n'y a pas moyen de lui faire entendre raison. C'est devenu une sorte d'idée fixe, chez elle. Elle refuse d'accepter qu'on ne puisse pas reprendre en danse classique là où on s'est arrêté en partant. Or tu imagines à quel point c'est énorme, trois années d'absence, dans le métier qui était le mien.

Andy attendit quelques instants avant d'interrompre son silence méditatif.

— La vraie question est peut-être de savoir si tu as envie, *toi*, de retourner à New York ?

Un pli de concentration barra le front de Lindsay.

— Je ne crois pas, en fait. Je suis heureuse ici, à Cliffside. Et puis j'ai eu la chance, pendant deux ans, de pouvoir interpréter les plus grands rôles sur scène. Je ne suis donc pas passée à côté de ma carrière. Les circonstances m'ont amenée à l'abréger, c'est tout.

— Mais tu adorais ta vie là-bas, non ?

Le regard de Lindsay se fit encore plus pensif.

— Oui, c'est vrai. C'était merveilleux de ne vivre que par et pour la danse, même si j'avais constamment l'impression qu'on exigeait de moi l'impossible. Mais cet univers new-yorkais appartient désormais au passé ; je l'ai laissé derrière moi. Et je crois que c'est une illusion de vouloir revenir en arrière. Le problème, c'est que ma mère refuse de s'incliner devant la réalité. Comme s'il n'y avait pas d'autre bonheur au monde que la célébrité et la scène.

Avec un léger haussement d'épaules, Lindsay se renversa

contre le dossier. Son regard de nouveau rieur se porta sur l'océan, sur les maisons familières.

— Je crois que j'ai ma place, ici, désormais. Et ça me va bien de me sentir partie de ce petit coin de Nouvelle-Angleterre. Tu te souviens quand nous sommes montés sur les Hauts de la Falaise pour nous introduire dans la maison en cachette ?

Andy lui rendit son sourire.

— Arrête ! Il faisait nuit noire. Je n'ai jamais eu aussi peur de ma vie. Je maintiens que j'ai vu le fantôme glisser juste devant mes yeux.

Lindsay éclata de son rire léger.

— Fantôme ou pas, cela reste pour moi le manoir de mes rêves… Tu sais qu'il a été vendu, au fait ?

— Oui, c'est ce que j'ai entendu dire. Cela doit te faire un drôle d'effet, non ? Tu avais juré à l'époque que, quoi qu'il arrive, tu finirais tes jours comme occupante en titre des Hauts de la Falaise.

Une vague de nostalgie teinta l'humeur de Lindsay de mélancolie douce.

— Ce n'était rien qu'un rêve de petite fille… Je voulais vivre en hauteur, loin au-dessus de la ville, et me donner de l'importance. Et puis, j'étais fascinée par ce foisonnement de pièces biscornues et de salons, de balcons et de corridors…

Andy hocha la tête.

— C'était un labyrinthe vermoulu menacé par la ruine. Mais j'imagine que l'aspect des lieux a dû changer du tout au tout. Il paraît que le nouveau propriétaire a fait faire de gros travaux de rénovation.

— J'espère qu'il n'a pas tout gâché !

— Gâcher quoi, au juste ? Les toiles d'araignée ? La poussière ? Les nids à rats ?

Lindsay fronça les narines.

— Mais non, idiot ! La majesté, la grandeur, l'arrogance ! J'ai toujours imaginé cette demeure avec ses jardins en pleine floraison et les portes-fenêtres ouvertes pour accueillir l'air de l'océan, l'odeur des fleurs, les visiteurs.

— A ma connaissance, aucune fenêtre là-haut n'a été

ouverte depuis une décennie. Et le jardin est tellement envahi par les ronces et les mauvaises herbes qu'aucune fleur n'y voit plus le jour depuis longtemps.

Découragée, Lindsay secoua la tête.

— Le problème avec toi, Andy, c'est que tu manques d'imagination… A propos, tu sais que la jeune fille avec qui j'ai rendez-vous ce matin pour un cours particulier est la nièce du nouveau propriétaire ? Tu as déjà eu l'occasion de le rencontrer, au fait ?

— Non. Je ne pourrais même pas te dire de qui il s'agit. Il faudrait poser la question à ma mère. Je ne sais pas comment elle se débrouille, mais elle est toujours au courant de tout ce qui se passe dans cette ville.

Une vision de la beauté poignante de Ruth s'imposa à l'esprit de Lindsay.

— J'ai été très touchée par la personnalité de la nièce, en tout cas, murmura-t-elle pensivement. Elle a l'air un peu seule, un peu perdue. J'aimerais bien l'aider si c'est possible.

— Et qu'est-ce qui te fait croire qu'elle aurait besoin d'aide ?

— Elle m'a fait penser à un oiseau affolé qui ne sait pas encore si la main qui le tient va le caresser ou l'étouffer… D'où les questions que je me pose au sujet de l'oncle.

Andy se gara sur le parking devant l'école de danse.

— Tu crois que la malheureuse enfant est tombée entre les mains d'un vieil oncle cruel et machiavélique ? commenta-t-il en riant. Je manque sans doute d'imagination mais toi, tu en as en excès, Lindsay. Je suis d'ailleurs surpris que tu puisses avoir une image négative de l'homme qui a eu assez de discernement pour élire domicile sur les Hauts de la Falaise.

Lindsay descendit de voiture avec la grâce légère qui lui était coutumière.

— Tu as raison, acquiesça-t-elle lorsqu'il la rejoignit près de son véhicule. Il ne peut s'agir que d'un homme de goût.

Andy hocha la tête et releva les manches.

— Je vais jeter un coup d'œil sur ton moteur. Tu peux ouvrir le capot ?

Lindsay s'exécuta sans se faire prier. En découvrant le moteur noir de cambouis, Andy fit la grimace.

— Tu sais que ça s'entretient, une voiture, Lindsay ?

— Mmm…

Il effleura les bougies encrassées et poussa un profond soupir.

— Il me semble t'avoir déjà dit que pour maintenir un véhicule en état de marche, il ne suffit pas de rajouter de l'essence lorsque le réservoir est vide.

— Je suis un désastre mécanique absolu, admit-elle sans l'ombre d'un remords.

— Même si tu n'es pas capable d'entretenir un moteur, tu peux au moins prendre rendez-vous chez le garagiste tous les trois mois pour une vidange. C'est quand même le moins que l'on puisse faire pour…

Lindsay leva les mains en signe de reddition.

— Ah non, pas de sermon, je t'en supplie ! Tu as gagné. Je plaide coupable.

Jetant les bras autour du cou d'Andy, elle l'embrassa affectueusement sur les deux joues.

— Désolée. Je suis d'une inconscience impardonnable dès qu'il s'agit de voitures, d'entretien et de garagistes.

Les mains toujours nouées dans la nuque d'Andy, Lindsay entendit un second véhiculer se garer sur le parking.

— Ah ! Ce doit être Ruth ! commenta-t-elle gaiement. Merci mille fois d'avoir accepté de t'intéresser à mon pauvre moteur, en tout cas. S'il est en phase terminale, essaie de m'annoncer la triste nouvelle en douceur.

Lâchant Andy, Lindsay se retourna pour accueillir Ruth et demeura clouée sur place par la stupéfaction. L'homme qui s'avançait au côté de la jeune fille était brun et de haute taille. Et elle sut avant qu'il ouvre la bouche quel serait le son de sa voix.

— Super, murmura-t-elle à voix basse tandis que leurs regards se rivaient l'un à l'autre.

Son chauffard colérique de la veille garda une expression impassible. S'il était surpris, il n'en laissait en tout cas rien paraître.

Au bout d'un temps de silence, Ruth la dévisagea avec un mélange d'étonnement et d'inquiétude.

— Mademoiselle Dunne ? Vous m'aviez bien demandé de venir à 9 heures, n'est-ce pas ?

Lindsay tourna vers elle un regard absent.

— Pardon ?

— Pour mon cours de danse.

— Oui, oui, bien sûr, se hâta de confirmer Lindsay. Excuse-moi, je suis un peu distraite. Ma voiture m'a joué un mauvais tour hier soir et j'avais la tête ailleurs… Ruth, je te présente mon ami Andy Moorefield. Andy, voici Ruth…

— … Bannion, compléta la jeune fille. Et mon oncle est venu avec moi.

— Seth Bannion, annonça l'inconnu en saluant Andy. Enchanté, mademoiselle Dunne.

Il s'exprimait avec une neutralité si parfaite que Lindsay se prit un instant à douter qu'il l'ait reconnue. Mais son regard discrètement moqueur lui assura qu'il savait à qui il avait affaire. Ce qui n'empêcha pas le nouveau propriétaire des Hauts de la Falaise de lui prodiguer une poignée de main d'une irréprochable politesse, comme s'ils ne s'étaient jamais croisés de leur vie.

Parfait. S'il était disposé à se comporter avec civilité, elle était prête à s'aligner sur sa ligne de conduite.

— Enchantée, monsieur Bannion. J'apprécie beaucoup que vous ayez fait l'effort d'accompagner Ruth à son cours, ce matin.

— Tout le plaisir est pour moi, rétorqua-t-il avec une exquise courtoisie.

Lindsay lui jeta un bref regard suspicieux mais ne fit pas de commentaires.

— Entrons, proposa-t-elle… Andy, à plus tard, d'accord ?

Le nez plongé dans le moteur, ce dernier les salua d'un vague grognement. Pendant que Lindsay ouvrait le studio, Ruth murmura d'une voix mal assurée.

— C'est très gentil de votre part d'avoir accepté de me recevoir, mademoiselle Dunne.

La nervosité de la jeune fille était palpable. Notant que Ruth se cramponnait au bras de son oncle, Lindsay lui posa la main sur l'épaule d'un geste rassurant.

— Ça m'aide de travailler en individuel avec mes élèves lorsque je les vois pour la première fois.

Sentant une résistance chez la jeune fille, elle se hâta de rompre le contact.

— Dis-moi d'abord avec qui tu as travaillé jusqu'à présent, Ruth.

— J'ai eu différents professeurs de danse aussi bien aux Etats-Unis qu'en Europe, expliqua la jeune fille en pénétrant dans le studio. Mon père était journaliste et nous avons mené une vie assez itinérante, ces quelques dernières années.

— Bien. Nous allons voir où tu en es.

Lindsay se tourna vers Seth dont l'expression restait toujours aussi imperturbablement polie.

— Mettez-vous à l'aise, monsieur Bannion, et prenez un fauteuil. Ruth et moi allons commencer par un échauffement à la barre.

Seth hocha la tête sans prononcer un mot. Mais Lindsay le vit adresser un discret signe d'encouragement à sa nièce.

— Les effectifs de mes classes sont assez modestes, précisa Lindsay en retirant son manteau. Pour une petite ville comme Cliffside, nous avons un nombre relativement élevé d'élèves. Mais je ne suis pas obligée non plus de les refuser par douzaines !

Elle sourit à Ruth, puis se baissa pour enfiler des jambières en laine sur son collant. Elle portait une jupette en tulle d'un vert qui rappelait étrangement la couleur des yeux de Seth, réalisa Lindsay, non sans un léger sentiment de contrariété. Sourcils froncés, elle laça ses chaussons.

— Mais ça vous plaît d'enseigner, n'est-ce pas ? demanda Ruth.

Timide et empruntée, la jeune fille se tenait juste à côté d'elle, dans un justaucorps rose qui mettait son teint et sa chevelure en valeur.

— J'aime énormément mon métier, oui, confirma Lindsay. Et voilà, je suis prête. On passe à la barre ?

Se dirigeant vers le miroir, elle fit signe à Ruth de se placer en face d'elle.

— Première position.

De son poste d'observateur, Seth vit les deux silhouettes se mouvoir dans un ensemble parfait. La jeune femme et la jeune fille étaient de la même taille et elles avaient une allure similaire — frêle et déliée, à la fois. L'une était claire, fragile, et lumineuse comme le jour ; l'autre avait une grâce plus exotique, plus secrète.

— Grand plié.

Sans effort apparent, elles descendirent sur leurs talons. Lindsay observa le dos de Ruth, vérifia la position des pieds, le port de tête. Lentement, sans brûler les étapes, elle lui fit exécuter les différentes positions. Ses pliés comme ses battements étaient parfaits, nota-t-elle. A la façon dont elle se mouvait, à travers la grâce des gestes, Lindsay lisait l'amour de Ruth pour la danse. Elle se souvint de la jeune fille qu'elle avait été dix ans plus tôt — si jeune, encore, avec des rêves pleins la tête. Et toujours cet espoir tremblant au fond de soi qui vous poussait à vous dépasser, à surmonter la peur, la fatigue, les douleurs musculaires.

Touchée, Lindsay sourit. C'était la première fois qu'elle se reconnaissait ainsi chez l'une de ses élèves. Elle se sentait en empathie avec Ruth tandis qu'elles évoluaient ensemble en une étonnante harmonie.

— O.K. On passe aux pointes, annonça-t-elle en se dirigeant vers la chaîne hi-fi pour changer de CD.

Au passage, elle jeta un coup d'œil à Seth et vit qu'il l'observait avec attention. Ses étranges yeux verts auraient pu avoir quelque chose d'apaisant si son regard n'avait pas été aussi envahissant, aussi direct.

Elle se tourna vers lui, le visage impassible.

— Il nous reste encore environ une demi-heure de cours, monsieur Bannion, précisa-t-elle en glissant le CD de *Casse-*

Noisette dans le lecteur. Souhaitez-vous que je vous fasse un café en attendant ?

Au lieu de décliner son offre tout de suite, Seth laissa passer quelques longues secondes de silence. Figée dans l'attente de sa réponse, Lindsay se sentit soudain comme un papillon cloué sur la planche de l'entomologiste

— Non, merci, dit-il enfin, le regard rivé au sien.

Elle sentit ses joues s'empourprer, ses muscles détendus par la barre se crisper de nouveau. Se surprenant à jurer en silence, elle se demanda si c'était Seth ou elle-même qu'elle maudissait aussi vigoureusement.

Faisant signe à Ruth de se placer au centre de la salle, Lindsay retourna s'adosser à la barre. Elle commencerait par des mouvements lents pour juger de l'équilibre, du style, de la présence de la jeune danseuse. Trop souvent ses élèves montraient une prédilection pour la vitesse et l'apparence. Elles aimaient éblouir par la rapidité de leurs pirouettes, de leurs sauts, de leurs fouettés. En négligeant la lente beauté d'une arabesque ou d'un développé.

— Prête ?

— Prête, mademoiselle Dunne.

Si Ruth était incontestablement réservée, elle ne souffrait pas de timidité pour autant. Lindsay vit les yeux de la jeune fille scintiller de plaisir à la perspective de la danse.

— Quatrième position… Pirouette… Cinquième.

L'exécution était parfaite, le rythme excellent.

— Quatrième… Pirouette… Attitude.

Enchantée par la prestation de la jeune fille, Lindsay se détacha de la barre pour décrire un cercle autour d'elle.

— C'est très bien, Ruth… *Arabesque*… Encore une fois. *Attitude*. Tiens la position… *Plié*.

Non seulement Ruth avait du talent mais — plus important encore — elle avait l'énergie et l'endurance nécessaires pour supporter la discipline de fer qu'exigeait la danse classique. Chacun de ses gestes était un cri d'amour pour l'art qu'elle pratiquait avec une évidente passion.

D'un côté, Lindsay avait mal pour la jeune fille, en songeant aux sacrifices et aux souffrances physiques qui l'attendaient. Mais la joie qu'elle ressentait dominait sa peine. Pour la première fois, dans sa carrière d'enseignante, elle avait affaire à une vraie danseuse, à une future étoile qui saurait surmonter les obstacles et danser vers les sommets.

Et elle serait là pour l'aider, comprit Lindsay, déterminée à jouer son rôle de guide et de mentor. Car Ruth avait encore beaucoup à apprendre. La jeune fille avait acquis la technique mais pas encore l'expressivité. Elle savait danser mais ne se servait pas encore à la perfection de ses bras ni de ses mains.

Au bout de trois quarts d'heure, Lindsay jugea qu'elle en avait assez vu pour se faire une opinion.

— C'est bien, Ruth. Tu peux t'arrêter… Tes différents professeurs ont fait du bon travail, commenta-t-elle en allant couper la musique.

En se retournant, elle vit que l'anxiété était de retour dans le regard de la jeune fille. Réagissant à l'instinct, elle s'approcha pour lui poser les mains sur les épaules. Mais là encore, elle sentit la résistance de Ruth et lâcha prise.

— Je n'ai pas besoin de te dire que tu es faite pour la danse, Ruth. Tu n'es ni idiote ni aveugle. Tu le sais aussi bien que moi et depuis longtemps.

Pendant quelques secondes, Ruth demeura immobile et muette. Puis son visage s'éclaira, ses épaules se détendirent, un sourire joua sur ses lèvres.

— Vous ne pouvez pas imaginer ce que cela représente pour moi d'entendre cela venant de *vous*, murmura-t-elle, les yeux brillants d'un mélange de fierté et de joie.

Surprise par l'intensité de sa réaction, Lindsay haussa les sourcils.

— Pourquoi venant de moi, spécialement ?

— Parce que vous êtes la soliste la plus extraordinaire que j'aie jamais vue sur scène. Et je sais que si vous n'aviez pas été obligée d'interrompre votre carrière, vous vous classeriez aujourd'hui parmi les quelques rares danseuses de stature internationale. J'ai lu plein d'articles à votre sujet, vous savez. On disait de vous que votre talent était le plus prometteur de la décennie. Davidov lui-même vous avait élue comme partenaire attitrée. Et il a confié aux journalistes qu'il n'avait jamais dansé avec une Juliette aussi prodigieuse. Vous êtes toute de grâce et de légèreté et…

Soudain consciente qu'elle se laissait emporter, Ruth s'interrompit net. Deux cônes brûlants incendièrent ses joues pâles.

Même si elle était sincèrement touchée, Lindsay garda un ton léger pour aider la jeune fille à surmonter son embarras.

— Merci, Ruth. J'ai rarement l'occasion d'entendre des critiques aussi averties, ici, à Cliffside.

Elle marqua un temps d'arrêt, résistant à la tentation de prendre de nouveau la jeune fille par les épaules.

— Certaines de mes élèves ne manqueront pas de te prévenir que je suis une enseignante exigeante, difficile et très stricte avec ses grandes classes. Il faudra travailler dur tous les jours.

— Cela ne me dérange pas.

De nouveau, la brûlante lueur d'espoir était là, consumant le regard sombre.

— Dis-moi ce que tu attends de la vie, Ruth ?

— Je veux danser sur les plus grandes scènes. Devenir célèbre, répondit la jeune fille sans une hésitation. Comme vous.

Lindsay rit doucement et secoua la tête.

— Moi, tout ce que je voulais à l'époque, c'était danser… Mais ma mère, elle, briguait la gloire, précisa-t-elle à mi-voix. Allez, va retirer tes chaussons. Je dois m'entretenir quelques instants avec ton oncle, maintenant. Ton cours est à 13 heures, le samedi. La leçon de pointes, à 14 h 30. Et je suis féroce sur la ponctualité.

Se tournant résolument vers Seth, Lindsay lui jeta son regard le plus professionnel.

— Monsieur Bannion ? Si vous voulez bien me suivre ?

4

Résolue à affirmer son autorité d'entrée de jeu, Lindsay passa derrière son bureau. Ici, au studio de danse, elle était dans son élément. Elle se sentait sûre d'elle, incisive, compétente — à des années-lumière de l'image pathétique qu'elle avait pu donner à l'occasion de sa première rencontre avec Seth.

Tout en lui indiquant d'un geste de suivre son exemple, elle prit place dans un fauteuil. Mais Seth ne tint pas compte de son instruction muette et demeura debout à contempler les photos qu'elle avait mises au mur. Il resta en arrêt devant celle où elle dansait avec Nick Davidov dans le dernier acte de *Roméo et Juliette*.

— J'ai réussi à mettre la main sur le poster où vous figurez avec Davidov et je l'ai envoyé à Ruth, il y a quelques années, commenta-t-il, le dos tourné. Elle ne s'en est jamais séparée. Aujourd'hui encore, il est accroché au-dessus de son lit.

Seth s'interrompit pour reporter son attention sur elle.

— Ruth vous voue une immense admiration.

Sous-entendu : « Vous avez une responsabilité envers elle », comprit Lindsay. Elle fronça les sourcils, irritée par l'exigence implicite contenue dans sa voix.

— Puisque vous êtes le tuteur de Ruth, j'estime que vous êtes en droit d'être informé de ce qu'elle fera ici et de ce que j'attends d'elle en dehors de ses cours.

— Il va sans dire que je m'en remets entièrement à vous, dans ce domaine, mademoiselle Dunne. C'est vous l'experte.

De nouveau, elle sentit son regard sur elle, explorant ses traits avec minutie. Et s'étonna une fois de plus du contraste entre ce regard si distinctement *personnel* et l'attitude détachée de Seth.

Soudain mal à l'aise, elle croisa et décroisa les mains sur son bureau.

— En tant que tuteur de Ruth, vous…

— En tant que tuteur de Ruth, je sais qu'elle a besoin d'étudier la danse comme elle a besoin de respirer.

Il se rapprocha avant de poursuivre, se plaçant de manière à l'obliger à lever la tête.

— Je vais donc être obligé de vous faire confiance. Dans une certaine limite, du moins.

Lindsay le dévisagea avec curiosité.

— Et quelle est-elle, cette limite ?

— Je le saurai plus précisément dans une semaine ou deux. J'ai l'habitude de me renseigner avec soin, avant de prendre une décision quelle qu'elle soit. Or je ne vous connais pas, précisa-t-il en plissant les yeux d'un air vaguement méfiant.

Inexplicablement vexée, Lindsay hocha la tête.

— Pas plus que je ne vous connais vous.

— C'est vrai, admit-il, impassible. J'imagine qu'avec le temps, le problème se résoudra de lui-même. Mais j'ai de la peine à croire que la ballerine que j'ai vue danser *Giselle*, cette reine de l'équilibre qui défiait la gravité à chaque pas, puisse se montrer maladroite au point de tomber dans une flaque au premier coup de Klaxon.

Sidérée qu'il ose revenir sur le sujet, elle fixa sur lui un regard outré.

— Est-ce que vous vous rendez compte, au moins, que vous avez failli m'écraser ? explosa-t-elle. Tout conducteur roulant à tombeau ouvert dans une rue résidentielle sous une pluie diluvienne mériterait d'être arrêté et jeté en prison !

— *A tombeau ouvert* ? A trente kilomètres heures ? rétorqua-t-il, imperturbable. Si j'avais dépassé la vitesse autorisée, vous ne seriez peut-être plus ici pour me répondre. Vous avez traversé sans regarder, un point c'est tout.

Lindsay lui jeta un regard noir.

— La plupart des gens civilisés prennent le temps de

se familiariser avec l'infrastructure routière lorsqu'ils sont nouvellement installés quelque part.

— La plupart des gens civilisés ne circulent pas à pied sous la pluie et l'orage, riposta-t-il sans se démonter. J'ai un rendez-vous dans quelques minutes, mademoiselle Dunne. Souhaitez-vous que je vous fasse un chèque pour Ruth avant de partir ?

Elle se leva pour quitter le bureau.

— Inutile. Je vous enverrai une facture.

Seth lui emboîta le pas et s'immobilisa juste avant de quitter la pièce, si bien qu'ils se retrouvèrent un instant l'un contre l'autre, dans l'encadrement de la porte. Lindsay ressentit comme une déflagration silencieuse. Levant la tête, elle l'interrogea des yeux, même si son corps, plus avisé, semblait déjà connaître la réponse à sa question muette.

Seth demeura un instant immobile, son regard scrutateur attaché au sien. Puis, sans un mot, il se détourna et alla rejoindre Ruth.

A plusieurs reprises, au cours de la journée qui suivit, les pensées de Lindsay s'attardèrent sur Seth Bannion. Quel genre d'homme était-il, au fond ? Son attitude, ses propos étaient conventionnels à souhait. Mais elle avait la conviction qu'il ne se résumait pas à l'individu lisse et compassé dont il affichait ostensiblement le profil. Et pas seulement parce qu'elle avait eu un aperçu de son tempérament emporté lors de leur première rencontre. Elle avait également discerné une intensité dans son regard.

Et ressenti comme un électrochoc lorsqu'ils s'étaient touchés par inadvertance…

On devinait en lui une énergie qui n'était pas seulement physique. Les volcans aussi étaient calmes et bien élevés en surface. Et pourtant la lave et le danger bouillonnaient en permanence sous leurs flancs débonnaires.

Elle avait sans doute mieux à faire, dans la vie, qu'à se pencher sur la personnalité cachée d'un Seth Bannion. Mais

Lindsay avait beau se répéter que cet homme ne tenait aucune place dans sa vie, ses pensées ne cessaient de revenir vers lui. Autant le reconnaître, Seth Bannion l'intriguait. De même, d'ailleurs, qu'elle s'intéressait à sa nièce.

Lindsay observa Ruth avec attention pendant ses deux premiers cours. Mais cette fois-ci, elle ne se focalisa pas sur la technique. C'était l'attitude et la posture qu'elle cherchait à repérer ; la personnalité dont elle s'efforçait de comprendre les mécanismes. De tempérament extraverti, Lindsay avait du mal à saisir comment fonctionnaient les natures plus repliées, comme celle de sa nouvelle recrue. Ruth ne cherchait pas à sympathiser avec les autres élèves et repoussait toutes les approches, même les plus chaleureuses et spontanées. Ce n'était ni de l'impolitesse ni de la réelle froideur, à l'évidence. Juste un besoin de maintenir les autres à distance.

Avec de pareilles dispositions, Ruth se verrait traitée de snob plus souvent qu'à son tour, songea Lindsay tout en exécutant une série de glissades avec sa classe. Et pourtant ce n'était pas par dédain que la jeune fille s'isolait de ses camarades. Seul un manque criant de sécurité intérieure la poussait à fuir tout contact.

Lindsay songea à la façon dont Ruth s'était refermée chaque fois qu'elle lui avait effleuré innocemment une main, un bras, une épaule. Avec Seth, en revanche, la jeune fille se sentait en confiance. Elle n'avait pas hésité à se cramponner à lui lorsqu'elle était arrivée ce matin au studio de danse. Manifestement, son oncle était sa seule bouée de sauvetage, en cette phase critique de sa jeune existence. Se rendait-il compte, au moins, de la place qu'il occupait dans l'affection de sa nièce ? Avait-il conscience de ses peurs, de son chagrin et de ses doutes ? Et s'en souciait-il autant qu'il le devrait ?

Lindsay montra une nouvelle posture à ses élèves, se soulevant sans effort sur les pointes, laissant ses bras s'élever lentement. Seth avait exprimé des doutes au sujet de ses compétences en tant qu'enseignante. « Ce qui ne l'a pas empêché de me confier sa nièce quand même », maugréa-t-elle intérieurement.

Avant de constater avec irritation que l'énigmatique Seth Bannion venait, une fois de plus, de se glisser dans ses pensées…

Chassant résolument l'intrus de son esprit, Lindsay se concentra sur son cours et oublia Seth jusqu'à la fin de la classe. Lorsque les dernières retardataires eurent quitté le studio et que le silence fut retombé dans la salle, elle regarda autour d'elle avec satisfaction.

« *Mon* école de danse », songea-t-elle fièrement. Soit, le studio était modeste. Et rempli de filles qui, passés dix-huit ans, ne danseraient plus sur autre chose que sur les airs du top 50. Mais quand même. C'était son gagne-pain. Et le fait de travailler chaque jour avec plaisir ne faisait-il pas d'elle une privilégiée ?

Le regard de Lindsay tomba sur le CD qu'elle tenait à la main. Avec un léger sourire, elle le plaça dans le lecteur. Elle adorait ses élèves et elle adorait enseigner. Mais elle aimait aussi se retrouver seule dans le studio. Elle avait tiré beaucoup de satisfactions de ces trois années passées à transmettre ses compétences et son amour de la danse à d'autres. Mais elle ressentait un besoin vital, par moments, de danser pour le plaisir.

Ce besoin-là, sa mère n'avait jamais pu le comprendre. Pour Mae, la danse était un engagement, une obsession, une *carrière*. Alors que, pour elle, il s'agissait avant tout d'une joie et d'une passion.

Sa conversation avec Ruth lui avait donné envie d'écouter la musique de *Don Quichotte*. Kitri avait toujours été un de ses rôles favoris. Parce que le personnage était espiègle, joyeux, plein de vie. A présent que la musique emplissait la pièce, il lui suffisait de fermer les yeux pour retrouver les pas, les rythmes, l'atmosphère du ballet.

Elle se plaça dans la diagonale, la jambe droite tendue derrière. Puis elle enchaîna sur un saut de chat… jeté devant en lançant la jambe… jambe gauche en attitude, petits menés sur pointes en reculant sur la diagonale…

Son corps prenait vie, porté par l'amour de la danse. Très vite, Lindsay entra dans son personnage, tournant, sautant, battant, multipliant les équilibres. Tandis qu'elle virevoltait dans la salle sur la musique de Minkus, le miroir reflétait son justaucorps vert, son cache-cœur et sa jupe courte. Mais dans l'esprit de Lindsay, elle était vêtue d'un tutu en satin noir et rouge. Une rose dans les cheveux, elle était Kitri, légère, enlevée, joueuse, ivre d'amour pour son Basile.

Emportée par l'élan musical de la fin, elle tourbillonna en enchaînant les fouettés, avec le sentiment qu'elle aurait pu danser ainsi jusqu'à la fin de la nuit. Sur les dernières notes du ballet, elle porta une main à la taille et se cambra, l'autre bras levé au-dessus de la tête.

— Bravo.

Les deux mains pressées sur le cœur, Lindsay se retourna brusquement. Dans un coin de la salle, Seth Bannion avait enfourché une de ses petites chaises de bois et l'observait de son regard habituel — à la fois calme et pénétrant. A bout de souffle, les yeux écarquillés, Lindsay se figea, consciente qu'elle avait les joues en feu, la peau brûlante et que sa poitrine se soulevait et retombait à un rythme accéléré.

Elle avait cru danser pour elle-même, dans la solitude du studio vide. Et pourtant, elle n'avait pas le sentiment d'avoir été violée dans son intimité par la présence de cet homme. Elle ne parvenait même pas à en vouloir à Seth d'avoir partagé ces moments avec elle à son insu. Quelque chose dans son regard lui disait qu'il avait compris et respecté sa prestation ; qu'il n'était pas entré dans ce studio en voyeur.

Il gardait les yeux rivés sur elle et ce n'était plus seulement l'essoufflement de la danse qui lui soulevait la poitrine et accélérait les battements de son cœur. Le regard de Seth glissait sur elle, réchauffant encore le sang dans ses veines, asséchant sa bouche, suscitant de petits picotements sous la peau. Levant la main qu'elle tenait toujours posée sur son cœur, Lindsay la porta à ses lèvres.

— Magnifique, murmura-t-il.

Seth s'approcha à pas lents, prit la main qui effleurait sa bouche et y posa les lèvres. Le pouls de Lindsay battait si vite qu'elle vit le studio tourner lentement autour d'elle.

— A vous voir danser, on a l'impression, que les pas s'enchaînent d'eux-mêmes et ne demandent aucun effort, commenta-t-il. Je ne m'attendais même pas à ce que vous soyez hors d'haleine.

Un sourire inattendu illumina alors son visage anguleux et sombre.

— Je tiens à vous remercier, même si je suis très conscient que vous ne dansiez que pour vous-même.

— Je... je ne m'attendais pas à trouver un public dans la salle, en effet.

Le son heurté de sa propre voix arracha Lindsay à la magie sensuelle du moment. Eprouvant le besoin de se ressaisir, elle voulut retirer sa main. A sa grande surprise, Seth lui opposa une résistance et garda encore un instant ses doigts entre les siens avant de la laisser aller, comme à contrecœur.

De nouveau, il scruta son visage avec une attention minutieuse.

— Je devrais sans doute m'excuser de m'être introduit ici à votre insu, mais dire que je suis désolé d'avoir vu ce que j'ai vu serait un mensonge. L'expérience restera inoubliable.

Ainsi Seth Bannion était capable de déployer un certain charme, lorsqu'il le voulait. Incroyable. Encore tout imprégnée du rôle d'amoureuse qu'elle venait d'interpréter, Lindsay se sentait un peu trop vulnérable au charme en question. Peut-être étaient-ce ses sourcils arqués qui la fascinaient tant ? se demanda-t-elle rêveusement.

C'est seulement lorsqu'elle vit son sourire amusé qu'elle réalisa qu'elle le dévorait littéralement des yeux. Irritée de s'être laissée surprendre ainsi, elle se détourna pour ranger le CD dans sa jaquette.

— Votre présence ne me gêne pas, lança-t-elle avec désinvolture. J'ai l'habitude de danser en public. Mais j'imagine que vous n'étiez pas entré ici pour assister à une représentation privée. Vous aviez quelque chose à me dire ?

— J'avoue que je suis d'une ignorance crasse en matière de ballet classique. Quel rôle dansiez-vous, au juste ?

— J'incarnais Kitri, la fille de l'aubergiste, amoureuse

de Basile, le barbier. C'est un personnage du *Don Quichotte* de Petipa. C'est Ruth qui m'a remis ces pas en tête, hier soir. Elle a l'intention d'interpréter Kitri, elle aussi.

Il lui prit le CD des mains avec impatience, comme s'il ne supportait pas qu'elle s'intéresse à autre chose qu'à sa présence.

— Et le réalisera-t-elle, son rêve ?

— Je pense que oui. Votre nièce a un talent exceptionnel. Mais cela ne me dit toujours pas ce que vous êtes venu faire ici ? insista-t-elle en le regardant droit dans les yeux.

Les lèvres de Seth esquissèrent un lent sourire.

— Vous voir, tout simplement.

Il continua à sourire lorsqu'il vit son expression de surprise.

— Et vous parler de Ruth, compléta-t-il. Ce qu'il m'aurait été difficile de faire ce matin, alors qu'elle se trouvait dans la pièce voisine.

Ramenée à son rôle d'enseignante, Lindsay hocha la tête.

— Il y a plusieurs points que j'aimerais aborder avec vous, en effet. Mais ce matin, j'avais cru comprendre — à tort de toute évidence — que le sujet ne vous intéressait pas.

— Le sujet est loin de me laisser indifférent, au contraire.

De nouveau, il plongea son regard dans le sien.

— Dînez avec moi, ce soir.

Toute à ses projets d'avenir pour Ruth, Lindsay mit un instant à réagir.

— Dîner avec vous ? reprit-elle, déconcertée. Eh bien, je ne sais pas… Je ne suis pas complètement convaincue d'en avoir envie, à vrai dire.

Sa franchise un peu brutale provoqua un haussement de sourcils sarcastique.

— Mais vous n'avez pas d'objection majeure pour autant ? Alors je passe vous prendre à 19 heures.

Sans lui laisser le temps de formuler une réponse, il se dirigea vers la porte.

— Je connais déjà l'adresse, précisa-t-il par-dessus l'épaule avant de disparaître.

*
* *

Lindsay avait acheté la robe en satin prune pour sa coupe ajustée, son élégance, la discrète austérité de son col chinois. Lorsqu'elle inspecta sa tenue dans le miroir en pied, elle sourit, satisfaite de l'image qu'elle offrait. Seth l'avait connue échevelée, affolée et trempée ; il l'avait vue également en ballerine, rêveuse et passionnée. Alors que la jeune femme dans la glace était sûre d'elle, discrètement féminine, avec un côté mature qui lui plaisait tout particulièrement.

Elle se sentait bien dans ce personnage — comme dans la plupart des rôles qu'elle était amenée à endosser, d'ailleurs. Mais pour affronter un homme tel que Seth Bannion, elle préférait se composer une allure un tant soit peu sophistiquée.

Ramenant ses longs cheveux sur une épaule, Lindsay les tressa distraitement tout en réfléchissant à la soirée qui l'attendait. Seth l'intriguait — sans doute parce qu'elle n'avait pas encore réussi à le cerner. En règle générale, elle était assez intuitive, pourtant. Et prompte à se forger une opinion. Mais avec Seth, elle avait affaire à une personnalité complexe. Ce qui n'était pas fait pour lui déplaire, d'ailleurs. Elle avait toujours été attirée par les gens compliqués.

A moins que ce ne soit le fait qu'il ait acheté les Hauts de la Falaise qui éveillait sa curiosité ? Pensive, elle interrogea son reflet dans le miroir, tout en attachant de grands anneaux d'or à ses oreilles.

Lindsay sortit la veste en daim de son placard et la plia sur son bras. Elle capta l'odeur de Seth sur le vêtement et une légère sensation de faiblesse lui coupa les jambes. « Depuis combien de temps n'ai-je pas passé une soirée en tête à tête avec un homme ? » se demanda-t-elle, soudain. Il y avait eu des petits dîners et des soirées cinéma avec Andy, bien sûr. Mais elle se sentait avec son ami d'enfance comme avec un frère. Impossible de ranger ces moments paisibles avec Andy dans la catégorie des soirées galantes.

Il n'y avait eu quasiment personne dans sa vie pendant ces trois années où elle avait été monopolisée par les soins que nécessitait sa mère ainsi que par le studio de danse. Et avant cela, elle n'avait connu d'autre passion que celle de la scène. Les hommes et l'amour n'avaient tenu qu'une place extrêmement réduite dans son existence, au fond.

Le regrettait-elle ? Lindsay fixa gravement son reflet dans le miroir. Si la jeune femme qui lui faisait face paraissait fragile, il s'agissait d'une impression trompeuse. Elle avait toujours été forte à sa manière et les regrets n'avaient pas de place dans sa vie. Ses choix — même s'ils avaient été drastiques, elle les avait faits en connaissance de cause. Et une fois lancée sur une voie, elle n'avait pas coutume de perdre du temps à regarder en arrière.

Levant les yeux, Lindsay vit ses chaussons de danse accrochés au mur. Avec un léger sourire, elle enfila une paire d'escarpins à talons hauts, prit son sac à main et la veste en daim, et descendit au rez-de-chaussée.

Comme elle disposait de quelques minutes avant l'arrivée de Seth, elle posa ses affaires dans l'entrée et alla frapper à la porte de sa mère. Depuis sa sortie de l'hôpital, Mae était restée confinée dans le bas de la maison. Au début parce qu'elle ne pouvait pas monter l'escalier. Puis plus tard, pour la simple raison qu'elle avait pris ses habitudes au rez-de-chaussée. Le fait d'occuper chacune un étage différent leur offrait à l'une comme à l'autre un supplément d'intimité bienvenu. Pendant la première année, Lindsay avait campé toutes les nuits sur le canapé du salon pour être à portée de voix au cas où sa mère aurait besoin d'elle. Et aujourd'hui encore, elle ne dormait que d'une oreille, prête à descendre à la moindre alerte.

Dans le petit salon qu'elles avaient aménagé pour Mae, la télévision était allumée. Lindsay frappa un coup léger et entra.

— Maman, je…

Elle s'immobilisa net en voyant Mae installée dans son fauteuil de relaxation, les jambes surélevées. L'attention de sa mère n'était pas dirigée sur le téléviseur mais concentrée sur l'album ouvert sur ses genoux. Lindsay le connaissait bien, cet album. Il était large, en cuir et bourré de coupures de journaux et de photos. Et toutes avaient trait à la carrière de danseuse de Lindsay Dunne. Des premières revues de presse extraites de la gazette de Cliffside à sa dernière interview accordée au *New York Times*, rien ne manquait. Toute sa vie professionnelle et une bonne partie de sa vie privée étaient contenues dans ce recueil.

Comme chaque fois qu'elle voyait sa mère penchée sur ces vestiges d'une existence révolue, Lindsay se sentit submergée par une vague de culpabilité et de tristesse.

— Maman ?

Mae, cette fois, releva la tête. Elle avait les joues empourprées et son regard luisait d'excitation.

— « Une merveilleuse danseuse lyrique, cita-t-elle de mémoire. Avec la beauté et la grâce d'une créature surgie d'un autre monde… Interprétation inoubliable. A couper le souffle. » Signé : Clifford James. Le critique le plus impitoyable de la profession ! Et tu n'avais que dix-neuf ans, ma fille.

— Je me souviens de cette critique comme si c'était hier, admit Lindsay en posant la main sur l'épaule de sa mère. Je crois que je l'ai relue au moins vingt fois, à l'époque.

— Et tu es consciente, j'espère, que Clifford James écrirait exactement la même chose si tu retournais à New York aujourd'hui ?

Lindsay sentit la tension familière paralyser sa nuque et ses épaules. Détachant les yeux de la coupure de presse, elle chercha le regard de sa mère.

— J'ai vingt-cinq ans, maman.

— Vingt-cinq ans, ce n'est pas encore trop tard pour une danseuse. A fortiori lorsqu'on a un talent comme le tien. Je t'assure que…

— Assez ! Stop ! Par pitié, fiche-moi la paix avec ça !

Choquée par la violence de sa propre réaction, Lindsay s'accroupit à côté de sa mère.

— Je suis désolée, maman. Mais je n'ai vraiment pas le temps d'aborder ce sujet maintenant. Je dois partir dans moins d'une minute.

Levant leurs deux mains jointes, elle caressa la joue encore lisse de Mae. Et regretta une fois de plus qu'il n'y ait jamais eu d'autre lien que la danse entre sa mère et elle.

Mae soupira et hocha la tête.

— Je ne savais pas que tu sortais dîner avec Andy ce soir. J'ai vu Carol aujourd'hui et elle ne m'en a rien dit.

Se souvenant que la mère d'Andy avait passé une partie de la journée avec Mae, Lindsay se releva.

— Carol ne pouvait pas t'en parler pour la bonne raison que je ne dîne pas avec Andy, maman.

Mae fronça les sourcils.

— Ah bon… Avec qui, alors ?

— L'oncle d'une de mes nouvelles élèves, Ruth Bannion. Une fille de dix-sept ans avec un vrai tempérament de danseuse. J'aimerais te la faire rencontrer, tu sais. Ruth a un magnifique talent pour le ballet classique.

Mae balaya sa manœuvre de diversion d'un geste indifférent de la main.

— Et l'oncle ? Comment est-il ?

— Je l'ai juste croisé, à vrai dire. Je n'ai pas eu le temps de me faire une opinion. C'est lui qui a acheté les Hauts de la Falaise, au fait.

— Ah oui ? C'est le propriétaire de la maison de tes rêves, autrement dit ?

Lindsay acquiesça d'un signe de tête.

— Ils viennent tout juste d'emménager à Cliffside. Ruth a perdu ses parents dans un accident il y a quelques mois. Elle traverse une période difficile. Et j'aimerais m'entretenir avec son oncle à son sujet pour essayer de la soutenir dans la mesure du possible.

— Donc tu dînes avec l'oncle uniquement pour parler de la nièce ?

— En quelque sorte, oui.

Agacée d'avoir à s'expliquer sur ses moindres faits et gestes, Lindsay se dirigea vers la porte.

— Passe une bonne soirée, maman. Tu n'as besoin de rien avant que je parte ?

— Je ne suis pas infirme.

Surprise par l'acidité de la remarque, Lindsay tourna la tête. Le visage de sa mère était tendu ; ses mains crispées sur les accoudoirs.

— Je sais que tu n'es pas infirme, maman.

Un silence tomba que ni l'une ni l'autre ne parvint à rompre. C'était comme si le gouffre d'incompréhension entre elles ne cessait de se creuser de jour en jour. Muette, atterrée, Lindsay fixait sa mère sans rien dire lorsque le carillon de l'entrée sonna. Mae haussa les épaules et se replongea dans son article.

— Amuse-toi bien, Lindsay.

Avec un amer sentiment de défaite, elle se tourna vers la porte.

— Merci. Passe une bonne soirée.

Lindsay se hâta de gagner le vestibule en s'efforçant de chasser ses doutes, sa culpabilité et sa tristesse. Elle avait quitté New York parce que l'état de santé de sa mère le nécessitait. Qu'aurait-elle pu faire de plus ou de mieux que ce qu'elle avait fait ? Rien, songea-t-elle, découragée. Strictement rien.

Brusquement, Lindsay ressentit le besoin d'échapper au carcan étouffant de la maison parentale. D'ouvrir la porte en grand pour respirer l'air du dehors. Partir droit devant elle et ne s'arrêter que lorsqu'elle aurait trouvé un endroit où elle pourrait être elle-même. Un endroit où il lui serait possible de se détendre, de réfléchir, de prendre à tête reposée une décision d'avenir qui lui ressemblerait vraiment.

Elle ouvrit à Seth, consciente qu'elle n'avait pas réussi à déloger la barre de plomb qui pesait sur sa poitrine.

— Bonsoir.

Saluant Seth d'un sourire, elle recula d'un pas pour le laisser entrer. Le costume sombre lui allait bien. Sous son air lisse, impeccable, cet homme avait quelque chose d'indéfinissable qui invitait au péché. Lindsay songea qu'elle était sensible — peut-être trop sensible — à la sensualité à la fois discrète et puissante qui émanait de lui.

— Donnez-moi juste une seconde, le temps de prendre un manteau. Le temps s'est refroidi avec la pluie d'hier.

Sans un mot, Seth l'aida à enfiler son imperméable en cuir. Pendant qu'il drapait le vêtement autour d'elle, Lindsay s'interrogea sur l'attirance physique élémentaire qui rapprochait parfois deux êtres sans que leur volonté y ait la moindre part. Elle avait lu qu'il s'agissait d'un phénomène purement animal. Un regard, un geste, la simple proximité suffisaient à déclencher une série de processus complexes : la pression sanguine s'élevait, le cœur accélérait son mouvement de pompe ; la température du corps montait de quelques fractions de degrés. Nulle affinité, nulle affection préalables n'étaient nécessaires. Tout reposait sur une mystérieuse et inexplicable compatibilité chimique.

Lindsay ne résista pas lorsque Seth la fit pivoter vers lui pour ajuster le col de son manteau. Ils étaient si proches l'un de l'autre qu'elle se surprit à méditer à voix haute :

— Croyez-vous qu'il y ait matière à s'étonner si je suis fortement attirée par votre personne, alors que ma première impression de vous a été résolument défavorable et que rien ne me prouve encore que ma première opinion n'ait pas été la bonne ?

Un rapide sourire amusé détendit les traits de Seth.

— Posez-vous toujours des questions à la fois aussi directes dans le fond et tortueuses dans la forme ?

Lindsay se dégagea doucement.

— C'est assez habituel chez moi, oui. Je ne suis pas très douée pour dissimuler ce que je ressens. Et j'ai tendance à dire ce que je pense.

Elle prit ses affaires sur une console.

— Voici votre veste. J'avoue que je ne m'attendais pas à vous la rendre aussi… pacifiquement.

Le regard interrogateur de Seth glissa avec insistance sur ses traits.

— Vous aviez d'autres scénarios de retrouvailles en tête, Lindsay ?

— Plusieurs, oui, admit-elle. Et dans chacun d'entre eux, vous étiez consumé par les remords pour avoir impunément insulté une ballerine de renom par un après-midi pluvieux de septembre… Voilà, je suis prête, annonça-t-elle d'un ton léger. On y va ?

D'un geste qui lui était coutumier, Lindsay lui tendit la

main. Après une hésitation presque impalpable, Seth l'accepta et entrelaça ses doigts aux siens.

— Vous êtes différente de l'image que je me faisais de vous, déclara-t-il tandis qu'ils s'engageaient côte à côte dans l'allée.

Lindsay renversa la tête en arrière pour regarder les étoiles.

— Ah oui ? Et comment m'imaginiez-vous ?

La nuit d'automne sentait le froid, l'humus, la pomme. Seth sourit en la voyant prendre une profonde inspiration. Il attendit qu'ils aient pris place dans sa voiture pour répondre à sa question :

— Le personnage que vous campiez ce matin correspondait assez bien au portrait que je me faisais de vous. Vous étiez très professionnelle, très détachée, avec un côté mystérieux et inaccessible — très « danseuse classique », en fait.

— J'avais la ferme intention de poursuivre dans le même registre, ce soir, admit Lindsay. Mais en vous voyant, j'ai oublié mes résolutions.

— Accepterez-vous de me dire pourquoi vous aviez l'air prête à vous enfuir de chez vous en courant lorsque vous m'avez ouvert votre porte ?

Elle lui jeta un bref regard appréciateur.

— Vous êtes très observateur.

— A l'occasion, oui.

Avec un bref soupir, elle se renversa contre son dossier.

— C'est en rapport avec ma mère… Un sentiment permanent d'insuffisance.

Tournant la tête vers Seth, elle chercha son regard.

— Je vous en parlerai peut-être un jour, murmura-t-elle sans prendre le temps de se demander pourquoi de pareilles confidences lui paraissaient possibles. Mais pas ce soir. Je n'ai pas envie d'y penser maintenant.

Seth démarra la voiture.

— Entendu. Dans ce cas, vous accepterez peut-être de me dire en deux mots qui est qui dans cette bonne ville de Cliffside ?

Appréciant la délicatesse avec laquelle il avait négocié le changement de sujet, Lindsay sentit ses tensions se dissiper.

— Mmm… Le restaurant est loin d'ici ?

— A vingt minutes environ.

— Parfait. Cela devrait me laisser le temps de vous dresser la liste complète de nos célébrités locales. Je commence par le maire, la coiffeuse ou par le vieux Joe Bradley qui est le plus ancien pêcheur de la ville et le meilleur client du bar de la Marine ?

— Je vous laisse l'initiative.

Retrouvant petit à petit le sourire, elle entreprit de lui brosser un portrait haut en couleurs de la petite ville côtière, de ses habitants et de ses mœurs.

5

Lindsay se sentait étonnamment à l'aise avec Seth. Pour le plaisir de l'entendre rire, elle multiplia les anecdotes amusantes. L'humeur sombre et dépressive qui l'avait envahie après sa conversation avec Mae s'était évanouie sans laisser de traces. Et elle était bien décidée à faire plus ample connaissance avec le nouveau propriétaire des Hauts de la Falaise. Seth l'attirait et l'intriguait à la fois. Et même si une réaction volcanique devait résulter de leur rencontre, elle était prête à courir le risque. On ne s'ennuyait que rarement au cours d'une catastrophe naturelle.

Seth se gara devant un restaurant connu pour son élégance, la qualité de sa cuisine et le raffinement de son service. Lindsay avait déjà eu l'occasion d'y dîner à une ou deux reprises avec des hommes qui avaient voulu l'impressionner.

D'instinct, elle sut que ce n'était pas le cas de Seth. S'il l'avait emmenée là, c'était uniquement parce que le cadre et la qualité gastronomique des mets correspondaient à ses goûts. Et aussi, à en juger par ses vêtements et sa voiture, parce qu'il avait largement les moyens de s'offrir ce genre d'escapade.

— C'est ici que j'ai dîné pour la première fois en tête à tête avec mon père, se remémora-t-elle pensivement en descendant de voiture. Pour l'anniversaire de mes seize ans.

Elle attendit que Seth vienne la rejoindre sur le trottoir et lui offrit sa main.

— Jusque-là, je n'avais encore jamais eu le droit de sortir avec des garçons. Mon père a annoncé que son invitation officielle ce soir-là correspondait à mon « entrée dans le monde ». Et qu'il avait voulu être le premier homme à avoir l'honneur de passer une soirée en ma compagnie.

Elle sourit, touchée par cette évocation pleine de tendresse.

— Mon père avait toujours des attentions, des petits gestes de ce genre. C'était un magicien du quotidien.

Tournant les yeux vers Seth, elle vit qu'il l'observait avec cette intensité qui le caractérisait.

— Je suis heureuse d'être ici. Heureuse d'être avec vous aussi.

Il la dévisagea un instant avec curiosité puis effleura sa tresse.

— C'est également un plaisir pour moi de passer la soirée en votre compagnie.

Ils pénétrèrent côte à côte dans l'élégante construction en brique ancienne. Lindsay fut aussitôt attirée par les hautes fenêtres qui offraient une vue dégagée sur le détroit de Long Island. Au chaud dans la discrète atmosphère de luxe qui baignait la salle, elle avait l'impression d'entendre le bruit du ressac frappant la roche, de sentir les embruns et le froid de la nuit.

— J'aime beaucoup ce restaurant, commenta-t-elle, ravie. Il est à la fois très raffiné, très sélect, et néanmoins ouvert à la puissance des éléments. J'adore les contrastes, pas vous ?

Seth réfléchit un instant.

— Mmm... A condition qu'ils ne soient pas trop dissonants...

— Oui, mais la vie serait tellement triste si on pouvait tout ranger dans des catégories préétablies.

Le regard de Seth glissa des anneaux qu'elle portait aux oreilles à ses lèvres discrètement soulignées de rouge.

— J'avoue qu'il m'arrive de me demander dans quelle catégorie vous entrez, vous.

Songeuse, Lindsay laissa son regard s'évader par la fenêtre.

— Je me pose souvent la question moi-même. Vous, en revanche, vous avez une bonne connaissance de vous-même. Cela se sent.

— Si c'est un compliment, je vous en remercie, rétorqua-t-il avec l'ombre d'un sourire. Vous souhaitez prendre un apéritif ?

Reportant son attention sur Seth, Lindsay avisa le serveur

qui attendait avec une admirable discrétion qu'ils veuillent bien s'intéresser à sa présence.

— Volontiers, oui. Un verre de vin blanc. Sec de préférence.

Le regard de Seth demeura rivé sur elle pendant qu'il passait la commande. « On sent en lui une calme ténacité, songea-t-elle. Comme un homme qui lit la première page d'un livre en sachant que, quoi qu'il arrive, il ira jusqu'à la dernière. »

Lorsqu'ils furent de nouveau seuls, le silence entre eux se prolongea, si chargé de tension sensuelle que Lindsay jugea urgent de rétablir les priorités.

— Il serait temps que nous parlions de Ruth.

— Tout à fait.

Mais le regard de Seth restait imperturbablement arrimé au sien.

— Seth… Il faudra arrêter de me fixer ainsi.

— Je ne pense pas, non, répondit-il aimablement.

Elle ne put s'empêcher de sourire.

— Et moi qui vous croyais si scrupuleusement poli.

Le bras posé sur son dossier, il semblait sûr de lui, détendu.

— Vous êtes très belle, Lindsay. Et il se trouve que j'ai la passion du beau.

— Merci.

Avec un léger haussement d'épaules, Lindsay décida qu'avant la fin de la soirée, elle se serait habituée au regard trop direct de Seth.

— Revenons à Ruth, reprit-elle. En l'observant ce matin, j'ai vu immédiatement qu'elle irait loin. Et j'ai été encore plus impressionnée, cet après-midi, pendant les cours.

— Ruth est folle de joie à la perspective de travailler quelques années avec vous

Lindsay secoua la tête.

— Ce n'est pas avec moi que Ruth devra étudier la danse. Pour une jeune danseuse avec un talent comme le sien, mon studio est beaucoup trop modeste. Il faut qu'elle poursuive son apprentissage à New York, dans une école de haut niveau, où elle pourra suivre les cours de façon plus intensive.

Le sommelier s'approcha pour apporter leurs verres. Seth

leva le sien et prit le temps d'admirer la robe claire du vin avant de répondre.

— Vous voulez dire que vous ne vous sentez pas capable de former Ruth ?

La façon dont il formula sa question déplut intensément à Lindsay.

— Mes capacités d'enseignante ne sont pas en cause. Ruth a simplement besoin de danser avec des élèves de son niveau.

— Vous vous vexez facilement, commenta Seth en prenant une gorgée de son vin.

— Vous trouvez ?

Lindsay but à son tour et s'efforça d'être aussi pragmatique que lui.

— Il se peut que j'aie un caractère assez emporté, en effet. Vous avez sans doute déjà entendu dire que les danseurs étaient des gens plutôt tendus dans l'ensemble.

Seth hocha la tête.

— J'imagine qu'il s'agit d'un métier où on est constamment sous pression. Mais pour en revenir à Ruth, elle a l'intention de prendre quinze heures par semaine de cours de danse avec vous. Cela devrait suffire, non ?

S'il posait la question, c'est qu'il ne devait pas être entièrement borné et déraisonnable. Bien décidée à faire passer son message, Lindsay se pencha vers lui.

— Non, Seth. Elle devrait suivre une formation beaucoup plus spécialisée que celle que je peux lui proposer ici. Même si je la prenais en cours particuliers, elle ne bénéficierait pas de la même qualité d'apprentissage qu'à New York. Ruth a besoin de danser avec des partenaires. Or, j'ai quatre garçons inscrits à mon école en tout et pour tout. Et ils ne viennent à mes classes que pour s'assouplir et améliorer leurs prestations sur le stade de foot. Ils ne veulent même pas participer à mes spectacles. C'est dire à quel point la danse les fascine.

Lindsay leva les yeux au ciel en songeant à ses quatre lascars démotivés.

— Il faut être réaliste, Seth : Cliffside n'est pas un haut lieu de la culture. C'est juste une petite ville sans prétention, avec une population dotée d'un solide esprit pratique. Pour les gens d'ici, la danse c'est bien gentil, mais c'est du superflu. On peut en faire pour le plaisir ou pour améliorer ses muscles. Mais il ne viendrait à l'idée de personne d'envisager une carrière de danseur.

Seth remercia d'un bref signe de tête le serveur qui s'était approché pour remplir une seconde fois leurs verres. Regarder Lindsay parler était un plaisir en soi. A mesure qu'elle multipliait les arguments, ses mains s'animaient. Et leurs mouvements harmonieux semblaient obéir à une musique silencieuse et secrète dont la beauté le fascinait.

— Vous avez bien vécu toute votre enfance à Cliffside, objecta-t-il. Et ça ne vous a pas empêché de devenir danseuse professionnelle, à l'évidence.

Avec un léger soupir, Lindsay prit une gorgée de vin. Elle choisit ses mots avec soin :

— Mon cas est un peu particulier, Seth. Ma mère ne vivait, ne respirait que pour le ballet classique. Inutile de préciser qu'elle prenait mon avenir de danseuse très à cœur. Je m'entraînais presque quotidiennement dans un studio situé à plus de cent kilomètres d'ici. Ma mère s'est astreinte sans hésiter à effectuer ces trajets. Je crois qu'elle passait la moitié de sa vie dans sa voiture, à l'époque.

Songeant à ses années d'apprentissage, Lindsay retrouva le sourire.

— Mon professeur de danse était moitié russe moitié française. C'était une femme extraordinaire. Elle a soixante-dix ans passés maintenant et elle a pris sa retraite. Sinon, je vous aurais supplié de lui confier votre nièce.

— C'est avec *vous* que Ruth a envie de poursuivre son apprentissage de la danse, lui rappela Seth d'un ton égal.

Lindsay en aurait hurlé de frustration.

— J'avais dix-sept ans — l'âge de Ruth — lorsque je suis partie pour New York. Et j'avais déjà passé huit ans à étudier intensivement la danse dans une école de très bon niveau. A dix-huit ans à peine, j'entrais dans le corps de ballet de la compagnie où j'ai fait carrière ensuite. Dans le monde de la danse, les places sont rares et la compétition est rude. C'est un univers compliqué, exigeant… mais merveilleux quand même, souligna-t-elle avec un léger rire. Et Ruth est faite pour cette vie-là. Elle mérite d'avoir sa chance, Seth. Ce serait un crime de laisser un talent comme le sien s'étioler.

Il mit quelques secondes à répondre.

— Ruth est très fragile encore. Elle vient de traverser une lourde épreuve. Et New York sera toujours là dans trois ou quatre ans.

— Trois ou quatre ans ! se récria Lindsay en reposant le menu qu'elle venait d'ouvrir. Mais elle aura vingt ans !

— Un âge canonique, en effet.

— Pas canonique pour tout le monde, je vous le concède. Mais rien n'est plus éphémère qu'une carrière de danseuse, Seth. A trente ans, une femme peut dire adieu à la scène. Seuls quelques hommes poursuivent au-delà de la trentaine, lorsqu'ils ont bien rôdé certains de leurs grands rôles. Il y a eu Margot Fonteyn, bien sûr. Mais ça, ce sont les exceptions. Pas la règle.

— C'est pour cette raison que vous refusez de retourner à la scène ? Vous estimez qu'à vingt-cinq ans, votre carrière est déjà derrière vous ?

La question prit Lindsay tellement au dépourvu qu'elle demeura un instant interdite. Les paumes moites, soudain, elle fit tourner son verre entre ses doigts.

— Il était question de Ruth. Pas de moi.

Seth prit sa main et la retourna pour scruter longuement sa paume.

— Tout ce qui est mystérieux exerce une attirance, Lindsay. Et je ne conçois rien de plus irrésistible qu'une femme très belle et très secrète… Je ne sais pas si vous vous êtes déjà fait la remarque, mais certaines mains semblent avoir été conçues tout exprès pour qu'on y porte les lèvres. Et la vôtre se range dans cette catégorie.

Comme il joignait le geste à la parole, Lindsay fut parcourue d'un lent frisson. Fascinée, elle scruta les traits impassibles de son compagnon. Et s'interrogea sur les ravages que ses lèvres pourraient produire si elles s'attachaient aux siennes. Elle aimait beaucoup la forme de la bouche de Seth, d'ailleurs. Et comment ne pas avoir un faible pour son sourire en coin, mi-amusé, mi-railleur ?

« Tes priorités, Lindsay ! » se rappela-t-elle à l'ordre.

— Au sujet de Ruth…

Elle tenta de dégager sa main mais il la garda prisonnière.

— Au sujet de Ruth, oui : ses parents ont été tués dans un accident de train, il y a six mois à peine. Ils venaient de s'établir en Italie, tous les trois.

Elle ne sentit aucune crispation dans les doigts qui tenaient les siens. Mais la voix de Seth s'était durcie. Une image de leur première rencontre s'imposa soudain à l'esprit de Lindsay : elle le revit dressé au-dessus d'elle, noir et menaçant, comme une sorte d'émanation démoniaque des nuages qui se déchaînaient dans le ciel.

— Ruth avait une relation très fusionnelle avec ses parents, poursuivit-il sans détacher les yeux des siens. Comme ils voyageaient tout le temps, elle n'a jamais formé aucun autre attachement durable. Mon frère aîné et sa femme étaient tout pour elle. Il est inutile de vous préciser, je suppose, que le choc a été terrible. Leur installation à Rome ne remontait qu'à deux semaines et Ruth ne connaissait personne sur place. Elle s'est retrouvée orpheline du jour au lendemain dans un pays inconnu dont elle ne maîtrisait pas la langue.

Lindsay ouvrit la bouche pour exprimer sa compassion, mais Seth poursuivait déjà :

— Elle n'avait plus personne au monde que moi. Or, j'étais au fin fond de l'Afrique du Sud, sur un de mes chantiers. Il a fallu plusieurs jours avant qu'on parvienne à me joindre. Mon frère et ma belle-sœur étaient déjà enterrés lorsque je suis enfin arrivé en Italie pour récupérer une nièce tétanisée et en état de choc.

— Seth, je suis désolée. Terriblement désolée.

D'un geste instinctif, elle prit sa main entre les deux siennes.

— Ç'a dû être un cauchemar pour vous presque autant que pour Ruth.

Il garda le silence pendant quelques secondes avant d'acquiescer brièvement.

— Oui, ç'a été un cauchemar, en effet… Quoi qu'il en soit, j'ai ramené ma nièce aux Etats-Unis. Mais New York est une ville difficile. Et Ruth y déambulait comme une noyée. Je l'ai sentie trop fragile pour ne pas se perdre dans ce grouillement incessant autour d'elle.

— Alors vous avez trouvé les Hauts de la Falaise, murmura Lindsay.

Seth parut surpris qu'elle connaisse le nom de la maison. Mais il ne fit pas de commentaire.

— J'ai pensé qu'il lui fallait un environnement plus calme — plus réparateur, surtout. Je sais que Ruth elle-même n'est pas de cet avis. Elle a toujours voyagé de capitale en capitale. Comme mon frère, elle aimait le bruit, la couleur, le rythme de la vie des grandes villes. Et il va sans dire que je ne compte pas l'enfermer éternellement dans cet exil. Mais pour le moment, j'estime que Cliffside est la meilleure solution pour elle.

— Je comprends que vous essayiez de la protéger du monde pour un temps. Et je respecte votre initiative. Mais je crois que Ruth est avant tout une danseuse. Et à ce titre, elle a des besoins qui ne sont pas ceux de tout le monde, Seth.

— Nous en reparlerons dans six mois.

Il s'était exprimé avec une telle autorité que Lindsay se tut, ravalant l'argument qu'elle avait déjà sur le bout de la langue. Irritée, elle chercha son regard.

— Vous ne seriez pas un peu tyrannique, par hasard ?

— Assez, oui, admit-il avec un léger sourire. Vous avez faim ?

Sourcils froncés, elle rouvrit son menu.

— Un peu, admit-elle avec un soupir résigné. Il paraît que leur homard est excellent.

Le regard de Lindsay alla se perdre par la fenêtre pendant que Seth passait commande. Elle eut une vision de Ruth perdue dans une grande ville inconnue, livrée sans défense à son chagrin. Et obligée, à seize ans, d'agir, de décider, d'affronter seule tous les sinistres problèmes pratiques liés au décès parental. Elle-même ne se souvenait que trop bien de la panique dans laquelle l'avait plongée l'annonce de l'accident de ses parents. Jamais elle n'oublierait l'horreur ressentie pendant le trajet entre New York et Cliffside. Trouver à l'arrivée son père décédé et sa mère dans le coma resterait à jamais inscrit en elle comme l'expérience même de la solitude absolue.

« Et j'étais adulte, à l'époque. Une jeune adulte, certes, mais une adulte quand même, puisque je vivais seule depuis déjà trois ans. Je ne me trouvais pas à l'étranger, entourée d'inconnus. » Plus intensément que jamais, Lindsay ressentit le besoin de venir en aide à Ruth, de la soutenir dans son épreuve.

Six mois, avait dit Seth. S'il était disposé à reconsidérer sa décision à ce moment-là, Ruth avait encore ses chances. Et en attendant, elle pouvait toujours mettre ce temps à profit pour aider la jeune fille à approfondir sa technique.

Qui sait ? Avec un peu de chance, elle parviendrait à convaincre Seth de changer d'avis avant l'échéance fixée. Mais pour le moment, la solution la plus sage consistait à s'incliner. Si elle insistait maintenant, elle se heurterait à un mur. Mieux valait laisser passer un peu de temps et revenir à la charge une fois que Seth et Ruth auraient pris leurs habitudes à Cliffside.

Un chantier en Afrique du Sud, avait-il dit… Sur quel genre de chantier un homme comme Seth pouvait-il bien œuvrer ? Sa mémoire se réveilla avant même qu'elle ait fini d'inventorier les possibilités.

— Bannion ! s'exclama-t-elle à voix haute. Vous êtes S.N. Bannion, l'architecte. Je viens tout juste de faire le rapport !

Seth haussa les sourcils.

— Je suis surpris que vous ayez le temps de vous intéresser à l'architecture. Je croyais que les danseurs ne vivaient que pour leur art.

— Nous sommes un peu obsédés par ce que nous faisons, c'est vrai. Mais il faudrait vraiment beaucoup de mauvaise volonté pour vivre à New York pendant trois ans sans entendre parler d'un architecte de carrure internationale comme S.N.

Bannion. J'ai même lu un long article sur vous dans le *Time*, il y a environ un an.

— Vous avez une bonne mémoire.

Un sourire amusé joua sur les lèvres de Lindsay.

— Une excellente mémoire, oui. Je me souviens même d'avoir vu votre nom à plusieurs reprises dans le genre de magazines qui s'empilent dans les salles d'attente des dentistes. Si mes informations sont exactes, une héritière australienne, une joueuse de tennis allemande et une diva espagnole auraient connu vos faveurs. Vous ne vous êtes pas fiancé avec Billie Marshall, la présentatrice du journal télévisé, il y a quelques mois ?

Seth fit tourner lentement son verre entre ses doigts.

— Je n'ai jamais été fiancé avec qui que ce soit, répondit-il en toute simplicité. Les fiançailles, comme chacun sait, conduisent au mariage.

— Mmm… oui. L'enchaînement paraît logique. Et la conjugalité ne fait pas partie de vos buts dans l'existence ?

Il répondit à sa question par une autre.

— Est-ce l'un des vôtres ?

Lindsay se donna un temps de réflexion.

— Je ne sais pas, finit-elle par murmurer, sourcils froncés. J'avoue que je ne me suis jamais formulé le problème en ces termes. Le mariage devrait être un but, selon vous ? Je le voyais plutôt comme quelque chose qui vous tombe dessus. Une heureuse surprise, en somme. Ou, en tout cas, une belle aventure.

— Voilà un discours de romantique ou je me trompe fort.

— C'est vrai que je suis romantique, admit Lindsay sans le moindre embarras. Mais vous n'êtes pas complètement terre à terre non plus, sinon vous n'auriez pas acheté les Hauts de la Falaise.

— Mes transactions immobilières font de moi un rêveur, selon vous ?

Lindsay se renversa contre son dossier.

— Les Hauts de la Falaise, c'est autre chose qu'une étendue de terrain avec quatre murs dessus. Et je suis persuadée que vous l'avez ressenti aussi. Vous auriez pu trouver une demi-douzaine de propriétés mieux situées. Et qui auraient nécessité moins de travaux que celle-ci.

— C'est vrai. Et pourquoi ai-je porté mon choix sur cette vieille bâtisse, à votre avis ? s'enquit Seth, intrigué par sa théorie.

En face de lui, Lindsay avait l'air plus fragile et mystérieuse que jamais, avec ses grands yeux bleus lumineux rivés sur lui.

— Parce que vous avez succombé à son charme. C'est un endroit exceptionnel, un lieu chargé de magie. Si vous aviez eu un esprit purement pratique, vous auriez jeté votre dévolu sur l'une des luxueuses copropriétés que l'on trouve plus loin sur la côte. Là où l'on prétend vous transporter dans la Nouvelle-Angleterre « authentique », tout en soulignant que vous serez à distance commode de l'autoroute ainsi que du centre commercial le plus proche.

Seth rit doucement.

— J'ai l'impression que vous n'appréciez pas beaucoup ce type d'habitat ?

— Je le déteste, admit Lindsay. C'est un point de vue parfaitement arbitraire, j'en conviens. Et je comprends tout à fait qu'on puisse apprécier la modernité, le confort et les avantages pratiques qu'offre ce genre de résidences. Mais je n'aime pas ce qui est trop bien léché, trop aseptisé, trop standard.

Elle fit la moue avant d'enchaîner avec un léger rire.

— Vous allez me répondre que j'exerce une profession où tout est « léché », justement : chaque mouvement est cadré jusque dans le moindre détail. Mais je n'ai jamais vécu la danse comme une discipline figée. Ce qui m'intéresse avant tout, c'est l'expressivité : être différent, innovant — comme vous l'êtes vous-même dans votre métier, d'ailleurs.

— C'est pour pouvoir exprimer qui vous êtes au fond de vous que vous avez mené votre carrière de danseuse jusqu'à de tels sommets ? s'enquit Seth juste avant de s'attaquer à son homard.

Lindsay secoua la tête.

— Je crois que c'est l'inverse : il me semble que c'est parce que je suis danseuse que j'ai eu envie de développer mes capacités d'expression… Cela dit, je n'ai pas l'habitude de m'observer de très près. Je préfère analyser les autres, à vrai dire, admit-elle en riant. Vous saviez que votre maison était hantée, au fait ?

Il sourit.

— Non. Aucun fantôme n'a été mentionné dans le contrat de vente. A moins qu'il n'y figure en lettres invisibles. Ce qui, pour un spectre ne serait pas autrement surprenant, me direz-vous.

Lindsay éclata de rire.

— Je suis sûre que vous n'êtes pas mécontent d'avoir hérité d'un revenant — *d'une* revenante, plus exactement.

— Mmm…, fit-il d'un air dubitatif. Vous aspireriez à ce genre de compagnie, vous ?

— Je ne m'accommoderais pas de n'importe quel fantôme, mais le spectre des Hauts de la Falaise est très fréquentable. Il y a cent ans, la malheureuse jeune femme a été surprise par son vieux barbon de mari alors qu'elle se glissait hors de la chambre conjugale pour rejoindre son amant. Dévoré par la jalousie, l'époux trahi l'a poussée du balcon du deuxième étage et elle est allée s'écraser sur les rochers en contrebas.

— Une solution radicale pour mettre fin à tout problème d'adultère, commenta Seth pince-sans-rire.

Lindsay hocha la tête et finit sa bouchée de homard.

— Tout ce qu'il y a de plus radical, oui, acquiesça-t-elle. Mais la jeune femme assassinée revient de temps en temps déambuler dans les jardins à l'abandon. Et les nuits sans lune, on l'entend pleurer sous l'arbre où son bel amant l'attendait.

— Vous avez l'air d'aimer cette histoire.

— A un siècle de distance, n'importe quel fait divers tragique finit par se teinter de romantisme. D'ailleurs, les deux ballets que je préfère sont *Giselle* et *Roméo et Juliette* — où les héroïnes meurent l'une et l'autre.

— Or vous avez interprété les deux rôles. D'où votre grande sympathie pour notre revenante amoureuse.

— Oh, je m'étais déjà attachée à votre fantôme avant de danser quelque rôle que ce soit, rectifia Lindsay avec un léger soupir. J'ai toujours été fascinée par les Hauts de la Falaise. Enfant, je m'étais même juré que j'en ferai un jour ma demeure… Voilà pourquoi je suis heureuse que vous en soyez l'acheteur.

Le regard de Seth glissa de ses lèvres à son cou.

— Ah oui ? Et pourquoi moi ?

— Parce que vous saurez l'apprécier. Et la faire revivre, surtout… Il paraît que vous avez déjà entrepris de la restaurer ?

Il sourit.

— Vous aimeriez voir le résultat ?

— J'en rêve, admit-elle.

— Je passerai vous prendre demain après-midi pour vous faire visiter… On vous a déjà dit que vous aviez un appétit étonnant pour quelqu'un de votre gabarit ?

— Mais c'est que j'ai quinze années de privations et de régime à rattraper !

Savourant la sensation de détente en compagnie de Seth, Lindsay beurra une tranche de pain et la dévora à pleines dents en songeant que la vie de prof de danse dans une petite ville, avait décidément *quantité* d'aspects positifs.

Le ciel était d'un bleu sombre et profond et les étoiles entre les nuages brillaient d'un éclat presque irréel. Un vent puissant courbait les arbres et secouait la voiture de Seth à chaque rafale. Mais Lindsay se sentait en sécurité dans l'espace clos du véhicule. Un soupçon de vin coulait encore dans ses veines et une sensation de plaisir lui montait à la tête.

La soirée avait été agréable. Beaucoup plus agréable, d'ailleurs, qu'elle ne l'avait pensé. Dès le premier instant, elle avait apprécié la compagnie de Seth. Qui aurait cru qu'un homme aussi sérieux parviendrait non seulement à la faire rire, mais à lui apporter en plus détente et bonne humeur ?

Lindsay avait parfaitement conscience du fait que ces trois années où elle s'était partagée entre sa mère et son studio de danse n'avaient pas toujours été très gaies. Elle se surprenait d'ailleurs depuis quelque temps à pécher par excès de sérieux — voire même à se laisser traverser par des passages de mélancolie.

Et contre cette triste maladie, le rire constituait le meilleur remède.

Par un accord tacite, Seth et elle avaient évité d'aborder les sujets trop polémiques. Lindsay savait que, tôt ou tard, ils seraient amenés à croiser encore le fer à propos de Ruth. Leurs projets pour la jeune fille étaient si radicalement opposés qu'il y aurait forcément de nouvelles disputes. Mais pour le moment, Lindsay se sentait d'humeur cent pour cent pacifique.

— J'adore les nuits comme celle-ci, lorsque les étoiles sont basses et que le vent siffle et gronde, comme s'il voulait faire courber l'échine au monde entier. Ce soir, vous entendrez l'océan se déchaîner. Vous avez choisi la chambre à coucher qui donne sur le détroit ? Celle avec le balcon suspendu juste au-dessus des rochers ?

Seth lui jeta un regard en coin.

— Vous avez l'air de connaître la maison comme votre poche ?

— N'oubliez pas qu'elle est restée inoccupée pendant des années. Quel gamin aurait résisté à la tentation d'aller l'explorer ?

— Et c'est la chambre à coucher que vous auriez choisie pour vous-même ? s'enquit Seth d'un air amusé.

— Bien sûr. L'immense cheminée en pierre et les poutres au plafond sont déjà un argument en soi. Mais le balcon… Vous vous êtes déjà tenu dehors par un soir de tempête ? Ça doit être magnifique de voir les vagues frapper le pied de la falaise tandis que le ciel se déchaîne juste au-dessus.

— Vous aimez vivre dangereusement.

Le regard rivé sur les cheveux de Seth, Lindsay était en train de se demander s'ils seraient doux ou rêches sous les doigts. Etonnée par les dérives inattendues de sa pensée, elle se hâta de croiser les mains sur les genoux et se concentra sur sa question.

— Si j'aime le péril, c'est surtout par procuration ! Cliffside n'offre pas le genre d'environnement où le danger vous guette à chaque coin de rue.

— Votre spectre ne doit pas partager cet avis.

Lindsay rit de bon cœur.

— Pas mon spectre, le *vôtre*, en l'occurrence. Vous en avez l'entière responsabilité, désormais.

Seth se gara sur le trottoir devant chez elle et coupa le contact. En descendant de voiture, Lindsay sentit la bise froide lui souffleter les joues.

— L'automne est là pour de bon, cette fois, commenta-t-elle, avec une pointe de mélancolie. Bientôt, un feu de joie sera organisé sur la grande place. Marshall Woods viendra avec son violon et il y aura de la musique et des chansons jusqu'à minuit… Pour nous, à Cliffside, ce sera l'événement du mois, précisa-t-elle avec l'ombre d'un sourire. Mais pour vous qui voyagez d'une mégalopole à l'autre, nos petites distractions provinciales doivent sembler bien dérisoires.

— Bien familières, plutôt. J'ai passé toute mon enfance dans un coin perdu de l'Iowa, précisa Seth en franchissant la grille avec elle.

— Et moi qui vous voyais citadin jusqu'au bout des ongles ! J'aurais été prête à jurer que vous aviez grandi dans un milieu très sophistiqué, très urbain. Et vous n'avez jamais été tenté de retourner dans votre Iowa natal ?

Il secoua la tête.

— Trop de souvenirs.

Debout sur la première marche de l'escalier du perron, Lindsay se retourna et eut la surprise de trouver le visage de Seth à la hauteur exacte du sien. Dans ses iris verts, elle décela de minuscules taches dorées. Figée dans une contemplation rêveuse, elle entreprit de les compter une à une. Comme s'il n'y avait rien de plus naturel au monde que de se livrer à ce genre d'exercice, à minuit passé, avec un homme que, la veille encore, elle considérait comme son ennemi juré.

— Ça en fait treize en tout, murmura-t-elle. Six à gauche et sept à droite. Je me demande si cela porte malheur ?

Seth scruta le regard bleu qui semblait perdu dans le sien.

— Si *quoi* porte malheur ?

Embarrassée par ses propres divagations, Lindsay rougit.

— Rien. J'ai tendance à rêver tout haut par moments... Qu'est-ce qui vous fait sourire, Seth ?

— Je me demandais quand il m'était arrivé pour la dernière fois de raccompagner une fille chez elle et de trouver la lumière du perron allumée, pendant que la maman veillait à l'intérieur... Je crois que ça doit remonter à mes dix-huit ans.

Les yeux de Lindsay brillèrent.

— Je suis soulagée de découvrir que vous avez été jeune et innocent, vous aussi. Et que s'est-il passé avec la jeune fille ? Vous l'avez embrassée ?

— Naturellement. Pendant que sa mère écartait discrètement un coin de rideau pour surveiller la scène.

Lindsay sourit malicieusement en tournant la tête vers les vitres du salon.

— Je crois que nous sommes tranquilles en ce qui concerne la mienne. Elle doit dormir du sommeil du juste.

Posant les mains sur les épaules de Seth, elle se pencha pour lui effleurer les lèvres d'un bref baiser amical. Mais lorsque leurs bouches entrèrent en contact, elle oublia ses intentions premières. L'effet fut immédiat et distinctement cataclysmique.

Le cerveau brouillé par l'électrochoc, elle renversa la tête en arrière et ils se regardèrent en silence, figés l'un et l'autre dans une immobilité de pierre. Le cœur de Lindsay battait à grands coups sourds dans sa poitrine, comme lorsqu'elle attendait dans les coulisses avant un grand pas de deux final.

Mais ce duo avec Seth n'était pas de ceux que l'on répète à l'avance. Vieux comme le monde, il restait également le plus neuf, le plus inédit de tous. Son regard tomba sur la bouche de Seth et elle sentit gronder en elle une faim primitive.

Leurs visages se rapprochèrent lentement, comme si l'horloge du temps s'était arrêtée et que, déjà, l'éternité leur revenait en partage. Sans une hésitation, sans un faux mouvement, leurs corps se trouvèrent et se coulèrent l'un contre l'autre. Ils étaient comme deux amants de toujours se retrouvant après la nuit interminable de l'attente. Sûrs d'eux-mêmes. De la parfaite exactitude de leurs gestes.

Leurs lèvres se soudèrent. Se quittèrent. Revinrent s'interroger de nouveau. Les mains de Seth glissèrent sous son manteau pendant qu'elle cherchait sa chaleur sous sa veste.

Seth attrapa sa lèvre inférieure entre ses dents, immobilisant sa bouche vagabonde. Une pointe brève de douleur aviva le désir, le fit flamber sans retenue. Leur baiser devint tornade, où les langues se cherchaient, s'enlaçaient, bataillaient pour mieux s'entremêler. Remontant les bras dans le dos de Seth, Lindsay se raccrocha à ses épaules.

Elle se serra fort contre lui tandis que la bouche de Seth quittait la sienne pour explorer son cou. Les yeux clos, elle gémit sous la caresse de ses cheveux contre sa joue. Ils étaient doux, soyeux et demandaient à ce qu'on y enfouisse les doigts.

Les mains expertes de Seth trouvèrent la fermeture Eclair de sa robe. Puis la nudité de sa peau qu'elles explorèrent de la taille aux épaules. Le désir se fit tremblement. Et douleur.

Un tourbillon violent d'émotions vint se mêler à la faim purement physique. Saisie de vertige, Lindsay lutta pour reprendre pied. Elle se découvrait si vulnérable soudain que la peur surgit, prenant le pas sur le désir.

Elle se dégagea en le repoussant doucement. Seth libéra sa bouche mais garda les bras noués autour de sa taille.

— Il faut arrêter, maintenant, chuchota-t-elle d'une voix mal assurée.

Lindsay dut s'interrompre et fermer un instant les yeux pour retrouver une certaine clarté d'esprit.

— Je vous remercie pour cette soirée, Seth, finit-elle par déclarer avec un pâle sourire de politesse. J'ai passé un moment très agréable.

Il l'observa quelques instants en silence.

— Ce petit discours tombe un peu à plat après ce qui vient de se passer, non ? chuchota-t-il en frottant doucement ses lèvres contre les siennes.

— Vous avez sans doute raison… Mais…

Détournant la tête, elle se déroba à ses baisers.

— Je préfère rentrer maintenant. Je crains d'être un peu rouillée.

— Rouillée ?

Lindsay déglutit. Elle avait laissé le petit baiser « amical » aller infiniment trop loin. Difficile, à présent, de reprendre le contrôle de la situation en mains.

— S'il vous plaît… Je suis désolée… Je n'ai jamais été très douée pour me sortir de ce genre de situation et…

— Qu'entendez-vous par ce « genre de situation », au juste ?

Les bras de Seth la tenaient toujours comme dans un étau. Et il gardait son regard vissé au sien.

— Seth…

Son cœur recommençait à battre trop vite ; son souffle, de nouveau, menaçait de s'emballer.

— S'il vous plaît… Laissez-moi m'en aller maintenant avant que je me couvre de ridicule, supplia-t-elle d'une voix tremblante.

Une lueur de colère brilla dans le regard vert de Seth. Se penchant sur ses lèvres, il lui prodigua un baiser aussi tumultueux et dévastateur qu'il fut bref et violent.

— A demain, dit-il en la relâchant.

Secouée, pantelante, Lindsay repoussa d'une main tremblante les cheveux qui lui tombaient sur le front.

— Je crois qu'il serait préférable que nous ne nous…

— Demain, réitéra-t-il d'un ton sans réplique.

Lindsay le suivit des yeux tandis qu'il se dirigeait à grands pas vers sa voiture. « Demain », songea-t-elle.

Et un long frisson la parcourut dans le froid automnal de la nuit.

6

Le lendemain dimanche, Lindsay se sentait presque calme et détendue lorsqu'elle termina ses exercices quotidiens à la barre et monta se changer en vue de son expédition sur les Hauts de la Falaise. Jugeant judicieux d'adopter un profil bas, elle enfila un simple T-shirt sur un pantalon de sport couleur rouille, jeta la veste assortie sur un bras et dévala l'escalier. Elle parvint au rez-de-chaussée juste au moment où la mère d'Andy pénétrait dans le vestibule.

Carol Moorefield et son fils étaient comme le jour et la nuit. De taille menue, fine et élégante, la brune Carol faisait partie de ces beautés intemporelles que l'âge ne parvenait à altérer. Andy, lui, ressemblait plutôt à son père que Lindsay ne connaissait que pour l'avoir vu en photo. Il y avait plus de vingt ans désormais que Carol était veuve.

Après le décès de son mari, la mère d'Andy avait repris sa boutique de fleuriste et l'avait tenue avec beaucoup de goût et de talent. Lindsay avait toujours attaché une grande importance aux opinions de Carol. Et il n'était pas rare qu'elle recherche ses conseils.

— Tu sors faire ton footing ? s'enquit Carol en la voyant en tenue sportive.

Lindsay se surprit à rougir comme une gamine de treize ans.

— Euh… non. Pas exactement, balbutia-t-elle en embrassant l'amie de sa mère sur la joue. Je…

Carol sourit.

— Ah. Je vois. Tu as un nouveau rendez-vous avec ton bel inconnu d'hier soir ?

— Parce que vous êtes déjà au courant ? Les nouvelles

circulent vite à Cliffside ! Ma mère vous a appelée hier soir, je suppose ?

Avec un rire affectueux, Carol lui passa la main dans les cheveux.

— Il se trouve que j'ai eu ta mère, oui. Mais je l'aurais su, de toute façon. Hattie MacDonald était à sa fenêtre lorsqu'il est passé te prendre. Et j'ai eu droit à mon bulletin d'information ce matin.

— Mmm… J'imagine qu'un pareil événement me place largement en tête de liste dans la série des potins du jour !

Carol pénétra dans le séjour et posa son imperméable et son sac sur le canapé.

— Tu as passé une bonne soirée, Lindsay ? demanda-t-elle avec sa sollicitude habituelle.

— Oui, oui. Très agréable… Nous avons dîné sur la côte, chez Maynard's. C'était excellent, comme d'habitude.

Comme le sang lui montait de nouveau aux joues, Lindsay renoua son lacet pour se donner une contenance. Carol réprima un sourire.

— De quel genre d'homme s'agit-il ?

Lindsay releva la tête.

— Je ne sais pas encore très bien, au juste. Mais c'est quelqu'un d'intéressant, en tout cas. Une personnalité forte. Il est sûr de lui, avec une certaine réserve. Conventionnel, par moments… Mais je pense qu'il doit être capable de faire preuve d'une grande sensibilité.

Face à l'émotion évidente de Lindsay, Carol ressentit un léger pincement au cœur. Elle avait beau savoir depuis des années que Lindsay n'était pas faite pour son Andy, elle avait toujours conservé un petit fond d'espoir.

— Il a l'air de te plaire, cet homme ?

— Oui…, admit Lindsay, avec un long soupir pensif. Ou du moins, il me semble. Saviez-vous qu'il s'agissait de S.N. Bannion, le célèbre architecte ?

Carol ouvrit de grands yeux.

— Pour une nouvelle, c'est une nouvelle, ça aussi. S.N. Bannion, ici, à Cliffside… Qui l'aurait cru ? Il n'était pas censé se marier cet été avec une pilote de course suédoise qu'il aurait rencontrée à Monaco ?

— D'après ce que j'ai compris, il s'agit plutôt d'un célibataire qui a l'intention de le rester.

Les yeux de Carol scintillèrent.

— C'est très excitant, tout ça ! Ta mère est au courant ?

— Non. Pas encore… je…

Lindsay s'interrompit pour tourner un regard hésitant vers la porte close de Mae.

— J'ai eu une conversation un peu tendue avec elle hier soir, confia-t-elle à mi-voix. Et nous ne nous sommes plus adressé la parole depuis.

La voyant consternée, Carol lui effleura la joue.

— Il ne faut pas que tu te mettes dans tous tes états pour si peu, Lindsay. Vous avez vécu trois années difficiles, toutes les deux. C'est normal qu'il y ait des frottements entre vous de temps en temps.

— J'ai l'impression de tout faire de travers avec elle, avoua Lindsay dans un murmure. Je lui suis redevable de…

— Stop.

Carol la prit par les épaules et la secoua gentiment.

— Les enfants n'ont pas de dette envers leurs parents, tu m'entends ? Tout ce que tu « dois » à Mae, c'est un minimum de respect et d'amour. Mais si renonces à tes désirs dans la vie pour essayer de t'adapter à ceux de quelqu'un d'autre, tu ne réussiras qu'à faire deux malheureuses au lieu d'une. Voilà, c'était mon conseil du jour.

Avec un sourire empreint de tendresse, Carol lui caressa les cheveux.

— Et maintenant, je te laisse partir à ton rendez-vous. J'ai l'intention de convaincre Mae de venir faire une grande balade en voiture avec moi. Nous allons nous offrir une petite journée de détente, toutes les deux.

Avec un sanglot étouffé, Lindsay jeta les bras autour du cou de Carol.

— Vous êtes tellement merveilleuse, Carol. Je me demande ce que nous serions devenues sans vous.

La mère d'Andy la serra avec affection sur son cœur.

— C'est gentil de me donner l'illusion d'être indispensable. Qu'allez-vous faire cet après-midi, ton ami Bannion et toi ? Une promenade sur la plage ?

— Seth m'a promis de me faire visiter sa maison.

— Ah, tes chers Hauts de la Falaise… Tu vas enfin avoir l'occasion de l'explorer en plein jour.

Rassérénée par sa conversation avec Carol, Lindsay sourit.

— Vous croyez que ma fascination va retomber d'un coup et que je trouverais le manoir de mes rêves soudain dépourvu de charme ?

Les yeux scintillants d'humour, Carol se dirigea vers les appartements de Mae.

— Cela m'étonnerait beaucoup… Amuse-toi bien, Lindsay. Et ne t'inquiète pas si tu n'es pas de retour à l'heure pour préparer le repas du soir. Ta mère et moi, nous dînerons au restaurant.

On sonna à la porte avant que Lindsay puisse répondre. Le cœur battant, elle se prépara à affronter Seth avec calme et maîtrise. A force de raisonnements, elle avait réussi à ramener les événements de la veille à leurs justes proportions. D'accord, elle avait un peu perdu la tête dans ses bras. Mais il s'agissait d'un phénomène ponctuel dû aux effets conjugués du vin, de la nuit et de la solitude sexuelle. Lesquels effets avaient encore été renforcés par l'expertise de Seth — grand don Juan devant l'éternel, à en juger par le nombre incalculable de conquêtes féminines qu'on lui prêtait.

Il convenait à présent de redescendre sur terre et de reléguer ce baiser aux oubliettes. En aucun cas, elle ne devrait oublier qui était Seth Bannion et quel type de rapport il entretenait avec les femmes. S'il les attirait avec facilité, il les quittait plus aisément encore.

D'où la nécessité d'orienter leur relation vers une amitié prudemment balisée. Ne serait-ce que pour Ruth dont elle ne voulait en aucun cas perdre les intérêts de vue. En temps que ballerine et en tant que femme, elle se sentait une responsabilité envers la jeune fille.

Lindsay plaça une main sur son estomac et prit une respiration profonde pour calmer sa nervosité. Bien décidée à rester la plus impersonnelle possible, elle ouvrit la porte.

Seth portait un jean et un pull en cachemire ajusté qui dessinait un torse superbe et étonnamment musclé. L'impact de sa présence physique déstabilisa Lindsay d'emblée. Elle n'avait connu que deux hommes dans sa vie qui dégageaient ce même rayonnement animal, cette même sensualité brute. Il y avait eu Nick Davidov, pour commencer. Et puis un chorégraphe avec qui elle avait eu l'occasion de travailler sur une nouvelle version de *Coppelia*. Or dans la vie de ces deux hommes, il y avait eu *des* femmes. Jamais *une* femme.

Un voyant d'alerte clignota dans le cerveau de Lindsay. « Prudence », décida-t-elle, serait le maître mot de sa relation avec Seth.

— Salut, Seth.

Avec un sourire un peu trop étincelant, elle tira la porte derrière elle. Seth lui prit la main et la retint par les épaules alors qu'elle atteignait la dernière marche du perron. Le cœur battant, Lindsay s'aperçut qu'ils se trouvaient à la place exacte qu'ils avaient occupée la veille.

Sourcils froncés, il scruta ses traits.

— Ça va, Lindsay ?

— Oui, très bien.

— Sûr ?

Elle sentit ses joues s'empourprer.

— Tout à fait. Pourquoi cela n'irait-il pas ?

Avec un léger haussement d'épaules, il entrelaça ses doigts aux siens et l'entraîna vers la voiture. Quel homme étrange, songea Lindsay, plus intriguée que jamais par le personnage. Elle avait rarement connu quelqu'un d'aussi déroutant, d'aussi impénétrable.

Dans l'espace clos — dangereusement intime — du véhicule, elle tenta de dissiper la tension sensuelle presque palpable en optant pour une approche enjouée.

— Avez-vous idée au moins, du nombre de regards qui sont fixés sur nous en ce moment, Seth ?

Il parut sincèrement surpris par sa question.

— Non, pourquoi ? Vous pensez qu'on nous observe ?

— Et comment. Tout le quartier est à son poste. Si vous regardez bien, vous verrez frissonner un rideau à chaque fenêtre. Des douzaines de spectateurs nous guettent.

— Intéressant, commenta-t-il. Cela vous gêne ?

Lindsay lui jeta un regard malicieux.

— J'ai l'habitude de me produire sur scène, ne l'oubliez pas. Je peux contenir ma nervosité… Mais pour vous, c'est peut-être plus ennuyeux ?

— Bien au contraire.

Avec une rapidité déconcertante, Seth la plaqua contre le dossier de son siège et s'empara de ses lèvres. Le baiser fut rapide mais efficace. Lorsque Seth releva la tête pour plonger son regard dans le sien, Lindsay avait la respiration irrégulière, l'esprit en déroute et les sens tourneboulés.

Personne, jamais — elle en était certaine — n'avait déjà ressenti ce qu'elle éprouvait en cet instant.

— Si spectateurs il y a, j'estime que nous devons leur offrir une prestation un tant soit peu mémorable, déclara Seth d'une voix basse et vibrante. Pas vous ?

— Mmm…

Incapable d'émettre autre chose qu'une vague onomatopée, Lindsay s'écarta pour se placer à distance prudente de son compagnon. Et se contenta pendant le trajet de commenter la vue et de disserter sur les caprices du temps.

Quelques kilomètres seulement, séparaient sa maison des Hauts de la Falaise. Et pourtant Lindsay eut le sentiment d'entrer dans un autre monde. Perchée au-dessus de la petite ville, la vaste demeure dominait le détroit, fièrement dressée au sommet de la paroi rocheuse. Aux yeux de Lindsay, l'austère manoir était une émanation même de la falaise, comme si une main géante l'avait sculptée dans le granit.

Les Hauts de la Falaise n'avaient rien de précieux ni de raffiné. C'était un lieu plus féroce qu'aimable, comme arc-bouté contre la fureur des éléments. Mais pour la première fois en douze ans, Lindsay vit les vitres étinceler au soleil et la fumée monter des quatre cheminées : le manoir était sorti de son orgueilleuse torpeur pour revenir à la vie.

Aucun rosier grimpant, aucune glycine n'égayait encore le granit de la façade. Mais les parterres étaient désherbés, les pelouses tondues. Ils suivirent l'allée tortueuse qui montait de la route pour conduire à la demeure.

— Elle est extraordinaire, non ? murmura Lindsay, plus charmée que jamais. Avec quelle arrogance elle tourne le dos à l'océan, comme pour montrer qu'elle n'a rien à craindre de ses assauts !

Seth se gara juste devant le monumental escalier en pierre qui menait à la porte d'entrée du manoir.

— Voilà une vision des choses qui me paraît pour le moins fantaisiste, observa-t-il avec l'ombre d'un sourire.

— Je *suis* fantaisiste, Seth.

— Oui, je sais.

Il se pencha au-dessus d'elle pour lui ouvrir sa portière. L'espace d'un instant, il s'immobilisa, si près qu'elle n'aurait eu qu'à tourner la tête pour que leurs bouches se joignent et se perdent l'une en l'autre.

— Etrangement, chez vous, cela ne me dérange pas. En règle générale, pourtant, je préfère les femmes dotées d'un solide esprit pratique.

Lindsay cligna des paupières. Elle dut faire un louable effort pour dissiper le brouillard sensuel qui lui paralysait le cerveau dès que Seth l'approchait d'un peu près.

— Ah vraiment ? Je n'ai jamais été douée pour la vie pratique. Rêver me réussit assez bien, en revanche.

Il prit une mèche de ses cheveux qu'il enroula autour d'un doigt.

— Et quel genre de rêve faites-vous, Lindsay ?

— Des rêves stupides pour la plupart. Ce sont les meilleurs.

S'arrachant tant bien que mal à la langueur qui menaçait de l'envahir, elle poussa sa portière et descendit de voiture. « Surtout, rester amicale, décontractée et impersonnelle », se dit-elle.

— La dernière fois que je suis venue ici, j'avais seize ans

et il faisait nuit noire, confia-t-elle à Seth. Il ne devait pas être loin de minuit et le pauvre Andy n'en menait pas large. Il voulait revenir sur ses pas mais je n'ai rien voulu entendre. Nous nous sommes glissés à l'intérieur par une fenêtre du premier étage.

— Andy ? releva Seth en sortant un trousseau de clés de sa poche. J'imagine qu'il s'agit de l'armoire à glace que vous embrassiez devant votre studio hier matin lorsque je suis arrivé avec Ruth ?

Lindsay hocha la tête, se contentant de saluer sa description d'Andy d'un léger froncement de sourcils.

— C'est votre petit ami ? s'enquit Seth d'un ton indifférent en faisant tinter ses clés dans ses paumes.

Elle soutint son regard sans ciller.

— Je n'ai plus seize ans, Seth. Les « petits » amis ne sont plus de mon âge. Mais les grands, oui. Andy est mon meilleur ami depuis toujours.

— Vous êtes démonstrative dans vos amitiés.

— Je le suis, oui. J'ai toujours pensé que l'affection s'exprimait aussi bien par les gestes que par les mots.

— C'est un point de vue qui ne manque pas d'attrait.

Seth introduisit la clé dans la serrure, poussa le lourd battant et s'inclina avec un léger sourire.

— Voilà. Vous pouvez entrer par la grande porte, cette fois-ci.

Le cœur battant, Lindsay franchit le seuil. Et fut tout aussi impressionnée que la première fois qu'elle avait pénétré dans l'enceinte mystérieuse des Hauts de la Falaise. La hauteur de plafond dans le vestibule donnait le vertige. Un escalier incurvé partait sur la gauche puis se divisait en deux pour rejoindre une galerie qui courait à mi-étage. Le papier peint fané et déchiré qui était resté inscrit dans ses souvenirs avait été remplacé par un très beau tissu mural uni sur lequel se détachaient trois magnifiques tapisseries anciennes. Quelques tapis de Perse rompaient la monotonie du parquet en chêne. Un rayon de soleil qui pénétrait par les vitraux au-dessus de la porte jouait sur les verres de couleur d'un grand lustre.

Sans un mot, Lindsay longea le hall central et poussa la porte d'un petit salon entièrement restauré. Comme dans un rêve, elle entra dans la pièce, effleura le bois ciré des meubles au passage, admira la parfaite harmonie née des contrastes de style et de matériaux.

— C'est magnifique, chuchota-t-elle en laissant glisser un doigt caressant sur le brocart rayé d'une petite causeuse. Vous avez su trouver exactement ce qu'il fallait pour rendre à ces lieux leur beauté passée tout en les ancrant résolument dans le monde d'aujourd'hui.

Seth l'observa sans répondre. Intemporelle et fragile, la beauté de Lindsay tissait avec l'esprit des lieux un accord subtil. Il fit un pas en avant et les effluves de son parfum l'enveloppèrent.

— Ruth est ici ? demanda-t-elle.

— Pas pour le moment, non. Elle passe la journée chez Monica.

Avec une douceur qui lui était inhabituelle, il lui effleura la joue.

— Je ne vous avais encore jamais vue avec les cheveux détachés, murmura-t-il. Vous êtes très belle ainsi.

Lindsay fit un pas en arrière.

— J'avais les cheveux défaits la première fois que nous nous sommes rencontrés, Seth, rectifia-t-elle en le regardant droit dans les yeux. Il pleuvait, souvenez-vous.

Un sourire énigmatique joua sur ses lèvres.

— Je me souviens.

Couvrant de nouveau la distance entre eux, il lui caressa le cou. Un frisson involontaire la parcourut.

— Vous êtes très sensuelle, Lindsay. Vous réagissez toujours au quart de tour lorsqu'un homme vous touche ?

Elle avait trop chaud soudain. Sa peau était comme en feu là où il avait posé les doigts.

— Ce n'est pas très fair-play comme question, Seth.

— Je ne suis pas quelqu'un de fair-play.

— Je ne pense pas, non, en effet. Pas dans vos relations

avec les femmes, en tout cas. Je suis venue voir votre maison, Seth. Poursuivons la visite, voulez-vous ?

Sur le point de répondre, il fut interrompu par l'arrivée d'un homme mince et de petite taille. Chauve avec une petite barbe poivre et sel, il portait un costume trois-pièces sombre, de coupe stricte, une chemise d'un blanc immaculé et une cravate noire.

Le nouveau venu demeura figé à l'entrée de la pièce dans une attitude quasi militaire, les bras le long des flancs, le menton légèrement relevé. Lindsay eut une impression immédiate d'efficacité et de compétence.

— Si je puis me permettre d'interrompre Monsieur un instant ?

Seth porta son attention sur le majordome.

— Lindsay, voici Worth. Worth... Mademoiselle Dunne.

Worth inclina le buste en un salut impeccable.

— Enchanté, mademoiselle.

A en juger par l'accent et l'attitude, le dénommé Worth était un pur produit de la vieille Europe. Complètement captivée par le personnage, Lindsay lui offrit sa main à serrer.

— Je suis ravie de faire votre connaissance, monsieur Worth.

Worth hésita, interrogea Seth du regard puis lui effleura brièvement les doigts — comme s'il touchait une matière hautement explosive.

— Vous avez un appel de New York, Monsieur. Un certain M. Johnston. Une affaire importante, m'a-t-il dit.

Seth hocha la tête.

— Johnston ? Demandez-lui de patienter un instant. Je prendrai l'appel dans mon bureau... Lindsay, je vais être obligé de vous abandonner un petit moment. Souhaitez-vous boire quelque chose en attendant ?

— Non, ça ira. Je vous remercie.

Il était infiniment plus facile de tenir ses résolutions et de rester impersonnelle avec Seth lorsqu'il retrouvait son attitude froide et compassée que lorsqu'il déployait ses talents de séducteur. Avec un léger sourire, elle alla se placer près d'une fenêtre.

— Prenez votre temps, Seth. Je vous attends ici.

Il acquiesça d'un signe de tête et quitta la pièce.

Au bout de quelques minutes, Lindsay n'y tint plus. Elle avait visité le manoir de la cave au grenier au beau milieu de la nuit, alors qu'il n'était encore décoré que de poussière et de toiles d'araignée. A présent que le soleil éclairait doucement les parquets cirés à la perfection, comment résister à la curiosité ?

Se promettant, par souci de discrétion, de limiter son champ d'exploration au hall principal, elle se hasarda hors du petit salon. Plusieurs toiles de peintres contemporains retinrent son attention et elle demeura longuement en arrêt devant l'une des tapisseries. Sur un petit guéridon, elle vit un service à thé japonais d'une telle finesse qu'il lui sembla qu'un seul regard suffirait à le briser. Emportée par la curiosité malgré elle, Lindsay franchit une porte ouverte et eut l'heureuse surprise de se retrouver dans l'immense cuisine du manoir.

Si le charme restait d'époque, les équipements étaient résolument modernes. Les plans de travail étaient de bois, les cuivres astiqués étincelaient et un feu pétillait gaiement dans la grande cheminée en pierre. Le soleil généreux d'octobre entrait à flots par les fenêtres donnant sur l'ancien verger.

Sous le charme, Lindsay laissa échapper une exclamation de plaisir. Worth qui était occupé à couper des légumes en julienne releva la tête en sursaut. Une expression de profonde stupéfaction se peignit sur des traits que l'on devinait pourtant accoutumés à demeurer impassibles. Il s'essuya les mains sur son grand tablier blanc.

— Puis-je faire quelque chose pour vous, mademoiselle ?

— Oh, non. Rien du tout. Cette cuisine est une merveille, vous ne trouvez pas ? commenta-t-elle avec enthousiasme. Seth a fait un travail extraordinaire. Je n'ai encore jamais vu l'ancien et le moderne se fondre aussi harmonieusement.

Worth s'éclaircit la voix.

— En effet, mademoiselle, acquiesça-t-il d'un ton crispé. Vous vous êtes égarée, peut-être ?

— Non, non… Je déambulais dans le hall en attendant que Seth ait fini de téléphoner. Et quand j'ai vu la porte entrouverte, je n'ai pas pu résister à la tentation de pousser mes explorations plus avant.

Elle fit le tour de la cuisine pendant que Worth, figé sur place dans une attitude impeccable, la suivait des yeux avec consternation.

— J'ai toujours été fascinée par les cuisines, en fait, poursuivit Lindsay. Elles forment le noyau central autour duquel une maisonnée s'organise. Je rêve de trouver un jour le temps d'apprendre à cuisiner correctement.

Elle se remémora les éternelles salades suivies de yaourts qui constituaient l'ordinaire des danseurs à New York. Pour autant qu'elle se souvienne, son réfrigérateur avait presque toujours été vide, à l'époque. Occasionnellement, prise d'une immense fringale, elle se laissait aller avec quelques amis du corps de ballet à faire des orgies de pâtes dans un restaurant italien. Mais la plupart du temps, les repas étaient bâclés, escamotés, voire oubliés complètement.

— Je me débrouille à peu près pour préparer des repas simples, poursuivit-elle. Mais il ne faut pas me demander de faire quoi que ce soit d'un peu élaboré. J'imagine que vous devez être un excellent cuisinier ?

— Je fais de mon mieux… Mademoiselle aimerait que je lui serve un café dans le salon ?

Réprimant un soupir, Lindsay secoua la tête.

— Non, merci, monsieur Worth. Je pense que je ferais mieux de retourner voir si Seth a terminé sa conversation.

La porte s'ouvrit au même moment pour livrer passage au maître des lieux. Seth s'immobilisa net en voyant Lindsay. Elle se tenait près de la fenêtre et le soleil qui baignait son visage en soulignait encore la fragile beauté.

— Vous avez perdu patience, Lindsay ? Je suis désolé de vous avoir abandonnée aussi longtemps.

Lindsay jeta un bref regard d'excuse à Worth puis se dirigea vers Seth.

— Je crains d'avoir déboulé dans votre cuisine par mégarde. Que de changements depuis la dernière fois que je suis entrée dans cette vieille demeure !

Un message silencieux passa entre Seth et Worth. Puis Seth lui prit le bras et l'entraîna dans le couloir.

— Et quelle version des Hauts de la Falaise préférez-vous ? L'ancienne ou la nouvelle ?

Rejetant ses cheveux dans son dos, Lindsay leva les yeux pour sourire à Seth.

— Je devrais attendre la fin de la visite avant de me prononcer, mais je crois que je suis déjà conquise... Pour ce qui est de mon intrusion dans le domaine de Worth, en revanche, je suis *vraiment* désolée. Je crains de lui avoir infligé le choc de sa vie en m'imposant sur son territoire comme je l'ai fait.

— Worth est un homme de principe. Et il a une politique ferme en ce qui concerne les femmes et *sa* cuisine.

— Interdiction formelle d'y mettre les pieds, c'est ça ?

— Je vois que vous avez capté le message.

Ensemble, ils parcoururent les pièces du rez-de-chaussée. La bibliothèque, tout d'abord, où les lambris d'origine avaient été restaurés, puis un autre petit salon, encore en chantier, où les anciens papiers peints avaient déjà été arrachés.

— Les travaux du rez-de-chaussée devraient être terminés d'ici la fin de l'hiver, commenta Seth alors qu'ils grimpaient à l'étage. Par chance, la construction est saine et il n'y a pas de gros œuvre à refaire.

Lindsay laissa glisser la main sur la rampe et s'étonna que le bois patiné puisse être si doux au toucher. Des mains innombrables — et sans doute quelques fonds de culotte — avaient dû le polir pour créer ce résultat incomparable. Elle sourit toute seule en songeant au passé de la vaste maison.

— Vous l'aimez vraiment, cette vieille demeure, commenta Seth en s'immobilisant sur le palier... Qu'est-ce qui vous fascine donc tant ici ?

Lindsay leva les yeux vers lui. Consciente qu'il attendait une vraie réponse, elle prit le temps de méditer sa question.

— Je crois que c'est sa solidité, son côté inaltérable. La plupart de nos maisons ici, aux Etats-Unis sont de bois et leur durée de vie est limitée. Alors que ce manoir semble avoir été construit pour braver l'éternité. Des générations pourraient s'y succéder. Et je suis très sensible à cette notion de durée.

Lindsay se détourna et suivit la galerie qui dominait le hall principal.

— Vous pensez que Ruth s'habituera à vivre ici ? Qu'elle finira par s'acclimater dans notre petite ville loin du monde ?

— Pourquoi cette question ?

Avec un léger haussement d'épaules, Lindsay répondit :

— Ruth m'intéresse.

— Sur le plan professionnel.

Surprise par la froideur catégorique de son ton, elle sonda ses traits.

— Sur le plan personnel tout autant. Avez-vous des objections contre le fait que votre nièce pratique la danse ?

Seth la gratifia d'un de ses longs regards scrutateurs.

— Je ne suis pas certain que votre définition du terme « pratiquer la danse » coïncide avec la mienne, Lindsay.

— C'est fort possible. Mais en l'occurrence, il me semble que seule la définition de Ruth devrait nous intéresser.

— Ma nièce n'est pas encore majeure… Et elle est sous *ma* responsabilité, ajouta-t-il d'un ton sans réplique avant que Lindsay puisse protester.

Poussant une porte, il s'effaça pour la laisser entrer.

L'aspect féminin de la chambre frappait le regard d'emblée. Le bleu lavande des lambris se retrouvait dans les rideaux alors que la cheminée en brique avait été peinte en blanc. Un grand lierre bicolore dégoulinait d'un pot en cuivre placé sur une petite table. Des portraits encadrés des grands noms du ballet classique couvraient les murs. Lindsay vit le poster dont lui avait parlé Seth. Sa Juliette face au Roméo incarné par Davidov. L'afflux des souvenirs la fit sourire.

— Inutile de demander qui occupe cette chambre, murmura-t-elle en effleurant une paire de rubans de satin rose abandonnés sur le bureau.

Du coin de l'œil, elle observa le mystérieux visage de Seth. C'était un homme cosmopolite, brillant, habitué à voyager de par le monde. Et un homme libre, surtout, qui n'avait jamais eu à composer avec d'autres besoins que les siens.

La plupart des oncles célibataires à sa place auraient fourré leur nièce orpheline dans un pensionnat et se seraient contentés d'envoyer un chèque tous les mois. Seth, lui, n'avait pas seulement pris Ruth chez lui. Il avait été jusqu'à déménager pour lui procurer le type d'existence qu'il estimait devoir lui convenir.

— Votre générosité est-elle générale ou sélective, Seth ? s'enquit-elle avec curiosité.

Il haussa les sourcils.

— Vous avez la manie des questions insolites, observa-t-il en lui prenant la main pour l'entraîner plus loin dans le couloir.

— Et vous, vous avez la manie de les éluder.

— Voici la chambre qui doit rappeler de pénibles souvenirs à votre amie fantôme, déclara Seth sans répondre à sa petite pique.

Il actionna la poignée et poussa la porte. Ravie, Lindsay avança jusqu'au centre de la pièce et pirouetta sur elle-même en riant de plaisir.

— C'est absolument *parfait* Seth.

Son regard glissa de la banquette de fenêtre avec ses coussins en velours aubergine, aux tapis d'Orient sur les parquets. Se détachant sur le très beau vert sauge des murs, le mobilier victorien luisait doucement. Lindsay s'enthousiasma pour les bougeoirs en étain placés de chaque côté du grand lit ancien.

— C'est sans doute votre métier qui veut ça, mais vous avez su trouver exactement ce qu'il fallait pour redonner au manoir son caractère d'origine.

La cheminée en pierre était haute et massive. En scrutant l'âtre obscur, Lindsay vit en pensée des flammes hautes et claires jouant sur le grand lit… un lit où elle dormait, comblée d'amour et étroitement enlacée à Seth. Déconcertée par le caractère intensément réaliste de la vision, elle se détourna en sursaut pour déambuler dans la pièce.

C'était trop tôt. Trop rapide, surtout, se dit-elle. « Souviens-toi à qui tu as affaire, Lindsay. » Effrayée par la force de l'attirance qui la poussait vers Seth, elle se dirigea vers les portes-fenêtres d'une démarche d'automate et les ouvrit pour passer sur le balcon.

Une bouffée de vent lui souleva les cheveux. Elle fut assaillie par le fracas des vagues contre la roche, la morsure saline des embruns, la fraîcheur de l'après-midi finissante. Lindsay observa un instant la folle cavalcade des nuages dans le ciel, coursés par le vent violent. Puis elle alla s'accouder à la rampe et regarda en bas de la falaise.

La pente était abrupte, vertigineuse. Et les vagues puissantes s'acharnaient sur le pied de la paroi avec une inaltérable obstination. Absorbée dans sa contemplation, Lindsay avait à peine conscience de la présence de Seth derrière elle. Mais lorsqu'il lui prit les épaules pour la faire pivoter lentement vers lui, sa réaction fut instinctive et immédiate — aussi élémentaire que les forces qui se déchaînaient en contrebas.

Elle glissa les bras autour de son cou lorsqu'il l'attira contre lui. Leurs corps s'ajustèrent, leurs bouches se soudèrent l'une à l'autre. Sans hésiter, elle s'ouvrit à son baiser. Lorsque les mains de Seth se murent dans son dos, elle se mit à trembler, non pas par peur ou par résistance, mais purement de désir.

Il la caressa sous son T-shirt, s'attarda sur ses côtes avant de prendre un de ses seins au creux de ses paumes. Elle était menue et les mains de Seth étaient grandes. Lentement, tout en approfondissant le baiser, il suivit l'aréole, en décrivant de petits cercles avec le pouce. Le désir la submergea. Ce fut comme un torrent qui l'entraîna au fil de son courant débridé jusque dans des profondeurs tumultueuses. Déjà, les doigts de Seth se réchauffaient au contact de sa peau, propageant des vagues concentriques de délice.

Lorsqu'il arracha ses lèvres des siennes pour lui dévorer le cou et les épaules, l'afflux de chaleur se fit brûlure. La froide caresse du vent sur ses joues formait un contraste qui ne faisait qu'exacerber son excitation. Seth planta les dents dans la peau délicate à la jonction de son cou. La douleur vint se mêler au plaisir et le rehaussa d'un cran supplémentaire.

Le bruit du ressac enflait démesurément, formant comme un

écho lancinant à travers lequel Lindsay entendit Seth murmurer son nom. De nouveau, il chercha ses lèvres, l'embrassa avec passion, puis rejeta la tête en arrière pour plonger son regard dans le sien.

Dans ses yeux, Lindsay lut un mélange détonant de désir et de colère. Un violent frisson la parcourut. Elle se serait abandonnée de nouveau en aveugle dans ses bras s'il ne l'avait pas retenue par les épaules.

— J'ai envie de toi, déclara-t-il d'une voix rauque. Maintenant.

Elle scruta ses traits avec une avidité presque douloureuse. Le vent ramenait ses cheveux noirs sur son visage ; son expression était intense et plus que jamais ténébreuse. Le cœur de Lindsay battait si fort à présent que le rugissement dans ses oreilles couvrait jusqu'au fracas des vagues.

Autrement dit : elle flirtait de si près avec le danger qu'elle était à deux doigts du gouffre. Malgré le désir qui la tenaillait, elle secoua la tête.

— Non.

Elle sentit le sol tanguer sous ses pieds et dut se raccrocher à la rampe pour garder son équilibre. Se tournant vers le large, elle inspira à pleins poumons l'air froid et humide de l'océan.

D'un geste brusque, Seth lui prit le bras et la fit pivoter vers lui.

— Comment ça, « non » ?

La violence contenue de sa voix la fit frissonner. De nouveau, elle secoua la tête. Le vent ramena ses cheveux devant ses yeux et elle les repoussa avec impatience. Il devenait impératif de voir distinctement le visage de l'homme qui se tenait dressé devant elle, tel un Jupiter furieux, prêt à brandir son bâton de foudre.

On devinait chez Seth un fond sauvage, aussi primitif et indiscipliné que l'océan en contrebas. Et ce côté volcanique en lui la fascinait jusqu'au vertige.

— Non, Seth… Ce qui vient de se passer était sans doute inévitable. Mais je ne souhaite pas que ça aille plus loin.

Il se rapprocha pour lui saisir la nuque. Ses doigts étaient brûlants, persuasifs, irrésistibles.

— Tu ne penses pas ce que tu viens de dire.

De nouveau, ses lèvres vinrent chercher les siennes. Tendres, savantes, insistantes, elles jouèrent le jeu de la séduction jusqu'au moment où, avec un léger soupir de défaite, elle céda à leur emprise. Il l'embrassa avec une telle force qu'elle dut se cramponner à lui pour ne pas perdre l'équilibre. Le souffle coupé, elle avait la sensation de tomber en chute libre dans l'abîme.

— Je te veux dans mon lit, Lindsay. Laisse-moi te faire l'amour.

La caresse des mots brûlants sur ses lèvres envoya comme une coulée de lave dans ses veines. Se dégageant non sans mal, elle soutint son regard.

— Essaye de comprendre qui je suis, Seth. Les liaisons brèves, les rapports éphémères ou les histoires à ellipses, ce n'est pas pour moi.

Avec une sourde exclamation d'impatience, elle repoussa les cheveux que le vent ramenait sur son visage.

— J'aspire à autre chose qu'à une relation où l'on se retrouve au gré des humeurs de chacun, pour le plaisir de faire un petit tour ensemble au lit. Je ne suis pas aussi émancipée que toi, Seth. Je n'ai pas envie de te partager avec d'autres. Ni de tenter de rivaliser avec les nombreuses femmes qui ont croisé ton chemin.

Elle se détourna pour regagner la chambre mais il la retint par le bras, la forçant de nouveau à lui faire face.

— Parce que tu crois vraiment que nous pouvons faire abstraction de ce qui est déjà là, entre nous ?

Envahie par le doute, Lindsay sentit monter un début de panique.

— Oui, répondit-elle d'une voix presque suraiguë. Il le faut.

— Je veux te revoir ce soir.

— Non, Seth. C'est hors de question, chuchota-t-elle, effarée.

Comme il tentait de nouveau de la prendre dans ses bras, elle recula d'un pas, sans le quitter des yeux.

— N'insiste pas, murmura-t-elle. S'il te plaît.

— Je n'ai pas l'intention de passer à côté de cette histoire, Lindsay. Il y a quelque chose de fort entre nous.

— La seule chose qu'il y a entre nous, c'est Ruth. Et nous ferions bien de nous en souvenir si nous ne voulons pas compliquer inutilement la situation.

L'ombre d'un sourire joua sur les lèvres de Seth. Il prit une mèche de ses cheveux et l'enroula autour de son index.

— Compliquer la situation ? Je ne crois pas que tu sois femme à t'accommoder d'un excès de simplicité, Lindsay Dunne. Tu es beaucoup trop complexe pour cela.

— Tu ne sais rien de moi, rétorqua-t-elle, pantelante, les jambes coupées par un mélange de crainte, d'exaspération et de désir.

Il sourit franchement cette fois et lui prit le bras pour la conduire hors de la chambre.

— Il est vrai que je ne te connais pas encore, Lindsay. Mais j'ai la ferme intention de remédier à ce problème.

7

Presque un mois s'était écoulé depuis que Ruth était venue s'inscrire à l'école de danse. Le froid était tombé vite, cette année et dans les brumes de fin octobre on sentait déjà la neige proche. Lindsay avait poussé au maximum l'antique chauffage du studio. Un cache-cœur noué sur son justaucorps, elle donnait son dernier cours de la journée.

— Glissé… développé… arabesque…

Tout en indiquant les pas, elle tournait dans le studio, pour examiner ses élèves avec attention, contrôlant la posture, le port de tête, la position des mains. Elle était satisfaite de son cours avancé du samedi. Les filles travaillaient bien, dans l'ensemble. Gracieuses, sensibles au rythme et à la musique, elles avaient toutes une certaine facilité. Mais plus le temps passait, plus Ruth se démarquait du reste du groupe.

Ses aptitudes étaient si loin au-dessus de la moyenne que Lindsay trouvait de plus en plus insupportable de la voir gaspiller ses talents dans un endroit comme Cliffside. Il n'y avait qu'à la voir exécuter ses sauts et ses fouettés pour se rendre compte qu'elle avait besoin de se former de façon professionnelle, bon sang ! Ruth n'avait pas seulement du talent, elle était *habitée* par l'amour de la danse. La passion était là, visible, à fleur de peau, luisant dans ses yeux sombres.

Comment convaincre Seth que certaines vocations étaient trop impérieuses pour que l'on ait le droit de se mettre en travers de leur chemin ?

Dès le moment où ses pensées dérivèrent sur Seth, l'attention de Lindsay flancha, se détacha de ses élèves. Elle se revit enlacée à lui sur le balcon de la chambre de Seth, et un irrépressible frisson de plaisir courut le long de sa colonne vertébrale. Autant l'admettre : il ne se passait pas une journée sans que les baisers échangés avec Seth ne reviennent lui chatouiller la mémoire. Elle avait espéré au début que le détachement et l'oubli viendraient rapidement. Mais l'impact avait été si fort, l'attirance si fulgurante que ni le temps ni l'absence ne faisaient leur œuvre. Et il lui fallait se rendre à l'évidence : le « quelque chose » qui existait entre Seth et elle ne se laisserait pas éradiquer facilement.

— Grand jeté ! ordonna Lindsay en croisant les bras sur la poitrine.

Même après un mois, les souvenirs liés à Seth restaient d'une acuité étonnante. Au point de prendre parfois une qualité hallucinatoire. Non seulement, il lui semblait voir Seth partout, mais à plusieurs reprises, elle avait cru reconnaître son odeur dans les endroits les plus variés : sur un trottoir, dans un café, au cinéma.

Le matin, en buvant son café, elle se laissait aller à des rêveries dans lesquelles elle replongeait en fin d'après-midi lorsqu'elle se retrouvait seule dans le studio de danse. Et lorsqu'elle se réveillait sans raison au milieu de la nuit, la mécanique des souvenirs se remettait en marche en accéléré. Elle devait même se faire violence pour ne pas questionner Ruth au sujet de son oncle.

— Détends tes épaules, Brenda, lança Lindsay, honteuse de sa distraction, en s'approchant de son élève pour lui montrer comment placer ses bras.

La sonnerie du téléphone dans son bureau la fit tressaillir. Personne ne l'appelait jamais au studio pendant ses heures de cours. « Serait-il arrivé quelque chose à ma mère ? » se demanda-t-elle, le ventre instantanément noué par l'angoisse.

— Brenda, prends la relève, d'accord ?

Gagnant son bureau au pas de course, Lindsay se hâta de décrocher.

— Ici, l'école de danse de Cliffside.

— Lindsay ? C'est toi, ma *ptichka* ?

Lindsay poussa une exclamation de joie et de surprise. Cet accent-là, elle l'aurait reconnu entre mille.

— *Nick ?* Nick, je rêve ou c'est vraiment toi ?

Pour couvrir le son du piano de Monica, elle se boucha une oreille en se laissant tomber dans son fauteuil.

— D'où appelles-tu, Nick ?

— D'où veux-tu que je t'appelle ? De New York, bien sûr.

La joyeuse énergie qui transpirait dans la voix de Nick avait toujours réchauffé le cœur de Lindsay, même dans les moments les plus difficiles.

— Naturellement, oui. Quelle question ! Tu as toujours été un new-yorkais indécrottable.

— Comment va ton école de danse, ma *ptichka* ?

— Bien. Très bien. J'ai quelques élèves ici qui ne se débrouillent pas mal du tout. Mais il y en a une, surtout, qui a le talent et l'envergure pour devenir danseuse professionnelle. Je veux absolument que tu la rencontres, Nick. Ruth a dix-sept ans et elle a besoin de…

— Tu me parleras de ta Ruth plus tard, la coupa Nick avec sa désinvolture habituelle. C'est de toi que je viens prendre des nouvelles. Comment se porte ta mère, pour commencer ?

Lindsay hésita une fraction de seconde.

— Beaucoup mieux, heureusement. Elle se déplace toute seule, retrouve peu à peu son autonomie.

— Bien. Très bien, même. Alors quand reviens-tu à New York ?

— Nick…

Lindsay tourna la tête et scruta la photo encadrée où elle dansait avec l'homme qui lui parlait au téléphone à l'instant même. Trois années s'étaient écoulées depuis qu'elle avait mis les pieds à New York pour la dernière fois. Mais il aurait pu tout aussi bien en passer trente.

— Je me suis arrêtée trop longtemps, Nick. Une interruption de trois ans, ça ne pardonne pas dans notre métier.

— N'importe quoi. Tu es irremplaçable, mon oiseau des îles. On a besoin de toi, par ici.

Lindsay secoua la tête. Nick avait toujours été autoritaire

et impérieux. Serait-ce son destin d'avoir systématiquement affaire à des hommes dominateurs ?

— Je n'ai plus la condition physique, Nick. Pas suffisamment pour revenir sur scène, en tout cas. Il arrive un moment où il faut savoir laisser la place à d'autres. Des jeunes et nouveaux talents s'affirment tous les jours, précisa-t-elle en songeant à Ruth. C'est de sang frais que l'on a besoin, aujourd'hui.

— Arrête de parler comme une grand-mère ! A vingt-cinq ans, les jeux ne sont pas encore faits, même dans le milieu de la danse ! Depuis quand le travail acharné et la compétition te font-ils peur, Lindsay ?

Le défi et la provocation avaient toujours été les instruments de manipulation préférés de Nick. Lindsay ne put s'empêcher de sourire.

— Nikolai Davidov, arrête d'essayer de me manœuvrer et regarde la réalité en face : enseigner la danse n'est pas aussi exigeant que de danser comme soliste dans une compagnie de ballet professionnelle. On n'arrête pas le passage du temps. Que nous le voulions ou non, nous sommes soumis au processus de vieillissement.

— Et cela te fait peur ?

— Un peu, oui, admit-elle.

Sa confidence fit rire Nick.

— C'est très bien. La peur te donnera des ailes. Et tu danseras mieux que jamais.

— Nick…

— Tu n'as pas le droit de me laisser tomber, mon oiseau. J'ai bientôt fini de composer mon premier ballet.

Lindsay poussa une exclamation de surprise.

— Ton premier ballet ? Mais Nick, c'est merveilleux ! Tu te lances comme chorégraphe, finalement ?

— Il ne me reste plus que quelques années à danser. Et j'ai cet univers dans la peau. On m'a proposé le poste de directeur de la compagnie, il y a quinze jours. Et j'ai décidé de dire oui.

Lindsay sourit.

— J'étais sûre que cela finirait par arriver ! Et je suis ravie pour toi comme pour tes danseurs, Nick. Ils vont souffrir de ton despotisme, c'est vrai, le taquina-t-elle. Mais il y aura des compensations.

— Toi aussi, je veux te faire souffrir à la barre du matin au soir, Lindsay. Alors reviens danser avec nous. Je peux m'arranger pour te faire réintégrer.

— Non, Nick. New York et la scène ne sont plus mon univers. Je ne…

— Lorsque j'écris ma chorégraphie, c'est toi que je vois danser devant mes yeux, *ptichka*. Elle s'appelle Ariel, et Ariel, c'est toi. Ce ballet, je ne l'interpréterai avec personne d'autre que Lindsay Dunne, ma partenaire attitrée.

— Oh, Nick, s'il te plaît…

Au comble de l'indécision, Lindsay se pinça la racine du nez entre le pouce et l'index. Dans la pièce voisine, elle entendait les voix joyeuses des filles qui ôtaient leurs chaussons pour enfiler leurs chaussures de ville. Ses élèves étaient toute sa vie, désormais. Et l'univers que Nick lui proposait de réintégrer lui paraissait à des années-lumière de l'existence qu'elle s'était construite.

— Ecoute, Lindsay, nous n'allons pas poursuivre le débat par téléphone. Je préfère en parler de vive voix. Tu sais quoi ? Dès que j'aurai terminé le ballet, je viendrai te voir à Cliffdrop.

Lindsay ne put s'empêcher de sourire.

— Cliffside, Nick.

— Cliffside, Cliffdrop… C'est tout du pareil au même, non ? Il ne faut pas demander à un danseur russe de New York de maîtriser la géographie du Connecticut ! Début janvier au plus tard, je serai chez toi, dans ton Cliff quelque chose et je te montrerai le ballet. Puis tu reviendras danser pour moi.

Lindsay poussa un soupir découragé.

— A t'entendre, ce serait aussi simple que de prendre rendez-vous chez le dentiste !

— Bien sûr que c'est simple ! Les décisions les plus importantes, dans la vie, ne sont pas forcément les plus compliquées à prendre. Tu verras. On se revoit en janvier, *ptichka*.

Lindsay lâcha le combiné et secoua la tête, encore abasourdie par la proposition qui venait de lui tomber du ciel. Une chose était certaine : Nick n'avait pas changé et il ne changerait sans doute jamais. Son engagement dans la danse était total. Il était brillant, impulsif, généreux. Et tellement passionné, songea-t-elle en raccrochant. Jamais il ne parviendrait à comprendre que l'on choisisse de renoncer volontairement à la scène. Comment lui expliquer qu'on pouvait être profondément attaché à une phase révolue de sa vie sans avoir pour autant envie d'y retourner ?

Nick Davidov était trop entier, trop investi pour prendre en compte ce genre de nuances. Il était né avec la danse dans le sang et il y consacrerait sans doute jusqu'à son dernier souffle.

Profondément absorbée dans ses réflexions, Lindsay se leva pour examiner les photos qui résumaient sa carrière à New York. Pour Nick, il n'y avait jamais eu qu'un seul facteur déterminant : la danse. Alors que pour elle, tant d'autres éléments entraient aussi en ligne de compte ! Lesquels exactement, elle aurait été incapable de le formuler. Mais en quittant sans le vouloir le monde de la scène, elle avait senti peu à peu les fils qui la reliaient à cet univers se distendre.

Peut-être était-il temps de prendre une décision claire une fois pour toutes ? Tourmentée par l'indécision, Lindsay croisa frileusement les bras sur la poitrine et regagna le studio où quelques élèves s'attardaient encore. Il faisait tellement froid dehors que les filles hésitaient à affronter la nuit glaciale. Au fond de la salle, Ruth s'exerçait seule à la barre.

Monica leva les yeux de son piano et lui sourit dans le miroir.

— Ruth et moi, nous nous sommes organisé une petite soirée pizza ciné. On compte sur toi pour te joindre à nous, Lindsay.

— Je ne demanderais pas mieux, les filles, mais je dois m'occuper de notre prochain spectacle. Si je ne me remue pas un peu, Noël va arriver et rien ne sera prêt.

Monica lui posa affectueusement la main sur le bras.

— Tu ne t'accordes pas assez de loisirs, Line. Fais attention de ne pas t'enfermer dans une vie d'ermite, à force de te démener pour ton école aux dépens de tout le reste.

Lindsay serra les doigts de son amie entre les siens. Les

beaux yeux bruns rivés sur elle étaient empreints d'une réelle sollicitude.

— Tu as raison de me mettre en garde, Monica. Je vais essayer de prendre un peu plus de temps pour moi, en effet.

Les deux jeunes femmes relevèrent la tête d'un même mouvement lorsque la porte du studio s'ouvrit, livrant passage à Andy. Une bouffée d'air glacial s'engouffra dans la pièce.

— Hé, Andy ! Salut !

Lindsay se porta à la rencontre de son ami d'enfance et serra ses deux mains dans les siennes.

— Je ne pensais pas te voir ici, ce soir.

— En tout cas, j'arrive au bon moment, on dirait.

Andy jeta un regard indifférent aux quelques jeunes danseuses qui se préparaient à sortir. Puis il salua distraitement Monica. La pianiste, elle, ne l'avait pas quitté des yeux depuis qu'il était entré dans le studio.

— Bonsoir Andy, murmura-t-elle avec un sourire timide.

Ruth, qui continuait à travailler à la barre, observait la scène en s'interrogeant sur les interactions entre les trois adultes en présence. Les intéressés eux-mêmes ne semblaient se rendre compte de rien. Mais pour un regard extérieur, les attirances croisées sautaient aux yeux. Lui, Andy, était éperdument amoureux de Lindsay. Alors que Monica, elle, aimait Andy. Ruth avait vu la pianiste rougir jusqu'aux oreilles lorsqu'il était entré dans le studio. Mais Andy n'avait d'yeux que pour Lindsay et ne s'était même pas aperçu de l'engouement dont il faisait l'objet.

Ruth en conclut que l'amour était un sentiment pour le moins étrange. Et qu'il menait des gens parfaitement sensés à se comporter comme des aveugles tâtonnant dans le noir.

Quant à Lindsay, elle semblait flotter à cent lieues au-dessus de toutes ces humaines passions. Ruth soupira. Lindsay résumait à elle seule tout ce qu'elle espérait devenir un jour : une vraie ballerine, confiante en elle-même, gracieuse et belle comme un ange. Aux yeux de Ruth, Lindsay se mouvait, non pas comme un papillon ou un oiseau, mais à la manière d'un nuage. Chaque pas qu'elle faisait était une œuvre d'art en soi, tant la danse avait imprégné chacun de ses gestes pour devenir partie intégrante de son être.

Ce n'était pas de l'envie que ressentait Ruth en la regardant, mais le besoin de ressembler, de s'identifier, de se construire sur un modèle identique. Si bien que Lindsay était pour elle l'objet d'une constante observation. Ruth aurait tellement aimé partager la nature ouverte et chaleureuse de son professeur de danse ! Lindsay Dunne ne refoulait pas ses élans ; elle riait, pleurait, prenait les gens dans ses bras aussi facilement qu'elle respirait. Sa grande spontanéité créait une impression de simplicité, de transparence. Mais sous la gaieté enjouée de surface, Ruth pressentait un univers intérieur beaucoup plus complexe qu'il n'y paraissait au premier abord.

Il y avait un monde de passions cachées chez Lindsay. Mais elles restaient contenues, maîtrisées. La danse les libérait, sans doute. Mais peut-être existait-il d'autres clés susceptibles de les faire remonter à la surface ?

Ruth en était là de ses réflexions lorsque la porte s'ouvrit de nouveau. A sa grande surprise, ce fut son oncle, cette fois, qui s'engouffra dans le studio en même temps qu'une bourrasque de vent froid. Elle réprima l'exclamation de bienvenue qui lui montait aux lèvres et se contenta de sourire.

Et d'observer, une fois de plus.

L'échange de regards entre Lindsay et Seth fut bref mais volcanique. Si elle n'avait pas été aussi attentive, Ruth n'aurait sans doute rien remarqué, car la rencontre visuelle n'avait duré qu'une fraction de seconde. Mais elle était certaine de ne pas avoir rêvé : il y avait eu entre eux comme un éclair, un dialogue sans voix aux accents électriques.

Sous le choc, Ruth examina son oncle d'un regard neuf. Ce qu'elle venait de percevoir entre Lindsay et lui la prenait au dépourvu. Et pourtant, dans le chassé-croisé amoureux entre les trois personnages, Seth arrivait comme le quatrième élément indispensable. L'attirance entre Lindsay et lui était aussi évidente que celle de Monica pour Andy. Celle d'Andy pour Lindsay.

Tous ces adultes, pourtant, se comportaient plus ou moins comme si de rien n'était. *Stupéfiant.* Ne percevaient-ils donc rien des affects qui faisaient rage entre eux ? Ou s'appliquaient-ils à les ignorer par une sorte d'accord tacite ?

Ruth se remémora les sentiments qui avaient uni ses parents ; la façon dont leur amour s'était reflété dans chacun de leurs gestes, chacun de leurs regards. Le souvenir de ces deux êtres tendrement aimés l'emplit d'un mélange de nostalgie et de profonde tristesse.

Elle ne s'était pas sentie exclue par l'amour qui unissait ses parents. Il avait été suffisamment vaste, toujours, pour qu'elle y trouve sa place.

Avec un léger sourire, Ruth se baissa pour ôter ses pointes. Et songea qu'il ne lui déplairait pas, au fond, de se sentir de nouveau incluse dans une vraie famille…

Lindsay sentit l'impact du regard de Seth se répercuter dans tout son être. L'onde électrique la traversa de part en part, puis se retira si vite qu'elle demeura, les jambes coupées, comme vidée de ses dernières forces. Non, son attirance pour Seth ne s'était pas atténuée. Elle avait doublé d'intensité, au contraire.

En un millième de seconde, son cerveau avait enregistré les détails de sa tenue, son expression, son allure. Elle vit ses cheveux que le vent avait fouettés et ébouriffés, sa veste en mouton retourné qu'il portait ouverte malgré le froid, la façon dont son regard semblait vouloir l'absorber tout entière.

Elle, si attentive à ce qui se passait autour d'elle d'ordinaire, avait oublié le lieu, les circonstances, les êtres chers qui l'entouraient. Si Seth et elle avaient été dressés face à face au sommet d'une montagne solitaire, elle aurait eu exactement la même impression d'absorption totale.

« Je suis heureuse de le voir », comprit-elle brusquement. Vingt-six jours exactement s'étaient écoulés depuis sa visite dominicale au manoir. Dire qu'un mois plus tôt, elle ignorait jusqu'à son existence ! Et à présent, elle pensait à lui aux moments les plus inattendus. De lui-même, un sourire se dessina sur ses lèvres. Même si Seth s'abstint de le lui rendre, elle fit un pas vers lui, les mains tendues.

— Tu sais que tu m'as manqué ? lui confia-t-elle spontanément.

Elle prit les mains de Seth dans les siennes tandis qu'il scrutait ses traits avec son habituel regard perçant.

— Ah vraiment ?

Sous le ton courtois, Lindsay discerna une incontestable nuance de défi. Elle comprit avec consternation qu'elle avait manqué de prudence une fois de plus.

— Je ne te présente pas Andy et Monica. Vous vous êtes déjà rencontrés, je crois, observa-t-elle d'un ton léger en se détournant d'un mouvement brusque.

Debout à côté du piano, Monica rangeait ses partitions. Lindsay les lui prit des mains d'autorité.

— Laisse. Je m'en occupe. Vous devez être mortes de faim, Ruth et toi. Vous allez finir par rater votre séance si vous continuez à traîner dans ce studio, les filles.

Le feu aux joues, Lindsay avait toutes les peines du monde à se donner une contenance. Comment avait-elle pu être assez naïve pour confier à Seth qu'il lui avait manqué ? Et quand apprendrait-elle enfin à réfléchir avant d'ouvrir la bouche ?

D'un geste amical de la main, elle prit congé des deux dernières retardataires qui s'apprêtaient à quitter le studio, engoncées dans leurs doudounes et leurs écharpes. Puis elle se tourna vers son ami d'enfance.

— Tu as déjà mangé ?

Andy jeta un regard en coin à Seth.

— Pas encore, non. C'est un peu pour ça que je suis passé, en fait. Je voulais te proposer d'avaler un hamburger en vitesse et d'aller se faire une toile.

Elle posa ses partitions pour lui nouer les bras autour du cou.

— Oh, Andy, tu es adorable. Mais je dois adapter la chorégraphie de *Casse-Noisette* pour notre spectacle de Noël et je me suis juré de m'y mettre ce soir, quoi qu'il arrive. Je viens d'ailleurs de décliner l'offre de Ruth et de Monica. Tiens, et si tu renonçais au hamburger pour opter pour un « plan pizza » ? Tu pourrais te joindre aux filles.

— C'est une excellente idée ! s'exclama spontanément Monica.

Les joues écarlates, la jeune pianiste s'interrompit.

— Qu'en penses-tu, Ruth ? Ce serait sympa d'y aller à trois, non ? conclut-elle d'une toute petite voix.

Ruth sourit et hocha la tête.

— Très sympa, oui… Ce n'est pas moi que tu venais voir, oncle Seth ? s'enquit-elle en se baissant pour enfiler son jean sur ses collants de danse.

Seth se tourna vers sa nièce alors qu'elle passait les bras dans les manches d'un gros chandail en laine écrue.

— Non. Je suis venu discuter avec Lindsay quelques instants.

— Alors nous ferions mieux d'y aller, dit Monica en se levant. Prête, Ruth ?

Lindsay suivit des yeux la jeune pianiste qui se dirigeait vers le portemanteau et songea que Monica se mouvait avec une grâce étonnante pour une fille aussi grande. Il y avait en elle un côté athlétique que tempéraient harmonieusement les années passées à travailler à la barre.

Monica enfila son manteau et tourna vers Andy un sourire hésitant.

— Alors ? Tu as pris ta décision ?

Andy jeta un regard chargé de regrets à Lindsay avant d'acquiescer avec une visible absence d'enthousiasme.

— O.K., j'arrive. A demain, Lindsay.

Elle se dressa sur la pointe des pieds pour lui effleurer la joue d'un baiser.

— Passe une bonne soirée, Andy.

Andy et Monica se dirigèrent vers la porte. Ruth leur emboîta le pas avec un sourire un peu trop angélique au coin des lèvres.

— Passez une bonne soirée, oncle Seth et mademoiselle Dunne, lança-t-elle d'un ton étonnamment guilleret.

— Amuse-toi, bien, Ruth.

Lindsay suivit la jeune fille des yeux, intriguée par la lueur malicieuse qu'elle avait surprise dans son regard. Elle était ravie de voir Ruth aussi gaie mais se demandait ce qui avait pu causer cet amusement inattendu.

Avec un léger haussement d'épaules, elle reporta son attention sur Seth.

— Bon, j'imagine que tu es venu me parler de Ruth. Je pense que…

— Non.

Coupée net dans son élan, elle demeura un instant interdite. C'est seulement lorsque Seth fit un pas dans sa direction qu'elle comprit où il voulait en venir.

— S'il te plaît, Seth… Il faut absolument que nous ayons une conversation sérieuse à son sujet.

Eprouvant le besoin de prendre un peu de recul, elle se détourna pour se placer au centre de la pièce. Dans les miroirs au fond de la salle, leurs deux reflets se détachaient au cœur du studio désert.

— Le niveau de Ruth est sans comparaison avec celui de mes autres élèves. Elle est la seule à pratiquer trois à quatre heures par jour. La seule à danser avec son cœur et pas seulement avec ses muscles. Il y a des gens qui sont nés pour ce métier, tout simplement. On peut s'en réjouir ou on peut le déplorer. Mais cela ne change rien à ce qui est.

— C'est possible.

Seth retira sa veste en mouton et la posa sur le piano. Lindsay se surprit à jouer nerveusement avec le nœud de son cache-cœur. Quelque chose dans le regard, dans l'attitude de Seth lui disait qu'il ne serait pas facile de le maintenir à distance.

— J'ai dit que nous referions le point sur l'avenir de Ruth dans six mois. Il sera toujours temps de prendre de nouvelles dispositions cet été si une réorientation s'impose. En attendant, elle reste ici, point final.

Se sentant face à un mur, Lindsay serra les poings.

— Mais tu ne vois pas à quel point c'est absurde de lui imposer ce retard dans son apprentissage ? protesta-t-elle en arpentant la salle. Je comprendrais si la danse était pour elle une tocade, une distraction passagère. Mais il faut être réaliste, Seth. Ruth est une danseuse. Et dans cinq mois, elle le sera encore.

— Si c'est le cas, où est le problème ?

Irritée par sa calme logique, Lindsay ferma les yeux pour contenir son exaspération. Si elle voulait servir la cause de Ruth, elle n'avait pas le droit de céder à un mouvement d'humeur.

— Ta nièce perd son temps, ici, Seth. Et c'est un gâchis qui peut avoir de graves conséquences sur son avenir. Elle a besoin d'avancer, d'étudier la chorégraphie, d'apprendre.

— Ruth a un besoin qui passe avant tous les autres, en l'occurrence : il lui faut un environnement stable.

Seth n'avait pas haussé le ton mais la contrariété dans sa voix était presque palpable. Elle reflétait celle de Lindsay aussi fidèlement que le miroir renvoyait leurs deux images.

Elle leva les bras en signe de frustration.

— Ruth se doit à son talent, Seth, pourquoi ne veux-tu pas le comprendre ? Aujourd'hui, elle est comme une pierre précieuse à l'état brut. Elle a besoin d'être accompagnée, aidée, soutenue pour que le simple caillou devienne diamant. Et plus on laissera passer de temps, plus le travail d'affinage sera long et douloureux.

La voix de Seth se fit tranchante.

— Je crois t'avoir déjà fait remarquer que Ruth relevait de *ma* responsabilité, Lindsay Dans l'état de fragilité psychologique où elle est depuis le décès de ses parents, il est hors de question que je la parachute sans défense dans un univers aussi exigeant, aussi férocement compétitif que celui de la danse professionnelle. Je suis prêt à reconsidérer mes positions dans cinq mois. Mais pour le moment, c'est un non ferme et définitif. Et je te rappelle que ce n'est pas pour Ruth que je suis là aujourd'hui.

Avec un léger soupir, Lindsay réprima le plaidoyer ardent qui lui montait aux lèvres. Il était clair que Seth ne céderait pas un pouce de terrain maintenant. Si elle avait le malheur d'insister, elle ne parviendrait qu'à le braquer davantage. Il lui fallait s'armer de patience une fois de plus, si elle voulait gagner la partie pour Ruth.

Elle respira profondément et recouvra son calme.

— Très bien. Pourquoi es-tu venu ce soir, Seth ?

Il vint se placer derrière elle et lui saisit les épaules avant qu'elle ait pu se soustraire à son toucher.

— Tu disais que je t'avais manqué, je crois ?

Les yeux rivés sur leurs reflets dans le miroir, Lindsay vit son regard rivé au sien. Elle tenta d'éluder sa question.

— Dans une petite ville comme Cliffside, il est rare de passer un mois entier sans se croiser au moins une fois ou deux.

Elle voulut s'écarter de lui mais Seth resserra la pression de ses doigts sur ses épaules.

— J'ai été très occupé par le projet sur lequel je travaille en ce moment. Il s'agit d'un centre médical en Nouvelle-Zélande. J'ai pratiquement fini d'en dresser les plans.

Fascinée de l'entendre parler de son métier, Lindsay en oublia qu'elle avait eu le projet de le tenir à distance.

— Je trouve que tu exerces une profession extraordinaire, s'enthousiasma-t-elle. Concevoir dans sa tête, à partir de rien, un lieu où des milliers de gens vivront, se déplaceront, travailleront. Ce doit être terriblement grisant de voir ainsi le fruit de son imagination sortir de terre, non ? Qu'est-ce qui a fait que tu es devenu architecte, Seth ?

— La passion, tout simplement.

Il commença à lui masser doucement les épaules. L'attention de Lindsay était tellement focalisée sur ses paroles qu'elle s'abandonna sans même y penser aux mouvements de ses doigts.

— J'ai toujours été attentif à l'aspect architectural des villes que je traversais. Je réfléchissais au style, à la fonctionnalité, à la façon dont une construction peut prendre sa juste place dans un contexte, un paysage donné, poursuivit-il en faisant remonter et redescendre ses pouces le long de sa nuque.

— Et j'ai toujours eu un faible marqué pour la beauté, précisa-t-il d'une voix rauque.

En toute lenteur, alors qu'elle gardait les yeux arrimés aux siens dans le miroir, Seth se pencha pour poser les lèvres à la jonction de son cou. Elle sentit un tremblement la gagner.

— Seth…

— Et toi ? Qu'est-ce qui t'a fait choisir la danse ?

Distraite par sa question, elle se détendit de nouveau. Seth recommença à pétrir la douce rondeur de ses épaules. Et il eut la satisfaction de voir le désir voiler ses yeux clairs.

Lindsay dut faire un effort pour rassembler ses pensées.

— Pourquoi la danse ? En vérité, la question ne s'est jamais posée. Pour ma mère, il n'existait pas d'autre métier au monde. Je la soupçonne d'avoir acheté mon premier tutu alors que j'étais encore au berceau.

— Tu es devenue ballerine pour faire plaisir à ta « maman » ?

Un sourire effleura les lèvres de Lindsay.

— C'est ce qu'on pourrait être tenté de croire, en effet. Mais je ne serais pas allée aussi loin si je m'étais contentée de réaliser passivement le rêve de quelqu'un d'autre. J'étais faite pour la danse. Et la danse était faite pour moi. Ce fut une vraie rencontre, ajouta-t-elle en regardant les mains de Seth jouer dans ses cheveux.

Il retira une première épingle, puis une seconde.

— Qu'est-ce que tu fais ? protesta-t-elle.

— J'aime bien te voir avec les cheveux défaits… Les sentir couler entre mes doigts.

— Seth, non. Je ne veux pas que tu…

— Tu les portes toujours relevés en chignon lorsque tu danses, n'est-ce pas ?

— Oui, c'est la tradition dans le ballet classique. Je…

Les dernières épingles tombèrent à terre et sa chevelure libérée se déroula sur ses épaules et dans son dos.

— La classe est terminée, murmura Seth en enfouissant le visage dans la pâle blondeur déployée.

Le miroir renvoya à Lindsay une image faite de saisissants contrastes. Cheveux clairs et cheveux noirs. Peau masculine et brune. La clarté presque opalescente d'un teint de danseuse. Fascinée, elle vit les doigts hâlés de Seth se détacher sur la blancheur de son cou. Puis il pencha la tête et elle sentit la brûlure de ses lèvres. Comme en état de transe, Lindsay observait le couple dans la glace.

Mais lorsque Seth la fit pivoter vers lui et que la chair et le sang se trouvèrent face à face, la magie ne retomba pas pour autant. Captive et captivée, elle leva le visage vers lui. Attendit.

Il inclina la tête mais ignora sa bouche offerte pour laisser ses lèvres glisser lentement le long de sa mâchoire. Ses mains se perdirent dans ses cheveux pendant qu'il couvrait son front, ses joues, son nez de baisers à peine esquissés qui étaient comme autant de promesses.

Lindsay gémit doucement dans l'attente de sa bouche sur la sienne. Mais lorsqu'elle tourna la tête pour l'embrasser, il l'écarta de lui. Le regard arrimé au sien, Seth détacha lentement le nœud qui retenait son cache-cœur. En la touchant à peine, il remonta les mains sur ses épaules, se contentant de frôler ses seins sans s'y attarder. Puis il écarta le gilet, millimètre après millimètre, jusqu'à ce qu'il tombe au sol sans un bruit.

Le geste était à la fois possessif et insolemment sexuel. Lindsay se sentit nue devant lui, comme si, d'un seul mouvement, il avait aboli toutes ses défenses, détruit toutes ses barricades. Elle fit un pas vers lui, se dressa sur la pointe des pieds et prit sa bouche.

Le baiser débuta sans précipitation. Ils s'embrassaient avec l'exquise patience de deux amants certains de s'acheminer vers un long crescendo de plaisir. Leurs bouches se cherchaient, se dégustaient sans hâte comme s'ils voulaient différer au maximum le moment où leur désir s'emballerait pour se précipiter vers sa conclusion inéluctable.

Lindsay détacha ses lèvres des siennes et explora l'arc de sa mâchoire. Un début de barbe ombrait des joues qui picotaient à peine. L'os des pommettes était long et saillait juste sous la peau. Derrière l'oreille, ses lèvres trouvèrent un creux de douceur où elle s'attarda avec délice.

Seth avait posé les mains sur ses hanches et ses doigts effleuraient le haut de ses cuisses. Lindsay rejeta le buste en arrière pour qu'il puisse la toucher plus librement. Etape par étape, il remonta jusqu'à sa poitrine. Son justaucorps formait une barrière à peine perceptible entre paume et chair.

Leurs bouches se retrouvèrent. Avec plus d'impatience, cette fois. Seth l'attira contre lui, la serrant avec tant de force qu'il la souleva presque du sol. Leur baiser avait cessé d'être lent, indolent, confortable. Leurs bouches se faisaient voraces, leurs souffles haletants.

Lindsay perçut la première sonnerie de très loin, comme du fond d'un long tunnel. Avec un léger soupir, elle s'enfouit plus étroitement encore dans l'étreinte de Seth. Mais le signal se reproduisit, répétitif, insistant. Jusqu'au moment où son cerveau embrumé décrypta enfin la nature du son.

— Le téléphone !

Seth resserra la pression de ses bras.

— Laisse-le sonner, intima-t-il en reprenant ses lèvres. Si c'est urgent, ils rappelleront.

Elle se débattit faiblement.

— Seth, non, je ne peux pas… S'il est arrivé quelque chose à ma mère…

Jurant avec force, Seth la libéra à contrecœur. Lindsay courut décrocher dans son bureau.

— Allô, oui ?

Repoussant fébrilement les cheveux qui lui tombaient sur les yeux, elle tenta de se rappeler qui elle était et où elle se trouvait.

— Mademoiselle Dunne ? dit une voix masculine.

Les jambes coupées, Lindsay se laissa choir sur son bureau.

— C'est elle-même, oui.

— Ici, Worth. Je suis confus de vous déranger, mais je cherche à joindre M. Bannion pour une affaire urgente et je me demandais s'il était encore au studio.

— *Worth* ? murmura Lindsay dans un état second. Ah oui, monsieur Worth, bien sûr. Une seconde, je l'appelle.

Avec des gestes d'automate, elle posa le combiné à côté du téléphone et se dirigea vers la pièce voisine. L'espace d'un instant, elle s'immobilisa dans l'encadrement de la porte. Seth n'avait pas bougé. Le regard rivé sur elle, il semblait l'attendre.

— C'est M. Worth, pour toi, annonça-t-elle faiblement.

Seth hocha la tête. Mais ses yeux verts luisaient de détermination lorsqu'il lui saisit brièvement les épaules au passage.

— Attends-moi. Je n'en ai pas pour longtemps.

Lindsay demeura immobile sur place jusqu'au moment où elle entendit la voix de Seth s'élever dans le bureau voisin. Puis elle ferma les yeux et se concentra sur sa respiration. Pour contrer le trac, juste avant la première d'un ballet, elle avait appris des techniques de maîtrise du souffle.

Luttant pour garder la tête froide, Lindsay s'appliqua consciencieusement à les mettre en pratique. Jusqu'au moment où son sang bouillonnant ralentit sa course, où son cœur cessa de battre à tout rompre, où les picotements sous sa peau s'atténuèrent. Et une fois son corps apaisé, son esprit suivit le mouvement.

Elle pesta intérieurement à l'idée de ce qui serait arrivé si le téléphone n'avait pas sonné au bon moment. Avoir un petit penchant pour le risque n'était pas forcément une mauvaise chose.

— Mais ce n'est pas une raison pour aller droit dans le mur, Lindsay Dunne, murmura-t-elle à part soi.

Or, avec un homme comme Seth Bannion, elle avait quasiment toutes les chances contre elle. Et la force de son attirance pour lui contribuait à jouer en sa défaveur. Face à lui, elle était trop faible, trop séduite, trop vulnérable.

Lentement, Lindsay alla ramasser son cache-cœur qui gisait toujours au milieu de la salle. Lorsqu'elle se releva, un mouvement dans le miroir capta son attention. De nouveau, leurs regards aimantés s'arrimèrent l'un à l'autre.

Comme s'il était le seul homme et qu'elle était la seule femme. Comme s'il y avait de l'inéluctable dans leur rencontre.

Fuyant cette illusion trompeuse, Lindsay se détourna du miroir et s'arracha à la fascination.

— J'ai un problème sur un chantier, précisa Seth brièvementment. Il faut que je passe à la maison pour vérifier certains calculs.

Comme elle hochait la tête, il fit un pas dans sa direction.

— Viens avec moi, Lindsay.

La proposition était claire et sans ambiguïté. Tentée jusqu'au vertige, elle renoua lentement son cache-cœur.

— Non, je ne peux pas. J'ai encore une heure ou deux de travail ici. Et ensuite je ne…

Il l'arrêta d'une lente caresse sur la joue.

— J'ai envie de faire l'amour avec toi. De me réveiller demain matin en te tenant dans mes bras.

Elle laissa échapper un soupir. Passa une main tremblante dans ses cheveux défaits. Et finit par soutenir son regard.

— Désolée mais je me sens dépassée par ce qui m'arrive, Seth. Ce que je ressens pour toi est un peu plus intense que tout ce que j'ai pu éprouver jusqu'ici en des occasions similaires. Et je ne suis pas forcément très à l'aise lorsque je ne maîtrise pas les tenants et les aboutissants d'une situation.

Abandonnant sa joue, il lui saisit la nuque.

— Tu crois vraiment que je vais rentrer seul chez moi maintenant que tu m'as confié ça ?

Lindsay secoua la tête. Avec fermeté, cette fois.

— Ma franchise a plus à voir avec de la naïveté qu'avec un excès d'assurance, Seth. S'il y a un art que je ne maîtrise pas, c'est celui de la « drague », de la séduction. Je n'ai pas envie de jouer au chat et à la souris avec toi. Ni à aucun autre jeu, d'ailleurs… Et comme je ne suis pas sûre du tout ce que je veux, en l'occurrence, je ne coucherai pas avec toi.

Seth planta son regard vert dans le sien.

— Tu crois que tu conserves la liberté de dire non, mais c'est un leurre. Le oui l'emportera. Tu partageras mon lit, Lindsay. Si ce n'est pas ce soir, ce sera demain. Si ce n'est pas demain, ce sera dans une semaine ou dans un mois.

Elle frissonna, comme si les mâchoires d'un piège, inexorablement, se resserraient sur elle.

— Si j'étais toi, je me montrerais un peu moins sûr de moi, protesta-t-elle en se dégageant. Je déteste qu'on s'imagine pouvoir penser à ma place. Je n'ai besoin de personne pour décider de mes actes.

Les yeux de Seth étincelèrent.

— Ta décision, tu l'as déjà prise. Le jour où je t'ai embrassée pour la première fois. L'hypocrisie ne te va pas, Lindsay. Je laisserais tomber, à ta place.

— Hypocrite ? *Moi* ? Voilà vraiment une réaction masculine typique ! Il suffit de refuser vos avances pour se faire taxer de tous les défauts de la création.

— « Tous les défauts de la création » me paraît exagéré.

— Je ne suis pas d'humeur à faire dans la nuance, Seth. Et au cas où tu l'aurais oublié, j'ai du travail.

Sa réaction fut rapide. Il lui saisit le poignet et l'attira contre lui avant qu'elle ait eu le temps d'esquiver.

— Ne me pousse pas à bout, Lindsay.

— J'aimerais savoir qui pousse qui, en l'occurrence ?

— Apparemment, nous avons un problème.

Elle tenta — en vain — de récupérer son bras prisonnier.

— *Toi*, tu as un problème, Seth. Et je n'ai pas l'intention de tomber dans tes bras rien que pour que t'offrir le plaisir d'enrichir ton tableau de chasse. Si je décide de coucher avec toi, je te le ferai savoir. En attendant, Ruth reste notre principal sujet de conversation. C'est clair ?

Fasciné, Seth la regardait s'emporter. Elle avait les joues en feu, le souffle court, les yeux étincelants. Il sentit sa propre colère retomber d'un coup.

— Telle que je te vois maintenant, tu me fais penser à ton personnage de Kitri, plein de furie et de passion. Nous reparlerons lorsque tu seras calmée.

Etouffant dans l'œuf la riposte virulente qui se préparait, il l'embrassa à pleine bouche. Le baiser s'étira en longueur, prit des proportions presque tendres.

— A bientôt, murmura-t-il tout contre ses lèvres avant de la libérer.

Seth avait déjà atteint le piano lorsque Lindsay reprit enfin ses esprits.

— Au sujet de Ruth…

Les yeux toujours rivés sur son visage, il enfila sa veste en peau de mouton.

— Bientôt, répéta-t-il.

Puis il se dirigea vers la porte et disparut dans la nuit froide sans un regard en arrière.

8

Le dimanche, Lindsay ne respectait pas de grille horaire particulière. Pendant toute la semaine — samedi compris — ses journées étaient réglées à la seconde près, entre ses cours, les tâches administratives et le temps qu'elle consacrait à sa mère. Mais les dimanches, elle refusait de s'infliger la moindre obligation.

La matinée était déjà bien avancée lorsqu'elle descendit dans la cuisine. Dès le couloir, une agréable odeur de café lui caressa les narines. Elle entendit sa mère aller et venir de sa démarche encore claudicante.

Avec une légère appréhension, Lindsay poussa la porte et alla embrasser Mae.

— Bonjour, maman.

Elle recula d'un pas pour admirer le tailleur trois-pièces de Mae.

— Déjà sur ton trente et un, à 11 heures du matin, un dimanche ! s'exclama-t-elle, agréablement surprise. Tu sais que tu es très belle ?

Avec un sourire presque timide, Mae retoucha du bout des doigts ses cheveux permanentés.

— Tu trouves ? Carol m'a proposé de déjeuner à son club, aujourd'hui. J'espère que ma coiffure tient à peu près la route.

— Elle la tient largement, lui assura Lindsay, ravie de voir sa mère de nouveau coquette. Mais tu sais bien que les gens n'ont d'yeux que pour tes jambes. Elles sont magnifiques.

Pour la première fois depuis des années, Mae laissa éclater un vrai rire.

— Ton père me disait toujours que j'avais des jambes de reine, se remémora-t-elle rêveusement.

Notant qu'une nouvelle de vague de mélancolie l'envahissait à cette évocation, Lindsay l'entoura de ses bras.

— Oh, maman, non, ne sois pas triste, s'il te plaît. C'est tellement bon de te voir sourire de nouveau. Tu crois que papa aurait voulu que tu pleures ? Il n'aimait rien tant que te voir gaie !

Lorsqu'elle sentit Mae soupirer, Lindsay resserra la pression de ses bras autour de ses épaules frêles. Si seulement, elle pouvait lui transmettre un peu de ses propres forces !

Mae lui tapota le dos puis se dégagea.

— Asseyons-nous pour boire notre café, Lindsay. Mes jambes sont peut-être encore présentables, mais elles sont attachées à cette fichue hanche. Et elles fatiguent vite.

Pendant que sa mère s'asseyait avec précaution, Lindsay versa le café et sortit le lait du réfrigérateur. Décidée à distraire Mae de ses pensées noires, elle devisa gaiement.

— Hier soir, j'ai travaillé tard avec l'élève dont je t'ai déjà parlé à plusieurs reprises. Plus je vois danser Ruth, plus je suis impressionnée. Elle a vraiment un talent exceptionnel, cette fille.

Elle posa les tasses sur la table et s'assit en face de Mae.

— C'est elle qui sera ma Carla dans *Casse-Noisette*. Ruth est une fille introvertie, peu expansive, mais lorsqu'elle danse, le masque de timidité tombe et on sent en elle une maturité étonnante.

Perdue dans ses pensées, Lindsay contempla les légères volutes de vapeur qui montaient de son café.

— La place de Ruth est à New York et j'ai la ferme intention de la confier à Nick. Mais son oncle ne veut même pas en entendre parler.

Pas avant quatre mois et demi au plus tôt, en tout cas. Lindsay rongeait son frein comme chaque fois qu'elle songeait à l'insupportable obstination de Seth.

— Il n'y a même pas moyen d'aborder calmement le sujet ! Tu crois que les hommes sont butés comme des mules, maman ?

La question lui avait échappé malgré elle. Embarrassée, Lindsay but une gorgée de café brûlant et poussa une exclamation sourde en se brûlant la langue.

Mae eut un sourire en coin.

— La plupart le sont, oui. Mais bizarrement, plus ils sont têtus, plus les femmes les aiment. Il te plaît, ce Seth Bannion, n'est-ce pas ?

Les joues en feu, Lindsay plongea le nez dans son café.

— Eh bien… Assez, oui. Il est très différent des autres hommes que j'ai connus. Jusqu'à présent, tous ceux qui avaient croisé mon chemin ne vivaient que pour la danse. Seth, lui, appartient à un tout autre univers. C'est un homme qui a une dimension planétaire. Il est cultivé, cosmopolite, sûr de lui et promène un air de calme arrogance qui lui va comme un gant. Cette formidable confiance en soi, je ne l'avais encore jamais rencontrée chez personne d'autre que chez Nick.

— Nick Davidov ?

Lindsay sourit au souvenir de ses altercations avec le danseur le plus caractériel de son ex-compagnie de ballet.

— Nick Davidov, oui. Et son fichu caractère russe. Avec lui, le moindre incident tourne forcément au drame. Il jette des partitions par terre, envoie des chaussons au fond de la salle, hurle, vocifère, gémit et finit par éclater de rire alors même qu'on le croit sur le point de se jeter par la fenêtre ou de tuer tout le monde. Alors que chez un homme comme Seth, les colères les plus violentes restent rentrées. Mais il serait capable de vous briser en deux, sans même élever la voix.

— Et cet aspect de lui te fascine.

Surprise par la pertinence de la remarque maternelle, Lindsay leva les yeux de son café. Elle ne se souvenait pas d'avoir jamais pu parler d'autre chose avec Mae que de la danse, encore de la danse, et toujours de la danse. C'était leur première conversation de femme à femme.

— Oui, c'est vrai, qu'il me fascine. Pourquoi exactement, je n'en sais rien. Mais c'est le genre d'homme qui inspire du respect, alors même qu'il ne fait rien de spécial pour en imposer. Tu vois ce que je veux dire ?

Mae sourit.

— Je crois que je vois, oui.

Lindsay porta son café à ses lèvres.

— Ruth l'adore. Ça se voit sur son visage chaque fois qu'elle le regarde. Elle qui a toujours un petit air perdu, solitaire, se met soudain à rayonner. Il sait lui apporter la sécurité qui lui manque… Je pense que c'est un homme très fin, très sensible sous ses dehors hermétiques, précisa-t-elle rêveusement. S'il devait tomber amoureux un jour, il se montrerait sans doute d'une exigence démesurée. Mais je suis sûre qu'en contrepartie, il se donnerait entièrement.

— C'est un cœur à conquérir de haute lutte, en somme ?

Se sentant rougir de nouveau, Lindsay jugea prudent de changer de sujet.

— Mmm… Un cœur inabordable, je crois. Et il reste qu'il est trop têtu pour accepter d'envoyer sa nièce à New York ! Si je confiais Ruth à Nick, je suis certaine qu'en moins d'un an, elle intégrerait le corps de ballet. J'ai commencé à parler d'elle à Nick, mais…

— A Nick ? l'interrompit Mae, sourcils froncés. Parce que tu as eu de ses nouvelles récemment ?

Lindsay pesta à part soi. Soucieuse d'éviter les conflits inutiles, elle s'était abstenue à dessein de mentionner sa conversation avec Nick à sa mère.

Elle haussa les épaules avec une feinte nonchalance.

— Ah, je ne te l'avais pas dit ? Il a appelé au studio il y a quelques jours.

— Et il a repris contact pour une raison précise ?

— Pour prendre de tes nouvelles, entre autres. Nick t'aime beaucoup, tu sais.

S'avisant que les fleurs apportées par Carol la semaine précédente pendaient tristement dans leur vase, Lindsay se leva pour les jeter à la poubelle.

— Il t'a demandé de revenir, n'est-ce pas ? s'enquit Mae sans la quitter des yeux.

Se préparant mentalement à une conversation pénible, Lindsay posa le vase dans l'évier.

— Nick a écrit sa première chorégraphie. Et il est débordant d'enthousiasme, comme tout pouvait le laisser prévoir, répondit-elle évasivement.

— Il veut que tu danses pour lui.

Lindsay ouvrit le robinet sans répondre.

— Que lui as-tu répondu, Lindsay ?

Elle secoua la tête, redoutant une énième discussion tendue avec sa mère.

— Maman, s'il te plaît… Faut-il absolument que cette conversation tourne à l'interrogatoire ?

Dans le long silence qui suivit, on n'entendit plus que la musique de l'eau tintant contre les parois du vase. Puis Mae annonça :

— Je pense partir en Californie avec Carol, Lindsay.

Stupéfaite par la nouvelle comme par le calme de la voix, Lindsay se retourna.

— C'est une merveilleuse idée, maman. Cela te fera un bien fou d'échapper à l'hiver pour quelque temps.

— Je ne te parle pas d'un voyage de quelques semaines. Je compte m'installer là-bas.

— *T'installer* ?

Son regard incrédule rivé sur sa mère, Lindsay tendit la main derrière elle pour arrêter le fracas de l'eau qui continuait à gicler dans l'évier.

— Je ne comprends pas, murmura-t-elle.

Mae se leva pesamment pour aller chercher la cafetière.

— Carol a de la famille, en Californie. L'un d'eux, un cousin, a trouvé un fleuriste désireux de céder son fonds de commerce. Le magasin est bien situé. Et Carol s'est portée acquéreur.

— Carol a acheté un magasin de fleurs en Californie ? se récria Lindsay. Mais elle ne m'en a strictement rien dit ! Même Andy n'a pas pipé mot à ce sujet. Et je l'ai vu pas plus tard qu'avant-hier !

— Carol ne voulait en parler à personne avant que tout soit réglé, l'interrompit Mae calmement. Elle me propose de m'associer avec elle.

Lindsay porta les doigts à ses tempes.

— De t'associer avec elle ! Comme fleuriste ? Et en Californie ? Mais maman…

— Nous ne pouvons pas continuer comme ça, toutes les deux, Lindsay.

La cafetière à la main, Mae retourna à la table en claudiquant.

— Physiquement, je suis stabilisée et je peux me débrouiller dans la vie courante. Et tu n'as plus aucune raison de t'inquiéter pour moi.

— Mais je ne…

— Si, Lindsay. Tu t'inquiètes en permanence à mon sujet, comme si j'étais une figure de verre susceptible de se briser à tout moment. Mais j'ai fait du chemin, depuis ma sortie de l'hôpital.

— Bien sûr que tu as fait du chemin ! Mais la *Californie*… C'est un peu loin, non ?

Avec un sourire philosophe, Mae lui tapota la main.

— La distance nous fera du bien. Nous en avons besoin l'une et l'autre. Carol m'a fait remarquer que j'exerçais une pression constante sur toi. Et elle a raison.

— Mais maman…

— Et je sais que je ne pourrais pas m'empêcher de te harceler tant que nous nous obstinerons à vivre l'une sur l'autre, comme c'est le cas depuis trois ans.

Mae prit une profonde inspiration, comme pour rassembler son courage.

— Il est temps pour toi comme pour moi de nous donner un peu d'air, Lindsay. Je n'ai jamais eu qu'un seul dessein pour toi. Et je ne parviens pas à renoncer à l'espoir que tu retourneras sur scène un jour. C'est plus fort que moi.

Les yeux humides de larmes, Mae prit ses deux mains dans les siennes.

— Tu es si belle, Lindsay. Ça a été un tel bonheur pour moi de te voir prendre ton essor dans la danse. Les grands rêves d'une vie sont tenaces — trop tenaces, sans doute. Et moi je n'en ai jamais eu qu'un seul. Pour moi, d'abord. Ensuite pour toi. J'ai peut-être eu tort. Et je me demande parfois si tu ne te sers pas de moi comme d'une excuse pour rester ici, à Cliffside.

Lindsay secoua la tête mais Mae poursuivait déjà :

— Tu as pris de soin de moi alors que j'étais seule et sans recours et je t'en suis reconnaissante. Je ne t'ai sans doute pas témoigné ma gratitude assez souvent car j'étais horrifiée par le sacrifice auquel tu avais consenti pour moi. A présent, je vais te demander de faire une dernière chose pour moi, ma chérie.

Hochant la tête, Lindsay attendit en silence.

— Prends le temps de réfléchir *vraiment* à qui tu es, à ce que tu veux, à ce que tu attends de la vie. Et envisage un retour à New York.

Lindsay ne put qu'acquiescer.

— Je te promets d'y penser sérieusement.

Ce temps de réflexion profonde — et douloureuse — elle l'avait déjà pris deux ans plus tôt. Mais elle ne voulait pas refermer la porte qui venait de s'entrouvrir entre Mae et elle.

— Tu penses partir quand, en Californie ?

— Dans trois semaines.

Trois semaines. La gorge soudain nouée, Lindsay se leva en laissant son café à peine entamé devant elle.

— Je pense que vous formerez une bonne équipe, Carol et toi.

Elle se sentait soudain perdue, seule et abandonnée. Craignant de laisser transparaître son désarroi, elle se détourna d'un mouvement brusque.

— Je sors faire un petit tour à pied, O.K. ? Le temps de laisser tout ça décanter un peu.

Lindsay adorait la plage lorsque les premiers froids de l'hiver avaient chassé les flâneurs. Emmitouflée dans son vieux caban, les mains dans les poches, elle marchait dans le sable en longeant la falaise. Le ciel était serein et d'un bleu sans nuage mais l'océan agité déversait à ses pieds de hautes vagues hérissées d'écume. L'air avait non seulement l'odeur mais également le goût de la mer.

Lindsay prit une longue inspiration et offrit son visage à la caresse du soleil et du vent. Elle comptait sur le froid piquant et l'air marin pour se ressaisir. Car l'annonce de Mae lui était tombée dessus comme la foudre. En fait, l'idée que sa mère puisse finir ses jours ailleurs qu'à Cliffside ne lui avait même jamais traversé l'esprit !

Une mouette passa haut dans le ciel, et Lindsay s'immobilisa pour la suivre des yeux, jusqu'à ce qu'elle disparaisse, happée par l'ombre de la roche. Puis elle reprit sa marche solitaire en ruminant ses doutes et ses interrogations. Depuis trois ans qu'elle était de retour à Cliffside, sa vie avait toujours tourné autour des soins à apporter à Mae. Elle avait pris ses habitudes, instauré une routine. Et la liberté qui se dessinait soudain devant elle avait comme un arrière-goût de vide et d'abandon.

Lindsay se baissa et ramassa un petit caillou plat. De couleur sable, avec des incrustations noires, il était rond et lisse comme une médaille. Elle le garda au creux de la paume et fourra de nouveau les mains dans ses poches.

Tout en marchant, elle fit un rapide bilan de l'existence qu'elle menait à Cliffside depuis trois ans. Puis, retournant plus loin en arrière, elle se remémora ses années new-yorkaises.

Deux vies radicalement différentes.

Deux vies pareillement heureuses.

« Et si j'avais une double personnalité ? » se demanda-t-elle en rentrant légèrement la tête dans les épaules. Levant les yeux, elle vit alors les Hauts de la Falaise. L'orgueilleux manoir perché lui réchauffa le cœur.

Parce que la vaste demeure en granit serait toujours là. Parce qu'on pouvait compter sur elle. Même quand tout partait à vau-l'eau, la maison restait imperturbablement fidèle à elle-même.

Les vitres neuves étincelaient au soleil ; les cheminées fumaient. Avec un soupir de contentement, Lindsay se blottit dans son vieux manteau et poursuivit d'un pas plus léger.

A l'autre extrémité de la plage, une silhouette solitaire attira son attention. Seth marchait à sa rencontre. Il avait dû descendre par l'escalier creusé dans le granit qui reliait les Hauts de la Falaise à la plage. La main en visière sur les yeux, elle le regarda approcher. Et sentit monter un sourire involontaire.

Pourquoi avait-il cet effet si particulier sur elle ? Déconcertée, Lindsay secoua la tête. La bouffée de joie qu'elle ressentait en le voyant la submergeait chaque fois, chassant au loin la contrariété et la colère.

Il marchait avec une telle assurance. Une telle économie de gestes aussi. Il n'y avait rien d'ostentatoire, chez lui. Rien de superflu, non plus. « J'ai envie de danser avec lui, comprit-elle. De me blottir au creux de ses bras sur une piste de danse, de fermer les yeux et de laisser la musique couler sur nous. »

Déjà, son cœur battait trop vite. Consciente que la sagesse aurait voulu qu'elle parte en courant, Lindsay se mit à courir… vers lui.

Seth la regarda approcher. Ses cheveux défaits se soulevaient au rythme de sa course et le vent avait rosi ses joues. Elle était si fine, si légère qu'elle semblait voler sur le sable. Il se rendit compte qu'il avait cessé de marcher et qu'il ne la quittait pas des yeux, comme suspendu dans l'attente.

Lorsqu'elle s'immobilisa devant lui, son visage rayonnait. Lindsay lui prit les mains et se souleva sur la pointe des pieds pour effleurer ses lèvres d'un baiser rapide.

— Je me sentais seule, Seth. C'est une heureuse surprise de te trouver sur mon chemin.

Il entrelaça ses doigts aux siens.

— J'étais dans mon atelier et je t'ai vue arriver de loin.

— Tu m'as repérée de là-haut ? s'exclama-t-elle. Et comment as-tu su que c'était moi, à une pareille distance ?

Il laissa courir sur ses traits son habituel regard scrutateur.

— Je t'ai reconnue à ta façon de marcher.

— A ma « gaucherie », autrement dit ? releva-t-elle en riant. A ma démarche empotée ?

L'allusion à leur première rencontre le fit sourire.

— A la grâce de ton pas, plutôt.

Lindsay sourit. C'était bon de le revoir. De sentir la chaleur de ses mains. De retrouver l'impact de ses yeux verts fouillant les siens.

— Merci. C'est le plus beau compliment que puisse recevoir une danseuse… C'est pour moi que tu es descendu sur la plage ?

Il haussa légèrement les sourcils.

— Oui.

— Ça me fait plaisir… J'aurais besoin d'une oreille attentive, Seth. Tu accepterais de m'écouter quelques instants ?

— Sans problème.

Ils se mirent à marcher côte à côte, ajustant mutuellement leur pas. Puis Lindsay déroula son récit :

— Danser a toujours été toute ma vie. Je ne me souviens pas d'une seule journée sans cours, sans barre, sans exercices de ballet. Ma mère n'avait pas toutes les caractéristiques physiques nécessaires pour dépasser un certain stade dans un parcours de ballerine. Il était donc vital pour elle que je me hisse jusqu'au sommet. Par chance pour elle et pour moi, je partageais son rêve. Et ce but commun constituait un lien entre nous.

Seth écoutait avec attention. La voix de Lindsay se détachait, claire et limpide, au-dessus du rugissement de l'océan.

— J'étais à peine plus âgée que Ruth lorsque je suis entrée dans le corps de ballet de la compagnie où j'avais été admise comme élève. Ce ne furent pas des années faciles. La journée d'un danseur commence tôt et finit tard. Et la pression est constante. Elle ne vous laisse aucun répit. Jamais. C'est sept jours sur sept à ne vivre que par et pour la danse, en étant soumis à un stress permanent. A aucun moment on ne peut se relâcher. Même une fois qu'on est devenu étoile, il est hors de question de se reposer sur ses lauriers car il y a toujours une horde de jeunes talents qui vous talonnent de près. Dès qu'on manque un cours, le corps s'en ressent et vous torture. Et puis il y a la douleur. Les muscles, les tendons, les articulations martyrisées. C'est le prix à payer lorsqu'on doit se tordre dans des positions contre-nature.

Lindsay soupira, le visage au vent.

— Je l'adorais, cette vie, pourtant. Pour rien au monde, je n'aurais voulu manquer le moment où je me tenais dans les coulisses, plus morte que vive, à deux mesures de mon premier solo… Il faut être danseur soi-même pour comprendre ce qu'une telle consécration représente. Et au moment où on s'élance sur scène, il n'y a plus de douleur, plus de souffrance, mais une sensation de liberté absolue, comme si le corps entier rayonnait soudain de grâce !

Elle glissa le bras sous celui de Seth et poursuivit d'un ton plus sobre.

— Pendant ces années-là, à New York, Cliffside avait plus ou moins cessé d'exister pour moi. Nous étions pris jusqu'au cou dans les dernières répétitions de *l'Oiseau de Feu* lorsque la nouvelle de l'accident est tombée, avec la brutalité de l'imprévisible. Mon univers s'est effondré… J'avais un immense amour pour mon père, murmura-t-elle en se mordillant la lèvre. C'était quelqu'un de simple, de généreux, et le meilleur homme de la terre. Et pourtant, pendant l'année qui a précédé sa mort, j'ai peut-être dû penser à lui une demi-douzaine de fois tout au plus. Tu connais cette sensation, Seth ? Se haïr pour quelque chose d'irréparable que l'on aurait dû faire et que l'on n'a jamais fait ?

Seth lui entoura les épaules.

— Une sensation qui te réveille à 3 heures du matin avec l'impression de suffoquer sous les remords ? Oui, ça m'est arrivé une fois ou deux.

Tournant la tête, Lindsay enfouit un instant son visage dans la manche de Seth. Parler du drame survenu trois ans plus tôt était moins facile qu'elle ne l'avait pensé.

— Ma mère est restée très longtemps à l'hôpital. Il y a eu le coma, tout d'abord, puis les opérations successives et la rééducation. Ç'a été un processus long et douloureux pour elle. De mon côté, il a fallu que je me charge de toutes les démarches. Et que je me penche sur la situation financière de la famille, par conséquent. C'est comme ça que j'ai découvert que mes parents avaient dû hypothéquer leur maison pour financer ma deuxième année d'études à New York.

Lindsay prit une profonde inspiration pour contenir ses larmes.

— Tout ce temps, je n'avais pensé qu'à moi, à mes rôles, à mes ambitions. Et eux se saignaient aux quatre veines. Sans rien dire.

— Ils l'ont fait parce que ta vocation leur tenait à cœur. Et ils n'ont pas dépensé leur argent pour rien puisque tu as réussi. Ils étaient fiers de toi, à l'évidence.

Lindsay se surprit à sourire.

— Pour être fiers, ils étaient fiers, oui. Mais j'ai accepté leur sacrifice sans jamais y penser, sans exprimer la moindre gratitude.

— Comment aurais-tu pu leur être reconnaissante d'avoir hypothéqué leur maison pour toi alors que tu ignorais qu'ils avaient dû s'y résoudre ?

Une mouette passa avec un cri strident au-dessus de leur tête. Lindsay se mordit pensivement la lèvre.

— C'est logique ce que tu dis là, reconnut-elle. Et je dois admettre que la logique n'est pas toujours mon fort… Quoi qu'il en soit, pendant que ma mère était encore en maison de repos, j'ai ouvert mon école de danse ici. Pour ne pas tourner en rond et devenir folle, dans un premier temps. Et aussi pour assurer un revenu supplémentaire en attendant que ma mère ait récupéré et que je puisse repartir à New York. A l'époque, l'idée que je puisse rester ici ne me traversait même pas l'esprit.

— Mais tu as modifié tes projets par la suite ?

Lindsay ralentit l'allure et Seth ajusta son pas au sien.

— Le temps a passé, surtout, commenta-t-elle en repoussant distraitement les cheveux qui lui tombaient dans les yeux. Lorsque ma mère est revenue à la maison, elle n'était toujours pas autonome. Carol — la mère d'Andy — a été merveilleuse avec nous. Elle a partagé son temps entre sa boutique de fleuriste et ses fonctions improvisées de garde-malade. Ce qui m'a permis de continuer à diriger mon école. Au bout d'un an, j'ai fini par regarder la réalité en face : il était trop tard pour prétendre revenir à la scène.

— Au bout d'un an seulement ?

Lindsay foula le sable en silence avant de répondre.

— Insidieusement, New York s'était éloigné de moi. Alors que mon existence ici passait tout naturellement au premier plan. Cliffside m'avait ouvert les bras et je m'apercevais que je m'y trouvais bien. La vie des danseurs professionnels est une ascèse. Et je m'étais relâchée tant sur le plan alimentaire qu'au niveau de l'entraînement proprement dit.

— Mais pour ta mère, il était hors de question que tu baisses les bras. Elle a dû se maudire mille fois d'être un poids pour toi. Et te harceler sans relâche pour que tu repartes au plus vite.

Surprise, Lindsay s'immobilisa pour lever les yeux vers lui.

— Comment as-tu deviné ?

Il repoussa une mèche de cheveux qui avait glissé sur sa joue.

— Ce n'était pas très difficile, compte tenu de tout ce que tu viens de me dire à son sujet.

— Les espoirs de ma mère sont devenus tellement irréalistes, Seth. Je vais sur mes vingt-six ans, désormais. Il est utopique de penser que je pourrais continuer à faire le poids face à des danseuses plus jeunes et plus entraînées. Et même si c'était possible, aurais-je encore le courage de recommencer à me martyriser comme je l'ai fait ?

Oppressée par l'indécision, elle se tourna vers l'océan pour regarder les vagues se jeter de tout leur poids contre la roche avant de s'effondrer dans un tumulte de rage et d'écume.

— Cet après-midi, ma mère m'a annoncé qu'elle partait d'ici. Définitivement. Pour commencer une nouvelle vie et me forcer, accessoirement, à faire un choix de mon côté.

Elle sentit la présence de Seth dans son dos ; ses mains sur ses épaules — réconfortantes et légères.

— Tu lui en veux de s'éloigner de toi ? En se soustrayant ainsi à tes soins, elle te prive de la possibilité de te « racheter une conscience » en te sacrifiant pour elle, c'est ça ?

Avec un léger soupir, Lindsay s'offrit le luxe de s'abandonner contre lui.

— Tu es très perspicace, Seth… Je sais que je ne suis pas responsable de ce qui est arrivé à ma mère, mais ça me fait mal de la voir déçue et amère. Je l'aime beaucoup, même si ma relation avec elle est infiniment plus tendue et compliquée que celle que j'avais avec mon père. Mais je ne sais pas si je suis capable d'être celle qu'elle voudrait que je sois.

— Si tu penses lui rendre le bonheur en te conformant bravement à ses attentes, tu es partie pour te ramasser une claque monumentale, Lindsay. Si on pouvait se débarrasser de ses dettes morales aussi simplement, ça se saurait.

Lindsay soupira, le regard rivé sur l'écume bouillonnante.

— Ce serait tellement commode, pourtant.

— Commode, peut-être. Mais tu ne crois pas que la vie serait d'un ennui mortel ?

La voix calme, parfaitement maîtrisée de Seth couvrait le fracas des vagues et le cri déchirant des mouettes. Lindsay sourit. Elle était heureuse d'avoir couru *vers* lui plutôt que d'avoir pris ses jambes à son cou.

— Ta mère a déjà fixé son départ ?

— Apparemment, elle compte partir dans trois semaines.

— Bientôt, donc. Alors pourquoi prendre une décision à la minute ? Donne-toi le temps de voir comment les choses évoluent pour toi une fois que ta mère sera partie, puisque tu as du mal à voir clair pour l'instant.

Lindsay sourit de plus belle.

— Encore une fois : la voix de la logique, commenta-t-elle en se retournant vers lui. Généralement, je déteste les conseils rationnels, mais en l'occurrence, c'est un vrai soulagement.

Glissant les bras autour de la taille de Seth, elle posa la joue contre son torse.

— Tu veux bien me serrer contre toi juste une minute ? C'est tellement bon de pouvoir s'appuyer sur quelqu'un, même si c'est juste pour un instant.

Lorsqu'il enveloppa Lindsay dans ses bras, Seth fut frappé par sa fragilité, sa finesse. Ressentant le besoin absurde de la protéger contre la terre entière, il enfouit le visage dans la blondeur de sa chevelure.

— Tu sens le savon et le cuir, murmura Lindsay. Dans mille ans, je me souviendrai de ce moment, du bruit du ressac, de l'écume sur les vagues et de ton odeur dans mes narines.

Levant les yeux, Lindsay scruta son visage. « Je pourrais tomber amoureuse de cet homme, comprit-elle. Réellement et profondément amoureuse. »

Plongeant les yeux dans les siens, elle dit à voix haute.

— Je sais que je suis folle mais accepterais-tu de m'embrasser, juste une fois ?

Leurs bouches se joignirent sans hâte. S'écartèrent une première fois pour se souder de nouveau l'une à l'autre. Avec une conviction accrue. La saveur des lèvres de Seth lui était désormais familière. Et pourtant, elle éveillait une faim toujours croissante. Lindsay se raccrocha à lui de toutes ses forces. La source de son désir était plus puissante qu'elle ne l'avait pensé. Les eaux plus troubles, plus agitées qu'elle ne l'avait cru. L'espace d'un baiser, elle se donna entièrement. En laissant son corps tremblant murmurer mille promesses.

Puis, sur une exclamation sourde, elle se dégagea et secoua la tête. Rejetant ses cheveux en arrière, elle s'efforça de reprendre son souffle.

— Tu es dangereux pour moi, Seth. Beaucoup trop dangereux.

Il prit son visage entre ses paumes.

— Tu ne crois pas qu'il est un peu tard pour t'en rendre compte, maintenant ?

Le regard de Lindsay brûlait de désir. Sans grand effort, il la ramena à lui.

— Je ne sais pas, chuchota-t-elle. Mais je reconnais que j'ai cherché ce qui m'arrive.

— Si nous étions en été, nous pique-niquerions le soir sur la plage, à l'heure où la nuit tombe, lui chuchota-t-il à l'oreille. Puis nous ferions l'amour dans le sable et nous dormirions enlacés jusqu'à l'aube.

Légère comme un elfe, Lindsay s'échappa en riant du cercle de ses bras et escalada un amas de rochers.

— Tu sais pourquoi j'aime tant la plage en hiver ? lança-t-elle, le visage offert au vent. Parce que l'océan est comme une bête féroce. J'adore me promener dehors juste avant la tempête.

— Tu flirtes avec le danger, Lindsay.

— Toi aussi, d'ailleurs. J'ai lu quelque part que tu étais un fervent parachutiste.

Elle s'appuya sur la main qu'il lui tendait et se laissa tomber de son perchoir pour atterrir d'un bond léger dans le sable.

— Sauter d'un avion ne me tenterait pas du tout, commenta-t-elle en fronçant les narines. Sauf à l'extrême rigueur s'il était posé au sol.

— Je croyais que tu aimais le danger.

— Oui, mais j'aime bien respirer aussi.

— Si tu veux, je peux t'initier, proposa Seth en l'attirant dans ses bras.

— Commence par apprendre à faire un grand jeté et je me mettrais au parachutisme.

Lindsay se débattit soudain dans son étreinte.

— D'ailleurs, j'y pense… N'ai-je pas vu une photo de toi l'année dernière en train de sensibiliser une comtesse italienne aux joies du saut à l'élastique ?

La rattrapant par le poignet, il la ramena à lui en riant.

— Je commence à penser que tu lis beaucoup trop.

— Et moi je suis étonnée que tu trouves encore le temps de construire quoi que ce soit, avec une existence aussi orientée vers le loisir que la tienne.

Une lueur amusée pétilla dans les yeux de Seth.

— Je crois beaucoup aux vertus de la détente créative.

Lindsay allait répondre lorsqu'elle repéra une mince silhouette vêtue de rouge, à quelque distance d'eux, sur la plage.

— Voilà Ruth, annonça-t-elle en faisant un signe de la main à son élève.

Ruth répondit à son salut et s'avança timidement dans leur direction. Le noir profond de sa chevelure défaite se détachait avec netteté sur son manteau écarlate.

Voyant Seth froncer les sourcils à l'approche de sa nièce, Lindsay lui posa la main sur le bras.

— Qu'y a-t-il, Seth ? Pourquoi cet air sombre ?

— Je vais peut-être être obligé de partir quelques semaines. Et je la trouve encore très fragile. Ça m'inquiète de la laisser seule.

Quelques semaines ? Lindsay s'efforça de faire abstraction du sentiment d'abandon qui l'assaillait. Où comptait-il partir tout ce temps ? Comment et avec qui ?

— Sincèrement, je crois que tu as tort de te faire du souci. Vous avez déjà construit un lien fort, Ruth et toi. Il ne s'altérera pas en si peu de temps.

Ruth les rejoignit avant que Seth puisse répondre.

— Bonjour, mademoiselle Dunne !

Le sourire de la jeune fille était déjà beaucoup moins crispé que dans les premiers temps de son arrivée à Cliffside. Et jamais encore Lindsay ne lui avait vu ce regard brillant d'excitation.

— Je reviens de chez Monica, oncle Seth. Et sa chatte a eu des petits.

Lindsay secoua la tête en riant.

— Je soupçonne Honoria d'être responsable à elle seule de l'explosion de la population féline de Cliffside.

— Oui, enfin… Pas tout à fait seule quand même, rectifia Seth.

Ce qui les fit éclater de rire tous les trois.

— Honoria en a eu quatre, le mois dernier, poursuivit Ruth avec animation. Et il y en a un qui… enfin… le voilà.

Ouvrant son manteau, elle dévoila la minuscule boule de poils roux nichée sur sa poitrine. Avec une exclamation ravie, Lindsay prit le chaton des mains de Ruth.

— Comme il est doux ! Comment s'appelle-t-il ?

— Nijinski.

Ruth tourna un regard suppliant vers son oncle.

— Je le garderai avec moi dans ma chambre. Comme ça, Worth ne l'aura pas dans les jambes. Petit comme il est, il ne dérangera personne.

Lindsay approcha le chaton de son visage et sentit la douceur de la toison rousse contre sa joue. Spontanément, elle abonda dans le sens de Ruth :

— Bien sûr que non, il ne dérangera personne. Il n'y a qu'à regarder ce petit museau d'ange ! Il sera sage comme une image, ça se voit.

Elle posa Nijinski entre les mains de Seth qui souleva du bout du doigt la minuscule tête du félin. Le chaton leva ses yeux verts, bâilla, puis se roula en boule dans sa paume et se rendormit comme si de rien n'était.

— Si vous vous mettez à trois contre un, je n'ai plus vraiment voix au chapitre, si ?

Avec un léger sourire, Seth rendit le chaton à sa nièce et lui effleura les cheveux.

— Ne dis rien à Worth pour le moment, O.K. ? Il vaut mieux que je m'en charge.

— Alors, c'est bon ? Je peux le garder ? Oh, oncle Seth… !

Serrant le chaton contre son cœur, Ruth passa son bras autour du cou de son oncle.

— Merci ! Mille fois, merci ! Il est adorable, mademoiselle Dunne, non ?

Les yeux rieurs de Lindsay allèrent se perdre dans ceux de Seth.

— Qui est adorable ? Le chaton ou ton oncle ?

Ruth pouffa de rire. C'était la première fois que Lindsay lui voyait cette réaction typique d'adolescente.

— Les deux, bien sûr. Je vais aller installer Nijinski dans ma chambre.

Dissimulant de nouveau le chaton sous son manteau, Ruth partit au pas de course sur la plage, ses longs cheveux noirs volant dans son dos.

— J'irai chiper du lait dans la cuisine pendant que Worth sera occupé au ménage, lança-t-elle par-dessus l'épaule.

Lindsay suivit la jeune fille des yeux quelques instants avant de tourner un regard approbateur vers Seth.

— Tu as été très bien. Elle est persuadée d'avoir réussi à te faire céder.

Il haussa un sourcil amusé.

— Insinuerais-tu que j'étais acquis d'avance à la cause de Nijinski ?

Ils échangèrent un sourire et Lindsay ne put résister à la tentation de poser la main sur sa joue.

— Cela ne me déplaît pas que tu aies ce fond d'indulgence… Il faut que je parte, enchaîna-t-elle avec un léger soupir en s'écartant de lui.

— Lindsay…

Il la retint par les épaules alors qu'elle se détournait déjà.

— Non, chuchota-t-elle.

— Viens dîner chez moi ce soir. Juste pour un repas, c'est tout. J'ai envie de passer du temps avec toi.

— Seth, si nous dînions ensemble chez toi, ce soir, nous finirions dans ton lit.

— Si c'est notre désir commun où est le problème ?

Lindsay secoua la tête lorsqu'il la prit dans ses bras. Avec un léger soupir, elle appuya le front contre sa poitrine.

— J'ai besoin de temps pour réfléchir, Seth. Et je suis incapable de penser clairement lorsque tu me tiens contre toi.

Il lui souleva le menton.

— Combien de temps te faut-il ?

— Je ne sais pas.

Les larmes qui emplirent soudain ses yeux la surprirent autant que Seth. Elle voulut les essuyer mais il retint sa main pour en cueillir une sur ses doigts.

— Lindsay…

— Non, pas de douceur, surtout, balbutia-t-elle. Fâche-toi, plutôt. Je me ressaisirai plus facilement.

Enfouissant le visage dans les mains, elle s'appliqua à respirer lentement. Et comprit brutalement ce qui avait provoqué cette bouffée d'émotion aussi violente qu'inattendue.

— J'ai besoin d'être seule, Seth, chuchota-t-elle prise de panique. Laisse-moi, s'il te plaît.

Pendant une fraction de seconde, il resserra la pression de ses doigts. Puis il la lâcha presque brutalement.

— D'accord. Je te laisse. Pour l'instant, du moins. Mais je te préviens : la patience n'est pas mon fort, Lindsay.

Se gardant bien de répondre, elle évita son regard et prit la fuite sur le sable en emportant avec elle sa terrifiante découverte : Seth Bannion n'était pas seulement un homme dont elle *pourrait* tomber amoureuse. Il était l'homme qu'elle aimait déjà.

9

Ils partirent pour l'aéroport en début d'après-midi, avec le coffre plein à craquer de bagages. Andy conduisait et Lindsay occupait le siège avant. Tous deux observaient un silence pensif pendant que leurs deux mères bavardaient avec animation à l'arrière. Même après trois semaines de préparatifs intensifs, Lindsay avait toujours un peu de mal à croire à la réalité du départ maternel.

Et pourtant, les faits étaient là : plusieurs malles avaient déjà été envoyées en Californie et leur maison était mise en vente. Dans quelques mois au plus tard, il lui faudrait quitter la demeure familiale et couper ainsi les derniers liens avec son enfance.

Lindsay se répéta — comme elle se le répétait depuis trois semaines — que c'était sans doute ce qui pouvait leur arriver de mieux, à l'une comme à l'autre. Ses quelques affaires tiendraient facilement dans le studio de danse où elle comptait s'installer pour le moment.

Mae, de son côté, aurait une vie infiniment plus riche et épanouissante en Californie, que seule à la maison, à s'étioler en pleurant la gloire perdue de sa fille. Quant à elle… Lindsay étouffa un soupir. Elle ne savait plus très bien où elle en était depuis sa brève promenade sur la plage avec Seth. Pour se donner du temps, elle avait jugé bon de mettre de côté ses sentiments jusqu'au départ de sa mère. Mais sa résolution n'avait pas été suivie d'effet. Seth la hantait de façon obsessive, lancinante. Et elle partait dans des rêveries incontrôlées aux moments les plus inopportuns.

Après le choc initial, Lindsay était entrée dans une phase

d'observation où elle s'était amusée à relever un à un les symptômes de sa « maladie amoureuse ». La tête ne lui tournait pas, comme dans les chansons, mais elle se surprenait à être beaucoup moins attentive aux détails de la vie quotidienne. Elle n'avait pas perdu l'appétit mais se heurtait à de gros problèmes d'endormissement. L'expression consacrée « vivre sur un petit nuage » était impropre à décrire son état. Elle avait plutôt l'impression de retenir son souffle à l'approche d'une tempête sans précédent — d'un ouragan émotionnel qui pouvait la laisser brisée et le cœur en morceaux.

« C'est sans doute parce que je n'ai pas choisi de tomber amoureuse de la bonne personne », songeait Lindsay pendant qu'Andy conduisait en silence, se frayant un chemin dans la circulation dense aux abords de l'aéroport.

Mais « *choisir* » était-il le bon terme ? Si elle avait eu son mot à dire dans l'histoire, elle aurait sélectionné un homme éperdument amoureux d'elle. Un homme qui l'aurait considérée comme la perfection incarnée. Un homme qui aurait consacré sa vie à faire de la sienne un paradis sur terre.

Quoique…

Un sourire involontaire joua sur les lèvres de Lindsay. Inutile de rêver. Cet « homme idéal » l'aurait ennuyée à mourir au bout d'une semaine à peine. Seth ne lui convenait hélas que trop bien. Elle était fascinée par le contrôle qu'il exerçait sur lui-même. Et son mélange de sensibilité et de rudesse lui allait comme un gant. Il y avait juste un petit problème, au fond : il fuyait toute forme d'engagement amoureux comme la peste.

Avec un léger soupir, Lindsay effleura son propre reflet dans la vitre. Ils avaient aussi des avis totalement opposés sur l'avenir de Ruth. Comment pourraient-ils être proches alors qu'ils n'étaient pas engagés sur le même « front » ?

Ce fut la voix amusée d'Andy qui la ramena au présent. Perdue dans ses pensées, elle ne s'était même pas rendu compte que la voiture était déjà à l'arrêt. Ramenée à la réalité en sursaut, Lindsay poussa sa portière et se hâta de rejoindre Andy qui avait déjà entrepris d'extraire les bagages du coffre.

— Il faudra bien penser à compter vos bagages à l'arrivée,

recommanda-t-il, sourcils froncés, en contemplant la montagne de sacs à leurs pieds. Il ne s'agit pas d'en laisser la moitié sur le tapis roulant.

Carol sourit de la mine préoccupée de son fils.

— Je te promets que nous recompterons au moins deux fois, Andy. Ce ne sera pas sorcier d'entasser tout ça sur un chariot. Et une voiture nous attend à l'aéroport de Los Angeles. En principe, nous devrions survivre à ce redoutable périple.

— Mmm..., marmonna Andy qui ne semblait pas rassuré le moins du monde.

Se chargeant à lui seul de tous les bagages, il ne laissa à Lindsay que le soin de porter un vanity-case.

— Referme le coffre, veux-tu ?

Pendant qu'elle s'acquittait de cette tâche, Mae et Carol échangèrent un clin d'œil réjoui. Un vent glacial leur fouettait le visage, se glissait en traître sous leurs manteaux d'hiver. Mae leva les yeux vers le ciel noir.

— Je suis sûre qu'il va neiger avant la tombée de la nuit.

— Et vous, vous serez à Los Angeles, en train d'essayer vos nouveaux maillots ! grommela Lindsay en les poussant en direction du terminal.

Une fois les bagages enregistrés, Andy s'éclaircit la voix et se lança dans une longue série de recommandations de dernière minute.

— Gardez bien vos cartes d'embarquement à portée de main, surtout.

Lindsay vit une lueur amusée pétiller dans le regard de Carol.

— Oui, Andy, répondit-elle docilement.

— Et n'oublie pas d'appeler dès que vous serez arrivée à Los Angeles.

— Non, Andy.

— Il faudra penser à reculer vos montres de trois heures.

— Je n'y manquerai pas, Andy.

— Et ne parle pas aux inconnus.

— Euh... pardon ? se récria Carol, les poings sur les hanches.

Andy éclata de rire et la serra à l'étouffer dans ses bras. Lindsay se tourna alors vers Mae. Déterminée à ne pas gâcher leurs adieux, elle avait préparé mentalement quelques phrases légères. Mais lorsqu'elle se trouva face à sa mère, son petit discours bien léché se perdit dans l'oubli. Elle se sentait de nouveau comme une enfant — submergée par tant d'émotions indéfinissables, qu'elle renonça à dire un mot et se contenta de jeter les bras autour du cou de sa mère.

— Je t'aime, chuchota-t-elle en fermant les paupières pour contenir les larmes qui se pressaient à ses yeux. Sois heureuse, maman. Je t'en supplie, sois heureuse.

— Lindsay…

Mae s'écarta doucement pour l'envelopper d'un long regard empreint de tendresse. Ce n'était pas la danseuse que sa mère regardait aujourd'hui mais la femme. Une femme prête à voler de ses propres ailes ; prête à faire ses propres choix.

— Je t'aime aussi, Lindsay. De tout mon cœur. J'ai sans doute commis bien des erreurs mais sache que j'ai toujours fait ce que j'estimais être bon pour toi. Et que je suis fière de ce que tu es.

« Fière de moi, quelle que puisse être ma décision ? » voulut demander Lindsay. Mais sa gorge nouée ne laissa passer aucun son. Mae l'embrassa tendrement sur les deux joues puis se tourna vers Andy.

Carol la serra énergiquement dans ses bras.

— Tu vas me manquer, ma petite Lindsay… Si tu es amoureuse de cet homme, fonce ! ajouta-t-elle dans un murmure. La vie est trop courte pour qu'on la gaspille.

Là encore, Lindsay demeura sans voix. Comme dans un rêve, elle vit les deux femmes passer le contrôle et disparaître dans les profondeurs de l'aéroport. Lorsqu'elle se tourna vers Andy, elle avait les yeux humides.

— Tu crois que c'est normal que je me sente un peu orpheline, tout à coup ?

— Je ne sais pas si c'est normal, mais je ressens un truc de ce genre-là, moi aussi, admit-il avec un large sourire en lui passant le bras autour de la taille. Je te paie un café, Lindsay ?

Fourrant son mouchoir dans sa poche, elle secoua résolument la tête.

— Pas un café, non. Une glace. Une énorme glace au chocolat avec des tonnes de chantilly. Nos mères méritent que nous fêtions le début de leur nouvelle vie… Allez, viens. Je te l'offre !

Glissant son bras sous celui d'Andy, elle l'entraîna en riant vers la sortie.

Les prédictions de Mae se révélèrent rigoureusement exactes : la neige commença à tomber le soir même. Avec ses élèves de la classe du soir, Lindsay demeura un long moment devant la porte ouverte du studio à contempler la danse légère des flocons.

Les premières neiges de l'hiver avaient toujours quelque chose de magique et d'excitant. Comme si on entrait soudain dans un autre univers. Plus rêveuse encore qu'à l'ordinaire, Lindsay frappa dans ses mains pour rassembler ses élèves et reprit son cours. Mais ce fut d'un œil absent qu'elle regarda ses jeunes danseuses évoluer dans la salle. Son esprit vagabond s'évadait sans relâche. Elle pensa à sa mère et au soleil de Californie. Aux enfants surexcités de Cliffside qui devaient commencer à préparer leurs luges. A la plage qui prendrait des allures de banquise.

Et à Seth.

Pendant l'intervalle entre ses deux classes, Lindsay retourna à la porte. Et constata que dix bons centimètres déjà recouvraient le sol du parking. Le vent avait forci et la neige formait un rideau opaque. Consciente que ce serait de la folie de poursuivre les cours dans ces conditions, elle retourna vers ses élèves en se frottant les bras pour rétablir sa circulation.

— Désolée, les filles, mais le cours de pointes est annulé. Vous allez pouvoir vous débrouiller pour rentrer ?

Par chance, plusieurs des élèves de Lindsay conduisaient et des arrangements purent être trouvés pour les plus jeunes. Moins d'un quart heure plus tard, le studio de danse était vide, à l'exception d'elle-même, de Ruth et de Monica.

— Ouf ! Merci, Monica, de m'avoir aidée à organiser cet

exode ! s'exclama Lindsay en passant un gros chandail. Vu ce qui tombe, je crois que nous n'avons pas intérêt à traîner de notre côté. Tu as appelé ton oncle, Ruth ?

— J'ai donné un petit coup de fil pour le rassurer sur mon sort, oui. Mais j'avais déjà prévu de dormir chez Monica, de toute façon.

Lindsay se laissa tomber sur une chaise et enfila un pantalon sur ses collants.

— Parfait. J'ai l'impression que ça va tourner au blizzard dans moins d'une heure. Et j'aimerais autant être chez moi à boire un chocolat chaud avant que les routes ne deviennent impraticables.

— Même chose en ce qui me concerne, acquiesça Monica en remontant la fermeture Eclair de sa doudoune… Prête, Ruth ?

La jeune fille hissa son sac de danse sur une épaule.

— Prête… Vous croyez que les cours de demain pourront être assurés normalement, mademoiselle Dunne ?

Lindsay et Monica sourirent l'une et l'autre de tant d'assiduité.

— C'est le temps qui décidera, Ruth.

Lindsay ouvrit la porte et le vent leur souffla son haleine glaciale à la figure. Monica mit sa capuche et, tête basse pour se protéger de l'assaut humide des flocons, les trois jeunes femmes se risquèrent sur le parking enneigé. A l'aide du balai que Lindsay avait pris dans le studio, elles dégagèrent la voiture de Monica. Elles s'apprêtaient à faire subir le même traitement à celle de Lindsay lorsque la jeune pianiste poussa un grognement de détresse.

— Oh, non regardez ! Mon pneu avant droit est à plat… Et c'est ma faute, en plus. Andy m'avait prévenue que j'avais une petite fuite et que je devrais veiller à le faire regonfler de temps en temps.

— Bon, eh bien, nous te punirons plus tard pour ta coupable négligence, commenta Lindsay en repoussant les cheveux trempés de neige qui lui tombaient sur les yeux. En attendant, je vais vous reconduire.

Monica poussa une exclamation désolée.

— Mais c'est un détour énorme pour toi ! Je ne peux pas t'infliger ça.

Lindsay hocha la tête.

— C'est vrai, rétorqua-t-elle gravement. Bon, allez… Je vous laisse vous débrouiller pour changer la roue. A demain, les filles.

Pivotant sur ses talons, elle partit avec son balai sur l'épaule.

— Hé, Lindsay !

Attrapant la main de Ruth, Monica s'élança à sa suite. En chemin, elle se baissa pour confectionner une boule de neige et visa en riant la casquette de ski dont Lindsay venait de s'affubler.

Lindsay se retourna en ouvrant de grands yeux innocents.

— Qu'est-ce qui vous arrive ? Ce n'est pas comme ça que vous allez réussir à changer votre roue, les filles.

Elle éclata de rire en voyant l'expression déconfite de Ruth.

— Oh, les pauvres ! Tu as vraiment cru que je vous laisserais en plan, n'est-ce pas ? Allez, venez m'aider à déblayer mon carrosse. Plus tôt nous serons parties d'ici, mieux cela vaudra.

Elle tendit généreusement le balai à Monica et elles joignirent leurs efforts pour déblayer l'épais manteau blanc qui s'accumulait à une vitesse déconcertante. En moins de cinq minutes, Ruth se retrouva sur le siège avant, prise en sandwich entre Lindsay et Monica. Le vent hurlait et la neige tombait de plus en plus dru.

— Et voilà, c'est parti, annonça Lindsay en passant la première. C'est impressionnant, non ?

— Mmm…

La main cramponnée à la poignée, Monica n'en menait visiblement pas large. Ruth, elle, paraissait se trouver bien, coincée entre son professeur de danse et son amie la pianiste.

— Avec mes parents, nous avons été pris dans une tempête de neige dans les Alpes autrichiennes, raconta la jeune fille. Nous sommes restés coincés trois jours dans une espèce de bergerie. Il n'y avait même pas de lit. Nous dormions par terre au coin du feu.

Monica frissonna.

— Quelle horreur. Tu en as d'autres, des histoires sinistres comme celle-là ?

— Nous avons failli passer sous une avalanche aussi, ajouta Ruth, pince-sans-rire.

— Génial… C'est très réconfortant ! Tu sais que sous ses airs innocents, cette petite peut être redoutablement caustique, par moments ? commenta Monica à l'adresse de Lindsay. Tenez, regardez, on voit les lumières des Hauts de la Falaise.

Lindsay ne put résister à la tentation de lever les yeux vers le point lumineux que l'on entrevoyait à travers l'épais rideau de neige. Elle ressentit une attirance si forte qu'elle eut l'impression d'être aspirée. La voiture fit une embardée sur la neige et Monica poussa un léger cri. Mais Ruth continua à papoter sans montrer la moindre inquiétude.

— Oncle Seth travaille sur un énorme projet qu'on lui a confié en Nouvelle-Zélande. J'ai vu ses dessins, ça va être magnifique.

Veillant à maintenir son attention sur la route, cette fois, Lindsay commenta d'un ton détaché :

— J'imagine que Seth doit être très pris, en ce moment.

Ruth hocha la tête.

— Il s'enferme dans son atelier pendant des heures, oui.

Monica tenta de mettre le chauffage mais n'obtint qu'un souffle à peine tiède.

— L'hiver est une saison merveilleuse, non ? commenta la jeune fille.

Monica gémit et Lindsay éclata de rire.

— C'est vrai qu'elle est caustique, notre Ruth. Je ne m'en serais peut-être pas rendu compte si tu ne me l'avais pas fait remarquer.

— J'ai mis un moment à le détecter, moi aussi.

La pianiste poussa un soupir de soulagement lorsque la voiture s'immobilisa en douceur dans l'allée devant chez elle.

— Dieu merci, tu nous as ramenées à bon port… Mais je ne veux pas que tu continues la route toute seule, Lindsay. Ce ne serait pas raisonnable, par une tempête de neige pareille.

Reste dormir à la maison et tu rentreras tranquillement chez toi demain matin lorsqu'ils auront passé le chasse-neige.

Lindsay secoua la tête.

— Ça ne roule pas si mal que ça, pour le moment. Dans un quart d'heure, je serai au chaud chez moi.

Une agréable tiédeur commençait à se répandre dans le véhicule et elle se sentait d'humeur à affronter les éléments.

— Lindsay je vais me faire un sang d'encre pour toi. Je risque de recommencer à me ronger les ongles alors que j'ai mis des années à me débarrasser de cette sale manie.

— Oh, mon Dieu. Je ne voudrais surtout pas avoir une pareille rechute sur la conscience. Je te *jure* que je t'appelle dès que je rentre.

— Lindsay…

— Avant même de me confectionner mon chocolat chaud, c'est promis.

Monica lui jeta un regard résigné.

— Bon, je vois, que ce n'est même pas la peine d'essayer de te faire changer d'avis. Mais dès que tu as mis un pied chez toi, tu te jettes sur le téléphone, tu m'entends ?

— Je t'entends. Je ne prendrai même pas le temps d'essuyer mes semelles enneigées sur le paillasson.

Monica descendit de voiture et s'immobilisa sur fond de flocons tourbillonnants.

— Sois prudente, surtout ! recommanda-t-elle.

— Promis. Passez une bonne soirée. A demain, Ruth.

— A demain, Lindsay.

Ruth se mordit la lèvre. « Mademoiselle Dunne » était le terme consacré qu'elle était censée utiliser pour s'adresser à son professeur de danse. Mais personne ne releva son léger écart de conduite.

Avec un discret sourire, la jeune fille referma sa portière et rejoignit Monica.

Lindsay passa la marche arrière et recula pour sortir de l'allée. Elle mit la radio pour remplir le silence presque sépulcral tombé dans la voiture et prit prudemment de la vitesse. Ses essuie-glaces avaient beau aller et venir frénétiquement sur le pare-brise, la visibilité restait quasi nulle. Elle était bonne conductrice et connaissait l'itinéraire comme sa poche, mais la neige fraîche était traîtreusement glissante et la conduite exigeait une concentration maximale. Un nœud de tension se formait peu à peu à la base de sa nuque.

Plissant les yeux pour tenter de percer le rideau de blancheur tourbillonnante, Lindsay se demanda pourquoi elle s'infligeait cette épreuve. Elle avait décliné l'invitation de Monica par automatisme, en fait. Parce que rentrer chez elle était devenu un réflexe ces trois dernières années. Mais à présent que Mae était partie, pourquoi regagner coûte que coûte sa maison solitaire ? Rien de très gai ne l'attendait à l'arrivée. Et elle en avait assez de passer ses soirées à méditer sur ses amours impossibles.

Lindsay était à deux doigts de faire demi-tour lorsqu'une ombre noire se profila soudain dans la lumière des phares. Avant même de réaliser qu'il s'agissait d'un chien, elle donna un brusque coup de volant pour l'éviter.

Une fois que la voiture commença à glisser, il n'y eut plus de reprise en main possible. Le véhicule se mit à tourner sur lui-même, soulevant une gerbe de neige dans son sillage. Très vite, Lindsay perdit ses repères dans la blancheur uniforme d'un monde qui avait perdu ses formes et ses couleurs. Luttant contre la panique, elle résista à la tentation de freiner. La peur qui montait dans sa gorge n'eut pas le temps de sortir sous forme d'un cri. La lente glissade fut stoppée net par un obstacle invisible. Le choc fut rapide et brutal. Elle ressentit l'impact, une douleur fulgurante au front. Dans un état second, elle entendit la musique à la radio se muer en grésillement.

Puis il n'y eut plus que le silence et l'obscurité.

Lindsay gémit et changea de position. Un orchestre avec cymbales semblait se déchaîner en fortissimo dans les profondeurs de son crâne. Non sans mal, elle souleva les paupières.

Des formes floues apparurent, s'atténuèrent, puis se précisèrent peu à peu, prenant l'aspect du visage de Seth. Penché sur elle, il fronçait les sourcils d'un air particulièrement sévère. Elle sentit la pression légère de ses doigts sur son crâne, là où la douleur pulsait sans relâche.

Lindsay déglutit pour humidifier sa gorge sèche.

— Seth ? murmura-t-elle d'une voix si faible et cassée qu'elle lui parut méconnaissable. Qu'est-ce que tu fais ici ?

Il haussa un sourcil sans répondre. Puis il lui souleva les paupières et examina ses pupilles l'une après l'autre.

— J'étais loin de me douter que tu étais une idiote finie, Lindsay Dunne.

Il prononça cette accusation d'une voix si calme que dans son état de semi-hébétude, elle ne perçut même pas la colère sous-jacente.

Elle voulut s'asseoir, mais Seth la retint d'une légère pression sur l'épaule. Trop faible pour protester, elle se rallongea avec un soupir de soulagement. Et découvrit, non sans étonnement, qu'elle se trouvait dans le petit salon des Hauts de la Falaise.

Un bon feu brûlait dans la cheminée. Elle se concentra sur le crépitement joyeux du bois, sur la légère odeur de fumée qui flottait dans la pièce. Les flammes jetaient leurs ombres mouvantes dans la pièce à peine éclairée par deux petites lampes en porcelaine. Elle avait toujours son manteau sur elle, constata Lindsay.

Se remémorant soudain l'incident, elle se mordit la lèvre.

— Et le chien ? Il n'a rien ?

— Le chien ? Quel chien ? riposta Seth avec impatience.

— Celui qui s'est jeté devant ma voiture. Il me semble que je ne l'ai pas touché mais je ne suis pas complètement sûre.

— Tu veux dire que tu t'es précipitée délibérément contre un arbre pour épargner la vie d'un *chien* ?

Si Lindsay avait eu toute sa tête, elle aurait perçu la menace contenue dans la voix parfaitement maîtrisée de Seth. Mais elle se toucha le front en toute innocence.

— Ah, c'est un arbre que j'ai heurté ? Le choc a été tellement brutal que j'ai l'impression d'avoir percuté une forêt entière.

Les yeux de Seth étincelèrent mais il ne fit pas de commentaires.

— Reste allongée, surtout, ordonna-t-il en se levant. Je reviens tout de suite.

Prudemment, en évitant les mouvements brusques, Lindsay réussit à se mettre en position assise. Par chance, sa vision resta claire. Mais les élancements dans sa tête augmentèrent notablement. Fermant les yeux, elle se renversa contre le dossier du canapé et attendit que la douleur se calme. En tant que danseuse, elle avait acquis une bonne accoutumance à la souffrance. Des questions commencèrent à affluer à son esprit. Comment Seth l'avait-il récupérée ? Et par quel étrange concours de circonstances se retrouvait-elle chez lui, sur les Hauts de la Falaise ?

— Je croyais que je t'avais dit de rester allongée ?

Lindsay ouvrit les yeux et sourit faiblement.

— Je pense que je serais mieux assise… C'est quoi, ça ? demanda-t-elle en acceptant le verre d'eau et les deux cachets qu'il lui tendait.

— De l'aspirine, rétorqua-t-il sèchement. Prends-les.

L'ordre proféré d'une voix sèche aurait ulcéré Lindsay en temps normal. Mais la douleur dans sa tête la persuada d'accepter sans se perdre en protestations inutiles. Seth attendit qu'elle ait avalé ses médicaments, puis il sortit une bouteille de cognac d'un meuble de bois laqué et lui en servit un petit verre.

— Tu peux m'expliquer pourquoi tu n'es pas restée tranquillement chez Monica ?

Lindsay haussa les épaules et se renversa de nouveau contre les coussins.

— C'était exactement la question que je me posais au moment où le chien m'a coupé la route.

— Et pour épargner le charmant toutou, tu as pilé sur vingt centimètres de neige glissante ?

Lindsay ouvrit un œil et vit le dos tourné de Seth. Elle ferma de nouveau les yeux.

— Je n'ai pas pilé mais j'ai tourné mon volant. Enfin…

j'imagine que le résultat revient à peu près au même. J'ai agi à l'instinct. Quoi qu'il en soit, le chien est toujours vivant et je ne suis pas très abîmée non plus. Donc tout est bien qui finit bien.

— *Tout est bien qui finit bien* ?

Le ton de Seth était tellement cinglant qu'elle ouvrit de nouveau les yeux. Les deux en même temps, cette fois.

— As-tu songé à ce qui serait arrivé si Ruth ne m'avait pas appelé pour me dire qu'elle était saine et sauve chez Monica ? fulmina-t-il.

Elle soupira avec lassitude.

— Ecoute, Seth, tout ce que je sais, c'est que j'ai perdu le contrôle de mon véhicule et qu'il y a eu un grand choc, puis un trou noir. Après cela, je suis incapable de te dire ce qui s'est passé. Alors commence peut-être par m'expliquer comment j'ai atterri ici chez toi et tu continueras à vociférer ensuite.

Ce fut au tour de Seth de soupirer profondément.

— Tiens, bois ça, intima-t-il en lui fourrant le verre de cognac dans la main. Tu es encore un peu trop pâle à mon goût.

Il attendit qu'elle ait pris une gorgée avant d'aller se servir lui-même.

— Ruth a téléphoné pour m'avertir que vous étiez arrivées chez Monica sans encombre. Elle m'a expliqué que tu les avais raccompagnées là-bas mais que tu avais absolument tenu à repartir seule pour rentrer chez toi.

— Ce n'est pas que j'y tenais vraiment, mais…

Notant l'expression ombrageuse de Seth, Lindsay renonça à terminer sa phrase. Avec un léger haussement d'épaules, elle s'octroya une seconde gorgée de cognac. Ce n'était pas le chocolat chaud dont elle avait rêvé, mais l'alcool lui réchauffait agréablement le sang.

— Monica était inquiète — et non sans raison — de te savoir seule sur les routes. Elle m'a annoncé que tu passerais bientôt en dessous de chez moi. Et elle m'a demandé de jeter un œil, sachant que d'ici, j'avais une excellente vue sur cette portion de la côte. Vu le temps, nous savions qu'il y avait fort peu de chances pour qu'un autre véhicule circule dans les environs au même moment.

Il marqua une pause pour boire une gorgée de cognac. Non sans soulagement, il nota que les joues de Lindsay reprenaient un peu de couleur.

— Tout de suite après avoir raccroché, je me suis avancé vers la fenêtre. Juste au moment où tes phares se sont dessinés dans la nuit. Je les ai vus virer brusquement, décrire un cercle, puis s'immobiliser net.

Posant son verre sur une console, il se fourra les mains dans les poches.

— S'il n'y avait pas eu ce coup de fil, tu serais sans doute encore sans connaissance dans ta voiture. Et Dieu sait comment ça aurait pu se terminer. Encore une chance que tu aies eu ta ceinture, d'ailleurs. Sinon, je n'ose même pas imaginer à quoi tu ressemblerais maintenant.

Lindsay se hérissa sous le ton réprobateur.

— Tu n'es pas obligé de me parler comme à une gamine de dix ans qui a fait une bêtise ! Je ne me suis pas fracassée contre un arbre pour le plaisir.

— Il n'en reste pas moins que tu as pris des risques stupides.

— Ecoute, Seth, j'imagine que c'est toi qui es descendu en pleine tempête de neige pour te porter à mon secours. Et je t'en suis tout à fait reconnaissante, mais…

— Je me contrefiche de ta reconnaissance !

— Bon, très bien. Je faisais de louables efforts pour essayer de te témoigner un minimum de gratitude. Mais si tu le prends ainsi…

Elle se leva d'un mouvement trop brusque et dut s'enfoncer les ongles dans la paume pour contenir son vertige.

— J'aimerais passer un coup de fil à Monica pour la rassurer.

Sourcils froncés, Seth la vit pâlir sensiblement de nouveau.

— C'est fait. Elle sait que tu es ici et que tu as eu des ennuis de voiture. Je n'ai pas jugé utile de préciser lesquels. Assieds-toi, Lindsay.

— Tu as bien fait de rester évasif. Maintenant, si tu veux bien me raccompagner chez Monica…

Plaçant les mains sur ses épaules, Seth la repoussa sur le canapé.

— Ressortir en plein blizzard ? Merci bien. Tu es coincée ici pour la nuit. Désolé pour toi, mais il faudra te faire une raison.

Lindsay leva le menton.

— Et si je refuse de rester ?

— Je crois que tu n'as pas vraiment le choix, vu les circonstances.

Les bras croisés sur la poitrine, Lindsay le toisa avec hauteur.

— Je suppose que tu vas demander à Worth de me faire un lit dans un des cachots du sous-sol ?

— J'aurais pu aller jusque-là, oui. Malheureusement Worth s'est absenté quelques jours… Nous sommes seuls, toi et moi, précisa-t-il avec l'ombre d'un sourire.

Lindsay voulut hausser les épaules avec désinvolture. Mais le mouvement heurté tenait plus du sursaut d'effroi.

— Aucune importance. Je rentrerai chez moi à pied demain matin. J'imagine que je pourrais dormir dans la chambre de Ruth.

— C'est une possibilité, oui.

Elle se leva de nouveau. Mais plus précautionneusement, cette fois.

— Bien. Je vais monter me coucher, alors.

— Il est à peine 9 heures. Tu es fatiguée ?

La main légère qu'il posa sur son épaule suffit à la retenir.

— Pas fatiguée, non. Mais…

— Enlève ton manteau.

Sans attendre sa réponse, Seth entreprit de le déboutonner lui-même.

— J'étais trop occupé à essayer de te faire revenir à toi pour y penser plus tôt.

Il la débarrassa de la lourde parka avant de lui effleurer la tempe avec douceur.

— Tu as mal ?

— Ça va mieux, maintenant.

Le pouls de Lindsay s'était accéléré. Et elle savait que le choc de l'accident n'était pas la cause directe du phénomène.

— Merci, murmura-t-elle.

Il lui caressa doucement les bras du coude au poignet. Lindsay se surprit à laisser échapper un faible gémissement de plaisir, lorsqu'il lui prit les mains pour lui embrasser les paumes.

— Tu as un pouls irrégulier, commenta-t-il.

— Mmm… je me demande bien pourquoi.

Il eut un de ses rares sourires — sensuels et désarmants, à la fois.

— Tu as mangé ?

— Mangé ?

Lindsay tenta de se concentrer sur sa question, mais ses sens avaient pris les commandes et ses neurones étaient en panne sèche.

— Je te parle de nourriture, précisa Seth. Comme dans le mot « dîner », par exemple.

— Dîner ? Ah non, je n'ai pas eu le temps. Je sors juste du studio.

— Rassieds-toi, alors. Je vais voir si Worth a laissé quelque chose de consommable dans le frigo.

— Je viens avec toi.

Le voyant froncer les sourcils de nouveau, elle glissa son bras sous le sien.

— Je tiens debout, je t'assure. Contrairement aux apparences, nous formons une race solide, nous les danseurs.

Seth scruta ses joues pâles quelques instants puis finit par hocher la tête.

— Bon d'accord. Mais on va procéder à ma façon.

Avant qu'elle puisse réagir, il la souleva pour l'emporter dans ses bras.

— Et inutile de protester, précisa-t-il en passant dans le hall principal.

Charmée par le geste, Lindsay laissa aller la tête contre sa poitrine et se laissa transporter avec la meilleure grâce du monde.

— Tu as dîné, toi, Seth ?

— Non, j'ai travaillé tout l'après-midi. Et j'y serais sans doute encore si je n'avais pas été détourné de mes occupations.

— Désolée de t'avoir distrait de tes plans, architecte ! Disons que c'était la faute du chien et on n'en parle plus, d'accord ?

Seth ouvrit la porte de la cuisine d'un coup d'épaule.

— La question du chien ne se serait pas posée si tu avais eu la sagesse de rester chez Monica.

Lindsay poussa un soupir lorsqu'il la déposa sur une chaise.

— Et voilà. Tu recommences à être logique. C'est une habitude désagréable chez toi mais j'imagine qu'elle est curable.

Elle leva les yeux pour lui sourire.

— D'ailleurs, si j'étais restée chez Monica, je n'aurais pas eu le plaisir de me trouver ici maintenant, à me faire servir comme une princesse. J'en conclus qu'être sage n'est pas toujours la meilleure solution. Qu'as-tu l'intention de mitonner pour moi ce soir ?

Seth lui saisit le menton entre le pouce et l'index et plongea les yeux dans les siens.

— Tu sais que je n'ai encore jamais connu quelqu'un comme toi ?

— C'est un reproche ou un compliment ?

Il scruta longuement ses traits avant de répondre.

— Je n'ai pas encore réussi à trancher dans un sens ou dans un autre.

Lindsay le regarda ouvrir le réfrigérateur. Elle avait du mal à croire qu'elle l'aimait déjà à ce point, d'un amour si entier, si solide, si permanent.

Et qu'était-elle censée en faire, de cet amour qui la submergeait ? S'en ouvrir à Seth ? Lui parler de ce qu'elle ressentait ? Mais une telle confession le mettrait dans une position inconfortable. Et ne servirait qu'à gâcher les débuts d'une amitié qui paraissait prometteuse.

Peut-être lui suffirait-il de l'aimer en silence, sans l'encombrer du poids de ses sentiments ? Même s'il n'y avait rien de confortable à se sentir ballottée sur des montagnes russes — tantôt au fin fond du trou, tantôt au nirvana.

— Lindsay ?

Elle tourna la tête brusquement, soudain consciente que Seth venait de lui adresser la parole.

— Excuse-moi. Je rêvassais. Tu disais quelque chose ?

— Oui, je t'annonçais le menu. J'ai trouvé des tranches de rosbif, une salade d'épinards et un assortiment de fromages. Ça te va ?

Lindsay se leva.

— A la perfection. Et tu as de la chance. Je me sens même en état de mettre la table. A nous deux, nous devrions arriver à quelque chose.

— Et la vaisselle ? Tu en penses quoi ? demanda Lindsay pendant que Seth faisait couler le café après le repas.

Il lui jeta un rapide coup d'œil par-dessus l'épaule.

— Je n'en pense pas grand-chose, à vrai dire. Mais si tu as envie de la faire, ne te gêne surtout pas.

Lindsay se renversa contre son dossier avec une expression douloureuse.

— Je viens de subir un accident très traumatisant. Je crains de ne pas être en mesure de reprendre une activité manuelle dès ce soir.

— Mmm… Et tu penses pouvoir regagner le salon à pied ou tu veux que je revienne te chercher après avoir porté le café à côté ?

— Puisque c'est toi, je vais faire un effort.

Seth se chargea du plateau et elle se leva pour lui ouvrir la porte.

— Je dois reconnaître que tu as des capacités de récupération étonnantes, observa-t-il tandis qu'ils passaient sous un des grands lustres du hall. Vu la taille de ta bosse, tu as dû prendre un bon coup sur la tête. Et quand on voit l'état de ta voiture…

Lindsay l'arrêta d'un geste.

— Non, n'en dis pas plus. J'aime autant ne pas savoir. Il

sera bien assez tôt pour m'inquiéter des questions matérielles demain matin.

Elle fit signe à Seth de poser le plateau devant elle sur la table basse.

— Je vais nous servir. Tu prends du sucre, je crois ?

— Oui, un.

Seth préleva une bûche dans un panier et la jeta sur le feu. Une pluie d'étincelles s'éleva dans l'âtre. Avec un soupir de contentement, Lindsay se renversa contre les coussins du canapé.

— Qu'est-ce que j'aime cette pièce ! C'est rare de réaliser ses rêves d'adolescente, mais là, j'ai l'impression de vivre l'un des miens. Je me suis souvent vue assise dans ce petit salon, aménagé à peu de chose près comme tu l'as fait, avec des fauteuils confortables, de grands tapis, un feu dans la cheminée et l'homme de ma vie à mon côté.

Elle avait parlé sans réfléchir, laissant ses fantaisies de jeune fille se déverser librement. Mais dès qu'elle eut refermé la bouche, Lindsay sentit un violent afflux de sang lui monter aux joues.

Seth porta la main à son visage brûlant.

— Je suis surpris de te voir rougir, observa-t-il avec une nuance de triomphe dans la voix.

Gênée, Lindsay détourna la tête.

— J'ai peut-être un peu de fièvre.

— Voyons voir…

Il dut employer la force pour ramener son visage vers lui. Mais ce fut avec une immense douceur qu'il posa les lèvres sur son front.

— Je ne crois pas que tu aies de la température, non.

Il porta les doigts à son cou et se concentra sur les pulsations de son sang.

— Ton pouls est rapide, observa-t-il.

— Seth…

Elle laissa son nom se perdre dans un murmure lorsqu'il passa la main sous son chandail pour lui caresser le dos.

— Mais tu as peut-être trop chaud, près du feu, avec ce gros pull.

— Non, non. Je…

Avant qu'elle puisse l'en empêcher, il la débarrassa d'une main experte du vêtement en question. Son justaucorps à fines brides laissait ses bras et ses épaules nus.

— Voilà. C'est beaucoup mieux comme ça, commenta Seth avec satisfaction.

Il lui pétrit doucement la nuque puis retourna à sa tasse de café. Tout le corps en éveil, Lindsay retenait son souffle.

— Tu sais ce qui me fascine le plus chez toi, Lindsay ?

Elle laissa son regard se perdre dans le sien.

— Mmm… Non ? Mon incomparable beauté, peut-être ?

— Tes pieds.

— Mes pieds !

Amusée, elle baissa les yeux sur les mules en tissu-éponge qu'il lui avait prêtées. Seth lui prit les deux jambes et les posa sur ses genoux.

— Ils sont si petits. Ils devraient appartenir à un enfant plutôt qu'à une ballerine célèbre.

— Petits, peut-être, mais pratiques. Je peux m'appuyer sur trois orteils lorsque je monte sur pointes. Alors que beaucoup de danseurs ne peuvent en utiliser qu'un ou deux seulement… Seth ! protesta-t-elle en riant lorsqu'il lui ôta les mules.

Le rire s'éteignit sur ses lèvres lorsqu'il lui caressa l'arc interne du pied. L'élan de désir qui l'envahit fut aussi violent qu'improbable. Il se propagea dans tout son être, comme un feu sauvage, volant de nerf en nerf, traversant chaque cellule comme une déflagration électrique. Elle laissa échapper un faible gémissement.

— Ils ont l'air incroyablement fragiles, poursuivit Seth en enserrant son cou de pied au creux de sa paume. Mais on sent une grande force… et une grande sensibilité aussi.

Lorsqu'il embrassa le creux de ses chevilles, Lindsay comprit qu'elle était perdue.

— Tu sais quel pouvoir tu as sur moi, n'est-ce pas ? chuchota-t-elle.

Le temps de l'acceptation était venu. Elle était lasse de lutter contre la force d'attraction qui les jetait l'un vers l'autre.

Une lueur victorieuse traversa le regard incandescent de Seth.

— Je sais que j'ai envie de toi. Et je sais que tu me désires aussi.

Si seulement c'était aussi simple. Si elle ne l'avait pas aimé aussi éperdument, ils auraient pu vivre leur attirance en toute liberté — sans remords et sans regrets. « Mais quelques nuits de plaisir ne me rassasieront pas de toi, Seth. Et tôt ou tard, il y aura un prix à payer. » Une légère palpitation d'angoisse lui comprima la poitrine à la perspective des déchirements à venir.

— Serre-moi fort, chuchota-t-elle en se glissant entre ses bras. Je t'en supplie, serre-moi fort.

Tant que la neige continuerait de tomber, le monde extérieur resterait à leur porte. Ils étaient seuls et la nuit leur appartenait. Il n'y avait plus ni hier ni demain — ni passé ni avenir. Juste un rideau de blancheur opaque entre eux et l'univers.

Renversant la tête en arrière, elle plongea son regard dans le sien. Du bout du doigt, elle caressa son visage pour en mémoriser chaque angle, chaque ligne, chaque contour.

— Fais-moi l'amour, Seth, murmura-t-elle, les yeux grands ouverts. Aime-moi.

A partir de cet instant, il n'y eut plus aucune place entre eux pour la douceur à laquelle ni elle ni lui n'aspirait. Seth scella ses lèvres des siennes avant même qu'elle ait terminé sa phrase. Se sentir l'objet d'une faim aussi dévorante la fit osciller un instant entre le désir et la peur. Mais elle sut qu'il gardait le contrôle, qu'il restait maître de leur destinée.

Il n'y eut aucune fébrilité confuse, aucun moment de maladresse lorsqu'il lui retira ses vêtements. Ses mains couraient sur son corps qu'il dévoilait en triomphe, apportant chaleur et plaisir, accélérant les pulsations de son sang. Lorsqu'elle se débattit avec les boutons de sa chemise, il lui vint en aide d'une main sûre.

Ils allaient l'un à l'autre sans hésitation et sans timidité, comme s'ils suivaient un chemin tracé d'avance, comme si leurs gestes avaient été fixés de toute éternité. Et leur rencontre était un brasier traversé d'éclairs, une spirale incandescente, une élévation triomphante.

Au fur et à mesure qu'elle découvrait le corps de Seth, Lindsay expérimenta une émotion nouvelle : la possessivité. En cet instant, il lui appartenait tout comme elle était éperdument sienne. Ils étaient livrés l'un à l'autre, la chair enfiévrant la chair, leurs nudités mêlées. La bouche de Seth explorait voracement chaque ligne, chaque courbe. Et ses mains errantes la faisaient trembler de plaisir.

Elle commença à onduler sous lui, à s'ouvrir.

Le souffle court, elle chercha à attirer de nouveau son visage contre le sien, aspirant à retrouver ses baisers, à reprendre le duel enfiévré de leurs langues. Seth revint à elle sans se presser, prenant le temps d'embrasser son cou, de lui humidifier le creux de l'oreille jusqu'à la faire crier de désir.

Lorsque leurs bouches se mélangèrent enfin, Lindsay se sentit consumée par une passion neuve et intense comme jamais encore elle n'en avait éprouvée. Lorsqu'elle dansait, elle se sentait possédée aussi, mais elle demeurait séparée. Unie à Seth, elle devenait partie d'un tout, et chaque geste, chaque soupir, chaque élan procédait d'un partage.

Avec Seth, elle découvrait l'abandon. Et plus elle lâchait prise, plus elle se rapprochait de l'extase.

Entre leurs corps joints circulait une énergie sans limite. Fondus l'un en l'autre, flux de lave mêlés, ils se détachèrent d'eux-mêmes et se rejoignirent dans une ultime envolée.

10

Lindsay rêvait qu'elle était couchée dans un grand lit ancien sous un édredon douillet. Les bras de son compagnon l'enserraient, forts et rassurants. Le matelas sur lequel ils reposaient était confortable, un peu usé et s'incurvait sous eux à la place qui leur était familière. Les draps en lin irlandais avaient la douceur que confère un long usage. Tout dans cet environnement était plaisant et portait les marques d'un bonheur tranquille.

Lorsque le bébé se mit à pleurer, Lindsay s'étira, changea de position, s'offrit le luxe de rester couchée encore quelques instants. Il n'y avait pas de panique, pas d'urgence. Elle savait que rien ne pouvait altérer la calme harmonie de leur existence.

Se blottissant plus étroitement encore dans les bras de son mari, elle souleva les paupières et sourit, plongeant ses yeux dans les siens.

— C'est déjà le matin, murmura-t-elle.

Leurs lèvres se trouvèrent, s'effleurèrent, se quittèrent pour se chercher de nouveau. Lindsay sourit lorsque les cris de l'enfant se firent plus insistants.

— Mmm… Seth, non, il faut que je me lève.

— Il n'y a pas d'urgence.

Les mains de Seth étaient partout sur son corps : sa langue, déjà, réveillait ses sens assoupis, suscitait mille frissons.

— Seth, non, je ne peux pas. Tu n'entends pas qu'elle pleure ?

Avec un léger rire, il roula sur le côté et se pencha pour attraper quelque chose au sol. Puis, basculant de nouveau sur le dos, il déposa Nijinski le chat sur son estomac. Eberluée,

Lindsay cligna des paupières en entendant le minuscule chaton gémir comme un nouveau-né.

Le rêve trop beau partit en lambeaux, laissant derrière lui, comme une pointe d'égarement. Déphasée, elle passa une main tremblante dans ses cheveux.

— Qu'est-ce qui se passe, Lindsay ?

Secouant la tête pour chasser la déception, elle caressa la douce fourrure rousse.

— Rien. J'étais encore dans mon rêve, en fait.

Seth pencha la tête pour poser les lèvres sur la nudité d'une épaule.

— Tu rêvais ? De moi ?

Lindsay tourna la tête pour lui sourire.

— Oui. De toi.

Modifiant sa position, Seth l'attira au creux de son épaule. Nijinski descendit jusqu'à leurs pieds, tourna deux fois sur lui-même, puis se roula en boule en ronronnant de plus belle.

— Et qu'est-ce qui se passait dans ce rêve ?

Elle enfouit le visage dans son cou.

— Ça, je le garde pour moi.

« Je lui appartiens, songea-t-elle. Je lui appartiens entièrement et je ne peux pas le lui dire. » Par la fenêtre aux rideaux ouverts, elle vit la couche de neige qui recouvrait le balcon, les flocons qui continuaient à tourbillonner dans un ciel déjà plus clair.

Tant qu'il continuerait à neiger, ils seraient l'un à l'autre. « Je l'aime tellement, tellement fort. » Les yeux clos, elle lui pétrit les épaules, la poitrine, sentit sa chair apprivoisée sous ses doigts. Lindsay sourit en pressant les lèvres dans son cou. Même si la neige tombait déjà moins dru, ils étaient encore à l'abri du monde. Rien ne viendrait interférer dans leur huis clos ce matin. Cette journée serait la leur.

Cherchant la bouche de Seth, elle l'embrassa rêveusement. Ils laissèrent les baisers se succéder aux baisers, savourant l'absence de hâte. Le désir entre eux s'élaborait par petites touches successives. Comme une braise ardente sous la cendre, il brûlait sans faire de flammes.

Seth l'attira sur lui.

— Tu as des mains exquises, murmura-t-il en portant ses doigts à ses lèvres. Lorsque tu danses, on dirait qu'elles ondoient, comme si elles étaient dépourvues de toute ossature.

Il ne se rassasiait pas de la regarder. La cascade de ses cheveux épars tombait jusque sur lui, si pâle dans la claire lumière du matin qu'elle ressemblait à un rideau de soie à la texture presque irréelle. Sous l'ivoire de sa peau, apparaissaient ici et là de légères touches de rose. Elle avait un visage fin, d'aspect fragile et toute la force semblait concentrée dans le regard.

Lindsay pencha la tête pour l'embrasser et le désir entre eux monta d'un cran.

— J'aime beaucoup ton visage, commenta-t-elle en faisant pleuvoir des baisers sur ses joues, sur son nez, sur son front. Tu as des traits marqués, avec un fond de férocité lorsque tu es en colère. Tu m'as terrifiée la première fois que je t'ai vu.

— Avant ou après que tu te jettes sous mes roues ?

Les mains de Seth allaient et venaient dans son dos, attisant des ondes délicieuses. L'amour avec lui ce matin était détendu, confortable. Lindsay lui mordilla le menton.

— Je ne me suis pas jetée sous tes roues. Tu conduisais trop vite.

Sa bouche gourmande descendit plus bas, goûta le velours de son torse.

— Tu me paraissais immense vu d'en bas, lorsque j'étais allongée dans la flaque, murmura-t-elle en revenant à sa bouche.

Il rit doucement mais ne répondit pas. Leurs gestes se firent plus impérieux, leurs baisers plus exigeants. Converser n'était plus à l'ordre du jour. Le désir monta comme une vague tropicale, les submergea, puis reflua…

Vêtue d'un jean et d'une chemise en flanelle prélevés dans la garde-robe de Ruth, Lindsay dévala le grand escalier central. A en juger par la température, les feux n'avaient pas encore été allumés dans les cheminées. Seul celui dans la chambre de

Seth brûlait encore. Elle décida de s'attaquer d'abord à celui de la cuisine et poussa la porte en chantonnant. A sa grande surprise, elle trouva Seth déjà sur place. Humant l'odeur de café avec délice, elle s'approcha de lui par-derrière et glissa les bras autour de sa taille pour poser la joue dans son dos.

— Je pensais que tu étais encore en haut.

— Je suis descendu pendant que tu faisais tes échauffements à la barre.

Seth se retourna pour la serrer dans ses bras.

— On se fait un vrai petit déjeuner ?

Elle crut que son cœur explosait de joie. Pour elle, ces gestes simples partagés étaient tout aussi intimes que l'union des corps dans l'amour.

— Mmm… ça peut se faire. Qui se charge de la cuisson ?

Il lui prit le menton.

— On pourrait s'y mettre ensemble ?

— Aïe, aïe, je ne suis pas très polyvalente. Peut-être qu'une tartine ou deux avec de la confiture…

Seth fit la grimace.

— Je mangerais bien un truc chaud. Tu ne sais rien faire avec des œufs ?

— A part les décorer le jour de Pâques…

— Bon. On les fera brouillés, trancha-t-il en lui déposant un baiser sur le front. Tu te sens capable de faire griller quelques tranches de pain ?

— Ça devrait être dans mes cordes.

La joue posée contre sa poitrine, elle contempla le jardin enneigé. Le grand manteau blanc au sol était resté vierge, à l'exception de quelques marques ténues, laissées par de frêles pattes d'oiseaux. Chaque arbre du parc, chaque pommier du verger avait la beauté d'une œuvre d'art.

— Allons dehors, proposa-t-elle sur une impulsion.

— Après le petit déjeuner. Il faudra sortir chercher du bois, de toute façon.

Lindsay fronça les narines.

— Encore ta logique, espèce d'architecte ! Tu n'oublies donc jamais ton fichu sens pratique ?

Elle poussa un cri lorsqu'il lui tira l'oreille en riant.

— Si les architectes perdaient le sens des réalités, chère danseuse, leurs constructions s'écrouleraient et ce serait le chaos.

Songeuse, Lindsay regarda Seth ouvrir le réfrigérateur. Qui était cet homme, au fond ? Elle l'aimait comme elle n'avait encore jamais aimé. Mais il gardait encore pour elle une part immense de mystère.

— Mais tes réalisations n'ont pas l'air pratiques du tout, Seth. C'est que j'apprécie chez toi, justement. Les bâtiments que tu dessines ont de la beauté, du caractère. Rien à voir avec les cages en acier dépourvues d'âme, comme on en voit dans toutes nos villes.

Il se retourna, une boîte d'œufs dans la main.

— Il n'y a pas d'incompatibilité entre la beauté et l'aspect pratique. C'est notre métier justement, d'allier l'une et l'autre.

— Ça ne doit pas être facile.

— Si c'était simple, où serait l'intérêt ?

Lindsay hocha la tête. Cette logique-là, elle était bien placée pour la comprendre.

— Tu me montreras ce que tu as dessiné pour ton projet de Nouvelle-Zélande ? Je n'ai encore jamais vu comment un bâtiment public était conçu à la base.

— O.K., je te ferai visiter mon atelier.

Ils préparèrent le petit déjeuner dans une atmosphère détendue en riant, se taquinant, se chamaillant comme deux enfants. La cuisine sentait le café, le toast chaud et les œufs — une odeur plaisante, heureuse, qui rappelait les dimanches matins en famille.

Une fois qu'ils eurent débarrassé et remis la cuisine en état, ils enfilèrent plusieurs couches de vêtements et sortirent dans le jardin. Dès le premier pas, Lindsay s'enfonça dans la neige jusqu'à mi-cuisse. Seth la poussa en riant et elle tomba en arrière, disparaissant presque jusqu'aux épaules.

Le son de son rire se réverbéra dans le silence féerique d'un monde sans contours où ils semblaient être les seules créatures vivantes.

Seth trônait au-dessus d'elle de toute sa hauteur.

— Alors, petite fille ? Je crois que je vais te mettre une cloche autour du cou, si je ne veux pas te perdre.

Se relevant tant bien que mal, Lindsay essuya la neige accrochée à ses vêtements et à ses cheveux et le foudroya du regard.

— Monstre !

Relevant le menton d'un air hautain, elle s'éloigna dans la neige.

— Par ici, lutin des neiges. Nous ne sommes pas là pour nous amuser. N'oublie pas que nous devons rapporter du bois.

Il l'attrapa par la main et l'entraîna vers les dépendances. Lindsay fit mine de résister mais elle l'aurait suivi sans hésiter jusqu'au fin fond de cet univers blanc qui ne connaissait d'autre pas que les leurs. Même le bruit de l'océan semblait atténué, différent.

Lindsay était aux anges. Le froid lui mordait les joues, la neige entrait dans les bottes de Ruth à chaque pas. Mais elle n'aurait pas donné sa place pour tout l'or du monde. Jamais le monde ne lui avait paru aussi beau. Sous la lumière indécise, le paysage était sans ombre et sans contraste, chargé d'un étrange mystère.

— C'est magnifique, Seth.

Elle s'immobilisa devant le tas de bois et regarda autour d'elle avec une intense concentration.

— Et pourtant, on ne pourrait ni peindre ni photographier cette beauté-là, observa-t-elle.

— Ce serait plat, oui. Sans relief.

Elle tendit les bras et Seth la chargea de bûches pendant qu'elle regardait par-dessus son épaule.

— Oui, c'est exactement cela : plat. Je préfère garder cette splendeur à la mémoire plutôt que de la fixer sur une pellicule pour me retrouver avec des photos décevantes… Mais pour toi, ça ne doit pas être difficile d'imaginer un projet en trois dimensions à partir d'un dessin où tout est à plat.

Seth secoua la tête tandis qu'ils se dirigeaient côte à côte vers la porte qui donnait à l'arrière de la maison.

— Je dessine à partir d'une réalité que je visualise et non l'inverse.

Lindsay sourit.

— Ça doit être extraordinaire de savoir traduire des visions sous formes de plans et de calculs… Tu sais que tu as de la neige sur tes cils ?

Une question informulée brûlait dans le regard qu'il tourna vers elle. Elle lui tendit les lèvres en réponse, attendit son baiser. La bouche de Seth vint chercher la sienne. Avec une exclamation sourde, il laissa tomber ses bûches, la débarrassa des siennes, puis la souleva dans ses bras pour l'emporter sur le seuil.

Il traversa l'office, puis la cuisine. Lindsay secoua la tête.

— Arrête, Seth. Nous sommes couverts de neige. Nous allons en mettre partout.

— Et alors ?

Il passa dans le hall, longea les grands miroirs aux dorures précieuses qui leur renvoyèrent au passage une image échevelée.

— Tu comptes aller jusqu'où comme ça ?

— Au premier étage.

— Tu es fou.

Sa tête roula doucement sur son épaule alors qu'il gravissait l'escalier.

— Nous laissons des traces partout. Worth va tomber en syncope.

— Il s'en remettra.

Poussant la porte de sa chambre d'un vigoureux coup d'épaule, Seth la déposa sur le lit. Dressée sur les coudes, elle écarquilla les yeux avec un mélange d'étonnement et d'incrédulité en voyant qu'il avait déjà retiré sa veste en mouton et qu'il s'attaquait à ses grosses bottes.

— Seth, est-ce que tu réalises que nous sommes couverts de neige l'un et l'autre ?

— Tout à fait. Cela me paraît être une excellente raison pour nous débarrasser de nos vêtements au plus vite.

Joignant le geste à la parole, il se pencha sur elle pour enlever son manteau.

— Tu as perdu la raison, Seth Bannion.

Elle rit lorsqu'il envoya sa parka rejoindre sa veste par terre.

— C'est bien possible, admit-il en retirant ses bottes et ses chaussettes.

Saisissant ses deux pieds glacés dans ses mains, il entreprit de les réchauffer. Et sourit lorsqu'il la sentit fondre sous ses caresses.

— Seth, sois raisonnable, protesta-t-elle sans grande conviction. Ton lit va être trempé.

Il lui embrassa les pieds un à un puis la prit dans ses bras.

— Le tapis est sec, lui.

Dès l'instant où ils touchèrent le sol, ils roulèrent dans les bras l'un de l'autre. Seth l'embrassa avec un grognement qui semblait monter du plus profond de lui-même. Il tira sur ses vêtements, les arracha avec impatience.

— Je te désire encore plus qu'avant, marmonna-t-il en lui mordillant le cou. Plus qu'hier. Plus que tout à l'heure.

Ses mains prenaient possession de son corps avec une fébrilité qui confinait à la violence.

— Alors prends-moi, chuchota-t-elle en l'attirant en elle. Prends-moi autant que tu veux.

Lindsay ouvrit les yeux en entendant la sonnerie du téléphone. Encore à demi endormie, elle vit Seth tendre la main vers le combiné. Il portait le peignoir vert qu'il avait enfilé un peu plus tôt pour aller attiser le feu. Quand exactement, elle n'aurait su le dire. Réveils, montres et pendules appartenaient à la vie ordinaire. Ils n'avaient aucune place dans cette journée suspendue dans le temps.

Elle s'étira lentement. Si l'éternité pouvait se résumer à un point précis dans le temps, elle choisirait celui-ci. Son corps indolent était rompu de plaisir. Elle aurait pu rester ainsi toujours, coupée du monde dans un univers enseveli sous la neige.

Seule avec Seth.

Elle le regarda parler au téléphone. Il se tenait très droit et ne faisait aucun geste. Les gestes trahissaient les états d'âmes, les émotions. Or c'était un homme qui ne laissait rien transparaître de ce qu'il ressentait.

Elle sentit un sourire empreint de connivence sensuelle s'épanouir sur ses lèvres. Une partie de la réserve de Seth avait fondu quelques heures plus tôt lorsqu'il l'avait emportée dans ses bras pour lui faire l'amour avec une fougue inespérée.

Peu à peu, des fragments de la conversation téléphonique de Seth accédaient à sa conscience, l'arrachant au no man's land de cette journée hors du monde. Lindsay se dressa sur son séant en serrant le drap autour de ses épaules et se risqua à regarder autour d'elle. Mais avant même de se tourner vers la fenêtre, elle sut que la neige avait cessé de tomber. Pendant qu'ils dormaient enlacés, le vent avait chassé les nuages et le soleil était de retour.

Elle réussit à esquisser un pâle sourire lorsqu'il reposa le combiné. Mais son esprit fébrile était entièrement occupé à stocker un maximum d'impressions : la façon dont les cheveux de Seth lui tombaient sur le front, le soleil qui éclairait ses traits, son attitude calme et attentive. Lindsay sentit son cœur se dilater dans sa poitrine, comme pour contenir un trop-plein d'amour.

« Ne gâche pas tout maintenant, se dit-elle fébrilement. Ne lui demande rien. »

Le regard de Seth avait une intensité inhabituelle lorsqu'il vint la rejoindre au milieu du tas de couvertures et de coussins où ils avaient dormi à même le sol.

Lentement, elle leva les yeux vers lui.

— Ruth est sur le point de rentrer, je suppose ?

— Monica et elle arrivent, oui. Elles sont à pied car Monica n'a pas encore récupéré sa voiture. Mais le chasse-neige est passé et les routes sont de nouveau praticables.

Repoussant les cheveux qui lui tombaient sur les yeux, Lindsay se leva, toujours enveloppée dans son drap.

— Il ne me reste plus qu'à me préparer alors. Je n'ai plus aucune raison de ne pas assurer mes cours du soir.

Luttant contre une envie irraisonnée de pleurer, elle rassembla ses vêtements. Seth était un homme rationnel, qui fonctionnait selon des critères éloignés de tout sentimentalisme. Il devait avoir les débordements émotionnels en horreur.

Tout en enfilant ses collants et son justaucorps, elle noya son cafard naissant sous un flot continu de paroles.

— Les équipes de déneigement ont été particulièrement efficaces, cette année. J'espère simplement qu'ils n'auront pas enseveli ma pauvre voiture. Il faudra que j'appelle le garagiste pour qu'il s'occupe du dépannage. Avec un peu de chance, les dégâts seront mineurs et je pourrais la récupérer rapidement.

Laissant tomber le drap, elle récupéra son chandail.

— Je crois que je vais être obligée d'emprunter la brosse à cheveux de Ruth, si je veux avoir l'air un tant soit peu présentable lorsque…

Elle se tut brusquement en se retrouvant nez à nez avec Seth.

— Pourquoi me regardes-tu ainsi ? Et pourquoi ce silence ?

Pas un muscle de son visage ne bougea.

— J'attendais que tu aies fini de parler pour ne rien dire.

Lindsay ferma les yeux. Elle se sentait démunie, sans défense. Seth avait vu clair sous sa décontraction apparente. C'était un homme d'expérience, habitué à boucler ses liaisons éphémères avec simplicité et élégance.

Elle-même n'avait réussi qu'à se couvrir de ridicule en voulant feindre l'indifférence.

— Désolée, mais je ne suis pas douée pour ce genre de gymnastique, Seth.

Lorsqu'il voulut la prendre dans ses bras, elle secoua la tête avec violence.

— Non, s'il te plaît, ne me touche pas. Ce n'est pas le moment.

— Lindsay…

L'irritation à peine contenue dans la voix de Seth, l'aida à réprimer ses larmes.

— Laisse-moi juste quelques minutes, le temps de finir de me préparer, d'accord ? Je déteste me comporter comme une idiote.

Sans attendre sa réponse, elle sortit de la chambre en courant et claqua la porte derrière elle.

Un quart d'heure plus tard, Lindsay était de retour dans la cuisine et nourrissait Nijinski qui réclamait sa pâtée à cors et à cris, dressé sur ses pattes minuscules, à côté de sa gamelle.

Les quelques instants passés seule dans la chambre de Ruth l'avaient aidée à se ressaisir. Ses mains ne tremblaient plus et ses nerfs étaient un peu moins à fleur de peau. Elle se sentait prête à affronter l'épreuve de la séparation la tête haute.

Laissant le chaton à son repas, Lindsay s'avança jusqu'à la fenêtre pour contempler le jardin d'un blanc lumineux. Dès l'instant où Seth pénétra dans la pièce, elle perçut sa présence, bien qu'il se déplaçât aussi silencieusement qu'un chat.

Elle s'accorda quelques secondes pour se donner une contenance avant de se tourner lentement vers lui. Il portait un pantalon en velours côtelé marron et un pull-over en cachemire beige. Lindsay lui trouva un air à la fois sérieux et intense.

— J'ai fait du café, annonça-t-elle d'un ton prudemment amical. Tu en veux ?

— Non.

Il s'avança vers elle, avec quelque chose de déterminé dans le regard, la démarche. Lindsay en était encore à se demander ce qu'il lui voulait lorsqu'il la saisit par les épaules pour s'emparer de ses lèvres. Le baiser fut long, échevelé et la laissa pantelante et les jambes sciées. Lorsque Seth y mit fin, il lui fallut un moment pour se rappeler où elle se trouvait et qui elle était.

— Je voulais voir si cela aussi avait changé entre nous, lança-t-il en plongeant son regard dans le sien. Mais je constate que non.

— Seth…

Sa bouche, de nouveau, réduisit la sienne au silence. La protestation qu'elle avait sur le bout de la langue se mua en ardeur amoureuse. La tête vide de toute pensée, elle mit dans son baiser tous ses sentiments, son désir, sa passion. Elle entendit Seth murmurer son nom. Puis il la serra à l'étouffer contre lui et ce fut de nouveau l'éblouissement d'un paradis entrevu — tantôt à portée de main, tantôt inaccessible.

« Une autre femme, à ma place, se contenterait de ce qu'il me donne, songea-t-elle confusément en levant les yeux vers lui. Une autre femme ne demanderait pas mieux que de poursuivre la relation sur ces bases. Une autre femme ne réclamerait pas l'impossible alors qu'elle reçoit déjà mille merveilles. »

Avec un effort de volonté non négligeable, Lindsay revint à elle-même. Et décida de se comporter comme si elle était cette autre femme.

— Je suis contente que nous ayons été coupés du monde ensemble, lui assura-t-elle d'un ton léger en se tournant vers la cafetière. J'ai passé des moments délicieux ici, avec toi.

Sa main tremblait lorsqu'elle se servit une tasse de café.

Seth enfonça les mains dans ses poches.

— Mais encore, Lindsay ?

Elle porta la tasse à ses lèvres et prit une gorgée brûlante.

— Mais encore, quoi ? répéta-t-elle, la gorge nouée.

Son cœur battait à grands coups douloureux dans sa poitrine et elle avait du mal à respirer. Dressé devant elle, le regard sévère, Seth lui paraissait presque aussi effrayant que le jour de leur première rencontre.

— C'est tout ce que tu as à me dire ?

Elle s'humecta les lèvres en serrant nerveusement sa tasse.

— Je ne suis pas certaine de comprendre ce que tu me demandes, murmura-t-elle, effarée.

Il fit un pas dans sa direction.

— Ton regard ne cesse de fuir. Pourquoi refuses-tu de me laisser voir ce que tu ressens ?

— Ce que je ressens m'appartient, protesta-t-elle d'une voix faible en scrutant le fond de sa tasse.

— Tu étais nettement moins réservée tout à l'heure.

Se sentant ridiculement transparente, elle se fit violence pour soutenir le regard qui fouillait imperturbablement le sien. Pourquoi s'acharnait-il sur elle ainsi en lui faisant subir cet interrogatoire qui tournait à la torture ?

— Nous sommes adultes l'un et l'autre, Seth. Ce qui vient de se passer entre nous ne porte pas forcément à conséquence.

— Et si je voulais que ça porte à conséquence, justement ?

Lindsay demeura un instant interdite. Si seulement, Seth laissait transparaître quelque chose de ce qu'il attendait ! Mais son expression était plus que jamais indéchiffrable. En proie à un mélange détonant de peur et d'espoir, elle s'enquit lentement :

— Peux-tu préciser ta question ?

— Laisse tomber. Si tu ne comprends pas ce que je cherche à te signifier, c'est déjà une réponse en soi.

Irritée par son attitude évasive, elle reposa sa tasse d'un geste brusque.

— Pourquoi commencer à dire quelque chose si c'est pour revenir dessus ensuite ?

Il hésita, posa la main dans ses cheveux.

— Lindsay…

La porte de la cuisine s'ouvrit à la volée, livrant passage à Ruth et à Monica.

— Salut, oncle Seth, nous voilà !

Lindsay vit le regard de Ruth se poser alternativement sur elle puis sur son oncle. Une lueur de compréhension passa dans les yeux sombres de la jeune fille et elle fit un pas en arrière, comme pour ressortir et les laisser tranquilles.

Mais déjà, Monica se précipitait dans la pièce.

— Lindsay ! J'ai vu l'état de ta voiture ! Tout va bien ? Tu es sûre que tu n'as rien ?

Les traits tendus par l'inquiétude, la jeune pianiste la serra dans ses bras.

— Je savais que j'aurais dû t'obliger à rester avec nous.

Lindsay se força à sourire.

— Je m'en suis juste tirée avec une bosse. Il n'y a pas de quoi fouetter un chat… Je suis sûre que Nijinski partage mon avis, d'ailleurs ! ajouta-t-elle lorsque le chaton roux vint se frotter affectueusement contre les chevilles de Ruth.

— Bon, tu me rassures. Ruth s'inquiétait de savoir si les cours de danse de ce soir seraient annulés ou non.

Lindsay se tourna vers la jeune fille qui avait pris son chat dans ses bras et le caressait doucement.

— Puisque les routes sont dégagées, pas de problème. Les cours seront assurés comme à l'ordinaire.

— Vous êtes sûre d'être en état de travailler, au moins ? s'enquit Ruth gravement.

Consciente que la jeune fille avait perçu la tension entre son oncle et elle, Lindsay reprit sa tasse de café et la porta nerveusement à ses lèvres.

— Oui, oui, tout à fait… Il faudra juste que j'appelle une dépanneuse.

— Je m'en occupe, annonça Seth sèchement.

— Non, non, ne te dérange pas. Je peux…

— Je m'en occupe. Et je vous conduirai toutes les trois au studio dès que vous serez prêtes.

Le visage fermé, il quitta la pièce en laissant un drôle de silence derrière lui.

11

Pendant le trajet en voiture jusqu'à l'école de danse, ce fut Ruth, la timide, la réservée, qui s'employa à détendre l'atmosphère.

— Worth sera de retour ce soir ? demanda-t-elle.

Seth jeta un coup d'œil dans le rétroviseur à sa nièce assise à l'arrière.

— Pas encore, non. Il revient demain matin.

— Je m'occuperai du dîner en rentrant de la danse. Nous mangerons un peu tard, mais ce n'est pas grave.

— Tu as tes cours demain, Ruth.

La jeune fille sourit avec indulgence.

— Oncle Seth… je suis en terminale, pas en dernière année de maternelle ! Tiens, à propos de terminale, Lindsay, Monica m'a montré une photo de classe de son frère, l'année où vous avez passé le bac, lui, Andy et vous.

Lindsay qui occupait le siège passager se retourna avec une exclamation amusée.

— Monica a ressorti sa collection de vieux souvenirs ! Donc tu as vu notre Andy dans sa super tenue de footballeur ? Il était impressionnant, non ?

Ruth repoussa ses longs cheveux dans son dos. Elle parlait avec animation et on ne sentait plus aucune retenue dans son attitude. Lindsay se réjouissait de la voir aussi détendue.

— Andy était pas mal. Mais celle que je préfère sur la photo, c'est vous, déclara la jeune fille, les yeux brillants. Il faudrait que tu voies ça, oncle Seth. Lindsay a été immortalisée en train d'exécuter une très jolie arabesque sur le haut des marches du lycée.

— Nous faisions tous un peu les idiots, ce jour-là. C'était la grande fête.

— C'est pour ça que vous tiriez la langue sur la photo ?

Lindsay éclata de rire.

— C'était juste histoire de dédramatiser un peu la pose !

— J'imagine que l'arabesque était parfaite, commenta Seth. Tu serais capable de continuer à danser au milieu d'un tremblement de terre.

Ne sachant s'il s'agissait d'un compliment ou d'une critique, Lindsay scruta le profil impassible à côté d'elle.

— C'est ce qu'on appelle de la concentration, je suppose.

Seth quitta un instant la route des yeux pour la regarder.

— Non. C'est ce qu'on appelle de l'amour. La danse est une passion pour toi. Il suffit de te voir esquisser une glissade ou deux pour le sentir.

Avec un léger soupir, Ruth se pencha pour poser les coudes sur le dossier du siège avant.

— Je ne crois pas qu'il existe de plus beau compliment, commenta-t-elle rêveusement. J'espère qu'un jour on dira la même chose de moi.

Mais l'attention de Lindsay était rivée sur Seth. Une dizaine de répliques possibles lui traversa l'esprit, mais elle n'en retint aucune et se contenta de poser la main sur la sienne.

— Merci, Seth.

Le cœur de Lindsay battit plus vite, lorsqu'il entrelaça ses doigts aux siens et porta leurs mains jointes à ses lèvres.

— De rien.

Ruth les observa un instant avec le sourire, puis s'adossa de nouveau. Le parking devant le studio avait été partiellement déblayé. Une élégante voiture de sport était garée devant le studio.

— Tiens, s'exclama Lindsay, je me demande qui peut bien…

Elle s'interrompit net et écarquilla les yeux. Persuadée qu'elle rêvait, elle descendit de voiture. L'homme au pardessus noir et à la toque de fourrure qui se tenait devant la porte du studio se porta à sa rencontre d'un pas vif et harmonieux de danseur.

Dès l'instant où elle le vit marcher, les doutes de Lindsay se muèrent en certitude.

— Nikolai !

Alors même qu'elle criait son nom, elle courait déjà dans la neige. Sa vision se brouilla au moment où elle se jetait dans ses bras. Un flux de souvenirs mêlés lui remonta à l'esprit.

Elle n'entendit pas le « *Davidov !* » murmuré révérencieusement par Ruth. Ne vit pas le regard scrutateur de Seth rivé sur eux.

Tant de fois déjà, Nick l'avait tenue ainsi contre lui ! Elle avait été sa Giselle, sa Kitri, sa Juliette. Lui son Albrecht, son Basile, son Roméo. Une amitié intense, compliquée, tumultueuse les avait toujours unis. Elle avait adoré l'homme et parfois haï l'artiste ; elle avait vénéré son talent, détesté son caractère et désespéré de ses sautes d'humeur. Alors que Nick la serrait contre son cœur, Lindsay revécut ses années à New York, la grande aventure de la danse, l'exaltation de la scène, les fous rires partagés.

Suffoquée par un trop-plein d'émotions, elle se raccrochait à la taille de Nick, les joues ruisselantes de larmes.

Avec un grand éclat de rire, ce dernier se dégagea pour la regarder.

— Ah, ma *ptichka*, mon petit oiseau ! Ça faisait une éternité que je ne t'avais pas tenue dans mes bras !

Il avait une voix forte, avec un accent russe qui restait prononcé. Incapable de proférer un mot, Lindsay secoua la tête et enfouit de nouveau le visage contre son épaule. Après la nuit d'amour qu'elle venait de passer avec Seth, ces retrouvailles inattendues achevaient de la déstabiliser.

De nouveau, Nick l'écarta de lui en riant. Lindsay constata qu'il n'avait pas changé. Il n'avait perdu ni sa jeunesse, ni son air trompeusement innocent. Mais elle savait d'expérience que sa beauté presque angélique ne l'avait jamais empêché de raconter des blagues salaces ou de jurer comme un charretier.

Il avait des yeux très bleus, frangés de cils épais, une bouche généreuse et bien dessinée. Et deux discrètes fossettes se creusaient dans ses joues lorsqu'il souriait. Ses épais cheveux blond foncé frisaient en abondance. Il les portait toujours assez longs, affichant une décontraction qui allait bien avec son personnage.

Avec une exclamation de joie, Lindsay prit son visage entre ses paumes.

— Oh, Nick, je suis tellement heureuse que tu sois resté le même.

— Mais toi, *ptichka,* tu as changé. Comment se fait-il que tu sois encore plus belle qu'il y a trois ans ?

— Nick... Espèce de vil flatteur !

Le rire se mélangeait aux larmes. Elle l'embrassa avec fougue, sur les joues et sur les lèvres.

— Tu m'as manqué, Davidov. Mais qu'est-ce que tu fais ici ?

— Je suis passé chez toi dans un premier temps. Et lorsque j'ai trouvé porte close, j'en ai déduit que je te trouverais à ton école de danse. Je t'avais dit que je ferai le voyage en janvier, tu te souviens ? Comme tu vois, j'ai pris un peu d'avance.

— Tu es venu en voiture de New York en pleine tempête de neige ?

Les yeux bleus de Nikolai se posèrent sur le paysage immaculé.

— Ton Connecticut m'a rappelé la Russie. J'avais oublié ce que c'était, l'odeur de la neige.

Il eut un brusque mouvement d'épaules, comme pour chasser un début de nostalgie. Puis son attention se porta sur Seth et sur Ruth, restés légèrement en retrait.

— Dis-moi, *ptichka*, tu comptes attendre encore longtemps avant de me présenter tes amis ?

— Oh, je suis désolée ! Mais ça a été une telle surprise que...

Les joues en feu, Lindsay s'essuya les yeux.

— Voici Seth et Ruth Bannion, Nick. Ruth est la jeune danseuse dont je t'ai parlé au téléphone.

— Parce que vous avez parlé de moi à M. Davidov ? balbutia Ruth, les yeux écarquillés par un mélange à parts égales de stupéfaction et de joie.

— Bien sûr que j'ai parlé de toi !

Nick et Seth échangèrent une poignée de main.

— Ne seriez-vous pas par hasard, Seth Bannion, l'architecte ?

Seth hocha la tête.

— Je le suis.

Un large sourire éclaira les traits de Nick.

— C'est incroyable. Je viens d'acheter une maison en Californie dont vous avez vous-même tracé les plans ! Elle est construite tout au bord de l'océan. Et comme elle est presque entièrement vitrée, on a l'impression d'habiter dans l'eau. J'en suis tombé amoureux au premier regard.

Lindsay suivait l'échange entre les deux hommes avec une attention fascinée. Nick avait un tempérament bouillonnant et ouvert. Seth, lui, était volcanique et fermé. Ils étaient différents comme le jour et la nuit. Et pourtant, elle leur trouvait de nombreux points communs.

Seth hocha la tête.

— Je me souviens de cette maison. A Malibu, je crois ?

— A Malibu, oui, tout à fait ! Le vendeur m'a précisé que c'était du « Seth Bannion de la première manière ». Sur un ton plein de déférence. Comme si vous étiez déjà mort depuis des lustres.

Seth sourit. Les gens souriaient toujours avec Nick Davidov.

— Tant mieux, après tout. Plus le ton est déférent, plus la valeur « Bannion » grimpe sur le marché.

Lindsay nota que le regard intrigué de Nick se posait alternativement sur Seth puis sur elle. Comme s'il se faisait déjà une petite idée de la situation.

— Et voici donc la jeune recrue que tu te proposes de m'envoyer.

Nick prit les deux mains de Ruth dans les siennes et la contempla intensément.

— Une belle silhouette de danseuse en effet, commenta-t-il gravement.

Muette comme une carpe, Ruth resta pétrifiée sur place. Pour elle, Nikolai Davidov était un dieu, une légende. Et voilà qu'il se retrouvait devant elle sans qu'elle s'y attende le moins du monde. Ici, dans un trou perdu, comme Cliffside.

Et il la regardait avec une attention bienveillante en lui tenant les mains !

— Il faudra me dire, jolie Ruth, si l'hospitalité de Lindsay est toujours aussi déplorable. C'est habituel, chez elle, de laisser ses amis battre la semelle dehors dans la neige plutôt que de les inviter à entrer se mettre au chaud ?

Ruth éclata de rire tandis que Lindsay poussait une exclamation catastrophée.

— C'est vrai ! Je suis impardonnable ! Vous devez avoir les pieds gelés tous autant que vous êtes.

Elle sortit en riant les clés de son sac.

— C'est à cause de toi, si je me comporte comme une barbare, Nick. Tu ne peux pas à la fois me tomber dessus à l'improviste et attendre de moi que je me conduise de façon civilisée !

Elle poussa la porte du studio et Nick s'avança jusqu'au milieu de la salle. Retirant ses gants, il regarda autour de lui d'un air approbateur.

— Tu as fait du beau travail ici, *ptichka*. Tu as de bonnes élèves ?

Lindsay sourit à Ruth.

— De très bonnes élèves, oui.

— Parfait. J'imagine que tu as déjà trouvé une enseignante pour te remplacer, puisque ton retour à New York est prévu pour début janvier ?

Sur le point de dénouer la ceinture de son manteau, Lindsay s'immobilisa.

— Ma décision n'est pas encore prise, Nick.

Nikolai rejeta cet argument d'un mouvement désinvolte du poignet. Un geste qui pour Lindsay était éminemment familier.

— Ne dis pas de bêtises, *ptichka*. Je n'ai pas de temps à perdre en débats stériles. Je suis jusqu'au cou dans les répétitions de *Casse-Noisette*. Et en janvier, je commence à monter mon propre ballet.

D'un mouvement d'épaules, Nick se débarrassa de son lourd pardessus noir. Il portait dessous une tenue à la fois élégante et décontractée que Ruth jugea admirable.

— Et il me faut Lindsay Dunne dans le rôle d'Ariel, compléta-t-il d'un ton sans réplique. Aucune autre ballerine ne peut le tenir.

— Nick…

— Cela dit, je veux d'abord te revoir danser, enchaîna-t-il sans lui laisser le temps de s'exprimer. Pour vérifier que tu ne t'es pas trop laissée aller avec les années.

— Me laisser aller, *moi* ?

Furieuse, Lindsay jeta son manteau sur le dossier d'une chaise.

— Tu seras à la retraite en train d'écrire tes *Mémoires d'un danseur russ*e bien avant que je commence à me *laisser aller*, Davidov !

— Cela reste à prouver, rétorqua Nick, imperturbable.

Il se tourna vers Seth en ôtant sa toque de fourrure.

— Dites-moi, monsieur Bannion, vous la connaissez bien, ma *ptichka* ?

Le regard de Seth alla chercher celui de Lindsay. Et ne s'en détourna que lorsqu'elle commença à rougir.

— Assez, oui. Pourquoi ?

— Vous pouvez me dire si elle a entraîné ses muscles avec autant d'assiduité qu'elle a entretenu son sale caractère ? J'aimerais d'ores et déjà me faire une idée du temps qu'il me faudra pour la remettre en forme.

Lindsay avait beau être consciente qu'elle se faisait manipuler comme une débutante, elle n'en réagit pas moins au quart de tour.

— Je n'ai besoin de personne pour me remettre en forme.

— O.K. Parfait. Alors enfile tes collants et tes pointes, mon oiseau des îles du nord.

— Je t'en ficherai des oiseaux des îles du nord, moi !

Foudroyant Nick du regard, Lindsay disparut dans son bureau en claquant la porte derrière elle.

Avec un large sourire, Nick se tourna vers Seth et Ruth.

— Vous savez vous y prendre avec elle, commenta Seth.

Nikolai rit doucement.

— Je la connais comme je me connais moi-même. Nous fonctionnons sur le même mode, elle et moi.

— Vous avez l'air d'être proches, en effet.

Nick sortit une paire de chaussons de danse de la poche de son manteau et s'assit pour les enfiler.

— Lindsay et vous êtes amis depuis longtemps, monsieur Bannion ?

Nick était conscient qu'il posait trop de questions. Et que Seth, qui plus est, ne mettait aucun enthousiasme à y répondre. Le célèbre architecte était un homme très secret, de toute évidence.

— Depuis quelques mois, admit Seth d'un ton évasif.

Nick hocha la tête. Même s'il ne révélait pas grand-chose de lui-même, Seth Bannion semblait clairement fasciné par Lindsay. Etait-ce à cause de lui que sa partenaire et amie hésitait tant à retourner à la scène ? Plus Nikolai le regardait, plus il était intrigué par le personnage. Et il brûlait de curiosité de savoir ce qui se passait exactement entre Lindsay et lui.

Seth, cela dit, ne serait pas facile à cerner. Ce n'était pas le genre de personne qui se laissait décoder au premier coup d'œil.

— Vous avez longtemps été partenaires sur scène, Lindsay et vous ? s'enquit Seth en glissant les mains dans les poches.

Sans être particulièrement réceptif à la beauté masculine, Seth était assez esthète pour reconnaître en Nick un homme superbe. Et il était curieux de savoir quel type de personnalité se cachait sous ce physique de prince charmant.

— Après le départ de Lindsay, je n'ai plus jamais retrouvé son équivalent, admit Nick. Mais j'évite de le lui dire, vu qu'elle danse tellement mieux lorsqu'elle est remontée contre moi ! C'est une nature passionnée, ma *ptichka*... Elle est presque aussi russe que moi, au fond, ajouta-t-il avec un clin d'œil en se levant.

Lindsay revint dans la salle, vêtue de collants noirs, d'un justaucorps et de jambières blanches.

— Tu as pris du poids, commenta Nick, sourcils froncés en l'examinant d'un œil critique.

Elle leva les yeux au ciel.

— Je pèse cinquante malheureux kilos, Nikolai Davidov ! Je n'ai pas l'impression que l'obésité me guette.

Nick se dirigea vers la barre.

— Des kilos, il faudra quand même que tu en perdes deux ou trois d'ici février. Je suis danseur, pas haltérophile.

Il commença à s'échauffer pendant que Lindsay s'étranglait d'indignation.

— Rien ne m'oblige plus à m'affamer pour tes beaux yeux, Nick.

— Tu oublies que je suis directeur de la compagnie, à présent.

— Et toi tu oublies que je n'en fais plus partie, de ta sacro-sainte compagnie, justement.

— Pas sur le papier, non. Mais te réintégrer sera une simple formalité.

Toujours debout près de la porte, Seth s'éclaircit la voix.

— Ruth et moi, allons vous laisser. Vous serez plus tranquilles pour danser.

Nick vit une question muette passer dans le regard que Lindsay tenait braqué sur Seth. Mais ce dernier demeura impénétrable. « Il ne laisse vraiment *rien* transparaître », conclut Nick, de plus en plus désarçonné par le personnage.

Comme Lindsay gardait le silence, il s'adressa à l'oncle et à la nièce.

— Non, ne partez pas, s'il vous plaît.

— Nick est trop narcissique pour danser sans public, dit Lindsay en effleurant la main de Seth. Si rien ne vous presse, restez donc avec nous.

Les yeux brillants d'enthousiasme, Ruth se pendit au bras de son oncle.

— Oh, oncle Seth ! Dis oui, s'il te plaît !

Après un temps d'hésitation, Seth plongea son regard impénétrable dans celui de Lindsay puis hocha lentement la tête.

— D'accord.

Sa voix était redevenue froide ; son attitude distante. Comme s'il l'avait giflée, Lindsay se détourna sans un mot et alla rejoindre Nick à la barre. Pendant le trajet en voiture jusqu'au studio, elle avait eu le sentiment d'un rapprochement, pourtant. Alors pourquoi s'éloignait-il de nouveau à la vitesse de la lumière ?

Pendant qu'elle s'échauffait avec Nick, elle s'efforça de maintenir un semblant de conversation. Mais à plusieurs reprises, elle se surprit à chercher le regard de Seth dans le miroir.

Sans jamais parvenir à le capter pour autant.

— Il y a longtemps que tu es amoureuse de lui ? demanda Nick à voix basse.

Tournant la tête en sursaut, elle le questionna des yeux.

— Tu n'as jamais réussi à garder le moindre secret pour moi, *ptichka*. Les amis voient souvent plus clair que les amants.

Lindsay sentit un poids tomber sur sa poitrine.

— Je t'avoue que je ne sais même pas quand ça a commencé exactement. J'ai l'impression que mon amour pour lui est vieux comme le temps, admit-elle avec un soupir.

— Et on peut lire toute la douleur du monde dans ton regard.

Il la retint par le menton lorsqu'elle voulut détourner la tête.

— L'amour est donc si tragique, mon oiseau ?

Lindsay se força à sourire.

— C'est toi, un Russe, qui me pose une question pareille ? Je croyais que pour ton peuple, amour et tragédie étaient quasiment synonymes ?

— Chez Tchekhov, peut-être. Mais nous sommes dans la vraie vie, *ptichka*.

Il lui tapota la joue avant de s'accroupir devant le lecteur de CD.

— Peut-être que Shakespeare te fera du bien. Tu te souviens du second pas de deux de *Roméo et Juliette* ?

Soudain saisie de nostalgie, Lindsay ferma un instant les yeux.

— Comment l'aurais-je oublié ? Nous l'avons répété si souvent que j'ai cru en devenir folle. Et toi, fidèle à toi-même, tu as été tantôt l'ange qui soulageait mes crampes tantôt le démon qui m'envoyait des serviettes mouillées de sueur à la figure si j'avais le malheur de rater un saut.

Il inséra le CD en souriant.

— Je vois que tu n'as rien oublié de nos années new-yorkaises… Danse encore une fois avec moi *ptichka*. En hommage à ce qui fut. En éloge à ce qui sera.

Nikolai lui tendit la main. Leurs doigts s'effleurèrent puis se séparèrent de nouveau. Lorsqu'ils dansaient ensemble, c'était chaque fois un moment de rencontre parfaite. Il suffisait à Lindsay de croiser le regard de Nick pour sentir la transformation s'opérer. Devenue Juliette, elle dansa l'amour, l'espoir, la force poignante d'un premier amour. Les enchaînements, mille fois répétés, revenaient d'eux-mêmes. Ses pas coulaient avec la musique, se fondaient à ceux de Nick. Lorsqu'il la souleva pour la première fois, elle songea à Seth et son cœur déborda d'amour.

Ruth les regardait danser, si fascinée qu'elle en oubliait de respirer. Dans leur pas de deux, Nikolai et Lindsay incarnaient la découverte amoureuse dans sa forme la plus pure. Un amour qui éclatait dans le regard de Lindsay lorsqu'elle regardait Davidov. Il n'y avait plus rien en elle de l'insouciance un peu moqueuse d'une Kitri. Son visage exprimait la vulnérabilité d'une toute jeune fille en proie à une passion à la fois impérieuse et interdite.

Lorsque les deux danseurs s'agenouillèrent face à face, avec juste les extrémités des doigts en contact, Ruth, vibrante d'enthousiasme, se leva et applaudit à tout rompre.

Davidov sourit et attira Lindsay dans ses bras. Elle tremblait légèrement dans son étreinte.

— Bon. Je vois que tu n'as pas trop perdu la main, *ptichka*. Tu n'as pas laissé ton beau talent partir en brioche. Reviens à New York. J'ai besoin de toi.

— Oh, Nick…

Soudain vidée de ses forces, elle posa la tête sur son épaule. Elle avait oublié que danser avec Nick avait toujours été un accomplissement. Une expérience aussi profonde qu'inoubliable. Et en même temps, l'exaltation de la danse n'avait servi qu'à intensifier ses sentiments pour Seth.

Si elle avait pu passer des semaines, des mois, dans la

grande maison perchée, coupée du monde entier sauf de lui, elle aurait accepté sans hésiter. En cet instant, la violence contradictoire de ses désirs et de ses doutes devenait presque insoutenable. Elle dut se cramponner à Nick, tant son amour lui donnait le vertige.

Par-dessus la tête baissée de Lindsay, Nick sourit à Seth et à Ruth.

— Qu'est-ce que vous en pensez ? Elle ne s'est pas trop mal débrouillée, non ?

— Elle a été sublime, oui ! rectifia Ruth d'une voix enrouée par l'émotion. Vous avez été extraordinaires l'un et l'autre. N'est-ce pas, oncle Seth ?

Le regard encore débordant d'amour, Lindsay releva lentement la tête pour attendre la réponse de Seth.

— Oui, c'était très bien, commenta-t-il froidement. Vous semblez faits pour danser ensemble. Je n'ai jamais vu une pareille synergie entre deux êtres.

Il se leva et prit son manteau.

— Il faut que je parte.

Comme sa nièce émettait un faible murmure de protestation, il lui posa la main sur l'épaule.

— Ruth pourrait peut-être rester, en revanche ? Son cours débute dans une heure.

— Bien sûr que Ruth peut rester.

Lindsay se leva, hésitante, ne sachant comment composer avec l'étranger distant qu'il était redevenu.

— Seth..., murmura-t-elle.

Mais il lui opposa un visage impassible.

— Je passerai récupérer Ruth ce soir.

Il tourna les yeux vers Nick qui était venu se placer juste derrière elle, comme pour lui offrir un soutien à la fois moral et physique.

— Au plaisir, monsieur Davidov.

Lorsque Seth partit à grands pas, Lindsay voulut s'élancer à sa suite. Mais l'évidence de son rejet l'arrêta net. Leur nuit d'amour n'avait donc été qu'un rêve. Sa danse d'amour un fantasme qui n'appartenait qu'à elle seule. Elle ferma les yeux lorsque la porte du studio se referma avec un petit claquement sec, définitif.

— Lindsay, murmura Nick doucement en lui saisissant les épaules.

Mais elle secoua la tête avec violence.

— Non, s'il te plaît. Ne dis rien. Je… je dois vous laisser un moment ? J'ai quelques coups de fil à passer.

Se dégageant d'un mouvement brusque, elle courut s'enfermer dans son bureau.

12

Nick scruta le battant fermé quelques instants, puis il soupira, secoua la tête et concentra son attention sur Ruth. Discrète comme une souris, la jeune fille attendait en silence. Elle avait l'air inquiète et déconcertée, avec ses grands yeux noirs écarquillés.

— Nous autres danseurs avons un tempérament terriblement fragile, précisa-t-il pour la rassurer. En attendant que Lindsay ait fini de téléphoner, vous allez me montrer pourquoi elle s'est mise en tête de vous envoyer à New York.

Les yeux de Ruth s'agrandirent un peu plus encore.

— Vous… vous ne voulez tout de même pas que je danse pour vous ! se récria-t-elle.

Un étau d'angoisse lui serrait la gorge et ses jambes étaient devenues de plomb. Jamais elle ne parviendrait à se mouvoir d'un millimètre sous le regard d'un Davidov !

— Bien sûr que je veux vous voir danser. Puisque nous sommes là, tous les deux, c'est une excellente occasion, non ? Allez, ouste ! Mettez-vous en tenue.

Dans un état d'incrédulité profonde, Ruth se hâta vers son sac de danse pour troquer ses bottes contre des chaussons. Etait-il réellement possible que *Davidov* lui demande de danser pour lui ? Ou nageait-elle en pleine fantaisie ? Ruth jeta un regard éperdu autour d'elle. Si c'était un rêve qu'elle vivait, il ressemblait à s'y méprendre à la réalité : le studio de danse présentait son aspect habituel et familier, avec ses miroirs aux murs, son parquet étincelant, son piano dans un coin qui disparaissait sous les partitions. Même la plante verte un peu chétive sur le rebord de la fenêtre était à sa place familière.

Les mains tremblantes, elle retira son pull et son jean pour se mettre en tenue de danse. Il lui suffisait de tourner les yeux vers Nikolai Davidov pour achever de se persuader qu'elle ne rêvait pas. La présence de cet homme dans le studio n'avait rien de virtuel. Elle était très charnelle, au contraire.

Il aurait pu avoir l'air quelconque dans sa tenue de coton gris. Mais Ruth, malgré son jeune âge, savait déjà que certaines catégories d'êtres se distinguaient *forcément* de l'ordinaire. Ce n'était pas seulement sa beauté qui attirait le regard chez Nick. Il avait quelque chose… une présence… un rayonnement qui le faisait paraître plus grand que nature.

Le voir de près danser avec Lindsay avait été comme une illumination pour elle. Une de ces expériences fondamentales qui s'inscrivent au plus profond de la mémoire et ne vous quittent plus jamais. Nick n'était plus un adolescent, comme le Roméo qu'il incarnait. A vingt-huit ans, il avait sans doute atteint le zénith de sa carrière de danseur. Et néanmoins, il avait su personnifier mieux que personne la jeunesse, l'élan, l'émerveillement d'un premier amour. De la même façon, qu'il aurait été crédible en Don Quichotte ou en Siegfried dans le *Lac des Cygnes.*

En cet instant, cependant, ce n'était plus le danseur mais l'homme qu'elle avait devant elle. Et Ruth ressentait presque une réticence à l'approcher. Elle était encore à l'âge où les légendes sont importantes. Et il lui plaisait de continuer à voir en lui un jeune dieu inaccessible et radieux.

Son visage était d'une beauté saisissante. Mais son regard impérieux et le relief accusé de son nez l'empêchaient d'être trop lisse, trop parfait. Ruth s'en réjouit sans parvenir à s'expliquer pourquoi.

Elle découvrit qu'elle pouvait observer Davidov tout son content. Le regard rivé sur la collection de CD de Lindsay, Nick ne lui prêtait aucune attention. Il avait les yeux baissés sur la jaquette qu'il tenait à la main, mais ses pensées semblaient ailleurs, comme s'il s'était exilé dans son monde intérieur. Ruth hésita, ne sachant si elle devait ou non se mettre à la barre. Il paraissait tellement lointain et inaccessible.

Peut-être était-ce le propre des légendes vivantes de se tenir hors de portée des humains ordinaires ?

Cela dit, Lindsay Dunne, elle, n'avait jamais été inaccessible. Et Davidov s'était adressé à elle avec beaucoup de simplicité au début. Il lui avait même souri.

Peut-être l'avait-il oubliée, tout simplement ? Elle se sentit petite et insignifiante, tout à coup. Pourquoi une célébrité comme Davidov perdrait-elle son temps à regarder danser une obscure débutante comme elle ?

Dans un sursaut de fierté, Ruth redressa la taille et se dirigea vers la barre. La proposition émanait de lui, après tout. Plus qu'une proposition, même, il avait émis un ordre. « Non seulement, il se souviendra de moi, mais un jour, je serai sa partenaire sur scène. Je danserai avec lui, comme Lindsay », se jura-t-elle.

Toujours sans prononcer un mot, Nick plaça le CD dans le lecteur et traversa le studio. Il n'avait pas oublié la jeune ballerine qu'il se préparait à regarder danser. Mais ses pensées tournaient autour de Lindsay, toujours enfermée dans son bureau.

Il revit l'expression lumineuse de son visage lorsqu'elle l'avait reconnu sur le pas de la porte et qu'elle s'était jetée dans ses bras. Lindsay avait une nature aussi emportée que la sienne. C'était une émotive, ultrasensible et passionnée. Et il admirait en elle sa capacité à parler sans mots, à s'exprimer avec le regard, le corps, les gestes.

Il ne lui avait pas fallu dix minutes pour se rendre compte que Lindsay était amoureuse de Seth Bannion. Du côté de l'architecte, le message était moins clair. Mais Nikolai avait néanmoins perçu chez lui une indéniable fascination pour la blonde ballerine.

Ce qui n'avait pas empêché Seth de partir sans embrasser ni toucher Lindsay. Et en lui adressant à peine la parole de surcroît. Nick se demanda s'il parviendrait un jour à comprendre ces drôles d'Américains. Victimes de leur propre rigidité, la plupart d'entre eux se montraient inaptes à exprimer leurs émotions et se comportaient comme une bande de robots coincés.

Mais bon, inutile de se leurrer : il existait un problème plus grave entre Seth et Lindsay qu'un simple excès de réserve de la part de l'architecte. Impulsif comme il l'était, Nick n'avait qu'une envie : débouler dans le bureau avec fracas et presser son amie de questions. Mais il connaissait suffisamment Lindsay pour savoir qu'elle avait besoin d'un temps de solitude pour se ressaisir. Et il l'avait vue trop dévastée par le chagrin pour ne pas respecter son choix.

Le meilleur service à rendre à Lindsay pour le moment, était de consacrer un moment à la jeune danseuse qu'elle avait prise sous son aile.

Nick tourna son attention vers Ruth qui s'échauffait à la barre. Le soleil oblique de fin d'après-midi entrait par les fenêtres du studio et venait se heurter aux miroirs qui réfléchissaient son éclat. Toute nimbée de lumière dorée, Ruth leva haut la jambe et maintint la position sans effort apparent.

Sourcils froncés, Nikolai plissa les yeux pour se convaincre qu'il ne rêvait pas. En la voyant sur le parking, il l'avait trouvée jolie, avec des traits harmonieux, un charme assez exotique. Mais elle lui était apparue très jeune — presque enfantine encore.

Et voilà qu'inexplicablement, c'était une *femme* qu'il avait sous les yeux. Une femme au sens plein du terme. Et d'une féminité resplendissante qui plus est. D'instinct, il se rapprocha, mû par un élan aussi impérieux qu'injustifiable.

Au même moment, Ruth changea de position et la lumière se modifia. De nouveau, Nick eut devant lui une toute jeune fille au regard grave et innocent. Comme délivré d'un sortilège, il sourit, amusé par les ruses de son imagination fertile.

Sévère et professionnel de nouveau, il lui fit signe d'avancer.

— Allez, c'est parti. Venez au centre. Je vous indiquerai les enchaînements.

Il vit Ruth se décomposer. Elle demeurait collée à la barre, manifestement incapable de faire un pas. Réalisant subitement que la pauvre gamine était terrorisée, il lui adressa un sourire d'encouragement.

— Soyez tranquille. C'est assez rare que je casse les jambes de mes danseurs.

Il fut récompensé par un petit rire timide. D'un pas hésitant, Ruth alla se placer au centre du studio.

Il ne fallut pas cinq minutes à Nick pour se rendre compte que Lindsay avait vu juste et que la gamine irait loin. Mais il continua à lancer ses ordres d'un ton égal, exigeant des pirouettes et des penchés, des arabesques en adage, une petite batterie et un travail de pointes. Ruth, peu à peu, oubliait sa timidité, ses inhibitions. Se laissant porter par la musique et par la voix de Nick, elle lui donnait ce qu'il exigeait, avec un naturel, une évidence qui tenaient de la grâce.

Lorsqu'il cessa de fournir des indications, elle s'immobilisa et attendit, comme en suspens. Avant même qu'il ouvre la bouche, elle sut que ce n'était pas fini, que Nikolai Davidov lui demanderait de danser encore pour lui.

Sans un mot, Nick retourna actionner le lecteur de CD.

— *Casse-Noisette*... C'est ce que Lindsay a prévu pour le spectacle de Noël ?

Ruth répondit sans une hésitation, sans un tremblement. L'enfant terrifiée avait cédé la place à la danseuse sûre de ses capacités et de son talent.

— Oui. C'est ce qu'elle a programmé cette année.

— Et naturellement vous êtes Carla, affirma Nick avec assurance en se croisant les bras. Allez... montrez-moi comment vous tenez le rôle, Ruth. Je veux voir ce que vous avez dans le ventre.

Assise à son bureau, Lindsay entendait la voix de Nick qui s'élevait à intervalles réguliers dans la pièce voisine. Mais rien de ce qu'il disait ne se frayait un chemin jusqu'à sa conscience. Elle était hébétée, hagarde — tétanisée par la souffrance qui se levait en elle, vague après vague, la submergeant sans lui laisser le moindre répit.

La violence de sa douleur la stupéfiait.

Elle avait pensé qu'elle s'accommoderait de la fin de leur brève idylle comme elle s'était accommodée de la neige et du froid. Qu'elle renoncerait à lui comme elle avait renoncé à sa carrière de danseuse étoile à New York : avec une certaine philosophie.

A aucun instant, elle n'avait prévu le chagrin qui se déchaînait en elle avec la puissance dévastatrice d'une tornade.

Les poings crispés, Lindsay enfonça les ongles dans ses paumes. En se donnant à Seth, elle s'était juré de ne pas céder plus tard aux larmes ni aux regrets. Parce qu'elle savait qu'une fois que la souffrance refluerait, il lui resterait la beauté des souvenirs, la douceur de la mémoire.

Elle aurait pu lui avouer son amour, bien sûr. Mais au risque de gâcher les brefs instants qu'ils avaient à passer ensemble. Lindsay ferma les yeux et songea qu'elle avait eu raison de se taire. De ne pas gâcher la seule nuit d'amour entre Seth et elle. Elle avait préféré privilégier la légèreté, l'insouciance, le plaisir.

Comment imaginer néanmoins qu'il se détournerait d'elle avec tant de froideur et d'indifférence ? Qu'il sortirait du studio — et de sa vie — comme s'ils n'avaient jamais cessé d'être des étrangers l'un pour l'autre ?

Lindsay enfouit son visage dans ses mains. Pendant les quelques heures qu'avait duré son idylle avec Seth, elle avait connu des moments d'espoir, pourtant. Elle s'était même laissé aller à penser que leur relation aurait *peut-être* un avenir. Mais c'était la faiblesse de l'amour de chercher des signes partout. L'amour se nourrissait d'illusion ; conduisait même les êtres les plus lucides à interpréter abusivement certains mots, certains regards, certains gestes.

Lindsay secoua la tête. Ce qui s'était passé entre eux avait été merveilleux. Et à présent, c'était fini, terminé. Voilà ce dont elle avait à se souvenir.

Elle se redressa, tenta de se ressaisir. Mais un nouvel afflux de chagrin la submergea et les larmes menacèrent de nouveau. Effarée, Lindsay serra les poings pour contenir un sanglot.

Son regard tomba sur le téléphone. Comme hypnotisée, elle tendit la main. Il ne serait pas bien difficile de trouver un prétexte pour l'appeler. Rien que pour le plaisir de l'entendre prononcer son nom. De laisser sa voix grave résonner en elle.

« Lâche ce combiné, espèce d'idiote ! » Seth avait à peine eu le temps de traverser la ville en voiture. Et déjà elle était prête à se couvrir de ridicule en le relançant au téléphone.

Une danseuse était censée être dure à la souffrance, non ? Peu à peu, avec le temps, la douleur deviendrait plus supportable, le manque moins cuisant.

Elle se leva pesamment pour s'approcher de la fenêtre. Des petits stalactites s'étaient formés sous l'avancée du toit. Tout de suite derrière l'école, c'était la campagne, avec ses collines qui se déroulaient vers l'horizon. Déjà une bonne douzaine d'enfants s'activaient dans la neige. Ils étaient trop loin pour qu'elle puisse entendre leurs cris et leurs rires, mais même à distance, elle devinait leur excitation, la sensation de liberté qu'ils éprouvaient à dévaler la pente.

Lindsay appuya le front contre la vitre. La chaleur du studio lui parut soudain suffocante. Elle ressentait une envie insensée de sortir, de courir dehors elle aussi, de laisser éclater un rire hystérique avant de se laisser tomber dans la neige et de rouler, rouler… pour noyer son chagrin sous la morsure du froid et de l'oubli.

« La vie continue, Lindsay Dunne. Alors serre les dents et tiens ton cap. » Personne ne pouvait s'offrir le luxe de dire pouce, de s'octroyer une pause, d'arrêter les horloges du temps.

Dans la salle voisine, la musique de Tchaïkovski lui fit l'effet d'un signal. Reconnaissant Casse-Noisette, Lindsay se détourna lentement de la fenêtre. La vie continuait, en effet. Et si sa relation avec l'oncle appartenait au passé, il lui restait un rôle à tenir auprès de la nièce.

Lorsqu'elle regagna le studio, ni Ruth ni Nikolai ne l'entendirent entrer. Se gardant bien de les interrompre, Lindsay s'immobilisa pour les regarder. Un demi-sourire rêveur aux lèvres, Ruth évoluait sans effort au milieu de la salle, en se conformant aux indications de Nick.

Quant à ce dernier, il la suivait des yeux sans rien dire, les lèvres pincées en une expression sévère. Personne, en cet instant, n'aurait pu déchiffrer sur ses traits ce qu'il pensait.

Nikolai Davidov était ainsi fait : tantôt la transparence même ; tantôt mystérieux comme un sphinx. Peut-être était-ce pour cette raison qu'il attirait tant les femmes ? Lindsay réalisa soudain qu'à cet égard, il n'était guère différent de Seth. Mais ce n'était pas sur les ressemblances entre les deux hommes qu'elle avait envie de se pencher pour le moment.

Oubliant momentanément Nikolai, elle concentra son attention sur Ruth. Comme elle était jeune encore ! Elle avait l'âge de faire la fête, de « traîner » avec des amis dans les cafés ou sur la plage, de goûter les plaisirs de la flânerie par les longues soirées tièdes d'été.

A dix-sept ans, fallait-il vraiment qu'elle s'interdise l'insouciance ? Qu'elle s'enferme soir après soir dans l'air confiné d'un studio de danse ?

Pressant les mains contre ses tempes, Lindsay se remémora la jeune fille qu'elle avait elle-même été. A dix-sept ans, à New York, son existence était à la fois très simple et terriblement exigeante. Et dans quelques mois tout au plus, il en irait de même pour Ruth.

Pour certains, la vie était ainsi faite : ardue, difficile et tracée d'avance par une vocation impérieuse. Et même si le combat était permanent, le choix ne se posait pas. Lindsay se remémora l'exaltation de la danse, les quelques heures enchantées sur scène qui payaient largement toutes les douleurs, tous les sacrifices. Ruth connaîtrait, elle aussi, les affres et les sommets, les gouffres et les triomphes. C'était sans doute écrit jusque dans ses gènes.

Lindsay prit une profonde inspiration. Si Seth s'obstinait dans son refus, elle serait amenée à le revoir tôt ou tard pour défendre la cause de son élève. Et dans l'affrontement, il lui faudrait être forte. Mais il serait toujours temps de penser à cela plus tard, pendant les nuits d'insomnie qui l'attendaient.

Dans quelques jours — peut-être une semaine — elle serait

capable de tenir la bride haute à ses émotions et de parler calmement à Seth.

Lorsque la musique cessa, Ruth tint la position quelques instants. Puis elle baissa lentement les bras. Le mouvement suivant commença mais Nick ne dit rien, se détournant simplement pour éjecter le CD.

Le souffle court, Ruth s'humecta les lèvres. A présent qu'elle avait cessé de danser, la tension de l'angoisse revenait de plus belle. Ses mains qui s'étaient mues sans effort pendant qu'elle interprétait Carla étaient de nouveau agitées de tremblements.

Si seulement Davidov se décidait à dire quelque chose ! Il avait dû la trouver nulle, c'était sûr. Allait-il asséner froidement son verdict ou se contenterait-il de prononcer quelque vague gentillesse pour éviter de lui faire de la peine ?

Des dizaines de questions se pressaient à ses lèvres, mais elle n'osait en poser aucune. Elle se contentait de serrer ses deux mains l'une contre l'autre et d'attendre, terrifiée, comme si sa vie entière dépendait de l'opinion d'un seul homme.

Enfin, Davidov tourna son attention vers elle. Il plongea dans le sien un regard qui lui parut implacable. Puis le masque sévère tomba et il sourit.

« Et voilà, songea-t-elle, les jambes coupées. Il va prononcer quelques paroles d'encouragement sans conséquence. Me faire comprendre à mots couverts que je n'ai aucune chance d'y arriver. »

— Monsieur Davidov, balbutia-t-elle, résolue à l'arrêter avant qu'il ne l'assassine avec un petit discours gentiment paternaliste.

Elle préférait encore le tranchant d'une lame coupant net.

— Lindsay avait raison, l'interrompit-il. Lorsque vous vous serez décidée pour New York, venez me trouver.

— Aller vous trouver, *vous* ? répéta Ruth stupidement, convaincue qu'elle avait mal compris.

Nick parut amusé par sa réaction.

— Oui, moi. Ça vous étonne ? Je ne suis pas tout à fait un débutant en matière de danse classique.

— Oh, monsieur Davidov, ce n'est pas ce que je voulais dire… Je…

Horrifiée à l'idée qu'elle s'était mal fait comprendre, Ruth en bégayait presque. Nikolai lui prit les deux mains et secoua la tête.

— Comme vos yeux paraissent immenses lorsque vous êtes en proie à la confusion ! observa-t-il en lui lâchant les doigts pour lui saisir le menton. Je n'ai pas encore tout vu, bien sûr. Comment vous dansez sur pointes, comment vous évoluez avec un partenaire. Mais vous faites une Carla très attachante.

Comme elle restait bouche bée sous le compliment, Lindsay vint les rejoindre. Cessant de scruter le visage levé de Ruth, Nick se tourna vers elle.

— *Ptichka* ?

Il constata que Lindsay avait les yeux secs et les traits plus détendus. Mais il la trouvait encore anormalement pâle. Il prit une de ses mains glacées dans les siennes et la frotta doucement pour la réchauffer.

— Ainsi, tu es satisfait de mon élève, Nick ?

Il lut dans son regard que ce n'était pas le moment de la questionner sur ce qui venait de se passer entre Seth et elle.

— Tu en doutais ?

— Moi non. Mais je suis sûre que Ruth n'était pas rassurée, dit-elle en gratifiant la jeune fille d'un sourire. Tu sais que tu es intimidant, Nikolai Davidov ?

— N'importe quoi ! Tout le monde sait que j'ai la patience d'un saint et la douceur d'un agneau.

— Tu as toujours été le plus délicieux des menteurs, Nick, riposta Lindsay d'un ton suave.

Avec un discret sourire en coin, il se pencha pour lui embrasser la main.

— Cela fait partie de mon charme.

L'amitié chaleureuse de Nick adoucissait son chagrin. En signe de gratitude, elle posa un instant sa joue contre la sienne.

— Merci d'être venu, chuchota-t-elle.

Se détachant de Nick, elle reporta son attention sur Ruth.

— J'imagine qu'une tasse de thé pourrait te faire du bien, non ? Si mes souvenirs sont bons, tu dois avoir l'estomac retourné et les jambes en coton. La première fois que j'ai dansé devant Nick, j'étais passablement secouée. Et il n'avait pas encore le statut légendaire qu'il a aujourd'hui.

— J'ai *toujours* eu un statut de légende, rectifia Nikolai. La seule différence entre ton élève et toi, c'est que Ruth, *au moins*, a le sens du respect. Alors que toi, mon petit oiseau…

Se tournant vers Ruth en souriant, il désigna Lindsay du pouce.

— Celle-ci a toujours eu l'esprit de contradiction dans le sang. C'est une rebelle.

— J'aime m'opposer, confirma Lindsay. Surtout aux grands de ce monde.

Luttant contre le vertige, Ruth riait avec eux en se demandant si elle ne rêvait pas. Dunne et Davidov, ses deux idoles de toujours, plaisantaient avec elle comme si elle faisait désormais partie des leurs !

Croisant le regard de Lindsay, elle y lut une profonde empathie ainsi qu'une secrète tristesse.

Oncle Seth ! se remémora-t-elle brusquement. Lindsay avait paru submergée par le chagrin lorsque son oncle avait quitté le studio sans même lui dire au revoir.

D'un geste hésitant, elle effleura la main de son enseignante.

— Merci, Lindsay. Une tasse de thé me ferait plaisir.

— J'ose espérer que tu as du thé russe, au moins ? s'inquiéta Nikolai.

Lindsay lui sourit avec effronterie.

— Pas un gramme, mon cher maître.

— Quelle horreur. Alors un fond de vodka peut-être ?

— Je n'avais pas prévu de recevoir une célébrité russe. En cherchant bien, je devrais pouvoir te trouver une canette de soda light.

Nick soupira ostensiblement.

— Je crois que je préfère encore me rabattre sur ton thé ordinaire.

— O.K. Je vais vous préparer ça.

Mais lorsque Lindsay voulut se diriger vers son bureau, Ruth s'interposa.

— Non… s'il vous plaît… Restez avec M. Davidov. Je peux m'occuper du thé. Je sais où trouver ce qu'il faut.

Sans lui laisser le temps de répondre, la jeune fille fila dans la pièce voisine. Nikolai glissa un nouveau CD dans le lecteur et les notes mélancoliques d'un nocturne de Chopin s'élevèrent.

— Elle a un sacré potentiel, en effet, commenta Nick. Je te félicite de ton choix.

Lindsay sourit en direction de la porte restée entrouverte.

— Elle sera encore plus motivée à présent qu'elle a dansé pour toi. Il faut que tu la prennes dans ton corps de ballet, Nick. Tu ne le regretteras pas. Ruth fera une merveilleuse ballerine.

— Ce n'est pas une décision que je peux prendre à la légère. Et d'autres que moi ont leur mot à dire sur la question.

Elle secoua la tête avec impatience.

— Je ne te demande pas d'être rationnel. Je veux que tu laisses parler tes émotions. Dis-moi ce que tu sens, donne-moi un avis qui vient du fond du cœur !

— Mon cœur me dit qu'il est temps que tu reviennes à New York.

Il lui attrapa les deux mains lorsqu'elle voulut protester.

— Mon cœur me dit aussi que tu as mal, que ton âme est blessée et que tu restes une des ballerines les plus exquises avec qui j'ai jamais eu l'occasion de danser.

— Nous parlions de Ruth, Nick. Pas de moi.

— Toi, tu parlais de Ruth… Mais moi j'ai besoin de toi, *ptichka*, admit-il simplement.

Elle ferma les yeux.

— Ne me dis pas ça, Nick. C'est injuste de ta part d'user de tels arguments.

— Qui se soucie de ce qui est juste ou injuste ? La vie nous entraîne là où elle doit nous mener, c'est tout. Dis-moi, cet architecte…

Effarée, elle l'arrêta en plaquant sa main sur sa bouche.

— Non, Nick. Je t'en supplie. Pas maintenant.

Elle avait l'air si pâle et si fragile qu'il hocha la tête.

— O.K. Alors je vais te poser une autre question : crois-tu que je te proposerais de réintégrer ma compagnie et de danser le rôle principal de ma première chorégraphie si j'avais le moindre doute quant à tes capacités et à ton talent ? Si je n'étais pas intimement persuadé que tu es la meilleure danseuse à qui je puisse m'adresser en ce moment ?

Ebranlée, Lindsay prit une profonde inspiration et se détourna de Nick pour se diriger vers la barre. Elle connaissait Nikolai Davidov. Suffisamment pour savoir qu'il ne faisait aucun cadeau sur le plan professionnel. Lorsqu'il s'agissait de danse, aucune considération affective ou amicale n'entrait pour lui en ligne de compte.

Même s'il pouvait être d'une générosité infinie sur le plan personnel, le professionnel en lui ne s'autoriserait jamais le moindre écart, le moindre copinage.

Lindsay frotta machinalement ses épaules nouées par la tension.

— Je ne sais pas, murmura-t-elle. Honnêtement, je ne sais plus quoi penser…

Lorsqu'il vint se placer devant elle, Lindsay leva son visage vers le sien. Nick y vit un mélange à parts égales de douleur et d'égarement. Le sifflement strident de la bouilloire vint couvrir momentanément la musique de Chopin.

— Nous en reparlerons plus tard, d'accord ? proposa-t-il en glissant un bras autour de sa taille. Allons nous détendre devant une tasse de thé, maintenant. Ton cours de danse commence dans une demi-heure.

Lindsay l'embrassa avec la plus grande tendresse.

— Je suis contente que tu sois là, Nikolai.

Il l'entraîna en riant vers le bureau.

— Parfait. Alors c'est toi qui payes à dîner ce soir.

13

Le lendemain de Noël, la neige formait des congères sur le bord des routes. Les toits étaient hérissés de stalactites et de minuscules aiguilles de glace étincelaient aux branches des arbres. Le soleil d'hiver restait pâle et le froid était mordant.

Pour tromper l'ennui d'une matinée solitaire, Monica sortit marcher dans le parc municipal envahi par la neige. Désertée par les enfants, l'aire de jeux donnait une impression de tristesse et d'abandon. Essuyant la neige qui avait recouvert une des balançoires, elle s'assit sur la planche de bois et poussa de la pointe des pieds pour se donner de l'élan.

Sourcils froncés, Monica commença à se balancer, sans prêter attention au paysage hivernal pétrifié sous ses mornes étendues de glace. Elle se faisait du souci pour Lindsay.

Un changement radical s'était produit chez son amie. Un changement qui avait commencé à se manifester juste après les premières chutes de neige du début de l'hiver. Monica avait été incapable de déterminer s'il fallait le relier à la visite de Nick Davidov ou à la nuit que Lindsay avait passée chez Seth Bannion.

Mais une chose était certaine : depuis ce jour-là, Lindsay semblait avoir perdu une bonne partie de sa joie de vivre. Elle continuait imperturbablement à sourire, à danser et à s'acquitter de ses tâches. Mais on sentait que le cœur n'y était pas.

Monica renversa la tête en arrière et se balança un peu plus vite. Dans le parc abandonné par ses jeunes visiteurs, seuls quelques moineaux frileux apportaient une discrète touche de vie.

Peut-être était-elle d'autant plus sensible à la tristesse de

Lindsay qu'elle n'était pas en très grande forme elle-même. Monica soupira en fermant les yeux. Elle était tombée en adoration devant Andy dès le premier jour où son frère avait ramené son copain de foot à la maison. A l'époque, elle comptait à peine dix printemps alors qu'Andy en avait quinze. La différence d'âge entre eux lui avait paru vertigineuse. Et Andy, son héros inaccessible n'avait jamais prêté qu'une attention très distraite à la petite sœur de son meilleur copain.

Depuis toujours, il n'avait d'yeux que pour Lindsay Dunne. Une fille à laquelle — ironie du sort — Monica vouait elle-même une amitié sincère et une profonde admiration.

Et le pire était que Lindsay ne se rendait compte de rien. Comment elle pouvait être aveugle à ce point, Monica avait les plus grandes peines du monde à le concevoir. Quant à Andy, il se contentait de se consumer d'amour en silence au lieu de parler à Lindsay une fois pour toutes. Et ils continueraient sans doute ainsi jusqu'à la fin de leurs jours. Inutile d'espérer qu'Andy finisse un jour par s'aviser que la petite sœur de son meilleur ami avait grandi. C'était à peine s'il s'apercevait de son existence, de toute façon.

— Salut !

Tournant la tête, Monica eut une brève vision d'un visage d'homme souriant, avant que la balançoire ne reparte vers l'avant. *Andy ?* Rêvait-elle ou l'objet de ses pensées venait-il bel et bien de se matérialiser dans le parc municipal désert ?

Freinant des deux pieds dans la neige, elle ralentit son va-et-vient.

— Salut, Andy.

— Tu t'es levée tôt pour un samedi, dit-il en attrapant la chaîne. Tu as passé un bon Noël ?

Monica haussa les épaules.

— Excellent, oui… Tu t'es levé tôt, toi aussi.

Son cœur fit un bond dans sa poitrine lorsqu'il s'assit à côté d'elle sur la balançoire.

— J'avais envie de marcher un peu. Tu donnes toujours tes cours de piano ?

— Toujours, oui. J'ai appris que tu allais agrandir ton magasin de fleurs ?

— Oui. J'ai le projet d'en faire une jardinerie.

— C'est une super idée !

Monica regarda amoureusement les mains d'Andy. Elle avait toujours été stupéfaite que des mains aussi grandes, aussi fortes puissent manier les fleurs avec autant de dextérité et de douceur.

— Et tu n'ouvres pas ce matin ?

Il haussa les épaules.

— A quoi bon alors qu'il n'y a pas une âme debout ? Je crois que nous devons être les deux seules personnes à déambuler dans les rues de Cliffside ce matin.

Lorsqu'il tourna la tête pour lui sourire, Monica en eut des palpitations.

— J'aime bien l'idée d'être levée alors que le reste du monde dort encore, murmura-t-elle.

— Moi aussi.

Andy se surprit à penser que Monica avait un regard d'une étonnante douceur. Ses yeux étaient immenses et il semblait tentant de se laisser sombrer dans leurs accueillantes profondeurs.

Elle se leva d'un bond, cependant, et se baissa pour effleurer la neige.

— Tu n'as jamais pensé à quitter Cliffside, toi ? demanda-t-elle après un court silence.

Andy descendit de la balançoire pour la rejoindre.

— J'y songe de temps en temps, si. Surtout dans les moments de déprime. Mais je crois bien qu'au fond, je n'ai aucune envie de partir d'ici, admit-il avec une moue mi-amusée mi-résignée.

Les yeux de Monica pétillèrent.

— Tu veux que je te dise, Andy ? Moi non plus.

Du bout du pied, elle heurta un vieux ballon resté à demi enfoui sous la neige. Lorsqu'elle se pencha pour le ramasser, Andy vit le pâle soleil d'hiver jouer dans ses cheveux défaits.

— Je me souviens quand vous vous entraîniez à la maison,

mon frère et toi, murmura-t-elle. Des fois, vous me laissiez jouer avec vous.

— Tu te débrouillais pas mal, pour une fille.

— Pour une fille ?

Il rit doucement, se sentant soudain le cœur plus léger.

— Qu'ai-je dit ?

— Une horreur sexiste, comme d'habitude.

Comme elle lançait le petit ballon en l'air, il l'attrapa en riant.

— Je te fais une passe ?

Les yeux rieurs, Monica se mit en position puis courut latéralement sur le « terrain ». Lorsque le ballon arriva dans sa direction, elle l'intercepta sans difficulté.

— Pas mal, cria Andy. Mais tu ne marqueras jamais de point.

— Tu paries que si ?

Monica cala le ballon sous son bras et se mit à courir à perdre haleine dans la neige. Elle avança d'abord droit sur lui puis, au dernier moment, vira sur le côté pour éviter de se faire intercepter. Son agilité le prit au dépourvu mais il avait gardé de bons réflexes. Il partit sur ses talons et la suivit dans son parcours en zigzag. Pris dans son élan, il bondit, l'attrapa par la taille et la plaqua à terre. Ils atterrirent avec un bruit étouffé sur le tapis de neige.

Horrifié, Andy la fit rouler sur le dos. Elle avait les joues rosies par le froid, le visage couvert de neige.

— Oh zut ! Désolé, Monica ! Je ne t'ai pas fait mal, au moins ?

Elle secoua la tête, le souffle coupé par le choc. Andy était à moitié allongé sur elle et très occupé à essuyer la neige qui s'était prise dans ses cheveux. Leurs respirations formaient de petites volutes de buée blanche qui se mêlaient dans l'air froid.

Monica sourit et leurs regards se rencontrèrent. Soudain, il se pencha sur son visage et lui effleura les lèvres.

— Tu es sûre que ça va ?

Elle ne répondit pas. Les lèvres d'Andy étaient tièdes et douces, malgré le froid. Elle savoura un second baiser léger lorsque sa bouche hésitante redescendit de nouveau à la rencontre de la sienne.

— Oh, Andy…

Jetant les bras autour de son cou, Monica roula avec lui jusqu'à ce qu'il se retrouve sous elle. Elle l'embrassa à son tour. Sans timidité ni hésitation, mais avec la conviction d'un amour qui trouvait enfin sa voix. La neige se glissait dans le cou d'Andy mais il sentait à peine la morsure du froid. Enfouissant les doigts dans les cheveux de Monica, il laissa ce baiser inattendu se prolonger, gagner en ampleur.

— Je t'aime, chuchota-t-elle en explorant son visage de ses lèvres. Je t'aime tellement.

Andy laissa ses mains glisser plus bas, sur ses épaules et dans son dos. Allongée sur lui, Monica lui paraissait légère comme la brise, belle comme l'océan. Il se redressa en position assise en la maintenant contre lui. Dévorant son visage des yeux, il se perdit dans son regard humide de larmes, rayonnant d'amour.

Et l'embrassa de nouveau avant de la relever.

— Viens, Monica. On va chez moi.

En traversant la ville endormie en voiture, Lindsay vit Andy et Monica marcher étroitement enlacés sur le trottoir. Surprise de les découvrir aussi intimes, elle leur adressa un petit signe de la main. Mais ils étaient bien trop occupés à se regarder dans les yeux pour prêter la moindre attention à leur environnement.

Lindsay continua à rouler en direction du but qu'elle s'était fixé, si obnubilée par l'épreuve qui l'attendait, que le jeune couple lui sortit presque instantanément de l'esprit. En ce lendemain de Noël, elle s'était habillée avec soin, avait avalé une tasse de café à la hâte et renoncé à venir à bout de sa tartine. Il lui avait fallu rassembler tout son courage pour se résoudre à monter dans sa voiture et à prendre la direction des Hauts de la Falaise. Mais elle avait déjà suffisamment tergiversé et reculé le moment de son entrevue avec Seth.

Le temps des décisions était venu, désormais. A la fois pour elle, pour eux, et pour Ruth.

Rien ne s'était passé comme elle l'aurait voulu depuis le jour où Seth l'avait plantée là en quittant le studio de danse sans un regard en arrière. Dès le surlendemain, il était parti en Nouvelle-Zélande sur son nouveau chantier et il n'était de retour à Cliffside que depuis l'avant-veille de Noël.

Il n'avait ni écrit ni téléphoné pendant ces longues semaines d'absence. Un silence prévisible qui ne l'avait en rien surprise. Et pourtant, elle avait tressailli à chaque sonnerie de téléphone ; guetté chaque jour le facteur avec l'espoir insensé qu'il donnerait quand même des nouvelles.

Seth lui avait manqué en permanence, jour après jour, heure après heure. Et ce manque lancinant l'avait éreintée. Elle n'aspirait qu'à retrouver l'intimité de ces instants enchantés qu'ils avaient passés ensemble, dans un monde envahi par la neige. Mais elle savait que la conversation qui les attendait les éloignerait peut-être l'un de l'autre de façon définitive.

Car elle ne pouvait reculer plus longtemps devant ses responsabilités. D'une façon ou d'une autre, elle devrait persuader Seth de laisser partir sa nièce. La visite de Nick avait achevé de la conforter dans ses certitudes : il était grand temps que la jeune fille poursuive son apprentissage de la danse dans des conditions adaptées à son niveau et à son talent.

Quant à elle, il lui revenait de faire enfin un choix clair sur le plan professionnel. Et elle voulait Ruth avec elle lorsqu'elle partirait à New York dans quelques jours.

Le cœur battant, Lindsay se gara devant le vaste manoir en granit. Elle descendit de voiture et se dirigea lentement vers le perron. Quoi qu'il arrive, elle devait rester calme et maîtresse d'elle-même. Elle ne pouvait se permettre la moindre faiblesse si elle voulait défendre efficacement la cause de Ruth.

Le vent glacé d'hiver lui mordit les joues. Lindsay pria pour que le froid leur redonne un peu de couleurs. Elle avait tressé ses cheveux pour les relever dans la nuque en un chignon strict. Il lui importait avant tout de garder une contenance. A aucun prix, ses sentiments pour Seth ne devaient interférer dans sa démarche. Si sa visite se soldait par un échec, elle ne se le pardonnerait jamais.

Worth lui ouvrit dès le premier coup de sonnette. Il était vêtu exactement comme la première fois qu'elle l'avait vu et paraissait aussi immuable que les murs en pierre de la vieille demeure.

L'austère majordome la salua avec une imperturbable politesse, comme si c'était la chose la plus naturelle au monde qu'elle surgisse ainsi sans prévenir, le lendemain de Noël, à une heure plus que matinale.

Lindsay rajusta nerveusement la bride de son sac sur son épaule.

— Bonjour, monsieur Worth. Seth est-il à la maison, ce matin ?

— Je crois qu'il travaille, mademoiselle.

A son grand soulagement, le majordome s'effaça pour la laisser entrer.

— Si vous voulez bien attendre dans le petit salon, je vais voir si Monsieur peut être dérangé.

— Oui, je vous remercie. C'est très aimable à vous. Je…

Elle s'interrompit en se mordant la lèvre. « Ne commence pas à parler à tort et à travers ! » Worth la précéda en silence et s'immobilisa à l'entrée de la pièce.

— Laissez-moi prendre votre manteau, mademoiselle.

Lindsay lui tendit le vêtement sans rien dire. La vue du feu qui brûlait dans la cheminée ravivait le souvenir des heures passées dans cette même pièce à faire l'amour avec Seth. Son regard tomba sur l'horloge ancienne dont le léger tic tac avait scandé leur brève, si brève, idylle.

D'un pas d'automate, elle se dirigea vers la fenêtre, en retirant ses gants. De combien de temps disposait-elle pour se ressaisir avant l'arrivée de Seth ? Quelques secondes ? Une minute ? Posant son sac et ses gants sur la table basse, elle croisa les doigts, fébrile.

S'entretenir avec Seth ici, dans ce lieu chargé de souvenirs, exigerait un courage qui frisait le stoïcisme. Son regard tomba sur le canapé où elle s'était donnée à lui pour la première fois.

Il lui avait paru si proche, si accessible lorsqu'ils s'étaient aimés là, à la lumière des flammes. Il y avait eu entre eux un accord, une harmonie majeure, une musique profonde et grave qui lui avaient rappelé la danse. Comment imaginer que cette vertigineuse proximité soit restée si éphémère ?

La poitrine nouée, Lindsay se tourna vers la vitre et se trouva face à son propre reflet. Avec la coupe stricte, élégante de son ensemble en laine grise, la jeune femme dont l'image se dessinait devant elle, donnait une image voulue de sérieux et de maîtrise.

Mais tout comme le reflet en lui-même, cette impression n'était qu'une illusion optique.

— Lindsay ?

Se croyant prête à l'affronter, elle se tourna vers l'homme qui se tenait à l'entrée de la pièce. A la vue de Seth, une myriade d'émotions l'assaillit. Mais à son grand étonnement, le sentiment dominant fut une joie confinant à l'allégresse. Un irrépressible sourire lui monta aux lèvres.

Sans interroger l'élan qui la guidait, elle s'avança vers lui et ses mains cherchèrent les siennes sans une hésitation.

— C'est bon de te revoir, Seth.

Il serra un instant ses doigts entre les siens avant de les lâcher.

— Comment vas-tu ? s'enquit-il d'un ton distant.

— Bien, merci.

Soudain glacée, elle se tourna vers le feu pour se chauffer les mains.

— J'espère que je ne te dérange pas ?

— Non, Lindsay. Tu ne me déranges pas.

— Ton chantier en Nouvelle-Zélande avance comme tu le souhaites ? demanda-t-elle avec une laborieuse politesse.

Seth vint la rejoindre près de la cheminée mais il maintint entre eux une distance appréciable.

— Globalement, ça se passe plutôt bien. Je dois y retourner quelques semaines après le premier de l'an. Mais, ensuite, ça devrait rouler plus ou moins tout seul… Ruth m'a dit que ta maison était vendue ?

Elle hocha la tête.

— Oui, ça y est. J'ai déménagé quelques affaires dans le studio de danse et le reste est dans un garde-meuble. Ainsi tout sera réglé lorsque je partirai à New York.

— Ainsi tu as décidé de retourner là-bas ? coupa-t-il presque brutalement. Quand ?

Elle fronça les sourcils, étonnée par l'âpreté de sa réaction.

— Début janvier.

Incapable de rester en place, elle retourna se placer face à la fenêtre.

— Nick commence les répétitions pour son ballet dans moins de deux semaines. Et nous avons fini par trouver un accord, lui et moi.

Il y eut un bref silence dans son dos. Puis la voix de Seth s'éleva, sombre et impersonnelle.

— Tu renoues avec la danse professionnelle, autrement dit ?

Lindsay s'efforça de sourire avec indifférence, mais son cœur battait à grands coups sourds dans sa poitrine.

— Juste pour une représentation, précisa-t-elle en se retournant pour lui faire face. La première d'*Ariel* sera télévisée. Comme j'ai longtemps été la partenaire attitrée de Nick, nos retrouvailles feront du bruit dans le monde de la danse. « Le retour à la scène de Lindsay Dunne » devrait constituer une bonne publicité pour la première chorégraphie de Davidov.

— Une seule représentation, répéta Seth. Et tu crois honnêtement que tu seras capable de te retirer après cela ?

Lindsay lui jeta un regard surpris.

— Bien sûr que je le pourrai. Mais je suis contente de retourner une dernière fois sur scène. C'est important pour Nick. Et je pense que ce sera également une expérience très positive pour moi.

— Tu veux te prouver que tu peux redevenir une star adulée par la critique ?

Elle rit doucement.

— Si j'avais ce genre d'ambition, je me serais arrangée pour retourner à New York plus tôt, Seth. J'aime danser mais je ne recherche pas la gloire. Je suppose que c'est pour cette raison que nous n'avons jamais été sur la même longueur d'onde, ma mère et moi.

— Sois réaliste, Lindsay : tu changeras d'avis dès que tu auras remis un pied sur une scène. Je t'ai vue danser avec Davidov : tu n'étais plus la même femme.

Elle fronça les sourcils, déconcertée par l'attitude presque agressive de Seth.

— C'est normal d'être transfigurée par la danse lorsqu'on a ça dans le sang. Mais danser est une chose ; se produire sur scène en est une autre. Les feux de la rampe, je les ai connus. Je n'en ai plus besoin, à présent.

— C'est facile de l'affirmer maintenant. Mais une fois que tu auras retrouvé les applaudissements, les éloges des critiques… Le succès est une drogue, Lindsay. Et rares sont ceux qui y résistent.

Elle secoua la tête.

— Tu te trompes, Seth. Veux-tu savoir pour quelle raison je souhaite retourner une dernière fois à New York ?

Il hésita un instant, scrutant ses traits avec une attention presque douloureuse avant de lui tourner brusquement le dos.

— Et si je te demandais de ne pas partir ?

— De ne pas partir ?

De plus en plus décontenancée, elle lui posa la main sur le bras.

— Pourquoi me demanderais-tu cela, Seth ?

Il se tourna lentement pour plonger son regard dans le sien.

— Parce que je t'aime et que je ne veux pas te perdre.

Lindsay écarquilla les yeux. Une fraction de seconde plus tard, elle était dans ses bras et s'accrochait à lui de toutes ses forces.

— Embrasse-moi, ordonna-t-elle dans un murmure. Avant que je ne me réveille toute seule dans mon lit pour découvrir que ce n'était qu'un rêve.

Leurs bouches se mêlèrent avec une même avidité de part et d'autre, une même faim née de la cruauté de la séparation. Puis, les yeux clos, Lindsay posa le front sur son épaule. Tout paraissait si fragile, si improbable encore. Elle osait à peine croire qu'elle avait bien entendu.

Tendrement, les mains de Seth se murent sous sa tunique, glissant sur la nudité de sa chair avec une amoureuse révérence.

— Cela me rendait fou d'être privé de toi, murmura-t-il. Je voulais te tenir, te toucher… Il y a eu des nuits où je ne pouvais penser à rien d'autre qu'à la douceur de ta peau.

— Oh, Seth… Dis-le-moi encore… encore… Je n'arrive toujours pas à le croire.

Il posa un baiser léger sur sa tempe, puis l'attira plus étroitement dans ses bras.

— Je t'aime, Lindsay… Et tu sais que c'est la première fois que je déclare mon amour à une femme ?

Elle pressa fiévreusement les lèvres contre son cou.

— Mmm… Même pas à une comtesse russe ou à une actrice italienne ?

Seth lui saisit les épaules et la tint de manière à plonger son regard dans le sien.

— Aucune autre ne m'a touché, atteint au cœur comme tu m'as atteint, toi, Lindsay. J'aurais aimé pouvoir te dire que je recherchais depuis toujours une femme à ton image, mais ce serait un mensonge.

Il sourit en saisissant son visage entre ses paumes.

— Car je ne concevais même pas avant de te connaître que quelqu'un comme toi puisse exister. Tu as été une révélation pour moi.

— C'est le plus beau compliment que l'on m'ait jamais fait, Seth.

Elle tourna la tête pour poser un baiser au creux de sa paume.

— Lorsque j'ai compris que je t'aimais, le jour où nous nous sommes croisés sur la plage, j'ai eu tellement peur que j'ai pris la fuite, confessa-t-elle. C'est terrifiant de découvrir qu'on ne se suffira plus jamais à soi-même.

Levant les yeux sur son visage, elle sentit une attirance vertigineuse. Consciente qu'elle lui appartenait corps et âme, elle se pressa contre lui, le cœur battant.

— Serre-moi fort… fort… La peur est encore là, Seth.

Leurs bouches se cherchèrent de nouveau et le baiser qui suivit bouleversa leurs frontières intérieures les plus intimes. Ils s'entraînèrent ensemble dans les profondeurs d'un don total. Ce fut un baiser de reconnaissance mutuelle — un baiser d'engagement, plus fort qu'un serment.

Le cœur battant d'allégresse, Lindsay posa son front contre le sien.

— Ces dernières semaines ont été un cauchemar. Tout était devenu plat, sans vie ; j'avais l'impression de fonctionner comme un robot. Ç'a été affreux de te voir sortir du studio comme si nous étions des étrangers l'un pour l'autre.

— Je ne pouvais pas rester. Tu m'avais clairement laissé entendre qu'entre nous, cela n'avait été qu'un bon moment partagé, rien de plus.

Secouant la tête, Seth la serra contre lui à l'étouffer.

— Quand je t'ai vu prendre ce petit air dégagé, juste avant le retour de Ruth, ça m'a terrassé, Lindsay. J'étais amoureux pour la première fois de ma vie et je n'imaginais même plus de te laisser repartir. Et toi, tu faisais comme si tout cela n'avait été qu'un moment de plaisir, agréable sans plus.

Elle poussa un soupir de contrition.

— Et dire que je pensais être une si piètre comédienne… Tu n'as pas vu que j'essayais désespérément de faire bonne figure parce que j'avais peur de te faire fuir avec mon amour démesuré ?

— Si j'avais été dans mon état normal, j'aurais sans doute été moins aveugle. Mais j'étais beaucoup trop secoué pour penser à chercher au-delà des apparences.

— Si seulement tu m'avais dit ce que tu ressentais, Seth…

Posant la joue contre sa poitrine, elle se tut pour écouter le son rassurant de ses battements de cœur.

— J'avais l'intention de te parler, de te convaincre. Mais j'ai changé d'avis en te regardant danser avec Davidov. Tu étais exquise, altière, magnifique… et de plus en plus inaccessible. Plus je te regardais, plus je te voyais t'éloigner de moi.

D'un doigt sur les lèvres, elle lui imposa silence.

— Non, Seth. Ce n'était pas ça du tout.

De nouveau, il lui saisit les épaules pour plonger les yeux dans les siens.

— Davidov venait te proposer une vie que tu ne pourrais jamais partager avec moi. Il t'offrait la gloire sur un plateau. Tu n'avais qu'à tendre la main pour retrouver une existence à la mesure de ton talent, de ta beauté et de ta grâce. J'ai estimé que je n'avais pas le droit de me mettre en travers de ton chemin. Et je me suis tenu à ma résolution Mais lorsque je t'ai vue debout dans ce salon, en entrant, j'ai su que je n'aurais pas la force de te laisser partir. Je ferai tout pour te garder ici avec moi, Lindsay. Tout.

Elle secoua la tête, dardant sur lui un regard qui le suppliait de comprendre.

— Je n'ai pas la nostalgie de ma vie d'antan, Seth. Ce n'est pas pour être sous les projecteurs que j'ai accepté de danser une seule fois le rôle féminin principal dans le ballet de Nick.

Les doigts de Seth se crispèrent sur ses épaules.

— Pour moi, pour nous, je te demande de ne pas aller à New York.

— Mais Seth, c'est insensé ! Que ressentirais-tu si je te suppliais de ne pas retourner en Nouvelle-Zélande ?

Il fronça les sourcils avec impatience.

— Dans mon cas, c'est différent. Dans quelques semaines, le chantier sera bouclé — ou presque — et rien ne me retiendra plus là-bas. Mais pour toi, ce sera comme un rouleau compresseur qui t'emportera loin de moi. La danse est une passion vivante en toi. Et si tu repars là-bas, elle ne te lâchera pas.

Il enfonça les poings dans les poches.

— Sois honnête avec toi-même, Lindsay. Y aurait-il de la place pour moi, pour une famille à nous si tu redevenais la première étoile de la compagnie ?

— Ce serait un peu compliqué à concilier, en effet. Mais même si je le désirais de toutes mes forces, je ne parviendrais pas à décrocher la place. Et je n'en ai même pas le désir, Seth. Il n'a même jamais été question que je réintègre la compagnie. J'aurai un simple statut de soliste invitée. Rien de plus.

— Et tu t'épuiserais en répétitions pour une seule représentation ? C'est absurde.

Elle soupira.

— Je le fais pour Nick, dans un premier temps. Parce qu'il est mon ami et qu'il existe un lien très fort entre nous. Mais je le fais aussi pour moi. Parce que je tiens à clore ce chapitre de ma vie par une expérience heureuse, au lieu de rester sur les souvenirs négatifs liés à la mort de mon père. En parlant avec Nick, je me suis rendu compte que c'était vital pour moi. A présent que je suis parvenue à cette décision, je veux aller jusqu'au bout, Seth. Sinon, je le regretterai ma vie durant.

Dans le silence qui suivit, on entendit craquer une bûche. Une pluie d'étincelles rougeoyantes s'éleva dans la cheminée et retomba en cendres éparses.

— Donc tu partiras quoi qu'il arrive ? Sans te soucier de ce que j'éprouve ?

Lindsay prit une profonde inspiration.

— Oui, j'irai Seth. Et j'attends deux choses de toi : que tu me fasses confiance, pour commencer. Et que tu me confies ta nièce lorsque je ferai le voyage.

Le visage de Seth se ferma.

— Ruth ? Jamais. Il y a des limites à ce que tu peux exiger de moi.

Elle réprima un soupir.

— Je ne te le demande pas par caprice, Seth. Ruth vient de se voir offrir une opportunité unique. Nick l'a vue danser, il l'a testée et il est d'accord pour la prendre comme élève. Dès cet été, elle pourrait être admise dans le corps de ballet. Ça te donne une idée du caractère exceptionnel de son talent, non ? Alors, je t'en supplie, ne lui barre pas la route.

Les yeux verts de Seth étincelèrent de fureur.

— Quelle idée te fais-tu de moi en tant que tuteur, au juste ? Tu m'as décrit toi-même la vie qui serait la sienne à New York. Je sais tout des contraintes, de la souffrance physique, du rythme de travail inhumain qui sera exigé d'elle. Ruth est encore une enfant. Elle…

Ce fut au tour de Lindsay de secouer la tête avec impatience.

— Une *enfant* ? Mais ouvre les yeux, Seth. A dix-sept ans, c'est quasiment une adulte. Ses choix de vie lui appartiennent !

— Elle n'est pas majeure.

Lindsay prit une profonde inspiration pour tenter de contrôler son exaspération.

— Pas aujourd'hui, non. Mais elle le sera dans quelques mois. Et sa décision, elle la prendra contre ton gré. Ce qui vous rendra malheureux l'un et l'autre. Et le pire, c'est qu'il pourrait être trop tard. Le temps file vite pour les danseurs, Seth.

A sa grande stupéfaction, il haussa le ton.

— De quel droit te crois-tu autorisée à parler au nom de Ruth ? Ce n'est pas parce que tu lui enseignes la danse que tu peux disposer d'elle à ton gré ! Il a fallu presque un an pour que cette enfant retrouve enfin une certaine joie de vivre. Elle va passer son bac ici bien tranquillement. Point à la ligne.

— Rien ne l'empêche de terminer sa scolarité à New York et tu le sais.

— Ecoute, Lindsay, si tu as envie de mener cette vie de forçat, fais-le, puisque visiblement, rien ne peut t'arrêter. Mais je ne te laisserai sûrement pas réussir ta carrière par procuration, à travers ma nièce.

— *Quoi ?*

Lindsay sentit le sang se retirer de ses joues. Elle darda sur lui un regard incrédule.

— C'est l'opinion que tu as de moi ? demanda-t-elle dans un souffle.

— Je ne sais plus quelle opinion avoir de toi. Je ne te comprends pas. J'aurais voulu te garder ici ; mais mon amour ne te suffit pas, de toute évidence. Ma seule certitude, en revanche, c'est que je ne te laisserai pas reproduire avec Ruth ce que ta mère a fait avec toi. Je refuse que tu te serves d'elle pour assouvir tes propres ambitions. Si c'est la célébrité que tu veux, il faudra que tu l'obtiennes par toi-même et pour toi-même. En laissant ma nièce en dehors du coup. C'est clair ?

— Lâche-moi, s'il te plaît.

Lindsay tremblait de la tête aux pieds, mais sa voix était parfaitement calme, froide et contrôlée.

Lorsque Seth détacha les mains de ses épaules, elle le regarda droit dans les yeux.

— Sache au moins ceci, Seth : tout ce que tu as entendu de ma bouche aujourd'hui était parfaitement sincère. Maintenant, peux-tu sonner Worth pour qu'il m'apporte mon manteau, s'il te plaît ? Je doute que nous ayons encore quoi que ce soit à nous dire, toi et moi.

14

Après trois ans d'enseignement, retrouver le statut d'élève n'allait pas de soi. La plupart des compagnes de classe de Lindsay étaient encore des jeunes filles — certaines d'entre elles de l'âge de Ruth. Toutes les « anciennes » de son âge étaient déjà entrées dans le circuit professionnel et poursuivaient leur carrière. Si bien qu'à vingt-cinq ans, elle faisait figure d'ancêtre.

Mais Lindsay serrait les dents et s'astreignait à travailler sans relâche. Entre les cours et les répétitions, elle n'avait pratiquement pas une minute de libre. Si bien que le soir, lorsqu'elle regagnait le petit appartement qu'elle partageait avec deux autres danseuses, elle s'effondrait dans son lit, brisée de fatigue, et dormait d'un sommeil presque comateux.

Un mois s'écoula ainsi. Son corps se familiarisait de nouveau avec les crampes et les courbatures. Quant au rythme de ses journées, il restait tel qu'elle l'avait toujours connu à New York : infernal.

Ce jour-là, une tempête de neige faisait rage au-dessus de la ville, mais personne dans le studio ne s'inquiétait du ciel noir ni du vent qui cognait aux vitres. Ils répétaient un enchaînement du premier acte de l'*Ariel* de Davidov. La musique évoquait un univers mythologique, à la fois mystérieux et poétique. C'était dans la forêt profonde, que se déroulait la première rencontre entre Ariel et le prince. Le pas de deux était difficile, et d'autant plus exigeant pour Lindsay qu'il alternait les soubresauts et les jetés.

Le rôle demandait à être dansé avec un mélange de tonicité, de grâce et de légèreté qui exigeait une immense énergie. Vers la fin de la scène, elle devait bondir pour échapper aux bras de Nikolai et retomber néanmoins face à lui, en une attitude où se mêlaient la séduction et le défi.

Ils avaient déjà travaillé l'enchaînement à plusieurs reprises. Mais Lindsay fit une mauvaise réception au sol et dut poser les pieds à plat pour ne pas perdre l'équilibre. Nick jura avec sa virulence habituelle.

— Ah, zut ! Désolée, murmura-t-elle, hors d'haleine.

— Des excuses, des excuses… Je ne danse pas avec une excuse, Dunne !

Le pianiste, par automatisme, revint au début du morceau. Mais les danseurs restèrent figés sur place. Tous les regards se fixèrent sur Lindsay, exprimant des degrés variés de compassion. Davidov, c'était clair, était sur le point de piquer une de ces colères homériques dont il avait le secret.

Lindsay soupira misérablement. Elle avait les orteils martyrisés par une journée de travail de douze heures, elle était morte de fatigue et seul un mince filet d'énergie nerveuse la tenait encore debout.

— C'est à peine si mes pieds touchent le sol, pendant toute cette troisième scène, rétorqua-t-elle en acceptant la serviette que lui tendait une main charitable. La nature ne m'a pas pourvu d'une paire d'ailes, Nick.

— Ça, c'est clair, oui.

Au grand étonnement de Lindsay, l'attitude sarcastique de Nick lui fit l'effet d'une gifle. D'habitude, ses réflexions désagréables la mettaient dans une colère noire et elle n'hésitait pas à crier encore plus fort que lui. Mais aujourd'hui, elle éprouvait le besoin de se justifier.

— L'enchaînement est difficile, commenta-t-elle en repoussant une mèche de cheveux qui s'était échappée de son chignon.

— Difficile ! rugit Nick en levant les yeux au ciel. Evidemment, c'est difficile ! Pourquoi crois-tu que je t'ai amenée ici ? Pour que tu fasses deux pas chassés, une révérence, une pirouette et puis s'en va ?

Sous l'effet de la transpiration, la crinière de lion de Davidov bouclait plus que jamais. Il avait les bras croisés sur la poitrine et ses yeux bleus lançaient des éclairs.

— Tu ne m'as pas amenée ici, protesta-t-elle d'une voix tremblante. Je suis venue de mon plein gré.

— Tu es venue, oui. Pour danser comme un chauffeur de poids lourd !

Le sanglot monta si vite que Lindsay ne put rien faire pour le réprimer. Horrifiée, elle porta la main à sa bouche. Pendant une fraction de seconde, elle vit l'expression sidérée de Nick. Puis elle pivota sur ses talons et sortit en courant du studio.

Laissant la porte du vestiaire claquer derrière elle, Lindsay se recroquevilla sur un banc et pleura comme si elle allait en mourir. Elle n'avait plus l'énergie nécessaire pour garder la tête haute. Le travail de sape de la souffrance l'avait vidée de ses forces et elle était au bout du rouleau.

Lorsqu'elle sentit une présence amicale derrière elle, Lindsay se réfugia d'instinct dans le havre offert. Elle avait besoin d'une épaule secourable, d'un réconfort.

Nikolai la berça et lui caressa les cheveux jusqu'à ce que ses sanglots s'apaisent. Sa *ptichka* s'était blottie dans ses bras comme une enfant. Il la serra fort contre lui en lui murmurant des mots de consolation en russe.

— Ma petite colombe. J'ai été cruel avec toi.

— Tu as été affreux, oui.

Lindsay se redressa tant bien que mal et s'essuya les yeux avec la serviette qu'elle avait drapée autour de ses épaules. Elle se sentait vidée de tout, même de sa souffrance.

Nick lui souleva le menton.

— Mais jusqu'à présent, tu me répondais sur le même mode. Nous étions aussi volcaniques l'un que l'autre, non ? On criait un bon coup, puis on dansait ensemble comme des dieux.

A leur grand désarroi mutuel, Lindsay réagit par un nouvel afflux de larmes.

— Je suis désolée, chuchota-t-elle. Je déteste les gens qui pleurent pour un oui ou pour un non. Je ne sais pas ce qui m'arrive. Parfois j'ai l'impression que tout est comme avant et que rien n'a changé. Puis, je regarde une fille comme

Allyson Gray et je me dis que nous ne sommes plus de la même génération. Elle ne doit pas avoir plus de douze ans, si ?

Allyson Gray était la jeune danseuse qui devait reprendre le rôle d'Ariel après la première.

— Allyson a fêté son vingtième anniversaire le mois dernier, précisa Nick en lui caressant les cheveux.

— Quand je suis avec elle, j'ai le sentiment d'être une digne quadragénaire. Et les cours me paraissent plus longs qu'avant.

— Tu fais un travail magnifique et tu le sais.

— Tu dis ça maintenant et demain, tu m'accuseras encore de danser comme une vache, marmonna-t-elle.

Nikolai sourit et lui embrassa le front.

— Comme une frêle petite génisse, alors. Tu as perdu tes cinq kilos.

Avec un profond soupir, Lindsay s'essuya de nouveau les yeux.

— Cinq kilos et demi, même. Mon emploi du temps est tellement serré que je saute en moyenne deux repas sur trois. Je me demande même si je ne vais pas finir par disparaître à force de fondre.

Regardant soudain autour d'elle, Lindsay ouvrit de grands yeux.

— Nick ! se récria-t-elle. Tu n'as pas le droit d'entrer ici. C'est le vestiaire des filles !

— Le grand Davidov va où il veut, rétorqua-t-il d'un ton si impérial qu'il eut le plaisir de la voir éclater de rire.

— Sérieux : je suis désolée, Nick. C'est la première fois que je m'effondre pendant une répétition.

Il lui saisit les épaules.

— Je sais. Et ce n'est pas à cause de ta perte de poids, de ton âge ou de la longueur des cours. Mais parce que ton architecte te manque.

Son premier réflexe fut de nier mais Nick se contenta de hausser un sourcil ironique et d'attendre une vraie réponse.

— Oui, il me manque, finit-elle par admettre d'une voix lasse en détournant le regard.

— Et si tu me racontais, un peu ?

Avec un soupir de détente, elle ferma les yeux et cala de nouveau sa tête contre l'épaule amie.

— J'ai revu Seth juste avant mon départ pour New York. Et il m'a avoué qu'il m'aimait, Nick ! J'étais folle de joie. J'avais le sentiment qu'il ne pouvait plus rien nous arriver de négatif. Mais ce qui est terrible, c'est que l'amour ne suffit pas. S'il ne s'accompagne ni de compréhension ni de confiance, il ne résout rien. Et nous laisse plus seuls et démunis que jamais.

Le cœur serré, elle revit son ultime entrevue avec Seth.

— Il ne supportait pas l'idée que je retourne une dernière fois à New York pour danser avec toi. Il avait trop peur de me perdre. Je lui ai dit et répété que c'était juste pour une représentation et que je ne me laisserais pas happer par mon ancien univers. Mais il était terriblement sceptique. Il a insisté pour que je revienne sur ma décision.

Nick fronça les sourcils.

— Il a réagi en égoïste, *ptichka*.

Lindsay sourit à part soi, en songeant que Nikolai avait exigé tout aussi égoïstement de son côté qu'elle revienne à New York pour lui. A croire qu'elle était prise en étau entre deux grands égocentriques.

— Je pense que j'aurais fini par le convaincre qu'il n'avait rien à craindre. Mais je n'étais pas seule en cause.

Déconcerté, Nikolai fronça les sourcils.

— Qui d'autre ?

— Ruth. Seth refuse d'admettre qu'elle est arrivée à un âge où elle doit tout miser sur la danse si elle choisit d'y faire carrière. Il pense qu'elle a encore du temps devant elle et qu'elle est trop jeune, trop fragile pour subir les contraintes d'une vie aussi exigeante que celle que nous menons tous ici.

Elle fut interrompue dans ses explications par un juron russe qui la fit sourire.

— Je savais que tu penserais comme moi, Nikolai. Mais pour quelqu'un d'extérieur à notre univers, ça n'est pas forcément évident.

— Il n'y a pas trente-six façons de voir les choses, en l'occurrence.

— Pour le grand Davidov, il n'y a qu'une vérité et c'est la sienne, le taquina-t-elle avec l'ombre d'un sourire. Mais je peux me mettre à la place de Seth et comprendre qu'il veuille protéger sa nièce. Même si je sais que la place de Ruth est ici. Le problème, c'est que Seth me soupçonne de… de…

Elle se mordit la lèvre et tomba dans le silence.

— Il te *soupçonne* ? Toi ? Grands dieux mais de quoi ?

— Seth croit que je veux me servir de Ruth pour prolonger ma propre carrière à travers elle, admit-elle dans un souffle. Il pense qu'à cause de mes antécédents, je reproduis avec elle le comportement que j'ai moi-même subi de la part de ma mère.

Davidov laissa passer un long moment de silence. Puis il secoua la tête.

— Il faut que cet homme ait été profondément blessé par la vie pour se fabriquer un scénario aussi tordu.

— Je ne sais pas… Je ne l'ai plus jamais revu depuis cet épisode. Nous nous sommes quittés sur une blessure mutuelle, pour le coup.

Nick lui prit gentiment le menton dans la paume.

— Tu retourneras à Cliffside au printemps. Et vous vous retrouverez, puisque vous vous aimez.

— Je ne sais pas, Nick… Ce ne serait peut-être pas très avisé de prendre le risque de nous faire souffrir encore.

Davidov haussa les épaules.

— L'amour fait mal. La danse fait mal. La *vie* fait mal. Mais ce n'est pas une raison pour vivre planqué, *ptichka.* Allez, va te passer le visage sous l'eau. Il est temps de reprendre la danse.

Debout face au miroir, Lindsay vérifia sa posture. Elle était seule dans une des salles de cours, cinq étages au-dessus de Manhattan. Et il faisait nuit noire depuis des heures. Elle avait mis une musique calme. Juste une mélodie douce au piano. Lentement, elle leva la jambe gauche sur le côté, l'étira derrière elle et se dressa sur pointe. Elle maintint fermement sa position en veillant à ne pas laisser trembler ses muscles.

Une semaine s'était écoulée depuis qu'elle avait « craqué »

en pleine répétition. Depuis, elle avait pris l'habitude de venir répéter une heure supplémentaire chaque soir, lorsque les autres danseurs étaient déjà rentrés chez eux.

Une heure pour travailler au calme, en se concentrant sur ses mouvements. Une heure pour penser à autre chose qu'à la douleur d'avoir perdu Seth.

Dans six semaines, elle se produirait en public pour la première fois après une longue parenthèse de trois ans. Et elle voulait que cette ultime représentation couronne dignement sa carrière.

Toujours face à la barre, elle descendit en grand plié, le plus lentement possible, pour faire travailler chacun de ses muscles. Lorsqu'elle se releva, un mouvement dans le miroir cassa sa concentration.

Elle ouvrait la bouche pour protester lorsqu'elle reconnut la mince silhouette engoncée dans une énorme parka.

— Ruth ? murmura-t-elle, incrédule.

Elle se retourna juste au moment où la jeune fille s'élançait pour lui sauter au cou. Enveloppée dans une étreinte vigoureuse, Lindsay se remémora leur première rencontre, quelques mois plus tôt, lorsque Ruth encore recroquevillée dans sa coquille, ne supportait même pas qu'on lui pose la main sur l'épaule ou qu'on lui effleure la joue.

Lindsay se dégagea pour mieux la regarder. Et sourit en découvrant le jeune visage animé, les yeux brillants d'enthousiasme.

— Tu as l'air en pleine forme, Ruth ! Je ne t'avais encore jamais vue aussi rayonnante.

— Je suis trop contente d'être là, Lindsay ! Cliffside sans vous, ça devenait sinistre. La nouvelle prof de danse ne vous arrive pas à la cheville. Et Monica passe tout son temps libre avec Andy.

Lindsay eut un sourire en songeant à son amie.

— Monica m'a écrit qu'ils ne se quittaient plus, en effet... Mais toi, que fais-tu à New York, tout à coup ? s'enquit-elle, médusée, en prenant les mains glacées de la jeune fille dans les siennes. Et Seth ? Seth est ici avec toi ?

Avec un mélange d'espoir et d'anxiété, elle tourna les yeux vers la porte. Mais Ruth secoua la tête.

— Non, il est resté à la maison. Il ne peut pas s'absenter en ce moment.

Lindsay se força à sourire.

— Ah oui, bien sûr, je comprends. Tu es venue comment, alors ?

— En train. Pour poursuivre mes études de danse classique.

Lindsay douta d'avoir bien entendu.

— Tes études ? Ici ? Oh Ruth… Ne me dis pas que tu as fugué, au moins ?

La jeune fille pouffa de rire.

— Mais non, pas du tout ! Mon oncle et moi avons eu une longue discussion, il y a quelques semaines. Juste après votre départ pour New York, en fait.

S'essuyant le front avec une serviette, Lindsay s'approcha du lecteur de CD pour baisser la musique.

— Une discussion ? répéta-t-elle mécaniquement.

— Oui, au sujet de ce que je veux faire de la vie, et tout ça… Des trucs sérieux, quoi… Oncle Seth n'était pas très chaud pour que je quitte Cliffside si jeune. Mais je crois que vous le saviez déjà.

— Je m'en doutais un peu, oui, acquiesça Lindsay en songeant que c'était l'euphémisme du siècle.

— Oncle Seth a toujours été super avec moi. Après l'accident de mes parents, j'étais un vrai zombie. Tout m'agressait, en fait. Je ne savais plus quoi faire de ma peau et j'en voulais au monde entier d'être encore en vie. Mon oncle a tout laissé tomber pour m'aider à passer le cap. C'est à cause de moi qu'il a transféré son cabinet d'archi dans le Connecticut. C'était drôlement généreux de sa part, non ? Au début, je détestais Cliffside, c'est vrai. Mais je crois que j'aurais été mal partout, de toute façon. Et puis, vous étiez là…

Ruth ôta sa parka et son blouson en velours et les jeta sur le dos d'une chaise.

— C'est grâce à mon oncle et à vous que j'ai réussi à

refaire surface. Vous êtes les deux personnes que j'aime le plus au monde.

Incapable de prononcer un mot, Lindsay hocha la tête. Elle songea à Seth et, de nouveau, sa blessure d'amour s'ouvrit, béante et douloureuse.

— Ça a été très dur pour mon oncle d'accepter de me laisser partir, poursuivit Ruth. Mais il a respecté mon choix. Et je trouve que c'est génial de sa part. Surtout qu'il s'est chargé de toutes les démarches administratives : le changement de lycée, les inscriptions et tout le bazar. Et puis il a trouvé à m'héberger chez des amis à lui. Ils ont un super appart dans l'East Side. Et ils ont même été d'accord pour que j'amène Nijinski.

Se dirigeant vers la barre, Ruth commença machinalement à s'échauffer les muscles.

— Tout est super ici ! commenta-t-elle, radieuse en souriant à Lindsay dans le miroir. Et M. Davidov m'a promis qu'il me donnerait des cours particuliers le soir, lorsqu'il aurait le temps.

— Tu as déjà parlé avec Nick ? s'étonna Lindsay en regardant la jeune fille évoluer gracieusement à la barre.

— Il y a environ une heure. Il m'a dit que je vous trouverais ici. J'ai hâte de voir le nouveau ballet ! Il paraît que je pourrais même assister aux répétitions si j'en ai envie.

Lindsay lui effleura les cheveux en souriant puis s'assit pour retirer ses pointes.

— Et j'imagine que ce n'est pas l'envie qui te manque ?

Ruth traversa la pièce en diagonale en décrivant une série de pirouettes.

— Quand je pense que vous allez danser le rôle principal dans le premier ballet de Davidov ! C'est trop génial ! Dites-moi que vous allez rester à New York ici, avec moi !

Le cœur serré par la tristesse, Lindsay secoua la tête.

— Non, ma vie est à Cliffside, désormais. Je suis juste venue pour rendre un service à un ami. Et pour faire mes adieux à la scène. En beauté, je l'espère.

Lindsay fit la grimace en posant son pied nu sur le sol. Ruth se mordit la lèvre.

— Vous avez mal ?

— Affreux.

La jeune fille tomba à genoux pour lui masser les orteils. Avec un profond soupir, Lindsay ferma les yeux et renversa la tête en arrière.

— Normalement, oncle Seth devrait venir passer quelques jours ici avec moi au printemps. Il n'est pas très joyeux, en ce moment.

— Tu dois lui manquer.

— Je crois qu'il n'y a pas que moi qui lui manque.

L'annonce fit à Lindsay l'effet d'un électrochoc. Oubliant ses pieds torturés, elle souleva les paupières. Et trouva le regard solennel de Ruth rivé sur elle.

— Il t'a dit quelque chose pour moi ? Tu as un message ? s'enquit-elle dans un souffle.

La jeune fille secoua tristement la tête. Lindsay referma les yeux. Et ses pieds recommencèrent à la faire souffrir de plus belle.

15

Lindsay découvrit que ces trois années d'absence ne l'avaient pas guérie du trac qui la frappait avant chaque entrée en scène. Elle était d'autant plus sur les nerfs que les deux semaines écoulées ne lui avaient pas laissé une seconde de répit. Sollicitée presque jour et nuit par les journalistes, elle avait multiplié les interviews et les séances de pose pour les médias. Les retrouvailles annoncées entre Dunne et Davidov avaient fait grand bruit dans le monde du spectacle. Et comme elle souhaitait donner toute la publicité possible au nouveau ballet de Nick, elle avait joué le jeu à fond.

L'intégralité des recettes que rapporterait la représentation devait être versée à un fonds de soutien qui proposait des bourses à de jeunes danseurs. Pour encourager les dons, Lindsay s'était improvisée ambassadrice de la cause. Elle tenait à ce que cette première télévisée soit un succès absolu.

Une heure à peine avant le début du spectacle, sa mère l'avait appelée de Californie. Lorsqu'elle lui avait fait part de son projet, Mae s'était déclarée ravie, bien sûr, et lui avait prodigué tous les encouragements possibles. Mais pour le plus grand plaisir de Lindsay, elle n'avait exercé aucune pression pour qu'elle poursuive sa carrière à New York.

Mae était tellement accaparée par sa nouvelle existence qu'elle n'avait même pas trouvé le temps de s'éclipser de sa boutique de fleuriste pour venir voir danser sa fille. Loin de s'en offusquer, Lindsay y avait vu un très bon signe. A cinquante-cinq ans, Mae Dunne semblait enfin avoir réussi à laisser derrière elle ses rêves déçus de petite fille.

Sa mère lui avait assuré que son cœur et ses pensées

seraient avec elle. Et que, naturellement, elle regarderait sa fille danser sur le petit écran. Puis elle avait raccroché en hâte parce qu'une cliente venait d'entrer dans la boutique.

Peu après le coup de fil de Mae, Ruth était venue lui rendre visite dans sa loge. Fascinée par la vie en coulisses, la jeune fille s'était découvert une vocation d'accessoiriste et se démenait pour se rendre utile à qui voulait bien faire appel à ses services. Dans un an, songea Lindsay en la voyant aller et venir, elle serait trop occupée par son propre passage en scène pour s'intéresser aux costumes des autres.

Lindsay prit un marteau et une paire de chaussons neufs et entreprit de les assouplir elle-même avant de coudre les rubans. Ses costumes étaient suspendus sur un portant, soigneusement classé dans l'ordre de ses passages.

Le chaos habituel régnait dans les coulisses. Lindsay se coiffa et se maquilla, consciente que les caméras de la télévision enregistraient d'ores et déjà tous ses gestes. Elle avait obtenu malgré tout de faire ses échauffements en privé. Il lui fallait quelques moments de solitude loin des regards extérieurs pour se préparer mentalement avant son entrée en scène.

Une fois prête, elle se dirigea vers la gauche du rideau, en sachant que Nick, au même moment, s'acheminait vers le côté opposé. Le ballet avait commencé par la danse d'ouverture, avec le groupe des nymphes et des faunes de la forêt.

Ruth vint se placer à côté d'elle et lui caressa doucement la main, comme pour lui insuffler du courage. Lindsay commença à compter les secondes et se concentra sur la musique tout en se forçant à faire de grandes respirations abdominales. La boule dans son estomac menaçait de se transformer en nausée. Sa peau se couvrait d'une sueur froide ; une onde de terreur la parcourut.

Et elle s'élança sur scène.

Il y eut un tonnerre d'applaudissements. Mais Lindsay n'entendait plus que la musique qui guidait ses pas. Sa première apparition fut brève mais bondissante. Et elle était en nage lorsqu'elle revint dans les coulisses pour regarder Nick se lancer à son tour. Au bout de quelques secondes à peine, le public parut galvanisé.

Lindsay serra fort la main de Ruth dans la sienne.

— C'est gagné, chuchota-t-elle. Ça va marcher, je le sens !

Très enlevé, le ballet se poursuivit au rythme des rencontres entre Ariel et le prince. Dans la scène finale, la musique ralentit et la lumière devint vaporeuse. Lindsay portait une robe souple qui flottait comme une corolle d'argent autour d'elle. Ariel était désormais acculée à prendre une décision. Pour épouser le prince, il lui faudrait devenir mortelle et renoncer au monde mythique qui avait toujours été le sien.

La dryade en robe blanche dansa seule dans la forêt inondée de lune, en songeant au prix à payer pour obtenir l'amour. Ariel avait toujours mené une vie simple et légère dans un univers sylvestre, au bord d'une rivière à l'onde pure.

Pourquoi l'amour impliquait-il un renoncement aussi terrible ? Comment pourrait-elle laisser derrière elle ses compagnes et amis de la forêt ?

Ecartelée par des élans et des désirs irréconciliables, Ariel finit par tomber en larmes dans l'herbe verte d'une clairière. Alors qu'elle s'abandonnait au désespoir, le prince arriva dans la forêt et s'agenouilla auprès d'elle.

Dans le grand pas de deux, le prince dansait son amour pour elle. Mais Ariel restait torturée par la peur. Renoncer à l'immortalité, c'était accepter le vieillissement, la maladie et la mort.

Mais chaque fois, qu'ivre de sa liberté retrouvée, elle partait en bondissant dans la forêt, la force de l'amour la tirait de nouveau en arrière.

Les premières lueurs de l'aube apparurent. Le thème joué par l'orchestre se fit plaintif et tendre. Il ne restait plus que quelques minutes à la fille de la Forêt et du Vent pour prendre sa décision.

Le prince lui tendit les bras, mais elle se détourna — hésitante et plus terrifiée que jamais. Le cœur brisé par la douleur, le prince s'éloigna entre les arbres. Mais au dernier moment, elle le rappela. Les premiers rayons de soleil perçaient sous les frondaisons épaisses lorsque Ariel courut vers son amour. Le prince la souleva dans ses bras et elle lui offrit son cœur de mortelle pour la vie.

Même une fois le rideau retombé, Nick ne la relâcha pas tout de suite.

— Merci, murmura-t-il en l'embrassant tendrement, comme en adieu.

— Nick, chuchota-t-elle, le regard lumineux.

Mais il la reposa sur ses pieds avant qu'elle ait pu lui donner son sentiment.

— Ecoute-les, *ptichka*, lança-t-il, radieux, en désignant le public invisible qui applaudissait à tout rompre dans la salle. Nous ne pouvons pas les faire attendre plus longtemps.

La loge de Lindsay était pleine à craquer de bouquets, d'admirateurs et d'amis. La tête bourdonnante, elle reposa le verre de champagne qu'on lui avait placé d'autorité entre les mains. Même sans avoir bu une seule goutte d'alcool, elle flottait dans un état proche de l'ivresse. Toujours vêtue de son costume d'Ariel, elle souriait, répondait aux questions.

Et se sentait totalement ailleurs.

Elle avait papoté avec un acteur de cinéma de stature internationale et avec un haut dignitaire britannique. Mais elle ne se souvenait que vaguement des propos échangés, comme s'ils avaient été adressés à quelqu'un d'autre.

Lorsqu'elle repéra Ruth dans la foule, elle lui fit signe de venir la rejoindre.

— Reste avec moi, tu veux bien ? Je ne suis pas dans un état normal ; j'ai besoin de toi.

Ruth lui jeta les bras autour du cou.

— Oh, Lindsay, vous avez été merveilleuse. Je n'avais encore jamais rien vu d'aussi beau.

Riant doucement, Lindsay la serra contre elle à son tour.

— Ramène-moi sur terre, Ruth. J'ai encore un pied dans la forêt enchantée, avec les faunes et les nymphes des bois.

Elle fut interrompue par l'assistant du directeur qui arrivait avec de nouveaux bouquets, une énième bouteille de champagne.

Plus d'une heure s'écoula avant que la foule dans sa loge ne commence à s'éclaircir. Ce fut Nick, providentiel comme toujours, qui réussit à mettre tout le monde dehors, en rappelant que tous étaient attendus à la réception donnée dans un restaurant proche.

— Allez, allez, il faut laisser *ptichka* tranquille, si vous voulez qu'elle puisse se changer pour faire la fête. Et pensez à nous garder du champagne et du caviar, à condition qu'il soit russe, bien sûr.

Cinq minutes plus tard, elle était seule avec Ruth et lui dans la loge débordante de fleurs. Nick pinça gentiment la joue de la jeune fille.

— Alors ? Qu'as-tu pensé de ton prof ?

Ruth sourit à Lindsay.

— Elle a été extraordinaire.

— Allons, allons... Je ne te parlais pas d'elle, mais de moi ! rectifia Nick d'un air profondément blessé, en rejetant sa crinière de lion en arrière.

— Toi ? Tu n'as pas été trop mauvais pour une fois, commenta Lindsay.

— *Pas trop mauvais* ? Mmm... Tu peux nous laisser seuls deux secondes, Ruth, s'il te plaît ? J'ai deux mots à dire à notre vedette du jour.

Lindsay rattrapa Ruth juste avant qu'elle ne quitte la pièce.

— Tiens, dit-elle en lui tendant une des roses rouges qu'on avait jetées à ses pieds juste après la représentation. Pour une future Ariel.

Visiblement bouleversée, Ruth prit la rose en silence et lui jeta les bras autour du cou en la serrant contre elle de toutes ses forces.

Dès que la jeune fille fut sortie, Nick prit la main de Lindsay et la porta à ses lèvres.

— Tu as le cœur généreux, ma *ptichka*. Il se peut qu'un jour, ta jeune protégée reprenne le rôle. Mais jamais je ne danserai avec une Ariel aussi parfaite que toi.

Lindsay pressa en riant son front contre le sien.

— Tu me fais du charme, Nick ? Tu ne crois pas que j'ai déjà reçu assez de fleurs et de compliments pour une soirée ?

— Sache que tu resteras à jamais — pour moi comme pour ton public — une danseuse mythique. Tu accepterais de me rendre un ultime petit service ?

Elle sourit avec bonne humeur en se renversant contre son dossier.

— Je ne peux rien te refuser après une soirée comme celle-ci.

— Il y a une dernière personne que j'aimerais que tu reçoives ce soir.

Lindsay leva les yeux au ciel en riant.

— *Encore* un journaliste ? Bon, je veux bien m'entretenir encore une fois avec un de tes fichus reporters, mais à une seule condition : tu me dispenses de la réception. Je suis morte.

— Pas de souci, pour la réception. Ils pourront déjà s'estimer heureux de m'avoir moi, rétorqua Nick avec sa modestie habituelle.

Vaincue par la fatigue, Lindsay ferma les yeux dès qu'il eut quitté la loge et attendit ainsi, les cheveux défaits, sa robe blanche tombant en plis souples autour d'elle.

Un frisson la parcourut lorsqu'elle sentit soudain une nouvelle présence dans la pièce. Sa gorge se serra et elle sut qui se tenait devant elle avant même de soulever les paupières.

Lindsay se leva lentement lorsque Seth referma la porte de la loge derrière lui. De nouveau, elle était alerte, présente au monde, comme si elle se réveillait enfin d'un interminable demi-sommeil. Humant l'odeur des fleurs, elle fut frappée par les parfums, la beauté, les couleurs.

Seth avait maigri, nota-t-elle. Mais son regard restait le même : grave, contenu, réservé. Quant à son amour pour lui, il n'avait pas diminué d'un iota.

— Bonsoir, Seth.

Elle le trouvait extraordinairement séduisant en tenue de soirée. Mais elle se souvenait de l'avoir trouvé merveilleux également en jean, avec une vieille chemise de bûcheron. Il existait plusieurs Seth Bannion, en fait. Et le problème, c'est qu'elle les aimait tous, sans exception.

— Tu as été absolument sublime ce soir, observa-t-il en s'approchant. Mais j'imagine que tu dois en avoir assez qu'on te le dise.

— Bizarrement, on ne se lasse pas d'entendre ce genre de chose. Et lorsque le compliment vient de toi, il a d'autant plus de prix.

Un élan puissant la poussait à se porter à sa rencontre. Mais la souffrance restait trop profondément inscrite. Même si Seth n'était qu'à deux pas, un gouffre les séparait encore.

— J'ignorais que tu devais venir ce soir, commenta-t-elle en s'efforçant de prendre un ton léger.

— J'ai demandé à Ruth de ne pas t'en parler. Et il ne m'a pas paru judicieux non plus de venir te saluer avant la représentation. J'ai imaginé que cela risquait de te perturber. Et je ne me suis pas reconnu le droit de t'infliger cela en plus du reste.

Elle hocha la tête.

— Tu as envoyé Ruth ici. J'en suis très heureuse.

— Je me trompais sur la vraie nature de ses besoins.

Il souleva une rose abandonnée sur une table et l'examina distraitement.

— Tu avais raison. Sa place est ici. J'avais tort sur pas mal de plans, en fait.

Lindsay croisa les mains. Les décroisa.

— J'ai eu mes torts aussi. Celui de vouloir précipiter son départ, pour commencer. Ruth avait effectivement besoin de calme et de stabilité lorsqu'elle est arrivée en septembre. Ces mois qu'elle a passés à Cliffside avec toi l'ont aidée à reprendre pied. Elle est heureuse, maintenant.

Levant les yeux de la rose qu'il tenait toujours à la main, il chercha son regard.

— Et toi, Lindsay ? Tu l'es aussi ?

Incapable de répondre, elle détourna la tête. Sur une coiffeuse, elle trouva son verre inentamé et une bouteille encore à moitié pleine.

— Je t'offre un verre de champagne, Seth ?

— Volontiers, oui.

Gagnée par une soudaine nervosité, elle regarda autour d'elle.

— C'est idiot, mais je ne trouve pas de verre propre, murmura-t-elle.

— Je boirai dans le tien.

D'une pression légère, il la fit pivoter vers lui. Posant les doigts sur les siens il amena la flûte à ses lèvres et but une gorgée.

— Sans toi, rien n'a plus de saveur, admit-elle d'une voix étranglée. Rien.

Un éclair traversa le regard vert de Seth et ses doigts se crispèrent sur les siens.

— Ne me pardonne pas trop vite, Lindsay. J'ai eu des paroles effroyables.

Brisant le contact, il posa le verre sur une table. Les yeux de Lindsay se remplirent de larmes.

— Ce que tu as dit n'a plus d'importance.

— Ça en a pour moi. J'avais tellement peur de te perdre que je t'ai chassée de ma vie.

— Je ne suis jamais sortie de ta vie, Seth. Pas un instant.

Il se détourna juste au moment où elle allait lui ouvrir les bras.

— Tu ne le réalises sans doute pas, mais c'est terrifiant d'aimer quelqu'un comme toi, Lindsay. Tu es si libre et généreuse que tu me parais parfois aussi insaisissable que l'Ariel bondissante que tu incarnais tout à l'heure sur scène.

— Seth…

Lorsqu'il lui offrit son regard, elle ne vit plus en lui ni maîtrise ni réserve.

— J'avais déjà désiré des femmes, Lindsay. Mais jamais je n'avais ressenti cette dépendance absolue, ce besoin de l'autre qui confine à l'obsession. Et plus tu me devenais indispensable, plus je te sentais m'échapper.

— Je ne m'échappais pas, Seth.

Avant qu'il puisse prononcer un mot, elle se glissa d'autorité entre ses bras. Il se raidit, mais elle leva le visage vers lui, chercha avidement ses lèvres. Dès le premier effleurement, le baiser se fit impérieux, exigeant, passionné. Une onde de désir acheva de ramener Lindsay à la vie.

— Oh, Seth… J'ai vécu comme une morte vivante pendant trois mois. Jure-moi que tu ne me quitteras plus jamais.

— C'est toi qui es partie, murmura-t-il en la serrant contre lui, les lèvres enfouies dans ses cheveux.

— Je ne le ferai plus… Plus jamais.

Levant le visage vers lui, elle réitéra sa promesse par ses regards, ses murmures, ses baisers.

— Lindsay, écoute-moi. Ce serait criminel de ma part de te demander de renoncer à ta carrière. Après t'avoir vue danser ce soir, je…

Elle lui attrapa les poignets.

— Tu n'as pas besoin de me demander quoi que ce soit, Seth. Car ma décision est prise depuis longtemps et elle n'a pas changé. Ce n'est pas New York que je veux conquérir, c'est toi. Je veux une maison, un foyer, une famille.

Il demeura quelques instants silencieux et finit par secouer la tête.

— Cela paraît tellement difficile à croire. Tout le monde était unanime ce soir : tu es la plus grande. Tu as entendu les applaudissements, au moins ?

Elle sourit. Tout aurait pu être si simple entre eux depuis le début s'ils ne s'étaient pas obstinés mutuellement à plaquer sur l'autre des désirs imaginaires.

— Seth, je me suis épuisée trois mois durant. Pour cette unique représentation, j'ai travaillé comme je n'avais encore jamais travaillé de toute mon existence. Mais je suis fatiguée, maintenant. Tout ce que je veux, c'est rentrer à la maison. Epouse-moi. Partage ma vie. Aime-moi.

Il se détendit avec un profond soupir et appuya son front contre le sien.

— Tu sais que c'est la première fois qu'on me demande en mariage ?

— Tant mieux. J'inaugure la série.

Il faisait si bon se nicher dans les bras de cet homme.

— Tu l'inaugures et tu la boucles aussi, précisa-t-il entre deux baisers. Rentrons chez nous, Lindsay. Les Hauts de la Falaise n'en peuvent plus de t'attendre.

NORA ROBERTS

La force d'un rêve

HARLEQUIN

Titre original : DANCE OF DREAMS

Traduction française de JEANNE DESCHAMP

Ce roman a déjà été publié en juin 2006 et mai 2014

83-85, boulevard Vincent Auriol, 75646 PARIS CEDEX 13.
Service Lectrices — Tél. : 01 45 82 47 47
www.harlequin.fr

1

Le gros chat roux sommeillait sur le dos, une patte nonchalamment étirée derrière l'oreille. Les derniers rayons obliques d'un soleil finissant se glissaient entre les persiennes closes et jouaient dans l'or mat de sa fourrure. Au son de la clé tournant dans la serrure, le matou entrouvrit un œil, s'étira et se prépara à bondir du lit. Mais, au dernier moment, il se figea. Tendit l'oreille. Dans l'entrée, une voix masculine venait de s'élever, couvrant celle de sa maîtresse.

Ainsi elle avait encore ramené ce sinistre bipède à la maison. Dégoûté, Nijinski le chat se roula en boule sur la couette et retomba dans une somnolence dédaigneuse.

— Mais enfin, Ruth, il est à peine 21 heures. Tu n'as tout de même pas l'intention d'aller te coucher alors qu'il fait encore grand jour !

Ruth jeta ses clés sur la fragile petite table de style Queen Anne près de la porte avant de tourner vers son compagnon un sourire serein.

— Je t'avais prévenu que je tenais à rentrer tôt, ce soir. Cela dit, j'ai passé un très bon moment et je te remercie. Je suis ravie que tu aies réussi à me convaincre de mettre le nez dehors. Ça m'a fait un bien fou de sortir de cet appartement.

Avec une technique née d'une longue expertise, Donald l'attira dans ses bras.

— Mmm… Et tu ne crois pas que ça te ferait également

un bien fou de prolonger cette soirée avec moi ? murmura-t-il contre ses lèvres.

Ruth accepta de se laisser embrasser. Et retira même du baiser de Donald un plaisir réel quoique modéré. Lorsqu'il voulut resserrer son étreinte, cependant, elle secoua la tête.

— Donald, non. Laisse-moi maintenant.

— Un dernier petit verre, alors ? plaida-t-il en cherchant de nouveau à s'emparer de ses lèvres.

Ruth le repoussa en riant.

— Non, pas ce soir. J'ai un premier cours aux aurores demain matin. Et une longue journée de répétitions derrière. Quand je n'ai pas mon content de sommeil, je ne danse pas comme je devrais danser. Nous avons besoin d'un temps de récupération relativement important, nous autres, danseurs.

Donald lui posa un rapide baiser sur le front.

— Je crois qu'à tout prendre, je préférerais encore qu'il y ait un autre homme dans ta vie. Avec un rival en chair et en os, je saurais au moins à quoi m'en tenir. Mais face à cette passion exclusive pour la danse…

Avec un haussement d'épaules résigné, Donald se décida à quitter l'appartement. Et se demanda s'il n'était pas en train de perdre la main avec les femmes. Ruth Bannion était la première fille en dix ans qui persistait à repousser systématiquement ses avances. Et le plus étonnant, c'est qu'il continuait à s'acharner quand même.

Pourquoi ne laissait-il pas tomber une fois pour toutes au lieu de s'obstiner à revenir à la charge et se faire éconduire chaque fois, comme un débutant ?

Ruth le raccompagna jusqu'à la porte et lui sourit avec l'affection détachée qu'elle lui témoignait depuis le début de leur rencontre. Mais lorsqu'il vit sa fine silhouette de danseuse se découper à contre-jour dans un halo de lumière dorée, Donald comprit pourquoi il se raccrochait aussi désespérément à cette fille. Ruth avait quelque chose de plus que la beauté : elle fascinait jusqu'à l'ensorcellement.

Le sourire s'attarda sur les lèvres de Ruth lorsqu'elle mit sa chaîne de sécurité et poussa ses verrous pour la nuit. Elle appréciait la compagnie de Donald Keyser. Il était grand, brun, hâlé et toujours habillé avec la plus extrême recherche. Son humour la faisait rire et elle admirait son sens de l'esthétique. Elle respectait ses talents de styliste, portait ses créations avec plaisir et se sentait parfaitement à l'aise et détendue les rares fois où elle trouvait le temps de lui consacrer une soirée.

Cela dit, elle n'était pas naïve au point de penser que Donald se satisfaisait du caractère platonique de leur relation. Régulièrement, il tentait d'instaurer entre eux une intimité plus charnelle. Mais Ruth avait su très vite qu'il n'y aurait jamais d'histoire d'amour entre Donald Keyser et elle. Parce qu'il ne suscitait pas en elle d'émotions assez puissantes. S'il s'y entendait pour la faire rire, elle doutait qu'il soit capable de la faire pleurer.

Aujourd'hui, cependant, dans le calme estival de son appartement, Ruth regrettait presque de n'avoir rien à attendre de son amitié avec le beau styliste. Pour une raison qu'elle ne parvenait pas à définir, le fait de se retrouver seule ce soir, éveillait en elle une discrète nostalgie, comme une envie vague et indéterminée d'une rencontre, d'un regard, d'un sourire qui ferait tout basculer.

En se détournant de la porte, Ruth croisa son propre reflet dans le grand miroir en stuc doré à l'or fin accroché dans l'entrée. C'était un des premiers éléments de décoration qu'elle avait acheté en emménageant dans son propre appartement à New York. Elle l'avait payé beaucoup trop cher, compte tenu des taches noires sur le verre qui était piqué par endroits. Mais ce premier achat lui avait procuré un tel sentiment de fierté qu'elle ne regrettait pas d'y avoir investi des sommes folles.

Repoussant ses longs cheveux noirs dans son dos, Ruth examina d'un œil détaché son reflet dans la glace. Elle était menue, fine de corps comme de visage. Délicats dans l'ensemble, ses traits péchaient cependant par un certain manque de cohérence. Sa bouche pouvait être qualifiée de généreuse alors que son nez était petit et droit. Ses yeux d'un brun très sombre étaient immenses et très félins dans la forme. Son menton était plus que modeste ; ses sourcils minces et droits.

On lui avait souvent dit que son physique avait quelque chose de rare, d'exotique. Mais elle avait beau scruter son visage sous tous les angles, Ruth ne parvenait pas à se trouver belle. Elle savait que, maquillée et dans de bonnes conditions d'éclairage, elle pouvait paraître saisissante. Mais l'effet qu'elle produisait sur scène était une illusion optique. Elle éblouissait, certes, mais seulement lorsqu'elle était dans un de ses rôles.

Et les personnages qu'elle incarnait étaient sans rapport avec la vraie Ruth Bannion.

Avec un léger soupir, Ruth se détourna de la psyché pour poursuivre son chemin jusqu'au canapé. Constatant qu'elle était seule, le chat consentit à soulever la tête, puis à s'étirer longuement avant de venir s'installer sur ses genoux. Ruth caressa distraitement Nijinski derrière l'oreille.

« Mais qui suis-je au fond ? Qui est-elle, cette vraie Ruth Bannion ? » fut la question qui, tout naturellement, s'éleva dans son esprit.

Cinq années plus tôt, elle était arrivée à New York pour parfaire son apprentissage du ballet classique. Ivre de liberté, des rêves plein la tête, elle s'était jetée à corps perdu dans sa nouvelle vie. Dès ses dix-sept ans, elle avait eu la chance de mener l'existence à laquelle elle avait toujours aspiré.

Et cela grâce à Lindsay, d'ailleurs.

Lindsay Dunne, son professeur, son amie, son idole. Et l'une des ballerines les plus talentueuses que Ruth ait jamais vues danser. C'était Lindsay qui, à force de patience, avait réussi à convaincre son oncle Seth de la laisser déployer ses ailes et tenter sa chance à New York.

Depuis, son oncle et Lindsay s'étaient mariés et ils vivaient avec leurs deux enfants sur les Hauts de la Falaise. Ruth les adorait tous les quatre et ne jurait que par leur petite famille. Chaque fois qu'elle passait quelques jours chez eux, dans le Connecticut, elle ressortait de son séjour régénérée, avec un moral au beau fixe.

Elle avait rarement vu un couple aussi amoureux que celui que formaient Lindsay et Seth. A l'exception peut-être de celui de ses parents. Mais ces derniers n'étaient malheureusement plus là pour continuer à s'aimer et à parcourir le monde.

Ruth ferma un instant les yeux. Elle avait seize ans lorsqu'un accident de train avait coûté la vie à Mary et à Alan Bannion. Malgré la distance des années, elle ressentit une vague profonde de tristesse et de nostalgie pour les deux êtres qui lui avaient donné la vie. Leur disparition prématurée resterait à jamais un drame, un manque et une blessure. Et néanmoins Ruth avait conscience que c'était leur décès qui l'avait conduite, après quelques tours et détours, là où elle en était aujourd'hui.

Son oncle, Seth Bannion — la seule famille qu'il lui restait au monde — était devenu son tuteur. Une responsabilité morale que le frère de son père avait prise très à cœur. Soucieux d'offrir à sa nièce un cadre de vie à la fois réparateur et apaisant, Seth était venu s'installer avec elle dans la petite ville côtière de Cliffside. Et c'était ainsi qu'ils avaient rencontré Lindsay.

Au début, son oncle avait refusé qu'elle quitte Cliffside pour aller étudier la danse à New York. Prendre la décision de la laisser partir quand même avait été une épreuve pour lui. Elle n'avait que dix-sept ans, à l'époque, et il n'ignorait pas que l'existence à laquelle elle se destinait serait exigeante, difficile et même franchement cruelle par moments.

C'était par amour qu'il lui avait interdit de s'en aller dans un premier temps ; par amour aussi qu'il avait fini par la laisser libre.

Son départ pour New York avait signé pour elle le début d'une vie nouvelle. Mais tout avait vraiment basculé quelques mois plus tôt, le jour ensoleillé de décembre où elle avait dansé pour la première fois devant Nikolai Davidov.

Avec un léger sourire, Ruth se souvint de la peur panique qu'elle avait ressentie ce jour-là. Sans y avoir été préparée, elle avait été mise en présence du danseur qu'elle idolâtrait depuis des années — l'homme que les critiques s'entendaient à appeler « le nouveau Noureev ».

Ce jour-là, Nick avait fait un saut à Cliffside dans l'espoir de convaincre Lindsay de retourner à New York avec lui. Mais les circonstances avaient fait qu'ils s'étaient retrouvés seuls dans le studio. Et Nick lui avait demandé à brûle-pourpoint de danser pour lui.

Paralysée par sa présence, Ruth avait cru qu'elle serait incapable de s'exécuter. Mais Nick l'avait encouragée avec l'un de ses incomparables sourires. Et comment lui aurait-elle résisté, à partir de ce moment-là ? Avec un léger soupir amusé, Ruth renversa la tête contre ses coussins. Elle avait eu maintes fois l'occasion de vérifier depuis, que Nikolai Davidov obtenait toujours ce qu'il voulait, lorsqu'il choisissait d'user de son charme légendaire.

Elle lui avait obéi aveuglément ce jour-là et s'était élancée en confiance, virevoltant dans le studio, comme suspendue au son de sa voix.

« Lorsque vous serez prête pour New York, venez me voir », lui avait-il lancé lorsque, hors d'haleine, elle s'était immobilisée devant lui.

La proposition l'avait laissée sans voix. Pour Nikolai Davidov, son héros de légende, elle aurait dansé pieds nus d'un bout à l'autre du pont de Brooklyn, s'il s'était avisé de l'exiger.

Depuis, elle avait travaillé dur pour le satisfaire. Elle s'était recroquevillée sur elle-même chaque fois qu'il avait hurlé et tempêté ; elle avait souffert de la violence de ses critiques et désespéré de ses accès de froideur.

Nick était un enseignant exigeant, un partenaire difficile, un chorégraphe implacable. Et il l'avait poussée inlassablement à aller plus loin, à se dépasser, à se donner encore plus entièrement à leur art. Elle ne comptait plus les soirs où elle s'était couchée, le ventre vide, trop fatiguée pour manger, trop éreintée pour dormir, trop vidée même pour pleurer.

Mais un sourire, un compliment de Nick suffisaient à tout balayer : les contrariétés comme le découragement, les souffrances comme les vexations.

Depuis quelques années, elle faisait partie de ses partenaires attitrées sur scène. Mais même s'ils dansaient désormais ensemble, même si elle le voyait fonctionner au quotidien depuis cinq ans, Nick n'était pas devenu plus transparent à ses yeux pour autant.

Peut-être était-ce le secret de la fascination qu'il exerçait sur les femmes ? Son accent étranger, son passé russe dont il ne parlait jamais, la discrète aura de mystère qui flottait autour de lui, tout contribuait à faire de Nick ce personnage énigmatique et à jamais secret qui garderait sans doute pour toujours une part de légende.

Ruth sourit en songeant à la véritable adoration que Nikolai Davidov lui avait inspirée pendant la première année qu'elle avait passée à New York. Il y avait un bon moment déjà qu'elle avait surmonté son béguin d'adolescente pour le héros de son enfance.

De l'amour passionné qu'elle avait cru lui vouer alors, Nick ne semblait même pas avoir soupçonné l'existence. Sans doute parce qu'il la considérait encore comme une gamine, à l'époque. Lorsqu'ils s'étaient connus, elle n'avait même pas dix-huit ans. Alors que lui-même approchait déjà la trentaine. Entouré en permanence de jolies femmes, Nick avait certainement eu mieux à faire qu'à s'intéresser à une toute jeune fille qui lui obéissait au doigt et à l'œil en le regardant avec de grands yeux enamourés.

Ruth se leva et s'étira longuement. Délogé de sa place, le chat s'éloigna en poussant un bref miaulement contrarié. « Finies les rêveries adolescentes, songea Ruth avec une pointe de nostalgie. Aujourd'hui, j'ai vingt-deux ans, je suis adulte et mon cœur est resté libre. »

Un peu trop libre même. Il aurait été plaisant d'être amoureuse, à vingt-deux ans, lorsqu'on vivait seule dans une ville aussi vivante, aussi propice à l'amour que New York. Amoureuse d'un Donald Keyser, par exemple. Mais le déclic ne s'était pas produit et elle savait qu'elle était incapable de s'éprendre d'un homme sur commande.

Ruth s'étira de nouveau et bâilla à s'en décrocher la mâchoire. Finalement, la solitude affective avait ses avantages. Il n'y avait personne pour lui reprocher de se coucher avec les poules chaque fois qu'elle devait se lever tôt le matin pour ses cours…

Le T-shirt de Ruth lui collait à la peau et quelques fines mèches de cheveux s'échappaient de son chignon. Les jambes coupées, elle s'adossa à la barre. La variation de *La Rose Rouge*, le nouveau ballet de Nick qu'elle venait de danser, était épuisante et compliquée, et elle avait besoin de quelques minutes pour souffler. Le reste de la troupe évoluait sous les ordres de Nick à l'autre bout de la salle. A part quelques-uns qui, comme elle, s'échauffaient à la barre ou attendaient patiemment d'être sollicités pour la séquence suivante.

A 11 heures du matin, Ruth avait déjà plusieurs heures de cours, d'échauffement et de danse derrière elle. Mais il lui suffisait de tourner les yeux vers Nick et de le regarder diriger ses danseurs pour que sa fatigue s'évanouisse.

Flamboyant, génial, impérieux, Nikolai Davidov restait, même après cinq années de contacts quotidiens, une révélation de chaque instant. Elle pouvait l'observer des heures durant, sans jamais se lasser.

A présent qu'il cumulait les fonctions de chorégraphe, premier danseur et directeur artistique de la compagnie, Nick n'avait plus besoin de se montrer sur scène pour rester célèbre. Si, à trente ans passés, il continuait à danser quand même, c'était pour la seule et unique raison qu'il avait la danse dans la peau.

Davidov n'était pas un homme de haute taille, mais sa stature, son port de tête de danseur le faisait paraître plus grand qu'il ne l'était réellement. Ses cheveux d'or ondulaient en parfait désordre autour d'un visage qui n'avait rien perdu de son charme juvénile. Il avait une bouche magnifique, comme sculptée au plus vif de la chair. Et lorsqu'il souriait…

Ruth soupira. Lorsque Nick souriait, il n'y avait pas moyen de lui dire non ni de rester en colère contre lui. Elle aimait la façon dont il plissait les yeux, l'éclat particulier que prenait le bleu soutenu de ses iris. En le voyant montrer une figure, Ruth se réjouit qu'à trente-trois ans, Nick n'ait toujours pas quitté la scène, malgré les nombreuses occupations professionnelles qui sollicitaient déjà presque tout son temps.

D'un geste rapide de la main, Nick fit signe au pianiste de s'arrêter.

— O.K., les enfants, on s'arrête là, pour le moment, annonça-t-il avec son accent légèrement chantant. Vous ne vous en êtes pas trop mal sortis, cette fois. J'ai déjà vu bien pire.

Venant de Davidov, un tel commentaire pouvait être considéré comme un éloge particulièrement flatteur.

— Allez, Ruth, c'est à toi. On reprend le pas de deux du premier acte.

Elle se dirigea vers lui dès qu'il prononça son nom et se mit en position, tout en repoussant d'une main distraite les mèches folles qui dansaient autour de son visage. Nick n'avait jamais eu un caractère facile et il était connu pour ses sautes d'humeur. Avec lui, il fallait toujours s'attendre à des revirements brusques, à des « coups de gueule » aussi inattendus qu'éphémères.

Ce jour-là, cependant, il paraissait très calme, très pro. Pour Ruth, les humeurs de Nick ne posaient d'ailleurs que très rarement problème. Elle avait appris à s'adapter à son sale caractère. Et n'hésitait pas à lui tenir tête le cas échéant.

Ils se placèrent face à face, plaquant leurs mains droites l'une contre l'autre, paume contre paume. Puis, sans un mot, ils se mirent à danser ensemble. La scène de rencontre entre les deux héros tenait plus du croisement de fers que de la pâmoison romantique. Nick n'avait pas composé un conte de fées, cette fois-ci. Son nouveau ballet mettait en scène deux personnages très charnels, très passionnés. Le prince et la gitane se mesuraient, s'affrontaient, se mettaient au défi mutuellement. Lui, le prince, tentait de la dominer en invoquant son nom et son rang. Alors qu'elle, la tzigane, ne connaissait d'autres lois que celles de l'amour et du sang.

Le soleil encore chaud de la fin d'été entrait à flots par la fenêtre, dessinant sur le parquet des motifs compliqués. Ruth ne se rendait même pas compte qu'elle était en nage. Elle tournoyait entre les bras de Nick, lui échappait, puis se laissait happer de nouveau. Le personnage de Carlotta continuerait ainsi à attirer et à exaspérer le prince pendant l'entière durée du ballet. Entre les deux héros, ce serait une lutte d'amour sans merci.

Tandis qu'elle ajustait ses mouvements à ceux de Nick, Ruth comprit qu'elle continuerait à le respecter et à l'admirer toute sa vie, que ce soit en tant que danseur, en tant que créateur ou que directeur artistique. Etre sa partenaire restait pour elle un défi, un accomplissement, une aventure. Comme si, à chaque pas, son talent se sublimait au contact du sien. Pendant ses années de formation — alors qu'elle était passée du statut d'élève à celui de membre du corps de ballet pour s'élever ensuite à une place de soliste puis de première danseuse, Ruth avait eu de nombreux partenaires. Mais aucun d'eux, jamais, n'avait égalé Nikolai Davidov en talent et en précision.

Et en endurance, aussi, ajouta-t-elle avec une légère grimace, lorsqu'il lui ordonna de reprendre le pas de deux une fois de plus.

Ruth s'accorda une seconde pour respirer tandis que le pianiste tournait les pages de sa partition. Nick se tourna vers elle et lui tendit la main.

— Qu'as-tu fait de ton énergie aujourd'hui, petite fille ?

Elle avait toujours eu horreur qu'il l'appelle ainsi et Nick le savait. Le regard noir qu'elle lui lança fut salué par un sourire. Sans un mot, elle appuya sa paume contre la sienne.

— Allez, ma tzigane aux cheveux noirs. Tu es face à ce prince imbu de lui-même qui estime que son pouvoir lui donne tous les droits sur toi. Envoie-le au diable. Et pas seulement avec ton corps. Fais parler aussi ton visage, ton regard.

Ils reprirent le pas de deux. Mais cette fois, Ruth oublia le plaisir qu'elle avait à danser avec Nick. Elle se posa en rivale et en adversaire et le nargua de ses fouettés, de ses piqués et de ses sauts. En la contrariant, Nick avait obtenu d'elle exactement ce qu'il voulait. Au lieu de le suivre et de s'accorder à lui, elle le devançait, le bravait, pirouettait entre ses bras, en tenant rivé sur lui un regard luisant de défi. S'immobilisant un instant, comme pour le provoquer, elle se détourna au dernier moment pour s'éloigner sur un grand jeté.

Ils finirent comme ils avaient commencé, paume contre

paume ; elle, la tête orgueilleusement rejetée en arrière ; lui, le regard étincelant. Nick éclata de rire et la prit dans ses bras pour l'embrasser sur les deux joues.

— Bien joué. Tu es comme une chatte en colère, même lorsque tu te rapproches et que tu me séduis. Excellent.

Ruth respirait vite après l'effort accompli. Rien n'était plus physique, plus épuisant que la danse classique. Toujours remontée contre Nick, elle gardait les yeux fixés sur lui. Un étrange frisson partit soudain du bas de sa colonne vertébrale et monta en spirale jusque dans sa nuque. Elle vit dans le regard de Nick qu'il l'avait senti aussi.

Ils échangèrent un regard. Puis la sensation s'évanouit et il s'écarta pour frapper dans ses mains.

— On s'arrête pour déjeuner, les enfants. Prenez le temps de vous requinquer. Je vous attends ici dans une heure.

Cette annonce lui valut une réaction aussi unanime qu'enthousiaste. Très vite, le studio de répétition se vida de ses occupants. Alors qu'elle s'apprêtait à quitter le plateau avec deux de ses collègues, Nick la retint par la main.

— Je voudrais te parler, Ruth.

— O.K. Mais après manger alors.

— Ici. Maintenant.

Elle soupira de contrariété.

— Ecoute, Nick, je n'ai déjà pas eu le temps de m'octroyer un petit déjeuner ce matin et…

— Tu trouveras des yaourts, des barres énergétiques et de l'eau minérale gazeuse en bas.

Lâchant sa main qu'il tenait toujours prisonnière, Nick s'assit au piano et se mit à improviser.

— Pendant que tu y seras, remonte donc de quoi manger pour deux, lança-t-il sans même la regarder.

Les poings sur les hanches, Ruth le regarda jouer. Ainsi l'idée qu'elle puisse refuser ne lui traversait même pas l'esprit. Il ne s'inquiétait pas non plus de savoir si elle n'avait pas formé d'autres projets. Pour lui, il allait de soi, qu'en bonne « petite fille » qu'elle était, elle s'exécuterait sans se poser de questions, toujours prompte à obéir au doigt et à l'œil, dès que le Maître ouvrait la bouche pour formuler un ordre.

— Insupportable, marmonna-t-elle.

Nick releva la tête mais ses mains continuaient à voler sur le clavier.

— Tu as dit quelque chose ?

Elle articula distinctement, cette fois :

— Oui, Nick. J'ai dit que tu étais insupportable.

— C'est vrai, admit-il avec bonne humeur.

Ce fut plus fort qu'elle : Ruth éclata de rire.

— Bon, d'accord. Tu le veux à quoi ? demanda-t-elle.

Elle eut le plaisir de le voir un instant interdit.

— Le yaourt, Davidov. Quel parfum ?

Quelques minutes plus tard, Ruth sortait de la réserve, les bras chargés de victuailles. On entendait le fracas de la vaisselle et des couverts dans la salle de restaurant voisine, se mêlant au piano de Nick juste au-dessus de sa tête.

Elle reprit l'escalier en sens inverse, échangea quelques remarques au passage avec un musicien et deux membres du corps de ballet, puis regagna le grand studio de répétition, inondé par le soleil de midi. Nick jouait un air de blues, lent et mélancolique. Une de ses propres compositions, apparemment.

Non, pas une composition, rectifia-t-elle. Ce n'était pas un morceau destiné à être écrit, conservé et repris. Juste une improvisation où Nick exprimait son état d'âme du moment, laissant parler sa nostalgie au fil des notes.

Un rayon de soleil tombait sur ses mains qui glissaient, s'élevaient, dansaient sur le clavier. Des mains longues, mobiles et si expressives qu'elles en disaient souvent plus, en quelques gestes, que le discours le plus élaboré.

Il a l'air tellement seul !

Inattendue, presque iconoclaste, la pensée traversa l'esprit de Ruth à la manière d'un OVNI. Elle demeura un instant interdite. Nick touché par les démons de la solitude ? Lui qui était sur le pont vingt-quatre heures sur vingt-quatre et qui n'avait jamais une seconde à lui ? Ses pots de yaourts serrés contre la poitrine, Ruth fronça les sourcils. Etait-ce la tristesse émanant de sa musique qui lui avait insufflé cette idée surprenante ?

Elle se dirigea vers lui, ses chaussons glissant sans bruit sur le parquet.

— Tu te sens seul, Nick ?

Il releva la tête un peu trop vite et elle comprit qu'elle l'avait interrompu dans un moment d'intense réflexion. Il lui jeta un regard inhabituel — à la fois profond, pensif et pénétrant.

Puis, avec un léger haussement d'épaules, il reprit son expression coutumière.

— Cela m'arrive, oui. Mais ce n'est pas de ma solitude que je veux t'entretenir aujourd'hui.

Ruth posa les yaourts et les barres de céréales sur le piano.

— Je suis convoquée pour un déjeuner professionnel impromptu, c'est ça ?

Nick retira la capsule de la grande bouteille d'eau qu'elle avait apportée.

— Pas professionnel, non. Si nous parlons boulot, nous allons forcément nous disputer. Et ce ne serait pas bon pour la digestion. Viens t'asseoir à côté de moi, Ruth.

Il se poussa pour lui faire une place sur le tabouret devant le piano et Ruth s'assit, se préparant à l'inévitable décharge électrique. Entrer dans la sphère corporelle de Nick, c'était comme pénétrer dans un champ magnétique de forte intensité. Même ainsi, au repos et détendu par la musique, il était comme une pile chargée à bloc.

— Il y a un problème ? s'enquit-elle en sortant une barre énergétique de son emballage.

— C'est ce que je voudrais savoir, justement.

Intriguée, Ruth tourna les yeux vers Nick et constata qu'il l'observait avec une attention soutenue. Il avait des iris d'un bleu insondable. Et la capacité propre aux danseurs de garder une immobilité totale.

— J'ai eu Lindsay au téléphone, hier.

Déconcertée, Ruth laissa un pli pensif se creuser entre ses sourcils.

— Ah oui ? Et alors ?

— Elle pense que tu n'es pas heureuse.

Sous le regard interrogateur de Nick, Ruth se crispa insensiblement. Elle détourna la tête et réussit à chasser la tension naissante. Il n'y avait que Nick pour parvenir à la déstabiliser d'un simple coup d'œil.

Elle se força à sourire.

— Lindsay s'inquiète beaucoup trop à mon sujet.

Mais Nick lui posa la main sur le bras, la forçant à ramener son attention sur lui.

— Tu es malheureuse ici, Ruth ?

Elle secoua la tête et lui répondit en toute sincérité.

— Non… Absolument pas, non.

Les doigts de Nick glissèrent jusque sur son poignet.

— Tu es heureuse, alors ?

Elle ouvrit la bouche pour lui répondre par l'affirmative mais quelque chose dans son regard l'empêcha de se dérober devant la question.

— Pourquoi ? Qu'est-ce qui te fait penser que je pourrais ne pas être heureuse ?

Lorsqu'elle voulut se lever, les doigts de Nick se resserrèrent sur son poignet.

— Ruth ?

Elle dut se résigner à affronter son regard une fois de plus.

— Oui ?

— Sommes-nous amis, toi et moi ?

Là encore, elle hésita avant de répondre. Comment exprimer la complexité de ses sentiments pour lui ? La profonde inégalité qui marquait leur relation ?

— Parfois, murmura-t-elle. Parfois, nous sommes amis, Nikolai. Mais pas tout le temps.

Les yeux de Nick pétillèrent d'amusement. Il hocha la tête.

— C'est une bonne réponse.

A la profonde stupéfaction de Ruth, il lui prit les deux mains et les porta à ses lèvres. Sa bouche sur sa peau avait la douceur d'un murmure. Elle ne chercha pas à se dégager mais se tendit de plus belle. Le regard de Nick vint chercher le sien au-dessus de leurs mains jointes.

— Tu accepterais de me confier pourquoi tu ne te sens pas tout à fait heureuse ici ?

D'un geste parfaitement maîtrisé, Ruth se dégagea pour se lever. Si elle voulait converser avec Nick de façon un peu rationnelle, il lui fallait mettre plus de distance entre eux. C'était quelqu'un de physique qui appelait des réactions instinctives. Se postant à une fenêtre, elle regarda Manhattan s'agiter à ses pieds.

— Pour être franche, le bonheur n'est pas une aspiration à laquelle j'ai beaucoup réfléchi jusqu'à présent.

Elle s'interrompit pour secouer la tête en riant.

— Comme cela paraît pompeux, exprimé ainsi !

Pivotant sur elle-même, elle se tourna de nouveau face à Nick. Il la regardait gravement, sans sourire.

— Ce que je veux dire c'est qu'avant que tu me poses la question, je ne m'étais jamais vraiment demandé si j'étais heureuse ou non. Le bonheur a-t-il tant d'importance, au fond ?

Nick remplit un verre d'eau gazeuse et se leva pour le lui apporter.

— Lindsay semble penser que oui. Elle se fait du souci pour toi.

— Lindsay a déjà bien assez de préoccupations comme cela, avec Seth, les enfants et son école de danse.

— Elle est très attachée à toi, Ruth.

Les yeux rivés sur le visage de la jeune femme, Nick vit un sourire se dessiner lentement sur ses traits, une lueur de tendresse adoucir son regard sombre.

— Oui, je sais qu'elle m'aime beaucoup.

Il attrapa une mèche vagabonde et l'enroula autour de ses doigts.

— Et cela te surprend ?

— Sa générosité m'étonne. Et continuera toujours à m'étonner, d'ailleurs.

Ruth marqua une pause avant de se risquer à demander dans un souffle :

— Tu n'as jamais été amoureux d'elle, Nick ?

— Si. Brièvement. Il y a déjà pas mal d'années de cela, répondit-il, sans hésitation et sans regrets.

— Et il ne s'est rien passé entre vous ?

Avec un léger sourire, il rajusta une de ses épingles à chignon.

— Rien, non. Pendant quelques mois, j'ai hésité, tergiversé, différé mes manœuvres d'approche. J'étais tenté de lui faire des avances mais je n'arrivais pas à me résoudre à passer à l'acte. J'avais l'impression qu'elle était peut-être inaccessible, hors d'atteinte pour moi. Et puis le temps a passé. Et je me suis rendu compte que j'accordais trop de prix à l'amitié qui s'était nouée entre nous pour prendre le risque de la détruire.

Ruth médita l'information en silence.

— C'est étrange. J'ai toujours cru que rien n'était inaccessible pour toi.

— J'étais très jeune, à l'époque. Guère plus vieux que tu ne l'es aujourd'hui. Et ce n'était pas de Lindsay que je voulais te parler mais de toi. Elle me soupçonne d'être trop exigeant avec toi.

Ruth leva les yeux au plafond.

— Exigeant ? *Toi* ? Mais comment cette idée saugrenue a-t-elle pu germer dans son esprit ?

— Je me le demande aussi, acquiesça Nick le plus gravement du monde.

Se dirigeant vers le piano, Ruth se servit un yaourt.

— Pour en revenir à ta question, il va sans dire que je ne suis absolument pas malheureuse, Nick. J'espère que tu as rassuré Lindsay à mon sujet ?

Comme il ne répondait pas, elle se tourna vers lui, sa cuillère entre les lèvres.

— Nick ?

— J'ai pensé que tu avais peut-être connu de petits déboires sentimentaux ?

Elle haussa les sourcils.

— Tu crois que je me fais plaquer régulièrement par mes Jules, c'est ça ?

A en juger par son expression sévère, son choix de vocabulaire n'était pas du goût de Nick.

— Tu t'exprimes de façon très crue, petite fille.

— Je ne suis plus une gamine ! explosa-t-elle. Et je ne supporte plus que tu m'appelles…

— Tu vois toujours ton styliste ?

— Le styliste a un nom. Donald Keyser. C'est un être humain, pas une marque inscrite sur une étiquette.

Nick la gratifia de son sourire le plus innocent.

— Ah oui, vraiment ? Je note quand même que tu n'as toujours pas répondu à ma question.

— C'est exact.

Levant son verre de Perrier, Ruth but posément.

— Tu sors toujours avec lui, Ruth ?

— Je peux savoir en quoi ce serait un problème pour toi ?

Le bleu des yeux de Nick prit l'éclat de l'acier.

— Tu danses dans une compagnie dont je suis le directeur artistique. Autrement dit, tu es sous ma responsabilité, observa-t-il froidement en articulant chaque syllabe.

— Je sais que tu occupes de nombreuses fonctions dans cette compagnie, Nick. Mais j'ignorais que tu avais également adopté la casquette d'aumônier. Tu es certain d'être la personne la mieux choisie pour jouer ce rôle ?

— Attention de ne pas pousser la provocation trop loin, ma puce, la mit-il en garde.

— Je ne suis pas ta puce. Et je n'ai pas de comptes à te rendre. Pas en ce qui concerne ma vie privée en tout cas. Je ne manque jamais un cours, je suis assidue aux répétitions et je travaille dur tous les jours.

— T'ai-je jamais demandé des comptes, Ruth ?

— Le terme est peut-être un peu fort. Mais j'en ai assez que tu veilles sur moi comme… comme une espèce de père de substitution ! J'ai déjà mon oncle pour se charger de moi. J'imagine que quand je suis arrivée ici, Lindsay t'a demandé de garder un œil sur moi. Si c'est le cas, mets-toi bien ceci en tête : les années ont passé depuis et il y a longtemps que je n'ai plus besoin que tu fasses attention à ma personne.

Nick retira une de ses épingles à cheveux et la fit rouler entre ses doigts, son regard perçant toujours rivé au sien.

— Ah oui ? Tu en es certaine ?

Son ton nonchalant acheva de la mettre en fureur.

— Oui, j'en suis certaine. Une fois pour toutes, j'exige que tu arrêtes de me traiter comme une môme susceptible de faire une grosse bêtise dès que les adultes ont le dos tourné !

Lorsque Nick l'attrapa par les épaules, sa soudaine violence la prit au dépourvu. Elle se retrouva dans ses bras, plaquée contre ce torse magnifique qu'elle pensait connaître par cœur. Mais ce corps à corps inattendu avec Nick n'avait rien à voir avec la danse. Il n'y avait ni musique, ni figures, ni enchaînements écrits à l'avance. En lui, elle sentait vibrer la colère — et autre chose encore, de tout aussi électrique, auquel elle n'osait donner un nom. Ruth savait que Nick était sujet à de brusques accès de rage. Et elle avait l'habitude de gérer ses sautes d'humeur.

Mais cette fois…

Leurs deux cœurs battaient l'un contre l'autre à un rythme saccadé. Les doigts de Nick s'enfonçaient durement dans sa chair et pourtant elle ne ressentait aucune douleur. Les mains qu'elle avait levées d'instinct pour le repousser reposaient, immobiles, comme alanguies, contre son torse.

Dans un silence soudain chargé de tension, le regard de Nick quitta ses yeux pour glisser plus bas, sur sa bouche. Une onde de désir la parcourut — plus intense, plus poignante que tout ce qu'elle avait jamais éprouvé auparavant.

Lentement, Ruth se détendit, ferma les yeux. Lorsque le souffle de Nick glissa sur ses lèvres, elle les entrouvrit sur un léger soupir et murmura son nom.

Mais à la place du baiser attendu vint un vigoureux juron russe. Nick lui lâcha les épaules et se détourna en tempêtant.

— La prochaine fois, évite de me provoquer bêtement, O.K. ?

Blessée par son rejet, Ruth recula d'un pas.

— Comment ça, « te provoquer bêtement » ? protesta-t-elle dans un souffle.

Les yeux de Nick étincelèrent.

— Ne me pousse pas à bout, Ruth.

En deux pas, il atteignit le piano et se laissa tomber sur le tabouret.

— Contente-toi donc de ton couturier puisqu'il a l'air de si bien te convenir, ajouta-t-il plus calmement.

D'un geste impérieux de la main, il lui signifia qu'elle pouvait disposer et se mit à jouer comme s'il était déjà seul dans la pièce.

2

Son imagination avait dû lui jouer des tours.

Ruth récapitula mentalement la scène du déjeuner. Son ventre frémit lorsqu'elle se remémora la puissante montée de désir ressentie dans l'étreinte de Nick. « Non, ce n'est pas possible. J'ai rêvé », se répéta-t-elle, incrédule. Des centaines de fois, elle avait dansé avec lui sans percevoir entre eux le moindre frisson, la moindre ambiguïté. Alors pourquoi en irait-il soudain autrement ?

C'était absurde, illogique, insensé.

Perplexe, Ruth laissa le flux de la douche couler sur elle, lavant les fatigues de la journée. Lorsque Nick et elle avaient répété de nouveau dans l'après-midi, quelque chose avait changé dans la façon dont ils s'étaient mus ensemble. Il y avait eu une tension imperceptible, des frémissements légers, des amorces de sursauts à chaque contact de peau à peau.

Rien de plus, peut-être, que les étincelles électriques produites par leurs irritations respectives ?

Renversant la tête en arrière, Ruth passa ses cheveux sous l'eau et les sentit se plaquer jusque sur ses reins. Lorsque Nick l'avait prise dans ses bras, elle avait été submergée par une réaction violente, élémentaire et terriblement physique. Rien à voir avec le plaisir plus suave, plus innocent que lui procuraient les baisers de Donald.

Lorsque Donald l'embrassait, la tentation d'aller plus loin existait, bien sûr. Mais il lui était tellement facile d'y résister. Pour la séduire, le styliste usait de charme et de douceur. Il la complimentait, lui offrait des fleurs, l'invitait dans de luxueux restaurants où ils dînaient en tête à tête. Les repas étaient aux chandelles, les décors toujours romantiques.

Pour Ruth, ce déploiement de charme ne manquait pas d'agrément. « Plaisant » était sans doute le terme le plus approprié pour décrire les sensations que Donald suscitait en elle. Mais quel homme se satisferait d'une réaction aussi tiède ?

Donald, d'ailleurs, ne faisait pas exception. Il n'y avait eu personne jusqu'à présent pour lui faire connaître le moindre vertige des sens. « Plaisant » était le maximum de ce qu'elle avait atteint pour le moment. Et voilà qu'inopinément, un homme avec qui elle travaillait depuis des années — un homme capable à la fois de la faire hurler de colère et de lui arracher des larmes d'émotion — provoquait chez elle un véritable séisme.

Une chose était certaine : ce qu'elle avait ressenti avec Nick était tout sauf *plaisant*.

« Il ne m'a jamais embrassée, pourtant, songea-t-elle, rêveusement. Et il ne me touche pas non plus — en tout cas pas comme un amant. Et pourtant… »

Pestant tout bas, Ruth coupa avec impatience l'eau de la douche. L'épisode avec Nick n'avait été qu'un accident de parcours — une de ces expériences isolées et non reproductibles, comme il en survenait parfois. Le frémissement de désir qu'elle avait ressenti par le plus grand des hasards entre ses bras était lié au rôle de Carlotta qu'elle incarnait, à la passion tzigane, la chaleur de l'été finissant, la montée d'adrénaline provoquée par leur dispute. Bref, à un enchaînement *fortuit* de circonstances *fortuites*.

Dégoulinante de la tête aux pieds, Ruth tendit la main pour attraper un drap de bain. Elle sécha d'abord ses cheveux puis son corps longiligne de danseuse. Un corps dont elle connaissait intimement chaque ligne, chaque muscle. Un corps qu'elle avait façonné sans relâche, comme on élabore une sculpture.

Evoquer ses années d'apprentissage, ramena le souvenir de Lindsay qu'elle avait vue danser dans *Don Quichotte* quelques mois à peine avant que la grande ballerine ne quitte définitivement la scène. Rencontrer Lindsay Dunne en personne avait été un des événements les plus marquants de son existence. Dès le premier instant, l'ancienne ballerine professionnelle l'avait soutenue, encouragée, aidée à prendre conscience de son talent.

Ruth ne songeait jamais à Lindsay sans une immense tendresse mêlée de reconnaissance. Cinq années s'étaient écoulées depuis cette rencontre décisive. Depuis, elle avait dansé dans *Don Quichotte* elle-même. Et remporté un vif succès sur scène. Bien qu'enceinte de huit mois, Lindsay était venue exprès à New York pour assister à la première. Et son amie et ancienne prof de danse avait pleuré à chaudes larmes en la voyant incarner Kitri.

Pour la plus grande joie de Nick, d'ailleurs, qui n'avait cessé de rire et de taquiner Lindsay sur son « sentimentalisme ».

Avec un léger soupir, Ruth laissa tomber le drap de bain en tas sur le carrelage et enfila un peignoir de soie ivoire. Lindsay avait toujours été d'une surprenante perspicacité en ce qui la concernait. Qui d'autre que son amie — et tante par alliance — aurait senti qu'elle n'allait pas tout à fait aussi bien qu'elle ne voulait le croire elle-même ?

Assise à sa coiffeuse, Ruth démêla ses longs cheveux noirs en s'efforçant de se remémorer sa dernière conversation téléphonique avec Lindsay et Seth. Elle ne se souvenait pas d'avoir laissé transparaître la moindre trace de spleen, pourtant. La discussion avait tourné autour de Donald et de sa dernière collection. Elle avait mentionné la superbe petite commode ancienne qu'elle avait dénichée chez un brocanteur du Village. Puis Lindsay avait donné des nouvelles des enfants.

Mais même si leurs propos étaient restés anodins, Lindsay avait perçu chez elle une pointe de mélancolie vague dont elle avait à peine commencé à prendre conscience elle-même. Ruth fronça les sourcils. *Etait-elle malheureuse, au fond ?* Non, sûrement pas. Juste un peu… insatisfaite. Ce qui constituait déjà un scandale en soi. Comment pouvait-elle souffrir d'un tel sentiment alors qu'elle réalisait tous ses rêves un à un ? Elle était première danseuse de la compagnie ; son nom commençait à être connu dans l'univers du ballet classique.

Et, consécration suprême, elle s'apprêtait à danser le rôle principal dans la nouvelle création de Davidov. Même si la vie de danseuse était faite de privations, de souffrance et d'exercice, ces sacrifices étaient largement compensés par le plaisir qu'elle en retirait.

Non, il n'existait pas d'autre place pour elle au monde que dans l'univers du ballet.

Et pourtant, il lui arrivait par moments d'avoir envie de s'échapper et de retrouver l'existence vagabonde qu'elle avait menée durant l'enfance. Une existence faite de voyages, de découvertes, d'éblouissements successifs. Elle ne se souvenait que trop bien des bazars d'Istanbul, de la magie de Venise, de la foule à Bombay et de la blanche beauté des îles grecques.

Avec ses parents journalistes, le voyage avait été la norme et le credo familial résolument nomade. Ruth ne se souvenait pas qu'ils aient jamais passé trois mois de suite dans le même endroit. Toujours itinérante, elle n'avait jamais eu l'occasion de créer des liens durables avec quiconque, hormis avec ses parents.

Et avec la danse.

La danse avait été la constante, l'élément stable au sein d'une vie en perpétuel mouvement. Les écoles avaient varié ; les professeurs avaient défilé, prodiguant parfois leur enseignement dans des langues auxquelles elle n'entendait pas grand-chose. Mais les règles du ballet classique étaient restées partout les mêmes.

Les années de pérégrinations lui avaient conféré une maturité précoce et une grande assurance ; quant à l'absence d'amis, elle lui avait appris à se suffire à elle-même. Au point qu'on l'avait souvent accusée d'être hautaine, fermée, repliée sur soi. Les quelques mois où elle avait vécu avec son oncle Seth l'avaient changée de ce point de vue, cependant. Dans l'ambiance paisible de Cliffside, elle était devenue plus liante, plus ouverte. Et son amitié avec Lindsay lui avait appris la confiance.

Mais malgré ce début d'ouverture, son univers restait insulaire. Sans doute parce que le métier de danseur était si prenant, si exclusif qu'il faisait d'eux des êtres en marge. Ce léger décalage depuis l'enfance avec le monde dit « ordinaire » avait fini par faire d'elle une observatrice. Comprendre, analyser ce qui se passait autour d'elle était devenu, plus même qu'une habitude, une seconde nature.

Ce qui contribuait sans doute à exacerber son irritation vis-à-vis de Nick. Ruth l'avait observé tout l'après-midi et elle avait senti des turbulences. Mais elle n'avait pas été en mesure de leur donner un nom. La façon dont il s'était comporté avec elle à l'heure du déjeuner restait une énigme.

Et elle avait les mystères en horreur.

D'où le plaisir qu'elle tirait de la compagnie de Donald, sans doute. L'ombre d'un sourire étira les lèvres de Ruth tandis qu'elle jouait distraitement avec les poudres et les flacons alignés sur la tablette en marbre devant elle. Donald était quelqu'un d'éminemment prévisible. Son comportement était cohérent ; ses désirs bien définis. Il n'y avait pas de courants souterrains en lui.

Alors qu'avec un homme comme Nick…

Versant quelques gouttes d'huile parfumée au creux de sa paume, Ruth se frictionna pensivement les bras et les épaules. Un homme comme Nick n'était pas seulement imprévisible ; il représentait une source permanente d'irritation et de confusion. Il était versatile, déraisonnable, exigeant jusqu'à la démesure. Essayer de le suivre était déjà une épreuve en soi. Et le satisfaire relevait de la gageure. Elle avait vu tant de danseurs s'épuiser pour essayer de répondre à son attente. Elle-même, autant le reconnaître, faisait partie du nombre. Qu'avait-il donc de si particulier pour susciter une pareille dévotion ?

Un coup frappé à sa porte d'entrée arracha Ruth à ses réflexions. Elle se détourna de sa coiffeuse avec un haussement d'épaules et traversa l'appartement pour jeter un coup d'œil par le judas. Avec une exclamation étonnée, elle retira la chaîne de sécurité.

— Tiens, Donald, quelle surprise ! Je pensais justement à toi.

Elle se dressa sur la pointe des pieds pour effleurer ses

lèvres d'un baiser rapide mais il la prit d'autorité dans ses bras et la serra contre lui. Il enfouit le visage dans son cou.

— Mmm… Tu sens tellement bon que c'en est criminel.

Il étouffa son rire d'un baiser qui se prolongea bien au-delà de ce que Ruth lui accordait d'ordinaire. Elle l'encouragea même. Pour éprouver enfin quelque chose de plus intense avec Donald que le plaisir un peu tiède que ses étreintes lui avaient procuré jusqu'ici. Elle voulait l'excitation, la précipitation du sang, le mélange d'exaltation et de peur qu'elle avait ressentis l'après-midi même dans les bras d'un autre homme. Mais lorsque le baiser prit fin, son rythme cardiaque ne s'était pas accéléré de la moindre petite pulsation par minute. Et aucune vague de désir — même légère — n'était venue soulever le lac étale de sa libido paisible. Autant se rendre à l'évidence : c'était le calme plat. Le désert sensuel absolu.

Avec un large sourire, Donald enfouit les lèvres dans son cou.

— Mmm… Je ne pouvais rêver meilleur accueil, ma chérie.

Ruth demeura un instant dans ses bras. Elle appréciait l'affection tranquille de Donald, la protection qu'il lui offrait.

— Ce baiser est aussi une façon de dire « c'est sympa de te voir, mais que fais-tu ici, au juste ? »

— Je te sors, ce soir, annonça-t-il joyeusement en l'entraînant dans le séjour. Enlève ce peignoir et mets quelque chose de canon. Une robe qui porte ma griffe, bien sûr, précisa-t-il en lui effleurant la joue. Nous allons à une fête.

Ruth repoussa les cheveux encore mouillés qui lui tombaient sur les yeux.

— Une fête ?

— Une fête, oui. Ça te fera le plus grand bien de sortir un peu de cet appartement.

Donald jeta un bref coup d'œil indifférent à Nijinski qui sommeillait, étalé sur une table basse de verre. Fidèles à leurs habitudes respectives, l'homme et le chat s'ignorèrent royalement.

— Chez Carolina Carlini. Tu sais la créatrice dont les mannequins passaient juste après les miens dans le défilé de…

— Ah oui, je me souviens, coupa-t-elle. Une petite rousse aux yeux vifs avec des cils immenses. C'est ça ?

— Tout à fait.

Ruth soupira.

— Honnêtement, Donald… J'aurais apprécié que tu me passes un coup de fil d'abord pour me demander mon avis au lieu de débarquer comme ça sans prévenir.

— Mais je *t'ai* appelée. Ou du moins, j'ai essayé. Mais tu avais déjà quitté le studio de répétition. Et quand j'ai téléphoné chez toi, tu n'étais pas encore arrivée. Alors, j'ai sauté dans un taxi et me voilà.

Donald sortit un étui à cigarettes en or de la poche de sa superbe veste de soirée gris ardoise.

— Carolina a organisé sa fête à la dernière minute. Mais elle a réussi à rassembler pas mal de grosses pointures. Depuis qu'elle a présenté sa dernière collection, tout le monde se l'arrache. Elle a une cote d'enfer en ce moment.

— Désolée, mais il ne faut pas compter sur moi pour t'accompagner ce soir.

Avec un haussement de sourcils étonné, Donald actionna son briquet et souffla longuement la fumée.

— Pourquoi pas ? Tu n'as pas d'autres projets, si ?

Ruth fut tentée de lui assurer le contraire. Donald prenait des habitudes un peu trop possessives à son goût. Comme s'il avait des droits de propriétaire sur sa personne.

— Qu'est-ce qui te fait penser que je suis libre ce soir, Donald ?

Il lui adressa un sourire désarmant.

— Disons que j'espérais ardemment que tu le serais, plaida-t-il en déployant tout son charme… Allez, sois un amour et cours enfiler le petit modèle rouge que tu as pris à la boutique la semaine dernière. Carolina portera sûrement une de ses jupes à fleurs avec des socquettes qui lui donneront l'air d'une fausse fillette de douze ans. A côté de toi, je peux te garantir qu'elle aura l'air carrément vulgaire.

Pensive, Ruth étudia ses traits.

— Sous tes airs de grande gentillesse, tu n'es pas toujours très charitable, n'est-ce pas, Donald ?

— C'est mon métier qui veut ça, ma chérie. Il n'y a pas de milieu plus féroce que celui de la mode.

Ruth réprima un soupir. Elle savait que Donald l'appréciait et que son attirance pour elle était sincère. Mais elle se demandait dans quelle mesure il ne se servait pas d'elle comme d'une vitrine, lorsqu'il cherchait à la traîner un peu partout pour exhiber ses dernières créations.

— Je suis désolée, Donald, mais je ne suis pas en état d'aller à une fête ce soir.

— Oh, allez…

D'un geste qui trahissait un début d'impatience, il fit tomber la cendre de sa cigarette.

— Tu n'auras rien à faire de particulier. Juste te montrer et sourire. Et répondre à des banalités par d'autres banalités. Ce n'est quand même pas sorcier.

S'efforçant de contenir son irritation, Ruth tenta une fois de plus de faire comprendre à Donald que son métier n'autorisait aucun laxisme.

— L'existence d'un danseur est comparable à celle d'un athlète de haut niveau, Donald. Depuis 8 heures ce matin, je n'ai pas arrêté une seconde. Non seulement je suis épuisée, mais si je ne récupère pas cette nuit, je ne pourrais pas répéter correctement demain. Si encore j'étais seule en jeu ! Mais j'ai une responsabilité, aussi bien envers Nick qu'envers le reste de la troupe. Il faut que je puisse donner le meilleur de moi-même. Et pour ça, il n'y a pas de mystère : c'est repos obligatoire.

D'un geste parfaitement mesuré, Donald écrasa son mégot dans le cendrier. Un fil de fumée grise s'éleva puis se dissipa en fragiles volutes avant de disparaître par la fenêtre ouverte.

— Franchement, Ruth : ce n'est pas une existence ! Tu as vingt-deux ans, tu es belle et intelligente. Et tu te cloîtres chez toi tous les soirs. C'est absurde de gâcher sa jeunesse comme ça !

— Pas si absurde que cela dans la mesure où le ballet

sera donné dans moins de trois semaines. Le rythme des répétitions s'accélère et je suis forcément dedans à cent pour cent. Les fêtes attendront.

Lorsque Donald la prit dans ses bras, elle sentit vibrer la colère sous le calme de surface.

— Et moi, Ruth ? J'attends aussi, apparemment ? Jusqu'à quand ?

— Je ne t'ai jamais rien promis, Donald. Depuis le début, tu es prévenu que la danse reste ma grande priorité. De la même façon que tu fais passer ton métier avant toute autre considération, avoue-le.

— Donner la priorité à son art est une chose. S'interdire de vivre comme un être sexué en est une autre. Combien de temps continueras-tu à nier tes besoins de femme, Ruth ?

Ruth le toisa froidement.

— Je n'ai pas le sentiment de nier quoi que ce soit de ma féminité.

— Ah non ?

Les mains de Donald se crispèrent sur ses épaules. Exactement comme Nick l'avait fait quelques heures plus tôt. Mais si la situation était identique, sa réaction, en revanche, ne ressemblait en rien à celle que Nick avait suscitée. Alors que ce dernier avait éveillé en elle un mélange de colère et de vertigineuse attirance, Donald, lui, ne provoquait qu'une impatience teintée de lassitude.

— Donald, je n'ai pas le sentiment de nier ma féminité en refusant de coucher avec toi.

— Tu sais que je te désire comme un dingue. Le problème, avec toi, c'est que ce n'est jamais oui, mais jamais tout à fait non, non plus.

Il l'attira plus près.

— Chaque fois que je te prends dans mes bras, que je t'embrasse, je te sens céder un peu de terrain. Puis, tout à coup, tu mets un holà brutal, comme si tu élevais un mur pour te protéger de Dieu sait quoi. Combien de temps comptes-tu m'infliger ça, Ruth ?

Une pointe de culpabilité l'envahit. Elle ne pouvait nier

qu'il avait raison. Mais il n'était pas non plus en son pouvoir de changer quoi que ce soit à son absence de désir pour lui.

— Je suis désolée, Donald.

Il lut le remords dans ses yeux et changea de tactique. Resserrant la pression de ses bras, il se fit plus tendre, plus persuasif.

— Tu connais mes sentiments pour toi, Ruth… Pour la fête ce soir, contentons-nous de faire une apparition. Puis nous reviendrons ici avec une bouteille de champagne. Rien que toi et moi.

— Donald, tu ne veux donc pas comprendre que…

Un nouveau coup frappé à sa porte l'interrompit net dans ses explications. Distraite par la scène en cours, elle tourna le verrou sans même jeter un œil par le judas.

— Nick !

Sidérée de le trouver sur son palier, Ruth le regarda avec des yeux ronds, l'esprit vidé de toute pensée cohérente. Nick secoua la tête.

— Tu crois que c'est prudent d'ouvrir comme ça au premier venu, sans même vérifier de qui il s'agit ? lança-t-il avec bonne humeur. Surtout dans cette tenue. Tu sors de ta douche apparemment.

Avec une mimique appréciative, il se pencha pour renifler ses cheveux encore humides.

— Tu sens comme les premières pluies de printemps.

Il lui souriait, une lueur amusée dans les yeux, comme s'ils ne s'étaient jamais lancé des mots de colère à la figure.

— Tu es bien la dernière personne que je m'attendais à voir ce soir, Nick.

Il lui embrassa le bout du nez en riant.

— Je passais dans le coin. Et j'ai vu tes fenêtres allumées.

Au son de la voix de Nick, Nijinski descendit de son perchoir et vint se frotter affectueusement contre ses chevilles. Nick se baissa pour le caresser et rit doucement lorsque le chat se dressa sur ses pattes arrière en s'étirant le long de ses jambes. Il prit le matou ronronnant dans ses bras et avisa Donald en se redressant.

Son expression demeura joyeuse, son regard amical.

— Ah, tiens, vous êtes là, Keyser ?

Ruth découvrit avec consternation qu'elle avait complètement oublié la présence du styliste pendant son bref échange avec Nick.

— Tu te souviens de Donald, n'est-ce pas ?

— Mais certainement.

Ronronnant dans les bras de Nick, Nijinski gardait ses yeux ambre férocement rivés sur Donald, comme pour le mettre au défi d'approcher.

— J'ai vu une amie commune — Eleonor Boyer — porter une de vos créations, enchaîna Nick en se rapprochant du couturier. L'amie et la robe étaient exquises.

Donald haussa un sourcil ironique.

— Merci pour la robe.

Sans se départir de son sourire affable, Nick se laissa tomber dans un fauteuil.

— Tu ne m'offres rien à boire, Ruth ?

Par automatisme, elle se tourna vers la petite table qui faisait office de bar. Elle s'empara d'office de la bouteille de vodka, servit Nick et lui tendit son verre.

— Et toi, Donald ?

— Mets-moi un fond de whisky, s'il te plaît.

En contraste avec l'attitude détendue de Nick, Donald affichait une nette réserve. Nijinski tourna en rond sur les genoux de son grand ami et s'installa avec des airs de propriétaire, en frottant la tête contre sa main.

Nick leva son verre en se tournant vers Donald.

— Vos collections se vendent bien, je crois ?

— Je n'ai pas à me plaindre.

Toujours debout, Donald sirotait son scotch, en se demandant visiblement sur quel pied danser avec Davidov.

— J'ai appris que vous aviez utilisé des matières très aériennes pour votre collection d'automne ? poursuivit Nick avec une imperturbable amabilité.

Un fond de curiosité transparut sous la neutralité soigneusement affichée de Donald.

— C'est exact. Je suis surpris qu'en tant que danseur et chorégraphe, vous suiviez la mode féminine d'aussi près.

Avec une décontraction typiquement russe, Nick but une solide rasade de vodka.

— Ce sont les femmes que je suis de près. Je les aime.

L'affirmation était nette, carrée et à prendre dans son acception la plus vaste. Si Nick aimait les femmes, ce n'était pas seulement au sens sexuel du terme. On lui prêtait quelques liaisons torrides — à l'image de celle, très médiatisée qu'il avait eue avec ladite Eleonor Boyer. Mais on lui connaissait aussi des amitiés fortes. Comme celle qui le liait à Lindsay, par exemple.

— Si j'en juge d'après les vêtements que vous créez, vous aimez les femmes aussi, Keyser. La mode que vous leur faites porter est aussi respectueuse de leur intelligence que de leur silhouette. Ce qui est loin d'être le cas pour la majorité de vos concurrents.

— Vous essayez de me flatter ?

Amadoué, Donald alla jusqu'à prendre place sur le canapé. Nick secoua la tête.

— Je ne fais jamais de politesses, Keyser. Je déteste gaspiller ma salive en paroles inutiles. Comme Ruth vous le confirmera sans doute, je suis un individu très sobre.

Ruth eut une moue sceptique.

— Sobre ? Dans ton cas, le terme exact serait plus « égocentrique ». Ou nombriliste, si tu préfères.

Nick scruta d'un œil sombre le fond vide de son verre.

— Et dire que cette enfant était encore pleine de respect, il n'y a pas si longtemps.

— Lorsque j'étais jeune, tu m'impressionnais terriblement, en effet. Mais je commence à mieux te connaître.

Un éclair fugitif brilla dans le regard de Nick. Colère ? Défi ? Amusement ? Peut-être un mélange de trois. Elle aurait été incapable de l'affirmer avec certitude, en tout cas.

— C'est étonnant que les hommes de notre âge ne lui inspirent pas un peu plus de déférence. Qu'en pensez-vous, Keyser ?

— Donald n'a jamais éprouvé le besoin de m'impressionner, lui, rétorqua Ruth sans se rendre compte qu'elle ne laissait pas à l'intéressé la possibilité de s'exprimer. Et, contrairement à certains, il ne tient pas à tout prix à en imposer par son âge et sa sagesse.

— Tant mieux pour lui. Ça lui évitera d'être déçu... Elle a la langue bien pendue, cette enfant, commenta-t-il à l'intention de Donald.

— Seulement avec certaines personnes, précisa-t-elle.

La tête légèrement penchée sur le côté, Nick lui adressa son sourire le plus suave.

— C'est à moi de me sentir flatté, alors.

Ruth le maudit en silence d'avoir toujours réponse à tout. Rassemblant sa dignité, elle se leva en le gratifiant d'un regard qu'elle espéra souverain. Son corps se mouvait avec aisance sous la soie fluide de son peignoir. Le regard de Donald glissa fugitivement sur ses hanches mais Nick, très calme, maintint les yeux rivés sur son visage.

— Je suis comme toi, Nick, je considère la flatterie comme un gaspillage de temps et de salive. Maintenant, si tu veux bien m'excuser... Donald et moi sommes attendus à une fête et je voudrais m'habiller.

Tourner ostensiblement le dos à Nick lui apporta une indéniable satisfaction. Et la consola presque d'avoir à s'infliger une réception où elle n'avait aucune envie d'aller. D'une main impatiente, Ruth tira sa robe rouge de la penderie et fouilla dans sa commode pour trouver la lingerie assortie. Elle jeta le tout sur le lit et ôta son peignoir au moment précis où sa porte s'ouvrait à la volée. Juste à temps, elle parvint à plaquer son déshabillé sur sa poitrine.

Les yeux ronds, elle regarda Nick débouler dans la pièce et refermer le battant derrière lui.

— Tu es fou ? Tu ne peux pas entrer ici !

— Je le peux puisque j'y suis, constata-t-il avec son laconisme habituel.

Ruth faillit s'étrangler.

— Il te reste deux secondes pour faire demi-tour et sortir

de ma chambre, Nikolai ! Je ne suis pas décente, au cas où tu ne l'aurais pas remarqué.

Il laissa glisser un regard impassible sur ses épaules dénudées.

— L'essentiel est couvert, non ? J'ai juste deux mots à te dire, Ruth : tu as une journée de travail de dix heures derrière toi. Et un premier cours à 8 heures demain matin.

— Je connais mes horaires, merci.

Détachant avec précaution une des mains qui maintenaient son peignoir en place, Ruth repoussa ses cheveux dans son dos.

— Je n'ai pas besoin de toi pour me rappeler mon emploi de temps. Pas plus que je n'ai de comptes à te rendre sur la façon dont j'occupe mes soirées.

— Sauf si tes occupations nocturnes nuisent à la qualité de ton travail. C'est dans *mon* ballet que tu incarnes le rôle-titre, Ruth. Et j'attends de mes danseuses qu'elles soient au maximum de leurs capacités. Je ne crois pas avoir à te préciser qu'il y a un minimum d'hygiène de vie à respecter dans notre métier.

Mal à l'aise lorsqu'on touchait à ses compétences artistiques, Ruth fronça les sourcils.

— As-tu jamais eu le moindre motif de te plaindre ?

— Pas encore, non. Mais je te préviens que je ne me contenterai pas d'une performance médiocre de ta part. Et je ne vois pas comment tu pourrais être au sommet de ta forme si tu t'épuises en traînant dehors la moitié de la nuit.

Un nœud se forma dans sa poitrine.

— Je me suis *toujours* décarcassée pour toi, Nick. Je t'ai donné sans compter. Mes efforts, ma sueur, et parfois même mes larmes. Mais cela ne te suffisait pas ! On te donne tout et tu veux plus encore !

Elle allait se détourner sur un mouvement d'humeur lorsqu'elle se souvint que son peignoir ne couvrait que la partie face de sa personne. Réduite à l'impuissance, elle tapa du pied avec impatience.

— Et maintenant, vas-tu te décider oui ou non à sortir de cette chambre ?

Ignorant ses exigences, il planta son regard dans le sien.

— Je prends ce dont j'ai besoin chez mes danseurs. Et il n'y a pas si longtemps, *milaya,* tu ne demandais qu'à donner le meilleur de toi-même.

Le reproche implicite la toucha au vif.

— Tu es injuste, Nick ! Lorsque je danse pour toi, je ne garde rien pour moi, je suis dedans à cent pour cent. Mais ma vie privée, je la gère comme je l'entends ! Quand vas-tu cesser de me couver comme ça ? J'ai grandi depuis mon arrivée à New York !

Il réagit par un mouvement de colère si violent, si inattendu qu'elle fit un pas en arrière.

— Il n'y a que ça qui t'intéresse, alors ? C'est si important pour toi d'être traitée comme une femme ?

— J'en ai plus qu'assez que tu continues à t'adresser à moi comme lorsque j'avais dix-sept ans. Il est fini le temps où je faisais la révérence en te croisant dans un couloir. Je suis adulte et responsable !

Le regard que Nick laissa courir sur son corps alluma en elle un premier signal d'alerte.

— Tu veux que je te montre comment je m'y prends avec les adultes responsables qui se trouvent également être des femmes attirantes ?

— Non !

Mais elle était déjà dans ses bras, déjà moulée contre lui. Il ne lui prodigua pas le baiser dur et dominateur auquel sa colère l'avait préparée. Pas un baiser de pouvoir dont elle aurait pu se défendre. Nick l'embrassa comme s'il avait su d'emblée qu'elle donnerait avec la même ferveur qu'il mettait à prendre.

Ce fut tout simplement un baiser d'homme à femme. D'adulte à adulte. Sans force ni persuasion.

Ses lèvres s'ouvrirent en même temps qu'il ouvrait les siennes. Leurs langues se trouvèrent. Se mêlèrent. Ruth ferma les yeux. Ses pensées, son corps, son univers ne tournaient plus qu'autour de leur baiser. L'huile parfumée dont elle s'était enduite exhalait ses essences, chaudes et sensuelles. En levant les bras pour les passer autour du cou de Nick, elle lâcha son peignoir. Il tomba au sol avec un bruissement de soie, formant un petit tas à leurs pieds. Ils ne s'en soucièrent ni l'un ni l'autre.

Nick laissa monter et descendre ses paumes le long de son dos nu, un peu comme il avait caressé le chat quelques minutes plus tôt. Avec le même plaisir. La même assurance. La même sensualité possessive. Laissant échapper un léger murmure de désir, Ruth se serra plus étroitement contre lui.

Lorsque les mains de Nick glissèrent sur ses flancs, le baiser gagna en intensité. Ruth sentit qu'elle franchissait une limite. Elle sortit du périmètre de ses expériences passées et pénétra, le souffle coupé, dans une dimension neuve, un monde vibrant où les frontières entre le moi et l'autre se faisaient plus perméables, un monde de tension et de plaisir où l'abandon devenait possible.

Elle glissa les doigts dans les cheveux de Nick, laissa tomber la tête en arrière. Se serrant plus fort contre lui, elle s'ouvrit, lui demanda de prendre. Il n'y avait plus rien qu'elle ne voulût lui offrir. Le territoire inconnu dont il lui avait ouvert les portes était à la fois exaltant et nocturne, effrayant et riche en saveurs. Mille frissons couraient sous sa peau qui se faisait source brûlante sous les mains de Nick. Des mains qu'elle avait crues si bien connaître pourtant. Des mains qui l'avaient tenue et relevée, des mains qui, mille fois, déjà, s'étaient attardées sur sa taille, sur ses épaules et sur ses bras. Des mains qui s'étaient faites impérieuses pour montrer un mouvement, rectifier une posture. Mais ce n'était plus la musique et la danse qui les jetaient l'un vers l'autre. S'il y avait une chorégraphie, ils la réinventaient ensemble, selon des règles subtiles écrites dans une langue dont elle ne demandait qu'à parfaire la pratique.

Ruth poussa un murmure de protestation lorsqu'il l'écarta d'elle. Frustrée, elle garda les yeux clos et voulut se couler de nouveau dans ses bras, retrouver l'univers tiède et fluide où les frontières se faisaient incertaines, où la réalité prenait un visage inconnu.

Mais Nick la maintint fermement à distance.

Nue devant lui, elle ne songea pas à se couvrir. Elle lui

avait livré d'elle des aspects si intimes qu'elle n'éprouvait pas le besoin de lui cacher son corps. Nick fit glisser sur elle un regard lent, minutieux, attentif, comme s'il cherchait à mémoriser chaque millimètre carré de sa peau.

Mais lorsque ce même regard vint plonger dans le sien, Ruth y vit une colère proche de la fureur. Sans un mot, il se détourna et quitta la chambre.

La porte d'entrée claqua. Nick était parti comme il était entré : sans explication, en laissant comme un crépitement électrique dans son sillage.

3

— Et une… Et deux… Et trois… Et quatre…

Comme une marionnette articulée, Ruth enchaînait les pas en suivant le rythme donné par Nick. Après des heures et des heures de danse, son corps avait cessé de sentir la douleur. Elle avait la tête cotonneuse et un brouillard opaque lui obscurcissait le cerveau. Les quelques heures de sommeil qu'elle avait réussi à glaner en fin de nuit n'avaient pas suffi à recharger ses batteries. C'était uniquement par défi envers Nick qu'elle s'était attardée à la fête de Carolina dans une atmosphère d'alcool et de fumée, buvant punch sur punch, assourdie par le vacarme de la musique.

Toute la matinée, Ruth avait été péniblement consciente que sa condition physique se ressentait de ces excès et qu'elle ne dansait pas comme elle aurait dansé d'ordinaire. Nick, à son grand étonnement, n'avait émis aucun reproche — pas même l'ombre d'un commentaire. Il se contentait de reprendre chaque fois la même combinaison de pas ; de lui faire exécuter inlassablement les mêmes figures. Il ne criait pas lorsqu'elle perdait le tempo ou qu'elle vacillait après la série de fouettés qu'elle réussissait si bien d'ordinaire.

Même lorsqu'elle échoua lamentablement dans un de ses sauts, il demeura de marbre et aucun juron russe n'explosa dans le studio. Lorsqu'ils dansaient leur pas de deux, il ne la taquinait pas, ne lui murmurait aucune injonction à l'oreille.

Plus le temps passait plus la situation devenait inconfortable, constata Ruth en s'étirant en une lente arabesque. Tout compte fait, elle aurait préféré qu'il hurle et qu'il tempête comme à son habitude, en lui reprochant vigoureusement de n'en avoir fait qu'à sa tête la veille au soir.

S'il avait crié, elle aurait pu lui répondre sur le même ton. Et se soulager ainsi du poids de culpabilité qui lui pesait de plus en plus lourdement sur la poitrine. Mais pendant tout le temps que dura la répétition, il ne lui offrit pas une seule occasion de laisser exploser sa mauvaise humeur. Chaque fois que leurs regards se croisaient, Nick lui donnait l'impression qu'il voyait à travers elle par transparence. Elle n'était plus qu'un corps, un robot, un objet animé se déplaçant sous ses ordres.

Lorsque le moment de la pause arriva enfin, Ruth se retira au fond du studio et se laissa glisser le long du mur pour s'asseoir à même le sol, la tête sur les genoux. Ses pieds étaient douloureux et tordus par les crampes. Mais elle ne se sentait même pas le courage de les masser.

Elle leva les yeux lorsqu'une main secourable plaça une serviette sur ses épaules.

— Merci, Maxine, murmura-t-elle avec un sourire reconnaissant, en s'essuyant le front.

— Tu as l'air claquée.

— Ce n'est pas qu'une impression. Je suis morte.

Maxine Myers était une soliste talentueuse et une des premières amies que Ruth s'était faite dans la compagnie. Fine et élancée, avec des cheveux châtain clair et des yeux noirs au regard vif, Maxine passait sa vie à tomber amoureuse et allait de rupture en rupture avec une joie de vivre inentamée. Ruth admirait sa gaieté, sa franchise et son inaltérable optimisme.

Maxine se fourra un chewing-gum dans la bouche.

— Qu'est-ce qui t'arrive ? Tu es malade ?

Ruth renversa la tête en arrière pour prendre appui contre le mur. Un des danseurs s'était assis au clavier et pianotait une mélodie lancinante ; la grande salle bourdonnait du bruit des rires et des conversations.

— J'ai fait la fête jusqu'à 3 heures du matin. Et bu quelques punchs de trop.

Maxine étira une jambe et toucha le mur derrière elle.

— Sympa. Mais vu la journée qui t'attendait aujourd'hui, ça n'était peut-être pas ce que tu pouvais faire de plus malin. Tu t'es amusée au moins ?

Ruth frotta ses temps douloureuses.

— Moyen. Je n'avais même pas envie d'y aller, en fait.

— Alors qu'est-ce que tu fabriquais là-bas ?

— Je faisais de l'opposition systématique, murmura-t-elle en jetant un coup d'œil du côté de Nick.

— Mmm... Mauvais plan. Plus on s'ennuie à une fête, plus on est crevée le lendemain, c'est connu. Méfie-toi de Leah, en tout cas. Je l'ai entendue prononcer quelques commentaires ironiques sur ta façon de danser aujourd'hui.

Suivant le regard de Maxine, Ruth porta son attention sur la danseuse blonde à la silhouette racée qui avait débuté comme soliste en même temps qu'elle. Les cheveux cendrés de Leah étaient tirés en arrière, dégageant un visage à la beauté classique. En grande conversation avec Nick, la jeune ballerine agitait des mains longues et fines. Lorsqu'elle dansait, elle avait la grâce hautaine d'un cygne.

— Ah, bon ? Leah en a profité pour me casser du sucre sur le dos ? s'enquit Ruth avec un léger soupir.

— Tu sais qu'elle avait bon espoir que Nick lui confie le rôle de Carlotta ? Même le fait d'avoir décroché la princesse Aurore dans *La Belle au Bois Dormant* ne l'a pas consolée de ce qu'elle considère comme une injustice. Son grand rêve, c'est d'avoir Nick pour partenaire. Et ce n'est pas lui qui danse le prince Désiré.

— Les rivalités existent dans toutes les compagnies de danse, commenta Ruth distraitement en regardant Nick secouer la tête alors qu'il répondait à Leah.

— Les rivalités, oui. Et la jalousie. L'envie.

Un pli pensif barra le front de Ruth.

— Tu as raison. On n'échappe pas à la mesquinerie ambiante. C'est le métier qui veut ça, sans doute, conclut-elle, épuisée, en fermant un instant les yeux.

Le pianiste improvisé enchaîna sur une ballade romantique.

Quelqu'un se mit à chanter et le bruit joyeux des conversations enfla dans le studio.

— Un brin de rivalité n'a jamais fait de mal à personne, observa Maxine en s'assouplissant les chevilles. Mais avec Leah, c'est différent. S'il ne s'agissait pas d'une ballerine aussi extraordinaire, je regretterais presque qu'elle fasse partie de la compagnie. Cette fille, c'est du poison, Ruth. Pour arriver à ses fins, elle serait prête à marcher sur des cadavres. Et je te signale que tu représentes un obstacle sur son chemin... Bon, allez, à tout de suite. Je vais boire un verre d'eau. Mais fais attention à toi, O.K. ?

Surprise par cette vigoureuse mise en garde, Ruth suivit la jeune femme des yeux. Il n'était pas dans les habitudes de Maxine de porter un regard aussi négatif sur l'une de leurs collègues. Son amie avait un esprit ouvert et une nature généreuse. Et elle voyait rarement le mal chez autrui.

Cela dit, Ruth avait clairement perçu le dépit de Leah lorsque Nick l'avait choisie pour danser le rôle principal dans son nouveau ballet. La jalousie était omniprésente dans la compagnie. Comme dans n'importe quelle grande famille, d'ailleurs. La rivalité, l'envie faisaient partie du paysage. C'était un fléau inévitable dans une profession où les ambitions étaient fortes, le travail incessant et les bonnes places plus que rares.

Leah et elle s'étaient souvent trouvées en concurrence depuis qu'elles avaient été admises ensemble dans le corps de ballet cinq ans auparavant. Et elles avaient perdu et gagné l'une et l'autre. Leur style, leur allure divergeaient fortement. Si bien qu'elles offraient des versions très contrastées des personnages qu'elles interprétaient sur scène. Là où Ruth Bannion incarnait la passion, Leah mettait plutôt du raffinement et de l'élégance. Ruth était charnelle, musicale et sensible, là où Leah apparaissait froide, hautaine et hiératique.

Sur le plan technique, elles excellaient l'une et l'autre. Mais si la blonde dansait avec la tête, la brune dansait plutôt avec les tripes. Ruth trouvait tout naturellement sa place dans un ballet comme *Don Quichotte* alors que Leah excellait en Giselle. Ruth rayonnait dans *L'Oiseau de Feu* tandis que

Leah faisait une merveilleuse princesse Aurore, inaccessible et lointaine. Nick les avait toujours utilisées au mieux l'une et l'autre, en fonction de leur style et de leur talent mutuels. Il semblait d'ailleurs relativement logique qu'il ait choisi la brune passionnée plutôt que la blonde à la beauté classique pour incarner la tzigane Carlotta.

Ruth réprima un soupir. Se pouvait-il que la jalousie de Leah soit plus violente, plus dangereuse qu'elle ne l'avait cru jusqu'ici ? Si elles n'avaient jamais été amies, elles avaient toujours fait montre de respect pour leurs talents mutuels. Mais elle avait effectivement senti un regain d'hostilité de la part de sa rivale blonde depuis quelques semaines.

Haussant les épaules, Ruth retira la serviette qui lui couvrait la nuque et se leva pour s'étirer à la barre. Elle ne pouvait pas faire grand-chose pour remédier à la situation. Et ils étaient tous là pour s'incliner devant un impératif supérieur, de toute façon : la Danse.

— Ruth ?

Tressaillant au son de la voix de Nick, elle se retourna à contrecœur. Le regard qu'il posa sur elle était dépourvu d'expression. Une vague d'anxiété la submergea. C'était dans les moments où il se maîtrisait le mieux qu'il se montrait généralement le plus cruel.

Et le pire, c'est qu'elle était dans son tort.

— Nick, je…

— Rentre chez toi, Ruth.

Déconcertée, elle cligna des yeux.

— Pardon ?

— Rentre chez toi, répéta-t-il du même ton glacial.

— Mais, Nick, c'est absurde ! Je…

— J'ai dit : pars. Je ne veux pas de toi ici.

La sentence tomba comme un couperet. Les yeux rivés sur lui, elle se sentit pâlir. Rien n'aurait pu la blesser plus profondément que de se voir renvoyée ainsi en pleine répétition. Dans sa gorge montèrent simultanément un flot de récriminations furieuses et un afflux de larmes. Refusant de céder aux unes comme aux autres, elle serra les lèvres et se dirigea vers la porte sans un mot.

— Les seconds danseurs, s'il vous plaît, dit la voix calme de Nick juste au moment où elle quittait la salle.

Ruth dormit trois heures d'affilée avec Nijinski roulé en boule dans son dos. Elle avait pris une douche, fermé les persiennes de sa chambre et s'était allongée à même le couvre-lit. La chambre était plongée dans la pénombre et on n'entendait d'autre bruit dans la pièce qu'un ronronnement de félin comblé.

Elle se réveilla l'esprit parfaitement clair et roula sur le ventre. Délogé de sa place, Nijinski lui jeta un regard noir, se retira dignement au pied du lit et lui tourna le dos pour faire sa toilette.

Nick était présent dans ses ultimes pensées avant qu'elle ne s'assoupisse. Et ses paroles furent les premières à résonner dans sa tête au réveil. Personne, à sa connaissance, n'était capable de faire preuve de cruauté avec autant de nonchalance que Nikolai Davidov.

Le cœur lourd, Ruth se leva pour ouvrir les volets.

— Qu'en dis-tu, Nijinski ? Ce n'est pas parce qu'il m'a virée du studio que nous allons passer la journée dans le noir, n'est-ce pas ?

Ruth se laissa retomber sur le lit et entoura le chat de ses bras, le visage enfoui dans la tiède fourrure animale. Nijinski commença par feindre l'indifférence sous ses caresses mais n'en consentit pas moins à se laisser câliner. Amadoué, il finit même par se frotter le front contre sa main.

Elle lui souleva le menton et plongea ses yeux dans le mystérieux regard couleur d'ambre.

— Tu ne supportes pas que Donald touche ne serait-ce qu'un poil de ta moustache. Mais chaque fois que tu vois Nick, tu te colles contre lui, tu sautes sur ses genoux, tu ronronnes comme un bienheureux. Qu'est-ce que tu lui trouves à cet homme, Nijinski ? Qu'est-ce qui t'attire tant chez lui ?

Les yeux perdus dans le vague, elle passa lentement le doigt sous le menton félin.

— C'est sa voix qui te fait cet effet, peut-être ? Son accent russe ? Ou la façon dont il se déplace, avec cette grâce nerveuse ?

Abîmée dans ses pensées, elle secoua la tête.

— A moins que ce ne soit son toucher, plutôt ? Tu es sensible à la manière dont il pose les mains sur toi ? A la façon dont il te prend, te caresse ? A la sûreté de ses gestes ?

Inexorablement, ses questions la ramenèrent à la scène qui s'était déroulée dans sa chambre la veille. Là, juste devant son lit, Nick l'avait embrassée. Plus incroyable encore : il l'avait tenue nue dans ses bras.

Mais le plus étonnant, c'est qu'elle n'avait même pas pris le temps de s'appesantir sur l'événement. Après que Nick l'ait plantée là, elle s'était habillée, furieuse, et s'était précipitée à la fête en compagnie de Donald. Elle avait noyé son indignation sous un flot d'alcool, de fumée et de conversations oiseuses.

Exténuée au retour de la réception, elle s'était endormie sitôt la tête posée sur l'oreiller. Puis, au réveil, elle s'était précipitée au studio et avait passé la plus grande partie de la journée à lutter contre la fatigue.

Reposée, à présent, et la tête enfin claire, elle pouvait se pencher sur la scène étrange qui s'était déroulée la veille. Il n'y avait pas l'ombre d'un doute possible : elle avait vu du désir dans les yeux de Nick. Se roulant en position fœtale sur le couvre-lit, Ruth cala sa joue au creux de sa paume.

Nikolai Davidov avait eu envie d'elle.

Désir. Un frisson la parcourut au souvenir de ses mains glissant dans son dos, montant et descendant le long de ses flancs. Ruth sentit une onde de chaleur courir en elle. Puis, aussitôt après, comme une douche froide, vint une vision de Nick tel qu'il s'était comporté le matin même. Il n'y avait dans ses yeux ni désir ni reproche ni colère.

Rien que de l'indifférence.

Ruth enfouit son visage dans un des coussins en velours qui ornaient son lit. Le rejet de Nick continuait à lui faire mal. Elle avait l'impression d'avoir été punie, mise à l'écart, humiliée. Mais le bon sens lui disait qu'une seule répétition ratée n'était pas le bout du monde.

Tout comme ce même bon sens lui assurait qu'un seul baiser partagé ne représentait pas forcément le début d'une histoire d'amour…

Son regard tomba sur le poster accroché au-dessus de son lit. Offert par son oncle une dizaine d'années plus tôt, il représentait Lindsay et Nick dansant dans *Roméo et Juliette*. Sur une impulsion, Ruth décrocha son téléphone et composa le numéro des Hauts de la Falaise.

— Allô ?

La voix était claire et chaleureuse. Féminine et réconfortante.

— Ça va, Lindsay ?

Une exclamation réjouie retentit à l'autre bout du fil.

— Ruth ! Je ne pensais pas que nous aurions de tes nouvelles avant le week-end. Tu as reçu le dessin de Justin ?

Ruth sourit en regardant le chef-d'œuvre abstrait aux couleurs audacieuses que son cousin de quatre ans lui avait fait parvenir par la poste.

— Oui. Je l'ai affiché dans ma chambre. Il est magnifique.

Lindsay laissa éclater son beau rire contagieux.

— Magnifique est le mot, oui. J'espère que tu as repéré que c'était un autoportrait… Tu n'as pas de chance, tu as manqué Seth d'à peine quelques minutes. Il vient juste de partir en ville.

— C'est à toi que j'avais envie de parler, en fait. J'avais besoin d'entendre le son de ta voix.

Il y eut un imperceptible silence sur la ligne.

— Mmm… Laisse-moi deviner… Ta répétition s'est mal passée et tu es rentrée t'enfermer chez toi avec le moral plus bas que terre ?

Riant faiblement, Ruth replia ses jambes sous elle.

— Bravo. C'est exactement ça. Comment as-tu fait pour tomber juste du premier coup ?

— Parce qu'il n'y a rien qui déprime autant un danseur que d'échouer à une répétition et de s'entendre dire qu'il a dansé comme un éléphant. Ça nous est tous arrivé un jour ou l'autre, je te rassure.

Rassemblant ses longs cheveux dans sa main, Ruth les rejeta dans son dos.

— Du coup, je me sens ridicule de t'appeler pour si peu.

— Pourquoi ridicule ? Ce n'est pas parce qu'on subit le sort de tout le monde qu'il est plus facile à supporter pour autant. Nick t'a hurlé dessus ?

Dans la voix de Lindsay transparaissait plus d'amusement que de compassion. Ce qui était déjà un réconfort en soi. Ruth fixa le motif à petites fleurs du couvre-lit.

— Non, il n'a pas hurlé, en fait. S'il avait crié, ça m'aurait horripilée sur le moment, mais j'aurais oublié tout de suite après. Là, il est resté parfaitement calme et il m'a ordonné de rentrer chez moi sans même hausser le ton.

— Et tu as eu l'impression qu'on t'assenait un coup de batte de base-ball sur la tête.

— C'est à peu près cela, oui, acquiesça Ruth en souriant dans le combiné. Je savais que tu comprendrais, Lindsay. Mais ce qui a rendu cet épisode *vraiment* insupportable, c'est qu'il avait raison et que j'avais tort.

Lindsay rit doucement.

— Il faut reconnaître que Nick a raison souvent. C'est un des aspects les moins attachants de sa personnalité.

Ruth prit une profonde inspiration.

— Lindsay ?

— Oui ?

— Tu n'as jamais été attirée par Nick lorsque tu faisais encore partie de la compagnie ?

De nouveau, Lindsay laissa passer un temps de silence. Un peu plus long que le précédent, cette fois.

— C'est difficile de ne pas être attiré par la personnalité de Nick. Il a un immense charisme.

Les joues en feu dans la solitude de sa chambre, Ruth chercha ses mots.

— Oui, bien sûr. Mais ce n'est pas tout à fait dans ce sens-là que je t'entendais le mot « attirance »... Je pensais à quelque chose de plus personnel… Enfin, je me demandais si entre Nick et toi…

Charitable, Lindsay lui évita de s'empêtrer plus avant dans ses bafouillages.

— Je crois que je comprends le sens de ta question, Ruth. Et, oui, en effet, il y a eu une période où j'ai été très attirée par Nick.

De nouveau, Ruth leva les yeux vers le poster où les amoureux de Vérone se regardaient dans les yeux avec passion.

— De tous les gens qui gravitent autour de Nick, j'ai l'impression que c'est de toi qu'il est le plus proche, Lindsay.

— J'ai une immense amitié pour lui. Mais Nick n'en reste pas moins quelqu'un de très secret. Même pour moi.

Ruth hocha la tête. Les affirmations de Lindsay ne la surprenaient pas. Nick pouvait parler de danse pendant des heures, que ce soit aux médias ou dans un cercle d'amis. Mais il devenait terriblement réticent dès qu'il était question de lui, de sa famille, de son passé.

Oui, Nick savait se protéger. Rares d'ailleurs, étaient ceux qu'il laissait pénétrer dans sa sphère privée. Brusquement, Ruth se sentit très seule.

— Lindsay, s'il te plaît, tu accepterais de venir à la première de *La Rose Rouge* avec Seth ? Je sais que les enfants vous occupent beaucoup et que Seth est débordé. Mais… mais je crois que j'aurai besoin de vous le soir de la création.

— Bien sûr que nous viendrons, acquiesça Lindsay sans même une hésitation.

Lorsqu'elle raccrocha quelques minutes plus tard, Ruth avait recouvré le sourire. Sa sieste l'avait détendue, reposée. Et sa conversation avec Lindsay lui avait rendu sa combativité. Même si rien de spécial n'avait été dit, elle s'était sentie comprise, soutenue. Sans doute parce que Lindsay lui était plus proche que n'importe qui d'autre au monde. Non seulement, son ancien professeur de danse connaissait les affres et les tourments d'une vie de ballerine, mais elle s'était également frottée à la personnalité compliquée de Nick.

L'attention de Ruth dériva sur le poster dont elle connaissait intimement chaque ligne, chaque ombre, chaque détail. Face à un Roméo plein de fougue juvénile, Lindsay avait été une Juliette déchirante, toute de grâce fragile et de douloureuse intensité. Ruth se mordit la lèvre. Elle-même n'avait encore jamais incarné Juliette avec Nick comme partenaire. Et finalement, elle ne tenait pas tant que ça à danser le célèbre ballet avec lui. A ses yeux, Juliette resterait à jamais le rôle phare de la carrière de Lindsay. Et même si c'était stupide, elle avait de la peine à concevoir que Nick puisse devenir le Roméo d'une autre danseuse.

Ruth se leva et s'étira longuement. Depuis quelque temps, elle se cherchait sur le plan artistique, comme si elle était en attente d'un personnage qui serait vraiment le sien. Or elle était entrée presque d'emblée dans la peau de Carlotta. Au point qu'elle se surprenait parfois à penser en secret que Nick avait eu une pensée pour sa future interprète en composant *La Rose Rouge*.

— Oui, Carlotta, c'est moi, conclut-elle, pensivement.

Et c'était un rôle dans lequel elle comptait bien s'investir corps et âme. Se levant d'un bond, Ruth sortit un collant et un justaucorps propres de sa commode et se mit en tenue pour répéter.

Lorsqu'elle pénétra dans le vieux bâtiment de six étages qui abritait la compagnie de danse, il était déjà 19 heures. Mais plusieurs membres de la troupe se trouvaient encore sur place et l'habituelle ambiance de ruche régnait dans les couloirs. Ruth répondit aux saluts par un sourire ou un signe de la main. Mais elle ne prit pas le temps de s'arrêter pour bavarder. Après tout le temps qu'elle venait de perdre, elle avait hâte de se mettre au travail.

Dédaignant l'ascenseur, elle enfila l'escalier dont elle monta lestement les degrés. Avant même de pousser la porte du studio, elle entendit la musique de *La Rose Rouge*. La pièce paraissait toujours beaucoup plus vaste lorsque la troupe l'avait désertée. Immobile à l'entrée de la salle, elle regarda Nick danser.

Les fameux sauts de Nikolai Davidov avaient beaucoup contribué à faire de lui le danseur de légende qu'il était. Il s'élevait dans les airs comme si les lois de la gravité ne le concernaient pas, restait comme suspendu en hauteur et se recevait en équilibre parfait. Son corps était à la fois fluide comme une cascade et tendu comme une corde de violon. Il n'avait qu'à vouloir et à ordonner pour que ses muscles lui obéissent.

Nick n'était pas seulement un danseur doué de génie, il avait également le goût de la perfection. En recherche constante d'amélioration, il travaillait sans relâche et sans jamais hésiter à se remettre en question. Sa force, sa précision, son endurance impressionnaient tous ceux qui étaient amenés à danser sous sa direction.

Fascinée comme au premier jour, Ruth le regardait bondir, s'élever. Danseur virtuose, capable des plus éblouissantes prouesses techniques, Nick avait également de réels talents d'acteur. Il avait une expressivité extraordinaire, comme s'il mettait son être entier — corps, visage et muscles — au service du personnage qu'il incarnait.

En cet instant, Davidov était dans un état de concentration maximale. Son regard était fixé sur les miroirs qui couvraient toute une paroi de la salle. Traquant jusqu'à la plus infime trace d'imperfection, il revenait inlassablement sur les mêmes gestes, les mêmes pas. Malgré son bandana, la sueur dégoulinait de son front. De sa personne se dégageait un mélange de virilité et de poésie qui toucha quelque chose de profond chez Ruth. Des aspirations obscures se réveillaient en elle ; un élan secret sur lequel elle ne parvenait à mettre un nom. Plus immobile qu'une statue, les yeux rivés sur lui, elle ne voyait plus que le mouvement ondulatoire des muscles, le jeu subtil des articulations tandis qu'il se donnait à la danse corps et âme.

Elle demeura un instant les jambes coupées, abasourdie,

éblouie. « Oh, mon Dieu, songea-t-elle. Il est magnifique. Comme une œuvre d'art en mouvement. »

Nick s'interrompit en jurant avec force. Sourcils froncés, il jeta un regard contrarié à son reflet dans le miroir. Puis il se détourna pour se diriger vers le lecteur de CD. Repérant alors la présence de Ruth, il la regarda un instant en silence. Son regard tomba sur le sac de danse qu'elle portait à l'épaule.

— Tu as récupéré apparemment.

Ni rancœur ni triomphalisme ne transparaissaient dans son attitude. Ruth prit une profonde inspiration.

— Oui, je me suis reposée. Je suis désolée d'être arrivée dans cet état, ce matin.

Comme Nick ne répondait pas, elle se laissa tomber sur le banc et ôta ses sandales pour enfiler ses chaussons.

— Et tu es revenue pourquoi ? Pour te faire pardonner ? Pour rattraper le temps perdu ? s'enquit-il avec une pointe d'amusement dans la voix.

— Arrête de te moquer de moi, Nick.

— Parce que tu crois que je plaisante ?

Se sentant vulnérable, de nouveau, Ruth croisa les rubans de satin autour de ses chevilles.

— Ça t'arrive, murmura-t-elle tout bas.

Nick se déplaça sans bruit. Elle tressaillit légèrement lorsqu'il s'accroupit devant elle, les mains posées sur ses genoux.

— Je ne me moque pas de toi, Ruth.

Elle soupira.

— Tu aurais de bonnes raisons de le faire, pourtant. Puisque tu as raison neuf fois sur dix.

— Dix fois sur dix, pour être exact.

Elle le gratifia d'une grimace.

— Je te signale quand même qu'au départ, je n'avais aucune intention d'aller à cette fichue fête. Je n'y aurais même jamais mis les pieds si tu ne m'avais pas poussée à bout.

Il lui serra amicalement les genoux.

— Bien. Autrement dit, je suis le grand coupable, c'est ça ?

— J'aimerais autant que ce soit ta faute que la mienne.

Sortant une serviette de son sac, elle sécha la transpiration de Nick.

— Tu travailles trop, Davidov, décréta-t-elle, sourcils froncés.

Il lui saisit les poignets.

— Tu te fais du souci pour moi, *milaya ?*

Son regard plongé dans le sien paraissait plus songeur qu'amusé. « Ses iris sont tellement bleus, songea Ruth. Comme la mer dans le lointain. Ou comme un ciel d'été. »

— Jamais je ne me suis inquiétée à ton sujet jusqu'à présent, observa-t-elle pensivement. C'est bizarre que ça me prenne maintenant, non ? Je ne pense pas que tu aies besoin d'une nounou.

Les yeux de Nick pétillèrent.

— D'une nounou, non. Mais j'aime bien que tu te soucies de moi.

Il voulut se relever, mais Ruth le retint par l'épaule. Rassemblant son courage, elle posa la question qui la hantait.

— Pourquoi m'as-tu embrassée hier ?

Il haussa les sourcils d'un air légèrement sarcastique. Ruth sentit une vague de chaleur lui monter aux joues. Il se redressa et lui tendit les mains pour la remettre debout.

— Je t'ai embrassée parce que j'en avais envie. C'est une excellente raison, non ?

— C'est une raison, si l'on veut… Mais pourquoi hier soir, précisément ? Cette envie, tu ne l'avais encore jamais eue jusqu'ici.

Le visage de Nick s'éclaira d'un sourire énigmatique.

— Ah non ? Et qu'est-ce qui te fait penser cela ?

— Tu ne m'avais jamais touchée avant. Enfin… pas comme ça, en tout cas.

Elle se détourna pour retirer la robe d'été qu'elle portait sur sa combinaison de danse.

— Parce que tu t'imagines que je cède forcément à toutes mes envies ?

Ruth haussa les épaules. Elle était venue pour danser, pas

pour croiser le fer avec lui. Se retenant à la barre, elle descendit lentement en grand plié.

— J'ai toujours été persuadée que tu n'en faisais qu'à ta tête, en toute circonstance, lança-t-elle en croisant son regard dans le miroir. Je me trompe ?

Aucun sourire, cette fois, n'effleura les lèvres de Nick.

— Tu me provoques inconsciemment, Ruth ? Ou c'est délibéré de ta part ?

Elle perçut l'irritation dans sa voix mais ne put s'empêcher de poursuivre sur le même mode :

— Je ne me suis jamais tellement risquée à te provoquer jusqu'à présent. Mais ça pourrait être sympa d'essayer, non ?

— Attention où tu mets les pieds, Ruth, la mit-il calmement en garde. La chute pourrait être brutale.

Elle se mit à rire.

— J'ai toujours eu l'aventure dans le sang, Davidov. Si tu avais connu mes parents, tu comprendrais. Avec eux, il n'a jamais été question de mener une gentille petite vie bien confortable.

Nick reprogramma le CD dans le lecteur.

— Il y a danger et danger, petite Ruth. Et toutes les aventures ne sont pas bonnes à vivre.

— Qu'est-ce que tu cherches, au juste, Nick ? A me faire peur ?

— Si je voulais te faire peur, je n'aurais aucun mal à y parvenir.

De nouveau, leurs regards se rencontrèrent dans le miroir. Ruth dut faire un effort de volonté pour aller jusqu'au bout de son lever de jambe. « Oui, admit-elle en silence. Il le pourrait s'il le voulait. Il est capable de susciter n'importe quelle émotion. Chez moi ou chez quelqu'un d'autre. Et c'est ce qui fait son génie. Mais je n'ai plus envie de me laisser intimider par Nick. »

En quatrième position, elle descendit, le dos droit, le regard brillant de défi.

— Il en faudra beaucoup pour m'effrayer, Nick.

Il actionna le lecteur et elle sentit l'appel de la musique.

— Viens, fit-il en lui tendant la main.

Elle le rejoignit au centre du studio. Sans un mot, ils se mirent en place pour le grand pas de deux.

Nick n'était pas seulement un danseur de génie. Il était aussi un chorégraphe exigeant, pointilleux jusqu'à la maniaquerie. Pas un détail ne lui échappait. Avec une obstination inlassable, il la faisait reprendre, recommencer, en modifiant chaque fois la position d'un bras, la place d'une hanche.

— Tu inclines trop la tête, Ruth… Là, voilà… Un peu plus souple, ta main gauche…

Il s'approchait, rectifiait sa position, modifiait la hauteur d'une épaule. Ruth se prêtait à ces manipulations incessantes, sentait les mains de Nick effleurer sa taille, soulever une cuisse. Elle jouait le jeu, acceptait de laisser le grand Davidov la remodeler à sa guise.

Mais elle avait beau y mettre tout son bon vouloir, rien de ce qu'elle faisait n'était au goût de Nick. Il commença à donner des signes d'impatience ; elle, des signes de frustration.

— Mais regarde-moi quand tu danses, bon sang !

— Je ne fais que ça !

Jurant avec force, il alla couper la musique une fois de plus.

— Tu me regardes, d'accord. Comme tu regarderais l'épicier du coin. Tu ne peux pas incarner Carlotta si tu ne mets pas un minimum de conviction dans le rôle.

— Et comment veux-tu que je rentre dans mon personnage alors que tu nous interromps toutes les deux minutes ?

— Je ne m'arrête pas pour le plaisir. Je m'arrête parce que rien ne va !

Elle lui jeta un regard noir en s'essuyant le front.

— Bon. O.K. Quelles émotions suis-je censée traduire ?

— Tu es amoureuse de moi.

Prise au dépourvu par cette affirmation péremptoire, Ruth eut un léger haut-le-corps. Mais Nick, penché sur son lecteur, ne vit pas sa réaction.

— Tu me désires, poursuivit-il en revenant au début du morceau. Mais tu es fière comme une princesse tzigane et tu refuses d'être prise et rejetée. Tu te donnerais à moi si je te considérais comme une égale mais tu te heurtes à mes préjugés. Quoi qu'il en soit, du début jusqu'à la fin, ce ballet ne traite que de *passion*, Ruth. Elle couve sous la cendre… Laisse-la vivre en toi, bon sang. Tu m'affirmes que tu n'es plus une enfant, mais une femme au sens plein du terme. Prouve-le-moi.

Il vint se placer devant elle et lui prit la taille.

— Allez, on recommence. Et tu vas essayer de te mettre en situation, cette fois.

Relevant le défi, Ruth cessa de se concentrer sur la technique et laissa la porte ouverte à son imagination. Le sang gitan bouillonnait dans ses veines et elle était éprise d'un prince. Et son cœur fier lui interdisait la soumission.

La musique aussi exultait d'une fougue tzigane. Chaude, vibrante, sensuelle, elle chantait à ses oreilles et accélérait les pulsations de son sang. Le grand pas de deux n'avait rien de froid ni d'éthéré. Un érotisme puissant se dégageait de la scène. Les deux danseurs se frôlaient, s'effleuraient, se cherchaient et se repoussaient sans cesse.

Très vite, Ruth sentit le désir vibrer en elle. Cabrée, rétive, elle réalisa une succession rapide de soubresauts. A la fois Ruth et Carlotta, elle évoluait dans un espace intermédiaire où fantasme et réalité s'entremêlaient jusqu'à se confondre. Cet homme qui la prenait, la soulevait, elle le voulait pour elle. Et il lui était de plus en plus difficile de faire la part entre le personnage de fiction et la femme réelle. Lui, la touchait, l'attirait. Et chaque fois, elle refusait, lui tournait le dos. Non pas dans la fuite, mais dans le défi et l'affirmation de soi.

La musique se fit répétitive, lancinante. Le prince et la gitane se repoussèrent une dernière fois, dans une ultime tentative pour camper sur leurs positions respectives. Mais même si leurs tours en l'air et leurs sauts les éloignaient l'un de l'autre, leur fascination réciproque les ramenait inexorablement à leur point de départ. Jusqu'au moment, où pivotant sur eux-mêmes d'un seul mouvement, ils se retrouvèrent dans les bras l'un de l'autre. Sur les dernières notes du ballet, ils demeurèrent enlacés, face à face, cœur à cœur.

Le silence soudain fit à Ruth l'effet d'un choc. Essoufflés par la danse, ils respiraient vite l'un et l'autre et elle sentait les battements accélérés de son cœur répondre comme en écho aux pulsations cardiaques de Nick. Debout sur pointes, elle avait les yeux presque à la hauteur exacte des siens. Leurs regards se cherchèrent et s'interrogèrent. Leurs lèvres hésitantes firent de même. Leurs bouches se trouvèrent.

Le temps des questions était révolu.

Cette fois, Ruth éprouva une impatience, une faim sensuelle qu'elle n'avait fait que pressentir jusque-là. Quant à Nick, il semblait ne pas parvenir à se rassasier d'elle. Ses lèvres étaient partout, se déchaînaient sur son visage, dans ses cheveux et dans son cou. Ils brûlaient l'un et l'autre d'une chaleur blanche et sèche.

La peau de Nick, légèrement salée, picotait là où un début de barbe jetait une ombre sur sa joue. Avec un murmure approbateur, Ruth en goûta longuement la saveur avant de revenir à sa bouche.

Il murmura quelque chose qu'elle ne put comprendre. Tout était mystérieux chez Nick, même la langue dont il usait. Elle se laissa fondre contre lui, moulant son corps au sien. Seul le fin tissu élastique de son justaucorps faisait encore obstacle entre les mains de Nick et sa chair désirante. Des mains expertes, vivantes qui savaient éveiller comme par magie tout ce qui en elle somnolait encore. Des mains intelligentes qui s'y entendaient pour caresser, apprivoiser, contenir.

Les lèvres de Nick glissèrent sur ses joues, attrapèrent le lobe d'une oreille. Il mordilla, lécha. Explora le creux délicat du bout de la langue tout en entrecoupant ses baisers de mots russes qu'elle laissait couler sur elle comme autant de caresses, incompréhensibles et tendres.

Puis, de nouveau, leurs bouches se mêlèrent. Avec plus d'insistance, cette fois. Ruth prenait et donnait avec le même sentiment d'urgence. Elle se mit à trembler de plaisir lorsqu'il glissa une main entre eux, prit un sein au creux de sa paume.

Lorsqu'elle sentit Nick sur le point de s'écarter, Ruth enfouit son visage contre son épaule et se pressa contre lui. Aucune de ses expériences passées ne l'avait préparée à cette brusque transition de la force à la faiblesse la plus extrême. Elle avait beau constater qu'elle y perdait une part d'elle-même, elle était incapable de se détacher de lui.

— Ruth…

Avec une douceur inattendue, Nick lui saisit les épaules et plongea son regard dans le sien. Mais elle ne percevait ses traits qu'à travers une opacité brumeuse. Flottant dans un état de suave félicité, elle ne chercha même pas à déchiffrer son expression.

— Ce baiser ne figurait pas au programme, Ruth.

— Mais il s'est imposé de lui-même, chuchota-t-elle.

Et quoi de plus lumineusement simple, au fond ? Elle sourit. Mais lorsqu'elle leva la main pour lui caresser la joue, Nick lui saisit le poignet pour l'en empêcher.

— Cela n'aurait jamais dû arriver.

Ramenée brusquement à la réalité, elle leva les yeux sur son visage et discerna son expression sévère, son regard fermé.

— Pourquoi pas ? demanda-t-elle, sur ses gardes.

— Nous avons une première dans trois semaines. Une création. Ce n'est pas le moment de nous compliquer la vie inutilement.

Blessée et craignant de le laisser paraître, Ruth se laissa tomber sur un banc et entreprit de délacer ses pointes.

— Ainsi, je suis une complication inutile pour toi, Nick ?

— Inutile, sûrement pas. Mais une complication, oui, répondit-il avec désinvolture en allant retirer le CD du lecteur. Je n'ai ni le temps ni la disponibilité psychologique de satisfaire à tes besoins romantiques.

— De satisfaire à mes besoins romantiques ? répéta-t-elle, incrédule.

Nick hocha la tête avec la plus parfaite décontraction.

— Il y a des femmes plus compliquées que d'autres. Pour certaines, il ne suffit pas de les fourrer dans son lit mais il faut prévoir de leur consacrer beaucoup de temps et d'attention. Et je ne suis pas suffisamment disponible en ce moment pour t'offrir des dîners aux chandelles, des soirées plaisantes en tête à tête et de longues conversations à caractère intime.

— Ah, je vois. Tu as juste le temps pour des relations plus « basiques », disons ?

Les mains de Ruth tremblaient tellement qu'elle avait les plus grandes peines du monde à nouer ses tennis. Avec quelle facilité, Nick avait réussi à la tourner en ridicule !

Il lui jeta un rapide regard en coin.

— Des relations plus basiques, oui. C'est ce qui me convient le mieux en ce moment.

— Et il va sans dire que tu as d'autres femmes à ta disposition pour remplir cet office ?

Il haussa les épaules.

— En effet, oui. Je suis désolé pour ce qui s'est passé, Ruth. C'est le problème avec la danse. On est pris dans son rôle et il peut y avoir de regrettables confusions.

— Oh, ça va, inutile de te confondre en justifications oiseuses ! coupa-t-elle, excédée, en jetant ses chaussons dans son sac. Je n'ai besoin de personne pour « satisfaire à mes exigences romantiques ». Comme toi, j'ai d'autres recours.

— Comme ton couturier, par exemple ?

— Voilà. Mais rassure-toi, je ne ficherai plus aucune de tes sacro-saintes répétitions en l'air. Ton ballet, tu l'auras, Nick.

Les larmes qui montaient lui étranglaient la voix, mais il était trop tard pour les endiguer, de toute façon.

— *La Rose Rouge* fera un tabac, je te le garantis. Cette création consacrera mon talent et me hissera au rang de première danseuse étoile du pays.

Les larmes débordèrent de ses yeux et se mirent à ruisseler sur ses joues.

— Mais lorsque les représentations seront terminées, je ne danserai plus jamais avec toi, tu m'entends ? *Plutôt crever.*

Tournant les talons, elle courut hors du studio.

4

La vaste cacophonie qui régnait en arrière-scène filtrait jusque dans la loge fermée de Ruth. En temps ordinaire, elle aurait gardé sa porte grande ouverte. Mais elle s'était enfermée pour une seule raison : elle ne voulait pas recevoir la visite de Nick.

Il était toujours présent pendant les quelques heures qui précédaient une première. Passant de loge en vestiaire, il vérifiait les maquillages et les costumes, plaisantait avec les techniciens, soulageait le trac des uns et des autres. Aucun détail n'était trop insignifiant pour lui ; il n'y avait pas un problème, si mineur soit-il, auquel il ne prenait le temps de chercher une solution. Son implication était totale.

Jusque-là, Ruth avait toujours adoré le moment où Nick surgissait dans sa loge juste avant un passage sur scène. Par sa seule présence, il insufflait au reste de la troupe une part de son inépuisable énergie. En temps normal, il apaisait son anxiété et relançait son inspiration.

Mais aujourd'hui, elle préférait savoir Nick loin d'elle. Même si c'était impossible sur scène, elle voulait au moins maintenir un minimum de distance émotionnelle tant qu'ils étaient en coulisses. En temps normal, il fallait plus qu'une simple porte close pour dissuader quelqu'un comme Nick d'entrer. Mais compte tenu des circonstances, Ruth avait la quasi-certitude qu'il respecterait son message implicite. Et même si ce n'était qu'une victoire mineure, elle tirait une certaine satisfaction de son propre parti pris de froideur systématique.

Sans compter qu'elle comptait bien tenir parole et étinceler dans *La Rose Rouge*. Malgré ses tempêtes intérieures — ou peut-être à cause d'elles — , elle avait investi le personnage de Carlotta comme jamais encore elle n'avait travaillé l'un de ses rôles jusqu'ici.

Elle était décidée à faire un triomphe. A prouver au monde en général et à Nick en particulier qu'elle était une femme à part entière et une danseuse accomplie. Elle brillerait comme une étoile au firmament.

Sans l'aide de rien ni de personne. Et surtout pas de lui.

En bref, elle était d'humeur à lancer un défi à la terre entière. Et le personnage de la gitane remontée à bloc lui allait comme un gant.

Pendant les trois semaines qui avaient suivi l'épisode du baiser, Nick et elle avaient maintenu des relations strictement professionnelles. Ce qui n'avait pas toujours été simple, compte tenu des personnages qu'ils incarnaient. Mais ils s'étaient abstenus de tout commentaire personnel, ne s'étaient pas cherchés, comme ils le faisaient d'ordinaire.

Chaque fois qu'elle avait senti le regard de Nick posé sur elle, elle s'était appliquée à rester indifférente et hautaine. Chaque fois que le désir de la gitane avait menacé de s'étendre à elle par contagion, Ruth s'était remémoré les paroles méprisantes de Nick sur ses « besoins romantiques ». Et ce rappel avait eu pour effet immédiat de la caparaçonner dans sa fierté comme dans la plus hermétique des armures.

Elle avait même renoncé à chercher à deviner en permanence le contenu des pensées de Nick. Il lui importait peu désormais de savoir ce qui se passait en lui. Ils étaient là pour danser ensemble. Point final. Pour le reste, elle avait cessé de s'intéresser à sa personne.

Aujourd'hui, à moins d'une heure de la première, elle était seule dans sa loge, vêtue d'un simple peignoir blanc en éponge. Assise face à son miroir, elle cousait, pensive, les rubans de ses chaussons. Une tâche élémentaire, mécanique qui l'aidait à exorciser les démons du trac.

La chaleur des ampoules qui entouraient son miroir de scène avait mis une légère couleur à ses joues. Elle était déjà maquillée pour la scène, les yeux lourdement soulignés de khôl, le teint très pâle, les lèvres rouges. Ses cheveux, en revanche, tombaient librement sur ses épaules. Dans la première scène, ils voleraient autour d'elle, ajoutant encore à l'impression d'audace et de liberté qui se dégageait de son personnage.

La robe à volants dans laquelle elle danserait tout le premier acte était prête et accrochée derrière la porte. Une bonne dizaine de bouquets de fleurs avait déjà été livrée et les parfums mêlés des freesias, des lys et des tubéreuses flottaient dans la pièce.

Sur la table devant elle, elle avait disposé les douze roses rouges envoyées par Donald. Un léger sourire flotta sur ses lèvres. *Donald…* Il serait présent ce soir parmi les spectateurs. Et c'était lui, naturellement, qui l'escorterait à la réception.

Elle garderait ses roses en bonne place dans sa loge jusqu'à fanaison complète. L'élégant bouquet aurait le mérite de lui rappeler qu'il restait encore des hommes qui, même surmenés, trouvaient le temps de « satisfaire à ses besoins romantiques ».

Ruth se piqua le doigt avec son aiguille et jura tout haut. Portant son index à sa bouche pour atténuer la douleur, elle croisa dans le miroir son regard luisant de colère. Voilà ce qui arrivait dès qu'elle se laissait aller à penser à Nick.

— Je t'en ficherai, moi, des besoins romantiques ! marmonna-t-elle en reprenant sa couture.

Avec quel paternalisme, il lui avait assené son rejet ! Comme s'il avait affaire à une gamine de seize ans qui lui aurait demandé la lune !

Un coup frappé à sa porte la fit tressaillir. *Nick ?* Si c'était lui, elle lui ferait comprendre en termes choisis qu'il n'était pas le bienvenu. Le menton levé, le regard étincelant, elle tourna la poignée.

— Seth ! Lindsay !

Elle se jeta dans les bras de son oncle avant de sauter au cou de la mince jeune femme blonde à la silhouette de danseuse qui se tenait à côté de lui.

— Vous ne pouvez pas imaginer comme je suis heureuse de vous voir !

Lindsay trouva l'accueil un peu désespéré sous l'enthousiasme démonstratif de surface. Elle embrassa Ruth sans faire de commentaires, mais elle échangea un regard entendu avec Seth.

Ruth se retourna pour serrer une seconde fois son oncle dans ses bras.

— Vous avez une mine superbe tous les deux, s'exclama-t-elle en les tirant à l'intérieur de la loge.

Elle avait toujours eu une immense affection pour son oncle. Mais il avait fallu qu'elle devienne adulte et indépendante à son tour pour mesurer les bouleversements que Seth avait apportés dans sa joyeuse existence de célibataire lorsqu'il l'avait prise en charge après le décès de ses parents. Le jeune et talentueux architecte à la renommée internationale qui passait le plus clair de son temps à voyager et à s'amuser avait renoncé à sa liberté sans hésiter pour lui apporter le calme et la stabilité. Pour un homme d'à peine trente-cinq ans, il avait mis une rare bonne volonté à s'adapter aux besoins d'une nièce orpheline encore en âge scolaire.

Ruth contempla avec admiration et tendresse le couple qui se tenait devant elle.

— Tu es si belle, Lindsay. Je crois que je ne m'y habituerai jamais !

Lindsay était petite et de constitution délicate. Ses yeux très bleus contrastaient avec le blond pâle de ses cheveux et son teint d'une clarté presque diaphane. Il n'existait pas de femme plus chaleureuse au monde que Lindsay Bannion. Elle était spontanée, généreuse, donnait son affection sans compter. Et avec cela, elle avait un réel talent pour s'habiller, songea Ruth en admirant la robe de soirée gris fumée qui la faisait paraître encore plus légère et aérienne qu'elle ne l'était déjà.

Lindsay lui prit les mains en riant.

— Quel merveilleux compliment. J'aimerais entendre Seth me le dire plus souvent.

— Je te le répète quand même au moins une fois par jour, observa Seth, le regard plongé dans celui de sa femme. Tu te souviens de cette loge ? C'est celle que tu occupais lorsque tu dansais Ariel.

— Encore heureux que tu t'en souviennes. C'est ici que j'ai demandé ta main, Seth Bannion.

Un sourire amusé joua sur les lèvres de Seth.

— Si mes souvenirs sont exacts, tu as même utilisé l'impératif. Ce n'était pas une demande mais un ordre de mariage.

Ruth éclata de rire.

— Je ne connaissais pas cet épisode !

Lindsay se pencha en souriant pour attraper le chausson neuf dont elle avait commencé à coudre les rubans.

— Je n'ai jamais été très douée pour les traditions. Et je trouvais que Seth était un peu long à se décider... Mais parle-nous de toi, Ruth. Pas trop dévorée par le trac ?

Ruth fit la grimace.

— Quelle question. J'en suis malade.

— Mais tu es contente de ton rôle, non ?

— J'aime beaucoup le personnage de Carlotta, admit-elle. Mais au second acte, il y a un passage très dense où j'ai des enchaînements archi-difficiles et pas une seconde pour souffler.

— Nick n'écrit pas des ballets faciles.

— C'est vrai.

Ressentant le besoin de s'occuper les mains, Ruth reprit son fil et son aiguille.

— Comment vont les enfants ?

Le changement de sujet était si brutal que Lindsay et Seth échangèrent de nouveau un regard préoccupé.

— Justin est une terreur, expliqua Seth avec une fierté toute paternelle. A cause de lui, Worth s'arrache les quelques rares cheveux qu'il lui reste.

Ruth ne put s'empêcher de rire en songeant au majordome.

— Oh, le pauvre ! Et il arrive quand même à garder toute son irréprochable dignité professionnelle ?

— Absolument, confirma Lindsay. Jamais un mot plus haut que l'autre. « Monsieur Justin, il est inconvenant d'apporter sa grenouille dans la cuisine, même lorsque c'est l'heure du repas pour les animaux domestiques », cita-t-elle, imitant à la perfection l'accent britannique de Worth.

— Il fond complètement devant Amanda, en revanche, poursuivit Seth. Alors qu'elle est aussi calamiteuse que Justin.

Lindsay secoua la tête en riant.

— Tu as une façon de parler de nos enfants !

— Il faut reconnaître ce qui est. Hier encore, ta fille a versé la boîte entière de granulés dans le bocal du pauvre poisson rouge.

— Amanda essayait seulement de se rendre utile. D'ailleurs, qui les a emmenés au zoo l'autre fois et les a bourrés de hot dogs et d'esquimaux ?

— J'essayais seulement de me rendre utile, rétorqua Seth d'un ton suave en regardant sa femme avec tendresse.

Ruth les écoutait dialoguer, avec un mélange de bonheur et d'envie. Elle essaya de s'imaginer partie prenante dans une relation d'amour comme la leur. Une relation stable, persistante ; une relation plus forte que la lassitude et le doute.

— Tu veux qu'on te laisse tranquille pour que tu puisses t'habiller ? proposa Lindsay.

— Non, non, surtout pas. Vous venez juste d'arriver. Et j'ai encore du temps devant moi.

— C'est le pire moment, n'est-ce pas ? murmura Lindsay, le regard compréhensif, en la voyant tripoter nerveusement un de ses rubans.

Ruth hocha la tête.

— Vous viendrez à la réception, j'espère ?

Lindsay se plaça derrière elle pour lui masser les épaules.

— Bien sûr. Je ne voudrais pas manquer ça. Aurons-nous l'occasion de faire la connaissance de Donald ?

— Donald ? murmura-t-elle distraitement… Ah oui, Donald, bien sûr. Nous pourrions réserver une table pour quatre. Je suis sûr qu'il vous plaira. Il est, euh… très sympa.

— *Ptichka*, mon petit oiseau !

Nick se tenait dans l'encadrement de la porte ouverte. Et il n'avait d'yeux que pour Lindsay. Celle-ci courut se jeter dans ses bras.

— C'est tellement bon de te voir, Nick. Pourquoi laissons-nous toujours passer tant de temps ?

Il l'embrassa avec le mélange de tendresse, d'amitié et d'affection profonde qui caractérisait leur relation.

— Tu sais que tu deviens de plus en plus belle, toi ?

Nick prit le temps de scruter les traits de Lindsay d'un regard possessif.

— Dis-moi, cet architecte que tu as épousé, il te rend heureuse, au moins ?

— Mmm... Dans l'ensemble, il ne s'en tire pas trop mal. Mais tu me manques affreusement, Nick ! Pourquoi ne viens-tu pas nous voir plus souvent ?

— Si j'avais le temps de me promener, vous m'auriez sur le dos tous les dimanches, tu le sais bien. Mais en attendant ma retraite dorée, n'oublie pas que vous êtes toujours les bienvenus ici.

Tout en gardant le bras passé autour de la taille de Lindsay, Nick se tourna vers Seth.

— J'ai l'impression que le mariage te réussit, à toi aussi. Je suis ravi que vous ayez pu venir, tous les deux.

Ils échangèrent une poignée de main cordiale. Seth n'ignorait pas que — d'une certaine façon — il partageait les deux femmes de sa vie avec le chorégraphe.

— Tu as l'intention de nous offrir un nouveau triomphe ce soir, Nick ?

— Bien sûr, quelle question. Je compte bien mettre le monde à mes pieds une fois de plus.

Lindsay lui pinça affectueusement le bras.

— Tu ne changeras jamais, murmura-t-elle en laissant aller la tête contre son épaule.

Ruth les écoutait parler sans prononcer un mot. On sentait qu'il existait entre Lindsay et Nick un lien rare, presque unique en son genre. La complicité entre eux était si nettement perceptible qu'elle semblait presque tangible. Il suffisait de les voir côte à côte pour se souvenir du couple impérissable qu'ils avaient formé sur scène. En tant que partenaires, leur entente avait atteint une qualité presque irréelle. Pas un critique, pas un amateur de ballet classique n'avait oublié la sublime version de *Roméo et Juliette* que Lindsay Dunne et Nikolai Davidov avaient offerte à leur public dans le temps.

A force de les observer, Ruth en oubliait d'écouter ce qui se disait. Elle était fascinée et sa fascination la rendait vulnérable. Les défenses qu'elle avait érigées étaient tombées sans qu'elle y prenne garde et elle se sentait de nouveau perméable aux vibrations qui émanaient de Nick. Alors que la colère lui avait permis de le tenir à distance, l'émotion qu'elle ressentait à voir ces deux immenses danseurs ensemble la laissait à la fois troublée et démunie.

Le regard de Nick trouva le sien. Ses yeux étaient d'un bleu si puissant qu'elle ne put résister à leur invasion. Ce fut soudain comme s'il s'était glissé en elle pour pénétrer jusque dans le secret de son âme. Avec un imperceptible frisson, elle détourna la tête et mit fin à leur troublant dialogue visuel.

Même si leur échange muet fut bref, il laissa dans l'atmosphère comme un crépitement électrique. Ni Seth ni Lindsay n'avaient bronché, mais leurs deux visages exprimaient une même inquiétude.

— Nadine sera à la réception, je suppose ? lança Lindsay dans le but évident d'apaiser les tensions.

— Mmm… ?

Nick cligna rapidement des yeux et reporta son attention sur le couple.

— Ah oui, Nadine. Bien sûr qu'elle sera à la réception. Rapace comme elle est, elle se nourrit des temps forts qui ponctuent la vie de la compagnie. Elle se repaîtra de ce moment de gloire avant de repartir de plus belle à la chasse aux donateurs.

Lindsay sourit.

— Qu'est-ce que tu peux être dur avec elle ! Apparemment, rien n'a changé depuis mon époque. Je me souviens de quelques prises de bec particulièrement musclées entre Nadine et toi.

Nadine Rothman, la fondatrice de la compagnie et sa directrice administrative, avait une personnalité presque aussi affirmée que celle de Nick. Ce qui donnait lieu, par moments, à des clashes mémorables.

— Ne t'inquiète pas pour Nadine. Elle est de taille à me tenir tête, lança Nick en se dirigeant vers la porte. Je vous revois tout à l'heure à la réception, je suppose ?

— Nous y serons, oui.

Le regard de Nick retourna chercher celui de Ruth. Lindsay réalisa que les deux danseurs n'avaient pas échangé un seul mot depuis l'instant où il était entré dans la loge. Et néanmoins, les phases de communication muette entre eux laissaient des ondes puissantes dans leur sillage.

— Alors à tout à l'heure. Il est temps que j'aille me changer, mes chers amis.

Nick quitta la loge en coup de vent. Du fond du corridor, on entendit aussitôt plusieurs voix s'élever, appelant son nom. Lorsque Ruth leva les yeux vers son oncle, Seth s'approcha pour lui poser les mains sur les épaules.

— Il serait peut-être temps que ma nièce se mette en costume aussi, non ?

Elle fit un effort pour se ressaisir.

— Oui, tu as raison. Il vaut mieux que je finisse de me préparer. J'entre en scène dès le lever de rideau.

— Tu vas danser magnifiquement, lui assura Seth en se penchant pour lui poser un baiser sur le sommet de la tête.

— Il le faut, oui.

Levant les yeux, elle soutint un instant le regard de Seth dans le miroir avant de se tourner vers Lindsay.

— Je tiens à me dépasser dans ce rôle, admit-elle à mi-voix. C'est difficile à expliquer, mais je le veux absolument.

— Tu te dépasseras, lui assura Lindsay en entrelaçant ses doigts à ceux de Seth. J'ai toujours dit que la danse était inscrite dans tes gènes. Et tu es la plus douée de mes ex-élèves, après tout.

Ruth gratifia Lindsay de son premier vrai sourire depuis la visite de Nick.

— Bonne chance, lui souhaita cette dernière en se penchant pour l'embrasser sur la joue.

Seth et elle partirent bras dessus dessous. Restée seule, Ruth se leva lentement pour aller fermer la porte. Elle demeura un instant immobile à contempler le costume aux couleurs vives qui la transformerait en Carlotta. Qui était-elle, au fond ? Ruth Bannion, un peu perdue, un peu indécise, débordée par la violence de ses sentiments et passablement angoissée par l'épreuve qui l'attendait.

Mais enfiler son costume de scène, c'était entrer dans son rôle — devenir le personnage qu'elle incarnait.

Carlotta aussi était vulnérable à sa façon. Mais elle avait ses parades. Plus elle était intimidée, plus elle en rajoutait dans l'audace et l'insolence.

Ce constat ramena un sourire aux lèvres de Ruth. Oui, décidément, Carlotta serait *son* personnage.

Lorsqu'elle sortit de sa loge un quart d'heure plus tard, l'orchestre était déjà installé dans la fosse et les musiciens accordaient leurs instruments. Sa jupe de gitane se balançait au rythme de ses hanches et elle avait noué une écharpe rouge autour de sa taille. Ses longs cheveux noirs flottaient dans son dos. Pressant le pas, elle contourna les danseurs qui s'échauffaient avant d'entrer en scène et salua d'un signe ceux qui patientaient dans les coulisses en attendant leur tour. Elle repéra Maxine assise en tailleur dans un coin, occupée à assouplir ses chaussons à l'aide d'un marteau.

Ruth sélectionna un accessoire de théâtre qui pouvait faire office de barre et commença ses échauffements. Déjà, les odeurs de la scène — sueur, colophane et ampoules surchauffées — lui montaient aux narines. Ses muscles dociles se tendaient, s'étiraient, se relâchaient à volonté. Attentive à se vider l'esprit, elle tournait le dos à la scène pour se concentrer uniquement sur la rassurante mécanique des mouvements familiers.

Tous les ballets dans lesquels elle avait dansé comptaient pour elle. Mais celui-ci se démarquait de ceux qui avaient précédé. C'était la première fois qu'on lui confiait le rôle-titre dans une création, pour commencer. Et elle avait, d'autre part, quelque chose à prouver. Nick verrait ce soir qu'elle était d'un professionnalisme sans faille. Et que ses sentiments pour lui — quelle qu'en soit la nature — n'interféraient pas sur sa façon de danser. Elle était là pour interpréter le ballet qu'il avait composé. Et ni sa colère ni ses vertiges charnels ne joueraient sur la qualité de sa prestation.

Cela dit, les quelques minutes où Nick était entré dans sa loge avaient failli tout gâcher. Lorsqu'il l'avait regardée, quelque chose en elle avait été à deux doigts de fondre. Seul le souvenir de son rejet brutal lui avait permis de se déprendre de la fascination.

Ruth se surprit à serrer les poings. Si Nick l'avait embrassée, désirée, il ne l'avait pas choisie pour autant. Il lui avait laissé entendre avec une totale indifférence qu'elle était interchangeable — que peu lui importait finalement d'être avec telle femme ou telle autre, pourvu que ses « amours » ne le dérangent pas trop.

Sourcils froncés, Ruth leva la jambe le plus haut possible derrière elle et la déplia lentement. Il était grand temps que quelqu'un se charge de donner une leçon à ce Russe trop arrogant qui se prenait pour le nombril du monde. Nick avait eu trop de filles à ses pieds ; trop de conquêtes faciles, trop de groupies déchaînées. Pour lui, c'était devenu naturel d'être adulé, chéri et traité comme un jeune dieu. Mais elle était décidée à lui prouver que son pouvoir avait des limites.

Levant la tête, Ruth tressaillit lorsque son regard se trouva soudain aspiré par celui de Nick. Immobile à quelques mètres, il l'observait avec attention.

Nick était sorti de sa loge, vêtu de la tunique blanche et or qu'il portait pour le premier acte. Repérant Ruth, il s'était arrêté un instant pour la regarder s'échauffer. Et s'était demandé si l'expression de passion sur ses traits lui appartenait en propre ou si elle s'était déjà mise dans la peau de son personnage. Là, dans les coulisses plongées dans la pénombre, avec sa robe chamarrée, ses yeux charbonneux et l'attitude de défi qui la marquait tout entière, Ruth faisait une Carlotta idéale, à la beauté sensuelle et sombre, avec un pouvoir de séduction presque démoniaque.

Ce fut au moment où Nick formait cette pensée qu'elle tourna les yeux dans sa direction. Ils ressentirent l'un et l'autre le désir et l'élan, suivis presque immédiatement d'un sursaut d'hostilité.

Ruth lui jeta un regard noir qu'elle accompagna d'un mouvement impérieux de la tête. Puis elle tourna les talons et s'éloigna dans un grand bruissement de jupons. Nick sourit. Tout à fait inconsciemment, elle avait adopté la gestuelle de la sulfureuse Carlotta.

« O.K., ma belle. On verra qui de nous deux aura le dessus ce soir. » Songeant qu'il prendrait plaisir à relever le défi, il emboîta le pas à Ruth. Au passage, quelques danseurs et un technicien tentèrent, sans succès, d'accaparer son attention. Il la rattrapa en quelques pas, la saisit par les épaules et la fit pivoter vers lui. Sans se soucier du reste de la troupe qui le regardait faire avec des yeux ronds, il la prit dans ses bras et l'embrassa à pleine bouche.

Prise au dépourvu, Ruth n'eut pas le réflexe de le repousser. Avec l'arrogance qui leur était propre, les lèvres de Nick dévoraient les siennes. Pendant quelques secondes qui parurent durer une éternité, leurs bouches se mêlèrent avec un mélange de passion et de férocité. Puis il rejeta la tête en arrière et le baiser s'acheva aussi brusquement qu'il avait commencé.

Nick lui maintint un instant les épaules pour arrimer son regard au sien.

— Voilà qui devrait te mettre dans les bonnes dispositions d'esprit pour danser, fillette.

— Tu sais ce qu'elle te dit, la fillette ?

Il eut la prudence de s'éloigner avant qu'elle ait eu le temps de réagir. Plantée sur place, Ruth le suivit des yeux d'un regard noir. S'il était resté un quart de seconde de plus, elle l'aurait giflé. Autour d'elle, quelques rires, quelques applaudissements amusés s'élevèrent.

Se détournant avec superbe, elle s'avança jusque sur la scène déserte au moment où l'orchestre donnait ses premières mesures. Tout doucement, les lourds rideaux de scène s'écartèrent et elle se concentra sur le tempo, en se maintenant figée dans une immobilité totale. Lorsqu'un premier spot s'alluma, dessinant autour d'elle comme un cône fragile de lumière, elle s'anima et commença à danser.

La variation qu'elle exécutait en ouverture était courte, rapide et flamboyante. Lorsqu'elle sortit, la scène s'éclaira et on vit apparaître le campement gitan qui formait le décor du premier acte. Les applaudissements se déchaînèrent.

Pendant que le corps de ballet et les seconds danseurs prenaient la relève, Ruth se voyait accorder quelques précieuses minutes de repos pour reprendre son souffle. Elle suivait les péripéties sur scène tout en écoutant d'une oreille les compliments dont l'inondait l'assistant chorégraphe. A l'autre extrémité des coulisses, elle voyait Nick qui se préparait à faire son entrée.

« Essaye donc de faire mieux que cela, Davidov ! » le défia-t-elle en silence. Ruth savait qu'elle n'avait jamais aussi bien dansé de sa vie. Comme s'il avait entendu la provocation muette, Nick lui sourit avant de se lancer à son tour.

Son personnage, dans le premier acte, respirait l'arrogance. Imbu de sa supériorité princière, il déambulait dans le campement, déterminé à se distraire en achetant quelque colifichet. Mais les gitans avaient beau défiler devant lui avec leurs trésors, il les rejetait l'un après l'autre avec dédain.

Nick, par sa seule présence, dominait la scène. Ruth ne pouvait nier ni son talent ni son charisme. Mais elle n'en était que plus déterminée à le vaincre. Elle attendit qu'il ait repoussé un à un tous les produits artisanaux qui lui étaient proposés. Puis, la tête haute, elle surgit dans le campement à son tour, une rose rouge piquée derrière l'oreille.

La fascination entre le prince et Carlotta fut immédiate et sans appel. Dès l'instant où ils posèrent le regard l'un sur l'autre, il y eut coup de foudre. La lumière changea sur scène ; l'orchestre joua crescendo. Mais en constatant le mépris dans lequel le prince les tenait, elle et les siens, Carlotta lui tourna le dos pour rejoindre le groupe formé par ses sœurs.

Le prince, intrigué, tourna autour des jeunes filles. Il fouettait l'air de ses sauts et de ses bonds, faisait étalage de ses prouesses de danseur.

Lorsqu'il s'immobilisa devant Carlotta, leurs regards se rencontrèrent de nouveau. Elle le toisa avec dédain et se dégagea d'un mouvement brusque lorsqu'il lui attrapa le menton. Vu la lueur conquérante dans les yeux de Nick, Ruth n'eut aucun mal à le foudroyer du regard. Même si elle était consciente qu'elle forçait un peu le trait par rapport au jeu qu'on attendait d'elle.

Mais le prince, nullement impressionné, se tourna avec superbe vers le père de Carlotta : il avait enfin trouvé un « objet » à sa convenance dans le camp tzigane. Et il était prêt à céder tout l'or qu'il avait sur lui en échange de la jeune fille.

Face à ce marchandage, Carlotta laissa son indignation et sa colère se déchaîner. Elle n'était pas à vendre et il était hors de question que quiconque exerce un droit sur elle. C'était un sang libre et fier qui courait dans ses veines. Tournant autour du prince, elle le défia, l'excita. Et lui proposa finalement de lui accorder une seule danse en échange de son sac d'or.

Le prince ragea, protesta, mais fut incapable de résister à la tentation. Il finit par jeter son or en pluie sur le tas de babioles qu'il avait dédaignées en arrivant. Ensemble, Carlotta et lui entamèrent leur premier pas de deux, paume contre paume, le corps vibrant de désir et le regard étincelant.

Le ballet se poursuivit dans un déploiement de danses tziganes autour des feux de camps. Entre Ruth et Nick, la compétition restait féroce. Chacun donnait le meilleur de lui-même et poussait l'autre à en faire autant.

Pas une seule fois, ils ne s'adressèrent la parole en coulisses. Mais au beau milieu de la scène, alors qu'ils dansaient tout près l'un de l'autre, Nick lui glissa à l'oreille que ses ballonnés piqués n'étaient pas tout à fait à la hauteur de ce qu'on pouvait en attendre.

Il la souleva et elle se laissa tomber, la tête arquée vers le sol et les pieds surélevés, si bien qu'il la tenait presque à l'envers. Six… sept… huit temps, puis elle se redressa, vive comme l'éclair. Son regard lançait des flammes alors qu'elle enchaînait les fouettés.

Lorsqu'elle quitta la scène sur une superbe envolée pour laisser Nick exécuter sa propre variation, Ruth demeura un instant pliée en deux, la main crispée sur la taille, pour faire passer le point qui lui déchirait les côtes.

Nick et elle dansaient comme ils n'avaient encore jamais dansé, brûlant la scène sous leurs pas. Le ballet arriva à sa fin sans que Ruth l'ait vu passé. Abîmée dans les bras du prince, dans la scène finale, le souffle coupé par l'effort, elle réussit malgré tout à murmurer :

— Tu sais que tu m'es souverainement antipathique, Davidov ?

— Déteste-moi tant que tu veux, petite fille. Tout ce que je te demande, c'est de continuer à danser comme ça.

— Pour continuer à danser, je continuerai à danser, oui, chuchota-t-elle d'une voix chargée de venin en saluant leur public d'un sourire étincelant.

Avec un rire qu'elle fut seule à entendre, Nick se pencha pour ramasser une rose rouge qu'on venait de lancer à leurs pieds. Il la lui remit en s'inclinant très bas devant elle.

— Mes ballonnés étaient parfaits, siffla-t-elle entre ses dents.

Nick se pencha pour lui faire un baisemain.

— Nous en reparlerons en cours demain.

— Va pourrir en enfer, Davidov.

Souriant comme un ange, elle envoya un baiser du bout des doigts à leur public délirant d'enthousiasme.

— Quand la saison sera terminée.

Nick engloba le reste de la troupe d'un geste large et s'inclina plus bas encore tandis que les applaudissements redoublaient d'intensité.

5

Ce soir-là, la troupe fut rappelée onze fois de suite pour saluer. Ce fut mieux qu'un triomphe : un raz-de-marée. Une heure seulement après l'ultime tomber de rideau, Ruth réussit à vider sa loge de ses derniers admirateurs. Elle prit une douche rapide et enfila sa robe de soirée — le modèle fétiche de chez Donald Keyser, *of course*. Sur un coup de tête, elle laissa ses cheveux défaits, à l'instar de la bouillante Carlotta.

— Tu es superbe... La reine du jour, commenta galamment Donald qui l'attendait dans le couloir.

Ruth sourit, consciente que le compliment valait tout autant pour la tenue que pour la femme qui la portait. Avec un léger rire, elle glissa le bras sous le sien.

— Elle te plaît, ma petite robe ? Figure-toi que je l'ai dégottée pour trois fois rien dans un magasin discount, près du marché aux puces, alors que...

Il lui pinça le menton pour la punir de l'outrage. Puis il l'embrassa rapidement sur les lèvres.

— Je sais que je te l'ai déjà dit, ma chérie, mais tu as été éblouissante sur scène, ce soir.

— Oh, ça, tu peux me le répéter toute la soirée, si ça te fait plaisir. Je te jure que je ne m'en lasserai pas !

Elle poussa la porte du bâtiment et ils longèrent le boulevard illuminé pour se diriger vers la voiture de Donald.

— Je veux du champagne, déclara-t-elle en riant, le visage renversé vers le ciel. Des litres et des litres de champagne. Je crois qu'une piscine entière ferait l'affaire.

— On va voir ce qu'on peut faire pour toi, promit Donald en lui ouvrant sa portière.

Lorsqu'il fut installé au volant, elle replia les jambes sous elle avec un soupir de pure jubilation.

— Tout semblait couler de source, ce soir, Donald. Pas un pas qui ne tombait juste, pas un regard, pas un soupir qui ne frisait la perfection. Et la musique… la musique était sublime.

— *Toi*, tu étais sublime, rectifia Donald tandis que son élégante voiture de sport fendait la circulation de Manhattan. J'ai bien cru que le public allait se ruer sur la scène. Ils étaient littéralement ensorcelés.

Ruth sourit rêveusement.

— Si je pouvais figer un moment dans l'éternité, je choisirais cette soirée. Ce ballet. Cette première.

— Demain, tu retrouveras les mêmes sensations, Ruth.

— Demain, je danserai de nouveau et avec autant de plaisir. Mais ce ne sera pas la même chose… Au fond, c'est peut-être aussi bien comme ça, précisa-t-elle, pensive. Certains temps forts sont destinés à rester uniques.

— J'imagine quand même qu'au bout de trois semaines, tu dois en avoir ta claque, de faire les mêmes pas, les mêmes gestes, soir après soir, non ?

Découragée, Ruth secoua la tête pendant que Donald manœuvrait pour se garer. Pourquoi s'obstinait-elle encore à essayer de lui faire comprendre les joies et les vertiges de son art ? Elle prit appui sur le bras du chasseur qui s'était précipité pour ouvrir sa portière. Malgré son incontestable talent de créateur, Donald avait des côtés très terre à terre et il manquait parfois terriblement d'imagination. Mais ce soir, elle se sentait des ailes. Et elle voulait tenter encore une fois de lui donner accès à la part d'elle-même qui ne vivait que pour la danse.

— Non, ce n'est jamais lassant de donner un même ballet, Donald. Parce qu'aucune représentation, jamais, n'est semblable à une autre. La danse est un art vivant. Il ne se passe jamais tout à fait la même chose sur scène. Mais, dans tous les cas de figure, ça reste magique. Au moment précis où l'orchestre entame ses premières mesures et que les projecteurs éclairent le décor, un miracle se produit. C'est comme si on était transporté hors de soi-même.

Ruth ne sut jamais si elle avait réussi à se faire entendre. Donald poussa les portes vitrées d'une grande salle de banquet noire de monde. Les flashes crépitèrent, les applaudissements se déchaînèrent.

— Ah, te voilà, ma petite Ruth !

Nadine Rothman fendit la foule avec l'assurance de ceux qui savaient que les autres s'écarteraient toujours sur leur passage. Blonde, menue et mince comme un roseau, Nadine gardait toute la grâce acquise au temps où elle dansait encore sur scène. Plus encore que lorsqu'elle était ballerine elle-même, Nadine ne vivait et ne respirait que pour le ballet classique.

A la grande surprise de Ruth, la directrice de la compagnie la serra spontanément dans ses bras.

— Tu étais très belle, dit-elle.

Connaissant Nadine, Ruth prit cette appréciation pour ce qu'elle était : un compliment majeur.

— Tu sais que tu n'as encore jamais aussi bien dansé que ce soir ?

— Merci, Nadine.

— Mais je suppose que tu meurs d'impatience de retrouver Lindsay et Seth. Viens, suis-moi.

Nadine lui prit le bras et l'entraîna, sans faire le moindre cas du pauvre Donald qui suivait docilement dans leur sillage.

— Nous sommes tous assis à la même table.

Le premier regard que Ruth chercha dans la foule fut celui de Lindsay. Ce qu'elle lut dans ses yeux valait tous les compliments du monde. Elles se prirent spontanément les mains.

— Je suis tellement fière de toi, murmura Lindsay d'une voix que l'émotion étranglait.

Seth posa la main sur l'épaule de son épouse et contempla sa nièce avec fierté.

— Chaque fois que je te vois danser, je me dis que tu as atteint le sommet de ton art. Mais je me trompe. Tu ne cesses de te dépasser, Ruth.

Toujours avec l'impression d'avancer sur un nuage, Ruth les embrassa l'un et l'autre.

— C'est le plus beau rôle que j'aie jamais dansé.

Se tournant alors pour prendre le bras de Donald, elle procéda aux présentations.

— Je suis une grande admiratrice de vos créations, commenta Lindsay en souriant au jeune couturier. Il faut dire que Ruth les porte admirablement.

— Ruth est ma cliente d'élection. Mais je pense que vous pourriez facilement partager la vedette avec votre nièce. Vous avez un teint extraordinaire, madame Bannion.

Lindsay perçut le ton très professionnel du compliment et fut plus amusée que flattée. Elle le remercia d'un sourire avant de reporter son attention sur Ruth.

— Je suis sûre qu'il te faut du champagne. D'urgence.

Avant qu'ils puissent repérer un serveur, un tonnerre d'acclamations se fit entendre et tous les visages se tournèrent vers la porte.

Nick venait d'arriver, comprit Ruth. Il n'y avait que Davidov pour susciter de tels remous dans une foule. A son grand étonnement, il entra seul dans la salle. Il était rare de le voir arriver à ce genre de manifestations sans qu'il soit en compagnie féminine.

Ruth retint son souffle. Elle savait qu'au premier coup d'œil, Nick saurait l'identifier au milieu de la masse compacte de leurs invités.

Se dégageant du petit groupe d'admirateurs qui s'était agglutiné autour de lui, Nick fendit la foule, avec l'élégance déliée que leur conférait leur profession. Il s'immobilisa devant elle et lui tendit une rose rouge.

Lorsqu'elle l'accepta, il lui prit l'autre main et la porta à ses lèvres. Son regard demeura plongé dans le sien mais il ne prononça pas un mot. Puis il s'inclina et s'éloigna pour aller saluer quelque notable de sa connaissance.

Ruth avait beau savoir qu'il se contentait de faire un brin de cinéma en public, elle ne put résister à la tentation de sentir la rose. Son regard chercha celui de Lindsay. Elle y lut un mélange déconcertant de compréhension et de sollicitude.

« Non, ce n'est pas ce que tu crois », faillit-elle protester à voix haute.

Elle se força à arborer un sourire éblouissant.

— Et ce champagne, alors ? lança-t-elle joyeusement à la ronde.

Trop excitée pour manger, Ruth toucha à peine au contenu de son assiette. C'était aussi bien qu'elle n'ait pas d'appétit, d'ailleurs. Avec Nadine à proximité, il était conseillé de se garder de tout laisser-aller. On disait dans la troupe, que Nadine Rothman évaluait ses danseurs au poids. Pas un gramme gagné sur la balance n'échappait à sa vigilance.

Sourcils froncés, Nadine examina le fondant au chocolat sur son lit de crème anglaise que le serveur venait de poser devant Lindsay.

— Tu devrais être prudente avec ce genre de chose, ma chérie.

Lindsay éclata de rire et se pencha pour embrasser Nadine sur la joue.

— Ah, Nadine, on ne vit qu'une fois. Et il y a tant de merveilles à découvrir… et à déguster.

— Il est impossible de danser correctement lorsqu'on a de la crème chantilly dans les cuisses, décréta Nadine en sirotant une minuscule gorgée de champagne.

Lindsay sourit.

— Je t'ai raconté, Ruth, le jour où Nadine m'a surprise dans le vestiaire en train de vider un sachet de chips ? Ç'a été une des expériences les plus traumatisantes de ma carrière… Je n'ai jamais pu en remanger depuis, d'ailleurs, précisa-t-elle en savourant sans scrupule une bouchée de son fondant.

— Je veille à ce que mes danseurs gardent toujours la silhouette de l'emploi, riposta fermement Nadine. Les plis et les bourrelets sont bannis d'office. Je ne veux voir que des lignes fluides et de beaux corps longilignes. Respecter des principes alimentaires stricts est aussi important que d'être ponctuel à ses cours. De même qu'il est…

— … aussi vital de s'échauffer quotidiennement que de respirer, récita Lindsay en riant. Je n'arrive pas à croire que huit années se sont déjà écoulées depuis que j'ai quitté la compagnie.

— Tu as laissé un vide en partant. Il n'a pas été facile à combler.

Le compliment spontané prit Lindsay au dépourvu. Nadine n'avait jamais fait de sentiment avec sa troupe. Elle était exigeante, pragmatique et semblait considérer le talent de ses danseurs comme un dû. Il était rare qu'elle se donne la peine de louer, même ses meilleurs solistes.

— Merci, Nadine. Je suis touchée que tu me dises cela.

Nadine secoua la tête.

— Ma chère Lindsay, il ne s'agit pas d'un compliment mais de l'expression d'un regret ! Tu es partie beaucoup trop vite. Si tu étais restée, tu danserais peut-être encore aujourd'hui.

— Ce n'est pas le sang neuf qui te manque, Nadine. La compagnie regorge de jeunes talents. Et ton corps de ballet reste le meilleur de toute la place de New York.

— Ça, c'est un fait. Mais, à ton avis, Lindsay… J'ai vu danser combien de Juliette au cours de ma vie ?

Lindsay fit la moue en se tournant vers son mari.

— Mmm… ça sent la question piège, tu ne penses pas, Seth ? Si je dis un chiffre trop élevé, elle va m'accuser de la vieillir. Si je sous-estime la quantité de Juliette en revanche, Nadine le considérera comme une insulte.

— Tu peux peut-être rester vague et parler simplement « d'un nombre important » ? suggéra Seth.

— Bonne idée… Un nombre important de Juliette, alors ?

— C'est exact, acquiesça gravement Nadine en posant son verre pour prendre ses mains dans les siennes. J'ai vu d'innombrables Juliette danser sur scène. Et de toutes, celle que tu as composée a été la plus belle, la plus émouvante, et surtout la plus juste. J'ai pleuré lorsque tu nous as quittés.

Lindsay ouvrit la bouche pour répondre mais aucun son ne sortit. Elle déglutit non sans mal et secoua la tête.

— Excusez-moi un moment.

Repoussant sa chaise, elle traversa la salle d'un pas vif. Des portes de verre coulissantes donnaient sur un balcon circulaire. Lindsay les ouvrit et sortit s'accouder à la rampe. La nuit était claire et les contours de Manhattan se détachaient sur le ciel sans nuage. Mais Lindsay regardait aveuglément devant elle.

« Il y a dix ans, j'aurais tout donné pour entendre ces mots-là de la bouche de Nadine. Tout. » Elle sentit une larme rouler sur sa joue et ferma les yeux. « A vingt ans, j'avais besoin d'être rassurée sur mon talent, de savoir que j'avais vraiment quelque chose à apporter en tant que danseuse. Et maintenant… »

Légère et néanmoins d'un réconfort infini, une main amie vint se poser sur son épaule. Lindsay se glissa sans un mot entre les bras de Nick. Pendant quelques secondes, ils demeurèrent ainsi sans rien dire. Elle se souvint d'avoir été sa Juliette sur scène, quelque part dans une autre vie. Une autre vie qui faisait toujours partie d'elle-même.

— Mon pauvre Nick… Comme nous sommes vulnérables, nous autres danseurs. Et ridicules aussi, avec nos petites faiblesses narcissiques.

Il lui embrassa le sommet de la tête.

— Ridicule ? Parle pour toi. Davidov, lui, n'est jamais ridicule.

Elle leva les yeux en riant.

— Comment avais-je pu oublier ce détail ?

— C'est indigne de ta part.

Il l'attira de nouveau dans ses bras et elle se haussa sur la pointe des pieds pour poser sa joue contre la sienne.

— Tu vois, Nick, on a beau tout arrêter et se retirer loin de la scène, on continue à porter cet univers en soi. La danse, on ne l'a pas seulement dans le sang, elle est inscrite dans la chair, dans le muscle — sans doute même dans chaque cellule.

Avec un soupir, elle se détacha de lui pour reprendre appui sur la rampe.

— Chaque fois que je remets les pieds à New York, j'ai l'impression que mon cours va commencer et qu'il faut que je me dépêche pour ne pas manquer la répète.

Nick examina le clair profil de la jeune femme. Une brise légère soulevait ses cheveux fins comme de la soie. Une fois de plus la pensée lui traversa l'esprit que Lindsay était une des plus belles femmes qu'il lui ait été donné de rencontrer. Et néanmoins, elle était restée simple et limpide comme une eau pure. Elle n'avait jamais eu conscience du rayonnement si particulier de sa beauté.

— La troupe te manque, *ptichka* ?

Un pli de concentration barra le front de la jeune femme.

— Ce n'est pas vraiment une question de manque… Disons qu'on laisse une partie de soi-même en réserve — un peu comme si on la stockait dans un garde-meuble. Je t'avoue que lorsque je suis à Cliffside, je ne pense pas beaucoup à la compagnie. J'ai mes enfants, mon école de danse. Et puis, il y a Seth, bien sûr…

Le visage éclairé par le plus lumineux de sourires, elle leva les yeux vers le ciel étoilé.

— Seth est mon bonheur, murmura-t-elle. Mais parfois, quand je reviens ici et que je regarde Ruth danser, les souvenirs redeviennent si vivants, si intenses. C'est presque irréel.

— Et ça te rend triste ?

— Un petit peu, admit-elle. Mais il y a de la douceur dans cette tristesse. Lorsque je vois Ruth, je me sens fière. Et je suis tellement heureuse pour elle.

Elle sourit de nouveau en contemplant la ville vibrante et intense, dont le cœur ne cessait jamais de battre.

— Ruth a un talent magnifique. Quand je la regarde danser, j'ai un peu l'impression que c'est moi. Que je fais encore partie de votre monde.

Il joua avec ses cheveux, les laissant filer entre ses doigts.

— Tu feras toujours partie de notre monde, Lindsay. Un talent comme le tien laisse à jamais une trace.

— Oh, non, arrête ! C'est trop de compliments pour un seul soir.

Avec un rire tremblant, Lindsay secoua la tête.

— Ce sont les marques d'estime de Nadine qui m'ont fait craquer, d'ailleurs… Je sais que j'ai été une ballerine douée, Nick. Et j'ai travaillé dur pour le devenir. Les souvenirs des années passées ici, à New York, des ballets que j'ai interprétés avec toi, resteront toujours vivants, comme un trésor enfoui en moi. Ma mère a conservé ses albums avec les photos, les coupures de journaux, les critiques. Et un jour mes enfants les feuilletteront…

Nick sourit.

— Tu sais que je continue à avoir du mal à te voir en mère de famille ?

— Ah oui ? Pourquoi ?

Il sourit et lui prit la main.

— Parce que je crois que tu resteras toujours pour moi la jeune fille que j'ai connue. Le jour où je suis entré dans la compagnie, tu débutais comme soliste. Tu répétais *La Belle au Bois Dormant* et tu n'étais pas satisfaite de tes fouettés… Je te revois comme si c'était hier, admit-il en riant.

— C'est déjà si loin ! Comment se fait-il que tu te souviennes de ce détail ?

Nick haussa les sourcils.

— Parce que ma première pensée a été la suivante : « Bon sang, comment vais-je procéder pour amener cette extraordinaire beauté dans mon lit ? » Je ne pouvais pas te poser la question de but en blanc. Mon anglais était encore très hésitant.

Lindsay étouffa un rire.

— Tu n'as pas été long à améliorer tes talents linguistiques, en tout cas. En revanche, je n'ai pas souvenir que tu m'aies proposé de partager ta couche — en quelque langue que ce soit.

— Aurais-tu accepté si je te l'avais demandé ? Cela fait dix ans que je me pose la question.

Lindsay interrogea son propre cœur en même temps que son regard sondait les traits de Nick. Le son étouffé des conversations leur parvenait de la salle de banquet voisine ; le ronronnement lointain de la circulation s'élevait de la rue en contrebas. Elle tenta de se remettre dans la peau de Lindsay Dunne, telle qu'elle avait été dix années plus tôt.

Ce fut avec un léger sourire qu'elle finit par secouer la tête.

— Honnêtement, je n'en sais rien, Nick. Et je crois que c'est aussi bien comme ça.

Nick glissa un bras autour de sa taille et elle laissa aller la tête contre son épaule.

— Tu as raison. Certaines questions gagnent à demeurer sans réponse.

Un silence tomba où ils se perdirent chacun dans leurs pensées.

— Ce Donald Keyser a l'air sympathique, commenta Lindsay.

Elle sentit chez Nick une crispation à peine perceptible.

— Tout à fait, oui, marmonna-t-il.

— Ruth n'est pas amoureuse de lui, c'est évident. Ce qui me rassure, c'est qu'il n'a pas l'air plus épris qu'elle. Je suppose qu'ils doivent se tenir compagnie à leur façon.

Comme il ne répondait pas, Lindsay fronça les sourcils.

— Nick ?

Il lut dans son regard les pensées qu'elle ne formulait pas.

— Tu vois trop de choses, murmura-t-il.

— Je te connais. Et je connais Ruth.

Nick se passa les deux mains sur le visage.

— Tu as peur que je la fasse souffrir, c'est ça ?

— Cette pensée m'a traversé l'esprit, admit-elle. Mais je n'exclus pas l'inverse non plus. Et comme je vous aime l'un et l'autre, ma position est forcément inconfortable.

Fourrant les mains dans les poches, Nick lui tourna le dos pour s'accouder à la balustrade.

— Je te rassure tout de suite, Lindsay. Ruth est ma partenaire sur scène. Il n'y a rien de plus entre nous.

— Si.

Il se retourna d'un air contrarié.

— Comment cela, « si » ?

— Je ne dis pas que vous êtes amants. Et je suis parfaitement consciente d'autre part que, même si vous l'étiez, cela ne me regarderait pas… Mais il suffit de vous regarder tous les deux, pour se rendre compte que c'est terriblement électrique entre vous.

L'expression de Nick se fit orageuse.

— Qu'est-ce que tu attends de moi, Lindsay ? Une promesse écrite que je ne coucherai pas avec elle ?

— Non. Rien de tel. Je n'ai ni exigences à formuler ni conseils à te donner. Sache simplement que tu peux compter sur mon amitié si tu en as besoin.

Elle vit sa colère se dissiper peu à peu, cédant la place à un mélange d'indécision, de remords et de tourment.

— Ruth n'est encore qu'une enfant, murmura-t-il.

— Non, Ruth est une femme. Enfant, elle ne l'a que très peu été, avec l'existence si particulière qui a été la sienne. Quand je l'ai rencontrée, elle était déjà adulte sur bien des plans.

— C'est peut-être plus sûr pour moi de continuer à penser que j'ai affaire à une gamine.

— Tu t'es disputé avec elle.

Nick émit un rire bref.

— Et alors ? Je me dispute toujours avec mes partenaires, *ptichka*. Tu es bien placée pour le savoir, non ?

— Je le suis, en effet.

Lindsay décida d'en rester là. Consciente qu'il était encore trop tôt pour le pousser dans ses retranchements, elle lui tendit la main.

— Nous avons eu de magnifiques engueulades, toi et moi, Davidov.

Il lui prit affectueusement le bras.

— Les meilleures qui soient. Allez viens. Nous sommes censés faire la fête, non ?

— Est-ce que je t'ai dit, au moins, que tu as été grandiose ce soir et que ton nouveau ballet est un petit bijou ?

Il la gratifia de son sourire le plus enjôleur.

— Tu me l'as dit, oui, mais une fois seulement. Et comme j'ai un ego très prononcé, j'aimerais bien en entendre un peu plus à mon sujet. J'ai été grandiose comment, alors ?

Sur un éclat de rire, Lindsay lui jeta les deux bras autour du cou.

— Aussi formidable que le grand Davidov peut l'être.

— C'est un bon compliment, estima-t-il. Vu que Davidov dépasse en éclat tout ce qui lui ressemble de près ou de loin.

Lindsay l'embrassa.

— Tu restes merveilleusement fidèle à toi-même, Nick.

Ils se retournèrent lorsque la porte de verre coulissa derrière eux pour livrer passage à Seth.

— Damnation, nous avons été trahis, s'écria Nick avec une grimace tragique en la maintenant serrée contre lui. Nous voici faits comme des rats et ton architecte, fou de rage, va me briser les deux jambes.

— Tu peux peut-être le supplier de t'épargner ? suggéra Lindsay en souriant tendrement à son mari.

— Davidov ? Supplier ? grommela Nick en prenant un accent russe prononcé. Cette femme est folle.

— Elle l'est souvent, oui, acquiesça Seth. Mais je m'en accommode… Tes amis et admirateurs te réclament à cors et à cris, là-bas dedans, Nick.

— Mmm… Bon. J'ai saisi le message. Je te restitue ton épouse. Vous comptez rester quelque temps à New York, les amoureux ?

— Juste une nuit, répondit Seth en serrant tendrement la main que Lindsay venait de glisser dans la sienne.

— Alors je vous dis au revoir, maintenant. Au revoir, mon ami. Au revoir, *ptichka.*

Lindsay soupira lorsque Nick eut quitté le balcon pour se fondre de nouveau dans la foule. Seth lui entoura tendrement les épaules.

— Alors ? Où en est ma danseuse ? Plus de vague à l'âme ?

— Comme tu me connais bien, murmura-t-elle.

— Comme je t'aime, surtout.

— La soirée a été très belle, chuchota-t-elle en se glissant au creux de ses bras.

— Pas de regrets, donc ?

Lindsay n'eut pas à lui demander de préciser sa question.

Elle savait qu'il pensait aux années new-yorkaises, à la scène, à la carrière à laquelle elle avait renoncé.

— Non, Seth. Pas l'ombre d'un regret.

Levant son visage vers le sien, elle l'embrassa. D'emblée, le baiser fut intense, passionné. Elle entendit Seth soupirer de plaisir tandis qu'il l'attirait plus étroitement contre lui. Glissant les mains sous sa veste, elle les fit remonter jusqu'à ses épaules. « Oh, mon Dieu, c'est toujours aussi fort avec lui. Chaque fois qu'il m'embrasse, c'est comme la première fois. »

— Seth, murmura-t-elle alors qu'il inclinait la tête pour donner un angle plus intime à leur baiser. Je crois que je suis beaucoup trop fatiguée pour danser et faire la fête, ce soir.

— Mmm… Tu as raison. Après une journée comme celle-ci, nous devrions nous retirer discrètement dans notre chambre et nous accorder un repos bien mérité.

Lindsay rit doucement.

— Bien vu. Accessoirement, nous pourrions peut-être commander une bouteille de champagne en l'honneur du nouveau ballet ?

— Un *magnum* de champagne, acquiesça Seth en l'écartant de manière à plonger son regard dans le sien. C'était un excellent ballet, après tout.

— Un ballet royal, même. Il mérite d'être arrosé comme il se doit.

Lindsay jeta un coup d'œil derrière elle. La salle de banquet était encore noire de monde. Une foule dense allait et venait, se pressait sur la piste de danse.

— Je ne pense pas que ce soit une bonne idée de retourner à l'intérieur et d'interrompre la fête pour faire nos adieux, si ? Autant ne déranger personne et filer à l'anglaise.

Seth garda son habituelle expression impassible.

— La fête ? Quelle fête ? Le balcon fait le tour du bâtiment. Et il y a une autre suite de portes sur la façade est.

Lindsay rit doucement.

— Ce qui est bien avec les architectes, c'est qu'ils ont le don pour toujours repérer l'essentiel.

6

Dès la fin de la première semaine, *La Rose Rouge*, encensée par la critique, s'imposa comme un des quelques grands spectacles de danse de la décennie. La troupe se produisait à guichets fermés et suscitait chaque soir le même enthousiasme chez le public. Ruth lut les articles de presse et sut que le rôle de Carlotta marquerait un tournant dans sa carrière. Elle était constamment sollicitée par les journalistes et donnait interview sur interview. Se prêtant au jeu de bonne grâce, elle s'arrangeait toujours pour faire la promotion du spectacle et pour parler longuement de la compagnie, en éludant les questions des journalistes chaque fois qu'ils l'interrogeaient sur sa vie privée.

Composer avec la célébrité ne lui posait pas de difficultés particulières. Elle avait beaucoup plus de mal, en revanche, à faire le tri dans ses sentiments lorsqu'elle dansait avec Nick.

Ce qu'elle éprouvait lui appartenait-il en propre ? Ou ces ondes brûlantes de désir étaient-elles l'apanage de la fougueuse Carlotta ? A force d'empathie avec son personnage, elle ne savait plus très bien ce qui était d'elle et ce qui était de la gitane.

Etait-il seulement *concevable* qu'après tant d'années d'orageuse collaboration, elle tombe soudain amoureuse de Davidov ?

Assise, le regard perdu dans le vague, devant le miroir de sa loge, Ruth se mordilla la lèvre. Et à supposer que ce soit le cas, que pouvait-elle envisager de concret avec Nick ? Davidov n'avait qu'un seul amour dans la vie et c'était la danse. Il ne s'investissait jamais dans ses relations amoureuses et se contentait de liaisons superficielles et brèves.

Si de son côté, elle décidait de vivre quelque chose avec un homme, elle voulait un engagement véritable. L'exemple de ses parents — comme celui de Lindsay et Seth — l'avait amenée à poser de hauts critères d'exigence. Jamais elle ne pourrait se contenter de vivre des amours au rabais.

Nick était tyrannique, déraisonnable et égocentrique. Quelle fille normalement douée de raison choisirait un compagnon d'existence doté de trois défauts aussi rédhibitoires ? Lui, de son côté, la trouvait romantique, ridicule et naïve.

Chaque soir, après la représentation, Ruth devait se remettre ces réalités élémentaires en tête lorsque le désir né de la danse bouillonnait dans son sang. Et la nuit, de nouveau, lorsqu'elle peinait à s'endormir, il lui fallait se raisonner inlassablement pour éviter que son imagination ne s'emballe.

Comme Nick et elle ne se voyaient pratiquement plus que sur scène, la tentation était forte, chaque fois qu'ils se retrouvaient, de retomber dans leurs rôles respectifs. Mais Ruth s'appliquait impitoyablement à rétablir la différence entre Carlotta et elle. Elle se considérait comme forte, et indépendante. Enfant déjà, elle avait appris à se suffire à elle-même. De ses compagnons de jeux, elle avait dû chaque fois se détacher au bout de quelques mois à peine. Il n'y avait pas eu non plus de maison de famille, de lieu marqué par la permanence où elle aurait pu s'enraciner. Les paysages, les maisons, les amis : tout dans son enfance avait été transitoire, passager.

L'appartement dans lequel elle vivait à New York était un des premiers lieux qu'elle s'autorisait à investir. Elle l'avait acheté et aménagé elle-même. Et depuis un an qu'elle en était propriétaire, elle avait découvert qu'elle était tout à fait capable de s'assumer dans la vie quotidienne. Elle avait confiance en elle. En tant que danseuse et en tant que femme.

Nick, comme par hasard, était la seule personne au monde capable de la faire douter d'elle-même, sur le plan personnel aussi bien que sur le plan professionnel.

Il y avait longtemps que son béguin d'adolescente pour lui était passé, pourtant. Elle l'admirait toujours, mais elle avait cessé de voir en lui un héros inaccessible que l'on pouvait adorer en secret. Depuis des années, elle ne s'intéressait plus qu'à la danse. Elle avait des camarades, des collègues, des amis. Mais pas d'amants. Nick, lui, était son mentor, son chorégraphe et son partenaire sur scène. Alors pourquoi ses rapports avec lui s'étaient-ils soudain compliqués à ce point ?

Ruth soupira. Au fond, cela devait être moins éprouvant de s'éprendre d'un inconnu que d'une personne que l'on était amenée à voir régulièrement dans le cadre de son travail. Avec Nick, il n'y avait aucun moyen de se soustraire aux contacts quotidiens — aucune possibilité de se donner un temps de répit, pour prendre ses distances et oublier.

Si son attirance pour lui n'avait été que physique, elle aurait pu s'en accommoder sans se poser de questions. Mais l'aspect émotionnel du phénomène suscitait de vives inquiétudes en elle. Ses sentiments pour Nick étaient à la fois très profonds et d'une grande complexité. Il avait le don de la fasciner, de l'impressionner et de la mettre en même temps dans une rage folle. Au danseur, au maître et au chorégraphe, elle vouait une confiance aveugle. L'homme, en revanche, lui inspirait des sentiments plus ambivalents. Ruth n'ignorait pas que, de par la seule force de sa personnalité, Nick était capable de tenir les autres en son pouvoir. Et de se montrer aussi dominateur que dévorant.

Et cet aspect de lui la terrifiait. Comme s'il représentait une menace d'engloutissement.

— Hou hou, Ruth ? Tu es à combien d'années-lumière d'ici ?

Se retournant en sursaut, elle vit que Maxine se tenait dans l'encadrement de la porte et la regardait en riant.

— Des *milliers* d'années-lumière… Entre, Maxine.

— Tu étais plongée dans des réflexions profondément métaphysiques ?

Ruth prit sa brosse et entreprit de refaire sa queue-de-cheval.

— Mmm… Les mercredis me paraissent toujours interminables, éluda-t-elle. A la seule pensée que nous donnons une seconde représentation dans quelques heures, j'ai les orteils qui hurlent.

— Sept rappels pour un spectacle en matinée, ça devrait suffire à te faire oublier tes doigts de pied, ma vieille !

Maxine se laissa tomber sur la chaise la plus proche.

— Tu sais qu'à cette heure, le pauvre Nick reçoit un reporter de *Nouvelles Tendances* dans sa loge ?

Ruth rit doucement.

— Il se montrera charmant, comme d'habitude. Et il cultivera son personnage en forçant sur son accent et en émaillant son discours de quelques expressions russes choisies.

— *Spasibo.* Merci. C'est un des rares mots russes dont je me souvienne.

Intriguée, Ruth se détourna de son miroir pour concentrer son attention sur son amie.

— Tu as appris le russe, toi, Maxine ?

— J'ai pris une dizaine de cours, il y a quelques années. Sans autre but que celui de séduire notre Davidov par mes compétences linguistiques, bien sûr. Mais ça n'a pas marché du tout. Chaque fois que je prononçais quelques mots dans sa langue natale, il riait à gorge déployée et me tapotait gentiment les cheveux, comme si j'étais une petite fille de douze ans qui faisait son cinéma. Adieu mes rêves de violons tziganes et de folles nuits d'amour avec notre star maison.

Ruth joua nerveusement avec la ceinture de son peignoir.

— J'ignorais que tu avais été amoureuse de Nick.

Maxine leva les yeux au ciel.

— Mais ma chérie, tu me connais. Je tombe amoureuse à peu près aussi souvent que je change de garde-robe. C'est te dire. Autant regarder les choses en face : j'aime les hommes et je ne fais rien pour m'en défendre. C'est fini entre le beau dermato et moi, au fait.

— Déjà ? Oh non, ce n'est pas vrai ! Je suis désolée pour toi, Maxine. Tu en étais folle !

La jolie ballerine aux grands yeux noirs haussa les épaules avec indifférence.

— Au début, oui. Ç'a été sympa tant que ça a duré. Mais nous nous quittons sans regrets de part et d'autre. Et j'ai déjà des vues sur un acteur de cinéma que j'ai croisé à une fête la semaine dernière. Tu sais, celui qui fait Paul Reynolds dans *Héritage*.

— *Héritage* ?

— La série télévisée médicale.

Ruth ne put s'empêcher de sourire.

— Ah oui, d'accord. Désolée. Je ne regarde pratiquement jamais la télévision.

— Il est grand, carré, avec des yeux fabuleux. Je me dis que cette fois, ça pourrait bien être l'homme de ma vie.

Pensive, Ruth se mordilla la lèvre.

— Et qu'est-ce qui te fait penser que c'est lui et personne d'autre ?

— J'ai les paumes moites chaque fois qu'on a rendez-vous.

— Les paumes moites ?

Maxine éclata de rire devant son air incrédule.

— C'est un critère comme un autre, non ? Mais je dois reconnaître que ce n'est pas la première fois que ce symptôme survient chez moi. A la réflexion, ça a dû débuter de la même façon avec le dermatologue ainsi qu'avec le danseur de tango qui l'a précédé.

Avec un léger soupir, Maxine se leva de sa chaise.

— Je comprends que cela te paraisse bizarre, Ruth, car tu ne fonctionnes pas du tout de la même manière. Avant de te lancer dans une histoire, il faudra d'abord que tu sois sûre. Tu ne foncerais pas tête la première en te disant que ça va *peut-être* marcher. Moi, j'ai déjà perdu deux fois la tête pour un homme cette année. Et j'ai été amoureuse quatre ou cinq fois l'an dernier. Et toi ?

— Et moi, quoi ?

— Combien de fois as-tu été amoureuse, depuis que tu es arrivée à New York ?

Ruth demeura un instant interdite.

— Eh bien… Jamais, en fait, reconnut-elle, consternée.

L'insouciante Maxine éclata de rire.

— Inutile de prendre cet air horrifié ! Tu n'as jamais été amoureuse parce que tu n'es pas du genre à te disperser.

Quand tu rencontreras l'homme qu'il te faut, tu le sauras tout de suite, au moins.

Maxine lui posa une main affectueuse sur l'épaule.

— Contrairement à moi, tu ne manques pas de confiance en toi. Tu sais ce que tu veux et tu sais ce qu'il te faut. Alors pourquoi te contenterais-tu de médiocres faux-semblants ? Tu attends de croiser le bon, c'est tout.

Ruth allait de surprise en surprise.

— Tu es en train de me dire que *toi*, Maxine, tu manques de confiance en toi ?

— Si tu savais, ma pauvre ! Je dépéris si je n'ai pas quelqu'un sous la main pour me répéter que je suis jolie, que je suis douée et que l'on tient à moi. Ce qui n'est pas ton cas. Tu as une forme de sécurité intérieure qui fait que tu n'as pas besoin d'être rassurée en permanence sur ta propre valeur. Je me souviens du jour où nous avons été admises dans le corps de ballet, toutes les deux. Toi, tu savais déjà en y entrant que tu n'y resterais pas, que tu deviendrais soliste, puis première danseuse et même au-delà. Et ta certitude était communicative. Il ne serait venu à l'idée de personne de douter de tes capacités. Le jour où tu rencontreras un homme qui comptera autant pour toi que la danse, tu auras tout : *et* l'amour *et* la gloire.

— Encore faudra-t-il que mes sentiments soient partagés, objecta Ruth dans un murmure.

Maxine sourit.

— C'est le risque, en effet. Aimer fait peur et aimer fait mal. C'est inéluctable. Tu vois, c'est comme lorsqu'on a une crampe. Ça fait un mal de chien mais on continue de danser quand même. Toi, tu n'as encore jamais eu de crampe, sur le plan sentimental.

Amusée, Ruth leva les yeux au ciel.

— Tu es la reine de l'analogie.

— Je ne philosophe que lorsque j'ai l'estomac vide, rétorqua Maxine en se dirigeant vers la porte. Tu veux qu'on mange un bout ensemble, au fait ?

— Je ne peux pas. J'ai rendez-vous avec Donald… Houlà !

Je suis déjà en retard, constata-t-elle en jetant un coup d'œil à sa montre.

— Tant pis, ce sera pour une autre fois… Tiens, George doit passer me prendre après la représentation de ce soir. Comme ça, tu verras à quoi il ressemble.

— George ?

— George Middemeyer, ma chère. Celui qui joue le docteur Paul Reynolds, dans *Héritage*. Dans la série, il incarne un neurochirurgien en pleine crise conjugale avec une maîtresse perverse qui s'efforce de lui faire un enfant dans le dos. N'oublie pas de te coller devant ton petit écran demain.

Sur ces recommandations, Maxine passa la porte d'un pas dansant et disparut dans le couloir. Ruth secoua la tête en riant, prit son sac à main et partit pour son rendez-vous ventre à terre.

Le « delicatessen » new-yorkais typique où elle devait retrouver Donald n'était qu'à deux pas, mais elle eut beau se hâter, elle n'en poussa pas moins la porte, avec dix bonnes minutes de retard. Alors que Donald, lui, était toujours d'une ponctualité sans faille. Et zut. Il lui restait à peine une heure pour grignoter quelque chose. Puis il lui faudrait retourner au studio dare-dare, pour passer quelques coups de fil professionnels. Donald n'apprécierait sûrement pas qu'elle ait si peu de temps à lui consacrer.

Une plaisante odeur de corned-beef et de pickles l'accueillit chez le traiteur juif traditionnel qui assurait également une restauration rapide à toute heure. En cette fin d'après-midi, seuls quelques derniers clients s'attardaient encore. Deux vieux messieurs assis dans un coin, avaient repoussé les restes de leur repas, chaussé leurs lunettes, et attaquaient une partie d'échecs.

Le regard de Ruth glissa rapidement sur eux avant de se fixer sur Donald. Renversé contre son dossier, le visage fermé, il tirait avec impatience sur sa cigarette.

Elle se dirigea vers lui en se frayant un chemin entre les tables vides et se pencha pour lui effleurer les lèvres d'un baiser.

— Je suis désolée d'être en retard, Donald… Tu as déjà commandé ?

— Non. Je t'attendais.

La réponse était banale à souhait. Mais quelque chose de fuyant dans son regard amena Ruth à s'interroger. Donald n'était pas dans ses dispositions habituelles, apparemment. Elle prit place en face de lui et décida de laisser venir. Si Donald avait quelque chose à lui dire, il finirait par l'exprimer tôt ou tard.

Le vieil homme au tablier blanc qui se tenait derrière le comptoir s'avança pesamment jusqu'à leur table pour prendre les commandes.

— Une salade composée et un thé, s'il vous plaît, demanda Ruth en souriant au patron.

Donald, pour sa part, ne lui jeta même pas un regard.

— Mettez-moi un sandwich Reuben et un café.

Le vieil homme émit un vague grognement et s'éloigna de sa démarche traînante. Ruth secoua la tête en riant.

— Tu as déjà déjeuné ici pendant le coup de feu de midi ? C'est une vraie maison de fous. Toutes les tables sont prises mais il n'accélère pas le rythme pour autant. Il a un jeune serveur pour l'aider, mais ils sont aussi lents et placides l'un que l'autre. J'adore !

— Je prends rarement mes repas dans des endroits comme celui-ci, laissa tomber Donald d'un ton dédaigneux en écrasant sa cigarette dans le cendrier.

— Aujourd'hui, je ne peux pas faire mieux que de manger un truc sur le pouce, Donald. Mais j'imagine que tu dois être pressé aussi, avec ton défilé, ce soir.

Elle accrocha la bride de son sac sur le dossier de sa chaise puis se pencha vers lui avec sollicitude, les coudes posés sur le bois sombre de la table.

— Tu penses que tout sera prêt dans les temps, alors ?

— A priori, ça devrait aller. Cela dit, c'est le chaos, comme d'habitude. Ma première d'atelier a failli en venir aux mains avec la brodeuse d'art. Mais vu la tension qui règne, il faut bien que ça explose. Et je pense qu'on va enchaîner les scènes d'apocalypse jusqu'à ce soir.

— C'est un défilé important pour toi, n'est-ce pas ?

Donald leva les yeux et planta son regard dans le sien.

— Très important, oui. C'est pour ça que j'aimerais que tu sois présente à mes côtés.

Ruth se tut quelques instants pendant qu'on leur apportait leur commande. Puis elle se mit à jouer avec sa fourchette sans toucher à sa salade.

— Nous avons déjà abordé le sujet. Et je croyais t'avoir expliqué pourquoi il m'était impossible de me libérer ce soir, Donald.

Il sucra son café sans la regarder.

— Tu as une remplaçante sur le rôle, que je sache. Ce serait peut-être l'occasion de lui laisser la place.

— Mais Donald… Les remplaçantes sont là pour les cas de maladie, d'accident ou d'empêchement grave. Je ne peux pas les planter là pour une simple sortie !

— Merci pour le « simple sortie ». Tu considères mon défilé comme l'équivalent d'une séance de cinéma ?

Ruth reposa la tasse de thé qu'elle avait portée à ses lèvres.

— Mais jamais de la vie, Donald. Tu sais bien que je viendrais avec le plus grand plaisir si j'en avais la possibilité.

— J'étais là le soir de ta première, au cas où tu l'aurais oublié, rétorqua-t-il sèchement.

Ruth porta les mains à ses tempes.

— Tu ne vois pas que tu es injuste, Donald ? Si tu avais eu un défilé ce soir-là, tu n'aurais pas assisté à la représentation. Et cela ne me serait même pas venu à l'idée de te demander de venir me regarder danser !

— Tu ne fais jamais aucun effort, aucune concession. Rien ne t'intéresse à part ta danse.

Ruth songea aux réceptions et aux manifestations où elle s'était rendue pour lui faire plaisir.

— Je compose comme je peux avec les rigueurs de mon propre emploi du temps. Je t'avais prévenu d'entrée de jeu que ce serait compliqué.

Donald cessa de tourner la cuillère dans son café et la posa avec un petit bruit sec sur la table.

— Les bribes que tu consens à m'offrir ne me suffisent pas. Je te demande de venir à mon défilé ce soir, Ruth.

Elle sentit une boule se former dans son estomac.

— C'est un ultimatum ? s'enquit-elle en haussant les sourcils.

— On peut appeler ça comme ça, oui.

— Je regrette, rétorqua-t-elle fermement. Mais ma réponse est non.

— Tu refuses, autrement dit.

Ruth sentit la lassitude l'envahir.

— C'est ta façon de voir les choses, Donald. De toute évidence, tu ne veux pas comprendre.

— J'ai invité Carolina à m'accompagner ce soir. Nous serons ensemble à la réception qui suivra le défilé.

Ruth l'examina un instant en silence. Il faisait là un choix judicieux. En s'affichant avec sa principale concurrente dans le monde de la couture, il avait la certitude d'attirer l'attention des médias. Beaucoup plus qu'en se présentant avec une danseuse.

— Je suis sorti avec elles à plusieurs reprises, ces derniers temps, poursuivit Donald, implacable. Tu n'étais jamais disponible, de toute façon.

Blessée par son attitude hostile, Ruth hocha la tête.

— Je vois.

— Tu ne t'en doutais pas, n'est-ce pas ? Tu es tellement repliée sur toi-même depuis que tu as commencé à danser Carlotta ! Rien ne compte pour toi hormis ton sacro-saint ballet. Tu es incapable de faire de la place à un homme dans ton petit univers égocentrique. Est-ce que tu mesures, au moins, à quel point la vie que tu mènes est pauvre et stérile ? Tu prends tes cours, tu t'échauffes, tu répètes. Et de temps en temps tu te produis sur scène. La danse est tout ce que tu désires et tout ce que tu as.

Le jugement était sévère. Et cruel. Jugeant qu'elle en avait assez entendu, Ruth se retourna pour prendre son sac. Mais Donald la retint par le bras.

— Je n'ai pas fini, Ruth.

— Désolée. Je ne crois pas que nous ayons quoi que ce soit de plus à nous dire.

Mais il la maintint fermement sur sa chaise.

— Toi, peut-être pas, mais moi si. Je sais que tu es éternellement pressée mais, une fois dans ta vie, aie la correction de m'écouter jusqu'au bout… Tu passes tes journées à parader devant un miroir, Ruth. Et que vois-tu ? Un corps docile qui attend les ordres du chorégraphe. Quand t'arrive-t-il encore de te mouvoir par toi-même ? Quand ressens-tu encore un élan, un désir qui n'ait pas été programmé par un maître de ballet quelconque ? Et que restera-t-il de toi lorsque tu ne seras plus en âge de te montrer sur une scène ? Lorsque ceux-là mêmes qui t'encensent aujourd'hui se détourneront de toi avec indifférence ?

Ruth se mordit la lèvre, s'efforçant vainement de contenir ses larmes.

— S'il te plaît, Donald… Tu ne crois pas que ça suffit comme ça ?

Voyant ses traits décomposés, il pâlit à son tour.

— Oh, zut, murmura-t-il en lui lâchant le bras. Je suis désolé. Je n'avais pas l'intention de…

Elle secoua la tête avec frénésie.

— Non, s'il te plaît. N'en dis pas plus.

Hagarde, brisée, elle sortit du restaurant. Dehors sur le trottoir, la chaleur humide de l'été se referma autour d'elle comme une gangue. Egarée, le regard brouillé par les larmes, elle dut s'orienter un instant avant de prendre la direction du théâtre.

Elle se hâta au cœur de la foule anonyme qui ondulait autour d'elle, une marée de visages indifférents qui ne lui renvoyait rien, pas même une amorce de réponse aux questions qui se pressaient dans sa tête. Les flèches décochées par Donald avaient atteint leur but. Et il l'avait durement ébranlée dans sa confiance en elle-même. Etait-ce là ce que les gens voyaient en elle : une marionnette, un automate qui, à l'image de ces figurines sur les boîtes à musique, tournait inlassablement en rond avec un sourire stupide aux lèvres ?

Donald avait parlé par dépit, par colère. Mais se pouvait-il qu'il y ait un fond de vérité dans ses accusations amères ? En arrivant, Ruth se précipita dans sa loge, referma sa porte comme si elle avait une armée de démons à ses trousses, et s'appuya contre le battant clos. Elle tremblait de la tête aux pieds. Quelques brèves remarques de Donald avaient suffi à la priver de son humanité. Et elle se sentait aussi sèche et mécanique qu'un robot articulé. S'avançant jusqu'au miroir, Ruth alluma toutes les lumières et scruta son reflet d'un œil implacable.

A force de passion pour la danse avait-elle fini par s'enfermer dans un univers unidimensionnel ? Son existence était-elle effectivement aussi pauvre et étriquée que Donald l'avait laissé entendre ?

Effarée, elle se prit le visage entre les mains. « Suis-je un monstre incapable d'aimer ? » Elle sentit la douceur de ses paumes sur ses joues. De sa peau montait une odeur fruitée, féminine. Se berçait-elle d'illusions, en estimant être aussi femme qu'une autre ? Et si elle avait insidieusement renoncé à sa féminité, comme Donald le lui avait reproché à plusieurs reprises ? Secouant la tête avec force, Ruth se détourna de sa propre image.

Trop de miroirs. Il y avait eu trop de miroirs dans sa vie, réalisa-t-elle soudain. Et elle ne savait plus quel sens donner aux reflets qu'elle captait sans relâche. N'était-elle qu'une image, une enveloppe creuse, une illusion ? Quelle personne serait-elle dans une décennie ou deux, lorsque la danseuse aurait à affronter le crépuscule d'une brève, si brève carrière ?

Ne resterait-il d'elle que des souvenirs, des photos et quelques coupures de journaux jaunies par les ans ?

Fermant les yeux, Ruth se força à prendre quelques respirations longues et profondes. Il ne lui restait que trois heures avant l'ouverture du rideau. Ce n'était pas le moment de méditer sur ses problèmes existentiels. Elle attendrait la fin de la représentation pour chercher une réponse à toutes les questions qui lui torturaient l'esprit.

Et tout irait déjà beaucoup mieux, pour commencer, si elle

avait quelque chose dans l'estomac. Elle descendit dans la salle de restaurant et commanda un thé, une pomme et une barre énergétique. L'ambiance familière l'aida à recouvrer son calme. Autour d'elle, s'élevaient les plaintes coutumières : l'une avait les pieds en compote, l'autre s'était fait un claquage. On déplorait la façon dont Nadine serrait les cordons de la bourse et on constatait que personne ne s'était chargé d'appeler le plombier pour réparer le robinet défectueux du quatrième étage.

Ruth sourit à la ronde, acquiesça et échangea même quelques plaisanteries avec l'éclairagiste assis à côté d'elle. Lorsqu'elle regagna sa loge, une demi-heure plus tard, elle se sentait déjà plus solide.

— Ruth ?

La main sur la poignée, elle tourna la tête.

— Ah salut, Leah.

S'il y avait une personne au monde à qui elle n'avait pas envie de se frotter en ce moment, c'était bien l'élégante ballerine blonde. Mais Leah n'attendit pas son avis pour se glisser dans sa loge de son pas aérien.

— Les critiques sont dithyrambiques, ma petite Ruth, commenta-t-elle. Tu es la star du moment.

Connaissant le côté belliqueux de Leah, Ruth réprima un soupir. Question agressivité, elle estimait avoir eu largement sa dose pour la journée.

Elle se laissa tomber sur une chaise devant sa coiffeuse et désigna la revue que Leah tenait à la main.

— J'imagine que ce n'est pas dans la presse *people* que tu lis tes comptes rendus de spectacle, Leah ?

— Quand on exerce un métier comme le nôtre, c'est toujours intéressant de se tenir au courant des derniers potins. Et puis, on tombe régulièrement sur des visages familiers. Tu sais que j'ai reconnu un de tes amis en feuilletant ce torchon ?… Où est-ce que je l'ai vu déjà ? Ah, voilà !…

Le visage impassible, Leah déchiffra à voix haute :

— « Nous avons eu la surprise de croiser le couturier Donald Keyser étroitement enlacé avec sa rivale, la fringante

Carolina Carlini. Le beau Keyser se désintéressait-il de la danse classique, tout à coup ? »

Reposant le magazine, Leah soupira ostensiblement.

— Les hommes sont d'une indélicatesse, parfois…

— N'est-ce pas ? acquiesça Ruth, avec une ironie mordante.

— Et je trouve que c'est tellement humiliant de se faire plaquer comme ça, par voie de presse.

Ruth se redressa en sursaut. Le sang se retira un instant de ses joues avant d'y affluer de plus belle.

— Oh, tu sais, j'étais déjà plaquée par voie orale, rétorqua-t-elle sèchement. Donc, ça ne me gêne pas tellement.

Leah replia méticuleusement son torchon.

— Il faut reconnaître qu'il est bel homme, ce Keyser. Il était évident qu'on finirait par te le rafler sous le nez tôt ou tard.

— Bah… Je ne t'ai pas parlé de mon Texan ? riposta Ruth sur une impulsion.

— Ton Texan ?

La surprise évidente de Leah la poussa à poursuivre.

— Oh, nous avons été très discrets, lui et moi. Il ne peut pas se permettre de voir son nom étalé dans la presse tant que son divorce ne sera pas prononcé. Sa seconde femme lui mène une vie infernale. Tu sais ce que c'est, quand il y a de l'argent dans un couple.

Ruth eut un petit sourire indulgent.

— Tu imagines qu'il lui a proposé de garder leur château en Toscane ? Mais Madame ne veut rien entendre et réclame la collection de tableaux de maître. Elle s'est mis en tête de récupérer tous les Impressionnistes et n'en démord pas.

Une lueur mauvaise brilla dans le regard de Leah.

— Je vois. Joli train de vie… Tu caches bien ton jeu, en effet.

— Je peux être muette comme le sphinx, lorsque les enjeux sont importants.

— Fais quand même attention à ce que Nick ne se rende compte de rien. Il a horreur qu'un scandale rejaillisse sur ses danseurs. Nous sommes censés mener une vie exemplaire. Surtout maintenant, avec ce projet de tournage pour la télévision.

— Un tournage pour la télévision ?

— Parce que tu n'étais pas au courant ?

Leah, pour le coup, en retrouva le sourire.

— Nous allons être filmés en long en large et en travers. Une des chaînes du câble projette de réaliser un documentaire sur le ballet classique. Et ils ont chargé Nick de sélectionner des extraits que nous danserons devant les caméras. J'interpréterai la princesse Aurore, bien sûr. Nous tournerons probablement la scène du mariage de *La Belle au Bois Dormant*. Je crois que Nick a l'intention de danser le pas de deux du *Corsaire*. Et un de ceux de *La Rose Rouge,* cela va sans dire. Mais il n'a pas encore choisi sa — ou ses — partenaires.

Elle se tut quelques instants, comme pour lui laisser le temps de digérer l'information.

— Nick est très enthousiasmé par ce nouveau challenge. Surtout que le réalisateur lui laisse une marge importante d'initiative personnelle… Je suis vraiment surprise qu'il ne t'en ait rien dit, ma pauvre Ruth. Peut-être qu'il te sent un peu trop stressée en ce moment. Va savoir.

Leah se leva pour partir.

— Cela dit, tu n'as aucune inquiétude à avoir. Dans quelques jours, il rassemblera toute la compagnie pour annoncer le projet. Et je suis sûre qu'il te trouvera un petit solo quelque part.

D'un geste nonchalant, Leah laissa tomber le magazine sur une chaise.

— Danse bien, ce soir, lança-t-elle d'une voix suave avant de quitter la pièce.

7

Longtemps, Ruth demeura sans bouger, le regard rivé sur la porte close de sa loge. Elle ne parvenait à s'expliquer pourquoi Leah avait été informée de ce projet de télévision et elle non. C'était absurde. Illogique.

« Sauf si Nick n'avait pas l'intention de l'inclure dans le documentaire en question… »

Sourcils froncés, Ruth secoua la tête. Cela paraissait inconcevable. Jamais il ne lui ferait une crasse pareille. Ils avaient quelques comptes à régler sur le plan personnel, d'accord. Mais professionnellement…

Professionnellement, elle lui avait annoncé qu'elle ne danserait plus jamais avec lui une fois que les représentations de *La Rose Rouge* seraient terminées ! Ruth se souvenait d'avoir proféré cette menace dans un moment de rage. Mais Nick se montrerait-il vindicatif au point de la priver désormais de tous ses rôles ? Pouvait-il être mesquin à ce point ?

Horrifiée, Ruth secoua la tête.

— Non, il n'irait tout de même pas jusque-là, objecta-t-elle à voix haute.

Elle n'avait pas l'illusion d'être irremplaçable, mais quand même… Nick pourrait-il se permettre de l'exclure pour un simple motif de vengeance personnelle ? Ce serait dur de sa part, d'accord. Mais il n'en restait pas moins qu'elle l'avait menacé. Et il avait quasiment tous les pouvoirs, dans la compagnie.

Or, depuis leur violente dispute dans le studio de répétition, ils ne s'étaient pour ainsi dire plus jamais adressé la parole.

Etait-ce sa façon de la punir d'avoir osé proclamer qu'elle ne voulait plus jamais de lui pour partenaire ?

Choisirait-il une autre danseuse pour interpréter Carlotta à la télévision ? Cette pensée, étrangement, lui était insupportable. Elle avait beau se répéter qu'un rôle était un rôle et qu'elle ne pouvait avoir aucune prétention à l'exclusivité, c'était plus fort qu'elle.

Nick avait écrit le ballet, d'accord. Mais elle avait donné vie et contours au personnage en l'interprétant à sa manière. Et elle avait tant mis d'elle-même en Carlotta qu'elle avait le sentiment d'être devenue la titulaire exclusive du rôle.

Le cœur lourd, Ruth ouvrit les yeux et vit le magazine abandonné sur la chaise. Leah avait accompli minutieusement son travail de sape. Elle était venue lâcher sa petite bombe pour la déstabiliser juste avant une représentation. Et elle avait réussi au-delà de toute espérance, sachant que Donald lui avait déjà bien préparé le terrain.

Tous les doutes que Donald avait réussi à semer en elle s'en trouvaient décuplés. Et à la perte de confiance en soi venait s'ajouter une angoisse supplémentaire : celle de se voir renvoyer de la compagnie dès que *La Rose Rouge* ne serait plus à l'affiche.

Ruth poussa un sanglot étouffé et enfouit son visage dans ses mains. Mais elle ne s'effondra pas pour autant. Dans moins d'une heure, elle serait Carlotta sur scène. Et rien ni personne ne l'empêcherait de danser son rôle jusqu'au bout. S'il lui restait une certitude, c'était au moins celle-là.

Quelques minutes avant le lever de rideau, Ruth sortit de sa loge et alla s'échauffer en arrière-scène. Encore tétanisée par le double choc qu'elle venait de recevoir, elle se sentait raide, figée, avec la désagréable impression que le sol tanguait sous ses pieds. Pour chacune de ses représentations précédentes, elle avait réussi à laisser Ruth Bannion derrière elle pour devenir Carlotta. Mais elle sentait que ce soir, il n'y aurait pas de miracle. Ruth Bannion lui collait à la peau et elle ne s'en débarrasserait pas.

Jamais elle ne s'était sentie aussi éloignée de l'insouciance et de la liberté d'esprit de la fière Carlotta. Se forçant à observer le rituel familier, elle se chauffa les muscles tout en s'efforçant de chasser les paroles de Donald et de Leah de ses pensées.

Mais même les premiers grincements des violons que l'on accordait dans la fosse d'orchestre ne parvinrent à l'arracher de son marasme intérieur. Tout sonnait faux ce soir. Les instruments, son costume, les lumières. Elle se sentait lourde, empotée et ne se souvenait même plus de ses enchaînements. Horrifiée, Ruth ferma les yeux, en se demandant où puiser la force nécessaire pour traverser ce cauchemar.

Par automatisme Nick chercha Ruth des yeux en sortant de sa loge. C'était devenu une habitude depuis qu'ils dansaient *La Rose Rouge* ensemble. Plus qu'une habitude, même, une manie. Un irritant réflexe compulsif qu'il considérait comme un signe de faiblesse.

Toute la personne de Ruth Bannion devenait une faiblesse chez lui, d'ailleurs. En dehors de la scène, elle était froide comme un petit matin d'hiver en Russie. Mais dès qu'ils dansaient ensemble, elle se mettait à brûler comme une nuit d'été dans le cœur moite de la Louisiane. Et ces changements incessants commençaient à lui taper sur les nerfs.

Composer avec le désir qu'il éprouvait pour Ruth devenait plus astreignant de jour en jour. Surtout que le désir en question ne diminuait en rien pendant les phases où elle le traitait par le dédain. Mais les pires moments étaient sur scène, lorsque chaque geste, chaque regard de la part de Carlotta était pure invite. Aucune femme, jamais, ne lui avait fait vivre pareille torture au quotidien.

Aujourd'hui, cependant, Nick s'immobilisa net en voyant Ruth. Et sa réaction fut commandée par l'inquiétude plus que par les exigences de sa libido. Ruth se tenait de dos mais il n'avait pas besoin de discerner ses traits pour se rendre compte que quelque chose n'allait pas.

— Ruth ?

Au son de la voix de Nick, Ruth acheva de se pétrifier. Elle se retourna lentement, en s'efforçant de peindre une expression neutre sur ses traits.

— Qu'est-ce qui se passe, Ruth ?

— Rien.

Lorsqu'il lui saisit le menton pour l'obliger à soutenir son regard, pas un muscle du visage de Ruth ne frémit. Elle se soumit à l'examen sans broncher. Mais sa peau était livide sous le maquillage de scène et une profonde détresse transparaissait dans ses yeux sombres.

— Tu es malade, c'est ça ?

S'il y avait eu, ne serait-ce qu'une trace de sollicitude dans la voix de Nick, elle se serait sans doute effondrée.

— Non.

Avec un haussement d'épaules, il la laissa aller.

— Si tu n'es pas malade, ressaisis-toi. Et vite. Tu as une prestation à assurer. Si tu t'es disputée avec ton couturier, attends la fin de la représentation. Tu feras ta crise de larmes une fois que tu seras rentrée chez toi.

Nick lut dans son regard que ses paroles l'avaient blessée. Elle releva orgueilleusement la tête.

— Je l'assurerai, ma prestation, ne t'inquiète pas. Et je te promets qu'aucune de celles que tu as prévu de mettre à ma place ne dansera ce rôle mieux que moi.

Nick tressaillit et ses doigts se crispèrent sur son bras.

— Qu'est-ce que tu racontes ?

— Laisse-moi !

Elle se dégagea avec violence.

— J'en ai déjà pris plein la figure, aujourd'hui, alors inutile d'en rajouter. J'ai eu plus que ma dose pour une journée.

Au grand dam de Ruth, sa voix se brisa. Jurant tout bas, elle se dirigea vers le rideau et attendit le signal pour se placer sur la scène. Seule sous le regard du public, elle exécuta sa première variation. En regagnant les coulisses, elle se consola en se disant que seuls les amateurs les plus avertis avaient pu noter un manque d'expressivité, une moindre implication dans la façon dont elle dansait son personnage. Techniquement, elle avait été aussi magistrale qu'à l'ordinaire. Mais Ruth savait qu'un danseur ne pouvait se contenter d'être virtuose. Etre un corps en mouvement ne suffisait pas. Il fallait également que ce corps soit habité.

Son incapacité à donner le meilleur d'elle-même acheva de la consterner.

Elle fit sa seconde entrée et quelques instants plus tard, Nick et elle se retrouvèrent pour leur premier pas de deux.

— Mets de la vie dans tes gestes, exigea-t-il *sotto voce* alors qu'il la faisait pirouetter entre ses bras.

Il la souleva en arabesque.

— Tu danses comme un robot, Ruth.

— Et alors ? Ce n'est pas ce que tu veux ? riposta-t-elle d'une voix sifflante.

Attitude… Cabriole… Un second jeté et elle se retrouva dans ses bras.

— Laisse parler ta colère, lui ordonna-t-il en faisant un nouveau porté. Tu peux me haïr si tu veux, mais pense à moi. Rien qu'à moi.

Elle aurait eu du mal à laisser ses pensées dériver ailleurs. Pendant toute la durée du ballet, Nick la soutint de son énergie nerveuse, le regard ancré dans le sien — presque comme s'il commandait ses gestes à distance. Parvenue au dernier acte, cependant, elle sentit ses forces la trahir. Les nerfs tendus à se rompre, elle dansait avec l'énergie du désespoir, en luttant contre la nausée. Pour la première fois depuis qu'elle avait commencé à faire des spectacles de danse, à l'âge de six ans, elle n'avait qu'une envie : en finir. Elle termina avec tous les symptômes d'une migraine foudroyante, rassemblant son dernier courage pour aller au bout du pas de deux final.

Dès que le rideau retomba, elle s'affaissa comme un tas de chiffons entre les bras de Nick.

— Tu m'as dit que tu n'étais pas malade, pourtant ? chuchota-t-il en la soutenant par les épaules.

Elle secoua la tête.

— Ce n'est pas un problème de santé.

— Tu es en état de saluer pour les rappels ?

— Bien sûr.

Il résista un instant lorsqu'elle voulut se dégager de son étreinte. Mais il finit par la lâcher lorsqu'elle lui jeta un regard interrogateur.

Derrière l'épais rideau de scène, les applaudissements ne leur parvenaient que de façon assourdie. Mais lorsque le technicien le releva sur un signe de Nick, le bruit enfla démesurément et une véritable ovation se fit entendre.

Malgré la douleur lancinante dans sa tête, Ruth sourit, s'inclina, quitta la scène en courant, puis reproduisit une fois, deux fois, trois fois le même scénario.

— Ça suffit maintenant, décréta Nick après six salutations, malgré les « Encore » et les « Bravo » qui retentissaient dans la salle.

Sans se soucier du reste de la troupe, il prit Ruth par la main et l'entraîna avec lui.

— Nick ! protesta-t-elle faiblement, comme il partait dans la direction opposée à celle de sa loge. Je t'en supplie, fiche-moi la paix… Je n'en peux plus.

Mais il ne prit même pas la peine de répondre.

— Mlle Bannion est souffrante, annonça-t-il au régisseur. Elle rentre directement chez elle et ne veut voir personne. Faites passer la consigne.

— Nick… Je ne suis pas en état… Je voudrais me changer.

— Tout à l'heure, décréta-t-il en la poussant d'autorité dans la cabine d'ascenseur. Il faut d'abord que nous parlions. Nous serons mieux dans mon bureau.

Ruth sentit la panique la gagner.

— Non, je ne veux pas. Je n'ai rien à dire… Laisse-moi rentrer chez moi.

— C'est un ordre, Ruth. Et tiens-toi tranquille, en attendant. Tu trembles de la tête aux pieds.

Consciente qu'il n'hésiterait pas à avoir recours à la force s'il s'était mis en tête de lui infliger un entretien professionnel à cette heure impossible, Ruth se laissa guider dans les couloirs. Tout l'étage était désert et plongé dans le noir. Nick poussa la porte de son bureau dans l'obscurité et lui fit signe d'entrer.

— Assieds-toi, ordonna-t-il en se dirigeant vers un petit meuble à liqueurs de bois sculpté.

Ruth avait rarement eu l'occasion de s'entretenir avec Nick dans cette pièce. Autant elle connaissait en lui le danseur et le chorégraphe, autant elle était peu familiarisée avec le directeur de compagnie, chargé de recevoir les mécènes potentiels.

Examinant le bureau avec attention, Ruth n'eut aucun mal à imaginer Nick dans le rôle. Très à l'aise dans ce cadre raffiné, il devait déployer son charme devant de riches financiers séduits par son humour, sa personnalité brillante et son inépuisable énergie. Nadine n'avait-elle pas observé elle-même un jour que Nick était aussi précieux pour la compagnie lorsqu'il était assis derrière un bureau que lorsqu'il bondissait sur scène ?

Nick avait tout pour lui : la personnalité, le charisme, la qualité de son sourire. Sa façon d'aborder les gens était si originale, si sincère que toute résistance devenait impossible. Oui, c'était un talent chez lui. Il fallait un don pour convaincre et pour séduire, tout comme il fallait un don pour réussir les pirouettes spectaculaires « à la Davidov ».

Nick n'était pas seulement doué de génie, il avait également un style bien à lui. Tout comme son bureau, d'ailleurs. Ruth examina les confortables fauteuils crapauds, admira l'élégance fin de siècle du mobilier. Ici, dans cette atmosphère raffinée, des transactions importantes se concluaient régulièrement. Que serait une compagnie de danse américaine sans ses mécènes ? Qui paierait pour les accessoires, les costumes, les décors et les éclairages ?

— Je t'ai dit de t'asseoir, Ruth.

L'ordre émis par Nick ramena Ruth à la situation présente. Elle voulut pivoter vers lui mais une main ferme se posa sur son épaule et la poussa vers le canapé. Elle se retrouva assise avec un verre de liquide ambré à la main.

— Bois, lui ordonna-t-il avant de retourner se servir lui-même.

Une fois installé à côté d'elle, il la regarda avec insistance jusqu'à ce qu'elle s'exécute et porte son verre à sa bouche. Il l'observa pendant qu'elle avalait docilement une première gorgée, puis une deuxième. Un calme absolu régnait dans la pièce.

— Parfait, acquiesça-t-il. Et maintenant, raconte-moi.

Elle tressaillit.

— Il n'y a rien à raconter.

Il pianota du bout des doigts sur l'accoudoir.

— Ruth Bannion… Je peux être capable de patience, à mes heures. Mais là je ne suis pas d'humeur, O.K. ?

— Tu as bien fait de le préciser.

Vidant imprudemment son verre d'un trait, elle le reposa sur la table.

— Eh bien, merci, pour le coup à boire, Nick.

Avant même qu'elle ne fasse le geste de se lever, il la retint par le poignet.

— Ne joue pas avec le feu, Ruth, conseilla-t-il à mi-voix. Et maintenant, je veux une réponse. Immédiate.

— Tu pourrais peut-être commencer par poser la question qui va avec ? suggéra-t-elle avec désinvolture, même si son cœur battait la chamade.

Nick vida un petit verre de vodka.

— Qu'est-ce qui n'allait pas, ce soir ?

— Petit coup de blues, admit-elle en haussant les épaules avec impatience.

— Et pourquoi ?

— Ce sont des choses qui arrivent, non ? Tout le monde ne peut pas être au sommet de sa forme vingt-quatre heures sur vingt-quatre, Nick !

Elle voulut se dégager mais il la maintint assise sur le canapé avec une aisance exaspérante.

— Au nom de quoi, cet interrogatoire, Nick ? Je n'ai pas droit à un *minimum* de vie privée ?

— Pas lorsqu'elle t'empêche de faire une prestation correcte sur scène.

— Je suis désolée, mais je ne sais pas danser en mode automatique.

La colère qu'elle aurait tant voulu contenir explosait déjà dans sa voix.

— Contrairement à ce que d'aucuns prétendent, je ne suis pas une mécanique docile qui se met en mouvement dès qu'on remonte le ressort de la boîte à musique. Alors inutile de…

— Quel est l'imbécile qui t'a sorti une ânerie pareille ?

Elle détourna les yeux.

— Sois charitable et fiche-moi la paix, Nick. Je n'ai pas envie d'aborder le sujet avec toi.

Reposant son verre vide, il lui saisit les épaules et l'obligea à le regarder en face.

— Je *veux* savoir qui a proféré cette sinistre connerie. Ton couturier ?

Elle secoua la tête en signe de dénégation, mais Nick avait déjà lu la réponse dans ses yeux. Il jura longuement en russe.

— Regarde-moi, Ruth. Et explique-moi comment une fille intelligente et équilibrée comme toi peut gober ce genre d'inepties ?

— Il a dit que j'étais froide, égocentrique, et que je n'aimais que moi-même et la danse, se surprit-elle à balbutier d'une voix étranglée par les larmes. Il pense que, sortie du ballet classique, je n'existe plus. Comme si je manquais de consistance, quoi…

Nick la secoua par les épaules avec impatience.

— Mais qu'est-ce qu'il en sait, ce type ? Ce n'est pas un danseur. Il n'a jamais tenu une barre, jamais mis le pied sur une scène. Comment pourrait-il avoir la moindre idée de ce que notre métier exige de nous ? Le problème avec Keyser, c'est qu'il est jaloux comme une teigne. Il voit bien que tu appartiens à ton art. Et il n'a aucune prise sur toi.

— Il attend de moi plus que je ne peux lui donner, murmura Ruth. Et je reconnais ne pas avoir grand-chose à lui offrir. J'ai de l'affection pour lui, mais…

Avec une moue piteuse, elle repoussa les longs cheveux noirs qui lui tombaient sur les yeux.

— Mais tu n'es pas amoureuse de lui, acheva Nick à sa place.

— Là est le problème, justement. Je ne sais même pas ce que c'est d'être amoureuse ! Et si j'étais devenue inhumaine, à force de ne vivre que par et pour la danse ? Donald n'a peut-être pas tort lorsqu'il affirme que je suis incapable de faire de la place à un homme dans…

— Stop !

Nick la secoua de nouveau. Et plus brutalement que la première fois. Puis, se levant d'un bond, il se mit à arpenter la pièce comme un fauve aux abois.

— Que signifient ces idées fumeuses que cet imbécile t'a mis dans la tête ? Sous prétexte que tu n'es pas amoureuse d'un homme, tu le laisses te convaincre que tu n'es pas une vraie femme ? Je n'ai encore jamais rien entendu d'aussi absurde !

Avec une exclamation dégoûtée, il se tourna vers elle.

— Non, sérieusement, qu'est-ce qui ne tourne pas rond chez toi, Ruth ? Où est passé ton esprit de repartie ? Tu n'as pourtant pas l'habitude de te laisser faire ! Si je t'avais lancé ce genre d'accusations tu te serais défendue bec et ongles !

Portant les mains à ses tempes, Ruth s'efforça de remettre de l'ordre dans ses pensées.

— La différence, c'est que toi, tu ne m'aurais jamais rien dit de tel, finit-elle par objecter.

Nick se radoucit.

— C'est exact. Parce que je sais qui tu es, Ruth. Nous avons beaucoup partagé, toi et moi. Et quand nous dansons ensemble, je perçois ta beauté, bien sûr. Mais aussi ton être intérieur. Et je n'ai aucun doute sur le féminin en toi.

Il lui prit la main et entrelaça leurs doigts.

— Tu as ton univers et ton couturier a le sien. Si vous vous aimiez, Donald et toi, vous pourriez vivre dans l'un comme dans l'autre.

Ruth réfléchit un instant, puis hocha la tête.

— Oui, c'est ce que j'aurais voulu. J'ai essayé de le faire, d'ailleurs. Mais…

— Oublie les « mais ». Les « mais » ne servent à rien.

Nick se laissa tomber à côté d'elle sur le canapé, réussissant l'exploit de s'affaler avec élégance.

— Bon, O.K. Résumons-nous : tu t'es donc querellée avec ton styliste et, poussé par le dépit, il t'a sorti deux ou trois réflexions mauvaises. C'est pour ça que tu étais pâle comme un linge et que tu as failli t'évanouir sur scène ?

— Il n'a pas seulement brossé un portrait au vitriol de ma personne. Il m'a également annoncé que j'étais déjà remplacée. J'ai même eu droit à une copie du *New York People*, avec un article sur Donald et sa nouvelle amie. A moins d'une heure de l'ouverture de rideau, tu avoueras que c'est difficile à avaler.

Nick fronça les sourcils.

— Le *New York People* ? Ah oui, ce torchon sordide. Keyser a poussé la goujaterie jusqu'à t'apporter ce magazine dans ta loge ?

— Non, non, pas Donald, bien sûr. Mais…

Ruth se tut abruptement lorsqu'elle vit la lueur orageuse dans le regard de Nick. Elle s'humecta les lèvres et se leva.

— Ce magazine n'a aucune importance. Je ne comprends pas pourquoi j'en ai fait tout un plat.

— Stop.

Elle s'immobilisa net.

— Qui t'a apporté ce *New York People* juste avant la représentation, Ruth ? s'enquit Nick d'une voix dangereusement calme.

Le frisson léger dans son dos lui fit l'effet d'un avertissement.

— Ecoute, Nick, je ne…

— Je trouve inexcusable qu'un membre de cette compagnie ait délibérément cherché à te déstabiliser juste avant une représentation. Et il est hors de question que je tolère ce genre de pratiques.

Ruth secoua la tête. Elle n'avait pas de sympathie particulière pour Leah. Mais elle refusait de soumettre qui que ce soit à la violence des coups d'humeur de Nick.

— Je ne trahirai pas la personne en question, répondit-elle fermement en affrontant son regard. C'était à moi de me défendre. Je veillerai la prochaine fois, à ne pas me laisser atteindre par des petites mesquineries sans importance.

— Je veux un nom.

— Je n'ai pas l'habitude de faire ce genre de choses, Nick.

Posant la main sur son bras, elle utilisa à son tour le pouvoir de son regard.

— Je ne peux pas te dire de qui il s'agit. Mais il y a un autre problème qui me tient à cœur et que j'aimerais régler avec toi, ce soir.

Nick se figea brusquement dans un étrange silence. Ruth chercha à déchiffrer l'énigme de ses traits mais se heurta comme chaque fois à un mur.

Le sentant plus distant, elle retira sa main.

— De quoi souhaites-tu me parler, Ruth ?

De nouveau, elle s'humecta les lèvres. Son cœur battait comme un tambour.

— Je crois qu'il me faudrait d'abord un second cognac, murmura-t-elle.

Alors qu'elle s'attendait à un refus exaspéré, il prit son verre vide sans rien dire et retourna à son placard à liqueurs. Elle le remercia lorsqu'il la resservit et porta le cordial à ses lèvres pour se donner du cœur au ventre.

— As-tu l'intention de me renvoyer de la compagnie ?

Nick qui s'apprêtait à vider sa vodka de son côté, laissa son geste en suspens.

— Pardon ?

Avec plus d'assurance, cette fois, elle réitéra sa question.

— Comptes-tu te passer de mes services une fois que j'aurais fini cette série de représentations ?

— Ai-je l'air aussi stupide que ça ?

Malgré son anxiété, Ruth ne put s'empêcher de sourire de son ton incrédule.

— Non, Davidov.

— Bien. Nous sommes donc d'accord, pour une fois. Alors puisque je ne suis pas un idiot, qu'est-ce qui te fait penser que je m'amuserais à mettre ma meilleure danseuse à la porte ?

Ruth demeura un instant muette sous le choc.

— Tu ne m'avais encore jamais dit cela, balbutia-t-elle.

— Jamais dit quoi ?

Secouant la tête, elle se tourna vers la fenêtre.

— Aussi loin que je me souvienne, j'ai toujours voulu danser.

Elle laissa échapper un petit rire étouffé lorsque les larmes commencèrent à couler.

— Toutes ces années, je me suis battue pour moi, pour la danse — et pour toi. Mais tu n'as jamais fait le moindre commentaire… Et voilà que ce soir, après une journée atroce, tu m'annonces tranquillement que je suis ta meilleure danseuse.

Elle sourit à travers ses larmes.

— C'est bien de toi, Nikolai, de choisir un pareil moment pour me faire savoir enfin que tu crois en moi.

Même si elle ne l'avait pas entendu approcher, Ruth ne fut pas surprise de sentir les mains de Nick se poser sur ses épaules.

— Si je ne t'ai jamais dit tout le bien que je pense de ton talent, alors je suis dans mon tort. Mais je dois reconnaître que je n'accorde pas beaucoup d'importance aux mots.

Nick caressa pensivement la longue chevelure soyeuse où la lumière d'un petit abat-jour allumait de subtils reflets.

— Tu comptes énormément pour moi, Ruth. Et je n'ai pas envie de te perdre.

Le cœur de Ruth fit un bond si violent dans sa poitrine qu'elle crut à une implosion. Mais Nick s'exprimait en tant que chorégraphe et directeur de compagnie, bien sûr. « C'est la danseuse qui lui est indispensable, bécasse. Pas la femme en elle-même. »

Reprenant ses esprits, elle se tourna pour lui faire face.

— As-tu l'intention de trouver une autre Carlotta pour ce documentaire télévisé ?

Nick fronça les sourcils.

— Ce documentaire télévisé ? Mais le projet n'est pas encore finalisé ! Comment sais-tu que… ?

Il s'interrompit pour se frotter le front.

— Bon, je commence à comprendre pourquoi tu me parles de remplaçantes depuis tout à l'heure. J'imagine que c'est la personne qui t'a apporté ton magazine people juste avant la représentation qui t'a divulgué cette information ?

Sans lui laisser le temps de répondre, Nick se mit à pester à jurer, entrant dans une de ces « rages russes » dont il avait la spécialité.

— C'est intolérable, tu m'entends ? Intolérable ! Je ne laisserai pas passer une ignominie pareille ! Une compagnie, c'est avant tout une unité ! Et il est hors de question que mes danseurs se poignardent dans le dos. Ce documentaire télévisé, c'est *mon* projet, O.K. ? Et le casting, c'est moi qui m'en charge. Si je décide que tu danseras Carlotta, tu t'exécuteras. Un point c'est tout.

Ruth prit une profonde inspiration.

— Je sais que je t'ai dit que je ne voulais plus jamais danser avec toi. Mais…

Il l'interrompit d'un claquement de doigts furieux.

— Mets-toi bien ceci en tête, Ruth : ce n'est pas à toi de choisir tes partenaires. Tu danseras avec moi si je te l'ordonne, c'est clair ? Tu n'as pas voix au chapitre.

Fidèle à lui-même, Nick laissait exploser son sale caractère. Se retrouvant en terrain familier, Ruth haussa le ton à son tour.

— Parce que je ne suis pas libre de faire mes propres choix de vie, peut-être ?

— Tu peux choisir entrer rester et partir. Mais si tu restes, tu fais ce qu'on te dit.

— Ce qu'on me *dit* ? Eh bien, parlons-en, justement ! On me dit quoi ? Rien, rien et trois fois rien ! Tu as un gros projet artistique en tête et il faut que je l'apprenne par la bande une heure avant l'ouverture de rideau ! Cela fait des semaines que tu m'adresses à peine la parole !

— Je te parle, si je veux. Tu crois peut-être que j'ai du temps à perdre ?

— Arrête, Nick ! hurla-t-elle. Je n'en peux plus de tes délires. Alors écoute-moi bien : je me suis investie à fond dans ce rôle. Au point que je ne sais plus par moment qui je suis moi-même ! *Carlotta, c'est moi* tu m'entends ? Je lui ai donné ma chair et mon sang. Alors si tu crois que je te laisserai attribuer mon rôle à une autre sans me battre, c'est que tu es stupide pour de bon ! Je considère que ce ballet m'appartient.

Nick haussa les sourcils.

— Ah, tiens. C'est comme ça que tu vois les choses, petite fille ?

— C'est ce que je vois, c'est que je pense et ce sont les positions sur lesquelles je compte me battre. Je ne suis plus une gamine et Carlotta, c'est *mon* rôle. Je la danserai tant que je serai encore en âge de me produire sur scène.

Elle s'arrêta pour le foudroyer du regard, reprit son souffle et lui asséna un coup final :

— Je continuerai encore à incarner Carlotta lorsque tu ne seras plus en état de danser le prince Stefan depuis longtemps.

— Ah vraiment ?

Il entoura son cou de ses doigts et exerça une légère pression.

— Parfaitement !

— Oublierais-tu, *milaya*, *qui* a écrit et composé ce ballet que tu t'appropries ainsi ? *Qui* est le chorégraphe ? *Qui* t'a attribué ton rôle ?

— Je n'ai rien oublié du tout. Mais je te conseille de te souvenir *qui* le danse !

— Tu as un très joli cou, très fin, très élégant, murmura-t-il en lui caressant la nuque. Ne me mets pas dans la tentation de le briser.

— Je suis trop remontée contre toi pour être réceptive à tes menaces, Davidov. Vais-je oui ou non danser Carlotta pour la télévision ?

Le regard de Nick glissa pensivement sur ses traits.

— Rien n'est encore fixé pour le moment. Je t'informerai de ma décision en temps utile. *La Rose Rouge* reste à l'affiche toute la semaine prochaine. Nous discuterons de la suite après la dernière représentation.

Il sourit lorsqu'elle poussa un soupir exaspéré.

— Tu t'emportes, *milaya ?* C'est bon pour toi d'être en colère. Je suis sûr que tu danseras Carlotta avec plus de conviction.

— Il faut toujours que tu manipules ton monde, n'est-ce pas, Nick ?

Ruth voulut se détourner pour partir mais il la retint. Lentement, délibérément, il se pencha sur ses lèvres. Un instant, il suspendit son mouvement et demeura en attente, sa bouche effleurant presque la sienne. Puis la chair entra en contact avec la chair.

Immobile, Ruth retenait son souffle.

De la pointe de la langue, il traça le pourtour de ses lèvres, jusqu'à ce qu'elles s'écartent sur un soupir et l'invitent à pousser ses explorations plus loin.

Jamais encore, Nick ne l'avait embrassée avec cette douceur, cette tendresse poignante. Existait-il une défense contre une générosité aussi absolue ? Jusque-là, les baisers de Nick avaient été impulsifs, brûlants, possessifs et mélangés d'une certaine violence. Mais ce soir, Ruth ressentait un plaisir dans lequel n'entrait plus aucune part d'appréhension.

Il lui mordit la lèvre inférieure, ne s'arrêtant qu'aux confins de la douleur. Puis sa langue vint caresser ce que ses dents avaient meurtri. Entre eux flottaient, de plus en plus prégnantes, l'odeur du maquillage de scène, les saveurs chaudes, mêlées de cognac et de vodka. Envahie par une immense langueur, Ruth laissa la tête tomber en arrière et s'abandonna à ses sensations, se livra aux mains caressantes de Nick, s'adonna à ses baisers qui devenaient comme une addiction.

Lorsque Nick releva la tête, il perçut le soupir qui glissait entre ses lèvres offertes, vit le regard embrumé qu'elle leva vers lui sous les paupières alourdies. Il lut dans ses yeux qu'elle était sienne. Là, sur le canapé, ou à même le sol sur le tapis, il pourrait la renverser sous lui et la prendre. Ils étaient seuls ; Ruth était plus que consentante. Et il avait encore le goût de ses lèvres sur les siennes, leur parfum de miel et de fruit.

Avec l'ombre d'un soupir, il lui caressa la joue.

— Qu'est-ce que tu as mangé aujourd'hui, petite fille ?

Un pli pensif barra le front pâle de Ruth.

— Mangé ?

— Oui, tu sais… Comme dans « ingérer de la nourriture solide » ?

Il se redressa et prit son verre de vodka qu'il vida d'un trait.

— Tu as bien dû avaler quelque chose d'un peu consistant depuis ce matin ?

Ruth réfléchit un instant mais elle eut beau se concentrer, ses pensées s'égaillaient dans tous les sens, se perdaient dans un enchevêtrement confus et informe.

— Sans doute, oui. Je ne sais plus très bien, admit-elle, de plus en plus égarée, en se frottant les tempes.

— Et tu sais quand tu t'es attablée pour la dernière fois devant un bon gros steak bien saignant ?

De plus en plus déconcertée, elle secoua la tête.

— Un bon gros steak bien saignant ? Je ne sais même plus à quoi ça ressemble ! finit-elle par trancher avec un petit rire mi-exaspéré mi-amusé.

Il lui offrit sa main tendue.

— Tu as besoin d'un vrai repas. Viens, je t'invite.

— Tu sais, Nick, que je ne comprends rien — mais alors strictement rien — à ta personne ? protesta-t-elle faiblement tandis qu'il l'entraînait d'autorité à sa suite.

— Tu as cinq minutes pour te changer. Pas une seconde de plus.

Ruth s'immobilisa sur le pas de la porte et l'interrogea d'un regard éperdu.

— Crois-tu que je parviendrai à te cerner un jour, Nikolai ?

— Je suis Davidov. Ça ne te suffit pas ?

Elle émit un rire tremblant.

— Si ça me suffit ? Je crois que c'est un peu *trop* pour moi, en l'occurrence…

8

Le dîner avec Nick ce soir-là fut plaisant, réconfortant, mais n'apporta aucun éclairage nouveau sur les questions qui tenaillaient Ruth. Ils discutèrent à bâtons rompus pendant tout le repas mais sans jamais aborder les sujets brûlants comme la danse, l'avenir et la nature de leur relation. Après un trajet en taxi plutôt échevelé, Nick la déposa devant chez elle et ils se quittèrent en s'embrassant tout à fait chastement sur les deux joues.

Cette nuit-là, Ruth s'assoupit sitôt la tête posée sur l'oreiller et dormit huit heures d'affilée d'un sommeil de plomb. La discussion orageuse avec Nick suivie d'un copieux repas avait au moins eu le mérite de la vider de toute sa tension nerveuse.

Et dès le lendemain matin, la vie ordinaire de danseur reprit son cours, avec ses horaires stricts, ses exercices, ses étirements. Même si Ruth avait hâte d'apprendre quel sort Nick lui réservait, elle savait qu'elle n'obtiendrait aucun éclaircissement de sa part. Plus elle le harcelait de questions, plus il se blindait dans un silence obstiné.

Après la représentation finale de *La Rose Rouge*, Ruth se retira dans sa loge avec un fond de vague à l'âme. Renoncer à un rôle qu'elle avait incarné soir après soir pendant des semaines lui faisait toujours l'effet d'un deuil. Pour la dernière fois, elle suspendit son costume de Carlotta sur un cintre et se sentit comme vidée d'une part d'elle-même.

En attendant que Nick lui fixe de nouveaux objectifs, elle aurait le sentiment de vivre entre deux eaux. Chaque fois qu'elle se trouvait en *stand-by* entre deux projets artistiques, elle traversait ainsi une petite phase de flottement.

Croisant son reflet dans le miroir, Ruth fit la grimace. Elle n'avait aucune envie de se joindre au reste de la troupe pour arroser leur ultime spectacle. Les autres la traiteraient de lâcheuse, mais tant pis. Elle ne se sentait pas d'humeur à faire la fête. Ce n'était ni au vin ni à l'ivresse qu'elle aspirait ce soir.

Un simple verre de lait ferait son bonheur. Ainsi qu'un énorme paquet de biscuits. Qu'elle boulotterait toute seule, devant la TV, en compagnie de Nijinski. Satisfaite de sa décision, Ruth enfila son jean. Au lieu de broyer du noir, elle ingérerait des cookies. Rien de tel qu'une overdose de sucres rapides pour vous remettre les humeurs en place.

— Entrez ! cria-t-elle lorsqu'on frappa à sa porte.

Elle finissait juste d'enfiler son T-shirt lorsque la tête de Maxine se découpa dans l'entrebâillement.

— Ah, c'est là que tu te caches ! Tout le monde t'attend au pot d'adieu ! Les bouchons de champagne volent déjà.

— Je vous fais faux bond ce soir, annonça Ruth en hissant son sac de danse sur une épaule.

Encore costumée et maquillée pour la scène, Maxine fit la moue.

— Ah non, tu ne vas pas nous lâcher comme ça un soir de dernière ! J'avais prévu de te présenter mon neurochirurgien.

Ruth lui décocha un clin d'œil complice.

— Ce sera pour une autre fois. Ce soir, j'ai des projets persos, si tu vois ce que je veux dire.

Le visage de Maxine s'éclaira.

— Hé, mais c'est une grande nouvelle ! Tu n'es pas obligée de le garder caché, cela dit. Pourquoi tu ne lui proposes pas de venir se joindre à nous ?

— Parce que je n'ai aucune envie de le partager. Je le veux pour moi et rien que pour moi, précisa Ruth avec un discret soupir d'extase en songeant à son paquet de cookies.

Maxine parut impressionnée.

— Eh bien… Comment est-il, cet homme d'exception ?

— A croquer, lança-t-elle par-dessus l'épaule en sortant de la loge.

— Je le connais ? cria Maxine.

Avec un léger rire, Ruth s'esquiva en laissant la question sans réponse.

Deux heures plus tard, elle était confortablement installée dans un fauteuil chez elle, avec Nijinski roulé en boule sur les genoux. Etouffant un bâillement, elle actionna la télécommande. Pas moyen de se concentrer sur le vieux film qu'elle avait choisi de regarder ce soir-là. Mais elle ne regrettait pas pour autant d'avoir renoncé à faire la fête. Les rires et les propos joyeux de la troupe l'auraient déprimée. Alors que ces deux heures passées au calme l'avaient réconciliée avec la vie.

Puisqu'elle serait libre quasiment toute la journée du lendemain, pourquoi ne pas en profiter pour aller traîner chez les antiquaires ? Elle se sentait d'humeur à acheter quelque chose de futile. Comme une vieille tabatière ou un candélabre à cinq branches, par exemple.

Les paupières mi-closes, Ruth s'étira avec délice. Si Nick lui laissait un temps de répit, elle en profiterait peut-être pour aller faire un tour dans le Connecticut et passer deux ou trois jours chez Seth et Lindsay.

En fait, tout irait pour le mieux dans le meilleur des mondes. Si seulement elle n'était pas aussi obsédée par Davidov !

Avec un profond soupir, Ruth songea à la façon dont il l'avait embrassée le jour de la rupture avec Donald. Il avait mis tant d'irrésistible tendresse dans son baiser qu'elle n'avait plus songé qu'à se donner à lui tout entière.

Mais Nick n'avait pas souhaité aller plus loin, de toute évidence.

Avec un léger soupir, Ruth délogea le chat endormi qui protesta énergiquement avant de s'installer par terre à ses pieds pour attaquer sa toilette. Depuis cette soirée mémorable, elle s'était forcée à ne penser à Nick qu'en tant que partenaire et chorégraphe. Mais elle ne pouvait continuer à se jouer la comédie indéfiniment.

Autant l'admettre : c'était uniquement à cause de lui qu'elle n'avait pas voulu sortir avec le reste de la troupe ce soir. Elle le désirait. Et elle avait beau se cabrer contre cette lancinante vérité, c'était plus fort qu'elle. Non seulement, son désir résistait mais il ne cessait de croître.

Et si encore il n'y avait eu que l'envie physique ! Jusque dans quelle mesure elle était amoureuse de Nick, Ruth préférait ne pas y penser.

— Allez, hop ! Je suis morte. Je vais me coucher.

Nijinski accueillit cette déclaration avec la plus parfaite indifférence et ne prit même pas la peine de tourner la tête dans sa direction. Ruth l'enjamba pour éteindre la télévision. Puis, laissant la boîte de cookies entamée et les miettes sur la table, elle éteignit toutes les lumières et s'effondra, épuisée, dans son lit.

Planté au pied de l'immeuble, Nick scrutait les fenêtres obscures de l'appartement de Ruth. « Bon, alors, tu vois bien qu'elle est couchée, non ? Il est 1 heure du matin ! Ce n'est pas une heure pour aller sonner chez les gens. Laisse-la dormir et rentre chez toi ! »

Enfonçant les poings dans les poches, Nick arpentait le trottoir. « Ta place n'est pas ici, Davidov. Et tu le sais. Fiche-lui la paix une fois pour toutes. Elle n'est pas pour toi. »

La nuit était fraîche, presque froide. Nick rentra légèrement la tête dans les épaules pour se défendre de l'air piquant qui sentait déjà l'automne et la pluie.

Si seulement, elle était venue faire la fête avec eux, ce soir. S'il avait pu échanger quelques mots avec elle, la regarder rire et s'amuser de loin…

Nick secoua la tête avec impatience. A quoi bon continuer de se raconter des histoires ? Au stade où il en était, la voir ne lui suffisait plus. Enchaîner des nuits solitaires le rendait fou. Mais l'idée de partager son lit avec une partenaire quelconque l'épuisait d'ennui d'avance. C'était Ruth qu'il voulait. Et Ruth seulement.

Depuis combien de temps déjà, cette obsession couvait-elle sous la cendre ? Un mois ? Un an ? Ou fallait-il remonter à ce jour, cinq ans auparavant, où il avait vu danser Ruth pour la première fois dans le studio de Lindsay ? En la regardant s'échauffer à la barre, il avait ressenti un premier éclair annonciateur — un élan aussi troublant qu'inattendu qui lui avait laissé un drôle de goût dans la bouche.

Elle n'avait que dix-sept ans à l'époque, bon sang ! Une gamine !

Et il ne savait encore rien d'elle, en ce temps-là. Il n'imaginait même pas que sa peau serait aussi douce sous ses lèvres, que sa bouche mêlée à la sienne aurait ce goût irrésistible de fruits rouges. Il était loin de se douter encore qu'elle s'ouvrirait sous ses baisers comme une fleur en bouton qui n'attendait que lui pour s'épanouir.

Comment aurait-il pu prévoir, alors qu'il regardait cette enfant appliquée enchaîner ses figures, que la vue de ce corps menu finirait par devenir une obsession ? Même sur scène, alors qu'il dansait devant une salle pleine de spectateurs, il ne pensait qu'à faire l'amour avec Ruth Bannion.

Frissonnant dans la nuit froide, Nick se détourna de l'immeuble de Ruth et prit le chemin du retour. Mais il n'avait pas parcouru trois mètres sur le trottoir qu'il fit brusquement demi-tour.

Et voilà. Il ne supporterait plus de passer une seule nuit de torture supplémentaire. Il la voulait maintenant. Tout de suite.

Et tant pis si c'était de la folie.

Encore à moitié endormie, Ruth s'assit sur son lit. Qui pouvait bien faire tout ce raffut sur le palier au beau milieu de la nuit ? Le pire, c'est que l'imbécile qui cognait à sa porte l'avait arrachée à un rêve magnifique où elle dansait langoureusement au clair de lune dans les bras de Nick.

Elle secoua la tête pour s'éclaircir les idées et consulta son réveil. Les coups redoublèrent d'intensité. Sourcils froncés, elle enfila son peignoir.

— C'est bon, c'est bon ! J'arrive ! cria-t-elle tandis que son visiteur nocturne s'acharnait sur le battant clos. Mais arrêtez de cogner comme un sourd ! Vous allez réveiller tout le quartier !

Ruth jeta un coup d'œil par le judas. Cligna des yeux. Regarda de nouveau.

Alors même qu'elle détachait la chaîne de sécurité d'une main tremblante, Nick recommença à marteler la porte de ses poings. Elle lui ouvrit et le regarda sans rien dire.

Le souffle de Nick se suspendit. Les cheveux de Ruth tombaient sur ses yeux ; son peignoir visiblement enfilé à la hâte laissait entrevoir la rondeur fragile d'une épaule. Ses yeux embrumés étaient écarquillés par la surprise ; ses joues rosies par le sommeil achevaient de la rendre irrésistible.

Il fit un pas en avant, conscient qu'il franchissait la ligne rouge.

— J'ai besoin de toi, murmura-t-il.

Le cœur de Ruth tressaillit. Quatre mots si simples, émis d'une voix presque cassée. Comme si les prononcer avait été pour lui un arrachement.

Sans rien dire, elle lui ouvrit les bras.

Nick l'attira à lui et leurs bouches se mêlèrent au premier effleurement. Le désir entre eux était brut, élémentaire, tout-puissant. Ils échangèrent un baiser dévorant, presque désespéré dans son intensité. Ruth se laissa emporter, muette, par la sauvagerie de leur élan.

Nick avait glissé les doigts dans ses cheveux et lui tirait la tête en arrière avec un soupçon de brutalité, comme s'il cherchait, d'un seul baiser, à la boire, à l'aspirer, à l'absorber tout entière.

— J'ai envie de toi, Ruth. Tu sais que j'en crève ?

Lancés avec violence, les mots semblaient monter du plus secret de lui-même, comme du fin fond d'un puits. Il plongea dans le sien un regard incandescent.

— Trop. Je te désire, trop, ajouta-t-il dans un souffle.

Les mains de Ruth se crispèrent sur sa chemise.

— Jamais trop, chuchota-t-elle en le tirant à l'intérieur pour refermer la porte derrière lui.

La gorge sèche, elle se retourna vers lui dans l'appartement clos. Ils se firent face en silence — une silhouette d'homme face à une silhouette de femme, au cœur de la nuit anonyme.

Ruth fit un pas vers Nick. Et perçut la lutte qu'il menait contre lui-même pour reprendre le contrôle de ses affects.

Mais ce n'était pas un Nick calme et en pleine possession de ses moyens qu'elle voulait devant elle. Cette nuit, elle voulait qu'il soit *possédé*. Fou de désir pour elle. Lentement, elle fit glisser son peignoir sur ses épaules et le laissa chuter à ses pieds.

— Aime-moi, Nick, lui intima-t-elle dans un souffle.

Avec un grognement de défaite, il la souleva dans ses bras. Sa bouche était brûlante sur la sienne ; ses mains couraient sur elle avec avidité. Elle tira sur la chemise de Nick alors qu'il l'emportait vers la chambre à coucher. Quelque part au milieu du couloir, elle réussit à la lui ôter et à la jeter par terre. Elle sentit la nudité de sa chair, la fermeté de ses muscles sous ses doigts.

Il avait la main sur la poignée de la porte lorsqu'elle trouva le bouton de son jean. Puis la fermeture Eclair. Nick poussa un grognement sourd et planta les dents dans son épaule.

Il avait des hanches étroites et nerveuses. Et sa peau était brûlante.

— *Milenkaya*, protesta-t-il avec un rire rauque lorsqu'elle commença à le caresser. Laisse-moi au moins le temps d'enlever mes chaussures.

Elle secoua la tête.

— Non. Ne me lâche pas.

Elle le désirait trop fort. Depuis trop longtemps.

— S'il te plaît, Nick. Prends-moi. Maintenant… Je vais devenir folle si tu me fais attendre une seconde de plus.

Un éclair brûla dans ses yeux et il la renversa en arrière sur le lit. Ruth sentait les battements désordonnés de son cœur contre le sien ; le son rauque de sa respiration était comme une musique à ses oreilles. Il tremblait lorsqu'il vint en elle. Ruth laissa son corps prendre les commandes et s'abandonna en confiance, accueillant la fulgurance des sensations encore inconnues.

Quelque chose culmina en elle. Un léger cri lui échappa, puis elle se sentit vidée et faible.

Allongé sur elle, Nick avait le visage enfoui dans ses cheveux.

— Seigneur, Ruth…

Il prononça les mots avec peine, tant sa respiration était laborieuse.

— C'est la première fois que tu fais l'amour et moi je te prends comme le dernier des sauvages.

Roulant sur le côté, Nick se passa la main dans les cheveux. Ruth se dressa lentement sur son séant. Dans la semi-obscurité, elle ne voyait de lui que les contours de son torse et de ses épaules, l'éclat fixe de son regard.

— J'aurais pu m'en douter, bon sang. Je n'ai aucune excuse. J'ai dû te faire mal en plus.

Mal ? Elle ressentait un léger vertige et son corps paraissait étrangement flottant. Mais de douleur, elle ne percevait aucune trace.

— Non, murmura-t-elle. Non, je n'ai pas mal.

— Zut et rezut ! Ça n'aurait jamais dû arriver, pesta-t-il avec force.

— Qu'est-ce que tu cherches à me dire, là, Nick ? Que tu regrettes ce qui vient de se passer ?

— Evidemment, que je regrette ! fulmina-t-il. Tu me prends pour une brute ou quoi ?

Si l'acte d'amour ne lui avait causé aucune douleur, la réponse de Nick, elle, lui cisailla la poitrine.

— Et pourquoi regrettes-tu ? se força-t-elle à demander d'une voix égale.

Nick se leva pour arpenter la pièce.

— C'est évident, non ? Je rapplique chez toi en pleine nuit et je te culbute comme un malpropre.

— Toi, tu me culbutes ? répéta Ruth, incrédule. Parce que je n'ai pas eu mon mot à dire, dans l'histoire, peut-être ?

Rejetant ses longs cheveux en arrière, elle se dressa à genoux sur le lit. Ses yeux noirs lançaient des éclairs.

— Ce n'est pas possible d'être imbu de soi à ce point ! Qui a culbuté qui, au juste ? Revenons-en, aux faits, Davidov : c'est *moi* qui t'ai ouvert ma porte, c'est *moi* qui t'ai convié à venir dans mon lit ; c'est *moi* qui t'ai plus ou moins déshabillé dans le couloir. Alors arrête de te prendre pour le nombril du monde. Si tu regrettes d'avoir fait l'amour avec moi, c'est ton droit. Mais n'essaye pas de te réfugier derrière la culpabilité sous prétexte que j'étais vierge, tempêta-t-elle, de plus en plus remontée. S'il n'y a eu personne dans ma vie jusqu'ici, c'était mon choix. Et si j'ai décidé de me donner à toi, c'était tout aussi délibéré de ma part. Je ne suis pas un robot que l'on manipule à son gré avant de le reposer dans son coin !

Nick laissa passer un long silence.

— Je viens de me faire remettre dûment à ma place, on dirait.

Ruth émit un petit rire. Elle était blessée, en colère et son corps fraîchement défloré était encore parcouru de toutes sortes de pulsations inconnues.

— Toi ? Ce serait nouveau !

Réprimant un soupir, Nick s'approcha du lit pour lui effleurer les cheveux. Si au moins, il avait pu s'expliquer avec elle en russe, cela lui aurait simplifié la tâche. Ses sentiments lui paraissaient tellement moins confus lorsqu'il les analysait dans sa langue maternelle.

— Ruth, j'ai parfois des difficultés à me faire comprendre lorsque je suis affecté par une personne, par une situation.

Il s'interrompit un instant pour tenter de formuler au mieux sa version des événements.

— Je ne regrette pas que nous ayons fait l'amour, pour la bonne raison que j'en crève d'envie depuis pas mal de temps. Ce qui me chagrine, en revanche, c'est que ta première expérience amoureuse ait été, comment dire… un peu « brut de décoffrage » ?

Cueillant son visage au creux de ses paumes, il la força à soutenir son regard.

— Il existe des façons plus élaborées pour un homme et une femme de se donner du plaisir ensemble.

Ruth sonda ses traits dans le noir. Le visage de Nick n'était qu'une ombre pâle, à peine lisible. Mais son regard était intense, singulièrement vivant. De nouveau, une vague de chaleur l'envahit. Elle sourit.

— Ainsi, il y a d'autres manières de faire l'amour ? s'enquit-elle en prenant son air le plus innocent.

Il lui caressa la joue.

— Des quantités d'autres manières.

— Alors à toi de me les montrer. C'est le moins que tu puisses faire après avoir saboté ma première expérience, non ?

— Ruth…

Elle glissa les bras autour de son cou.

— Maintenant.

Avant qu'il puisse émettre de nouvelles protestations, elle le musela en pressant sa bouche contre la sienne. Reconnaissant sa défaite, Nick but de nouveau à ses lèvres en veillant à ne pas laisser le nectar exquis lui monter trop rapidement à la tête. Il prolongea le baiser, attentif à faire monter l'excitation de Ruth en jouant avec sa langue, avec ses dents.

C'est seulement lorsqu'il la sentit prête qu'il entreprit de caresser la pointe de ses seins avec ses pouces. Il commença par de simples effleurements, laissant aller et venir doucement ses doigts sur la chair palpitante. Avec une patience méticuleuse et attentive. Jusqu'à ce que le souffle de Ruth se précipite. Se penchant alors à son oreille, il accéléra le rythme tout en lui chuchotant des mots qui ne signifiaient rien pour elle.

Mais le simple son de sa voix, la douceur inconnue des syllabes étrangères plongèrent Ruth dans une sorte de transe. Nick la soutint alors qu'elle tombait à genoux sur le lit. Déjà, le désir la faisait trembler. Mais il se contenta d'utiliser ses lèvres, résolu à l'amener au plaisir par les chemins les plus longs et les plus détournés.

Avec une infinie tendresse, il chercha les zones sensibles, insistant peu à peu sur l'intérieur de ses cuisses. Inlassablement, il remontait de ses genoux à ses hanches, tout en continuant à l'embrasser avec une savante alternance de fougue et de douceur.

Bercée par la musique érotique de leur souffle, Ruth poussa un soupir de contentement lorsque Nick la renversa de nouveau sous lui sur le lit.

Eperdue de désir, elle chuchota son nom.

— Ça va être encore plus fort, *milaya*, promit Nick en couvrant son cou de baisers.

Elle gémit lorsqu'il cueillit la pointe d'un sein entre ses lèvres et commença à téter doucement. Ruth serra sa tête contre sa poitrine sans se rendre compte qu'elle se tortillait sous lui, l'invitait de ses hanches. L'esprit vidé de toute pensée, elle appela son nom.

Déjà, Nick se laissait descendre le long de son corps et ses lèvres trouvaient d'autres voies, inventaient de nouvelles mélodies, la guidaient vers de plus hauts sommets. Il l'initiait à l'amour comme il lui avait appris la danse. Avec créativité, génie et une incomparable assurance. Là encore, il était le compositeur et elle l'exécutante. Ruth se mouvait, enchantée, au gré de son inspiration tandis que Nick chorégraphiait pour eux un nouveau pas de deux destiné à leur seul usage.

« Comme je suis sienne ! songea-t-elle fiévreusement. Passionnément et entièrement sienne. »

S'ouvrant à lui dans un murmure, elle l'accueillit en elle. Elle sentit sa chair se refermer sur lui comme une fleur tandis qu'il l'embrassait avec une avidité presque douloureuse. Contenant son excitation, Nick continua *adagio*, en assurant une progression graduelle, la prenant comme s'ils avaient une vie entière de plaisir devant eux.

Pendant des secondes, des minutes — peut-être même des heures — ils se murent ensemble, explorant mille variations, jusqu'à ce qu'éperdus de désir, ils s'emballent, emportés dans une chevauchée finale dont Nick tint jusqu'au bout les rênes.

Fourbue, comblée, ivre de plaisir, Ruth se nicha contre lui, la tête posée sur sa poitrine. Les mains de Nick glissaient paresseusement dans ses cheveux, jouaient avec les pointes. Sous son oreille, elle percevait son rythme cardiaque — calme, puissant, régulier. Elle avait fermé rideaux et volets avant d'aller se coucher et la chambre autour d'eux était comme un cocon de chaleur et de silence.

« Voilà ce que j'attendais. Je n'ai plus de secrets pour lui, maintenant. Il connaît tout de moi. Je lui ai tout donné. »

Paupières closes, elle soupira doucement.

— Tu ne partiras pas si je m'endors, Nick ?

Il y eut un petit temps de silence. Un silence prégnant qui n'appartenait qu'à eux. Puis la voix de Nick s'éleva dans un murmure.

— Dors, *milaya.* Je serai là quand tu te réveilleras.

9

Jugeant que l'heure du petit déjeuner avait sonné, Nijinski sauta sur le lit. Il se figea un instant en découvrant Nick, l'examina en plissant les yeux, puis se percha sur sa poitrine et se mit à ronronner en passant alternativement son poids d'une patte sur l'autre.

Nick ouvrit les yeux et se trouva nez à nez avec le museau félin. Homme et chat se dévisagèrent quelques instants en silence. Puis Nick dégagea une main de sous les draps pour gratter Nijinski derrière l'oreille.

— Alors, *priyatel*, ça n'a pas l'air de te déranger beaucoup de me trouver dans le lit de ta maîtresse ?

Nijinski creusa le dos, s'étira en ronronnant de plus belle, puis s'installa de tout son long sur son torse. Tout en continuant à caresser le chat, Nick tourna la tête pour examiner sa maîtresse. Ruth dormait, toujours étroitement lovée contre lui. Il fallait dire qu'il avait un bras passé autour d'elle et qu'il la maintenait fermement calée contre sa poitrine.

Sa chevelure était étalée sur l'oreiller, abondante et soyeuse. Il se concentra sur le son de sa respiration, calme, légère, régulière. Elle dormait comme un ange, les lèvres légèrement entrouvertes, les joues rosies par le sommeil.

Elle avait l'air si incroyablement jeune et innocente encore qu'il semblait à peine croyable qu'elle ait manifesté un désir aussi sauvage quelques heures plus tôt. Mais si elle ressemblait à une délicate princesse endormie, il savait que l'impression était trompeuse. Ruth était plus proche de Carlotta que d'Aurore. Elle était flamme plus qu'elle n'était fleur.

Il se pencha sur son visage pour déposer le premier baiser du jour sur ses lèvres.

Ce fut sur une vague de désir que Ruth ouvrit les yeux. Elle soupira et resserra les bras autour de Nick. Aussitôt, elle sentit les mains de son amant s'animer. Elles caressaient, moulaient, glissaient jusqu'en bas de son dos. Pris en sandwich entre eux, Nijinski manifesta bruyamment sa désapprobation.

Ruth rit doucement lorsque Nick jura en russe.

— C'est l'heure de son repas, expliqua-t-elle.

Levant vers lui un regard encore embrumé par le sommeil, elle tendit la main pour lui effleurer la joue.

— Ç'a toujours été un de mes fantasmes. Caresser la joue râpeuse d'un homme en me réveillant le matin.

Du bout du doigt, avec une délicatesse d'artiste, Nick traça le contour d'un sein.

— Pour ma part, je préfère m'attarder sur des surfaces moins rugueuses… Comme tes lèvres, par exemple, précisa-t-il en les mordillant.

Mais Nijinski qui n'avait pas dit son dernier mot vint se glisser entre eux pour frotter le front contre son menton. Nick contempla le chat d'un œil torve.

— Je crains que mon affection pour cette créature ne résiste pas longtemps à ce type d'interférence. Il est toujours aussi collant le matin ?

— Nijinski est très à cheval sur les horaires, en fait. Il me réveille toujours quelques minutes avant l'heure de mon lever officiel.

Comme pour illustrer son propos, la sonnerie du réveil se fit entendre.

— Tu vois ?

Elle éclata de rire lorsque Nick écrasa d'autorité le bouton de la bruyante petite pendule.

— Tu veux commencer par quoi ? proposa-t-elle. Le café ou la douche ?

Toujours penché sur elle, il eut un sourire félin.

— J'avais une troisième possibilité en tête.

— Hé là, Maître, tu oublies que nous avons cours dans une heure.

Avec un sourire mutin, Ruth se glissa hors du lit. Nick la suivit des yeux alors qu'elle se dirigeait nue vers son armoire. Ruth avait une authentique morphologie de danseuse, longiligne et fluide, avec des hanches peu marquées, des seins petits et ronds. De dos, elle aurait pu paraître garçonne, n'était l'extraordinaire féminité de son allure. Ruth sortit un peignoir de soie blanche, l'enfila et le noua autour de la taille.

Puis elle se tourna vers lui en dégageant ses cheveux pour les rejeter en arrière.

— Alors ? Tu veux du café ?

— Tu es exquise, murmura-t-il.

Sous la caresse de sa voix, Ruth sentit une série de frissons légers courir sur sa peau. S'habituerait-elle jamais à voir Nick la regarder comme ça ? Si elle s'approchait de lui maintenant, ils feraient l'amour. Son corps se mit à vibrer et ses jambes se dérobèrent, comme si les mains de Nick couraient déjà sur ses reins.

Elle baissa les yeux vers Nijinski venu se frotter contre ses chevilles.

— Désolée, le chat mais comme je suis la première levée, je choisis la salle de bains en priorité… Je te laisse faire le café, Nick ? lança-t-elle par-dessus l'épaule. Et n'oublie pas de nourrir Nijinski, sinon il te fera une vie d'enfer.

Le visage éclairé par un discret sourire intérieur, Ruth releva ses cheveux à l'aide d'une pince et ouvrit les robinets de la douche. Comment expliquer que la présence de Nick ce matin dans son appartement lui parût si *naturelle* ? Elle n'avait ressenti aucune timidité malgré l'intimité de ce qu'ils venaient de vivre. Alors qu'elle avait toujours imaginé qu'elle serait terrassée par la gêne le lendemain de sa première nuit d'amour.

Orientant le pommeau de la douche sur elle, Ruth soupira de plaisir sous le jet d'eau tiède. « De fait, je savais que ce serait lui. Je l'ai toujours su, d'ailleurs. » Secouant la tête, elle tendit la main pour attraper le savon. Rien dans ses relations avec Nick jusqu'ici n'avait laissé présager ce dénouement, pourtant. Il leur était arrivé de déjeuner ensemble en vitesse entre deux cours. Ils se rendaient souvent aux mêmes fêtes, se croisaient chez des amis communs. Mais il ne l'avait jamais invitée à dîner en tête à tête. Il n'avait jamais paru rechercher sa compagnie plutôt que celle d'une autre.

Ce qui s'était passé la veille au soir n'était pas l'aboutissement logique d'une relation qui se serait construite petit à petit, selon l'évolution classique. Il n'y avait pas eu de dîner aux chandelles ; pas d'invitations au cinéma ou au théâtre. Nick l'avait vue suer, jurer, pleurer et piquer des crises de nerf. Ses mains avaient soulagé les crampes dans ses pieds et ses mollets. Mais de lui, elle ne connaissait que ce qu'il acceptait de montrer en public.

Ruth coupa le robinet de la douche et s'enveloppa dans un drap de bain. Il était trop tôt pour sonder son cœur en profondeur ; trop tôt pour réfléchir à l'avenir d'une relation qui n'en était qu'à ses premiers balbutiements. La souffrance ne lui était pas inconnue. Elle faisait partie de sa vie depuis qu'elle avait commencé la danse. Mais si elle avait appris à composer avec la douleur, elle ne l'avait jamais recherchée délibérément.

Or Nick était pour elle une source de souffrance potentielle. Cela aussi, elle le savait depuis toujours.

Avec un haussement d'épaules, Ruth remit son peignoir et sortit de la salle de bains. Elle entendit la voix de Nick dans la cuisine, tenant de grands discours à un Nijinski ostensiblement muet. Souriant toute seule dans la chambre, elle sortit une paire de collants et un justaucorps de sa commode. Elle savait que le chat était beaucoup trop occupé à faire un sort à ses croquettes pour s'intéresser à ce qu'on lui racontait. Mais il lui plaisait que Nick lui parle de la même façon qu'elle lui parlait elle. Comme si le chat formait un lien entre elle et lui.

Un vivant trait d'union.

Nick la rejoignit dans la chambre avec deux tasses de café fumant à la main. Il était entièrement nu — et entièrement magnifique. Le corps d'un danseur comme lui tenait de l'œuvre

d'art. Elle songea qu'un autre homme, à sa place, aurait sans doute pris la peine d'enfiler un jean.

Mais pas Davidov.

— Attention, le café est brûlant, la mit-il en garde.

Il se débarrassa de son chargement pour la prendre dans ses bras.

— J'adore ton odeur… Tu sais que j'en suis imprégné de la tête aux pieds ? murmura-t-il en enfouissant les lèvres dans son cou. J'ai l'impression de te porter partout avec moi.

Son menton râpeux lui chatouillait la joue. Elle se dégagea en riant.

— Tu piques.

— Il faut que je me rase, c'est ça ?

Elle l'embrassa sur les lèvres.

— Obligé, oui. Davidov ne peut pas se permettre d'arriver en cours avec un début de barbe.

Ils échangèrent un long baiser au cours duquel Nick lui prit les hanches pour l'attirer plus étroitement contre lui.

— Tu as un rasoir ? s'enquit-il en amenant sa bouche contre son oreille.

— Mmm… Je ne sais pas… Peut-être dans l'armoire à pharmacie.

Elle poussa un cri étouffé lorsqu'il lui mordit le lobe.

— Bon, le rasage attendra.

Il l'écarta de lui, but son café d'un trait, puis disparut dans la salle de bains.

— Il faut que tu passes chez toi récupérer des vêtements propres, Nick ?

— J'ai des affaires de rechange dans mon bureau. Et tout ce qu'il faut pour me raser.

Il chanta en russe en prenant sa douche. La musique faisait partie intégrante du quotidien de Nick. Ruth se surprit à fredonner avec lui lorsqu'elle le rejoignit pour se laver les dents.

— Qu'est-ce qu'elle raconte, ta chanson ? demanda-t-elle, la bouche pleine de dentifrice.

— C'est un vieil air tragique. Toutes les bonnes chansons russes sont vieilles et tragiques.

— Quand j'avais quinze ans, j'ai passé un mois à Moscou avec mes parents. Et je me souviens d'avoir été éblouie par la grandeur des monuments, l'impression d'espace... Ce n'est pas trop dur de vivre avec la nostalgie de ses territoires d'enfance ?

Ruth n'eut même pas le temps de crier lorsqu'il l'attrapa soudain par les épaules et la tira sous la douche avec lui.

— Nick !

Aveuglée par l'eau qui lui ruisselait sur le visage, elle porta la main à ses yeux.

— Mais qu'est-ce qui te prend ? Tu es fou ?

— J'avais besoin de toi pour me frotter le dos. Mais maintenant que tu es là, il me vient une bien meilleure idée.

— Te frotter le dos ! Au cas où tu ne l'aurais pas remarqué, je suis habillée pour partir !

Il la gratifia d'un sourire affable.

— Ah oui, c'est vrai. Tu as raison. Mais nous allons remédier à cela.

Il tira le justaucorps trempé sur ses épaules.

— J'ai déjà pris ma douche ! protesta-t-elle, pliée en deux de rire, en se débattant de plus belle.

— Mais je suis prêt à partager la mienne quand même. Nous autres, Russes, avons la générosité dans le sang.

Il scella sa bouche avec la sienne sous le jet brûlant.

— Nick... Nous avons un cours dans moins d'une demi-heure.

Ruth argumentait toujours mais elle avait soudain cessé de lui opposer la moindre résistance. Les mains de Nick étaient partout sur son corps, s'occupaient activement de la débarrasser de ses vêtements.

— Le temps est élastique, chuchota-t-il en cueillant la pointe d'un de ses seins entre ses lèvres. Si on en manque, il suffit d'en fabriquer, non ?

Les yeux clos, tête renversée, elle se rendit à sa logique. Et le temps tourna sur lui-même et créa de l'infini au cœur même de l'instant...

*
* *

Arabesque. Pirouette. Arabesque. Pirouette. Ruth tournait, s'inclinait, levait la jambe. Comme toujours, la pratique était exigeante, rigoureuse. Et tous les danseurs étaient en nage. Sept jours sur sept, qu'il pleuve ou qu'il vente, ils revenaient inlassablement sur les figures de base. Le cours quotidien faisait partie intégrante de la vie d'un danseur professionnel, au même titre que les chaussons et les collants.

Dans un art comme le leur, chaque détail comptait. Et le sens de la perfection leur était inculqué dès leur plus jeune âge. Qui remarquait les deux petits pas qui précédaient un jeté ? Un danseur et rien qu'un danseur.

L'entretien musculaire propre à leur métier nécessitait un travail incessant. Perfectionner l'en dehors de la jambe, améliorer l'ouverture du bassin demandaient un entraînement quotidien. Tous les jours, il fallait aller à la barre, corriger la musculature, remettre le corps dans le mouvement.

Cinquième position. Plié.

Passer ne serait-ce qu'une journée sans barre, sans cours et sans étirements, c'était se condamner à des tiraillements, des souffrances et des raideurs insupportables.

Port de bras. Attitude.

— Tenez la position, s'il vous plaît… Une… Deux… trois… quatre… Et voilà, c'est terminé pour aujourd'hui. Merci à tous.

Le cours avait été intense. Ruth récupéra sa serviette pour s'essuyer le visage. « Vivement la douche », songea-t-elle en se séchant la nuque.

— Ruth ?

Levant les yeux vers Nick, elle constata qu'il avait transpiré autant qu'elle. Ses cheveux bouclaient plus que de coutume au-dessus de son bandana. Elle lui sourit timidement.

— Oui ?

— Retrouve-moi en bas dans cinq minutes.

Inquiète, elle jeta la serviette sur ses épaules.

— Dans cinq minutes ? Pourquoi ? Il y a un problème ?

— Un problème ?

Avec un large sourire, il se pencha pour l'embrasser. Les danseurs les plus proches les regardèrent avec des yeux ronds mais Nick semblait royalement indifférent à l'intérêt qu'ils suscitaient.

— Pourquoi veux-tu qu'il y ait un problème ?

— Eh bien, je ne sais pas, murmura-t-elle, vaguement déconcertée. Si tu me convoques…

— Qui a dit que je te convoquais ? Tu es libre le reste de la journée, non ?

— Eh bien, oui, mais…

— Il se trouve que moi aussi. On pourrait en profiter pour se distraire un peu.

— Se distraire ?

— New York est censée être une ville palpitante, non ?

— C'est ce qu'on dit, oui.

— O.K. Tu as cinq minutes pour te laver et t'habiller, lui rappela-t-il en se détournant pour sortir.

Ruth secoua la tête.

— Hé, Nick, attends ! Il me faut au minimum un quart d'heure.

— Dix minutes alors, trancha Nick sans même se retourner.

Attrapant son sac au vol, Ruth courut se jeter sous la douche.

Moins de dix minutes plus tard, vêtue d'un jean et d'un grand pull blanc en cachemire, elle retrouva Nick dans le hall. Ses cheveux dansaient dans son dos au rythme joyeux de ses pas. Elle était d'humeur à conquérir le monde.

Nick était déjà prêt et l'attendait de pied ferme. Dès qu'il la vit, il faussa compagnie au petit groupe qui s'était formé autour de lui.

— Tu es en retard, lança-t-il en l'entraînant vers la sortie.

— Erreur, Davidov. Je suis pile à l'heure.

Ils passèrent la porte de front, respirèrent l'air du dehors. New York, bruyante et affairée, exultait dans son chaos habituel. Quelque part sur leur gauche, des ouvriers défonçaient le trottoir à coups de marteau-piqueur. Deux taxis pilèrent à leur hauteur dans un crissement de pneus strident et se retrouvèrent nez à nez. Leurs chauffeurs respectifs baissèrent leur vitre d'un même mouvement et s'insultèrent avec enthousiasme. De l'autre côté de la rue, une musique de rock sortait à plein volume par une fenêtre ouverte. Indifférente à tout ce vacarme, la masse colorée des passants continuait à s'écouler avec la calme majesté d'un fleuve aux milles remous.

Nick sourit à Ruth qui se remplissait les yeux et les oreilles de ce spectacle quotidien.

— C'est une ville incroyable, non ?

Il lui entoura les épaules et plongea son regard rieur dans le sien.

— Aujourd'hui, New York est à nous.

Ruth demeura un instant les jambes coupées. Il y avait quelque chose de profondément troublant dans le regard, dans les paroles de Nick. Plus encore que lorsqu'ils avaient fait l'amour, elle eut le sentiment d'une vertigineuse intimité.

— Où... où veux-tu aller ? balbutia-t-elle en essayant de s'y retrouver dans le raz-de-marée émotionnel qui déferlait soudain sur elle.

— N'importe où.

Il la prit dans ses bras et lui dispensa le plus joyeux, le plus tonique des baisers.

— Choisis la direction, intima-t-il.

Ruth se surprit à rire.

— Par là, alors, improvisa-t-elle en entrelaçant ses doigts aux siens.

L'été finissant avait déclaré forfait au cours de la nuit, cédant la place à une agréable fraîcheur de début d'automne. La température était idéale pour marcher. Et marcher, d'ailleurs, constitua l'essentiel de leur activité ce jour-là. Ils déambulèrent sur des kilomètres et des kilomètres, ne s'arrêtant que pour explorer quelque galerie d'art, fouiller chez un antiquaire, traîner dans une librairie. Puis ils s'assirent sur le rebord d'une fontaine et s'amusèrent à regarder les gens passer.

A Central Park, ils s'intéressèrent aux pigeons et aux touristes, aux arbres et aux fleurs, s'émerveillant de tout et de n'importe quoi. Jamais la ville n'avait paru à Ruth aussi foisonnante, aussi fascinante, aussi riche en menus miracles.

Chez Saks, sur la Cinquième Avenue, elle essaya une dizaine de luxueux manteaux de cuir, défilant avec un sourire de star sous le regard attentif de Nick.

— Ça ne va pas du tout, commenta-t-il alors qu'elle posait, nonchalante, dans une longue gabardine en cuir noir.

Ruth fit la moue.

— Mmm… Tu trouves ? Elle est belle, pourtant.

— La gabardine, oui. Mais le problème, c'est toi.

Il rit doucement lorsqu'elle haussa les sourcils d'un air hautain.

— Ah vraiment ?

— Je n'ai encore jamais vu de mannequin qui se tenait en première position, avec les pieds tournés vers l'extérieur !

Ruth baissa les yeux sur les pointes de ses chaussures et éclata de rire.

— Effectivement… Il faut croire que je suis faite pour les justaucorps et les cache-cœurs plus que pour les manteaux de femme fatale.

Elle exécuta un tour fouetté sous le regard inquiet de la vendeuse, puis ôta la gabardine avec une pointe de regret.

— Tu veux que je te l'offre ?

Consciente que Nick parlait le plus sérieusement du monde, Ruth secoua la tête.

— Ne sois pas ridicule.

— Ridicule ?

Nick se leva au moment où elle restituait le manteau à la vendeuse.

— Pourquoi ridicule ? Tu n'aimes pas les cadeaux, petite fille ?

Plutôt que de s'offusquer du terme, elle s'amusa à le dévorer d'un regard brûlant.

— Au contraire. Me faire offrir des cadeaux est ma seule raison d'être, mon trésor, susurra-t-elle d'une voix langoureuse. Mais c'est un peu délicat d'accepter alors que nous ne couchons ensemble que depuis hier soir, tu ne crois pas ?

Sous le regard sidéré de la vendeuse, elle lui caressa la joue avec des minauderies de grande séductrice.

— D'ailleurs qu'en penserait ta femme, *mi amor ?*

— Les épouses n'ont pas besoin de tout savoir, grommela Nick en roulant les yeux et les r. Dans mon pays, en Russie une femme sait se tenir à sa place.

Ruth glissa le bras sous le sien.

— Mmm, c'est intéressant… Tu pourrais peut-être me montrer où est la mienne, alors ?

— C'est ce que tu vas voir, femme !

Le regard bleu étincelant, il la jeta sur son épaule sous le regard effaré de la vendeuse.

— Quelle comédienne, tu fais, murmura-t-il lorsqu'ils sortirent du grand magasin.

— J'adore quand tu affiches ta personnalité russe, Nikolai.

Il haussa un sourcil surpris.

— Mais j'ai *toujours* une personnalité russe, non ?

— Il y a des moments où elle est plus accentuée que d'autres. Il t'arrive également d'être aussi américain qu'un paysan du fin fond du Nebraska.

Nick parut un instant fasciné par cette remarque.

— Ah oui ? Je n'avais jamais réalisé cela.

— C'est ce qui est attachant chez toi. Tu ne te composes pas une attitude. Tu te contentes d'être.

Elle prit sa main.

— Je me suis toujours demandé si tu pensais en russe et que tu traduisais ensuite ou si tu pensais en anglais directement ?

— Je pense en russe chaque fois que je suis… comment dire ? En proie à des émotions fortes ?

Ruth leva vers lui un regard souriant.

— Ce qui t'arrive quand même assez fréquemment.

— Je suis un artiste, rétorqua-t-il en haussant les épaules. L'artiste a le droit d'être dépassé par ses états internes. Et lorsque je suis énervé, ma langue natale permet un meilleur défoulement. Les jurons russes sont plus musclés que leurs équivalents américains.

— Je me suis souvent demandé ce que tu disais quand tu tempêtais dans ta langue ?

Elle attendit dans l'espoir d'en savoir plus, mais il secoua la tête.

— Je garde mes vilains gros mots russes pour moi, *milaya.*

— Cette nuit, tu m'as parlé dans ta langue.

— Ah oui ?

Le regard qu'il lui jeta fit battre le cœur de Ruth plus vite.

— On peut dire que j'étais dépassé par mes émotions, observa-t-il en l'attirant plus près.

— Cela ne ressemblait pas à des injures, murmura-t-elle.

Il lui caressa doucement la nuque.

— Tu veux une traduction ?

— Pas ici, non.

Ruth calcula mentalement la distance à parcourir entre la Cinquième Avenue et son appartement. Et conclut qu'à pied, ce serait beaucoup trop long. Elle rit, les yeux dans les siens.

— Et si on prenait un bus pour rentrer ?

Il se pencha sur ses lèvres et lui prodigua un baiser étourdissant.

— J'ai une solution encore plus rapide, annonça-t-il en hélant un taxi.

Le soleil de fin d'après-midi inondait la chambre. Ils n'avaient même pas pris le temps de tirer les persiennes avant de tomber enlacés sur le lit. Bras et jambes mêlés, ils reposaient nus dans les draps froissés, affalés après les orages de l'amour. Ruth flottait dans un état intermédiaire entre la veille et le sommeil. Sous sa joue, la poitrine de Nick se soulevait et retombait à un rythme régulier.

« Toujours… Je pourrais rester ainsi toujours », songea-t-elle rêveusement. Elle se serra plus fort contre lui et suivit doucement la ligne du mollet de Nick avec le bout d'un orteil.

— Mmm… je sens là un vrai pied de danseuse, commenta-t-il, réveillé par la subtile caresse. Laid et musclé.

— Charmant, protesta-t-elle en lui mordillant l'épaule.

— C'était un compliment.

Il se dressa sur un coude pour mieux l'examiner.

— Les danseurs les plus remarquables ont souvent de vilains pieds.

Sa logique la fit sourire.

— C'est la laideur de mes pieds qui t'a attiré chez moi ?

— Non. C'est ton creux poplité.

Le visage enfoui dans son cou, Ruth rit doucement.

— Mon creux poplité ? Qu'est-ce que c'est que ça, encore ?

— L'arrière du genou.

— Et qu'est-ce qu'il a de spécial, l'arrière de mes genoux ?

— Rien. Mais il me fascinait dans la mesure même où il était inaccessible. Quand je dansais avec toi, je pensais à toutes les parties de ton corps que je ne pouvais pas toucher parce qu'elles étaient barrées par tes vêtements. Je sentais la peau nue de tes bras sous mes mains et je faisais une fixation sur tes genoux inaccessibles. Un vrai martyre.

Nick s'assit pour tracer d'une main caressante la ligne fine de ses chevilles. Lentement, il remonta le long de ses mollets.

— Quand je te tenais dans mes bras sur scène, je devenais à moitié fou à force de me demander si oui ou non tu étais souple, douce et malléable de partout — si la peau que tu gardais cachée était d'un contact aussi envoûtant sous les doigts que celle de ton visage, de tes mains et de tes bras.

Il continua à parler d'une voix basse, caressante. Pour le plaisir de voir le regard de Ruth se voiler, d'entendre son souffle s'accélérer.

— Quand tu es Carlotta et que je te tiens par la taille, il y a toujours la barrière de ton costume, poursuivit-il en laissant ses paumes courir le long de ses flancs pour s'acheminer jusqu'à sa poitrine… Tes seins sont petits et fermes. Mille fois je les ai sentis contre mon torse, quand nos rôles voulaient que je te serre contre moi. Mais je ne pensais qu'à les prendre, les tenir, les soupeser. Je me torturais à essayer de deviner le goût de ta peau.

Il se pencha pour explorer son ventre de la pointe de la langue.

Ruth avait l'impression que son corps s'enfonçait profondément dans le matelas. Ses membres paraissaient lourds…

incroyablement lourds, comme si elle avait avalé quelque potion aux étranges vertus paralysantes. Elle restait allongée dans une immobilité de statue pendant que Nick lui faisait l'amour à l'aide de sa langue, de ses mains, de ses lèvres et de sa voix.

Il procédait avec une exhaustivité presque douloureuse, suscitant en elle une lente liquéfaction.

— Même sur scène devant une salle comble, je ne pensais qu'à te découvrir, te dévoiler, t'explorer… te déguster comme une liqueur exquise.

Ses doigts glissèrent jusque dans le creux entre ses cuisses. Puis il laissa sa bouche prendre la relève. Ruth gémit et ondula contre lui. Elle n'avait jamais expérimenté une pareille qualité de plaisir. Son corps entier vibrait, bourdonnait, comme si un sang lourd, épais comme une lave chaude, coulait lentement dans ses veines.

— Il y a si longtemps — trop longtemps — que l'envie de toi me torture, *milaya*.

Ses mains, quoique douces encore, se firent plus insistantes. Et ses caresses, peu à peu, la tirèrent hors de la léthargie qui la tenait prisonnière. Sortant de son état de torpeur, Ruth se sentit soudain férocement en vie.

L'espace d'un instant, elle eut une conscience presque surréelle de ce qui l'entourait. Aucun détail, même le plus infime, ne lui échappait. Elle distinguait la texture des draps sous son dos, voyait danser un à un chaque petit grain de poussière.

Puis tout bascula. Le monde extérieur disparut et il n'y eut plus que les mains et les lèvres qui parcouraient son corps. Elle aurait pu se trouver n'importe où — sur scène, dans la rue ou au milieu du désert. Dans le monde qui était désormais le sien, seul Nick existait encore. Elle perçut le son haletant de son souffle et y mêla le sien.

Avec une ardeur que rien n'endiguait plus, il écrasa sa bouche sous la sienne. Ses dents touchèrent ses lèvres lorsqu'elle les ouvrit pour l'accueillir.

Le baiser fut d'emblée possessif, accaparant, purement

sexuel. Tandis que de ses mains, Nick continuait à la maintenir à l'extrême limite de la jouissance, Ruth se raccrochait à lui de toutes ses forces, baignant dans un océan de plaisir. Et là seulement, il vint en elle, la catapultant au-delà du rationnel dans une plénitude infinie.

— *Lyubovnitsa.*

La voix de Nick était rauque, impérieuse. Et semblait monter des profondeurs les plus secrètes de son être.

— Regarde-moi, *milaya.*

Elle eut toutes les peines du monde à soulever ses paupières alourdies alors que les premiers spasmes de son plaisir l'emportaient déjà.

Nick plongea dans le sien un regard d'une intensité presque effrayante.

— Et maintenant je t'ai. Je connais chaque centimètre carré de ta peau. Et tu restes une obsession quand même.

Elle s'abandonna à l'orgasme qui la soulevait jusqu'à son pic ultime. Sur un cri de triomphe et de douleur, Nick retomba sur elle et enfouit le visage dans son cou.

10

Le lendemain matin, Maxine l'attrapa par le bras alors que la compagnie se pressait devant les portes de la salle de cours.

— Hé, Ruth, ça va ? Où avais-tu disparu hier ? Je t'ai cherchée partout.

— Hier ?

Ruth ne put s'empêcher de sourire.

— Ah oui, hier… Eh bien, je me suis baladée, j'ai fait du lèche-vitrines…

Maxine eut un sourire entendu.

— Espèce de cachottière, va ! Tu comptes attendre combien de temps avant de me le présenter, au juste ?

— C'est encore un peu frais pour l'instant. Comment va ton acteur ?

— L'affaire suit son cours, déclara Maxine sans grand enthousiasme. Tu as entendu la grande nouvelle, au fait ?

Prenant sa place à la barre, Ruth entama une série de demi pliés en attendant le début du cours. Son premier réflexe fut de chercher Nick des yeux. Elle le repéra, à l'autre bout de la salle, en compagnie de Leah et de quelques autres. Il était beau comme un dieu grec, avec le soleil jouant dans la couronne orgueilleuse de ses cheveux.

— Quelle grande nouvelle ? s'enquit-elle distraitement.

— Au sujet du documentaire télévisé.

Maxine adopta son rythme, si bien qu'elles montaient et descendaient dans un ensemble parfait.

— Quel documentaire télévisé ?

— Non, attends, je rêve ! Tu n'es même pas au courant ?

Le regard de Ruth glissa sur Leah.

— On m'avait parlé d'un projet artistique. Mais je croyais que rien n'avait encore été établi de façon définitive.

— A présent, c'est fait, ma vieille. Le contrat est signé. Et dans de super conditions pour nous !

Troublée, Ruth concentra son attention sur Maxine. Depuis que Nick avait fait irruption chez elle au milieu de la nuit, l'avant-veille, cette histoire de documentaire lui était complètement sortie de la tête.

Mais le projet suivait son cours, de toute évidence. Et voilà que, pour la seconde fois, les nouvelles lui arrivaient de l'extérieur. Alors que Nick lui-même n'avait pas daigné prononcer un *mot* sur la question devant elle.

— Nadine a négocié comme une lionne, poursuivit Maxine en se baissant pour remonter ses jambières. Il faut dire qu'elle disposait d'un argument de poids puisqu'elle avait notre star internationale à mettre dans la balance.

Davidov, autrement dit. Ruth ne put s'empêcher de chercher Nick des yeux. Il était en grande discussion avec Leah et leurs deux têtes étaient si proches l'une de l'autre qu'elles se touchaient presque. Avec son sourire hautain, les mouvements fluides de ses mains blanches, Leah lui parut plus belle et plus altière que jamais.

— Et qu'a-t-elle obtenu de particulier, Nadine, alors ?

— Deux heures entières à l'antenne pour nous. Et en prime time, ma vieille ! Avec ça, Nick a quasiment carte blanche, sur le plan artistique. Il faut dire que notre Davidov est une valeur sûre. Résultat : les producteurs sont prêts à faire des concessions. Même les gens qui sont incapables de faire la différence entre un saut de chat et un tour piqué savent qui est Nikolai Davidov. En échange, il s'engage à participer à deux autres émissions. C'est lui qu'ils veulent, à l'évidence. Nous, ils s'en fichent. Mais imagine un peu les retombées positives pour le reste de la compagnie !

Maxine monta sur pointes.

— En deux heures, nous toucherons un public gigantesque. Songe un peu au taux d'audience d'une émission qui passe en première partie de soirée ! Cela dépassera de loin la quantité de spectateurs que nous totalisons en une saison entière ! C'est génial, non ? Oh, j'ai tellement envie de danser devant les caméras ! Je prie pour que Nick m'accorde un rôle.

Elle descendit en plié.

— Je crois que je serais même prête à réintégrer le corps de ballet, pour l'occasion. Toi, tu danseras Carlotta, c'est sûr, conclut Maxine avec un petit soupir d'envie.

— Peut-être... Ça reste à voir.

Par chance, le cours commença et la conversation s'arrêta là. Mais Ruth eut de la peine à se concentrer sur ses figures ce matin-là. De façon purement mécanique, elle évoluait avec les autres, en suivant le rythme par automatisme. Mais ses pensées étaient ailleurs. Et le fait que Nick se tenait juste derrière elle n'était pas fait pour arranger les choses.

La veille, ils avaient passé toute la soirée chez elle. Et s'étaient réveillés enlacés le matin même. Ensemble, ils avaient ri, mangé, fait l'amour, parlé pendant des heures. Mais Nick n'avait même pas mentionné le documentaire. Avait-il l'intention de lui attribuer son propre rôle dans *La Rose Rouge* ou comptait-il trouver une autre Carlotta ?

Profondément absorbée dans ses pensées, Ruth fit une arabesque penchée à la barre et tint la position sans bouger pendant les six temps comptés par la maîtresse de ballet.

Leur entente personnelle aurait-elle une incidence sur leurs rapports professionnels ? Comme elle quittait la barre, Ruth tenta d'examiner le problème avec toute l'objectivité possible.

Une semaine à peine s'était écoulée depuis que Nick l'avait entraînée dans son bureau et lui avait expliqué que le projet de documentaire était encore en cours de négociation. Ruth récapitula la soirée : Nick avait été contrarié et inquiet. Contrarié parce que sa prestation sur scène n'avait pas été très satisfaisante ; inquiet parce qu'il l'avait devinée perturbée. Il lui avait servi un remontant, puis s'était mis dans une rage folle lorsqu'elle avait refusé de trahir Leah.

Une fois de plus, il avait crié et tempêté. Mais il n'avait pas lâché un mot sur ses intentions. Nick tirait les ficelles et elle était la marionnette — une pâte docile que le chorégraphe qu'il était modelait à souhait. Il claquait des doigts et elle s'exécutait. Logique, pourrait-on dire, puisqu'il était à la fois le directeur artistique et le chorégraphe de la compagnie.

Mais les autres avaient bénéficié d'informations détaillées sur l'événement, de toute évidence. Alors pourquoi était-elle la seule dans toute la compagnie avec qui il avait jugé utile de tenir sa langue ?

D'un côté, il lui confiait qu'elle était sa meilleure ballerine. Mais de l'autre, il la maintenait à l'écart. Comment s'y retrouver dans les méandres et les circonvolutions d'un esprit pareil ? Ruth soupira.

On ne s'y retrouvait pas. Point final. Tournant la tête, elle regarda Nick droit dans les yeux. Davidov était Davidov. Autrement dit, une énigme.

Nick soutint son regard en manifestant un certain étonnement. Mais le rythme passa brusquement de l'*adagio* à *l'allegro* et leur attention fut entièrement requise par les enchaînements qu'ils exécutaient.

— Et voila. Le cours est terminé. Merci à tous, lança Mme Maximova, la maîtresse de ballet, lorsqu'ils s'effondrèrent tous en nage une demi-heure plus tard.

Ruth réalisa que l'accent russe de Mme Maximova était nettement plus prononcé que celui de Nick. Alors que la maîtresse de ballet, originaire comme lui de Moscou, vivait aux Etats-Unis depuis déjà quarante ans.

Derrière elle, Nick frappa dans ses mains pour réclamer l'attention.

— Dans un quart d'heure, je veux voir tout le monde dans la salle de spectacle. Soyez à l'heure car j'ai une annonce importante à vous faire.

Nikolai Davidov avait parlé. Un silence tomba, aussitôt suivi d'un bourdonnement de voix surexcitées. Les spéculations allaient bon train, apparemment. Pressés d'en savoir plus, les danseurs se précipitèrent vers les vestiaires. Ruth suivit le mouvement.

— Attends-moi une seconde, Ruth.

Au son de la voix impérieuse, elle s'immobilisa net. Le conditionnement était trop fort. Il y avait des années qu'elle était habituée à s'incliner devant la volonté implacable de Davidov.

Alors que la salle de cours se vidait, elle patienta pendant que Nick s'entretenait en russe avec la maîtresse de ballet. Il fit une remarque qui provoqua un éclat de rire chez la sévère Mme Maximova.

Un exploit et pas des moindres.

L'imposante enseignante quitta la pièce d'un pas souple, comme si elle avait soudain retrouvé toute la grâce et l'allégresse de ses vingt ans. Ruth, les bras croisés, continuait à faire le pied de grue près de la porte. Nick se dirigea vers elle en jouant avec la serviette qu'il tenait à la main.

— Tu avais l'esprit ailleurs pendant le cours, Ruth.

— Ah oui ?

De nouveau, Nick perçut une interrogation muette dans le regard que la jeune femme tenait rivé sur lui. Déconcerté, il précisa sa question :

— Tous tes mouvements étaient justes. Mais tu n'étais pas dans ton corps. On dirait que quelque chose te préoccupe, tout à coup ?

Ruth le fixa quelques instants en silence en se demandant comment aborder le sujet. Elle finit par opter pour l'approche directe.

— Pourquoi ne m'as-tu pas dit que le contrat avec la chaîne de télévision était signé ?

Nick haussa les sourcils. Avec un air hautain que Ruth ne lui connaissait que trop bien.

— Parce que je suis censé te faire un rapport sur toutes mes activités ?

— Je suis première danseuse dans cette compagnie, Nick.

— C'est exact… Mais ça ne répond pas à ma question.

— Tous les autres danseurs en parlent comme si c'était une affaire entendue ! lâcha-t-elle, exaspérée. Je suis sûre que, même dans le corps de ballet, toutes les conversations roulent sur ce documentaire.

D'un geste nonchalant, Nick balança sa serviette sur une épaule.

— C'est bien possible, oui. Ce projet n'a rien d'un secret. Et les secrets sont toujours abondamment commentés dans le corps de ballet.

Irritée par son attitude condescendante, Ruth ne put s'empêcher d'exprimer son indignation.

— Tu dis que ce n'est pas un secret mais je t'ai demandé des précisions au sujet de ce documentaire pas plus tard que la semaine dernière. Et tu as refusé de m'en donner.

— La semaine dernière, rien n'était encore arrêté.

— Mais ce n'est plus le cas, maintenant. Hier tu savais déjà que le contrat était signé. Mais tu ne m'en as pas touché un mot pour autant.

Elle le vit plisser les paupières — ce qui, chez Davidov, était signe de danger. Lorsqu'il prit la parole, sa voix était douce, calme et froide.

— Hier, nous étions un homme et une femme ensemble, Ruth. Tu estimes que parce que nous sommes amants, je devrais t'accorder un traitement de faveur en tant que ballerine ?

Choquée, Ruth écarquilla les yeux. L'idée ne lui avait même jamais traversé l'esprit.

— Bien sûr que non ! Quelle horreur ! Comment peux-tu penser une chose pareille de moi ?

Nick hocha la tête.

— Je vois. Ton intégrité est censée aller de soi. Alors que tu doutes de la mienne.

— Je n'ai jamais dit que…

Mais il l'interrompit d'un mouvement sec du poignet.

— Va prendre ta douche. Il ne te reste plus que dix minutes.

Sur cet ordre abrupt, il se détourna et quitta la pièce, laissant Ruth bouche bée.

Lorsqu'elle arriva au pas de course dans la salle de spectacle, tous les autres danseurs étaient déjà installés. Elle se glissa entre les gradins et s'assit à côté de Maxine. Nick l'effleura d'un regard rapide.

— Bon. Je crois qu'il ne manque plus personne, cette fois ?

Debout au milieu de la scène, il était d'une ravageuse élégance, malgré son vieux pantalon de jogging gris. A côté de lui, Nadine, vêtue d'un ensemble raffiné, avait pris place dans un fauteuil. Mais tous les regards étaient rivés sur Davidov.

— La plupart d'entre vous savent déjà apparemment que nous avons passé un contrat avec WNT TV.

Il marqua une pause et son regard glissa brièvement sur son auditoire. Puis il poursuivit avec l'ombre d'un sourire.

— Aujourd'hui, Nadine et moi, allons vous fournir tous les détails que vous attendez, semble-t-il, avec impatience...

Il se tourna vers Nadine qui croisa les mains sur les genoux et prit la parole à son tour :

— Bonjour à tous. La compagnie sera chargée de présenter, en deux heures, une sorte de pot-pourri du ballet classique, sous forme de vignettes. Le documentaire sera tourné ici même, dans nos studios, sur une période de deux semaines, laquelle débutera dans un mois. Naturellement, nous avons l'intention d'inclure des extraits des ballets qui figurent déjà à notre répertoire. Nick et moi, ainsi que Mark et Marianne, nos deux autres chorégraphes, avons déjà élaboré les grandes lignes d'un programme qu'il nous faudra soumettre aux gens de télévision, afin que nous puissions tenir compte des contraintes propres à ce type particulier de support.

Nadine marqua une pause pour souligner ses effets, avant de conclure avec une pointe d'emphase :

— Il va sans dire que ce documentaire représente une chance inouïe pour notre compagnie. C'est une occasion inespérée de familiariser le public avec notre art, à une heure de grande écoute. Et nous avons la ferme intention de tirer le meilleur parti de cette opportunité. Nous comptons sur vous pour donner le meilleur de vous-mêmes.

Nadine ayant terminé son intervention, Nick récupéra un tableau posé contre un faux tronc d'arbre qui servait d'élément de décor dans une scène de forêt de *La Belle au Bois Dormant*.

— Comme nous n'avons qu'un mois pour nous préparer, les répétitions démarreront aujourd'hui même. Voici comment vous serez répartis.

Tandis que la troupe retenait son souffle, il énuméra les ballets retenus et annonça les rôles de chacun ainsi que le studio de répétition correspondant.

Le programme était diversifié, constata Ruth, tout en faisant des efforts héroïques pour ne rien trahir de sa nervosité. La liste des ballets représentés allait des grands classiques, du type *Casse-noisette*, à des œuvres contemporaines comme *Rodéo* d'Agnes de Mille. Nick semblait décidé à montrer au grand public que le ballet était un art vivant, aux multiples facettes.

Le visage de Maxine s'éclaira lorsqu'elle apprit qu'elle tiendrait le rôle d'une fée dans *Casse-noisette*. Leah, quant à elle, se voyait attribuer deux de ses rôles fétiches : Aurore, pour commencer, et Giselle dans laquelle elle avait déjà eu l'occasion d'exceller à deux reprises. Ruth s'humecta les lèvres. Son nom n'avait toujours pas été prononcé. Keil Lowell serait le partenaire de Leah et incarnerait à la fois le prince Albrecht dans *Giselle* et le prince Désiré dans *La Belle au Bois Dormant*. Une jeune fille du corps de ballet fondit en larmes en apprenant qu'elle danserait son premier solo.

Nick continua à lire d'une voix monocorde, sans lever les yeux de ses papiers.

— Ruth, tu auras le grand pas de deux de *La Rose Rouge*. Ainsi qu'un extrait du second acte du *Corsaire*. Et je serai ton partenaire sur les deux rôles.

Ruth poussa un long soupir. Et sentit la tension accumulée dans ses épaules se relâcher petit à petit.

— Si le temps nous le permet, nous essayerons de danser également une scène du *Carnaval*.

Il poursuivit son énumération de sa voix basse et mélodieuse mais Ruth n'écoutait plus que d'une oreille. Si elle s'était laissé aller, elle aurait pleuré comme la jeune recrue du corps de ballet. Elle vivait cet instant comme une consécration — une récompense après les longues années passées à travailler sans relâche, une compensation à toutes les privations endurées.

Mais à travers sa joie, elle ressentait la mauvaise humeur de Nick — invisible et néanmoins écrasante.

« Il n'a rien compris à ma réaction, songea-t-elle, irritée par le caractère emporté de Nick. Il est tellement susceptible ! » Ce serait la croix et la bannière pour qu'ils parviennent à une explication. Ramenant les genoux contre la poitrine, elle médita sur la scène qui venait de se dérouler.

Quel homme étrange, au fond. Malgré son incontestable générosité d'esprit, Nick n'accordait pas sa confiance facilement. « Et moi non plus, d'ailleurs », admit-elle dans un sursaut de lucidité. Inutile de préciser qu'ils allaient au-devant d'un certain nombre de complications… Le menton posé sur les genoux, Ruth se demanda si Nick et elle seraient capables de les surmonter.

C'était une période difficile qui les attendait. Sur le plan personnel, ils auraient à définir ce qu'ils étaient prêts à vivre ensemble… ou non. Et sur le plan professionnel, ils se préparaient à traverser un enfer. Nick était déjà compliqué et exigeant en tant que directeur et chorégraphe. Mais comme partenaire, il était d'une maniaquerie sans égale. Des ballerines avec qui il partageait la vedette, il n'acceptait que la perfection. Et il n'hésitait pas à exprimer sa désapprobation en termes musclés chaque fois qu'il estimait qu'elles ne donnaient pas le meilleur d'elles-mêmes.

Malgré tout, Ruth aurait marché sur des charbons ardents pour le privilège de danser avec lui.

Les répétitions promettaient d'être épuisantes pour tout le monde. Les délais étaient courts et le gros de la troupe se produirait dans *La Belle au Bois Dormant* tous les soirs pendant deux semaines. Les nerfs seraient tendus ; les muscles sollicités au maximum. La nuit venue, les danseurs rentreraient chez eux en boitant et délasseraient leurs pieds en sang dans des alternances de bains glacés ou brûlants. Ils se soulageraient mutuellement en tirant sur des orteils tordus par des crampes ou en massant des mollets tétanisés. Ils ne tiendraient qu'à coups de caféine et de nerfs. Mais ils iraient jusqu'au bout car ils étaient des danseurs.

A la fin de la réunion, Ruth se leva en même temps que les autres. Laissant Nick en conversation avec Nadine, elle se dirigea seule vers la salle de répétition qui leur avait été assignée. Par la porte restée ouverte, elle vit les membres de la compagnie déferler par petits groupes dans le couloir. Les voix étaient joyeuses, l'ambiance surexcitée. Déjà, la musique d'un ballet de Stravinsky s'élevait dans un studio voisin.

Ruth se dirigea vers un banc pour lacer ses pointes. Elle les examina, sourcils froncés, et estima qu'elles devraient tenir encore un jour ou deux. Trois au maximum. Même si elles n'avaient été inaugurées qu'une semaine auparavant à peine. Combien de paires avait-elle déjà passées cette année-là ? Ruth secoua la tête. Le compte en était perdu depuis longtemps. Même chose pour les mètres de satin qu'elle avait usés par la même occasion.

Croisant les rubans sur une cheville, elle leva la tête à l'entrée de Nick. Il referma la porte derrière lui, les coupant du bruit, du mouvement et de la musique qui régnaient encore dans les couloirs.

— On commence par le *Corsaire*, annonça-t-il en se laissant choir sur le banc avec le mélange habituel de souplesse et d'élégance qui caractérisait son allure. Pour le moment, on se passera d'accompagnateur. Ils fonctionnent avec un système de primes et je n'ai pas encore fait débloquer les crédits correspondants.

Il retira son pantalon de survêtement et ne garda que ses collants sous son T-shirt.

— Nick, j'aimerais te parler.

— Tu as une plainte à formuler ?

— Non, Nick. Mais…

— J'en conclus que tu es satisfaite des rôles qui t'ont été assignés ? Parfait. Alors on attaque, trancha-t-il en se levant.

Avec un soupir exaspéré, Ruth se planta face à lui.

— Arrête de faire ton numéro de premier danseur avec moi, Nick.

— Je *suis* premier danseur.

Ainsi, il avait l'intention de se montrer imbuvable d'emblée ? Stoïque, Ruth réprima la remarque acerbe qu'elle avait sur le bout de langue. Elle s'était juré de rester calme, quoi qu'il arrive.

— Tu es également un être humain mais là n'est pas la question.

— Et où est-elle, la question ? s'enquit Nick d'une voix dangereusement suave.

Les mains sur les hanches, Ruth prit une profonde inspiration. En se demandant si elle aurait assez d'outils à sa disposition pour abattre le mur d'hostilité qu'il avait érigé entre eux.

— J'aimerais en revenir à notre conversation de tout à l'heure, Nick. Ce n'est pas le casting qui me pose problème.

— Ah non ? Alors expose-moi tes petits soucis une fois pour toutes, qu'on en finisse. J'ai un programme chargé, aujourd'hui et j'ai mieux à faire de mon temps que d'écouter les jérémiades des uns et des autres.

Ruth craqua.

— Je ne voudrais surtout pas te faire perdre ton précieux temps, Nick. Va donc vaquer à tes tâches supérieurement prioritaires. Je peux très bien répéter toute seule.

Elle se détourna pour se diriger vers le lecteur de CD. Mais Nick la retint par le poignet et la fit pivoter vers lui. Son regard étincelait de colère.

— C'est moi qui décide quand et avec qui tu répètes, Ruth. Et maintenant dis-moi ce que tu as à dire, et en termes succincts de préférence.

— Très bien.

Ruth se dégagea d'un mouvement brusque et soutint son regard.

— Je n'ai pas apprécié que tu ne me tiennes pas au courant des négociations avec WNT TV. Non que je me sente des droits particuliers sous prétexte qu'il se passe quelque chose entre nous. Mais simplement, en tant qu'une de tes danseuses et partenaire. Si tu trouves normal d'en parler à la moitié de la compagnie, je ne vois pas pourquoi je ferais exception. Ce que j'ai trouvé pénible, en l'occurrence, c'était que l'information me parvienne chaque fois par un tiers. D'abord par l'intermédiaire de Leah, et ensuite par…

— Ainsi, c'était Leah.

Ruth pesta avec force. Sous le coup de l'énervement, elle lui avait révélé ce qu'elle s'était juré de garder secret.

— Cela n'a aucune importance, Nick.

Mais il l'arrêta d'un mouvement excédé de la main.

— Comment cela, aucune importance ? Qu'il y ait des rivalités entre ballerines, c'est une chose. Mais il existe des règles éthiques strictes dans notre métier : on ne cherche pas à casser le moral d'un danseur juste avant une performance. Irais-tu jusqu'à prétendre que ce n'était pas délibéré de sa part ?

Il se tut, les yeux rivés sur ses traits, guettant sa réaction. Ruth ouvrit la bouche puis la referma sans avoir pu prononcer un mot. Mentir n'avait jamais été une de ses grandes spécialités.

— C'est bien ce qu'il me semblait, conclut Nick. Alors ne me dis pas que c'est « sans importance ». Pour autant que je me souvienne, tu étais passablement secouée ce soir-là.

— J'ai eu un petit passage à vide, oui. Mais c'est de l'histoire ancienne, Nick. Il est inutile de revenir dessus maintenant.

Nick laissa passer quelques secondes de silence tendu. Son regard était dur et distant. Mal à l'aise, Ruth attendit la sentence. Par bien des aspects, le fonctionnement d'une compagnie rappelait celui d'un couvent. Et elle savait que Nick pouvait se montrer sans pitié avec les danseurs qui enfreignaient les sacro-saintes « règles ».

— Bon. Je vais laisser courir pour le moment, trancha-t-il enfin. Leah est la meilleure Aurore de la compagnie. Mais elle ne perd rien pour attendre.

Ruth savait que Nick trouverait un moyen de sanctionner la danseuse tout en gardant son Aurore sur scène. Une main de fer dans un gant de velours. Tel était Davidov.

— Ce n'est pas de Leah que je voulais te parler ce matin, lui rappela-t-elle, bien décidée à aller jusqu'au bout de leurs explications.

Nick hocha la tête.

— C'est vrai. Tu étais en train de me dire ce qui t'avait dérangé.

Ruth nota qu'il n'y avait plus trace d'agressivité dans sa voix. Elle s'apaisa à son tour.

— Ça m'a fait mal, ce matin, d'apprendre par la bande que le projet de documentaire avait été finalisé sans que je n'en sache rien. Je me suis sentie exclue, en fait — coupée du reste de la compagnie. Toi et moi, nous n'avons plus parlé une seule fois de danse depuis le soir où nous avons répété *La Rose Rouge* ensemble. Et j'étais en colère, ce jour-là.

— J'avais envie de toi, déclara-t-il avec une désarmante simplicité. Il y avait beaucoup de tension entre nous.

Ruth s'accorda le temps d'une respiration profonde.

— Je n'ai jamais imaginé une seconde que tu pourrais m'accorder un traitement de faveur parce que nous sommes devenus amants. Et je trouverais d'ailleurs intolérable que ce soit le cas. Mais j'étais inquiète au sujet du casting. Je suis toujours très angoissée, dans ces cas-là.

— Je n'ai peut-être pas été très diplomate, admit Nick.

De la part de Davidov, c'était presque un *mea culpa* en bonne et due forme.

— Peut-être pas, non, rétorqua-t-elle avec un sourire en coin.

Il haussa les sourcils.

— Attention, petite fille. Tu as toujours autant de mal à témoigner à tes aînés le respect qu'ils méritent, on dirait.

— Et que penses-tu de ça ? s'enquit-elle en lui tirant la langue.

— J'en pense que c'est très tentant.

Nick l'attira dans ses bras et lui dispensa un baiser à la fois tendre, échevelé et brûlant. Lorsqu'il l'écarta de lui, il garda les mains posées sur ses épaules.

— Et maintenant, laisse-moi te préciser mes positions une fois pour toutes afin que la situation soit parfaitement claire entre nous : je t'ai prise comme partenaire parce que je ne danse, par principe, qu'avec mes ballerines les plus douées. Si tu n'avais pas été la meilleure, j'aurais choisi quelqu'un d'autre. Mais c'est toujours toi que je désirerais la nuit.

Un poids tomba des épaules de Ruth. Elle était soulagée que Nick fasse aussi nettement la part entre la femme et la ballerine.

— La nuit seulement ? murmura-t-elle, féline, en s'avançant d'un pas.

Nick lui caressa les épaules.

— Dans les semaines qui viennent, il ne nous restera guère que les nuits pour être ensemble, Ruth. Je crains fort de ne pas avoir une seconde à moi dans la journée.

Il l'embrassa de nouveau. Brièvement, cette fois. Avec une sorte de rudesse possessive qui n'appartenait qu'à lui.

— Et maintenant, plus de discours, *milaya*. On danse !

Ils se placèrent face au miroir dans le centre du studio et exécutèrent les premières figures.

11

Les jours passèrent. Des journées longues, épuisantes dont chacune apportait son lot de joies et de déconvenues. Ruth répétait quotidiennement avec Nick afin d'adapter leur pas de deux du *Corsaire* pour les besoins de la télévision. Il était hors de question de danser devant les caméras comme ils dansaient pour un public en salle, lui avait expliqué Nick d'emblée.

Dès leur première répétition improvisée, Ruth s'aperçut que Nick avait déjà accompli tout un travail d'approche. Plus pointilleux et perfectionniste que jamais, il fonctionnait en étroite collaboration avec le réalisateur du documentaire. Et passait désormais son temps à méditer sur des questions d'angles de prises de vue.

Entre les répétitions et les cours, les journées de Ruth étaient bien remplies. Mais elle disposait de toutes ses soirées, en revanche. A la différence de Nick qui, lui, était constamment sollicité par ses fonctions de directeur et de chorégraphe. Il avait d'autres répétitions à diriger, d'autres enchaînements dont il voulait revoir la chorégraphie. Sans parler des réunions budgétaires et des séances de mise au point avec l'équipe de tournage.

Lorsqu'ils répétaient ensemble, Nick et elle n'avaient que très peu de temps à consacrer à leur relation privée. Ils travaillaient d'arrache-pied et leurs rapports étaient ceux de danseur à danseur. Ou de chorégraphe à danseuse. Ils s'opposaient parfois, se disputaient âprement, puis finissaient par tomber d'accord sur une solution de compromis. Danser le pas de deux de *La Rose Rouge* ne leur posait quasiment pas de problème. C'était la préparation du *Corsaire* qui absorbait l'essentiel de leur temps. Le rôle était parfait pour Nick. Il faisait appel à sa créativité et lui permettait d'exprimer son extraordinaire vitalité. Son enthousiasme, son élan poussaient Ruth à se dépasser de son côté.

Nick, comme d'habitude, s'attachait au moindre détail, même le plus ténu. Il critiquait la position d'une main, la complimentait sur son port de tête, l'incitait à faire toujours mieux, toujours plus. L'énergie de Nick paraissait inépuisable. Ruth se demandait parfois comment il tenait avec si peu d'heures de sommeil. Non seulement il dansait sans relâche mais il continuait imperturbablement à assurer toutes ses innombrables fonctions.

Nick lui avait assuré qu'ils disposeraient au moins de leurs nuits ensemble. Mais jusqu'à présent, il n'en avait pas eu une seule à lui consacrer. Pour la première fois depuis qu'elle avait pris son appartement, Ruth se sentait seule le soir en rentrant chez elle. La solitude pourtant lui avait toujours été familière. Et elle ne se souvenait pas d'en avoir jamais souffert auparavant.

Se dirigeant à pas lents vers la fenêtre, elle ouvrit les persiennes et contempla la ville automnale plongée dans la nuit. Avec un léger frisson, elle referma la croisée.

Un coup frappé à la porte la fit tressaillir. *Nick ?* Mais à peine formée, la lueur d'espoir s'éteignit. Nick avait deux réunions ce soir-là. Aucune chance de le voir surgir à l'improviste. Ruth alla ouvrir sans se presser et jeta un coup d'œil par le judas. Lorsqu'elle vit qui se tenait sur le palier, elle demeura un instant figée, la main sur la poignée. Puis, rassemblant son courage, elle se résigna à détacher la chaîne de sécurité.

— Bonsoir Donald.

Il lui sourit.

— Je peux te parler un instant ?

— Bien sûr.

Elle s'effaça pour le laisser entrer. Donald était vêtu avec le mélange habituel de décontraction et de raffinement qui constituait son image de marque. Ruth admira la subtile élégance qui émanait de matériaux a priori peu sophistiqués comme le jean et le cuir. Et réalisa avec stupéfaction que plusieurs semaines, déjà, s'étaient écoulées depuis leur dernier et mémorable rendez-vous.

— Comment vas-tu, Donald ? s'enquit-elle, consciente qu'elle n'avait pas grand-chose d'autre à lui demander.

— Bien, je te remercie.

Sous le vernis mondain, elle discerna une touche de malaise. Ainsi il n'était pas tout à fait aussi sûr de lui qu'il n'y paraissait ? Rassérénée, elle réussit à lui sourire.

— Assieds-toi. Je t'offre quelque chose à boire ?

— Volontiers, oui. Un fond de whisky si tu en as sous la main.

Donald choisit un fauteuil et la regarda verser le scotch.

— Tu ne me tiens pas compagnie, Ruth ?

Secouant la tête, elle lui remit son verre et prit place sur le canapé.

— Non, je viens de prendre un thé.

Elle passa une main distraite dans la fourrure de Nijinski. Avec une pointe de nervosité, Donald fit tourner le whisky dans son verre.

— J'ai appris que vous alliez faire un documentaire avec WNT TV ? lança-t-il, clairement désireux de rompre le silence.

— Tu es déjà au courant ? C'est incroyable comme les nouvelles circulent vite. Rien n'est encore officiel, pourtant.

— La compagnie a passé commande pour de nouveaux costumes. Et je travaille dans un milieu où n'importe quel potin se répand comme une traînée de poudre.

Ruth replia les jambes sous elle sur le canapé.

— Ah, d'accord ! Je n'avais pas pensé à cet aspect… Et ta nouvelle collection ? s'enquit-elle poliment. Ça avance ?

Donald leva les yeux de son verre pour plonger le regard dans le sien.

— Non seulement ça « avance », mais elle marche du tonnerre. J'ai un défilé à Paris le mois prochain.

Ruth lui adressa un sourire amical.

— C'est une grande nouvelle. Tu comptes rester en Europe quelque temps ?

— Deux semaines, a priori. Mais je ne suis pas venu ici pour te parler de voyages, de mode et de défilés.

Donald s'interrompit, toussota, reposa son verre.

— Je tiens à te présenter mes excuses pour ce que je t'ai dit l'autre fois. C'était totalement injustifié de ma part.

Ruth soutint le regard grave, interrogateur qui fouillait le sien. Et comprit que ses remords étaient sincères.

— C'est O.K., Donald. On n'en parle plus.

Le soulagement du couturier fut manifeste.

— Tu sais que ta présence m'a manqué ces dernières semaines ? Je pensais qu'on pourrait peut-être dîner ensemble un de ces soirs ?

La réponse de Ruth fut immédiate et sans appel.

— Non, Donald. C'est hors de question.

Manifestement déconcerté, il revint à la charge.

— Ecoute, Ruth, j'étais énervé et en colère. Je sais que j'ai eu des paroles très dures, mais…

— Tu ne m'as pas épargnée, c'est vrai. Mais le problème n'est pas là.

Il scruta ses traits avec une attention presque soupçonneuse.

— Ah, je vois, conclut-il avec une soudaine froideur. J'aurais dû m'en douter, d'ailleurs. Tu as quelqu'un d'autre, n'est-ce pas ?

Ruth le regarda gravement. Elle ne ressentait ni culpabilité ni colère.

— Il n'y a jamais eu autre chose qu'une relation amicale entre nous, Donald. Donc cela ne change rien de fondamental à nos rapports, tu ne crois pas ?

— C'est Davidov ?

Il émit un léger rire en la voyant bouche bée.

— Davidov, oui. Comment as-tu deviné ?

— Je suis peut-être crédule mais pas aveugle. J'ai vu la façon dont il te dévore des yeux.

Donald prit une rasade de scotch, reposa son verre et se leva.

— Je pense que vous êtes bien assortis, tous les deux.

Cette idée la fit sourire.

— C'est un compliment ou une insulte ?

— Je ne sais pas.

Le regard intense qu'il fixa sur elle était sans doute destiné à la faire sombrer dans les affres de la culpabilité. Mais Ruth se sentait suffisamment sereine pour le soutenir sans broncher.

— Au revoir, Ruth.

Elle demeura assise sans bouger.

— Au revoir, Donald.

Il traversa la pièce à grands pas et sortit sans un regard en arrière. Ruth resta plongée dans ses pensées quelques instants avant de se lever pour prendre le verre encore à moitié plein de Donald et jeter le fond de whisky dans l'évier. Elle songea aux soirées que Donald et elle avaient passées ensemble. Ils avaient connu des moments agréables. Mais il n'y avait jamais eu la moindre palpitation, pas le moindre début de tension amoureuse.

Etait-il exact que certaines femmes n'étaient faites que pour aimer un seul homme ? Et se pouvait-il qu'elle soit du nombre ?

Elle tressaillit lorsqu'on frappa de nouveau à sa porte. *Oh non...* Donald aurait-il décidé de revenir à la charge ? La dernière chose dont elle avait envie, c'était de s'entendre dire encore une fois « ses quatre vérités » par le couturier ulcéré.

Peignant un sourire de commande sur ses lèvres, elle tira le battant.

— Nick !

Il arrivait avec les mains pleines : une grande boîte plate en carton, une autre, plus volumineuse et une bouteille de vin.

— *Privet milenkaya.*

Passant le seuil, il réussit l'exploit de l'embrasser par-dessus son chargement.

— Mais je croyais que tu avais deux réunions, ce soir. Dont une, hyper importante, avec...

Il eut un grand geste désinvolte de la main.

— Ce soir, j'ai tout envoyé promener. J'avais d'autres priorités.

Ruth ferma la porte derrière lui pendant qu'il déposait son

chargement sur la table. Avec un grand rire insouciant, Nick l'attira dans ses bras.

— Un artiste peut se permettre de se montrer caractériel, de temps en temps. L'imprévisibilité fait partie de son image de marque.

— Ainsi l'artiste dispose d'une soirée libre ?

— Tu avais des projets de ton côté ? lui demanda-t-il à l'oreille.

— Mmm… J'en avais formé un certain nombre, oui.

Ruth fit semblant d'hésiter.

— Je pourrais à la rigueur les modifier. A condition que tu trouves les bons arguments pour me convaincre, bien sûr.

C'était si bon d'être dans ses bras, de sentir ses lèvres courir sur sa peau.

— Qu'apportes-tu dans ces cartons, Nick ?

— Mmm… Des choses et d'autres. Le grand, c'est pour tout à l'heure. Quant à celui-ci, il ne faut surtout pas le faire attendre.

D'un geste royal, il souleva le couvercle. Ruth poussa une exclamation enthousiaste.

— Merveille, une pizza ! C'est exactement le repas dont je rêvais pour ce soir.

Les yeux clos, Nick se pencha pour en humer les arômes.

— Sens-moi ça, c'est divin. Va vite chercher des assiettes avant qu'elle ne refroidisse.

— Tout de suite, mon cher Maître.

— Je veillerai à te faire éliminer les calories supplémentaires en forçant sur le rythme des répètes. Tiens, pendant que tu y es, apporte-moi aussi un ouvre-bouteilles.

— Et qu'y a-t-il dans l'autre carton ? cria Ruth par-dessus l'épaule en sortant ses couverts.

— On verra ça plus tard. Pour l'instant, on s'occupe de la pizza.

Lorsqu'elle revint, les bras chargés de verres et de vaisselle, elle trouva Nick, sa bouteille toujours à la main, occupé à caresser Nijinski.

— Toi, le chat, tu auras ta part de pizza aussi, promit-il en frottant le matou ronronnant sous le menton.

Le cœur de Ruth se dilata de tendresse en les observant.

— Je suis contente que tu sois venu, admit-elle spontanément.

Nick se redressa en souriant et lui prit l'ouvre-bouteilles des mains.

— Ah oui ? Et pourquoi cela ?

— J'adore la pizza, répondit-elle avec un sourire innocent.

— Alors pour toucher ton cœur, il faut que je passe par ton estomac ? Ça tombe bien, c'est une vieille tradition russe.

— Absolument. Mon estomac réclame une attention de tous les instants.

Pendant qu'il débouchait son vin, Ruth s'employa à transférer les parts de pizza du carton à l'assiette.

— Le problème, c'est que tu pourrais finir par rebondir sur scène comme un ballon si je m'occupais de ton estomac aussi bien qu'il le mérite.

Se laissant tomber dans un fauteuil en face d'elle, Nick leur servit à chacun un verre de vin.

— Apparemment, nous aurons le temps d'inclure aussi un extrait du *Carnaval*. Et c'est à toi qu'il reviendra d'immortaliser Colombine devant les caméras. Ça te va ?

— Oh Nick !

La bouche pleine de pizza, Ruth ne put en dire plus.

— Comme nous aurons plus de répétitions dorénavant, tu n'auras pas l'occasion de devenir trop rondouillarde.

— *Rondouillarde* ?

— Je n'ai pas envie de me détruire le dos chaque fois que je ferai un porté, précisa-t-il avec un sourire qui était pure provocation.

— Toi aussi, tu es en train de faire un sort à cette pizza, Nick, observa-t-elle d'un ton affable. Et crois-tu que les spectateurs apprécieront de voir un Arlequin bedonnant ?

— Rien à craindre de ce côté-là. J'ai un métabolisme en or.

Il termina sa pizza avec un appétit de lion, puis attrapa son verre de vin.

— J'ai regardé de vieux films américains, ces derniers temps.

Et j'ai observé Fred Astaire. Gene Kelly. Quels danseurs ! Ils sont extraordinaires, non ? Ce qui m'a intéressé, surtout, c'est d'étudier la façon dont ils sont filmés.

— Tu as vu *Un Américain à Paris* ? s'enquit Ruth après avoir fini sa pizza à son tour. J'adorerais danser comme Gene Kelly et Leslie Caron.

— C'est vrai que ces vieilles comédies musicales sont formidables, acquiesça Nick, les yeux perdus dans le vague. Ce serait intéressant à adapter à la scène.

— Tu penses à quelque chose de précis ?

Il concentra de nouveau son attention sur elle.

— C'est une nouvelle idée de ballet qui me vient. Très américain. Avec des numéros qui rappelleraient la comédie musicale. Mais ça, ce sera pour plus tard.

Il prit le reste de pizza dans le carton.

— Tiens, sers-toi encore, Ruth. Tant qu'à enfreindre les sacro-saintes règles de la diététique, autant y aller carrément.

— C'est encore un principe russe ?

— Bien sûr.

Pendant qu'ils finissaient de dîner, Nick la mit au courant de l'avancement des répétitions et pimenta son récit de potins divers et d'anecdotes drôles. Il se passait toujours quantité de choses dans une grande compagnie comme la leur. Puis il la questionna sur les vieilles comédies musicales qu'elle avait vues et Ruth fit de son mieux pour lui décrire les numéros de danse.

— Tu songes à écrire ce nouveau ballet directement pour la télévision ? demanda-t-elle alors qu'ils débarrassaient la table. Cela pourrait constituer la trame d'un des deux projets supplémentaires que tu as accepté de réaliser avec eux, non ?

— Ce serait une possibilité, en effet, répondit-il sans s'étendre sur le sujet. Nadine, elle, aimerait que nous réalisions un documentaire sur le quotidien de la compagnie. J'ai déjà quelques idées de scénario. Mais je me rends compte que c'est tout à fait autre chose que d'écrire un ballet. J'ai déjà acquis quelques notions à l'occasion des images qui ont été tournées d'*Ariel*. Mais les caméras étaient toujours à distance.

Ruth hocha la tête.

— Ce sera différent cette fois-ci ?

— Les caméras seront partout, oui. Et le réalisateur du documentaire connaît mieux le ballet que les gens de télévision avec qui j'ai collaboré jusqu'ici. Cela fait une différence.

Il sourit à Ruth lorsqu'elle lui tendit une assiette à essuyer.

— Tu sais que tu m'as manqué, ces deux dernières semaines ?

Elle leva les yeux vers lui. Même si, tous les jours, ils passaient des heures ensemble à répéter, ils n'avaient pas encore eu un seul moment d'intimité paisible comme celui-ci.

— Je me suis sentie privée de toi aussi, Nick.

— Quand nous aurons fini le tournage, nous aurons quelques journées de libres avant d'attaquer un nouveau projet. Cela te dirait de venir les passer avec moi en Californie ?

Dans sa maison de Malibu, autrement dit. Oubliant sa vaisselle, Ruth lui glissa les bras autour de la taille.

— Non seulement ça me dirait, mais j'en meurs d'envie, admit-elle en riant. Des journées entières rien que pour nous. Oh, Nick, ce serait tellement merveilleux !

Pendant quelques instants, ils restèrent enlacés en silence. Puis Nick posa un baiser dans ses cheveux.

— Tu as envie de savoir ce qu'il y a dans l'autre carton ?

Ruth poussa un soupir.

— Honnêtement, je ne pourrais plus rien avaler, Nick.

— Tu veux encore un verre de vin alors ? demanda-t-il en lui effleurant la tempe d'un baiser.

— Non. Plus rien… Que toi, admit-elle dans un souffle.

Il lui prit la main.

— Viens, alors. Cela fait si longtemps, déjà… Trop longtemps.

Comme ils passaient dans le séjour, le regard de Ruth tomba sur la grande boîte restée fermée.

— Que contient-elle, au fait ?

— Je croyais que ça ne t'intéressait pas de le savoir.

Incapable de refréner sa curiosité, malgré tout, Ruth souleva le couvercle. Et fixa le contenu sans rien dire.

Là, où elle s'était attendue à trouver un assortiment de

pâtisseries ou un immense gâteau, reposait, soigneusement plié, le long manteau en cuir noir qu'elle avait essayé chez Saks.

Elle l'effleura du bout du doigt avant de tourner un regard désemparé vers Nick.

— Pourquoi cet air consterné, *milaya ?* Ça ne fait pas grossir.

— Mais Nick…

Avec un geste effaré de la main, elle secoua la tête.

— C'est trop.

— C'est celui qui t'allait le mieux. Tu as une classe folle là-dedans. Tu seras la fille la plus sexy de tout New York.

— Je ne peux pas accepter, Nick.

Il haussa les sourcils.

— Pourquoi ? Je n'ai pas le droit de te faire de cadeaux ? demanda-t-il gravement.

— Eh bien… je ne sais pas. Je n'avais jamais réfléchi à la question, admit-elle après réflexion. Mais pas des cadeaux comme celui-ci, en tout cas.

— Je t'ai acheté une pizza, objecta-t-il en lui prenant la main pour la porter à ses lèvres. Et tu as accepté sans te poser de questions.

— Ce n'est pas la même chose. Et puis, tu en as mangé la moitié.

Elle émit un son ténu lorsque les lèvres de Nick effleurèrent le creux de son poignet.

— Cela m'a fait plaisir. Tout comme j'aurai plaisir à te voir dans ce manteau.

— Il était hors de prix, Nick.

— Donc, j'ai le droit de t'offrir des cadeaux à condition qu'ils soient bon marché ?

Il lui releva la manche pour lui embrasser l'intérieur du coude.

— Arrête de te moquer de moi, Nick.

— J'essaye simplement de m'y retrouver dans ta logique.

Sans lui laisser le temps de riposter, il l'attira dans ses bras et lui imposa silence d'un baiser.

— Tu le trouves laid, ce manteau ?

— Tu veux rire ? Il est superbe.

Avec un léger soupir, Ruth abandonna la tête contre son épaule.

— Mais tu n'es pas obligé de m'offrir des choses.

Il caressa la courbe de sa hanche.

— Obligé ? Non, c'est vrai. Mes devoirs, je les connais. Et les cadeaux n'en font pas partie. Là, il ne s'agit pas d'une obligation mais d'un choix.

Avec un léger sourire, il l'écarta de lui.

— Allez, essaye-le pour moi.

Ruth le regarda un instant en silence. C'était un présent généreux, impulsif et caractéristique de Nick. Comment pourrait-elle refuser ?

— Merci, Nick.

Elle avait un air si grave qu'il éclata de rire et la prit dans ses bras.

— J'aime bien quand tu me regardes avec ces grands yeux sérieux et sages. Et maintenant, s'il te plaît, enfile-le.

Le « s'il te plaît » vint à bout des derniers scrupules de Ruth. Elle était certaine de pouvoir compter sur les doigts de la main le nombre de fois où il avait prononcé ce mot en s'adressant à elle. Sans la moindre hésitation, elle sortit la gabardine de son emballage.

— Il est magnifique, Nick. Absolument magnifique.

Il secoua la tête lorsqu'elle commença à le passer.

— Pas sur ton peignoir, *milaya.* Le cuir se marie mal avec le velours éponge.

Ruth lui jeta un regard, hésita, puis dénoua la ceinture de sa sortie de bain. Elle ôta son peignoir et se hâta de mettre le manteau. Le cuir était souple et doux sur sa peau nue.

— Il faut que j'aille voir à quoi je ressemble ! s'exclama-t-elle, surexcitée.

Elle se détourna, prête à s'élancer jusqu'à sa chambre pour examiner son reflet dans le miroir de l'armoire. Mais la voix de Nick derrière elle la foudroya net sur place.

— Je t'aime, Ruth.

Elle avait le souffle coupé comme lorsqu'elle faisait une mauvaise chute sur scène. L'air refusait purement et simplement de pénétrer dans ses poumons. Immobile, le dos toujours tourné, elle ferma les yeux. Ses doigts crispés sur le cuir de sa manche étaient tétanisés.

Lentement, elle se retourna pour lui faire face. Sa gorge s'était serrée, si bien que les mots eurent du mal à franchir la barrière de ses lèvres.

— Qu'est-ce que tu as dit ?

— Je t'aime. En anglais. Ce n'est pas la première fois que je prononce les mêmes mots en russe. *Ya tebya lyublyu.*

Ruth se souvenait des paroles qu'il lui avait murmurées à l'oreille lorsqu'ils faisaient l'amour. Des mots qu'il lui chuchotait lorsqu'il la prenait dans ses bras, juste avant de s'endormir.

Ses jambes se mirent à trembler.

— J'ignorais ce qu'ils signifiaient.

— Tu le sais, maintenant.

Elle fixa sur lui un regard éperdu. Le tremblement qui avait gagné ses genoux se propageait à présent dans tout son corps.

— J'ai peur, admit-elle dans un murmure. Il y a si longtemps que j'attends ce moment. Et à présent que tu me parles d'amour, je suis terrifiée.

Elle déglutit mais trop tard. Ses yeux se remplissaient déjà de larmes.

— Mes jambes refusent de bouger, ajouta-t-elle à voix basse.

— De bouger pour te rapprocher de moi ? Ou de bouger pour partir en courant ?

La question l'aida à refaire surface. Et si Nick aussi avait peur ? Ruth fit un pas vers lui. Puis un autre. Et un autre encore. Elle voulut parler mais dut attendre de retrouver sa voix.

— Comment le dit-on en russe ? Je veux d'abord prononcer les mots de ta langue, chuchota-t-elle.

— *Ya tebya lyublyu.*

— *Ya tebya lyublyu,* Nikolai.

Sa prononciation en russe était hésitante, mais il ne parut pas en prendre ombrage. Elle vit comme une incandescence dans son regard juste avant qu'il la serre à l'étouffer dans ses bras.

— *Ya tebya lyublyu,* répéta-t-elle encore. Je t'aime, Nick… Si tu savais comme je t'aime.

Il lui embrassa les cheveux, les joues, les paupières. Puis il lui prit les lèvres. Comme jamais encore il ne les avait prises.

— *Ona maya,* chuchota-t-il, presque avec sauvagerie. Elle est mienne.

Le manteau en cuir glissa au sol.

12

Ruth ne se souvenait pas d'avoir jamais autant souffert pour réussir une simple suite de figures. Danser un ballet entier sur scène n'était jamais chose aisée. Mais tourner de courtes séquences devant quatre caméras tenait du cauchemar. De courts enchaînements devaient être exécutés cinq fois, six fois, parfois dix fois d'affilée. Si bien qu'il lui était quasiment impossible d'entrer vraiment dans son rôle. Elle était habituée aux projecteurs mais pas aux câbles, aux cameramen et aux preneurs de son. Où qu'elle se tourne, un obstacle semblait se présenter devant ses pieds.

Ses muscles se tétanisaient à force d'arrêts brusques et de coupures de rythme. Et elle devait repasser entre les mains de la maquilleuse chaque fois qu'elle était filmée en gros plan. Les téléspectateurs, lui avait-on expliqué, seraient choqués de voir des gouttes de transpiration perler au front d'une pâle et délicate ballerine. A distance du public, sur une scène, il était possible de donner l'illusion de la fluidité et du mouvement exécuté sans effort. Mais il en allait tout autrement sous l'œil implacable de la caméra.

Inlassablement, jusqu'au vertige, Nick et elle venaient de reprendre la même suite de sauts et de pirouettes. Nick semblait inépuisable. Il s'agissait d'une de ces variations athlétiques dans lesquelles il excellait. Danser devant les caméras le galvanisait, de toute évidence. Chaque fois qu'un petit problème technique les forçait à s'interrompre, il s'arrêtait sans manifester la moindre contrariété et discutait avec le réalisateur jusqu'à ce que l'équipe de tournage ait remédié à l'incident.

Depuis plus de deux heures, ils filmaient une séquence qui,

au final, ne durerait pas plus de trois malheureuses minutes. Pour la vingtième fois au moins, lui sembla-t-il, Ruth dut exécuter une triple pirouette. A bout de forces, elle s'élança. Un éclair de souffrance lui traversa la jambe et elle s'effondra au sol. Aussitôt, Nick tomba accroupi à côté d'elle.

— Ce n'est rien. Juste une crampe, réussit-elle à murmurer, tout en luttant pour reprendre son souffle.

— Ici ?

Il lui prit le mollet pour le poser sur ses genoux et repéra le muscle noué.

— Ça y est… je le sens.

Ruth se mordit la lèvre. La douleur était aiguë, tétanisante. Elle posa le front sur les genoux et ferma les yeux.

— Accordez-nous dix minutes, s'il vous plaît, lança Nick à l'équipe… Tu ne t'es pas fait mal en tombant, au moins ? lui demanda-t-il à voix basse tout en s'efforçant de faire passer la crampe par des mouvements d'étirement du muscle contracté.

Muselée par la souffrance, elle ne put faire plus que secouer la tête en signe de dénégation.

— C'est plus difficile de danser sans jambières, commenta-t-il, compatissant.

— Je n'y arriverai jamais, Nick !

Ce cri de détresse lui échappa malgré elle. Tout aussi incontrôlé que le coup qu'elle frappa au sol avant de relever la tête.

— Ce n'est même plus la peine d'insister. C'est fichu, tu m'entends ? Fichu !

Le regard de Nick se durcit.

— C'est quoi, ces bêtises ?

A bout de nerfs, elle secoua la tête.

— Ce ne sont pas des bêtises. J'en suis incapable, c'est tout. Je sais danser, mais pas dans ces conditions ! Il faut toujours refaire, toujours reprendre ! Comment veux-tu que je mette un minimum de conviction dans mon rôle alors qu'il n'y a jamais aucune continuité ? Et puis, il y a du monde partout, sur ce plateau ! Même lorsque je suis censée me préparer pour un saut.

— Ignore-les et danse. C'est inévitable et nécessaire.

Ruth vit rouge.

— Je vais te dire, moi, ce qui est inévitable et nécessaire ! La transpiration, pour commencer ! Et je n'ai même pas le droit d'être en nage. Ça te paraît normal, à toi ? Si je dois retourner me faire tartiner cette espèce de poudre de riz sur la figure une fois de plus, je vais hurler.

Elle poussa un léger cri lorsque la crampe vagabonde gagna soudain l'autre mollet. Ses pieds, eux, avaient passé le stade de la souffrance. Ils ne sentaient plus rien.

De nouveau sa tête retomba sans force.

— Oh, Nick… je suis tellement fatiguée.

— Fatiguée, oui. Alors qu'est-ce que tu proposes ? De tout arrêter ?

— Ce n'est pas ça, mais…

Nick s'attaqua à son second mollet. Ses doigts étaient nerveux, énergiques ; sa voix dure comme l'acier.

— C'est d'une partenaire que j'ai besoin. Pas d'une petite fille geignarde.

Ruth releva la tête en sursaut.

— Je ne suis plus une gamine ! Mais on peut être adulte sans fonctionner pour autant comme une machine.

— Tu es une danseuse, Ruth, lui assena Nick en finissant de dénouer le muscle rebelle. Alors danse !

Elle lui jeta un regard noir, se dégagea et se remit sur pieds. Ses jambes menacèrent de se dérober de nouveau. Mais elle réussit à se récupérer, par un effort de volonté.

— Merci de ta compréhension, Nick, ironisa-t-elle. C'est bon de se sentir soutenue par ceux que l'on aime.

— Il y a des lieux pour la compréhension. Celui-ci n'en est pas un. Tu es là pour réaliser ton art en visant la perfection, Ruth. Et maintenant, va voir l'homme à la poudre de riz pour qu'il te refasse une beauté.

Ruth le regarda fixement quelques instants. Puis elle se détourna et quitta la scène sans un mot. Nick la suivit des yeux puis, il jura vigoureusement et s'assit pour tenter de soulager ses propres crampes.

— Tu es dur, Davidov. Avec les autres et avec toi-même.

Levant les yeux, Nick vit Nadine se lever du fauteuil qu'elle occupait juste en dessous de lui, dans la salle quasi déserte.

— Ce n'est pas la première fois que tu me fais la remarque, rétorqua Nick en se concentrant de nouveau sur ses contractures musculaires.

Nadine gravit les marches d'escalier qui donnaient accès à la scène. Elle s'approcha de lui sur ses talons hauts.

— Ton intransigeance est un aspect de toi que j'apprécie, commenta-t-elle en s'agenouillant à côté de lui. Mais Ruth est encore jeune.

Elle lui prit la jambe et entreprit de le masser avec des gestes précis et compétents.

— Ruth a de vrais pieds de danseuse, des jambes qui la mèneront loin et une grande musicalité… Mais elle n'est pas encore aussi endurcie que nous le sommes, Nick.

— Tant mieux pour elle.

— La situation est d'autant plus compliquée pour toi que tu es amoureux d'elle.

Nick fronça les sourcils.

— Qu'est-ce qui te fait dire cela ?

— Je sais tout de mes danseurs, Nick. Il m'arrive de voir les choses arriver avant que les intéressés s'en soient rendu compte eux-mêmes. Tu la couves des yeux depuis qu'elle est arrivée ici, il y a cinq ans.

— Et alors ?

— Il n'est pas rare que des couples se forment entre danseurs. Nous appartenons à un univers compliqué, fermé, qui s'apparente par bien des aspects à une communauté religieuse. Entre pratiquants d'un même art, on se comprend. On fonctionne de la même manière et on obéit aux mêmes règles.

Nadine se redressa sur ses talons.

— Mais je ne te cache pas que lorsque je vois mon premier danseur s'éprendre de ma meilleure ballerine, j'ai des sueurs froides.

— Tu n'as pas à t'inquiéter de ce qui se passe entre Ruth et moi, Nadine, rétorqua Nick sèchement, sans chercher à dissimuler sa contrariété.

— Les belles amours du début finissent toujours par évoluer. Quand tout va bien, elles se transforment en relation durable. Mais elles peuvent aussi tourner au drame. Et crois-moi, je te parle d'expérience, précisa-t-elle avec un sourire mi-nostalgique mi-amer. Nous formons une race de passionnés, nous autres danseurs. Or je n'ai aucune envie de perdre l'un d'entre vous, suite à une rupture. Ruth ira loin, Nick. Nous en ferons une étoile accomplie. A condition qu'une histoire d'amour malheureuse ne vienne pas tout fiche en l'air…

Nick se leva lentement, le regard rivé sur Nadine.

— Quel message cherches-tu à me faire passer, au juste ? Tu suggères que je cesse de voir Ruth en privé, c'est ça ?

Elle le dévisagea un instant en silence.

— Depuis combien d'années travaillons-nous ensemble, Nick ?

L'ombre d'un sourire glissa sur ses traits.

— Tu tiens vraiment à ce que je réponde à ta question ? Cela ne nous rajeunirait ni l'un ni l'autre.

Nadine lui tendit la main et Nick la releva sans effort. Elle le regarda droit dans les yeux.

— Oublions le nombre exact d'années si tu préfères. Mais je te connais depuis longtemps, en tout cas. Suffisamment pour savoir que je pourrais toujours « suggérer » tout ce que je voudrais et que tu n'en feras de toute façon qu'à ta tête… J'ai eu tout le loisir d'observer le défilé de femmes qui ont traversé ta vie, ajouta-t-elle avec un sourire caustique.

— *Spasibo.*

— Ne me remercie pas. Je ne l'entendais pas comme un compliment… Et je constate qu'avec Ruth Bannion, ça ne se passe pas comme avec les autres.

— Exact. Avec Ruth, ça n'a rien à voir, en effet.

— Tâche d'être vigilant quand même, Davidov. C'est toujours risqué pour un danseur de tomber dans une autre passion que celle de son art.

Petit à petit, les techniciens revenus de leur courte pause regagnaient la scène. Cédant la place à l'équipe de télévision, Nadine redescendit dans la salle.

— Ruth va te détester quelque temps après ce qui s'est passé, lança-t-elle par-dessus son épaule.

— C'est plus que probable, oui. Mais l'essentiel, pour le moment, c'est qu'elle continue de danser.

— Pour cela, je te fais confiance, Nick. Et j'imagine même que tu réussiras à te faire pardonner.

Très droite, le visage indifférent, Ruth émergea des coulisses. Pendant que le maquilleur s'acquittait de sa tâche, elle s'était appliquée à faire le vide en elle, pour ne plus garder en tête que la danse. Elle ne voulait plus rien ressentir du tout, hormis les émotions liées à son rôle.

Elle se dirigea vers Nick d'un pas ferme.

— Je suis prête.

Nick abaissa son regard sur elle. Il aurait voulu lui demander si elle souffrait toujours. La prendre dans ses bras et lui murmurer qu'il l'aimait. Mais il se contenta de hocher la tête.

— Parfait. Alors on y va.

Deux heures plus tard, Ruth les yeux clos, offrait son corps harassé au jet brûlant de la douche. L'excès de fatigue l'avait anesthésiée. Elle ne ressentait même plus la douleur. Dans son esprit confus ne surnageaient plus que deux pensées. Un, elle détestait danser devant les caméras. Deux, Nick s'était désolidarisé d'elle au moment où elle aurait eu besoin de son aide. Il s'était adressé à elle comme s'il avait affaire à une gamine dépourvue de volonté qui s'effondrait à la première difficulté. Qu'elle ait craqué en public était déjà bien assez humiliant comme cela. Mais au lieu de lui tendre la main, Nick s'était employé activement à l'enfoncer.

Elle avait toujours été si fière de sa force, pourtant ! C'était grâce à son énergie infatigable qu'elle avait tenu bon toutes ces années. Le fait d'être tombée pendant un tournage constituait un véritable camouflet pour elle. Se retrouver par terre en train de se tordre de douleur n'était pas une position très valorisante pour une ballerine. De Nick, elle avait espéré un soutien, un réconfort. Et il ne lui avait donné que dédain et dureté.

Ruth venait tout juste de s'envelopper dans un drap de bain lorsque Leah entra dans le vestiaire. Encore en tenue de ville, la jolie ballerine blonde cala une hanche fine contre un lavabo.

— Tiens, salut, Ruth... Tu es un peu pâlichonne, dis donc. Tu as une sale journée dans les pattes ?

Ruth se baissa pour sortir un haut de survêtement de son sac de danse.

— C'était fatigant, mais j'ai vu pire, marmonna-t-elle.

— J'ai appris que ta séance de tournage cet après-midi ne s'était pas très bien déroulée ?

Passant le sweat-shirt sur sa tête, Ruth prit le temps de se donner une contenance.

— Juste un petit incident sans importance. L'enregistrement du *Corsaire* est terminé, au fait.

— Je meurs d'impatience de le visionner, commenta Leah d'une voix suave.

Se plaçant face au miroir, elle entreprit de brosser ses longs cheveux blonds, fins comme de la soie.

— Sérieusement, je te trouve une petite mine, poursuivit-elle pendant que Ruth enfilait son jean. Heureusement que tu as quelques jours pour te reposer avant d'attaquer *La Rose Rouge*.

Ruth remonta sa fermeture Eclair d'un geste sec.

— On dirait que tu connais mon emploi du temps comme ta poche, Leah ?

— Je mets un point d'honneur à toujours me tenir au courant de ce qui se passe dans cette compagnie.

Se laissant tomber sur un banc, Ruth regarda Leah droit dans les yeux.

— O.K. Parlons clairement ! Qu'est-ce que tu veux, au juste ?

— Ce que je veux ? Oh c'est très simple : Nick.

Leah s'interrompit et éclata de rire en la voyant bondir.

— Mais non, mon ange, inutile de me regarder de cet air indigné. Ce n'est pas ton amant que je cherche à te piquer. Même si la situation présente des avantages indéniables. Ça rapporte, apparemment, de coucher avec son directeur et chorégraphe.

Ruth résista à la tentation de lui envoyer une de ses chaussures à la figure. Les mâchoires crispées, elle enfila ses baskets.

— Ce qui se passe entre Nick et moi est personnel et n'a aucune incidence sur la façon dont nous travaillons ensemble, lui et moi.

Ruth allait sortir en claquant la porte mais Leah la retint par le bras.

— Tu crois vraiment que c'est pour tes mérites en tant que ballerine que Nick t'a choisie pour partenaire ?

Les nerfs à vif, à demi aveuglée par la colère, Ruth posa bruyamment son sac de danse par terre.

— Non seulement je le crois, mais je le *sais*, O.K. ? Qu'est-ce que tu me veux encore ?

Leah s'assit sur le rebord du lavabo et croisa les jambes au niveau des chevilles.

— J'ai l'intention de devenir première étoile figure-toi.

— Ah oui ? Grande nouvelle. C'est censé être le scoop de l'année ? rétorqua Ruth avec un petit rire.

Mais Leah ne se laissa pas démonter.

— Je sais aussi que pour progresser dans ma carrière, il faut que je me produise sur scène avec Nick.

Ruth lui fit face sans broncher.

— Désolée pour toi, mais il faudra que tu trouves une autre stratégie pour réussir. Nick a déjà une partenaire attitrée : moi.

— Pour le moment, oui, acquiesça Leah avec un sourire angélique. Mais crois-tu vraiment qu'il continuera à danser avec toi lorsqu'il t'aura virée de son lit ?

— Ça, c'est mon problème, Leah.

— Je ne voudrais pas te déprimer, mais tu aurais tout intérêt à redescendre sur terre et à regarder la réalité en face, ma chérie : les amours de Nick ont toujours été passagères. Tu te souviens de l'avocate avec qui il sortait il y a quelques mois ? Une femme superbe. Blonde, raffinée, intelligente. Avant elle, il y avait eu un mannequin, je crois. Nick semblait s'être fait une règle jusqu'ici de choisir ses femmes en dehors de la compagnie. C'est un homme difficile à contenter, notre Nikolai.

— *Mon* Nikolai, rectifia Ruth, les mâchoires crispées en se baissant pour récupérer son sac. Et je te conseille de te satisfaire des partenaires qui t'ont été attribués.

— Nick ne continuera pas à danser éternellement. Déjà, il consacre l'essentiel de son temps à la chorégraphie. Etre deux ans sa partenaire. C'est tout ce dont j'ai besoin.

— Deux ans ?

Avec un rire vibrant d'insolence, Ruth hissa son sac sur une épaule.

— Je serai danseuse étoile dans six mois. Et si le fait d'être en rivalité avec moi te gêne, rien ne t'empêche d'essayer de trouver ton bonheur dans une autre compagnie.

Leah lui adressa un de ces sourires artificiels dont elle avait le secret.

— En rivalité avec toi ? Mais ma pauvre fille, tu as à peine réussi à terminer l'enregistrement télévisé de ton premier pas de deux. Nick pourrait être amené à raccourcir les deux autres séquences où tu figures. A moins qu'il ne te les retire purement et simplement pour les confier à une ballerine pourvue de plus de tonus et d'endurance.

— Comme toi, par exemple ?

— Par exemple, oui.

— Si j'étais toi, j'arrêterais de me bercer d'illusions, Leah. Et maintenant, laisse-moi passer. Je suis pressée.

Poussant résolument la ballerine blonde sur le côté, Ruth quitta le vestiaire. Même si le fait d'avoir extériorisé sa colère l'avait soulagée, ses nerfs n'en restaient pas moins tendus à craquer. Son altercation avec Leah avait au moins eu le mérite de lui faire oublier son corps. Indifférente à l'état de ses mollets, elle dévala l'escalier, traversa le hall et sortit dans la rue en fulminant de rage.

— Hé, Ruth ! Attends-moi ! s'éleva la voix de Nick dans son dos.

Comme elle continuait à avancer à grands pas sans se retourner, il finit par lui attraper le bras.

— Où vas-tu comme ça ?

— Chez moi.

Sourcils froncés, il examina ses joues empourprées.

— Très bien. Je t'accompagne.

— Je connais le chemin, merci.

Elle voulut se dégager mais il continua à lui tenir le poignet.

— J'ai dit que je te raccompagnai.

Ruth haussa les épaules.

— Si ça t'amuse.

— « Amuser » me paraît être le mot, oui, rétorqua-t-il, le visage impassible, en hélant un taxi.

Son sac à main posé sur les genoux, Ruth resta assise toute droite de son côté de la banquette. Nick se renversa contre son dossier et s'installa confortablement, sans chercher à engager la conversation. Il était plongé dans ses pensées, apparemment. Et elle était trop furieuse contre le monde en général et contre lui en particulier pour accepter de sortir de son silence obstiné.

Des bribes de la scène avec Nick tournaient en boucle dans ses pensées. Quant à la confrontation avec Leah, elle lui laissait un goût amer dans la bouche. Elle était révoltée, indignée, écœurée. Et son ressentiment se transformait en silence de plomb.

Lorsque le taxi s'immobilisa devant son immeuble, elle se prépara à prendre froidement congé de Nick. Mais il descendit sans un mot, la rejoignit sur le trottoir et l'attrapa de nouveau par le bras. Sans faire le moindre commentaire, Ruth pénétra dans l'immeuble à son côté.

Elle était parfaitement consciente qu'elle ne cherchait qu'une chose : le conflit. La plus petite provocation suffirait à le faire éclater. Elle était comme une cocotte-minute — pleine de vapeur brûlante qui ne demandait qu'à s'échapper.

Parvenue sur son palier, elle sortit ses clés, ouvrit et entra sans se préoccuper de ce que devenait Nick. S'il voulait s'en aller, libre à lui. De toute façon, elle n'était pas d'humeur à faire des civilités.

Nijinski descendit de sa place consacrée sur le canapé et

atterrit d'un bond souple sur le tapis. Loyal jusqu'au bout des griffes, il vint d'abord se frotter à ses chevilles avant de consacrer son attention à Nick.

Ruth entendit ce dernier murmurer des mots d'affection en russe tandis qu'il se baissait pour caresser le chat. Toujours murée dans son silence, elle passa dans sa chambre et déballa son sac de danse.

Elle prit son temps à dessein — par pure provocation. Aucun son ne lui parvint du séjour pendant qu'elle jetait ses collants et son T-shirt dans la corbeille à linge. Avec un soin méticuleux, elle rangea ses chaussons. Puis elle retira ses épingles à cheveux une à une. Une partie de son mal de tête se trouva soulagée par le relâchement de la tension sur ses tempes. Elle se brossa les cheveux mèche après mèche, jusqu'à ce qu'ils soient lisses et soyeux sous les doigts.

Et, toujours, l'appartement restait plongé dans le silence.

Pendant dix bonnes minutes, Ruth continua à s'activer dans sa chambre, enchaînant les tâches insignifiantes. Et Nick ne se manifestait toujours pas. Les nerfs à vif, elle décida qu'il ne lui restait plus qu'un moyen pour décharger la tension qui ne cessait de monter : manger. Après avoir noué ses cheveux dans la nuque à l'aide d'un ruban, elle sortit de la chambre.

Et trouva Nick dormant du sommeil du juste sur le canapé. Estomaquée, elle s'immobilisa net. Il était allongé sur le dos avec Nijinski ronronnant, roulé en boule sur la poitrine. Sa respiration était profonde, régulière.

Tout le ressentiment qu'elle avait accumulé ce jour-là s'évanouit en fumée.

« Il est épuisé », comprit Ruth, le cœur serré. Il suffisait de le regarder pour que les signes de fatigue sautent aux yeux. Alors pourquoi n'avait-elle rien remarqué jusqu'à présent ?

Parce qu'elle avait été trop centrée sur elle-même. Trop occupée à se lamenter sur son propre sort pour se rendre compte de ce que Nick traversait.

Dans la détente du sommeil, ses joues paraissaient creusées et ses yeux étaient cernés de mauve. Envahie par la culpabilité,

Ruth soupira. Des larmes lui montèrent aux yeux, mais elle s'interdit de les verser.

« Assez pleuré comme ça », décréta-t-elle fermement en se levant pour prendre un plaid en mohair qu'elle drapa sur lui avec soin. Nick gémit dans son sommeil mais ne broncha pas. Seul Nijinski, délogé, darda sur elle un regard lourd de reproche. Mais sitôt réinstallé sur la couverture, le chat ferma les yeux et recommença à ronronner.

Quant à Ruth, elle se pelotonna dans un fauteuil, les jambes repliées sous elle. Et, le cœur apaisé, elle regarda son amant dormir.

Il faisait nuit noire dans l'appartement lorsque Nick ouvrit les yeux. Désorienté, il pressa les doigts sur ses paupières. Un poids pesait sur sa poitrine. Portant une main à son torse, il perçut la douceur d'une fourrure. Nijinski ronronna de plus belle et se mit à enfoncer puis à sortir ses griffes à un rythme régulier. Les ongles félins traversaient le tissu de sa chemise, venaient s'incruster jusque dans sa peau.

— Aïe, protesta Nick en repoussant le chat. Tu as une drôle de façon de manifester ton affection, *priyatel*.

De la porte ouverte de la cuisine, tombait une flaque de lumière. Nick demeura un instant assis, le temps de se réveiller complètement, puis il se leva et s'étira longuement.

Ruth se tenait devant la cuisinière. Elle avait noué ses longs cheveux dans son dos, dégageant ainsi la finesse de son profil. Elle avait un visage d'une extraordinaire délicatesse avec un nez menu, des yeux en amande. Ses lèvres étaient légèrement entrouvertes — des lèvres douces et généreuses, dont il pouvait retrouver le goût et la texture rien qu'en les observant à distance. Elle avait le cou long et élégant, typique des ballerines. Il connaissait l'endroit précis de sa nuque où la peau était la plus fine, la plus sensible.

Dans la lumière crue du néon, Ruth avait l'air très jeune, très fragile. A vingt-deux ans, elle n'était guère différente de la jeune fille qu'il avait vue pour la première fois sur un parking enneigé, sous un soleil éclatant, devant le studio de danse de Lindsay.

Percevant soudain sa présence, Ruth tourna la tête. Leurs regards se trouvèrent, restèrent rivés l'un à l'autre.

Elle s'humecta les lèvres.

— Tu commençais à bouger dans ton sommeil. Je pensais que tu aurais faim en te réveillant. Une omelette, ça te va ?

— Très bien, oui.

Il s'adossa au montant de la porte pendant que Ruth se concentrait sur sa cuisine. Un coup d'œil à sa montre lui apprit qu'il était à peine 9 heures du soir. Il avait dormi un peu moins de deux heures. Et il se sentait régénéré, comme s'il avait une nuit entière de sommeil derrière lui.

— Je peux t'aider ?

Ruth garda les yeux rivés sur les œufs qui s'opacifiaient dans la poêle.

— Sors les assiettes, si tu veux. J'ai presque fini la première omelette.

Du coin de l'œil, elle vit Nick préparer le couvert. Elle se sentait curieusement intimidée, comme si elle avait affaire à un étranger.

— Tu aimerais manger autre chose, peut-être ?

— Mais non, pourquoi ? C'est bien comme ça.

Elle fit glisser les œufs sur une assiette et la lui tendit.

— Tiens, prends celle-ci et commence à manger. J'arrive dans une minute avec le café.

Nick s'exécuta docilement et disparut dans le séjour. Elle finit de préparer sa propre omelette, puis débrancha la cafetière et alla s'installer en face de Nick après les avoir servis en café l'un et l'autre.

— C'est bon, commenta Nick entre deux bouchées.

Evitant son regard, Ruth commença à manger à son tour.

— Je te remercie de m'avoir laissé dormir, déclara Nick, après un temps de silence en notant qu'elle touchait à peine au contenu de son assiette. J'en avais besoin. Besoin de sommeil et besoin de nourriture.

— Tu as l'air tellement fatigué, murmura-t-elle. Je n'imaginais même pas que pour toi, cela pouvait être difficile aussi.

Une lueur amusée passa dans le regard de Nick.

— Je vois… Davidov l'Indestructible.

Ruth se risqua à lever les yeux de son assiette.

— Je crois que c'est la vision que j'ai toujours eue de toi. La vision que chacun de nous a de toi, d'ailleurs.

— Mais tu n'es plus « chacun de nous », Ruth.

Lorsqu'il vit les larmes briller dans ses yeux noirs, Nick sentit sa poitrine se nouer.

— Mange ! ordonna-t-il d'un ton rogue. La journée n'a pas été facile.

Luttant pour se redonner une contenance, Ruth prit sa tasse de café. Elle avait eu sa dose de scènes pour la journée.

— Je n'ai pas vraiment faim.

Nick haussa les épaules et continua à avaler sa propre omelette à grandes bouchées.

— Ça sent le brûlé, commenta-t-il au bout de quelques minutes de silence tendu.

Ruth poussa un cri, se leva d'un bond et se précipita dans la cuisine.

Une colonne de fumée grise montait de la poêle à frire dont la surface commençait à se fendiller. Jurant avec force, elle tourna le bouton du gaz qu'elle avait laissé allumé et gratifia la cuisinière d'un coup de pied hargneux.

— Hé là, doucement, s'éleva la voix de Nick en provenance de la porte. Je ne veux pas d'une partenaire avec un orteil cassé.

Exaspérée, Ruth se tourna vers lui avec une riposte fleurie aux lèvres, prête à laisser sa colère se déchaîner. Mais il lui sourit et ce fut comme si le petit garçon de la légende avait retiré le doigt qui retenait l'eau derrière la digue. Elle fondit en larmes.

— Oh Nick, sanglota-t-elle en se jetant à son cou. J'ai été tellement nulle aujourd'hui. J'ai dansé comme un pied.

Il enfouit les lèvres dans ses cheveux.

— Pas du tout. Tu as dansé magnifiquement. Surtout une fois que tu t'es mise en colère contre moi.

Ruth renversa la tête en arrière pour le regarder. Elle savait que Nick ne lui mentirait jamais au sujet de ses prestations sur scène. Pas même pour la consoler.

— Je n'avais pas le droit de défouler ma colère contre toi comme je l'ai fait. J'étais tellement obnubilée par mes petits bobos que je ne me suis même pas rendu compte que tu étais encore plus éreinté que moi. Tu as toujours su donner l'illusion de la facilité. Je sais que c'est un leurre qui nous est propre, à nous danseurs. Et pourtant je m'y suis laissé prendre quand même.

— Tu n'aimes pas les caméras.

— Je les déteste. C'est affreux de danser dans ces conditions.

— Mais c'est utile. Pour toi, pour moi, pour la compagnie.

— Je sais, Nick.

Elle se dégagea de ses bras, se donnant un peu de distance pour admettre à voix basse.

— Je hais la façon dont j'ai exhibé mes faiblesses, aujourd'hui. Jamais, je n'aurais pensé que j'en arriverais là : pleurer devant l'équipe de télévision, me déchaîner contre toi en public.

— Tu es une artiste, Ruth. Je t'ai déjà dit que l'on acceptait de nous ce que l'on n'admet pas toujours chez le commun des mortels. Nous avons droit à nos caprices, nos revirements, nos crises et nos coups d'éclat.

Ruth secoua la tête.

— Un danseur ne devrait jamais s'effondrer en public. Mais ce qui me chagrine par-dessus tout, c'est de me rendre compte que je peux être centrée sur moi-même au point d'en oublier autrui.

— Tu ne devrais pas porter des jugements aussi durs sur ta personne, Ruth. La femme que j'aime n'est ni indifférente ni égoïste.

— Je l'ai été aujourd'hui, en tout cas. Toute la journée je n'ai pensé qu'à moi, à mes maux, à mon exaspération, aux exigences dont on m'accablait. Il a fallu que je te voie endormi, terrassé par la fatigue, pour revenir enfin à une vision un peu plus équilibrée de la réalité. Je le *savais* pourtant que tu travaillais quasiment jour et nuit depuis le début des répétitions pour le documentaire ! Moi, je n'ai rien d'autre à faire qu'à danser, alors que tu as tes fonctions de chorégraphe, les autres répétitions à superviser, les réunions et tout le reste. Mais je ne me préoccupais que de ces horribles caméras et de la douleur dans mes mollets.

Elle s'interrompit sur un léger frisson de dégoût.

— Cela me fait penser aux accusations de Donald. J'ai l'impression de ne pas être si éloignée, au fond, du portrait qu'il a brossé de moi.

— Arrête.

Nick fit un pas en avant et la saisit fermement par les épaules.

— Nous sommes des danseurs, Ruth. Nos corps sont nos plus précieux instruments — nos Stradivarius à nous. Et nous ne pouvons faire autrement que d'en prendre un soin jaloux. Comment survivrions-nous autrement ? Cela n'enlève rien à notre valeur en tant que personne. Nous sommes différents des autres, voilà tout. C'est notre façon d'être.

— Nous sommes égoïstes par vocation, tu veux dire ?

— Faut-il absolument mettre une étiquette ? Porter un jugement moral ?

Les mains toujours posées sur ses épaules, il lui imprima une légère secousse avant de l'attirer dans ses bras.

— Egoïstes, si tu veux. Ou obsédés, si tu préfères. Passionnés ou engagés me paraît convenir aussi. Et quelle importance, au fond ? Est-ce que cela change quelque chose à ce que tu es ? A ce que je suis ?

Ruth ferma les yeux lorsque la bouche de Nick vint cueillir la sienne. Dès les premières secondes, le baiser fit monter en elle un gémissement sourd venu des profondeurs intimes de son être. Les lèvres de Nick étaient possessives et tendres, suscitant en elle des milliers de petites flammes de joie. Il la serra avec force contre lui.

— Voilà comment j'aurais voulu t'embrasser lorsque tu étais assise par terre sur scène, ce matin, avec tes jambes qui te faisaient souffrir le martyre et les larmes d'humiliation qui roulaient sur tes joues, chuchota-t-il contre ses lèvres. Est-ce que tu me détestes de ne pas l'avoir fait ?

Elle se pressa encore plus étroitement contre lui.

— Non, je ne te déteste pas, Nick. Mais j'avais tellement envie que tu sois tendre.

— Tu n'aurais pas pu recommencer à danser si je t'avais réconfortée. Je le savais parce que je te connais, Ruth.

Il lui souleva le menton pour plonger son regard dans le sien.

— Cela fait-il pour autant de moi un égoïste et un indifférent ?

— Cela fait de toi que tu es Davidov.

Ruth soupira avant de conclure sur un sourire :

— Et c'est tout ce que je désire, en fait.

— Et toi, tu es toi, chuchota-t-il en se penchant sur ses lèvres. Et je n'en demande pas plus.

— A t'entendre, ce serait une évidence… La vie est-elle réellement si simple, Nick ?

— Ce soir, oui, elle est simple, trancha-t-il en la soulevant dans ses bras pour l'emporter jusque dans la chambre.

13

Discrètement assise dans un coin de la salle, Ruth assistait au tournage d'une scène de groupe de *Rodéo.* Les trois séquences où elle dansait avec Nick étaient déjà enregistrées et en cours de montage. Au final, ses apparitions dans le documentaire représenteraient huit à neuf minutes tout au plus. Mais il avait fallu trois journées entières de travail harassant pour parvenir à ce modeste résultat.

Peu à peu, malgré ses réticences, elle avait appris à adapter son jeu et à apprivoiser les caméras. Mais elle savait qu'elle ne partagerait jamais l'enthousiasme de Nick pour les charmes de l'enregistrement audio-visuel.

Il l'avait mise au défi de le dépasser dans leur pas de deux extrait du *Carnaval.* Derrière son masque d'Arlequin, il avait montré une incroyable agilité, une exubérance inégalable. Et par ses bouffonneries et ses cabrioles, il avait su susciter en elle une Colombine au charme piquant, animée par une singulière joie de vivre.

Fascinée, Ruth regardait Nick aller et venir sur scène alors que la troupe faisait un dernier filage avant le tournage définitif de *Rodéo.* Même lorsqu'il ne dansait pas lui-même, Nick rayonnait d'une formidable énergie.

Tandis que le corps de ballet évoluait dans des tenues du Far West, Nick, vêtu de son éternel survêtement gris informe, guidait ses danseurs avec son habituelle maestria. Non seulement il ne se fondait pas dans le décor, malgré sa tenue passe-partout, mais on ne voyait que lui sur scène.

Ruth était bien placée pour savoir qu'il vivait à un rythme quasiment infernal depuis plusieurs semaines. Et c'était lui, pourtant, qui portait la compagnie à bout de bras avec sa vitalité inépuisable. « Comment fait-il pour tenir ? Où puise-t-il sa force, sa capacité d'action, son élan créateur ? » se demanda-t-elle, impressionnée. Les paroles de Leah lui revinrent à la mémoire. Nick n'avait-il réellement plus que deux maigres années devant lui en tant que danseur ? Penser que son âge pourrait le forcer à s'arrêter lui était presque intolérable. Il avait l'air si jeune, encore ! En tant que chorégraphe, compositeur et directeur artistique, il était encore considéré comme un jeune homme. Mais pour le danseur noble, le temps était compté.

Nick en avait forcément conscience. Appréhendait-il cette échéance qui se profilait quelque part devant lui ? Ruth n'en avait aucune idée. Il ne parlait jamais de son avenir en tant que danseur. Pas plus d'ailleurs qu'il n'évoquait son passé. Il y avait tant de choses qu'elle ignorait encore de lui et qu'elle aurait pourtant eu à cœur de savoir.

Chaque fois qu'elle essayait de l'orienter sur des sujets personnels — comme son enfance moscovite, par exemple — Nick s'arrangeait pour éluder. Ce n'était pas par simple curiosité pourtant qu'elle le questionnait sur son passé. Il n'y avait aucune indiscrétion dans son désir de revisiter avec lui quelques pages de son enfance.

Elle n'avait jamais été d'un naturel inquisiteur. Discrète et réservée de son côté, elle pouvait comprendre mieux que personne que l'on ressente le besoin de préserver une part secrète de soi-même. Mais dans la mesure où elle aimait Nick de toute son âme, il lui paraissait naturel de partager.

Lui-même n'était pas de cet avis, de toute évidence. Même s'il se montrait très amoureux, il ne s'exprimait jamais qu'avec la plus extrême réticence sur ses craintes et sur ses projets. Peut-être parce qu'il la voyait encore comme une petite fille qu'il fallait préserver des « vrais » problèmes de l'existence ?

Ruth soupira. Parviendrait-elle un jour à le convaincre qu'elle avait la maturité nécessaire pour l'entendre et le soutenir lorsqu'il traversait des moments de doute ? Qu'elle ne l'aimait pas seulement pour partager ses joies mais également ses coups de blues et ses difficultés ?

Les hymnes américains, les mélodies folkloriques et les rythmes jazzy de *Rodéo* emplissaient la salle. C'était une musique vivante, joyeuse qui vibrait de l'énergie de la danse. Debout derrière le caméraman, les poings sur les hanches, Nick observait le corps de ballet qui incarnait la rude existence des pionniers du Far West.

Les yeux rivés sur Nick, Ruth sentit une vague de chaleur lui monter aux joues. Mille questions se pressaient dans son esprit fiévreux. Porterait-elle toujours sur lui ce même regard amoureux ? Garderait-il à jamais le pouvoir de la toucher et de l'éblouir ?

Etre amoureuse d'une légende vivante avait quelque chose de terrifiant par moment.

Ils n'étaient ensemble que depuis quelques semaines. Et déjà les exigences liées à leurs carrières respectives avaient pesé sur leur relation. La danse constituait à la fois un lien et un obstacle entre eux. Tant qu'ils étaient ensemble dans son appartement, le monde extérieur n'avait aucune prise sur eux. Ils étaient amants et rien d'autre qu'amants.

Mais chaque jour, ils retrouvaient les feux des projecteurs. Et dans l'univers de la danse qui consumait l'essentiel de leurs deux existences, Davidov était un maître — une idole.

— J'ai l'impression que Nick s'en sort magistralement, comme d'habitude, commenta Nadine en se glissant dans un siège à côté d'elle.

Arrachée en sursaut à ses réflexions, Ruth revint au moment présent et concentra son attention sur la scène. Les musiciens s'étaient interrompus. Nick s'adressait à ses danseurs avec force gesticulations tandis que le réalisateur s'entretenait avec l'ingénieur du son.

Ruth hocha la tête.

— C'est vrai que Davidov s'y entend pour galvaniser ses troupes, répondit-elle avec une neutralité délibérée.

— Ce qui ne l'empêche pas d'être comme un petit garçon qui vient de recevoir un train électrique.

Elle tourna un regard interrogateur vers Nadine.

— Un train électrique ?

— La télévision, les caméras... Ce tournage a l'air d'avoir renouvelé ses perspectives. Il déborde de nouveaux projets.

Le cœur battant, Ruth fixa de nouveau son attention sur Nick.

— C'est un vrai créateur, en effet. Il est toujours à l'affût de ce qui pourrait nourrir son inspiration.

Nadine hocha la tête.

— Les séquences que tu as tournées se sont bien passées, en tout cas.

— Bien passé ? répéta Ruth avec un rire de dérision. C'est une façon de parler.

— Tu as eu quelques petits problèmes pour t'adapter. Mais ce n'est pas gênant. Ce qui compte, c'est le résultat.

— Vous avez assisté au tournage ?

— Tu sais bien que j'ai toujours un œil qui traîne un peu partout.

Ruth lui jeta un regard en coin. Nadine avait forcément eu vent de sa chute ainsi que de la scène qui avait suivi. Alors pourquoi lui faisait-elle des compliments ?

— Vous êtes rarement aussi charitable avec vos danseurs, d'habitude, ne put-elle s'empêcher d'observer.

Un sourire effleura les lèvres de Nadine.

— La charité est un luxe au-dessus de mes moyens, Ruth. On ne peut être que férocement honnête quand on occupe une position comme la mienne.

La musique reprit. Tout en surveillant d'un œil d'aigle ce qui se passait sur scène, Nadine poursuivit ses commentaires :

— Si je te dis que tu as bien dansé, c'est parce que j'ai vu l'enregistrement. Il est magnifique. Même si le tournage a été laborieux, le résultat est enthousiasmant.

— Ça y est ? Vous avez visionné les premières séquences ? s'écria Ruth, le cœur battant.

Nadine hocha la tête.

— A priori, le documentaire devrait être une réussite. Je peux te dire en toute franchise que vous êtes parvenus, Nick et toi, à un degré rarement atteint d'expressivité et de perfection technique. Je ne pensais pas que Nick retrouverait un jour une partenaire qui égalerait Lindsay. Et pourtant, c'est chose faite. Même si vos styles diffèrent du tout au tout, bien sûr. Lindsay était la légèreté même. Lorsqu'elle s'élevait dans un saut, on aurait dit qu'elle se fondait dans l'air. Elle était si aérienne que l'impression créée était quasiment mystique. Alors que toi, tu combats l'air, tu défies la gravité.

Ruth réfléchit à la comparaison et la trouva pertinente.

— Voir danser Lindsay a été une des expériences les plus déterminantes de mon existence. C'était une ballerine prodigieuse.

Le visage de Nadine se durcit.

— Je ne te le fais pas dire. Qu'une danseuse de la valeur de Lindsay disparaisse de la scène avant d'être allée au bout de ses potentialités est un gâchis regrettable. C'est bien dommage qu'elle ait laissé des considérations d'ordre privé primer sur ses impératifs de carrière.

Choquée, Ruth vola au secours de son amie.

— Lindsay n'a pas eu le choix, après l'accident de voiture qui a coûté la vie à son père ! Elle ne pouvait pas abandonner sa mère dans l'état où elle était.

Détournant son attention de la scène, Nadine la regarda droit dans les yeux.

— Je ne crois pas à la fatalité, Ruth. La vie est faite d'une succession de choix. Et notre destin s'organise en fonction.

— Lindsay n'a fait que son devoir !

— Lindsay a *choisi* de renoncer à la danse professionnelle, rectifia Nadine. Et c'est son droit. En ce qui me concerne, je n'ai jamais eu qu'une seule priorité ma vie durant. Et j'aimerais pouvoir penser qu'il en va de même pour tous mes danseurs. Mais le croire serait un leurre. Tu as le feu intérieur, le talent et la jeunesse, Ruth. Autrement dit, tous les atouts pour réussir sont réunis entre tes mains. Lindsay avait juste commencé à imprimer sa marque dans le monde de la danse classique lorsqu'elle s'est retirée définitivement. Cela m'ennuierait beaucoup s'il devait t'arriver la même chose. Je n'ai pas envie de te perdre, ma fille.

Surprise par la mise en garde à peine déguisée de Nadine, Ruth en oublia de suivre le spectacle sur scène.

— Et qu'est-ce qui vous fait penser que vous pourriez me perdre ? s'enquit-elle, sur la défensive.

— Les danseurs sont des êtres de passion.

— C'est ce qu'on raconte, oui, répondit Ruth sèchement. Mais cela ne répond pas à ma question.

Nadine poussa un léger soupir.

— Pour dire les choses brutalement : vous représentez deux atouts majeurs pour la compagnie, Nick et toi. Mais si je me retrouve en position de choisir entre toi et lui, je serai obligée de donner la priorité à Nick.

La directrice de la compagnie marqua un temps de pause pour lui laisser le temps de digérer ses paroles.

— Il se pourrait qu'entre vous les choses… tournent mal, disons. Et que vous en arriviez à un stade où il vous deviendra impossible de travailler encore ensemble. Or la compagnie ne peut pas se permettre de perdre Davidov.

— Je vois.

Détournant les yeux, Ruth contempla fixement la scène.

— Cela fait un moment que je vous observe, tous les deux, Ruth. Et j'ai pensé que le meilleur service que je pouvais te rendre, c'était de te donner clairement mon avis.

— Vous avez tenu le même discours à Nick ?

Le regard de Nadine se posa sur l'intéressé qui conversait à bâtons rompus avec l'un des techniciens.

— Non. Ou en tout cas, pas en termes aussi clairs. Je le ferai, naturellement, si cela devient nécessaire. J'espère que ce ne sera jamais le cas.

— De nombreux couples se font et se défont au sein de la compagnie, riposta Ruth, les mâchoires crispées. Certaines histoires se terminent même par des mariages. Vous vous autorisez chaque fois à vous mêler de la vie privée de vos danseurs ?

Nadine haussa les sourcils.

— J'ai toujours pensé que tu cachais un tempérament de feu sous ton air réservé et tes manières impeccables. Je suis ravie de constater que j'avais raison… Il va sans dire que tant que ce qui se passe au dehors ne rejaillit pas sur votre façon de danser, je n'ai aucune raison d'intervenir.

Elle se tut un instant et la regarda de nouveau droit dans les yeux.

— Mais tu sais aussi bien que moi que Nick n'est pas qu'un simple danseur. Il a toujours été l'âme de cette compagnie.

Ruth croisa nerveusement les mains sur les genoux.

— Je n'en doute pas. Mais si j'en juge d'après les compliments que vous venez de faire, ma relation avec Nick n'a pas eu d'incidence négative sur nos prestations jusqu'ici.

— Pas encore, non… Et avec un peu de chance, il continuera à en aller de même. J'ai beaucoup d'affection pour toi, Ruth. Contrairement à ce que tu pourrais penser, je ne t'ai pas dit tout cela pour le simple plaisir de te persécuter. Je veux simplement que tu saches à quels risques tu t'exposes.

Nadine s'interrompit pour consulter sa montre.

— Il faut que je file. J'ai rendez-vous avec un banquier dans une demi-heure. Un nouveau mécène pour nous, avec un peu de chance. Porte-toi bien, Ruth.

Sur scène, Nick observait ses danseurs. Il les voyait à la fois individuellement et dans leur ensemble. Rien n'échappait à son attention vigilante : ni la posture ni la technique ; ni la musicalité ni l'expression. Le corps de ballet était le vivier toujours en mouvement dans lequel il puisait ses futurs nouveaux solistes. Et pour cela, il devait suivre de près les progrès de chacun. Parmi les membres actuels de la troupe, il en avait déjà repéré deux dont il comptait bientôt faire des solistes.

Il y avait également une toute jeune fille, de moins de dix-huit ans encore, à laquelle il s'intéressait de très près. Elle avait à la fois un côté très éthéré, une beauté fragile et lunaire et une rapidité remarquable. Par certains aspects, la jeune Astrid lui rappelait Lindsay. Déjà, il la voyait dans le rôle de Carla dans leur prochain *Casse-noisette*. Il faudrait qu'il pense à persuader Mme Maximova de lui donner des cours particuliers.

Le réalisateur cria quelque chose et interrompit le tournage. Nick s'avança pour prodiguer quelques encouragements à ses danseurs. Ils travaillaient sur la même scène depuis plus de deux heures et la fatigue commençait à se faire sentir.

Du coin de l'œil, il vit Nadine sortir du théâtre par l'arrière. Lorsqu'elle faisait passer des auditions pour le corps de ballet, elle lui rappelait un faucon prêt à fondre sur ses jeunes proies innocentes. Pauvres gamins. Avaient-ils conscience, au moins, que pour la plupart d'entre eux, ils jouaient un jeu de dupes ? Seule une infime proportion d'entre eux pousserait leur carrière au-delà du corps de ballet. De nouveau, son regard glissa sur Astrid qui exécutait une pirouette entre les bras de son partenaire.

Celle-ci, en tout cas, avait toutes ses chances. Dans deux ans, si elle continuait ainsi, elle talonnerait Ruth de près. Nick sourit en se remémorant l'entrée de Ruth dans le corps de ballet. Elle était encore discrète, timide et repliée sur elle-même, à l'époque. Et si jeune…

Mais déjà, en ce temps-là, son tempérament de feu s'était exprimé dans la danse. Et il l'avait désirée. Dès le premier instant, en fait. Chaque fois qu'elle avait dansé devant lui, il avait ressenti le même élan, le même ébranlement intérieur.

Surpris par sa propre réaction, il s'était tenu à distance et l'avait vue s'ouvrir, s'épanouir, gagner en assurance.

Cinq ans. Il l'avait attendue pendant cinq ans et à présent, elle était sienne. Enfin sienne. Mais au lieu de s'en réjouir, il en voulait plus encore. De temps en temps, ses obligations le retenaient jusqu'à tard le soir et il rentrait seul dans son appartement vide. Et plus le temps passait, plus il trouvait la séparation intolérable.

Etait-ce en réaction à cette attente interminable de cinq ans qu'il était torturé aujourd'hui par une pareille impatience ? Il devait lutter contre lui-même en permanence pour ne pas exiger d'elle un engagement total.

Il avait la ferme intention de lui laisser du temps, pourtant.

Ruth était beaucoup trop jeune, trop inexpérimentée encore. De quel droit lui mettrait-il la pression alors que sa vie de femme et d'adulte commençait à peine ? Le « je t'aime » qu'il lui avait lancé inconsidérément lui avait échappé par mégarde. Inutile de préciser que lorsqu'il l'avait vue se pétrifier, le dos tourné, il avait vécu un véritable enfer. Jusqu'au moment où elle était venue à lui et qu'elle lui avait déclaré son amour à son tour.

Pendant les quelques secondes interminables qui avaient précédé la réponse de Ruth, il avait connu une peur panique. Une peur qui avait toujours été absente jusqu'à présent de ses relations avec les femmes.

Cette emprise qu'elle exerçait sur lui suscitait parfois chez lui une colère qui confinait à la rébellion. Par moments, il se révoltait, tempêtait, aspirait à retrouver son indépendance. A redevenir *lui-même*. Aucune femme, jamais, n'avait investi ses pensées de façon aussi lancinante. Mais au lieu de se donner à lui entièrement, Ruth gardait une certaine réserve. Ce qui avait le don de le rendre à moitié fou.

Il la voulait à lui. De façon absolue et radicale. Sans retenue et sans secrets. Et plus le temps passait, plus il avait du mal à contenir son impatience. Même maintenant, alors qu'il avait l'esprit entièrement occupé par la danse, il savait qu'elle était là, quelque part dans la salle. Comme s'il avait développé une sorte de sixième sens pour repérer sa présence.

De nouveau, la colère flamba en lui. *Personne* ne devrait avoir le pouvoir de l'obséder ainsi. Il était furieux de la savoir là mais il n'aurait pas supporté non plus qu'elle soit ailleurs.

C'était à devenir fou.

Les mots qu'il avait prononcés lorsqu'il avait débarqué chez elle en pleine nuit devenaient de plus en plus vrais à mesure que le temps passait. Il avait *besoin* d'elle.

Enfin, le tournage de la scène extraite de *Rodéo* touchait à sa fin. Nick échangea ses impressions avec le réalisateur pendant que les danseurs épuisés quittaient la scène. Direction : les vestiaires où les jets bienfaisants des douches apaiseraient leurs membres douloureux et brûlants.

Les musiciens s'étirèrent et commencèrent à bavarder entre eux en rangeant leurs instruments.

— Soyez de retour dans une heure, s'il vous plaît ! cria Nick.

Il ne reçut pour toute réponse que quelques grognements. Les projecteurs s'éteignirent et la température sur le plateau chuta sensiblement. Les techniciens évoquèrent le restaurant italien du coin et se proposèrent d'aller manger une pizza tous ensemble. Nick déclina leur offre en riant lorsqu'ils lui demandèrent de se joindre à eux.

— Mais si vous voulez manger un yaourt et une barre de céréales à la cantine avec nous, c'est de bon cœur, proposa-t-il à la ronde.

Son offre fut refusée à l'unanimité par l'équipe de télévision horrifiée. Toujours souriant, Nick glissa le bras autour de la taille de Ruth lorsqu'elle monta le rejoindre sur scène.

— Alors ? Tes impressions ?

— C'était superbe, répondit Ruth en toute sincérité.

Nick se pencha pour l'embrasser. Elle ferma les yeux et chassa résolument les propos de Nadine de ses pensées.

— Pour un Russe, tu as des affinités étonnantes avec l'héritage culturel américain, commenta-t-elle en riant.

— J'ai toujours pensé que je ferais un cow-boy très crédible.

Avec un large sourire, il prit un Stetson sur la pile abandonnée par les danseurs. D'un geste théâtral, il le plaça sur sa tête.

— Et voilà. Il ne me manque plus que les revolvers. Deux six coups devraient faire l'affaire, *baby doll*.

Ruth l'examina en riant.

— Ça te va bien, en fait, décida-t-elle en rabattant le chapeau sur son front. Vous avez des cow-boys, en Russie ?

— Non, des cosaques. Ce n'est pas tout à fait la même chose.

Il sourit en lui caressant le bras.

— Tu as faim ? J'ai une heure pour me restaurer avant la reprise du tournage.

— Je mangerais bien quelque chose, oui.

Il lui passa le bras autour des épaules et l'entraîna avec lui, en jetant le chapeau au passage.

— On va prendre un plateau et on le montera dans mon bureau, lui glissa-t-il à l'oreille. J'ai envie d'être seul avec toi.

Dix minutes plus tard, Nick refermait la porte de son cabinet de travail derrière eux.

— Un peu de musique pour accompagner ce repas gastronomique ?

Pendant que Ruth posait leurs salades de fruits sur le bureau, il se dirigea vers la chaîne et mit un CD de Rimsky Korsakov. Il baissa le volume du son et la rejoignit près du piano.

— Avant tout : ceci, chuchota-t-il en l'entourant de ses bras.

Ruth leva le visage vers lui, prête à recevoir son baiser. Sa sensualité spontanée attisa le feu contenu qui faisait continuellement rage en lui. Avec un grognement possessif, il glissa les doigts dans ses cheveux et l'embrassa. Elle répondit à son baiser avec avidité et glissa les mains sous son sweat-shirt, dans son dos. Il laissa courir presque sauvagement les lèvres sur son visage, comme s'il pouvait la dévorer tout entière.

— Embrasse-moi encore, exigea-t-elle en immobilisant sa bouche errante avec la sienne.

Le baiser fut orageux, dévastateur. Comme si, dans la simple rencontre de leurs lèvres, Nick laissait parler la source même de son désir, exprimait ses besoins les plus profonds et les plus secrets. Ruth, le souffle coupé, attendit, le cœur battant. Il lui mordilla la lèvre jusqu'à ce qu'elle gémisse d'excitation. Puis il plongea la langue dans sa bouche, l'embrassant plus éperdument encore.

Les yeux clos, Ruth émit une suite de petits sons discontinus. Il ne l'avait même pas caressée et déjà son corps était en feu. Elle poussa un soupir de satisfaction lorsqu'il glissa les mains sous son pull et pétrit doucement ses seins.

Juste à ce moment, le téléphone sonna sur le bureau. Nick jura avec force. Il se retourna d'un mouvement furieux, arracha l'écouteur du combiné et aboya :

— Qu'est-ce qu'il y a ?

Les jambes coupées par l'intensité de leurs étreintes, Ruth se laissa tomber dans un fauteuil.

— Non, je ne peux pas le recevoir maintenant ! criait Nick au téléphone. Je suis occupé, c'est tout.

Ce n'était pas la première fois que Ruth entendait Nick se déchaîner ainsi sans raison. Elle eut une pensée compatissante pour son malheureux interlocuteur.

— Tant pis pour lui, vociféra-t-il dans le combiné. Il attendra. Je n'ai pas que ça à faire, Nadine.

Ruth tressaillit. *Nadine* ? Personne au monde ne se permettait de lui parler sur ce ton. Du moins… personne, sauf Davidov, de toute évidence.

— Oui, oui, je sais… Nous avons besoin d'argent, oui. La compagnie a *toujours* besoin d'argent. Bon, très bien. Je le verrai dans vingt minutes… Non, non, pas une seconde avant, trancha-t-il en raccrochant.

Il se tourna vers elle, le regard encore brillant d'exaspération.

— Un mécène potentiel veut me voir, apparemment. Et c'est à moi de faire en sorte qu'il ouvre les cordons de sa bourse.

Jurant tout bas, Nick enfonça les mains dans ses poches.

— Il y a des moments où ces histoires d'argent me sortent carrément par les yeux. Il faut passer son temps à en extorquer aux uns et aux autres. S'abaisser à plaider, à convaincre, à faire du charme. Pendant des années, j'ai pu me contenter de danser. Mais aujourd'hui, les contraintes et les responsabilités se sont accumulées. Le monde extérieur ne nous laisse pas beaucoup de temps, Ruth.

Elle tenta de l'apaiser.

— Viens manger, Nick. Vingt minutes suffisent amplement pour avaler une salade de fruits et une barre énergétique.

— Je ne parle pas seulement de maintenant !

Consciente qu'il était sur le point d'entrer dans une de ces colères homériques, Ruth se prépara mentalement aux déchaînements qui allaient suivre.

— Cette nuit, j'avais envie de la passer avec toi ! Même chose pour la précédente. Et pour toutes celles où je me suis retrouvé à dormir seul. J'ai besoin d'autre chose que d'une relation en pointillés ! Dans la journée, on se croise ; le soir je suis pris pratiquement toute la semaine. Et les week-ends, on ne sait même pas ce que c'est, dans ce métier !

— Nick, toi et moi, nous…

Mais il était trop remonté pour lui laisser terminer sa phrase.

— Je veux que tu viennes t'installer chez moi. Qu'on vive ensemble, un point c'est tout. Ça commence à bien faire, bon sang !

Ruth en oublia ce qu'elle avait voulu lui dire. Elle regarda Nick, abasourdie. Dressé devant elle, il était l'image même de la fureur revendicatrice.

— Tu… tu aimerais que j'emménage chez toi ? balbutia-t-elle.

— Oui. Aujourd'hui. Ce soir.

Ruth avait de plus en plus de mal à rassembler ses pensées.

— Dans ton appartement ?

— Dans mon appartement, oui, bien sûr ! Il y a largement de la place pour deux.

D'un geste impatient, il la tira vers lui.

— Je refuse de continuer à rentrer le soir pour trouver un lit vide. Je veux que chez moi ce soit chez toi, désormais.

Ruth porta une main indécise à son front.

— Un chez-nous, tu veux dire ? Mais mes affaires…

— Et alors, tes affaires ? Où est le problème ? On fera venir un camion de déménagement ! tonna Nick en la secouant par les épaules.

Perturbée par la violence de sa réaction, Ruth se dégagea en secouant la tête.

— Laisse-moi au moins un délai de réflexion, Nick. Tu ne peux pas me demander de prendre une décision pareille en l'espace de cinq minutes.

— Pourquoi un délai de réflexion ? C'est quand même simple, non ?

Le fait qu'il jurait en anglais et non en russe trahissait chez lui un degré d'agitation extrême. Mais Ruth était trop déroutée pour se livrer à une analyse lexicale. Il lui était arrivé de fantasmer que Nick lui proposerait de tenter l'aventure de la vie commune. Mais jamais elle n'avait imaginé qu'il lui intimerait en hurlant de rassembler ses affaires et de venir s'installer chez lui sur-le-champ !

— Mais j'ai *besoin* de réfléchir, Nick ! riposta-t-elle en élevant la voix à son tour. C'est quand même la moindre des choses, non ? Tu me demandes de changer radicalement de mode de vie, de renoncer à un lieu que j'aime et que j'ai investi à fond !

Nick l'attrapa de nouveau par les épaules.

— Je veux que tu investisses désormais un endroit qui nous sera commun. Je refuse de continuer à grappiller quelques minutes ici et là pour te voir entre deux portes.

— Tu veux, tu refuses ! Il n'y a pas que toi au monde, Nikolai Davidov ! De quel droit déciderais-tu à ma place, tout à coup ? C'est de *ma* vie qu'il s'agit, à la fin ! Alors arrête d'essayer de me forcer la main, O.K. ?

— Te forcer la main, tu dis ?

Le visage contracté par la fureur, Nick la lâcha pour se diriger vers la fenêtre.

— Tu considères que je te force la main alors que je ronge mon frein à t'attendre depuis *cinq* ans ? Tu crois que c'est facile, pour un homme, de désirer une gamine et d'avoir à prendre son mal en patience pendant le temps nécessaire à une enfant pour devenir une femme ? Je vais te dire une chose, Ruth : de la patience, j'en ai eu à revendre ! Alors, *s'il te plaît*, ne m'accuse pas d'être pressé maintenant !

Ruth demeura un instant interdite.

— Qu'essaies-tu de me dire là, Nick ? Que tu étais amoureux de moi depuis le début ? Que je n'étais pas qu'une enfant insignifiante pour toi il y a cinq ans, comme tu t'appliquais à me le laisser croire ?

— Tu m'étais tout sauf indifférente, O.K. ?

— Et tu ne m'en as rien dit ? s'écria-t-elle, profondément choquée. Tu as gardé ce secret pour toi en me laissant dans l'ignorance tout ce temps ?

Les yeux bleus de Nick étincelèrent.

— Qu'aurais-tu voulu que je fasse à part me taire et te regarder grandir ? Tu étais mineure, au cas où tu l'aurais oublié.

Furieuse, Ruth rejeta ses longs cheveux dans son dos.

— C'était mon *droit* de savoir. A dix-sept ans, j'étais assez grande pour savoir si je voulais de toi ou pas ! Ce n'était pas à toi de choisir pour moi !

— Le choix, je te l'ai donné dès que tu as eu la maturité nécessaire.

— Tu me l'as *donné !*

Ruth crut qu'elle allait s'étrangler d'indignation.

— Tu es le directeur artistique de cette compagnie, Nick. Pas mon directeur de conscience ! Comment as-tu osé organiser ma vie affective pour moi, comme si tu pouvais disposer de ma personne à ton gré ?

— Mais qu'est-ce que tu crois, bon sang ? Que j'allais te sauter dessus comme une brute alors que tu étais encore mineure ? Abuser de ta confiance ? De la visible fascination que j'exerçais sur toi ? Tu me prends pour qui, au juste, là, Ruth ?

Elle était trop remontée pour percevoir que les arguments de Nick n'étaient pas entièrement dénués de fondement.

— Tu m'as toujours traitée comme si j'avais quinze ans ! s'écria-t-elle. Si tu avais pris la peine de t'intéresser à moi, tu te serais rendu compte qu'entre mon enfance itinérante, le décès prématuré de mes parents et mon expérience de la danse, j'étais devenue adulte avant même de croiser ton chemin. Et maintenant, tu es là, tranquille, à réglementer ma vie. Et tu décrètes que tu as tous les droits sur moi sous prétexte que tu m'aurais attendu pendant cinq ans. Il ne me resterait plus qu'à filer chez moi boucler mes valises pour obéir docilement aux ordres de mon Maître, c'est ça ?

Le visage de Nick se ferma.

— Tu m'avais dit que tu m'aimais, Ruth. Je pouvais difficilement me douter que tu considérerais ma proposition de vie commune comme une offense.

— Parce que tu appelles ça une *proposition* ? Ce que j'ai entendu n'était pas une suggestion mais un ordre. Et je refuse de vivre avec toi sur commande.

— Très bien. Comme tu voudras.

Il darda sur elle un regard glacial.

— Maintenant, si tu veux bien m'excuser, mon banquier m'attend. Et on évite de faire patienter un mécène, dans notre métier.

Ruth crut qu'elle allait l'assassiner lorsqu'elle le vit se diriger vers la porte, avec cette morgue confondante qui caractérisait le personnage.

— Je prends quelques jours de congé, annonça-t-elle, sur une impulsion.

La main sur la poignée, Nick s'immobilisa pour lui jeter un regard par-dessus l'épaule.

— Les répétitions reprennent dans une semaine, déclara-t-il froidement. Si tu n'es pas de retour dans sept jours, considère que tu es virée. Je te laisse le choix.

Il sortit sans prendre la peine de refermer la porte derrière lui.

14

Lindsay se baissa pour prendre Amanda dans ses bras et cala la petite fille sur une hanche pendant que Justin faisait rouler bruyamment un camion rouge sur les lattes du parquet.

— Plus que dix minutes avant le dîner, Justin, annonça-t-elle en se frayant un passage entre les véhicules accidentés, les voitures en stationnement et les figurines en plastique disséminées dans la pièce. Va vite te laver les mains.

— Pas la peine, maman, elles sont propres.

Se désintéressant ostensiblement de ces questions insignifiantes d'alimentation et d'hygiène, Justin pencha sa tête blonde sur le moteur d'un de ses bolides et fit mine de le réparer.

Lindsay jeta un regard sévère à son fils tout en s'efforçant de retenir Amanda qui se tortillait pour se dégager de ses bras.

— Je ne suis pas sûre que Worth serait satisfait de l'état de tes mains, Justin, lança-t-elle, usant sans vergogne de l'arme suprême.

Avec un soupir résigné, son fils glissa sa Ferrari miniature dans sa poche et sortit de la pièce en courant. Lindsay le suivit des yeux avec un sourire attendri. S'il y avait une autorité avec laquelle Justin ne plaisantait jamais, c'était bien celle du méticuleux majordome britannique.

Elle entendit le craquement des marches d'escalier sous les chaussures enfantines. Lindsay leva les yeux au ciel. Justin aurait pu se laver les mains dans les toilettes du rez-de-chaussée. Mais en bon enfant martyr qu'il était, il en rajoutait un peu et s'infligeait une grimpette jusqu'au premier étage.

Les rares fois où elle trouvait le temps de prendre du recul pour réfléchir, Lindsay cédait à l'effarement en songeant que son fils avait déjà quatre ans. Il ne restait plus rien chez Justin de la rondeur un peu pataude de la toute petite enfance. Mince comme un fil, c'était déjà un vrai garçon. Il avait hérité des yeux et des cheveux de sa mère, songea-t-elle non sans fierté. Examinant les dégâts autour d'elle, Lindsay fit la grimace. D'elle, Justin tenait également quelques défauts mineurs : comme sa tendance à mettre du bazar partout, par exemple.

— Ce n'est pas comme toi, n'est-ce pas ? s'exclama-t-elle gaiement en enfouissant le visage dans le cou de sa fille.

Brune aux yeux verts, Amanda était le portrait au féminin de son père. Et tout comme Seth, elle était méthodique et organisée. Ses poupées étaient toujours soigneusement alignées le long du mur de sa chambre. Et lorsqu'elle jouait avec ses cubes, elle avait déjà tendance à construire des piles bien nettes et régulières.

Son caractère emporté, Amanda le tenait sans doute de ses deux parents à la fois, en revanche. Si son frère avait le malheur d'empiéter sur son territoire, elle lui jetait ses jouets à la figure sans hésiter.

Lindsay embrassa une dernière fois sa fille avant de la poser par terre dans le petit salon.

— Cela ne plaira pas à ton père si je range à la place de Justin, observa-t-elle en commençant à rassembler les petites voitures renversées, victimes d'un de ces vastes carambolages que son fils aimait à mettre en scène.

— Justin, il sait pas ranger, commenta gravement Amanda.

A deux ans et demi, la petite fille était déjà entrée dans une phase où elle répétait d'un air sentencieux tout ce qui se disait autour d'elle.

— Je suis d'accord avec toi, acquiesça Lindsay en passant un petit camion d'une main à l'autre. Et je reconnais aussi qu'il faut que Justin apprenne. D'un autre côté, si Worth entre ici et qu'il voit ce désastre…

Lindsay hésita. Etait-il préférable d'encourir la désapprobation de Seth ? Ou celle du majordome ? La crainte de contrarier Worth l'emporta. En toute hâte, elle fit disparaître les traces les plus visibles du pugilat.

— Je verrai ça avec Justin tout à l'heure, confia-t-elle à Amanda tout en se déplaçant à genoux dans la pièce. Et rien ne nous oblige à en parler à ton papa.

— De parler de quoi à son papa ? dit la voix de Seth en provenance de la porte.

— Oups !

Avec un sourire mi-amusé mi-contrit, Lindsay leva les yeux vers son mari.

— Je croyais que tu étais bouclé dans ton atelier en train de peaufiner un projet d'auditorium révolutionnaire ?

— J'y étais. Mais mon estomac m'a rappelé à l'ordre.

Seth pénétra plus avant dans la pièce et constata les dégâts au premier regard.

— Je vois que notre affreux jojo a encore fait des siennes. Et que tu t'appliques une fois de plus à le couvrir.

— J'ai envoyé Justin se laver les mains, expliqua-t-elle. Je lui donne juste un petit coup de main.

Toujours à quatre pattes sur le sol, Lindsay repoussa les cheveux qui lui tombaient sur les yeux. Amanda était allée s'accrocher aux jambes de Seth. Et le père et la fille la regardaient procéder avec un même air de calme réprobation.

Sur un éclat de rire, Lindsay se redressa en position accroupie.

— Pitié ! J'implore le pardon du tribunal !

Seth se pencha pour soulever sa fille dans ses bras.

— A ton avis, Amanda ? Quelle punition allons-nous lui infliger ?

— Pas donner la fessée à maman, déclara gravement la petite fille.

— Mmm…

Avec un sourire malicieux, Seth lui tendit la main et l'aida à se relever.

— Au nom de la justice, je pourrais être amené à sévir quand même, déclara-t-il en l'embrassant tendrement sur les lèvres.

Elle glissa les bras autour de son cou.

— Y a-t-il moyen de te corrompre ?

— Toujours, murmura-t-il en accentuant la pression de sa bouche sur la sienne.

Justin entra au pas de course en exhibant ses mains lavées. Il fit la grimace en découvrant ses parents enlacés.

— Berk ! Je croyais qu'on allait manger !

Une heure plus tard, Lindsay dévalait l'escalier au pas de course pour aller donner ses cours de danse du soir. Repérant une petite voiture de Justin abandonnée au pied des marches, elle se pencha pour la ramasser et fit glisser subrepticement cette nouvelle pièce à conviction dans la poche de son manteau.

— Mon cas va finir par relever de la complicité aggravée, marmonna-t-elle en ouvrant la porte d'entrée à la volée... Hé, je rêve ! Ruth !

Sidérée, Lindsay demeura clouée sur place à regarder cette apparition inattendue que constituait sa nièce par alliance, surgie à l'improviste sur leur perron.

— Salut ! Vous auriez de la place pour héberger une danseuse en fugue et un matou un peu trop enveloppé ?

— Quelle question !

Avec un grand rire de joie, Lindsay tira Ruth à l'intérieur et l'embrassa avec effusion. Nijinski se dégagea de leur étreinte et fila se réfugier dans quelque coin obscur de la vaste maison. Il n'avait jamais été grand amateur des longs trajets en voiture.

— Seth et les enfants vont être surpris ! Il y a une éternité que tu n'étais pas venue !

A travers son premier élan de joie, Lindsay sentit la crispation des épaules de Ruth, les muscles inhabituellement tendus de son dos. Elle l'écarta doucement pour examiner ses traits et décela son désarroi au premier regard.

— Ça va, Ruth ?

— Oui, oui... Enfin, non. Ça ne va pas fort, en fait. J'ai besoin de me réfugier ici deux ou trois jours si ça ne te dérange pas.

— Tu sais que cette maison sera toujours la tienne, Ruth. Et le lit dans ta chambre reste fait en permanence. Monte poser tes affaires et va surprendre Seth et les enfants. Je serai de retour dans deux heures.

— Merci.

Lindsay l'embrassa sur la joue et sortit au pas de course. Ruth posa son sac dans le vaste vestibule, contempla la beauté familière des lieux et, pour la première fois depuis qu'elle avait quitté New York quelques heures plus tôt, elle se sentit un peu moins égarée, un peu moins seule.

Deux jours plus tard, Ruth était installée sur le canapé du petit salon, avec un enfant blotti contre chacun de ses flancs. Elle lisait une histoire à voix haute pendant que Justin et Amanda regardaient les images. Nijinski, rassuré sur son sort, était royalement étalé au soleil sur le tapis persan.

Elle se sentait presque calme. A la limite de la sérénité.

Les Hauts de la Falaise lui avaient apporté exactement ce dont elle avait besoin. Il n'y avait eu ni questions ni câlinages excessifs ni manifestations d'inquiétude. Lindsay s'était contenté de lui ouvrir sa porte en grand. Et de la laisser prendre tout naturellement sa place dans le joyeux traintrain de la vie familiale.

En quittant le bureau de Nick après leur scène effroyable, elle avait regagné son appartement et jeté quelques affaires dans une valise. Puis elle était montée dans sa voiture et avait pris la direction du Connecticut.

Sans même obéir à une décision consciente, d'ailleurs. Choquée, l'esprit vide de toute pensée après sa dispute avec Nick, elle avait agi à l'instinct. Avec le recul, elle ne pouvait que se féliciter de s'être précipitée à Cliffside pour une dose d'immersion familiale totale. Il y avait des moments dans la vie où seuls les proches pouvaient apporter soutien et réconfort.

— Ah, vous êtes là ! Je commençais à te soupçonner de les avoir ficelés et bâillonnés, commenta Seth en pénétrant dans la pièce. Même lorsqu'ils dorment, ils ne sont pas tout à fait aussi calmes que tels que je les vois là.

Dès l'instant où Seth s'assit à côté d'elle, les deux enfants se précipitèrent pour se percher sur ses genoux. Ruth les regarda faire en riant.

— Ce sont des anges, Seth, commenta-t-elle alors qu'il entourait sa progéniture de ses bras. Tu devrais avoir honte de noircir ainsi leur réputation.

Seth joua avec une boucle brune d'Amanda.

— Ils n'ont pas besoin de moi pour être affligés d'une mauvaise renommée. Worth vient juste de m'annoncer que quelqu'un avait laissé une sucette entamée dans son lit ce matin.

— Je voulais la finir ce soir, précisa gravement Justin en levant les yeux vers son père. Il ne l'a pas jetée, au moins ?

— Je crains fort que si.

— Oh, non ! C'est pas bien, le gaspillage, hein, papa ? Il n'aurait jamais dû faire ça, Worth.

Seth luttait visiblement pour réprimer un sourire.

— Tu sais bien qu'il est interdit de manger des bonbons dans son lit, Justin. Worth était très mécontent de l'état des draps. Et il venait de les changer, en plus.

Justin avança les lèvres en une moue boudeuse.

— Faut que je m'excuse, alors ?

— Cela me paraît inévitable.

— Veux voir Justin s'cuser ! déclara Amanda, hilare, en dégringolant des genoux de son père.

— Faut toujours que je lui présente mes excuses, commenta Justin d'un air de lassitude résignée.

Amusée, Ruth suivit le frère et la sœur des yeux tandis qu'ils se dirigeaient bravement vers la cuisine pour affronter le majordome.

— Worth n'arrête pas de grogner mais, au fond, il les adore, non ? observa-t-elle en riant.

— Absolument. Mais motus et bouche cousue, ma nièce. Il serait horrifié que ça se sache.

Ruth ferma son livre de lecture et le posa sur la table basse.

— J'ai toujours eu un peu peur de Worth, admit-elle à voix basse. Pendant les quelques mois où j'ai vécu ici avec lui, je n'ai jamais réussi à m'habituer tout à fait à sa personne.

Les traits détendus, Seth s'adossa confortablement.

— Lindsay est de loin celle qui sait le mieux s'y prendre avec lui. Worth ne s'est même pas encore rendu compte jusqu'ici qu'il était complètement manipulé.

— Lindsay est un être à part, commenta Ruth. Il n'y en a pas d'autres comme elle.

Seth acquiesça avec la calme conviction qui lui était propre.

— Elle est unique, en effet.

— Ça t'a effrayé de sentir que tu tombais amoureux de quelqu'un d'aussi… rare ?

Seth lut la question muette dans ses yeux.

— Aimer fait toujours peur. Surtout lorsqu'on se voit sombrer pieds et poings liés dans un état qui ressemble de près à la dépendance. Le fait que Lindsay ne soit pas quelqu'un de tout à fait ordinaire n'a fait que corser l'affaire. Lindsay ne m'effrayait pas, elle me terrifiait.

Frappée par la violence du terme, Ruth tourna un regard surpris vers son oncle.

— C'est étrange. J'ai toujours cru que tu n'avais peur de rien.

— Aimer est un risque et une épreuve, Ruth. Qui nous transforme tous en trouillards infâmes.

Seth songea aux premiers mois de sa rencontre avec Lindsay. A leurs disputes et leurs hésitations — leurs élans et leurs retraits.

— C'est au moment où j'ai failli perdre Lindsay que je me suis rendu à l'évidence : elle me faisait peur, d'accord. Mais le pire danger serait d'avoir à vivre sans elle.

Un pli de concentration barra le front de Ruth.

— Cela fait cinq ans que je vous observe, Lindsay et toi. Et vous vous aimez toujours comme au premier instant.

Seth secoua la tête.

— Non, Ruth. Pas comme au premier instant. J'aime toujours Lindsay, oui. Mais *plus* — infiniment plus encore — qu'avant. Et j'ai d'autant plus à perdre.

Au même moment, ils entendirent l'intéressée déboucher dans le hall central en fulminant.

— Marre, marre, marre des mères d'élèves qui prennent

leurs gamines pour des danseuses étoiles avant même qu'elles aient enfilé leur premier chausson !

— Mon cher amour est de retour, apparemment, commenta Seth, impavide.

Lindsay s'engouffra dans la pièce en râlant.

— Vous connaissez la dernière ? Mme Fitzwalter exige que sa Mitzie suive le même cours que Janet Connor. Et tant pis si Janet a déjà deux années de danse derrière elle alors que Mitzie débute à peine.

Le regard luisant d'indignation, Lindsay se laissa tomber dans un fauteuil.

— Janet a du talent alors que Mitzie a des pieds en plomb. Mais Mme Fitzwalter s'en fiche : Mitzie a envie d'être dans la même classe que sa meilleure amie. Et Mme Fitzwalter trouve plus pratique d'alterner les trajets en voiture avec Mme Connor plutôt que de tous les assurer elle-même. Logique, non ?

Seth posa la main sur l'épaule de sa femme.

— Ma pauvre chérie. Mais tu as su te dépêtrer de la situation avec diplomatie, je suppose ?

— Bien sûr. J'ai été un *modèle* de diplomatie même. A force de fréquenter Worth, je commence à avoir deux ou trois notions.

Elle se tourna vers Ruth pour les précisions techniques.

— Mitzie pèse cinq kilos de trop et est incapable de placer les jambes en première position. Alors que Janet danse sur les pointes depuis le début du trimestre.

— Tu pourrais peut-être trouver d'autres parents d'élève pour assurer les trajets, non ? suggéra Ruth.

Lindsay sourit, satisfaite d'elle-même.

— C'est exactement ce que j'ai fait... Mais, au fait, que signifie cet étrange silence ? Qu'avez-vous fait des enfants ?

— Ils présentent leurs excuses à Worth, précisa Seth.

— Oh mon Dieu... *Encore* ?

Lindsay soupira puis se leva pour embrasser Seth.

— Et si on descendait tous se balader sur la plage ? Il fait un temps superbe.

Seth parut sur le point d'accepter mais il se ravisa.

— Allez-y toutes les deux, Ruth et toi. C'est bientôt l'heure de la sieste pour les enfants. Et je crois que je vais suivre leur exemple. Je suis cuit.

Lindsay lui jeta un rapide regard interrogateur. Une sieste — solitaire — était bien la dernière chose au monde susceptible de tenter Seth par un beau samedi après-midi ensoleillé. D'un seul coup d'œil, cependant, il lui communiqua son message.

Sans laisser de blanc dans la conversation, Lindsay se tourna vers Ruth avec le plus grand naturel.

— Entendu. On va laisser Seth se reposer. Ça te tente d'aller marcher, toi, Ruth ? J'ai besoin d'air frais après ma conversation avec Mme Fitzwalter.

— Bonne idée. Je prends un manteau ?

— Un blouson léger suffira.

Lindsay baissa les yeux sur Seth dès que Ruth eut quitté la pièce pour récupérer un coupe-vent dans sa chambre.

— T'ai-je déjà dit aujourd'hui que tu étais un homme merveilleux et que je t'aimais plus que ma vie ?

Il lui effleura les cheveux.

— Pas que je me souvienne, non. Donc, tu peux me le dire maintenant.

Elle se pencha sur ses lèvres.

— Je t'adore, Seth… Mais je me sens tenue de te prévenir : Justin m'a annoncé hier qu'il avait largement passé l'âge de la sieste.

— Mmm… J'aborderai le sujet tout à l'heure.

— Avec *diplomatie,* je suppose ? lança-t-elle, en souriant par-dessus son épaule avant de quitter la pièce.

Le vent avait le goût de la mer. Ruth avait presque oublié la calme splendeur de l'océan, l'incroyable pureté de l'air. La plage était longue et rocheuse, le ressac bruyant. Ici et là, des feuilles mortes que le vent arrachait du verger, descendaient en tourbillonnant jusque sur le sable.

— J'ai toujours aimé vivre ici, commenta Lindsay, tandis

qu'elles marchaient d'un bon pas, les mains enfoncées dans les poches et les cheveux au vent.

Ruth scruta la bande étroite de sable qui s'étirait devant elles.

— Au début, je détestais les Hauts de la Falaise. Je ne supportais rien à Cliffside, en fait : ni cette grande maison, ni l'océan hargneux, ni la population locale.

— Oui, je sais.

Ruth lui jeta un rapide regard en coin. Mais quoi d'étonnant à ce que Lindsay ait deviné son mal-être ? Dès le début, il y avait eu entre elles une connivence très forte.

— Je ne sais même pas, au juste, quand ça a fini par passer. Un matin, je me suis réveillée avec le sentiment d'être chez moi. Seth a été d'une patience admirable avec moi.

— Pour être patient, il est patient oui, acquiesça Lindsay en riant. Et même tellement patient qu'il me met parfois hors de moi. A chacune de nos disputes, je rage, je tempête, je hurle. Et au bout du compte, c'est toujours lui qui remporte la bataille, sans même avoir à élever la voix. C'est exaspérant d'avoir affaire à quelqu'un qui ne se démonte jamais.

Elle s'interrompit pour tourner les yeux vers Ruth.

— Tu sais que tu lui ressembles beaucoup, entre parenthèses ?

— Tu trouves ?

— Cela saute aux yeux.

Ruth médita la question quelques instants et finit par secouer la tête.

— On ne peut pourtant pas dire que j'ai un contrôle d'acier sur mes nerfs en ce moment.

— Seth aussi sort parfois violemment de ses gonds.

Lindsay se baissa pour ramasser un petit caillou plat qu'elle glissa dans sa poche. C'était une habitude dont elle ne s'était jamais défaite. Ruth lui jeta un regard en coin. Elle avait l'air si sereine, si heureuse.

— Lindsay, tu ne m'as même pas demandé pourquoi j'avais débarqué chez vous sans crier gare. Tu ne t'inquiètes pas non plus de savoir combien de temps je compte vous envahir.

— Tu es ici chez toi, Ruth. Tu viens quand tu veux et tu restes aussi longtemps que tu en as envie.

— J'ai dit à Seth que tu étais quelqu'un de rare.

Lindsay repoussa une mèche de cheveux que le vent avait ramené sur son visage.

— Merci. J'adore qu'on dise ça de moi !

— C'est à cause de Nick, révéla Ruth brusquement.

— Je sais, oui.

L'air accumulé dans les poumons de Ruth s'échappa sous la forme d'un long soupir tremblant.

— Je l'aime, Lindsay. Et je crève de peur.

— Je crois savoir quel effet ça fait. Vous vous êtes disputés, je suppose ?

Ruth se mordit la lèvre.

— Oui. C'était affreux… Je pensais que tout allait bien et, d'un coup, ça a été la débâcle. J'ai essayé d'analyser la situation ces deux derniers jours mais je ne comprends plus rien à rien.

— En amour, il n'y a jamais rien de clair ni de logique. C'est la règle numéro un.

Lindsay s'assit sur un rocher. C'était là, à cet endroit précis, qu'elle avait découvert qu'elle était amoureuse de Seth, cinq ans plus tôt. Elle s'était sentie perdue et vulnérable. Ruth était descendue de la maison en courant avec Nijinski, encore bébé, caché dans son manteau. A dix-sept ans, Ruth était une jeune fille peu expansive — pas timide, à proprement parler, mais distante.

Peut-être n'avait-elle pas complètement perdu cette réserve, cette prudence ?

— Tu as envie de me parler de ce qui s'est passé avec Nick ?

Ruth n'hésita qu'une fraction de seconde.

— Oui. Je crois que ça me ferait du bien.

— Alors, assieds-toi. Et commence par le début.

Une fois surmontées les premières hésitations, ce fut simple — infiniment simple — de déballer son histoire. Ruth raconta la montée de la tension entre eux, la fulgurance du désir, la rapidité avec laquelle ils étaient tombés dans les bras l'un de l'autre, après des années passées à travailler ensemble.

Une fois partie, Ruth n'omit aucun détail : ni les scènes

avec Leah, ni les sautes d'humeur de Nick, ni ses propres incertitudes.

— Puis, le jour même où je suis partie de New York pour venir ici, Nadine est venue me parler. Elle voulait me mettre en garde. Elle m'a dit que si jamais nous rompions, Nick et moi, et que nous refusions de continuer à collaborer, c'est moi qu'elle mettrait à la porte. J'étais furieuse que le monde extérieur vienne interférer ainsi dans notre histoire. On avait déjà à peine le temps de se voir parce que Nick était pris sans arrêt. Pourquoi ne pouvait-on pas nous laisser en paix ?

Ruth se tut et soupira, le regard rivé sur les hautes vagues qui venaient se briser bruyamment contre la roche.

— J'étais encore sous le choc de ma conversation avec Nadine lorsque Nick m'a prise à part dans son bureau. Et il s'est mis à *exiger*, tout à coup, que je renonce à mon appartement et que je vienne vivre chez lui. Comme ça. Le soir même. Sans même m'accorder un temps de réflexion. Il était là à vociférer et à s'énerver comme d'habitude, en râlant parce qu'il n'avait pas exactement ce *qu'il* voulait, *quand* il le voulait et *comme* il le voulait. Et lorsque j'ai osé lui faire remarquer que c'était un peu précipité comme décision, il s'est mis à hurler qu'il avait déjà été suffisamment patient avec moi comme cela, dans la mesure où il m'attendait depuis cinq ans… Tu te rends compte ? Le culot !

Elle marqua une pause, le temps de ravaler son indignation.

— Et pendant ces cinq ans, il n'avait pas jugé utile de me communiquer quoi que ce soit, au sujet de ses sentiments. Il s'était octroyé le droit de décider de ma vie, comme si j'étais une gamine de dix ans ! Et plus ça allait, plus il devenait russe et impérieux. Pire que lorsqu'il crée un de ses ballets.

— Pire, vraiment, tu crois ? coupa doucement Lindsay.

Incapable de rester assise, Ruth se leva.

— Je te jure qu'il se montre plus humain lorsqu'il tyrannise ses danseurs sur scène. Il ne m'a pas demandé une seule fois ce que je désirais moi. Il s'est contenté de lancer son brûlot alors que je venais juste de subir les menaces de Nadine et qu'on avait passé une semaine atroce à enregistrer des séquences de ballet pour un documentaire télévisé.

A bout de souffle, soudain, Ruth se rassit lourdement. Ayant vidé toute sa colère, il ne lui restait plus soudain que le désarroi en échange.

— De ma vie, je ne me suis jamais sentie aussi perdue, Lindsay, admit-elle dans un murmure.

Lindsay jouait distraitement avec le minuscule galet dans sa poche. Elle avait laissé Ruth vider son sac sans l'interrompre.

— Bien, conclut-elle. J'ai un principe, dans la vie : ne jamais donner de conseils. Mais les principes sont faits pour être contournés, n'est-ce pas ? Que sais-tu exactement de Nick ?

— Je ne le connais pas aussi bien que toi, répondit Ruth sans réfléchir. Il a été amoureux de toi, tu sais.

La réflexion lui avait échappé sans qu'elle l'ait vue venir. Gênée, elle porta la main à sa bouche.

— Oh, Lindsay, je suis désolée.

Lindsay la regarda droit en face.

— Lorsque je suis entrée dans la compagnie, Nadine avait un mal fou à équilibrer les comptes. C'était un combat permanent pour que nous puissions continuer à tourner. L'arrivée de Nick a été une immense aubaine. Et c'est sans doute ce qui nous a permis de décoller. Mais il y avait des problèmes internes, des pressions financières dont les personnes extérieures à la compagnie n'avaient pas forcément conscience. Je comprends que la réaction de Nadine t'ait parue dure. Elle l'était sans doute. Mais la danse est toute sa vie. Et c'est toujours du point de vue de la compagnie qu'elle se place pour juger de toute chose. C'est plus facile pour moi de le comprendre maintenant parce que j'ai pris mes distances. Mais ça n'a pas toujours été évident, crois-moi.

Lindsay laissa passer quelques secondes de silence pensif avant de poursuivre.

— Quoi qu'il en soit, l'arrivée de Nick a marqué un tournant. En tant que transfuge, il s'est retrouvé brusquement avec tous les projecteurs de l'actualité braqués sur lui. Il était très jeune encore et c'était à peine s'il parlait quelques mots d'anglais. Il s'exprimait sans difficulté en français et en italien et maîtrisait même un peu d'allemand. Mais pour notre langue, il a dû tout apprendre sur place. Tu es bien placée pour comprendre ce que l'on ressent dans un pays inconnu dont on ne connaît ni la langue ni la culture.

— Oui, murmura Ruth. Je sais ce que c'est.

Lindsay noua les bras autour de ses genoux.

— Essaye de te représenter ce que Nick a traversé à vingt ans, après avoir pris une des décisions les plus cruciales de son existence. Il avait tout laissé derrière lui : son pays, ses amis, sa famille… Oui, il a de la famille en Russie, confirma Lindsay en voyant la réaction étonnée de Ruth. Ça n'a pas été facile pour lui de les quitter. Ce sont les expériences douloureuses de ces premières années d'exil qui l'ont rendu si prudent, si secret. Quantité de gens avaient profité de sa naïveté et de sa jeunesse pour se servir de lui. Des journalistes indiscrets ont brodé sur le récit de sa vie. C'est comme ça qu'il a appris à donner ses informations au compte-gouttes. Lorsque je l'ai rencontré, il était déjà Davidov, un nom écrit en lettres capitales.

Lindsay se tut un instant et contempla l'océan qui se jetait à l'assaut de la roche.

— Oui, j'ai été très attirée par Nick, admit-elle après un temps de silence. Et même à moitié amoureuse, pendant quelque temps. Il se peut qu'il ait éprouvé la même chose de son côté. Nous partagions la même passion, la même ambition, les mêmes rêves. Si j'étais restée dans la compagnie, nous aurions peut-être fini par tomber dans les bras l'un de l'autre. Honnêtement, je ne sais pas. La vie en a décidé autrement, en tout cas : je suis retournée dans le Connecticut et j'ai rencontré Seth.

Lindsay sourit en levant les yeux vers les Hauts de la Falaise.

— Ce que je peux t'affirmer avec certitude, en revanche, c'est qu'une éventuelle histoire entre Nick et moi se serait forcément soldée par un échec. Nous nous ressemblons trop. Il n'y a et il n'y aura jamais qu'un seul homme pour moi et c'est ton oncle.

— Lindsay, je suis confuse… je ne voulais pas être indiscrète.

— Tu n'es pas indiscrète. Les liens sont très forts entre nous tous et je comprends que tu aies besoin de clarté dans ton histoire avec Nick. C'est pour ça que je renonce à ma politique de non-intervention.

De nouveau, Lindsay laissa passer quelques secondes de silence méditatif.

— Nick me parlait beaucoup de lui car, à cette époque, j'étais une des rares personnes à qui il estimait pouvoir se confier. S'il ne t'a toujours pas raconté grand-chose au sujet de son passé, c'est simplement parce qu'il a pris l'habitude de se concentrer sur le présent. Dans la mesure où il a décidé de laisser son ancienne vie derrière lui, il regarde obstinément vers l'avant. Ce qui ne l'empêche pas, par moments, d'être déchiré par la nostalgie.

— Je sais, acquiesça Ruth. Et c'est justement ce que j'aimerais partager avec lui.

— Dès que la situation entre vous sera stabilisée, il te parlera, Ruth. Je n'ai jamais connu Nick qu'avec une seule passion : la danse. Je ne sais pas si c'est un choix ou une nécessité, mais il a toujours fait passer le ballet avant le reste. Or, d'après ce que tu me dis, une tout autre priorité est en train de s'imposer à lui. J'imagine qu'il doit être en proie à une angoisse monstre.

Songeant à la conversation qu'elle venait d'avoir avec son oncle, Ruth hocha la tête.

— C'est possible qu'il ait peur, lui aussi. Jusqu'à présent, je ne voyais que mes craintes à moi. J'ai du mal à imaginer Nick autrement que sûr de lui et dominateur, admit-elle avec un léger rire.

— Lorsqu'un homme — et tout particulièrement un artiste avec un talent certain pour l'expression et pour la mise en scène — s'y prend aussi maladroitement pour proposer à la femme qu'il aime de vivre avec lui, c'est qu'à mon avis, il a une trouille monumentale !

Lindsay lui prit la main en souriant.

— Quant à cette Leah, honnêtement, elle ne devrait pas

t'empêcher de dormir la nuit. Cela fait cinq ans, maintenant, que tu danses dans cette compagnie, Ruth. Tu as déjà suffisamment d'expérience pour repérer une manifestation de jalousie au moment où tu la prends dans la figure.

Ruth laissa échapper un long soupir.

— Jusqu'ici, je n'avais aucun mal à faire la part des choses.

— Mais les enjeux étaient plus importants, en l'occurrence. Et la passion, comme chacun sait, obscurcit la raison.

Lindsay se tut pour la dévisager un instant en silence.

— Et toi ? Qu'as-tu livré de toi-même à Nick ?

Ruth ouvrit la bouche, puis la referma.

— Peut-être pas grand-chose, au fond, admit-elle, dans un sursaut de lucidité. Nick n'est pas quelqu'un de facile, Lindsay. C'est une personnalité forte, parfois même écrasante. J'ai eu peur de me perdre, de ne pas parvenir à rester moi-même… Tu crois que j'ai eu tort de garder un minimum de distance ?

Lindsay secoua la tête.

— Non. Il ne serait pas tombé amoureux de toi si tu t'étais laissé dominer. C'est d'une vraie compagne que Nick a besoin, Ruth. Des groupies, il en a déjà à revendre.

— Il peut être tellement arrogant, par moments. Tellement insupportable, aussi.

— Exact. C'est ce qui fait tout son charme, non ?

Ruth éclata de rire et serra Lindsay dans ses bras.

— Cela m'a fait un bien fou de passer quelques jours ici, à la maison, avec vous quatre.

— Nous serons toujours là lorsque tu auras besoin de te ressourcer en famille, Ruth. Mais pour en revenir à Nick : tu l'aimes vraiment, si je comprends bien ?

— Je ne me suis jamais intéressée à un autre homme que lui.

— Alors monte boucler ton sac et file le rejoindre. Le temps est trop précieux pour le perdre en disputes. Nick est allé passer quelques jours dans sa maison de Malibu.

Lindsay sourit devant l'expression stupéfaite de Ruth.

— Tu te demandes comment je le sais, n'est-ce pas ? J'ai passé un coup de fil à Nadine, ce matin, pour évaluer la situation. J'avais déjà décidé de faire une grosse, grosse entorse à mon principe de non-intervention. Alors tant qu'à faire…

15

Les pieds de Nick martelaient le sable au rythme rapide de sa course. Il en était déjà à son sixième kilomètre et le soleil se levait à peine, jetant des reflets d'or rose sur la surface immobile de l'océan. Il avait démarré par une aube pâle et grise qui ressemblait encore à la nuit. Déserte d'une extrémité à l'autre, la plage était entièrement à lui. A cette heure, les joggers même les plus enthousiastes, dormaient encore sous leur couette.

Il aimait les calmes étendues de sable solitaire, le cri rauque des mouettes, le chuchotement mouillé des vagues qui se déroulaient à côté de lui.

Les seules pressions ici, à Malibu, étaient celles qu'il infligeait à son propre corps. Tout comme la danse, la course à pied pouvait être un challenge solitaire. Et un moyen d'échapper à la souffrance, avec un peu de chance. Aujourd'hui, s'il atteignait l'épuisement, il parviendrait peut-être à se vider la tête et le cœur, à cesser de penser à Ruth, au moins l'espace de quelques minutes.

Comment avait-il pu se montrer aussi stupide ? Jurant avec force, Nick accéléra le rythme. Dire qu'il lui avait *intimé l'ordre* de venir s'installer chez lui. « Quelle classe, mon vieux. Quelle finesse ! Tu aurais pu la traîner par les cheveux au fond de ta grotte, pendant que tu y étais ! »

Il avait eu l'intention de faire preuve d'une patience angélique, pourtant. D'amener les choses en douceur. De choisir le lieu et le moment. Mais rien ne s'était passé comme il l'avait voulu.

Lui avait-il réellement *ordonné* de faire ses bagages pour

emménager chez lui illico presto ? Quel démon l'avait possédé, bon sang ? Celui de la colère ? De la frustration ? Du désir ? Ou celui de la peur, tout simplement ?

Alors qu'il avait programmé une chorégraphie subtile pour leur histoire d'amour, il avait raté ses figures une à une, manqué tous ses enchaînements.

Il avait voulu procéder par étapes, la rassurer petit à petit en lui faisant goûter les plaisirs de la vie commune. Une fois qu'elle se serait habituée, au fil des mois, à ce premier engagement, il aurait commencé à introduire, petit à petit, l'idée du mariage.

Ils auraient *pu* être heureux ensemble… Ruth l'aimait. Elle lui avait donné sa chance. Mais il s'était arrangé pour tout gâcher à cause de son caractère exécrable.

Une fois lancé, il avait été incapable de s'arrêter. Au lieu de s'excuser, il s'était réfugié derrière une arrogance de façade. Nick jura avec force. De sa vie, il n'oublierait jamais la façon dont Ruth l'avait regardé. Avec stupéfaction, d'abord. Puis avec indignation et colère. Et qui n'aurait pas réagi ainsi à sa place ? Sidéré, Nick secoua la tête. Il n'en revenait pas d'avoir été gauche et maladroit à ce point. S'il avait été jeune et inexpérimenté, passe encore. Mais, des femmes, il en avait connu par dizaines ! Il avait fait l'amour en italien, en français, en russe et en allemand ! Et il ne se souvenait pas d'avoir jamais eu la moindre difficulté à exprimer ses sentiments.

Alors pourquoi avait-il été incapable de se faire comprendre de Ruth ? Pourquoi s'était-il transformé en une espèce de bouledogue infichu de se faire entendre autrement qu'en aboyant ? Depuis le début de sa relation avec Ruth, d'ailleurs, il n'avait cessé d'accumuler les bourdes.

« Honnêtement, Davidov, tu t'y es pris comme un crétin depuis le début ! » se dit-il en continuant à courir sous le soleil qui montait lentement dans le ciel. Quel genre de cour lui avait-il faite, bon sang ? Le premier soir, il était entré chez elle comme un fou furieux au beau milieu de la nuit et l'avait prise à la hussarde alors qu'elle était encore vierge. Pour un exploit, c'était un exploit ! Puis il lui avait déclaré son amour sans même le vouloir, avec tout le raffinement et la délicatesse d'un gamin de quinze ans, débordé par ses sentiments.

Au large, un banc de dauphins dansa dans un maelström d'écume un ballet parfaitement chorégraphié. Mais Nick, le regard rivé droit devant lui, continua à courir sans rien voir.

« Elle ne reviendra pas », comprit-il, accablé. Une vague de désespoir l'envahit. Qu'allait-il faire de lui-même, à présent ? S'investir dans la compagnie à cent pour cent et ne vivre que pour elle, comme la pauvre Nadine ? Etait-ce là le destin qui l'attendait ? Et chaque fois qu'il danserait, elle serait là, tout près et néanmoins inaccessible. A moins qu'elle ne décide de les quitter après ce qu'il lui avait fait subir ? Elle irait danser pour Mitchell. Ou Kerminov. Qui ne demanderaient pas mieux que de l'engager l'un et l'autre.

La pensée que Ruth pourrait disparaître à tout jamais, non seulement de son lit mais également de sa vie, le mit en rage.

« Je la récupérerai de force », se promit-il dans un sursaut de désespoir. Il avait beau continuer à courir comme un fou, la douleur ne s'en immisçait pas moins en lui. Elle l'envahissait même. Le suffoquait jusqu'à l'asphyxie. Ruth était si jeune encore. De quel droit irait-il la chercher pour la ramener à lui ? Réussirait-il, d'ailleurs ? Se laisserait-elle convaincre ?

Et n'avait-il pas sa fierté à prendre en compte ? « Non, décida-t-il. Je ne lui demanderai rien. Pas un signe. Pas un geste. Pas un mot. »

Il serra les poings. « Oh et puis tant pis pour ma dignité. Elle va m'entendre ! » Il fit demi-tour et se mit à courir en direction de la maison, sans jamais ralentir le rythme.

Ruth gara sa voiture de location devant la maison dont son oncle avait lui-même tracé les plans, une quinzaine d'années plus tôt. Laissant tourner le moteur, elle demeura assise à la contempler. C'était une construction de deux étages, toute de bois de cèdre blanchi par le soleil et la mer et de verre étincelant. « Impressionnant, Seth. » Elle admira un instant la sobriété des lignes, la beauté épurée des surfaces.

Ses mains moites toujours posées sur le volant, Ruth finit par tourner la clé de contact et le moteur se tut. Dans le silence accablant, elle se demanda pour la millième fois comment aborder la situation. Tous les discours qu'elle avait préparés dans l'avion lui paraissaient soudain aussi ridicules qu'apprêtés.

— Nick, j'aimerais te parler, tenta-t-elle d'une voix faible.

Découragée, elle se prit la tête entre les mains. Nul, nul et archinul. « Fais-le, un point, c'est tout. Sors de cette voiture, frappe à sa porte et improvise ! »

Rassemblant son courage, elle descendit de voiture et grimpa les six marches du perron sur des jambes de plomb. « Et maintenant, frappe ! » Le premier coup, presque inaudible, ne suscita aucun écho dans la maison silencieuse. Ruth s'enhardit à faire une seconde tentative.

De nouveau, seul le silence lui répondit.

Incapable d'endurer cette attente une seconde de plus, elle posa la main sur la poignée. A sa profonde stupéfaction, la porte s'ouvrit docilement. Ruth réprima un léger cri. En bonne new-yorkaise qu'elle était devenue, elle ne concevait pas une existence sans judas, sans blindages et sans verrous de sécurité.

Une immense pièce de séjour occupait tout le rez-de-chaussée. Côté océan, la maison était presque entièrement de verre et offrait un extraordinaire panorama marin. Pendant une fraction de seconde, Ruth en oublia son anxiété. Elle avait déjà vu plusieurs réalisations de son oncle, mais celle-ci se rangeait parmi ses chefs-d'œuvre. Sur le sol de bois gris, Nick avait juste placé quelques délicats tapis anciens. Aucun tableau ne figurait au mur. L'océan se suffisait à lui-même. Ruth admira quelques objets d'art au passage. Sur des étagères s'alignait une collection de verres aux formes et aux couleurs contrastées.

Le canapé était profond, confortable d'aspect et pourvu de coussins en grand nombre. Placé face à l'océan, le piano à queue ouvert dominait très nettement la pièce. Ruth se dirigea vers l'instrument et trouva une feuille de papier à musique couverte d'annotations. Elle ne pouvait lire l'écriture russe, mais elle commença machinalement à déchiffrer la partition au piano.

Ruth sourit en découvrant une mélodie inconnue. Ainsi il avait déjà commencé à s'attaquer à son nouveau ballet ? Incroyable. Elle ne connaissait personne au monde avec une capacité de travail comparable à celle de Davidov.

Mais où était-il passé ?

Ruth se retourna pour contempler la pièce. Se pouvait-il qu'il soit déjà retourné à New York ? Non. Pas en laissant la porte ouverte et le début de son nouveau ballet sur le piano ouvert. Elle jeta un coup d'œil à sa montre et réalisa qu'elle avait gardé l'heure de la côte Est !

Quelle idiote, elle faisait ! A 8 heures du matin et en vacances, Nick devait encore être au fond de son lit. Les jambes coupées de nouveau, elle se dirigea lentement vers l'escalier de bois qui montait en spirale jusqu'à l'étage. « Oh, non, je ne peux pas. » Peut-être valait-il mieux l'appeler d'en bas ? Mais pour lui dire quoi ? « Coucou, Nick, c'est moi » ?

Etouffant un rire, Ruth posa la main sur la rampe et grimpa résolument jusque dans les hauteurs cachées de la maison.

Parvenu sur la terrasse de bois qui donnait sur l'océan, Nick fit glisser les portes de verre coulissantes et passa dans le séjour. Il était en nage et respirait bruyamment, le souffle coupé par sa course folle sur la plage. Mais l'effort physique avait accompli des miracles, par chance. Non seulement, il se sentait vidé et nettoyé, mais il avait la tête beaucoup plus claire. Le projet qu'il avait formé de retourner à New York pour récupérer Ruth de force n'était qu'une émanation maladive d'un cerveau torturé. Le temps était venu de se ressaisir. Il allait prendre une douche, se changer et consacrer la journée à son nouveau ballet.

Mais Nick n'avait pas fait deux pas dans le séjour lorsque l'odeur de son parfum lui envahit les narines. Stoppé net dans son élan, il jura intérieurement. Etait-il atteint au point de souffrir d'hallucinations olfactives ?

De quel droit le hantait-elle à ce point, bon sang ? Elle le poursuivait, le harcelait où qu'il aille ! Saisi par une nouvelle bouffée de rage, Nick se dirigea droit vers le téléphone et composa le numéro de son appartement à New York. Sans même réfléchir à ce qu'il voulait lui dire, il attendit, dans un état de fureur aveugle, qu'elle se décide à décrocher.

Lorsque le répondeur se déclencha au bout de huit sonneries, il jura en russe, en allemand et en italien, et jeta le combiné sur son socle. Où pouvait-elle bien être, bon sang ? Dans les locaux de la compagnie ? Non, sûrement pas. *Lindsay !* Naturellement. Où d'autre aurait-elle pu se réfugier ?

Il avait repris le téléphone et actionné une première touche lorsqu'un bruit à l'étage attira son attention. Sourcils froncés, il leva les yeux…

… et vit Ruth descendre l'escalier.

Pas une apparition, non. Une Ruth réelle, en robe claire, qui rivait sur lui un regard pas tout à fait rassuré.

— Ah te voilà, Nick, s'exclama-t-elle, comme si sa présence allait de soi. Je te cherchais.

D'un geste lent, précis, mesuré, il replaça le combiné.

— Oui ?

Même si sa réaction n'avait rien d'un cri de joie, Ruth descendit le reste des marches.

— Ta porte d'entrée n'était pas fermée à clé. Cela ne te dérange pas que je sois entrée chez toi sans y avoir été invitée ?

— Non.

Encourageant…

Ne sachant quoi faire d'elle-même, Ruth se réfugia derrière une attitude enjouée.

— J'ai vu que tu avais commencé à composer ton nouveau ballet ?

— Je m'y suis mis, oui.

Il avait répondu lentement, en détachant les syllabes, le regard arrimé au sien. Incapable de le soutenir, Ruth se détourna pour aller et venir dans la grande pièce.

— J'adore ta retraite secrète. Ce lieu est une merveille. Je comprends que tu passes tout ton temps libre ici. Le peu dont tu disposes, du moins… J'ai toujours adoré l'océan. Lorsque j'étais au Japon, avec mes parents, nous avons habité quelque temps dans une maison qui donnait sur le Pacifique.

Elle continua à bavarder ainsi, parlant de tout et de rien, terrifiée par les abîmes de silence qui s'étaient creusés entre eux.

Nick ne disait rien. Il la laissa dévider un flot continu de paroles. Sans cesser de monologuer, elle s'immobilisa enfin. Debout, très droite devant la vitre, elle lui tournait le dos. Il nota qu'il n'avait pas écouté un mot de ce qu'elle racontait.

— C'est pour regarder la vue que tu es venue ? demanda-t-il calmement.

Interrompue en pleine phrase, Ruth tressaillit. Elle pivota sur elle-même d'un mouvement brusque.

— C'est pour toi que je suis venue, Nick. J'ai des choses à te dire.

Il eut un de ses gestes impérieux de la main.

— Bon. Parfait. Si tu as des choses à dire, dis-les.

Ruth se raidit.

— C'est ce que j'ai l'intention de faire, oui. Assieds-toi.

Il haussa les sourcils d'un air sardonique et se dirigea vers le canapé.

— Voilà. Je suis assis.

— Tu t'entraînes à être insupportable, Davidov, ou c'est un talent naturel chez toi ?

Nick attendit un instant, puis se renversa contre le dossier.

— C'est pour me dire ce genre d'amabilités que tu as fait le déplacement jusqu'ici ?

— Pour te dire ça, oui. Plus d'autres choses encore, riposta Ruth avec virulence. Je n'ai pas l'intention de me laisser enterrer par toi, que ce soit sur le plan personnel ou professionnel ! Commençons par parler de la danse.

Nick leva les mains d'un geste fataliste.

— C'est charmant. Continue, je t'en prie.

— J'ai suffisamment de talent en tant que danseuse pour avoir la certitude de faire carrière — avec ou sans toi comme partenaire. Dans un studio de répétition, tu peux m'ordonner de danser jusqu'à ce que les pieds m'en tombent. Et je m'exécuterai car tu es le directeur artistique de la compagnie.

— J'étais déjà au courant, oui.

Ruth le foudroya du regard.

— Mais ton pouvoir s'arrête là. Tu peux me tyranniser sur scène mais pas dans la vie. Ce que je fais ou ne fais pas ne regarde que moi. Si je choisis de prendre une douzaine d'amants ou de me retirer dans une grotte pour vivre en ermite, rien ne te permet d'intervenir dans mes choix.

— Ah tiens… C'est ton nouveau credo ?

La position de Nick était toujours aussi détendue, sa voix toujours aussi calme. Mais ses yeux étaient noirs de colère. Ruth n'en fit pas moins un pas en avant dans sa direction.

— Tant que je serai libre et que je ne me serai pas engagée *personnellement* envers toi, je ferai ce que je voudrais de mon existence. Toi, personne ne remet jamais tes actions en question, Davidov. Tu fais ce que bon te semble et on ne te demande pas de comptes car tu ne l'admettrais pas. Eh bien, il en ira désormais de même pour moi.

Elle porta les poings à ses hanches.

— Si tu crois que je vais retourner chez moi comme une bonne petite fille et faire mes valises pour m'installer chez toi parce que tu as daigné claquer des doigts, tu te fais de sacrées illusions, Davidov. Je ne suis plus une enfant et je n'ai d'ordres à recevoir de personne.

Frémissante d'indignation, elle se planta juste devant lui.

— Tu considères comme la chose la plus naturelle au monde que les autres n'en fassent jamais qu'à *ta* tête. Mais ça ne marchera pas comme ça entre nous, Nikolai. Dans l'intimité, je ne serai pas ton inférieure hiérarchique. Mais ton égale sinon rien. D'autre part, j'ai de plus hautes exigences. Si tu me veux dans ta vie, il faudra m'épouser. Voilà. La balle est dans ton camp.

Les bras croisés sur la poitrine, elle attendit, le regard étincelant de défi.

Nick se redressa lentement, marqua une pause, puis se mit debout.

— C'est un ultimatum ?

— Exactement.

— Je vois. Il n'y a pas d'alternative ?

— Aucune.

Il la dévisagea d'un air pensif.

— Bon, eh bien, puisque tu ne me laisses pas le choix... Tu souhaites te marier à New York, je suppose ?

Ruth s'était attendu à peu près à tout, sauf à cette réponse. Elle ouvrit la bouche. La referma.

— Euh... eh bien, oui. Pourquoi pas ?

— Et pour ce qui est de la cérémonie ? Tu aimerais que ce soit discret, en petit comité ? Ou tu veux un mariage en grande pompe avec tous les notables de la ville ?

Brisée net dans son élan revendicatif, Ruth ne ressentait plus qu'une immense confusion. Nick étant Nick, pourquoi ne se mettait-il pas en colère, comme il se devrait ?

— A vrai dire... Je n'avais pas vraiment réfléchi à tous les détails, balbutia-t-elle, déconcertée par ce Nikolai Davidov inconnu qui oubliait de rager et de hurler.

— Tu auras toujours le temps de te décider dans l'avion, lui assura-t-il le plus aimablement du monde. Tu veux que je réserve un vol tout de suite ?

— Oui... Ou plutôt non, se ravisa-t-elle lorsqu'il tendit la main vers le téléphone.

Nick se contenta d'incliner la tête sur le côté et d'attendre.

— Bon, O.K., appelle-les si tu veux, murmura-t-elle en se dirigeant vers la fenêtre.

Pourquoi ne parvenait-elle pas à se réjouir face à ce Nick exemplairement docile ?

— Ruth ?

Elle se retourna lentement.

— Oui ?

— Je t'ai dit que je t'aimais, c'est vrai. Mais j'ai parlé d'amour à des femmes dont je ne sais même plus à quoi elles ressemblent. Les mots ne signifient pas grand-chose.

Elle déglutit et sentit la douleur revenir.

— J'aurais voulu te montrer ce que je ressens pour toi.

Mais tu me coupes un peu les jambes, Ruth. Ce qui est tout de même un comble pour un danseur. Si tu n'avais pas fait de moi un homme maladroit, j'aurais pu te dire que ma vie sans toi n'est plus ma vie. Te dire que de cette vie, tu es le cœur, l'ossature et les muscles. Que sans toi, je ne rencontre que la tristesse et le vide. J'aurais pu te dire qu'être ton partenaire, ton homme, ton époux est mon plus cher désir. Mais…

Il s'interrompit et secoua la tête.

— Mais tu m'impressionnes et je ne saurais te dire plus qu'un banal « je t'aime ». En espérant que cela suffira.

— Nick…

Elle s'élança vers lui et il l'arrêta à mi-chemin.

— Quand je t'ai vue descendre l'escalier, j'ai cru que j'avais sombré dans la folie, murmura-t-il, les lèvres enfouies dans ses cheveux. Je pensais que mon envie de toi devenait si forte que j'avais des hallucinations.

— Je suis montée car je pensais que tu serais encore en train de dormir, à cette heure.

— Dormir ? Je ne crois pas avoir dormi plus de quelques heures depuis que tu m'as quitté.

Il l'écarta de lui pour murmurer d'une voix étranglée.

— Ne me fais plus jamais cela, Ruth. Déteste-moi, s'il le faut. Hurle ou fais la tête si tu veux. Mais je t'en supplie, ne me laisse plus seul.

Sa bouche prit la sienne, étouffant ses promesses chuchotées. Elle répondit à son baiser avec une passion exacerbée, s'accrochant à lui, se pressant contre lui de toutes ses forces, ne songeant qu'à se laisser sombrer dans le courant violent qui les emportait. Le désir faisait rage en elle, la submergeait sous la forme d'une avalanche de sensations mêlées : le goût de sa peau, son odeur, le son de sa voix.

— Je t'aime, Nick. Je te désire.

Ses lèvres formaient les syllabes mais aucun son ne sortait de sa bouche. Nick fit descendre la fermeture Eclair dans son dos et sa robe glissa sur le sol. Avec un léger murmure, il parcourut ses flancs de ses paumes.

— Tu es si mince, si délicate. J'ai toujours peur de te faire mal.

— Je suis une danseuse, lui rappela-t-elle en tremblant de plaisir sous ses caresses. Je plie mais ne romps pas.

Ils se laissèrent tomber sur le canapé et demeurèrent un instant étroitement enlacés à se regarder.

— J'avais peur, admit-elle. Peur de te faire confiance, peur de t'aimer. Peur de te perdre.

Il l'attira plus étroitement contre lui.

— Nous étions lâches, l'un et l'autre. Mais c'est fini, maintenant.

Ruth glissa une main sous le T-shirt de Nick et la laissa reposer sur son cœur. *Davidov*, songea-t-elle. Pendant combien d'années l'avait-elle adoré de loin ? A présent, le cœur de l'homme ne battait que pour elle.

Elle posa en souriant ses lèvres dans son cou.

— Davidov ?

— Mmm ?

— Tu as réellement l'intention d'accepter mon ultimatum ?

Il prit un de ses seins au creux de sa paume.

— La question mérite réflexion, bien sûr. Mais tu avais l'air particulièrement féroce lorsque tu as exigé le mariage. Et comme je ne suis que modérément courageux, je crois que je vais te céder sur ce point.

— Ah oui ? murmura-t-elle, tout sourires.

— En revanche, je mets mon veto sur la douzaine d'amants. Sauf, à la rigueur, si je les incarne tous.

Il laissa pleuvoir des baisers sur son visage.

— Comme j'ai quelques talents d'acteur, je devrais pouvoir jouer une douzaine de rôles.

— C'est une solution, en effet, concéda-t-elle.

Elle soupira lorsqu'il acheva de la déshabiller.

— Je serai un mari terriblement jaloux. Déraisonnable, et peut-être même violent — verbalement, du moins, annonça-t-il en lui embrassant le cou, les épaules, les seins.

Il s'interrompit un instant pour l'interroger du regard.

— Tu es certaine de vouloir que je réserve deux places dans l'avion pour New York ?

Ruth ouvrit des yeux embrumés par le désir et plongea son regard dans le sien.

— Je n'ai jamais été aussi sûre de ma vie, Nick, chuchota-t-elle contre ses lèvres. Mais occupe-toi d'abord de moi comme douze amants à la fois. On verra pour les réservations ensuite.

Composé et édité par HARLEQUIN

Achevé d'imprimer en Italie (Milan)
par Rotolito Lombarda
en février 2016

Dépôt légal en mars 2016

Pour l'éditeur, le principe est d'utiliser des papiers composés de fibres naturelles, renouvelables, recyclables, et fabriquées à partir de bois issus de forêts gérées selon un système d'aménagement durable. En outre, l'éditeur attend de ses fournisseurs de papier qu'ils s'inscrivent dans une démarche de certification environnementale reconnue.